I'm

我識出版社
17buy.com.tw

U0123415

I'm

我識出版社
17buy.com.tw

I'm

我識出版社
17buy.com.tw

I'm

我識出版社
17buy.com.tw

一定會考的
新多益選擇題
1,000

>>> 就算是用猜的，都要比別人強！

③

左頁
選擇題

Level 1 | 必考新多益選擇題

第一級

TOEFL ① IELTS ⑧ Bulats ⑥ GEPT ① 學測＆指考 ② 公務人員考試

(MP3) 01-1

語言能力：因為此程度的對話者對英語的理解經驗有限，有時候會發生誤解的狀況。需要熟悉與練習相關的英語談話內容，否則進行連續性的談話會有些不流暢。與英語為母語的人士進行交談時，則須花費較多時間去瞭解談話者的對話內容，需要紮實地增加英文字彙量及相關英文文法便能有效溝通。

Question | 1

TOEFL ① ⑧ ⑥ ① ②

_____ is cooking lunch in the kitchen and you can find her there.

(A) Do
(B) Lucy
(C) Eat
(D) Grow

Question | 2

① ②

My little daughter likes _____ in the fairy tale very much.

(A) snow white
(B) Snow white
(C) snow White
(D) Snow White

Question | 3

TOEFL ① ⑥ ① ②

It is true that a lot of people come to visit _____ every year.

(A) the Great Wall

① 1,000題選擇題＋詳解左右頁對照

全國首創以題目和答案左右對照的方式呈現，讓讀者練習完左頁的題目之後，可以趁著對題目還印象深刻時，立刻對照右頁的答案解析、中譯及重點的補充說明。以輕鬆、循序漸進的方式吸收考題和文法重點內容，再進行下一頁的練習，才能徹底融會貫通新多益考試題型和各類英文測驗內容。

② 出題率燈號、考題等級分類標示最詳盡

本書依新多益測驗的證照成績分成五個等級（即橘色證書至金色證書），讀者可以由淺入深破解新多益以及各類英文考試題型。全書每一則選擇題題目搭配各類英文考試燈號，讓讀者可依考試燈號得知其他類型的英文考試出題頻率，準備英文考試百發百中。

③ 獨家附贈新多益選擇題MP3

新多益測驗除了需要練習閱讀測驗之外，聽力測驗也是其重點。讀者可以搭配獨家附贈的新多益選擇題MP3練習聽力。讀者在準備考試時，先不要看題目，只聽MP3的英文題目完成作答，作答完成後再對照右頁的中譯，並詳讀每一題的題型解析，保證聽力瞬間提升。

★本書附贈CD片內容音檔為MP3格式★

▶▶▶ 為什麼要搞定新多益選擇題？
因為新多益考試100％都考選擇題！

Level 4 | 新多益選擇題解析

第四級 〔藍色證書〕測驗成績→730分～855分

‧ 詳盡完整的題目和答案中譯，呈現補教名師在課堂教授的重點。 ‧ 臨時抱佛腳的考用記憶祕訣，搭起新多益測驗題型間的提醒。 ‧ 保證只要熟讀各類題型解析，馬上掌握考試重點並戰勝新多益。

右頁
解析

Answer 133 | （C）

題目中譯 | 這座兒童樂園將於下個月底完成，然後開放給小朋友來遊玩。
答案中譯 | （A）將會被建成（B）將會建成（C）將會已經被建成（D）將會已經建成

● 題型解析 | 未來完成式的被動語態形式為「will / shall have been done」。依據題意，by the end of next month表示到未來的時間之前，要用未來完成式。主詞為This children's park，動詞為complete，主詞和動詞之間為被動關係，即「兒童樂園被建成」，故動詞要用未來完成式的被動語態，即為will have been completed的形式，選項（C）符合題意。

Answer 134 | （D）

題目中譯 | 他們說如果人力足夠的話，他們將於這個月月底完成任務。
答案中譯 | （A）將會被完成（B）將會完成（C）將會已經被完成（D）將會已經完成

● 題型解析 | 過去未來完成式的主動語態形式為「would have done」。依據題意，said表示過去的時間，而by「the end of this month」表示到未來的時間之前，故要用過去未來完成式。主詞為they，動詞為finish，主詞和動詞之間為主動關係，即「他們完成」，所以，動詞要用過去未來完成式的主動語態，即為would have finished的形式，選項（D）符合題意。

Answer 135 | （D）

題目中譯 | 他們說這項工程最早將於今年年底完成。

---

④ 彙整出新多益測驗最常考的精選考題

《一定會考的新多益選擇題1,000》彙整出新多益測驗最常考的精選考題。每一題新多益選擇題，至少可以由四個不同的英文選項中，學習不同的新多益及各類英文文法題型概念，徹底協助讀者破解新多益及各類英文測驗考試題型。

⑤ 補教名師統整出最容易犯錯的核心筆記

統整補習班名師在課堂上教授的重點以及板書上所標示的筆記，不僅包括考前臨時抱佛腳的超好用記憶祕訣，還有考試陷阱的貼心提醒。只要熟讀補教名師的重點核心筆記，重點自然就能記下來。

⑥ 「關鍵句」＋「上下文聯想」

讀者千萬不要因為看不懂或聽不懂考題中的某一個文法或短句就放棄作答。本書教授讀者就算遇到英文句型架構複雜的考題也能藉由關鍵字句、上下文聯想進而猜想出正確答案。

何謂 NEW TOEIC 測驗？

TOEIC是Test of English for International Communication（國際溝通英語測驗）的簡稱。NEW TOEIC是針對英語非母語之人士所設計的英語能力檢定測驗，測驗分數反映受測者在國際職場環境中，與他人以英語溝通的熟稔程度。測驗內容以日常使用之英語為主，因此參加本測驗毋需具備專業的詞彙。NEW TOEIC是以職場為基準點的英語能力測驗中，世界最頂級的考試。全球有超過四千家企業使用新多益測驗，每年有超過兩百萬人應試。

NEW TOEIC 測驗會考的題型有哪些？

新多益測驗屬於紙筆測驗，時間為兩小時，總共有二百題，全部為單選題，分成兩大部分：聽力與閱讀，兩者分開計時。

〔第一大類：聽力〕

總共有一百題，由錄音帶播放考題，共有四大題。考生會聽到各種各類英語的直述句、問句、短對話以及短獨白，然後根據所聽到的內容回答問題。聽力的考試時間大約為四十五分鐘。

〔第一大題〕
照片描述 10題／4選1

〔第二大題〕
應答問題 30題／3選1

〔第三大題〕
簡短對話 30題／4選1

〔第四大題〕
簡短獨白 30題／4選1

〔第二大類：閱讀〕

總共有一百題，題目及選項都印在題本上。考生須閱讀多種題材的文章，然後回答相關問題。考試時間為七十五分鐘，考生可在時限內依自己能力調配閱讀及答題速度。

〔第五大題〕
單句填空 40題／4選1

〔第六大題〕
短文填空 12題／4選1

〔第七大題〕
單篇文章理解 28題／4選1
雙篇文章理解 20題／4選1

NEW TOEIC 測驗會考的內容有哪些？

NEW TOEIC的設計以職場的需求為主。測驗題的內容，從全世界各地職場的英文資料中蒐集而來，題材多元化，包含各種地點與狀況，舉例來説：

一般商務	契約、談判、行銷、銷售、商業企劃、會議
製造業	工廠管理、生產線、品管
金融／預算	銀行業務、投資、稅務、會計、帳單
企業發展	研究、產品研發
辦公室	董事會、委員會、信件、備忘錄、電話、傳真、電子郵件、辦公室器材與傢俱、辦公室流程
人事	招考、雇用、退休、薪資、升遷、應徵與廣告
採購	比價、訂貨、送貨、發票
技術層面	電子、科技、電腦、實驗室與相關器材、技術規格
房屋／公司地產	建築、規格、購買租賃、電力瓦斯服務
旅遊	火車、飛機、計程車、巴士、船隻、渡輪、票務、時刻表、車站、機場廣播、租車、飯店、預訂、脫班與取消
外食	商務／非正式午餐、宴會、招待會、餐廳訂位
娛樂	電影、劇場、音樂、藝術、媒體
保健	醫藥保險、看醫生、牙醫、診所、醫院

（雖然取材自這麼多領域，但考生毋需具備專業的商業與技術詞彙）

NEW TOEIC 測驗的適用範圍為何？

本測驗主要為測試英語非母語人士身處國際商務環境中實際運用英語的能力，為全球跨國企業所採用，其成績可作為評估訓練成果、遴選員工赴海外受訓、招聘員工、內部升遷等之標準；亦可作為個人入學及求職時之英語能力證明。

NEW TOEIC 測驗的計分方式為何？

考生用鉛筆在電腦答案卷上作答。考試分數由答對題數決定，再將每一大類（聽力類、閱讀類）答對題數轉換成分數，範圍在 5 到 495 分之間。兩大類加起來即為總分，範圍在 10 到 990 分之間。答錯不倒扣。

★更多資料訊息請上官網｜www.toeic.com.tw查詢

　　新多益測驗儼然已經成為各大企業及公司行號錄取員工的趨勢及憑藉之一，要如何在新多益測驗上拿取高分，是愈來愈多讀者及考生所面臨的問題。要徹底戰勝新多益測驗其實不難，只要摸透新多益出題老師的出題方向和出題慣性，就算是用猜的，都能比別人強。

　　《一定會考的新多益選擇題1,000：就算是用猜的，都要比別人強！》教讀者及考生如何用「刪去法」、「直覺判斷法」立刻寫出正確答案，真正徹底破解新多益選擇題。由於新多益測驗100%都以選擇題的方式呈現，所以，只要掌握新多益選擇題就等於獲得新多益測驗的致勝關鍵。《一定會考的新多益選擇題1,000：就算是用猜的，都要比別人強！》彙整出新多益測驗最常考的精選題型內容，全書完整收錄補教名師統整出的新多益測驗以及各類英文考試中最容易犯錯的重點核心筆記。首創以左頁考題、右頁詳細答案解析的編排方式呈現，讓讀者及考生能作答完左頁考題，趁印象深刻時，馬上檢閱右頁的中譯答案詳解。詳解中除了給予正確解答之外，還貼心的為讀者及考生解析各個選項的錯誤解答，別以為不是正確答案的選項就不重要，許多錯誤的文法觀念正是新多益測驗及各類英文考試的範圍內容，完整且正確詳細的解析才能讓讀者及考生徹底

瞭解選項為何錯誤，讓讀者及考生不會一錯再錯，加深對各類必考題型的印象及精準度。

要真正掌握新多益的致勝關鍵，閱讀測驗及聽力測驗必須要雙管齊下。《一定會考的新多益選擇題1,000：就算是用猜的，都要比別人強！》獨家附贈新多益測驗MP3，讓讀者及考生能鞏固閱讀測驗之外，還能瞬間提升英文聽力，聽懂英文題目再也不是難題。

全國唯一一本出題相似度直逼100%《一定會考的新多益選擇題1,000：就算是用猜的，都要比別人強！》將帶領各位讀者及考生在新多益測驗或各類英文考試中，用最少的時間獲取高分，絕對是考前3個月必備以及衝刺各類英文考試的專業用書。

蔣志榆

2013.04

| 目 錄 |

Level 1 | 第一級

【橘色證書】測驗成績：10分～215分

〔語言能力〕因為此程度的對話者對英語的理解經驗有限，有時候會發生誤解的狀況。需要熟悉與練習相關的英語談話內容，否則進行連續性的談話會有些不流暢。與英語為母語的人士進行交談時，則須花費較多時間去瞭解談話者的對話內容，需要紮實地增加英文字彙量及相關英文文法便能有效溝通。

Level 2 | 第二級

【棕色證書】測驗成績：220分～465分

〔語言能力〕此程度之對話者因為其掌握以及運用語言的範圍能力有限，因此無法流暢運用相關的詞彙來進行表達或溝通。所以，僅能滿足有限的社交英語對談內容。常用比較簡短之詞彙或對答來完成與英語為母語人士的對談，瞭解一般社交會話的內容與禮儀，故其所言，大多為一連串簡短、不切題之話題。

Level 3 | 第三級

【綠色證書】測驗成績：470分～725分

〔語言能力〕在工作及一般的社交場合皆能夠自信但非流暢的討論個人、工作及例行性業務上的相關話題，談話內容能運用一般場合常用的詞彙，但無法真正掌握、使用較複雜的文法句構，並非常用的詞彙也無法確切的運用。若能適時涉獵一般較少運用在日常生活上的詞彙，一定能提升相關溝通能力。

Level 4 | 第四級 346

【藍色證書】測驗成績：730分～855分

〔語言能力〕一般情況下，此程度之對話者能流暢表達並對於平常有涉獵或感興趣之相關特定領域的話題能達到有效的溝通。偶爾，可能會因為緊張或些許的壓力其語言能力的運用會稍微受到影響，但絕大部分皆能流暢表達。

Level 5 | 第五級 418

【金色證書】測驗成績：860分～990分

〔語言能力〕此程度之對話者的談話內容流暢且具條理，能適時地運用恰當詞彙及文法句構，完整無誤的表達相關對話內容。偶爾，語言的運用上仍有小缺失，但不至於造成以英語為母語人士理解上的困惑。在英語會話中，有明顯的外國腔調，需要注意的是，語調、重音及音調高低上的控制。

證書 LEVEL 說明				
橘色證書	棕色證書	綠色證書	藍色證書	金色證書
10~215	220~465	470~725	730~855	860~990

全國唯一教你
如何搞定新多益測驗！！！

Level 1

必考新多益選擇題

測驗成績 | 10分～215分

語言能力｜因為此程度的對話者對英語的理解經驗有限，有時候會發生誤解的狀況。需要熟悉與練習相關的英語談話內容，否則進行連續性的談話會有些不流暢。與英語為母語的人士進行交談時，則須花費較多時間去瞭解談話者的對話內容，需要紮實地增加英文字彙量及相關英文文法便能有效溝通。

Level 1 | 必考新多益選擇題

托 TOEFL Ⓘ IELTS Ⓑ Bulats Ⓖ GEPT ⓣ 學測&指考 公 公務人員考試　 01-1

第一級

語言能力：因為此程度的對話者對英語的理解經驗有限，有時候會發生誤解的狀況。需要熟悉與練習相關的英語談話內容，否則進行連續性的談話會有些不流暢。與英語為母語的人士進行交談時，則須花費較多時間去瞭解談話者的對話內容，需要紮實地增加英文字彙量及相關英文文法便能有效溝通。

Question │ 1 .... 托ⒾⒷⒼⓣ公

_____ is cooking lunch in the kitchen and you can find her there.

(A) Do
(B) Lucy
(C) Eat
(D) Grow

Question │ 2 .... 托ⒾⒷⒼⓣ公

My little daughter likes _____ in the fairy tale very much.

(A) snow white
(B) Snow white
(C) snow White
(D) Snow White

Question │ 3 .... 托Ⓘ Ⓖⓣ公

It is true that a lot of people come to visit _____ every year.

(A) the Great Wall
(B) The Great Wall
(C) the great wall
(D) The great wall

Question │ 4 .... 托ⒾⒷⒼⓣ公

We all think that Paris _____ a beautiful city because we went there last year.

(A) has
(B) are
(C) is
(D) comes

Level 1 | 新多益選擇題解析

〔橘色證書〕測驗成績→10分～215分

第一級

● 詳細完整的題目和答案中譯，呈現補教名師在課堂教授的重點。 ● 臨時抱佛腳的考場記憶祕訣，搭配新多益測驗題型陷阱的提醒。 ● 保證只要熟讀各類題型解析，馬上掌握考試重點並戰勝新多益。

Answer 1 | （B）

題目中譯 | 露西在廚房裡煮午餐，你可以去廚房找她。

答案中譯 | （A）做（B）露西（C）吃（D）發展

● 題型解析 | 名詞是用來表示人、動物、地點、物品以及抽象概念的詞，通常在句中當主詞或受詞。依據題意要選擇作主詞的名詞，而選項（A）、（C）、（D）都是動詞，不能用來當主詞。因此，只有選項（B）符合題意。

Answer 2 | （D）

題目中譯 | 我的小女兒非常喜歡童話故事裡的白雪公主。

答案中譯 | （A）白雪公主（錯誤格式）（B）白雪公主（錯誤格式）（C）白雪公主（錯誤格式）（D）白雪公主

● 題型解析 | 專有名詞是表示特定的人或事物名稱的詞，其首字母通常要大寫。如果一個專有名詞由兩個或多個單字構成，則每一個實詞的首字母必須大寫。題目中的Snow White（白雪公主）是專有名詞，且兩個單詞都是實詞。因此，首字母都要大寫，選項（D）符合題意。

Answer 3 | （A）

題目中譯 | 每年真的都有很多人去參觀長城。

答案中譯 | （A）長城（B）長城（錯誤格式）（C）長城（錯誤格式）（D）長城（錯誤格式）

● 題型解析 | 專有名詞的首字母一般要大寫，但是如果前面有定冠詞the，則the的首字母不用大寫。題目中的the Great Wall（長城）是專有名詞，Great和Wall都是實詞，首字字母需大寫，而the的首字字母不需要大寫。因此，選項（A）符合題意。

Answer 4 | （C）

題目中譯 | 我們都覺得巴黎是一座美麗的城市，因為我們去年才去巴黎。

答案中譯 | （A）有（B）是（複數）（C）是（單數）（D）來

● 題型解析 | 專有名詞一般屬於不可數名詞，當成主詞時，be動詞通常用單數形式。Paris是一個專有名詞，當主詞時，一般動詞應該用單數形式，選項（B）刪除，選項（A）和選項（D）的含義與題意不符。因此，選項（C）符合題意。

Level 1 | 必考新多益選擇題

TOEFL ❶ IELTS ❷ Bulats ❸ GEPT ❹ 學測 & 指考 ❺ 公務人員考試

語言能力：因為此程度的對話者對英語的理解經驗有限，有時候會發生誤解的狀況。需要熟悉與練習相關的英語談話內容，否則進行連續性的談話會有些不流暢。與英語為母語的人士進行交談時，則須花費較多時間去瞭解談話者的對話內容，需要紮實地增加英文字彙量及相關英文文法便能有效溝通。

Question | 5

I see _____ on the table, but I don't know whose it is.

(A) a drums

(B) a drum

(C) the drum

(D) an drum

Question | 6

It is National Day today, but the police _____ still working.

(A) was

(B) is

(C) are

(D) were

Question | 7

This family _____ the match finally and gets a washing machine for free.

(A) wins

(B) win

(C) winning

(D) has won

Question | 8

_____ is very precious, so we should value it instead of wasting it.

(A) Life

(B) The life

(C) A life

(D) Lives

Level 1 | 新多益選擇題解析

〔橘色證書〕測驗成績→10分～215分

第一級

● 詳細完整的題目和答案中譯，呈現補教名師在課堂教授的重點。 ● 臨時抱佛腳的考場記憶祕訣，搭配新多益測驗題型陷阱的提醒。 ● 保證只要熟讀各類題型解析，馬上掌握考試重點並戰勝新多益。

Answer 5 | （B）

題目中譯 | 我看到桌子上放著一隻鼓，但不知道是誰的。

答案中譯 | （A）一隻鼓（錯誤格式）（B）一隻鼓（C）那隻鼓（D）一隻鼓（錯誤格式）

● **題型解析** | 普通名詞是表示一類人或事物，或是一個抽象概念的名詞，其前一般要用冠詞a/an或the修飾。題目中的drum（鼓）屬於普通名詞中的個體名詞，是可數名詞，表示「一隻鼓」要用a drum，選項（A）、（C）、（D）皆不符合題意。因此，選項（B）正確。

Answer 6 | （C）

題目中譯 | 今天是國慶日，但是員警們依然在值勤。

答案中譯 | （A）是（過去式、單數）（B）是（現在式、單數）（C）是（現在式、複數）（D）是（過去式、複數）

● **題型解析** | the police屬於集合名詞當主詞，強調個體成員，其一般動詞要用複數形式，因此，選項（A）和選項（B）刪除；從題目中的be動詞is可以看出，該題用的是現在式，所以，刪除選項（D），只有選項（C）符合題意。

Answer 7 | （A）

題目中譯 | 這個家庭最終贏得比賽，免費獲得一台洗衣機。

答案中譯 | （A）贏（單數）（B）贏（複數）（C）贏（現在分詞）（D）贏（現在完式）

● **題型解析** | this family屬於集體名詞在句中當主詞，強調整體概念，一般動詞要用單數形式，選項（B）刪除；題目中的gets（獲得）表示現在的概念，選項（C）和選項（D）不符合題意。因此，選項（A）為正解。

Answer 8 | （A）

題目中譯 | 生命非常珍貴，因此我們應該珍惜生命，不該浪費它。

答案中譯 | （A）生命（B）生活（C）一個生命（D）許多生命

● **題型解析** | 抽象名詞是表現動作、狀態、品質、感情等概念的詞彙，通常當作不可數名詞。當抽象名詞表示一般概念時，通常不加冠詞。依據題意，life（生命）屬於表示一般概念，因而在使用時不加冠詞，又因為be動詞是is，表示單數，只有選項（A）符合題意。

Level 1 | 必考新多益選擇題

T TOEFL **I** IELTS **B** Bulats **G** GEPT **T** 學測&指考 **公** 公務人員考試

第一級

語言能力：因為此程度的對話者對英語的理解經驗有限，有時候會發生誤解的狀況。需要熟悉與練習相關的英語談話內容，否則進行連續性的談話會有些不流暢。與英語為母語的人士進行交談時，則須花費較多時間去瞭解談話者的對話內容，需要紮實地增加英文字彙量及相關英文文法便能有效溝通。

Question | 9

Our class was No. 1 in the sports _____ and all the students are very happy.

(A) thing

(B) meet

(C) road

(D) hall

Question | 10

You can see three _____ playing games on the grassland.

(A) bird

(B) girls

(C) student

(D) madam

Question | 11

Mike raises a lot of _____ because _____ is his favorite meat.

(A) fishes; fishes

(B) fish; fish

(C) fishes; fish

(D) fish; fishes

Question | 12

The boy bought two comic _____ in the bookstore and then went home.

(A) bookies

(B) book

(C) bookes

(D) books

Level 1 | 新多益選擇題解析

〔橘色證書〕測驗成績→10分～215分

第一級

● 詳細完整的題目和答案中譯，呈現補教名師在課堂教授的重點。● 臨時抱佛腳的考場記憶秘訣，搭配新多益測驗題型陷阱的提醒。● 保證只要熟讀各類題型解析，馬上掌握考試重點並戰勝新多益。

Answer 9 | （B）

題目中譯 | 我們班級在運動會上獲得第一名，同學們都很高興。

答案中譯 | （A）事物（B）競賽大會（C）道路（D）門廳

● 題型解析 | 英語中，有些名詞可以組合在一起，構成一些固定用法，表示特定的含義。根據題意應該選（B），因為sports與meet搭配構成sports meet，表示「運動會」，而其他選項皆不符合題意。因此，（B）為正解。

Answer 10 | （B）

題目中譯 | 你可以看到3個女孩正在草地上玩耍。

答案中譯 | （A）小鳥（B）女孩們（C）學生（D）女士

● 題型解析 | 英語中，可數名詞在表示複數含義時，不僅數詞要發生變化，而且可數名詞本身也要變成複數形式。依據題意，three後面的名詞要用複數形式。因此，只能選（B），其他皆為單數，所以不符合題意。

Answer 11 | （B）

題目中譯 | 邁克養了許多魚，因為他最喜歡吃魚肉。

答案中譯 | （A）許多魚；許多魚（B）一條魚；魚肉（C）許多魚；魚肉（D）魚肉；許多魚

● 題型解析 | fish是名詞，當「魚」的時候，為單複數同形的可數名詞；當「魚肉」講時，為不可數名詞。依據題意，a lot of後面應該用複數，但是，fish的單複數同形，即fish用以表示「很多魚」，而後半句中應該用單數fish來表示「魚肉」。符合上述條件的選項即為（B）。

Answer 12 | （D）

題目中譯 | 那個男孩在書店買了兩本漫畫，然後回家去。

答案中譯 | （A）書（錯誤格式）（B）書（錯誤格式）（C）書（錯誤格式）（D）書

● 題型解析 | 可數名詞變複數時，通常有規則與不規則兩種變化形式。規則變化的情況下，要在名詞的詞尾加「s」。依據題意，two表示複數，book要相應變為複數形式books。因此，選項（D）為正確解答，其他選項的複數變化形式皆不正確。

Level 1 | 必考新多益選擇題

第一級

TOEFL ① IELTS ⑧ Bulats ⑥ GEPT ① 學測＆指考 ② 公務人員考試

語言能力：因為此程度的對話者對英語的理解經驗有限，有時候會發生誤解的狀況。需要熟悉與練習相關的英語談話內容，否則進行連續性的談話會有些不流暢。與英語為母語的人士進行交談時，則須花費較多時間去瞭解談話者的對話內容，需要紮實地增加英文字彙量及相關英文文法便能有效溝通。

Question | 13

There are two small _____ in this big one and you need to take them out.

(A) box

(B) boxes

(C) boxs

(D) boxies

Question | 14

This old man has visited five European _____ .

(A) country

(B) countrys

(C) countries

(D) countryes

Question | 15

Several little _____ are playing football on the playground.

(A) boys

(B) boy

(C) boyes

(D) boies

Question | 16

It is said that this brave butcher once killed three _____ with his knife.

(A) wolf

(B) wolfs

(C) wolfes

(D) wolves

Level 1 ｜ 新多益選擇題解析

〔橘色證書〕測驗成績→10分～215分

第一級 ● 詳細完整的題目和答案中譯，呈現補教名師在課堂教授的重點。 ● 臨時抱佛腳的考場記憶祕訣，搭配新多益測驗題型陷阱的提醒。 ● 保證只要熟讀各類題型解析，馬上掌握考試重點並戰勝新多益。

Answer 13 ｜ （B）

題目中譯｜這個大箱子裡還放了兩個小箱子，你需要把它們拿出來。

答案中譯｜（A）箱子（錯誤格式）（B）箱子（C）箱子（錯誤格式）（D）箱子（錯誤格式）

● 題型解析｜以s, x, sh, ch結尾的名詞變複數時，要在詞尾加「es」。依據題意，two表示複數，其所修飾的名詞box要變為複數形式的boxes，即選項（B）正確，其他選項的複數變化形式皆不正確。

Answer 14 ｜ （C）

題目中譯｜這位老人已經到訪過5個歐洲國家。

答案中譯｜（A）國家（錯誤格式）（B）國家（錯誤格式）（C）國家（D）國家（錯誤格式）

● 題型解析｜以子音字母y結尾的名詞變複數時，先將y刪除，再加上「ies」。依據題意，five表示複數，其所修飾的名詞country要變為複數形式countries，即選項（C）正確，其他選項的複數變化形式皆不正確。

Answer 15 ｜ （A）

題目中譯｜幾個小男孩在操場上踢足球。

答案中譯｜（A）男孩（B）男孩（錯誤格式）（C）男孩（錯誤格式）（D）男孩（錯誤格式）

● 題型解析｜以母音字母加y結尾的名詞，或以y結尾的專有名詞變複數時，可以直接在字尾加上「s」。several表示複數，其所修飾的名詞boy要變為複數形式boys，即選項（A）正確，其他選項的複數變化形式皆不正確。

Answer 16 ｜ （D）

題目中譯｜據說，這個勇敢的屠夫曾用刀殺死了3匹狼。

答案中譯｜（A）狼（錯誤格式）（B）狼（錯誤格式）（C）狼（錯誤格式）（D）狼

● 題型解析｜以f或fe結尾的名詞變複數時，先將f或fe刪除，再加上「ves」。three表示複數，其所修飾的名詞wolf要變為複數形式wolves，即選項（D）正確，其他選項的複數變化形式皆不正確。

wolf → wolves

Level 1 | 必考新多益選擇題

第一級

⊕ TOEFL ❶ IELTS Ⓑ Bulats Ⓖ GEPT ❶ 學測&指考 ㉓ 公務人員考試

語言能力：因為此程度的對話者對英語的理解經驗有限，有時候會發生誤解的狀況。需要熟悉與練習相關的英語談話內容，否則進行連續性的談話會有些不流暢。與英語為母語的人士進行交談時，則須花費較多時間去瞭解談話者的對話內容，需要紮實地增加英文字彙量及相關英文文法便能有效溝通。

Question | 17 ⊕❶ⒷⒼ❶㉓

This little boy said that he took many _____ of these bad _____ .

- (A) photoes; tomatoes
- (B) photos; tomatos
- (C) photos; tomatoes
- (D) photoes; tomatos

Question | 18 ⊕❶ⒷⒼ❶㉓

There are ten _____ swimming in the pond and also some children playing.

- (A) geese
- (B) goose
- (C) gooses
- (D) goosees

Question | 19 ⊕❶ Ⓖ❶㉓

Fifty _____ will take part in the summer camp this year, and the teachers are all very happy.

- (A) child
- (B) children
- (C) childs
- (D) childes

Question | 20 ⊕❶ Ⓖ❶㉓

The children are very excited to see several _____ in the zoo.

- (A) deer
- (B) deers
- (C) deeres
- (D) deeries

Level 1 ｜ 新多益選擇題解析
〔橘色證書〕測驗成績→10分～215分

第一級

● 詳細完整的題目和答案中譯，呈現補教名師在課室教授的重點。 ● 臨時抱佛腳的考場記憶祕訣，搭配新多益測驗題型陷阱的提醒。 ● 保證只要熟讀各類題型解析，馬上掌握考試重點並戰勝新多益。

Answer 17 ｜ （C）

題目中譯 ｜ 這個小男孩說他為這些壞掉的蕃茄拍了很多照片。

答案中譯 ｜ （A）照片；蕃茄（錯誤格式）（B）照片；蕃茄（錯誤格式）（C）照片；蕃茄（D）照片；蕃茄（錯誤格式）

● 題型解析 ｜ 以o結尾的名詞變複數時，大多數在字尾加「s」，有些在字尾加「es」。依據題意，photo和tomato兩個單字都要變成複數形式，即photos和tomatoes。因此，選項（C）正確，其他選項的複數變化形式皆不正確。

Answer 18 ｜ （A）

題目中譯 ｜ 池塘裡有10隻鵝在游泳，還有一些小孩在玩耍。

答案中譯 ｜ （A）鵝（B）鵝（錯誤格式）（C）鵝（錯誤格式）（D）鵝（錯誤格式）

● 題型解析 ｜ 有些名詞在發生不規則變化變成複數時，其母音會發生改變。依據題意，ten表示複數，goose要變成複數形式geese，屬於不規則複數變化形式。因此，選項（A）正確，其他選項的複數變化形式皆不正確。

Answer 19 ｜ （B）

題目中譯 ｜ 今年會有50名孩子參加夏令營，老師們都很開心。

答案中譯 ｜ （A）孩子（單數）（B）孩子（C）孩子（錯誤格式）（D）孩子（錯誤格式）

● 題型解析 ｜ 有些名詞在發生不規則變化成為複數時，會在字尾加「-en」或「-ren」。依據題意，fifty表示複數，child要變為複數形式children，屬於不規則複數變化形式。因此，選項（B）正確，其他選項的複數變化形式皆不正確。

Answer 20 ｜ （A）

題目中譯 ｜ 看到動物園裡有幾隻鹿，孩子們都很興奮。

答案中譯 ｜ （A）鹿（B）鹿（錯誤格式）（C）鹿（錯誤格式）（D）鹿（錯誤格式）

● 題型解析 ｜ 有些名詞的單複數形式完全相同，如sheep、deer、shark、aircraft、hovercraft等。依據題意，several表示複數，deer要變成複數形式deer，即單複數形式相同，屬於複數不規則變化。因此，選項（A）正確，其他選項的複數變化形式皆不正確。

Level 1 | 必考新多益選擇題

第一級

托 TOEFL ❶ IELTS Ⓑ Bulats Ⓖ GEPT ❶ 學測＆指考 ⚈ 公務人員考試   01-2

語言能力：因為此程度的對話者對英語的理解經驗有限，有時候會發生誤解的狀況。需要熟悉與練習相關的英語談話內容，否則進行連續性的談話會有些不流暢。與英語為母語的人士進行交談時，則須花費較多時間去瞭解談話者的對話內容，需要紮實地增加英文字彙量及相關英文文法便能有效溝通。

Question | 21
托 ❶ Ⓑ Ⓖ ❶ ⚈

Several _____ having dinner in the restaurant attracted our attention.
- (A) Americen
- (B) Americanes
- (C) American
- (D) Americans

Question | 22
❶   Ⓖ ❶ ⚈

None of the _____ stopped to help the old man who had fallen down.
- (A) passer-bys
- (B) passer-by
- (C) passers-by
- (D) passers-bys

Question | 23
托 ❶ Ⓑ Ⓖ ❶ ⚈

We see that some _____ are taking good care of these patients in the hospital.
- (A) woman nurse
- (B) women nurses
- (C) women nurse
- (D) woman nurses

Question | 24
❶ Ⓖ ❶ ⚈

_____ cup of coffee is for that guest and yours is on the table.
- (A) This
- (B) An
- (C) A
- (D) The

Level 1 | 新多益選擇題解析

〔橘色證書〕測驗成績→10分～215分

第一級

● 詳細完整的題目和答案中譯，呈現補教名師在課堂教授的重點。● 臨時抱佛腳的考場記憶祕訣，搭配新多益測驗題型陷阱的提醒。● 保證只要熟讀各類題型解析，馬上掌握考試重點並戰勝新多益。

Answer 21 | （D）

題目中譯 | 幾名美國人正在餐廳用餐，吸引了我們的注意。

答案中譯 |（A）美國人（錯誤格式）（B）美國人（錯誤格式）（C）美國人（錯誤格式）（D）美國人

● 題型解析 | 表示「某國籍人士」的名詞在變成複數時，其變化規則不盡相同，如Chinese（中國人）的複數仍為Chinese，而Englishman（英國人）的複數為Englishmen。依據題意，American要變成複數形式Americans，即選項（D）正確，其他選項的複數變化形式皆不正確。

Answer 22 | （C）

題目中譯 | 沒有路人去攙扶那位跌倒的老人。

答案中譯 |（A）路人（錯誤格式）（B）路人（錯誤格式）（C）路人（D）路人（錯誤格式）

● 題型解析 | 複合名詞是由兩個或兩個以上的名詞連在一起組成的名詞，一般屬於可數名詞，其轉變複數時，可以把主要詞彙變為複數。題目中的passer-by屬於複合名詞，其複數形式為passers-by，即選項（C）正確，其他選項的複數變化形式皆不正確。

Answer 23 | （B）

題目中譯 | 我們在醫院看到一些女護士正在細心照料這些病人。

答案中譯 |（A）女護士（錯誤格式）（B）女護士（C）女護士（錯誤格式）（D）女護士（錯誤格式）

● 題型解析 | 有些複合名詞變成複數時，也可以把前後兩個單字都轉變為複數。題目中的woman nurse屬於複合名詞，其複數形式為women nurses，即將woman和nurse兩個單字都變成複數形式。因此，選項（B）正確，其他選項的複數變化形式皆不正確。

woman → women

Answer 24 | （A）

題目中譯 | 在你桌上這杯咖啡是要給那一位客人的。

答案中譯 |（A）這個（B）一個（C）一個（D）這

● 題型解析 | 不可數名詞是指不能用數字表示出來的名詞，沒有單複數之分，其前面不能出現a或an，因為，有特定指哪一杯咖啡，所以用this。題目中的coffee（咖啡）屬於不可數名詞，即選項（A）正確，其他選項皆不符合題意。

Level 1 | 必考新多益選擇題

第一級

 TOEFL IELTS Bulats GEPT 學測&指考 公務人員考試

語言能力：因為此程度的對話者對英語的理解經驗有限，有時候會發生誤解的狀況。需要熟悉與練習相關的英語談話內容，否則進行連續性的談話會有些不流暢。與英語為母語的人士進行交談時，則須花費較多時間去瞭解談話者的對話內容，需要紮實地增加英文字彙量及相關英文文法便能有效溝通。

Question | 25 ···········

There is some _____ in the bottle, and you'd better pour it right now.

(A) things
(B) sands
(C) water
(D) glasses

Question | 26 ···········

As is known to all, iron _____ a very hard material and widely used in our life.

(A) is
(B) are
(C) be
(D) has been

Question | 27 ···········

The bread and milk _____ on the table, and you can have them.

(A) are
(B) is
(C) be
(D) will be

Question | 28 ···········

The teacher asks the children to drink at least _____ every day.

(A) three water
(B) three glasses of water
(C) three glass of water
(D) three waters

Level 1 | 新多益選擇題解析

〔橘色證書〕測驗成績→10分～215分

第一級

● 詳細完整的題目和答案中譯，呈現補教名師在課堂教授的重點。● 臨時抱佛腳的考場記憶祕訣，搭配新多益測驗題型陷阱的提醒。● 保證只要熟讀各類題型解析，馬上掌握考試重點並戰勝新多益。

Answer 25 | （C）

題目中譯 | 瓶子裡有一些水，你最好現在把它倒掉。

答案中譯 | （A）東西（B）沙子（C）水（D）玻璃

● 題型解析 | 不可數名詞在句中一般視為單數，be動詞也要相應地用單數形式。題目中的be動詞is表示單數，其主詞應該選擇不可數名詞，只有選項（C）water是不可數名詞，符合題意；其他選項都是可數名詞。

Answer 26 | （A）

題目中譯 | 眾所皆知，鐵是一種非常硬的物質，並且廣泛的用於我們的生活中。

答案中譯 | （A）是（單數）（B）是（複數）（C）是（原形）（D）已經是

● 題型解析 | 表示一類事物的不可數名詞在句中當主詞時，be動詞通常用單數形式。題目中的iron是鐵的總稱，表示「鐵」這一類物質，其當成主詞時，be動詞應該用單數is，即選項（A）正確，其他選項皆不符合題意。

Answer 27 | （A）

題目中譯 | 麵包和牛奶在桌子上，你可以享用。

答案中譯 | （A）在（複數）（B）在（單數）（C）在（原形）（D）將會在

● 題型解析 | 表示兩類或兩類以上事物的不可數名詞共同當主詞時，be動詞通常用複數形式。依據題意，bread and milk屬於兩個不可數名詞當主詞，be動詞要用複數are。因此，只有選項（A）符合題意。

Answer 28 | （B）

題目中譯 | 老師讓孩子們每天至少喝三杯水。

答案中譯 | （A）三杯水（錯誤格式）（B）三杯水（C）三杯水（錯誤格式）（D）三杯水（錯誤格式）

● 題型解析 | 不可數名詞，如：物質名詞和抽象名詞，通常可以借助數詞和量詞來表示一定的數量，從而構成特殊的複數形式。依據題意，water是不可數名詞，通常借助glass來表示數量，「三杯水」可以表示為「three glasses of water」即選項（B）正確，其他選項的複數形式皆不正確。

Level 1 | 必考新多益選擇題

第一級

🍭 TOEFL ❶ IELTS Ⓑ Bulats Ⓖ GEPT ❶ 學測&指考 ㉔ 公務人員考試

語言能力：因為此程度的對話者對英語的理解經驗有限，有時候會發生誤解的狀況。需要熟悉與練習相關的英語談話內容，否則進行連續性的談話會有些不流暢。與英語為母語的人士進行交談時，則須花費較多時間去瞭解談話者的對話內容，需要紮實地增加英文字彙量及相關英文文法便能有效溝通。

Question | 29

These _____ taste good and we all like them very much.

(A) the cake

(B) a cake

(C) cake

(D) cakes

Question | 30

My grandfather usually goes to the park to take _____ after dinner.

(A) the walk

(B) some walk

(C) a walk

(D) walk

Question | 31

There is _____ money left in my wallet, so I can't buy this beautiful skirt.

(A) few

(B) little

(C) a little

(D) a few

Question | 32

Physics _____ my favorite of all the subjects because I like my physics teacher very much.

(A) is

(B) are

(C) be

(D) being

Level 1 │ 新多益選擇題解析

〔橘色證書〕測驗成績→10分～215分

第一級

● 詳細完整的題目和答案中譯，呈現補教名師在課堂教授的重點。 ● 臨時抱佛腳的考場記憶秘訣，搭配新多益測驗題型陷阱的提醒。 ● 保證只要熟讀各類題型解析，馬上掌握考試重點並戰勝新多益。

Answer 29 │（D）

題目中譯│這些蛋糕很好吃，我們都很喜歡。

答案中譯│（A）那個蛋糕（B）一個蛋糕（C）蛋糕（單數）（D）蛋糕（複數）

● 題型解析│物質名詞在某些情況下可以轉變為可數名詞，有複數形式的變化，如題目中的cake為物質名詞轉化為個體名詞，其變成複數時可以直接加「s」，即變成cakes的形式。因此，選項（D）正確，其他選項皆不符合題意。

Answer 30 │（C）

題目中譯│我爺爺通常在晚餐後去公園散步。

答案中譯│（A）散步（錯誤格式）（B）散步（錯誤格式）（C）散步（D）散步（錯誤格式）

● 題型解析│部分抽象名詞使用在一些用法搭配中時，可以當成可數名詞，如例句中的walk本身是抽象名詞，但用在固定用法take a walk（散步）中，即變成可數名詞。因此，選項（C）正確，其他選項皆不符合題意。

Answer 31 │（B）

題目中譯│我錢包裡沒錢了，所以我不能買這件漂亮的裙子。

答案中譯│（A）很少（B）幾乎沒有（C）一些（D）幾個

● 題型解析│英語中，a few和few表示「一些」，通常用於修飾可數名詞；而a little和little也表示「一些」，通常用於修飾不可數名詞。money（錢）為不可數名詞，而題目中的「幾乎沒有」表達否定含義，因此，要用little來修飾，即選項（B）符合題意。

Answer 32 │（A）

題目中譯│在所有學科中，我最喜歡物理，因為我非常喜歡我的物理老師。

答案中譯│（A）是（單數）（B）是（複數）（C）是（原形）（D）是（現在分詞）

● 題型解析│某些學科名詞，雖然以「s」結尾，但仍當成不可數名詞。題目中的Physics表示「物理」，在句中當成主詞，是不可數名詞，be動詞要使用單數形式is。因此，選項（A）符合題意。

Level 1 │ 必考新多益選擇題

托 TOEFL **I** IELTS **B** Bulats **G** GEPT **I** 學測&指考 **公** 公務人員考試

語言能力：因為此程度的對話者對英語的理解經驗有限，有時候會發生誤解的狀況。需要熟悉與練習相關的英語談話內容，否則進行連續性的談話會有些不流暢。與英語為母語的人士進行交談時，則須花費較多時間去瞭解談話者的對話內容，需要紮實地增加英文字彙量及相關英文文法便能有效溝通。

Question │ 33 ····················· **I** B **G** I 公

"The Arabian Nights" _____ very popular with the children and also some young people.

(A) are

(B) be

(C) is

(D) being

Question │ 34 ····················· 托 **I** B **G** I 公

The United Nations _____ a decree this morning and all of us paid much attention to it.

(A) are issuing

(B) is issuing

(C) issue

(D) issued

Question │ 35 ····················· 托 **I** B **G** I 公

You should know that these arms _____ not allowed to be used in this country.

(A) be

(B) is

(C) are

(D) being

Question │ 36 ····················· **I** B **G** I 公

The company does not care about the needs of the _____, so a lot of workers quit.

(A) worker's

(B) workers

(C) job

(D) working

Level 1 | 新多益選擇題解析

〔橘色證書〕測驗成績→10分～215分

第一級

● 詳細完整的題目和答案中譯，呈現補教名師在課堂教授的重點。 ● 臨時抱佛腳的考場記憶祕訣，搭配新多益測驗題型陷阱的提醒。 ● 保證只要熟讀各類題型解析，馬上掌握考試重點並戰勝新多益。

Answer 33 | （C）

題目中譯 | 《一千零一夜》這本書非常受到孩子們的喜愛，有些年輕人也很喜歡。

答案中譯 | （A）是（複數）（B）是（原形）（C）是（單數）（D）是（現在分詞）

● 題型解析 | 英語中，以複數形式出現的書名、劇名、報紙、雜誌名通常視為單數。題目中的「The Arabian Nights」屬於書名，在句中當成主詞時，be動詞要用單數形式is，即選項（C）符合題意，其他選項皆不符合題意。

Answer 34 | （D）

題目中譯 | 今天上午聯合國頒佈了一項法令，大家都非常關注。

答案中譯 | （A）正在頒佈（複數）（B）正在頒佈（單數）（C）頒佈（複數）（D）頒佈（單數）

● 題型解析 | The United Nations（聯合國）的最後一個字雖然是複數形式，但應該視為單數。其在句中當主詞時，be動詞應該用單數形式，選項（A）和選項（C）刪除；根據時態，本題應該為過去式，因此，刪除選項（B），只有選項（D）符合題意。

Answer 35 | （C）

題目中譯 | 你應該知道，這些武器不允許在這個國家使用。

答案中譯 | （A）是（原形）（B）是（單數）（C）是（複數）（D）是（現在分詞）

● 題型解析 | 有些名詞只有複數形式，後面的be動詞要用複數。題目中的arms意思是「武器」，本身就是複數形式，在句中當主詞時，be動詞要用複數，選項（C）符合題意，其他選項皆不符合題意。

Answer 36 | （A）

題目中譯 | 公司不在乎工人的要求，因此，很多工人辭職了。

答案中譯 | （A）工人的（B）工人（C）工作（D）工作

● 題型解析 | 名詞的所有格表示名詞之間的所屬關係，一種形式是在名詞後面加上「's」，多用於構成表示有生命的事物名詞的所有格。依據題意，worker（工人）是有生命的，其表示所有格時要加「's」，即構成worker's的形式。因此，選項（A）符合題意。

Level 1 必考新多益選擇題
ⓉTOEFL ⒾIELTS ⒷBulats ⒼGEPT Ⓛ學測&指考 ⒶⒶ公務人員考試

第一級

語言能力：因為此程度的對話者對英語的理解經驗有限，有時候會發生誤解的狀況。需要熟悉與練習相關的英語談話內容，否則進行連續性的談話會有些不流暢。與英語為母語的人士進行交談時，則須花費較多時間去瞭解談話者的對話內容，需要紮實地增加英文字彙量及相關英文文法便能有效溝通。

Question | 37

Could you tell me the title _____ this English song? I really want to know it.

(A) about

(B) of

(C) in

(D) on

Question | 38

Tom and Jack buy a book together, so this book is _____ .

(A) Tom's

(B) Tom and Jack's

(C) Tom's and Jack's

(D) Jack's

Question | 39

The black car is Jim's and the white one is Jack's, so these two cars are _____ .

(A) Jim's

(B) Jack's

(C) Jim and Jack's

(D) Jim's and Jack's

Question | 40

This man is the two _____ father and he usually works abroad.

(A) girl's

(B) girls'

(C) girls's

(D) girl'

Level 1 ｜新多益選擇題解析

〔橘色證書〕測驗成績→10分～215分

第一級

● 詳細完整的題目和答案中譯，呈現補教名師在課堂教授的重點。● 臨時抱佛腳的考場記憶祕訣，搭配新多益測驗題型陷阱的提醒。● 保證只要熟讀各類題型解析，馬上掌握考試重點並戰勝新多益。

Answer 37 ｜（B）

題目中譯｜你能告訴我這首英文歌的歌名嗎？我真的很想知道。

答案中譯｜（A）關於（B）…的（C）在…之內（D）在…之上

● 題型解析｜名詞所有格的另一種表示形式是在介系詞of後面加上名詞，多用於構成表示沒有生命的事物名詞的所屬關係。題目中的song（歌曲）是無生命的事物，表示「歌曲的歌名」要用「the title of this song」，即要用介系詞of。因此，選項（B）符合題意。

Answer 38 ｜（B）

題目中譯｜湯姆和傑克一起買了一本書，所以這本書是湯姆和傑克共有的。

答案中譯｜（A）湯姆的（B）湯姆和傑克共有的（C）湯姆和傑克各自的（D）傑克的

● 題型解析｜名詞所有格在表示一個物體是兩個或多個人共有時，通常只在最後一個表示人的名詞之後加上「's」。依據題意，這本書是湯姆和傑克共同買的，是他們共有的，要用「Tom and Jack's的名詞所有格形式」，因此，選項（B）符合題意。

Answer 39 ｜（D）

題目中譯｜黑色的汽車是吉姆的，白色的汽車是傑克的，所以這兩輛汽車是吉姆和傑克各自擁有的。

答案中譯｜（A）吉姆的（B）傑克的（C）吉姆和傑克共有的（D）吉姆和傑克各自的

● 題型解析｜名詞所有格在表示不同人或物各自的所有關係時，通常在每一個詞的後面都要加「's」。依據題意，兩輛汽車是吉姆和傑克各自所擁有的，要用「Jim's and Jack's」的名詞所有格形式。因此，選項（D）符合題意。

Answer 40 ｜（B）

題目中譯｜這個男人是那兩位女孩的父親，他通常都在國外工作。

答案中譯｜（A）女孩的（錯誤格式）（B）女孩的（C）女孩的（錯誤格式）（D）女孩的（錯誤格式）

● 題型解析｜有一些字尾已經有s的複數名詞在構成名詞所有格時，通常只在字尾加「'」。依據題意，two表示複數，所修飾的名詞應該用複數形式girls，其構成的名詞所有格形式應該為girls'，即選項（B）符合題意。

Level 1 必考新多益選擇題

TOEFL ❶ IELTS ❷ Bulats ❸ GEPT ❶ 學測&指考 ❷ 公務人員考試 01-3

第一級

語言能力：因為此程度的對話者對英語的理解經驗有限，有時候會發生誤解的狀況。需要熟悉與練習相關的英
語談話內容，否則進行連續性的談話會有些不流暢。與英語為母語的人士進行交談時，則須花費較多時間去瞭
解談話者的對話內容，需要紮實地增加英文字彙量及相關英文文法便能有效溝通。

Question | 41

His father took him to the fairground on _____ Day and they had a good time there.

(A) Childrens'
(B) Childrens's
(C) Children's
(D) Children'

Question | 42

Please put the _____ book on the table and he will come in a minute.

(A) editor-in-chief's
(B) editor-in-chief'
(C) editor's-in-chief's
(D) editor's-in-chief

Question | 43

The hair _____ the girl standing behind you is so beautiful.

(A) off
(B) on
(C) of
(D) in

Question | 44

As is known to all, a home _____ the poor is usually very simple and unsophisticated.

(A) before
(B) from
(C) to
(D) of

Level 1 ｜ 新多益選擇題解析

〔橘色證書〕測驗成績→10分～215分

● 詳細完整的題目和答案中譯，呈現補教名師在課堂教授的重點。● 臨時抱佛腳的考場記憶祕訣，搭配新多益測驗題型詳列的提醒。● 保證只要熟讀各種題型解析，馬上掌握考試重點並戰勝新多益。

Answer 41 ｜ （C）

題目中譯｜兒童節那天，爸爸帶他去遊樂園，他們玩得很開心。

答案中譯｜（A）孩子們的（錯誤格式）（B）孩子們的（錯誤格式）（C）孩子們的（D）孩子們的（錯誤格式）

● 題型解析｜有些字尾不加s的複數名詞在構成名詞所有格時，要在字尾加「's」。依據題意，Children本身就表示複數含義，其構成的名詞所有格形式應該為Children's，即構成Children's Day表示「兒童節」。因此，選項（C）符合題意。

Answer 42 ｜ （A）

題目中譯｜請把總編輯的書放在桌子上，他等一下就來了。

答案中譯｜（A）總編輯的（B）總編輯的（錯誤格式）（C）總編輯的（錯誤格式）（D）總編輯的（錯誤格式）

● 題型解析｜複合名詞在構成名詞所有格時，通常只在最後一個字的字尾加「's」。依據題意，editor-in-chief（總編輯）是一個複合名詞，其名詞所有格形式要在最後一個字即chief的後面加's，即選項（A）符合題意。

Answer 43 ｜ （C）

題目中譯｜站在你身後的那個女孩，她的頭髮很漂亮。

答案中譯｜（A）離開（B）在…上面（C）…的（D）在…裡面

● 題型解析｜表示有生命的事物名詞，用片語或子句當作形容詞修飾時，不用's所有格，而要用「of所有格」的形式。題目中的片語standing behind you當the girl的形容詞，因此，「女孩的頭髮」要表示為「the hair of the girl」，即用「of所有格」的形式，選項（C）符合題意。

Answer 44 ｜ （D）

題目中譯｜眾所皆知，窮人的家一般都比較簡陋。

答案中譯｜（A）在…之前（B）來自（C）到（D）…的

● 題型解析｜在某些情況下，「of所有格」也適用於一些名詞化表示人的形容詞。題目中的poor（貧窮的）雖然是形容詞，但是與the連用構成the poor表示「窮人」，屬於名詞化的用法，因此，要用「of所有格」，即選項（D）符合題意。

Level 1 | 必考新多益選擇題

T TOEFL I IELTS B Bulats G GEPT 學測&指考 公務人員考試

語言能力：因為此程度的對話者對英語的理解經驗有限，有時候會發生誤解的狀況。需要熟悉與練習相關的英語談話內容，否則進行連續性的談話會有些不流暢。與英語為母語的人士進行交談時，則須花費較多時間去瞭解談話者的對話內容，需要紮實地增加英文字彙量及相關英文文法便能有效溝通。

Question | 45

This is a book _____ my father's and he always reads it on weekends.

- (A) of
- (B) like
- (C) that
- (D) to

Question | 46

That little girl _____ is really cute and everyone here likes her very much.

- (A) of your aunt
- (B) of your aunt's
- (C) your aunt's
- (D) your aunt'

Question | 47

It is said that this young man received a _____ degree at the age of twenty.

- (A) doctor'
- (B) doctor's
- (C) of doctor's
- (D) of doctor'

Question | 48

I heard that _____ was the beautiful woman's husband, but he often went out.

- (A) she
- (B) it
- (C) he
- (D) who

Level 1 │ 新多益選擇題解析

〔橘色證書〕測驗成績→10分～215分

● 詳細完整的題目和答案中譯，呈現補教名師在課堂教授的重點。 ● 臨時抱佛腳的考場記憶祕訣，搭配新多益測驗題型陷阱的提醒。 ● 保證只要熟讀各類題型解析，馬上掌握考試重點並戰勝新多益。

Answer 45 │（A）

題目中譯│這是我爸爸的書，他經常在周末時閱讀它。

答案中譯│（A）…的（B）像（C）那個（D）對於

● 題型解析│「of + 's」的結構稱為雙重所有格，其所修飾的名詞通常和不定冠詞a以及some, any, few, no, several等表示數量的詞彙連用，表示「其中之一」或「其中一部分」，但不可以和定冠詞the連用。而且of後面的名詞一般表示人，而不能表示物。根據題意，只能選（A）。

Answer 46 │（B）

題目中譯│你姑姑的小女兒真可愛，這裡的每一個人都很喜歡她。

答案中譯│（A）你姑姑的（錯誤格式）（B）你姑姑的（C）你姑姑的（錯誤格式）（D）你姑姑的（錯誤格式）

● 題型解析│雙重所有格所修飾的名詞和指示代名詞this, that, those, these連用時，往往表示愛憎、褒貶等感情色彩，而不表示「部分」。題目中的指示代名詞that與名稱girl連用，表示喜愛之意，後面要使用雙重所有格形式「of your aunt's」，即選項（B）符合題意。

Answer 47 │（B）

題目中譯│據說，這個年輕人20歲時就取得博士學位。

答案中譯│（A）博士的（錯誤格式）（B）博士的（C）博士的（錯誤格式）（D）博士的（錯誤格式）

● 題型解析│名詞所有格除了表示所屬關係外，還可以表示其他關係，如：陳述關係、修飾關係等。題目中的「doctor's degree」是一個固定用法，意思是「博士學位」，其中doctor's對degree有修飾限定的作用。因此，選項（B）符合題意。

Answer 48 │（C）

題目中譯│我聽說他就是那個漂亮女人的丈夫，但是他經常不在家。

答案中譯│（A）她（B）它（C）他（D）誰

● 題型解析│英語中名詞的性別通常有四種，即陽性、陰性、中性和通性。表示人的名詞根據其自然性別可以分為陽性和陰性，用he或she代指。依據題意，husband（丈夫）指男性，屬於陽性名詞，因此，要用he來代指，即選項（C）符合題意。

Level 1 | 必考新多益選擇題

托 TOEFL Ⓘ IELTS Ⓑ Bulats Ⓖ GEPT 學 學測&指考 公 公務人員考試

第一級

語言能力：因為此程度的對話者對英語的理解經驗有限，有時候會發生誤解的狀況。需要熟悉與練習相關的英語談話內容，否則進行連續性的談話會有些不流暢。與英語為母語的人士進行交談時，則須花費較多時間去瞭解談話者的對話內容，需要紮實地增加英文字彙量及相關英文文法便能有效溝通。

Question | 49

The girl said that _____ was the king's daughter, but we didn't believe her at all.

(A) she
(B) he
(C) it
(D) her

Question | 50

There is only one waiter in this restaurant and the others are all _____ .

(A) waiters
(B) waitresses
(C) waiting
(D) wait

Question | 51

My friend said that _____ would be married next month, which surprised me a lot.

(A) them
(B) it
(C) her
(D) she

Question | 52

This _____ just gave birth to a brood of chickens and my mother is very happy.

(A) hen
(B) cock
(C) chick
(D) chicken

Level 1 | 新多益選擇題解析

〔橘色證書〕測驗成績→10分～215分

● 詳細完整的題目和答案中譯，呈現補教名師在課堂教授的重點。● 臨時抱佛腳的考場記憶祕訣，搭配新多益測驗題型解析的提醒。● 保證只要熟讀各類題型解析，馬上掌握考試重點並戰勝新多益

Answer 49 | （A）

題目中譯｜這個女孩說她是國王的女兒，但是我們一點都不相信。

答案中譯｜（A）她（B）他（C）它（D）她的

● 題型解析｜表示人的陰性名詞通常用she來代指，如題目中的girl（女孩）和daughter（女兒）都屬於陰性名詞，要用she來代指，放在句首當成主詞。因此，選項（A）符合題意，其他選項皆不符合題意。

Answer 50 | （B）

題目中譯｜這間餐廳只有一位男服務員，其他的都是女服務員。

答案中譯｜（A）男服務員（B）女服務員（C）等候（動名詞）（D）等待（動詞）

● 題型解析｜有些表示人的名詞可以透過字尾來表示他們或她們的性別，例如用字尾「-ess」來表示女性。依據題意，waiter（男服務員）表示男性，而與其相反的「女服務員」則可以利用字尾「-ess」來表達，即waitress（女服務生）。因此，選項（B）符合題意。

Answer 51 | （D）

題目中譯｜我的朋友說她下個月就要結婚了，這令我很吃驚。

答案中譯｜（A）他們（B）它（C）她的（D）她

● 題型解析｜名詞的通性是指名詞具有雙重屬性，既可以表示陽性，也可以表達陰性。題目中的friend（朋友）就具有雙重屬性，可以用he或she來代替，不能用其他詞來代替，選項（A）them為受格，不符合句構，（B）、（C）代名詞格式不符皆刪除。因此，只能選（D）。

Answer 52 | （A）

題目中譯｜這隻母雞剛剛生了一窩小雞，我媽媽很高興。

答案中譯｜（A）母雞（B）公雞（C）小雞（D）雞肉

● 題型解析｜表示動物的名詞也可以有陰陽性之分。依據題意，當成主詞的應該是表示陰性動物的名詞，選項（B）cock意思是「公雞」，表示陽性；而選項（C）和選項（D）含義不符。因此，選項（A）為正解。

Level 1 | 必考新多益選擇題

托 TOEFL ❶ IELTS Ⓑ Bulats Ⓖ GEPT ❶ 學測 & 指考 公 公務人員考試

第一級

語言能力：因為此程度的對話者對英語的理解經驗有限，有時候會發生誤解的狀況。需要熟悉與練習相關的英語談話內容，否則進行連續性的談話會有些不流暢。與英語為母語的人士進行交談時，則須花費較多時間去瞭解談話者的對話內容，需要紮實地增加英文字彙量及相關英文文法便能有效溝通。

Question | 53 ······ 托❶ⒷⒼ❶公

The audience all watched _____ with relish after the match began.

- (A) they
- (B) she
- (C) it
- (D) he

Question | 54 ······ ❶ Ⓖ❶公

It is unfortunate that he _____ the ladder and _____ his legs yesterday.

- (A) fell; broke
- (B) fell; damaged
- (C) fell off; broke
- (D) fell off; damaged

Question | 55 ······ Ⓖ❶公

The shop assistant of the bookstore told me that this book is very helpful and _____ well.

- (A) is sold
- (B) sells
- (C) looks
- (D) sees

Question | 56 ······ 托❶ⒷⒼ❶公

Paul has been missing for two days and nobody knows what has _____ him.

- (A) become of
- (B) turned out
- (C) come up with
- (D) changed into

Level 1 | 新多益選擇題解析

〔橘色證書〕測驗成績→10分～215分

第一級

● 詳細完整的題目和答案中譯，享與補教名師在課堂教授的重點。● 臨時抱佛腳的考場記憶祕訣，搭配新多益測驗題型陷阱的提醒。● 保證只要熟讀含釋題型解析，馬上掌握考試重點並戰勝新多益。

Answer 53 | （C）

題目中譯 | 比賽開始後，觀眾們都看得津津有味。

答案中譯 | （A）他們（B）她（C）它（D）他

● 題型解析 | 集合名詞表示一個整體，無性別之分，但是當使用代名詞代指時，既可以用they或who，也可以用it或which。依據題意，需要找一個代名詞來代指match（比賽）這個名詞，選項（A）、（B）、（D）通常用來代指人，只有選項（C）用來代指事情或物品。因此，選項（C）為正確解答。

Answer 54 | （C）

題目中譯 | 很不幸的，昨天他從梯子上掉下來，摔斷了雙腿。

答案中譯 | （A）落下；摔壞（B）落下；摧毀（C）跌落；摔壞（D）跌落；摧毀

● 題型解析 | 動詞fall是不及物動詞，後面跟名詞時應該加上介系詞。動詞damage表示毀壞的程度非常大，一般指東西或物品；而break表示「弄壞」，可指物品或人。依據題意，兩個選項都應該用過去式，而「掉下來」應該用「fell off」來表達，「摔斷」則應該用「broke」來表示。因此，只有選項（C）符合題意。

Answer 55 | （B）

題目中譯 | 書店的店員告訴我，這本書很有實用並且暢銷。

答案中譯 | （A）被賣（B）賣（C）看上去（D）看見

● 題型解析 | sell well是一個固定用法，意思是「暢銷，賣得好」，通常在句中用主動形式表示被動含義。依據題意，選項（A）是被動形式，不符合題意，選項（C）和選項（D）意思不符。因此，選項（B）才是正解。

Answer 56 | （A）

題目中譯 | 保羅失蹤了兩天，沒有人知道他發生什麼事。

答案中譯 | （A）發生…情況（B）結果證明（C）提出（D）變成

● 題型解析 | 本題主要測驗一些片語的用法。選項（B）turned out意思是「結果證明」，選項（C）come up with意思是「提出，想出，趕上」，選項（D）changed into意思是「變成」，其意思皆與題意不符，只有選項（A）become of意思是「使遭遇，降臨於，發生情況」，符合題意。因此，選（A）為正確答案。

Level 1 | 必考新多益選擇題

TO TOEFL ① IELTS ③ Bulats ⑤ GEPT ① 學測&指考 ④ 公務人員考試

語言能力：因為此程度的對話者對英語的理解經驗有限，有時候會發生誤解的狀況。需要熟悉與練習相關的英語談話內容，否則進行連續性的談話會有些不流暢。與英語為母語的人士進行交談時，則須花費較多時間去瞭解談話者的對話內容，需要紮實地增加英文字彙量及相關英文文法便能有效溝通。

Question | 57

She won the scholarship, and three months' hard work has finally _____ .

(A) pay off

(B) paid off

(C) paid

(D) worked

Question | 58

The minister is _____ visit America during his last days in office

(A) seem to

(B) meant to

(C) due to

(D) about to

Question | 59

Mr. Lee _____ play basketball with his friends when he was a student in college.

(A) uses

(B) was used to

(C) used to

(D) is used to

Question | 60

After he finished his work, he _____ for Paris.

(A) arrived

(B) set off

(C) went

(D) came

Level 1 ｜ 新多益選擇題解析

〔橘色證書〕測驗成績→10分～215分

第一級

● 詳細完整的題目和答案中譯，呈現補教名師在課堂教授的重點。● 臨時抱佛腳的考場記憶秘訣，搭配新多益測驗題型陷阱的提醒。● 保證只要熟讀各類題型解析，馬上掌握考試重點並戰勝新多益。

Answer 57 ｜ （B）

題目中譯｜她獲得獎學金，3個月努力地唸書終於有了回報。

答案中譯｜（A）付款（B）見成效（C）付錢（D）有效用

● 題型解析｜本題主要測驗動詞pay的用法。pay的意思是「支付，償還」，與介系詞off連用構成片語pay off表示「付清，取得成功」，而題目中用has been表示現在完成式的被動語態，即pay off的被動形式paid off。因此，選項（B）符合題意，其他選項皆不符合題意。

Answer 58 ｜ （C）

題目中譯｜這位部長打算在他任職的最後幾天訪問中國。

答案中譯｜（A）好像（B）打算（C）由於（D）將要

● 題型解析｜依據題意要選擇「將要」，選項（A）seem to意思是「似乎，好像」，選項（B）meant to意思是「打算」，但是通常單獨使用，選項（C）due to意思是「預計或計畫著手進行某事」，選項（D）about to表示「將要」，但只限用於段時間，如：秒、分、小時，但不可用於長時間，如：幾天…等。即選項（C）符合題意。

Answer 59 ｜ （C）

題目中譯｜李先生在大學時經常和他的朋友打籃球。

答案中譯｜（A）使用（B）習慣於（C）過去經常（D）習慣於

● 題型解析｜本題主要測驗be used to和used to的用法。be used to意思是「習慣於」，而used to意思為「過去經常」。依據題意，要選擇表示經常性的動詞片語，應該用used to來表達。因此，選項（C）符合題意，而選項（A）、（B）、（D）皆不符合題意。

Answer 60 ｜ （B）

題目中譯｜完成工作後，他動身前往巴黎。

答案中譯｜（A）抵達（B）到達（C）去（D）來

● 題型解析｜表示「動身；前往」時，片語set off後面加上for即可接上地點名詞，而動詞arrive, go, come都必須用不定式動詞。根據題意，「動身前往巴黎」只有選項（B）符合題意，而其他選項都沒有使用不定式，皆不符合題意。

Level 1 | 必考新多益選擇題

托 TOEFL ⓘ IELTS Ⓑ Bulats Ⓖ GEPT ⓣ 學測＆指考 公 公務人員考試 01-4

第一級

語言能力：因為此程度的對話者對英語的理解經驗有限，有時候會發生誤解的狀況。需要熟悉與練習相關的英語談話內容，否則進行連續性的談話會有些不流暢。與英語為母語的人士進行交談時，則須花費較多時間去瞭解談話者的對話內容，需要紮實地增加英文字彙量及相關英文文法便能有效溝通。

Question | 61

Please _____ me the note book. I want to write down some data.

(A) hand

(B) take

(C) borrow

(D) hold

Question | 62

We have nothing to do now but _____ in the bus station.

(A) wait

(B) to waited

(C) waited

(D) waiting

Question | 63

He only _____ some bread for breakfast this morning, so he is hungry now.

(A) ate

(B) can

(C) is

(D) will

Question | 64

The little boy says that he is eight years old and he _____ a pupil.

(A) reads

(B) buys

(C) are

(D) is

Level 1 新多益選擇題解析

〔橘色證書〕測驗成績→10分～215分

第一級

● 詳細完整的題目和答案中譯，呈現禤教名師在課堂教授的重點。 ● 臨時抱佛腳的考場記憶祕訣，搭配新多益測驗題型陷阱的提醒。 ● 保證只要熟讀各類題型解析，馬上掌握考試重點並戰勝新多益。

Answer 61 | （A）

題目中譯 | 請把筆記本遞給我，我想記錄一些資料。

答案中譯 | （A）傳遞（B）拿（C）借（D）保留

● 題型解析 | 雙受詞及物動詞，是指及物動詞之後有兩個受詞，一個指人，一個指物。指人的為間接受詞，指物的為直接受詞。題目中運用了雙受詞的結構，依據題意，只有選項（A）表示「遞給」，符合題意，其他選項皆不符合題意。

Answer 62 | （A）

題目中譯 | 現在我們只能在公車站等待。

答案中譯 | （A）等待（現在式）（B）等待（錯誤格式）（C）等待（過去式）（D）等待（現在分詞）

● 題型解析 | 如果英語中存在連接詞but，並且but之前有動詞原形do，則but之後的不定式需要省略to，即加上動詞原形。依據題意，but之前有動詞原形do，則but之後不用不定式to wait，而要省略to，只能有wait，因此，只有選項（A）符合題意。

Answer 63 | （A）

題目中譯 | 今天早上他只吃了一些麵包當早餐，所以他現在餓了。

答案中譯 | （A）吃（B）能（C）是（D）將會

● 題型解析 | 實義動詞是指具有確切含義的動詞，能夠在句子中單獨當成動詞。依據題意，要選擇動詞來將主詞和受詞連接起來，而選項（B）、（C）、（D）都不能單獨當成動詞（即無中文意思），只有（A）ate是實義動詞（為「吃」的過去式），能夠單獨當成動詞。因此，只有選項（A）為正確解答。

Answer 64 | （D）

題目中譯 | 這個小男孩說，他今年8歲了，是一個小學生。

答案中譯 | （A）讀（B）買（C）是（複數）（D）是（單數）

● 題型解析 | 連綴動詞亦稱be動詞，它本身有詞義，但不能單獨當成動詞，後面必須跟上補語共同構成複合動詞——用以說明主詞的狀況、性質、特徵等。依據題意，應該選擇be動詞（意即：用來表示主詞的狀態，通常為be動詞。）。因此選項（A）、（B）立刻刪除；又因he表示單數，be動詞需要使用單數形式is，所以，刪除選項（C）。正確解答為選項（D）。

Level 1 | 必考新多益選擇題

⑥ TOEFL ❶ IELTS ⑧ Bulats ⑥ GEPT ❶ 學測&指考 ㊸ 公務人員考試

Question | 65 .... ❶ ⑥❶㊸

He always _____ silent in class, which makes his teacher very unsatisfied.

(A) is

(B) keeps

(C) becomes

(D) appears

Question | 66 .... ❶ ⑥❶㊸

He _____ to be very happy at the party because he has been dancing with his girl friend all the time.

(A) is

(B) were

(C) was

(D) seems

Question | 67 .... ⑥❶㊸

Spring is coming. The flowers in the garden look very beautiful and _____ very sweet.

(A) feel

(B) eat

(C) smell

(D) sound

Question | 68 .... ⑥❶⑧⑥❶㊸

Mr. White _____ crazy after the car accident.

(A) stayed

(B) became

(C) proved

(D) were

Level 1 ｜ 新多益選擇題解析

〔橘色證書〕測驗成績→10分～215分

● 詳細完整的題目和答案中譯，呈現補教名師在課堂教長的重點。 ● 臨時抱佛腳的考場記憶祕訣，搭配新多益測驗題型附錄的位醒。 ● 保證只要熟讀各項題型解析，馬上掌握考試重點並戰勝新多益。

Answer 65 ｜ （B）

題目中譯｜他總是在上課時保持沉默，這讓他的老師感到很不滿。

答案中譯｜（A）是（B）保持（C）變成（D）好像

● 題型解析｜表示持續性的連綴動詞主要用來表示主詞繼續或保持一種狀況或態度，主要有keep, rest, remain, stay, lie, stand等。依據題意，要選擇表示持續性的連綴動詞，選項（A）is是反應狀態的連綴動詞，選項（C）becomes是表示變化的連綴動詞，選項（D）appears是表像的連綴動詞，皆不符合題意，只有keep是表示持續性的連綴動詞。因此，正確解答為選項（B）。

Answer 66 ｜ （D）

題目中譯｜他在派對上看起來很開心，因為他一直都在和他的女朋友跳舞。

答案中譯｜（A）是（現在式、單數）（B）是（過去式、複數）（C）是（過去式、單數）（D）看起來

● 題型解析｜反應狀態的連綴動詞主要用來表示「看起來像」這一概念，常用來反應狀態的連綴動詞有seem, appear, look等。依據題意，「他看起來很高興」要表達為he seems be very happy。因此，選項（D）符合題意。

Answer 67 ｜ （C）

題目中譯｜春天來了，花園裡的花看起來很漂亮，聞起來也很香。

答案中譯｜（A）感覺（B）吃（C）聞（D）聽

● 題型解析｜感官動詞主要用於表達五官的感受，主要有feel, smell, sound, taste等。依據題意，表達「花聞起來很香」要用感官動詞，選項（B）是實義動詞，可以刪除，選項（A）和選項（D）雖然是感官動詞，但含義不符，只有選項（C）符合題意。

Answer 68 ｜ （B）

題目中譯｜那次車禍之後，懷特先生就瘋了。

答案中譯｜（A）停留（B）變得（C）證明是（D）是

● 題型解析｜表示變化的連綴動詞主要用來表示主詞變成什麼樣，如：become, grow, turn, come等。依據題意，應該使用表示變化的連綴動詞，選項（A）stayed是表示持續性的連綴動詞，選項（C）proved是表示事實、證明的的連綴動詞，選項（D）were是表示狀態的連綴動詞。因此，只有選項（B）符合題意。

Level 1 | 必考新多益選擇題

T TOEFL **I** IELTS **B** Bulats **G** GEPT **T** 學測&指考 **公** 公務人員考試

語言能力：因為此程度的對話者對英語的理解經驗有限，有時候會發生誤解的狀況。需要熟悉與練習相關的英語談話內容，否則進行連續性的談話會有些不流暢。與英語為母語的人士進行交談時，則須花費較多時間去瞭解談話者的對話內容，需要紮實地增加英文字彙量及相關英文文法便能有效溝通。

Question | 69

His career plan _____ to be a big success, which makes him full of confidence.

(A) turned out

(B) turns

(C) becomes

(D) will become

Question | 70

This girl _____ like math and also doesn't want to go in for extra math tutoring on holidays.

(A) shall

(B) should

(C) have

(D) doesn't

Question | 71

He _____ chatting with a beautiful girl when we met him on the street.

(A) do

(B) was

(C) have

(D) were

Question | 72

_____ you like Mr. Jackson? I think he is a modest and prudent man.

(A) Is

(B) Have

(C) Do

(D) Can

Level 1 | 新多益選擇題解析

〔橘色證書〕測驗成績→10分～215分

第一級

● 詳細完整的題目和答案中譯，呈現補教名師在課堂教授的重點。 ● 臨時抱佛腳的考場記憶祕訣，搭配新多益測驗題型陷阱的提醒。 ● 保證只要熟讀各類題型解析，馬上掌握考試重點並戰勝新多益。

Answer 69 | （A）

題目中譯 | 結果證明，他的職業規畫非常成功，這令他充滿信心。

答案中譯 | （A）結果是（B）轉變（C）成為（D）將會變成

● 題型解析 | 表示轉變的連綴動詞表示主詞的動作已經結束或終止，常常成表示轉變及事實證明的連綴動詞有prove, turn out等，表示「證實，變成」。依據題意，職業規畫證明是成功的，要用表示轉變的連綴動詞turn out來表達。因此，選項（A）符合題意。

Answer 70 | （D）

題目中譯 | 這個女孩不喜歡數學，也不想在假期去參加數學補習班。

答案中譯 | （A）會（B）應該（C）已經（D）不

● 題型解析 | 助動詞本身並沒有詞義，它是用來幫助主要動詞形成各種時態、語氣、語態、疑問句或否定句。最常使用的助動詞有be（is, am, are）,have, do, shall, will, should, would。依據題意，like在例句中當動詞，其前面應該用表示否定的助動詞來修飾，選項（A）、（B）、（C）都表示肯定，可以刪除。只有選項（D）符合題意，此為正解。

Answer 71 | （B）

題目中譯 | 我們在街上遇到他的時候，他正在和一位漂亮的女孩聊天。

答案中譯 | （A）做（助動詞）（B）在（單數）（C）已經（D）在（複數）

● 題型解析 | 基本助動詞只有三個，即be, do, have，它們沒有詞義，只有語法作用，可以協助構成進行式、完成式、被動式、否定句、疑問句等。依據題意，要選擇動詞be來構成現在式，根據主詞he和動詞met的時態可以判斷出，要選擇動詞was，即選項（B）符合題意。

Answer 72 | （C）

題目中譯 | 你喜歡傑克遜先生嗎？我認為他是一個謙虛、謹慎的人。

答案中譯 | （A）是（B）已經（C）助動詞do（D）能

● 題型解析 | 基本助動詞do用於構成疑問句、否定句等，如題目就是一個典型的疑問句，句首應該用助動詞進行提問，選項（A）首先刪除；依據題意，本題的主詞是you，應該用助動詞do進行提問，因此，選項（B）、（D）也可刪除。即選項（C）符合題意。

Level 1 必考新多益選擇題

® TOEFL ① IELTS ® Bulats © GEPT ① 學測&指考 ⚄ 公務人員考試

第一級

語言能力：因為此程度的對話者對英語的理解經驗有限，有時候會發生誤解的狀況。需要熟悉與練習相關的英語談話內容，否則進行連續性的談話會有些不流暢。與英語為母語的人士進行交談時，則須花費較多時間去瞭解談話者的對話內容，需要紮實地增加英文字彙量及相關英文文法便能有效溝通。

Question | 73 .... ©①⚄

We _____ decided to climb the mountain on Sunday for it will be a fine day that day.

(A) does

(B) do

(C) has

(D) have

Question | 74 .... ©①⚄

My sister _____ want to attend the party because she has no suitable evening dress to wear.

(A) have not

(B) has not

(C) does not

(D) do not

Question | 75 .... ①⚄

_____ come to my house this evening because my parents want to see you.

(A) Do

(B) Does

(C) Have

(D) Has

Question | 76 .... ®①®©①⚄

You are my best friend, so I _____ help you when you have trouble.

(A) do

(B) have

(C) am

(D) am willing to

Level 1 │ 新多益選擇題解析

第一級

〔橘色證書〕測驗成績→10分～215分

● 詳細完整的題目和答案中譯，呈現補教名師在課堂教授的重點。● 臨時抱佛腳的考場記憶祕訣，搭配新多益測驗題型層層的提醒。● 保證只要熟讀各種題型解析，馬上掌握考試重點並戰勝新多益。

Answer 73 │ （D）

題目中譯 │ 我們已經決定周日去爬山，因為那天會是個好天氣。

答案中譯 │ （A）（助動詞，單數）（B）做（助動詞，複數）（C）已經（單數）（D）已經（複數）

● 題型解析 │ 助動詞have用於構成完成式時態，根據題目中的動詞（為過去式分詞p.p.V）decided的形式可以判斷出，本題要用完成式時態，選項（A）、（B）即可刪除；主詞We為複數形式，因此選項（C）為單數便刪除，正確解答即為選項（D）。

Answer 74 │ （C）

題目中譯 │ 我妹妹不想去參加聚會，因為她沒有合適的晚禮服可以穿。

答案中譯 │ （A）已經不（複數）（B）已經不（單數）（C）不（單數）（D）不（複數）

● 題型解析 │ 助動詞還可以與否定副詞not連用，用於構成否定句。從because引導表示原因的形容詞子句可以判斷出，主要句子的一般動詞want之前應該使用助動詞的否定形式來修飾，又因My sister為第三人稱單數，故否定形式應該用does not來表示，即為選項（C）為正確解答。

Answer 75 │ （A）

題目中譯 │ 今天晚上你一定要來我家，因為我的父母想要見你。

答案中譯 │ （A）do（助動詞）（B）does（助動詞）（C）已經（複數）（D）已經（單數）

● 題型解析 │ 助動詞還可以用於加強語氣，通常置於句首，表示強調的作用。依據題意，動詞come之前要用助動詞來表示強調，且通常會語do或did搭配，根據前後句子的動詞（即want為現在式）判斷出，應該使用助動詞do。因此，即選項（A）符合題意。

Answer 76 │ （D）

題目中譯 │ 你是我最好的朋友，我當然願意在你有困難的時候幫助你。

答案中譯 │ （A）do（助動詞）（B）已經（C）是（D）願意

● 題型解析 │ 半助動詞是指在功能上介於主要動詞和助動詞之間的一類結構，常用的半助動詞有be about to, be going to, be likely to, be willing to等。題目中的help為一般動詞，選項（A）、（B）、（C）使用在一般動詞之前與題意不符，即可刪除；而選項（D）am willing to表示「願意」，與題意相符，因此，選項（D）為正解。

Level 1 | 必考新多益選擇題

托 TOEFL **I** IELTS **B** Bulats **G** GEPT **I** 學測&指考 **公** 公務人員考試

語言能力：因為此程度的對話者對英語的理解經驗有限，有時候會發生誤解的狀況。需要熟悉與練習相關的英語談話內容，否則進行連續性的談話會有些不流暢。與英語為母語的人士進行交談時，則須花費較多時間去瞭解談話者的對話內容，需要紮實地增加英文字彙量及相關英文文法便能有效溝通。

Question | 77 ································· **I** **G I 公**

_____ do that again! Otherwise, I think we will all be fires by the company at once.

(A) Won't

(B) Doesn't

(C) Don't

(D) Didn't

Question | 78 ································· **I 公**

A:You know where the library downtown is, don't you?

B:Yes, I _____.

(A) do

(B) does

(C) did

(D) doing

Question | 79 ································· **托 I B G I 公**

As is known to all, English _____ becoming more and more important in international business.

(A) are

(B) have

(C) do

(D) is

Question | 80 ································· **托 I B G I 公**

This little boy told the teacher quietly that the cup _____ broken by him the day before yesterday.

(A) is

(B) are

(C) were

(D) was

Level 1 | 新多益選擇題解析

〔橘色證書〕測驗成績→10分～215分

● 詳細完整的題目和答案中譯，呈現補教名師在課堂教授的重點。 ● 臨時抱佛腳的考場記憶祕訣，搭配新多益測驗題型陷阱的提醒。 ● 保證只要熟讀各類題型解析，馬上掌握考試重點並戰勝新多益。

Answer 77 | （C）

題目中譯 | 別再那麼做了！否則，我想我們都會馬上被公司開除的。

答案中譯 |（A）將不會（B）不（單數）（C）不（複數）（D）不（過去式）

● 題型解析 | 助動詞do通常與否定副詞not連用，用於構成否定祈使句，不能用did和does來表示。依據題意，題目中的do屬於實義動詞（即指具有確切含義的動詞，能夠在句子中單獨當成動詞），意思為「做」，其前可用助動詞do加not來引導否定祈使句，表示「不要做某事」。因此，只有選項（C）符合題意。

Answer 78 | （A）

題目中譯 | A：你知道市中心的圖書館在哪裡，是嗎？
　　　　　 B：是的，我知道。

答案中譯 |（A）do（助動詞）（B）does（助動詞）（C）助動詞（過去式）（D）正在做

● 題型解析 | 助動詞在句中也可以用於代指動詞，以避免重複。本題為問答形式的選擇題，其答句中的動詞應該是問句中動詞know的變形，又因主詞為I，可以用助動詞do來代替。因此，選項（A）為正解，其他選項皆不符合題意。

Answer 79 | （D）

題目中譯 | 眾所皆知，在國際貿易中英語變得越來越重要。

答案中譯 |（A）是（複數）（B）已經（C）do（助動詞）（D）是（單數）

● 題型解析 | be動詞（即is, am, are）可以與現在分詞連用，用於構成進行式時態。依據題意，becoming是現在分詞，前面可以加上be動詞構成現在進行式，又因主詞English是單數名詞，be動詞要轉變為單數形式，即is。因此，選項（D）為正確答案。

Answer 80 | （D）

題目中譯 | 這個小男孩悄悄地告訴老師，那個杯子是他在前天打破的。

答案中譯 |（A）是（現在式、單數）（B）是（現在式、複數）（C）是（過去式、複數）（D）是（過去式、單數）

● 題型解析 | be動詞可以與過去分詞（即p.p.V）連用，用於構成被動語態。依據題意，broken為break的過去分詞形式，其前面需要加上be動詞來構成被動語態。根據時間副詞「the day before yesterday」判斷出要用過去式be動詞，便可以刪除選項（A）與（B）；又因主詞cup是單數，要用單數形式的be動詞，即was，故選項（C）也可刪除。最後，只剩下選項（D），為正確解答。

Level 1 必考新多益選擇題

🏫 TOEFL ❶ IELTS ⓑ Bulats ⓖ GEPT ❶ 學測 & 指考 ⓐ 公務人員考試 01-5

第一級

語言能力：因為此程度的對話者對英語的理解經驗有限，有時候會發生誤解的狀況。需要熟悉與練習相關的英語談話內容，否則進行連續性的談話會有些不流暢。與英語為母語的人士進行交談時，則須花費較多時間去瞭解談話者的對話內容，需要紮實地增加英文字彙量及相關英文文法便能有效溝通。

Question | 81

According to the schedule, we _____ going to Boston to attend an important international meeting next month.

(A) is
(B) are
(C) do
(D) did

Question | 82

You _____ to explain this thing in the board meeting to be held this afternoon.

(A) do
(B) will
(C) are
(D) is

Question | 83

He sent his application letter to me, but how _____ I to answer him?

(A) is
(B) am
(C) are
(D) have

Question | 84

French _____ taught in this university for many years and we are all the students of the French Language Department.

(A) is
(B) are
(C) has
(D) has been

Level 1 | 新多益選擇題解析

〔橘色證書〕測驗成績→10分～215分

● 詳細完整的題目和答案中譯，呈現補教名師在課堂教授的重點。 ● 臨時抱佛腳的考場記憶祕訣，搭配新多益測驗如型陷阱的提醒。 ● 保證只要熟悉各類題型解析，馬上掌握考試重點並戰勝新多益。

Answer 81 | （B）

題目中譯 | 根據行程，我們下個月要去波士頓參加一個重要的國際會議。

答案中譯 | （A）是（單數）（B）是（複數）（C）do（助動詞）（D）做（過去式）

● 題型解析 | be動詞後面加上going to可以取代will表未來式。（即will改用「be動詞（is, am, are）＋ going to」表未來式），用此句型可以表示最近或未來的計畫與安排。依據題意，題目表達的是未來要發生的事情，可以在going to之前用be動詞來表達（只可用現在式的be動詞，不可以用過去式be動詞）。從時間副詞next month和主詞we判斷出，要用複數形式are。因此，選項（B）為正確解答。

Answer 82 | （C）

題目中譯 | 你要在今天下午舉行的董事會議上對此事作出解釋。

答案中譯 | （A）do（助動詞）（B）將要（C）是（複數）（D）是（單數）

● 題型解析 | be動詞後面加上不定式動詞，可以用來表示命令。題目表達出一種命令的語氣，可以在不定式動詞to explain的前面加be動詞來表達。從主詞You判斷出，應該用複數形式are的be動詞，即選項（C）為正解。

Answer 83 | （B）

題目中譯 | 他將他的求職信寄給我，但我該怎麼回覆他呢？

答案中譯 | （A）是（第三人稱單數）（B）是（第一人稱單數）（C）是（複數）（D）已經

● 題型解析 | be動詞後面加上不定式動詞，可以用來表示徵求意見。題目以問句的形式來向對方徵求意見，並且用了不定式動詞「to answer」，其主詞為I，因此，必須用be動詞am加上不定式動詞來表示徵求對方意見的句構，即選項（B）符合題意。

Answer 84 | （D）

題目中譯 | 這所大學教法語已經有很多年了，我們都是法語系的學生。

答案中譯 | （A）是（單數）（B）是（複數）（C）有（D）已經

● 題型解析 | 「助動詞has/ have + been + 過去分詞（p.p.V）」，可以用於構成「完成式的被動語態」。依據題意，要使用被動語態（即主詞是動作的承受者），因為，主詞French（法語）為動作的承受者且為單數名詞，加上時間副詞for many years通常用於完成式時態，故選項（A）、（B）便可大膽刪除。至於，選項（C）因為has的後面缺少（been）無法構成被動語態，也必須刪除。因此，最正確選項為（D）。

Level 1 | 必考新多益選擇題

T TOEFL **I** IELTS **B** Bulats **G** GEPT **Ⓣ** 學測＆指考 **公** 公務人員考試

第一級

語言能力：因為此程度的對話者對英語的理解經驗有限，有時候會發生誤解的狀況。需要熟悉與練習相關的英語談話內容，否則進行連續性的談話會有些不流暢。與英語為母語的人士進行交談時，則須花費較多時間去瞭解談話者的對話內容，需要紮實地增加英文字彙量及相關英文文法便能有效溝通。

Question | 85

I _____ telephone you as soon as I get home late this evening, so you better plan to go to bed later than usual.

(A) am
(B) have
(C) did
(D) shall

Question | 86

I want to know what I _____ do to help you decorate the wedding venue.

(A) shall
(B) should
(C) did
(D) was

Question | 87

Knowing that her daughter _____ come back from France next month, my aunt is very happy.

(A) will
(B) are
(C) is
(D) was

Question | 88

He said that he _____ go to America to take a vacation and stay there for at least three months.

(A) wanted
(B) have
(C) would
(D) won't

Level 1 | 新多益選擇題解析

〔橘色證書〕測驗成績→10分～215分

● 詳細完整的題目和答案中譯，呈現補教名師在課堂教授的重點。 ● 臨時抱佛腳的考場記憶祕訣，搭配新多益測驗題型附的現解。 ● 保證只要熟諳各種題型解析，馬上掌握考試重點並戰勝新多益

Answer 85 | （D）

題目中譯 | 今天晚上我一回家就打電話給你，你最好晚一點再睡。

答案中譯 | （A）是（單數）（B）已經（C）做 （D）將會

● 題型解析 | 助動詞shall通常用於各種未來式時態的第一人稱。依據題意，本題要使用未來式，主詞為I，可以用助動詞shall來表達將要發生的事情。因此，只有選項（D）為正確解答，其他選項皆無法單獨用以表達未來式。

Answer 86 | （B）

題目中譯 | 我想知道我可以做些什麼來幫你佈置婚禮現場。

答案中譯 | （A）將會 （B）應該（C）做（D）是

● 題型解析 | 助動詞should無詞義，在that子句中，should用於個人稱已表示對某些或真或的事件之驚喜、生氣或愉快，常用於過去或現在式。本題中的例句原本應該為「I want to know that...」將原本的that加以省略，又因為動詞want及decorate為現在式。所以，由此兩個觀點來判斷，可以首先刪除選項（C）與（D），分別為為過去式助動詞與動詞。選項（A）shall只能用於未來式，刪除。最後，只剩下選項（B），為最正確解答。

Answer 87 | （A）

題目中譯 | 得知女兒下個月就要從法國回來了，我姑姑很高興。

答案中譯 | （A）將會 （B）將要（C）是（現在式）（D）是（過去式）

● 題型解析 | will可以用於各種未來式的第二、三人稱，表示將來。由時間副詞next month可以判斷出，本題要用未來式，選項（C）、（D）刪除；主詞her daughter為第三人稱，而are通常用於複數，選項（B）刪除，只有選項（A）符合題意。

Answer 88 | （C）

題目中譯 | 他說他將會去美國度假，並且至少在那裡待3個月。

答案中譯 | （A）想要（過去式）（B）已經（C）將會（過去式）（D）將不會（未來式）

● 題型解析 | would是will的過去式，無詞義，與動詞原形構成過去未來式，用於第二、三人稱。由題目中的said判斷出，本題應該用過去式，選項（A）、（B）、（D）皆刪除。因此，只有選項（C）符合題意。

Level 1 | 必考新多益選擇題

第一級

⑦ TOEFL ① IELTS ⑧ Bulats ⑥ GEPT ① 學測&指考 ⑳ 公務人員考試

語言能力：因為此程度的對話者對英語的理解經驗有限，有時候會發生誤解的狀況。需要熟悉與練習相關的英語談話內容，否則進行連續性的談話會有些不流暢。與英語為母語的人士進行交談時，則須花費較多時間去瞭解談話者的對話內容，需要紮實地增加英文字彙量及相關英文文法便能有效溝通。

Question | 89 .... ⑥①⑳

You must _____ your work before 4 o'clock because we will have a group meeting at 5 o'clock.

(A) finishing

(B) finishes

(C) finished

(D) finish

Question | 90 .... ① ⑥①⑳

He says that their team _____ win this game easily, and we all trust him.

(A) will can

(B) have to

(C) will

(D) must

Question | 91 .... ⑦①⑧⑥①⑳

I think you _____ write a letter to the mayor and tell him about this social phenomenon.

(A) have

(B) ought to

(C) had to

(D) are

Question | 92 .... ⑥①⑳

I am free this Saturday, and I _____ help you clean up your room.

(A) need

(B) can

(C) must

(D) have to

Level 1 ｜新多益選擇題解析

〔橘色證書〕測驗成績→10分～215分

● 詳細完整的題目和答案中譯，呈現補教名師在課堂教授的重點。 ● 臨時抱佛腳的考場記憶秘訣，搭配新多益測驗題型陷阱的提醒。 ● 保證只要熟悉各種題型解析，馬上掌握考試重點並戰勝新多益。

Answer 89 ｜（D）

題目中譯｜你必須在4點之前完成工作，因為5點我們要召開小組會議。

答案中譯｜（A）完成（現在分詞）（B）完成（第三人稱單數）（C）完成（過去式）（D）完成（動詞原形）

● 題型解析｜情態動詞通常用以表示能力、義務、必須、猜測等說話人的語氣或情態的動詞。常見的情態動詞有：can(could), shall(should), will(would), may(might), must, need, dare, have to, ought to等，必須和原形動詞一併使用。本題中的must（必須）為情態動詞，後面需要加上原形動詞finish。因此，選項（D）為正確解答。

Answer 90 ｜（C）

題目中譯｜他說他們的隊伍將會輕鬆贏得這場比賽，我們都相信他。

答案中譯｜（A）將能（B）不得不（C）將會（D）必須

● 題型解析｜本題主要測驗情態動詞的用法（「情態動詞」可以參考「第89題」的題目解析）。依據題意要選擇「將會」，選項（A）表述錯誤（兩個助動詞will及can不可以放在一起），首先刪除。而選項（B）和（D）的含義與題意不符，也刪除。因此，只有選項（C）為最正確解答。

Answer 91 ｜（B）

題目中譯｜我認為你應該寫一封信給市長，告訴他這種社會現象。

答案中譯｜（A）有（B）應該（C）最好（D）是

● 題型解析｜本題主要測驗情態動詞的用法（「情態動詞」可以參考「第89題」的題目解析）。依據題意，選項（A）have是「有」的意思，選項（C）had to的解釋為「最好」（因為此時態為過去式，與例句的現在式不符，所以，刪除。），選項（D）are意思為「是」（同一個例句中不能同時併用兩個動詞。are為be動詞，後面接上的write則為一般動詞。），皆與題意不符。只有選項（B）ought to表示「應該」為正確答案。

Answer 92 ｜（B）

題目中譯｜這禮拜六我有空，可以幫你整理房間。

答案中譯｜（A）需要（B）能（C）必須（D）不得不

● 題型解析｜情態動詞沒有人稱和數量的變化，即各種人稱或各種時態下，情態動詞的形式大多不變。題目中的四個選項都為情態動詞，選項（A）need意思為「需要」，選項（C）must意思為「必須」，選項（D）have to意思為「不得不」，皆不符合題意。只有選項（B）can意思為「能，可以」符合題意。

Level 1 | 必考新多益選擇題

T TOEFL **I** IELTS **B** Bulats **G** GEPT **T** 學測&指考 **公** 公務人員考試

語言能力：因為此程度的對話者對英語的理解經驗有限，有時候會發生誤解的狀況。需要熟悉與練習相關的英語談話內容，否則進行連續性的談話會有些不流暢。與英語為母語的人士進行交談時，則須花費較多時間去瞭解談話者的對話內容，需要紮實地增加英文字彙量及相關英文文法便能有效溝通。

Question | 93
T **公**

_____ you tell me how I can get to the railway station? I am not familiar with this area.

(A) Should
(B) Need
(C) Must
(D) Could

Question | 94
G **T** **公**

This thesis will _____ tomorrow and I will hand it in to you as soon as it is done.

(A) finish
(B) finished
(C) be finished
(D) be finishing

Question | 95
T **公**

Though the girl is not as beautiful as you, you _____ laugh at her in public.

(A) shouldn't
(B) won't
(C) needn't
(D) daren't

Question | 96
G **T** **公**

That woman _____ be your mother because you two look so much alike.

(A) should
(B) need
(C) will
(D) must

Level 1 新多益選擇題解析

〔橘色證書〕測驗成績→10分～215分

第一級

● 詳細完整的題目和答案中譯，呈現補教名師在課堂教授的重點。● 臨時抱佛腳的考場記憶祕訣，搭配新多益測驗題型陷阱的提醒。● 保證只要熟讀各類題型解析，馬上掌握考試重點並戰勝新多益。

Answer 93｜（D）

題目中譯｜你能告訴我如何到火車站嗎？我對這個地方不熟。

答案中譯｜（A）應該（B）需要（C）必須（D）可以

● 題型解析｜本題最主要是在測驗情態動詞的中文意思。依據題意，需要選擇符合題的解釋為「可以」。因此，快速掃描過前面三個選項（A）、（B）、（C），其中文意思皆與題目不符。然而，選項（D）Could的意思為「可以」，即為最正確解答。

Answer 94｜（C）

題目中譯｜這篇論文明天可以寫完，寫完後我會馬上把它交給你。

答案中譯｜（A）完成（現在式）（B）完成（過去式）（C）被完成（D）正在完成

● 題型解析｜本題最主要是在測驗「未來式的被動語態」，即「will be + 過去分詞（p.p.V）」。因此，可以首先刪除選項（A）與（B），其次，選項（D），動詞需要為「過去分詞（p.p.V）」，此選項也可刪除。最後，只剩下選項（C），其為最正確解答。

Answer 95｜（A）

題目中譯｜即使那個女孩沒有妳長得漂亮，妳也不應該當眾取笑她。

答案中譯｜（A）不應該（B）不會（C）不需要（D）不敢

● 題型解析｜情態動詞也可以與否定詞not連用，構成情態動詞的否定形式，並且通常寫成縮格式。依據題意，應該要選擇中文意思為「不應該」的選項。選項（B）won't表示「不會」，選項（C）needn't表示「不需要」，選項（D）daren't表示「不敢」，含義皆與題意不符，可以刪除。因此，只有選項（A）shouldn't表示「不應該」，符合題意。

Answer 96｜（D）

題目中譯｜那個女人一定是你媽媽，因為你們兩個長得很像。

答案中譯｜（A）應該（B）需要（C）將會（D）一定

● 題型解析｜情態動詞本身詞義不完整，不能單獨當成動詞，必須和實義動詞一起構成複合動詞。依據題意，題目表示十分肯定的推測，be為動詞原形，要和情態動詞must一起構成動詞，即選項（D）正確，其他選項含義皆與題意不符。

Level 1 | 必考新多益選擇題

⑰ TOEFL **①** IELTS **⑧** Bulats **⑥** GEPT **①** 學測＆指考 **⑳** 公務人員考試

語言能力：因為此程度的對話者對英語的理解經驗有限，有時候會發生誤解的狀況。需要熟悉與練習相關的英語談話內容，否則進行連續性的談話會有些不流暢。與英語為母語的人士進行交談時，則須花費較多時間去瞭解談話者的對話內容，需要紮實地增加英文字彙量及相關英文文法便能有效溝通。

Question | 97 ············· **①** **⑥①⑳**

You _____ solve this math problem with this very easy method.
- (A) can
- (B) do
- (C) have
- (D) are

Question | 98 ············· **⑰①** **⑥①⑳**

_____ I make a statement in the meeting? If so, I will prepare one in advance.
- (A) Am
- (B) Need
- (C) Do
- (D) Have

Question | 99 ············· **①** **⑥①⑳**

I _____ speak English and French fluently and also a little Japanese.
- (A) need
- (B) dare
- (C) can
- (D) might

Question | 100 ············· **⑰①⑧⑥①⑳**

That girl _____ be my sister because she has gone to Canada to spend her holiday.
- (A) can't
- (B) needn't
- (C) won't
- (D) daren't

Level 1 | 新多益選擇題解析

〔橘色證書〕測驗成績→10分～215分

第一級

● 詳細完整的題目和答案中譯，呈現補教名師在課堂教授的重點。● 臨時抱佛腳的考場記憶祕訣，搭配新多益測驗題型陷阱的提醒。● 保證只要熟讀各類題型解析，馬上掌握考試重點並戰勝新多益。

Answer 97 | （A）

題目中譯 | 你可以用這種簡單的方法來解答這題數學。

答案中譯 | （A）可以（B）do（助動詞）（C）已經（D）是

● 題型解析 | 在肯定句中，情態動詞（「情態動詞」可以參考「第89題」的題目解析）一般會放置主詞之後，一般動詞之前。本題中的solve為一般動詞，與主詞You之間可以加入助動詞，來表示某種情態或語氣。選項（B）、（C）、（D）皆不是情態動詞，且含義與題意不符；只有選項（A）符合題意，can是情態動詞，中文意思為「可以，能夠」，此為最正確解答。

Answer 98 | （B）

題目中譯 | 我需要在會議上發言嗎？如果需要的話，我會提前做準備。

答案中譯 | （A）是（B）需要（C）do（助動詞）（D）已經

● 題型解析 | 在疑問句中，情態動詞要提到句首，放在主詞之前。本題以問句的形式來說明情態動詞在疑問句中的用法，選項（A）、（C）、（D）含義皆與題意不符，因此，可以刪除。選項（B）為情態動詞，放置主詞I之前構成疑問句，符合題意。

Answer 99 | （C）

題目中譯 | 我能夠說流利的英語和法語，還能說一點日語。

答案中譯 | （A）需要（B）敢（C）可以（D）也許

● 題型解析 | 情態動詞can可以表示某人或某物具有做某事的能力。依據題意，speak用以說某種語言時，表示一種能力，要用情態動詞can來表示，選項（A）、（B）、（D）所表示的情態動詞含義皆與題意不符，所以刪除，只有選項（C）符合題意。

Answer 100 | （A）

題目中譯 | 那個女孩絕不可能是我妹妹，因為我妹妹去加拿大度假了。

答案中譯 | （A）不可能（B）不需要（C）不會（D）不敢

● 題型解析 | 情態動詞can可以表示某種可能性。依據題意，由「我妹妹去加拿大度假了」，推測出這個女孩不可能是她的妹妹，表示一種推測語氣。選項（B）needn't表示「不需要」，選項（C）won't表示「不會」，選項（D）daren't表示「不敢」，含義皆與題意不符；只有選項（A）表示「不可能」，符合題意。

Level 1 │ 必考新多益選擇題

TOEFL ❶ IELTS ❸ Bulats ❻ GEPT ❶ 學測＆指考 ❷ 公務人員考試 01-6

語言能力：因為此程度的對話者對英語的理解經驗有限，有時候會發生誤解的狀況。需要熟悉與練習相關的英語談話內容，否則進行連續性的談話會有些不流暢。與英語為母語的人士進行交談時，則須花費較多時間去瞭解談話者的對話內容，需要紮實地增加英文字彙量及相關英文文法便能有效溝通。

Question │ 101

You _____ use my car provided that you return it to me before Friday.

(A) ought to

(B) need

(C) can

(D) must

Question │ 102

_____ it be true that the ugly girl married a handsome American?

(A) Need

(B) Must

(C) Can

(D) Dare

Question │ 103

These children said that they _____ sing all the songs the teacher taught them in school.

(A) could

(B) maybe

(C) were

(D) have

Question │ 104

_____ you tell me your telephone number? I want to give you a call this evening.

(A) Need

(B) Could

(C) Must

(D) Have

Level 1 | 新多益選擇題解析

〔橘色證書〕測驗成績→10分～215分

第一級

● 詳細完整的題目和答案中譯，呈現補教名師在課堂教授的重點。 ● 臨時抱佛腳的考場記憶祕訣，搭配新多益測驗題型陷阱的提醒。 ● 保證只要熟諳各類題型解析，馬上掌握考試重點並戰勝新多益。

Answer 101 | （C）

題目中譯 | 你可以借用我的汽車，只要你在周五之前歸還。

答案中譯 | （A）應該（B）需要（C）可以（D）必須

● 題型解析 | 情態動詞can可以表示允許某人做某事，或允許某種行為發生。依據題意，要選擇「可以」的意思。選項（A）ought to表示「應該」，選項（B）need表示「需要」，選項（D）must表示「必須」，皆與題意不符。只有選項（C）can表示「可以」符合題意。

Answer 102 | （C）

題目中譯 | 那個醜陋的女孩嫁給了一個英俊的美國人，是真的嗎？

答案中譯 | （A）需要（B）必須（C）可能（D）敢

● 題型解析 | 情態動詞can也可以表示驚異、懷疑等語態或狀態。本題以問句的形式提出對這件事情的懷疑，應該選用表示疑問的情態動詞。選項（A）、（B）、（D）皆不是表示疑問的情態動詞，所以直接刪除；只有選項（C）符合題意。

Answer 103 | （A）

題目中譯 | 這些孩子說，老師在學校裡教的歌曲他們都會唱。

答案中譯 | （A）能夠（B）也許（C）是（D）有

● 題型解析 | could本身表示能力或可能性，多用於指過去式間所發生的事情。指現在式通常表示虛擬或作為can的委婉形式。依據題意，動詞said表示過去，所以本題時態要用過去式，選項（B）、（D）刪除，選項（C）含義與題意不符，用法不正確，也刪除；只有選項（A）符合題意。

Answer 104 | （B）

題目中譯 | 你能告訴我你的電話號碼嗎？我今天晚上想打電話給你。

答案中譯 | （A）需要（B）可以（C）必須（D）已經

● 題型解析 | 表示許可、驚異、懷疑時，Could和Can可以互換，但是用Could語氣會更加委婉。依據題意，疑問句應該用表示許可的情態動詞來引導，選項（A）、（C）、（D）都不是表示許可的意思，先行刪除。只有選項（B）表示許可，符合題意。

Level 1 | 必考新多益選擇題

T TOEFL **I** IELTS **B** Bulats **G** GEPT **T** 學測&指考 **公** 公務人員考試

語言能力：因為此程度的對話者對英語的理解經驗有限，有時候會發生誤解的狀況。需要熟悉與練習相關的英語談話內容，否則進行連續性的談話會有些不流暢。與英語為母語的人士進行交談時，則須花費較多時間去瞭解談話者的對話內容，需要紮實地增加英文字彙量及相關英文法便能有效溝通。

Question | 105 ······· T I B G T 公

_____ you have a merry Christmas and all your dreams come true!

(A) Could

(B) Need

(C) May

(D) Will

Question | 106 ······· I G T 公

My father doesn't like people who tell lies most, so you _____ as well tell him the truth.

(A) should

(B) will

(C) can

(D) may

Question | 107 ······· G T 公

You _____ have considered your boyfriend's feelings, but you quarrelled with him.

(A) can

(B) may

(C) will

(D) might

Question | 108 ······· I G T 公

It _____ help a lot if you would keep a good habit of going to bed at a reasonable time.

(A) will

(B) can

(C) might

(D) may

Level 1 ｜新多益選擇題解析

〔橘色證書〕測驗成績→10分～215分

● 詳細完整的題目和答案中譯，呈現補教名師在課堂教授的重點。 ● 臨時抱佛腳的考場記憶祕訣，搭配新多益測驗題型陷阱的提醒。 ● 保證只要熟讀各抱題型解析，馬上掌握考試重點並戰勝新多益

Answer 105 ｜（C）

題目中譯｜願你度過一個愉快的耶誕節，所有的願望都成真！

答案中譯｜（A）能夠（B）需要（C）祝願（D）將會

● 題型解析｜情態動詞may可以用於表示願望。依據題意，本題是一個感歎句，需要用表示願望的情態動詞來引導。選項（A）、（B）、（D）中的情態動詞置於句首時，通常用於引導疑問句，不能引導感歎句，不符合題意，所以先行刪除；只有選項（C）情態動詞may可以表示願望，能夠引導感歎句並符合題意。

Answer 106 ｜（D）

題目中譯｜我爸爸最不喜歡說謊話的人，你最好還是對他說實話。

答案中譯｜（A）應該（B）將會（C）能偶（D）可以

● 題型解析｜情態動詞may還可以與well, as well或just as well連用，表示「完全有理由」或「最好…」。依據題意，as well意思是「也，同樣地，還不如」，通常與情態動詞may連用構成may as well，表示「最好…」。因此，選項（D）符合題意。

Answer 107 ｜（D）

題目中譯｜你應該考慮妳男朋友的感受，但是妳卻和他吵了一架。

答案中譯｜（A）能夠（B）可以（C）將會（D）也許

● 題型解析｜情態動詞might與動詞的完成式連用時，可以表示責備。由句子前後所表達的意思判斷出，應該用表示責備的情態動詞來引導整個句子，而選項（A）、（B）、（C）都沒有責備之意，只有情態動詞might可以表示「責備」的意思。因此，選項（D）為正確解答。

Answer 108 ｜（C）

題目中譯｜保持這個早睡早起的好習慣對你有益處。

答案中譯｜（A）將會（B）能夠（C）或許（D）可以

● 題型解析｜情態動詞might能夠用於假設語句中，而may不可以。由題目中的would可以看出，本題使用假設語氣，而情態動詞will, can, may都無法用於假設語氣中，所以可刪除選項（A）、（B）、（D）。只有選項（C）符合題意。

Level 1 | 必考新多益選擇題

第一級

托 TOEFL **I** IELTS **B** Bulats **G** GEPT **I** 學測＆指考 **公** 公務人員考試

語言能力：因為此程度的對話者對英語的理解經驗有限，有時候會發生誤解的狀況。需要熟悉與練習相關的英語談話內容，否則進行連續性的談話會有些不流暢。與英語為母語的人士進行交談時，則須花費較多時間去瞭解談話者的對話內容，需要紮實地增加英文字彙量及相關英文文法便能有效溝通。

Question | 109

As far as I know, many people in this area _____ their living by working in the factories.

(A) have
(B) made
(C) gain
(D) earn

Question | 110

I am sorry that I forgot _____ the files, so I will go to get them right now.

(A) take
(B) to take
(C) taking
(D) took

Question | 111

You'd better _____ all the subjects carefully before the exams in order to get good marks.

(A) to review
(B) review
(C) reviewing
(D) reviewed

Question | 112

I advise you _____ out with that man because he is quite a playboy.

(A) not going
(B) not to go
(C) not go
(D) to not going

Level 1 新多益選擇題解析

〔橘色證書〕測驗成績→10分～215分

第一級

● 詳細完整的題目和答案中譯，呈現補教名師在課堂教授的重點。● 臨時抱佛腳的考場記憶祕訣，搭配新多益測驗題型陷阱的提醒。● 保證只要熟讀各類題型解析，馬上掌握考試重點並戰勝新多益。

Answer 109 ｜（D）

題目中譯｜據我所知，這個地區多數人在工廠裡工作謀生。

答案中譯｜（A）有（B）製造（C）獲得（D）賺得

● 題型解析｜本題主要測驗動詞的固定用法。依據題意，「謀生」可以表達為「earn one's living」，是一個固定用法。例句中的時態為現在式，因此，選項（B）made（為過去式）可刪除。而選項（A）、（C）的中文意思皆不符合題意。因此，選項（D）為正確解答。

Answer 110 ｜（B）

題目中譯｜很抱歉，我忘了帶檔案，我現在就去拿。

答案中譯｜（A）帶（原形）（B）帶（不定式）（C）帶（現在分詞）（D）帶（過去式）

● 題型解析｜題目中的forgot（forget的過去式）為一動詞，而選項（A）、（C）、（D）皆為動詞形態，無法與take連用。因此，需要使用不定式，也就是「to + 動詞」。然而，我們常用「forget to do something」用以表達「忘記做某件事情」。因此，最正確選項為（B）。

Answer 111 ｜（B）

題目中譯｜考試之前，你最好將所有科目都認真地複習一遍，才能取得好成績。

答案中譯｜（A）複習（不定式）（B）複習（原形）（C）複習（現在分詞）（D）複習（過去式）

● 題型解析｜動詞不定式的另一種形式是不帶to的不定式，即所謂的原形動詞。依據題意，本題主要是測驗had better的用法，had better後面要加上不帶to的不定式動詞（即原形動詞）。因此，選項（A）、（C）、（D）皆可刪除。留下最正確解答，即選項（B）。

Answer 112 ｜（B）

題目中譯｜我建議你不要和那個男孩交往，因為他是一個很花心的人。

答案中譯｜（A）不去（現在分詞）（B）不去（不定式）（C）不去（原形）（D）不去（錯誤格式）

● 題型解析｜不定式動詞的否定形式由「not / never + 不定式」構成。動詞advise後面通常加上不定式to do的形式，而依據題意，要使用否定的形式，所以，要在不定式前加上否定詞not，即構成not to go的格式。因此，只有選項（B）為最正確解答，其他選項皆不符合題意。

Level 1 | 必考新多益選擇題
® TOEFL ❶ IELTS ❷ Bulats ❸ GEPT ❹ 學測＆指考 ❺ 公務人員考試

語言能力：因為此程度的對話者對英語的理解經驗有限，有時候會發生誤解的狀況。需要熟悉與練習相關的英語談話內容，否則進行連續性的談話會有些不流暢。與英語為母語的人士進行交談時，則須花費較多時間去瞭解談話者的對話內容，需要紮實地增加英文字彙量及相關英文文法便能有效溝通。

Question | 113
I am a teacher in the English Department of this university, and I am glad _____ you.
- (A) met
- (B) meeting
- (C) meet
- (D) to meet

Question | 114
This little girl likes dancing very much and wants _____ a dancer in the future.
- (A) to be
- (B) be
- (C) being
- (D) been

Question | 115
Several people seemed _____ something when I went into the meeting room.
- (A) to discuss
- (B) to be discussing
- (C) be discussing
- (D) to discussing

Question | 116
I was very happy _____ early this morning so that I was able to catch the early bus.
- (A) to have gotten up
- (B) to get up
- (C) got up
- (D) get up

Level 1 | 新多益選擇題解析

〔橘色證書〕測驗成績→10分～215分

● 詳細完整的題目和答案中譯，呈現補教名師在課堂教授的重點。 ● 臨時抱佛腳的考場記憶祕訣，搭配新多益測驗題型陷阱的提醒。 ● 保證只要熟讀各類題型解析，馬上掌握考試重點並戰勝新多益。

Answer 113 | （D）

題目中譯 | 我是這所大學英語系的老師，很高興見到你。

答案中譯 | （A）遇見（過去式）（B）遇見（現在分詞）（C）遇見（原形）（D）遇見（不定式）

● 題型解析 | 不定式動詞的一般式所表示的動作通常與限定動詞的動作同時發生。依據題意，表示「很高興見到你」通常會用「glad to meet you」來表達，glad 與meet 兩個動作同時發生，因此，meet需要以不定式（即to meet）的方式呈現。四個選項中，只有選項（D）符合答案。

Answer 114 | （A）

題目中譯 | 這個小女孩很喜歡跳舞，將來想成為一名舞蹈家。

答案中譯 | （A）是（不定式）（B）是（原形）（C）是（現在分詞）（D）是（完成式）

● 題型解析 | 不定式動詞的一般式所表示的動作也可以發生在限定動詞動作之後。依據題意，是要表達「想要做某一件事情」，常用「want to do something」來表示，也是固定用法，可以記住此用法。因此，只有選項（A）為符合的答案。

Answer 115 | （B）

題目中譯 | 我走進會議室時，他們幾個人好像在討論什麼事情。

答案中譯 | （A）商討（不定式）（B）商討（進行式）（C）商討（進行式）（D）商討（不定式）

● 題型解析 | 不定式動詞的進行式所表示的動作與限定動詞的動作同時發生。依據題意，題目中動詞seem所表示的動作與動詞discuss的動作同時發生。因此，第二個動詞discuss要用不定式的進行式來表達，即「to be discussing」。最佳選項為（B），其他皆與題意不符。

Answer 116 | （A）

題目中譯 | 很高興我今天早上早起，所以能趕上早班車。

答案中譯 | （A）起床（完成式）（B）起床（不定式）（C）起床（過去式）（D）起床（原形）

● 題型解析 | 不定式動詞的完成式表示的動作發生在限定動詞的動作之前。依據題意，get up（起床）的動作發生在was very happy（很高興）所表示的動作之前，因此，判斷需要用「現在完成式」來表達，即「to have gotten up」的形式。正確選項為（A）。

Level 1 | 必考新多益選擇題

🚩 TOEFL ❶ IELTS ⓑ Bulats ⓖ GEPT ❶ 學測 & 指考 ⓐ 公務人員考試

語言能力：因為此程度的對話者對英語的理解經驗有限，有時候會發生誤解的狀況。需要熟悉與練習相關的英語談話內容，否則進行連續性的談話會有些不流暢。與英語為母語的人士進行交談時，則須花費較多時間去瞭解談話者的對話內容，需要紮實地增加英文字彙量及相關英文文法便能有效溝通。

Question | 117 ⋯⋯⋯⋯⋯⋯⋯⋯⋯⋯⋯⋯⋯⋯⋯⋯⋯ 🚩❶ⓑⓖ❶ⓐ

Please remember that this delicious food is prepared _____ and not to be wasted.

(A) to be tasting

(B) to have tasted

(C) to taste

(D) to be tasted

Question | 118 ⋯⋯⋯⋯⋯⋯⋯⋯⋯⋯⋯⋯⋯⋯⋯⋯⋯⋯ ❶ ⓖ❶ⓐ

_____ late is bad for your health, so you'd better go to bed before 10 p.m..

(A) Stay up

(B) To stay

(C) Staying

(D) Staying up

Question | 119 ⋯⋯⋯⋯⋯⋯⋯⋯⋯⋯⋯⋯⋯⋯⋯⋯⋯⋯⋯⋯ ⓖ❶ⓐ

This little girl wishes _____ a piano of her own because she likes to play the piano very much.

(A) having

(B) to have

(C) to have had

(D) to be having

Question | 120 ⋯⋯⋯⋯⋯⋯⋯⋯⋯⋯⋯⋯⋯⋯⋯⋯ 🚩❶ⓑⓖ❶ⓐ

My brother is eager _____ this movie this evening because it is really very interesting.

(A) watch

(B) watching

(C) to watch

(D) watched

Level 1 | 新多益選擇題解析

〔橘色證書〕測驗成績→10分～215分

第一級

● 詳細完整的題目和答案中譯，呈現補教名師在課堂教授的重點。 ● 臨時抱佛腳的考場記憶祕訣，搭配新多益測驗題型陷阱的提醒。 ● 保證只要熟讀各題題型解析，馬上掌握考試重點並戰勝新多益。

Answer 117 | （D）

題目中譯｜請記住，美味的食物是準備用來品嚐的，而不是用來浪費的。

答案中譯｜（A）品嚐（現在式）（B）品嚐（完成式）（C）品嚐（不定式）（D）品嚐（被動式）

● 題型解析｜不定動詞也可以用被動語態來表達，表示物體之間的被動關係。依據題意，food（食物）應該是被吃，所以，be動詞taste應該用被動語態來表示，又因為動詞prepare後面通常加上不定式動詞（即prepare to + 動詞），便為「to be tasted」的形式。答案便呼之欲出，即為選項（D）。

Answer 118 | （D）

題目中譯｜熬夜對你的健康不好，因此，你最好在晚上10點之前上床睡覺。

答案中譯｜（A）熬夜（原形）（B）停留（不定式）（C）停留（現在分詞）（D）熬夜（進行式）

● 題型解析｜動名詞當主詞的句法功能之一是在句中當主詞。在這種情況下，一般動詞要用單數形式。依據題意，一般動詞is之前缺少主詞，只能用不定式動詞或動名詞來充當主詞，又因「staying up」是固定用法，表示「熬夜」。因此，只有選項（D）正確，其他選項皆不符合題意。

Answer 119 | （B）

題目中譯｜這個小女孩希望能有一架自己的鋼琴，因為她非常喜歡彈鋼琴。

答案中譯｜（A）有（現在分詞）（B）有（不定式）（C）有（完成式）（D）有（進行式）

● 題型解析｜want, wish, like, decide, help, pledge, begin, forget, learn, ask等動詞的後面通常加上不定式當成受詞。依據題意，表示「想要做某一件事情」，可以用「wish to do something」來表達，這也是常用的固定用法，可以將此用法記在腦海中。因此，快速地掃描過選項，只有（B）符合題意。

★ 特殊動詞需要花一點時間來記憶，便可以提高解題的速度喔！

Answer 120 | （C）

題目中譯｜我弟弟很想要在今天晚上觀看這部電影，因為它真的很有趣。

答案中譯｜（A）觀看（原形）（B）觀看（現在分詞）（C）觀看（不定式）（D）觀看（過去式）

● 題型解析｜不定式動詞也可以加在某些形容詞之後當成受詞，如：eager, anxious, ready, sure, glad, pleased, sorry, afraid, free, able等。依據題意，表示「很想要觀賞」，便可以用「is eager to watch」，即形容詞eager後面加上不定式to watch來當成受詞。因此，只有選項（C）符合題意。

★ 此為特殊用法，在腦海中有印象即可。考題中有出現時，便可以在第一時間內選出正確答案。

Level 1 | 必考新多益選擇題

ⓉTOEFL ⒤IELTS ⒷBulats ⒼGEPT ⒤學測&指考 ㊣公務人員考試 01-7

語言能力：因為此程度的對話者對英語的理解經驗有限，有時候會發生誤解的狀況。需要熟悉與練習相關的英語談話內容，否則進行連續性的談話會有些不流暢。與英語為母語的人士進行交談時，則須花費較多時間去瞭解談話者的對話內容，需要紮實地增加英文字彙量及相關英文文法便能有效溝通。

Question | 121 Ⓖ⒤㊣

It is rainy today, so I have no choice but _____ at home and watch TV.

(A) stay
(B) staying
(C) to stay
(D) stayed

Question | 122 ⒤ Ⓖ⒤㊣

Our plan is _____ the work by Friday and to go on a vacation on the weekend.

(A) finish
(B) to finish
(C) finishing
(D) being finished

Question | 123 Ⓖ⒤㊣

I have an emergency meeting _____ , so I can't go shopping with you.

(A) to attend
(B) attend
(C) attending
(D) being attended

Question | 124 ⒤ Ⓖ⒤㊣

We made a plan _____ this work after we had a meeting yesterday.

(A) finished
(B) finishing
(C) finish
(D) to finish

Level 1 ｜ 新多益選擇題解析

〔橘色證書〕測驗成績→10分～215分

第一級

● 詳細完整的題目和答案中譯，呈現補教名師在課堂教授的重點。 ● 臨時抱佛腳的考場記憶祕訣，搭配新多益測驗題型時附的提醒。 ● 保證只要熟讀各類題型解析，馬上掌握考試重點並戰勝新多益。

Answer 121 ｜ （C）

題目中譯 ｜ 今天是雨天，我只能待在家裡看電視別無選擇。

答案中譯 ｜ （A）逗留（原形）（B）逗留（現在分詞）（C）逗留（不定式）（D）逗留（過去式）

● **題型解析** ｜ 不定式動詞也可以在句中充當介系詞的受詞，即位於介系詞之後當成受詞使用。依據題意，「have no choice but」是一個固定用法，意思是「別無選擇」，其中，but是一介系詞，後面通常跟不定式來當受詞，即為「to stay」的形式。因此，便可快速選出正確答案，為選項（C）。

Answer 122 ｜ （B）

題目中譯 ｜ 我們計畫在周五之前完成工作，然後周末去度假。

答案中譯 ｜ （A）完成（原形）（B）完成（不定式）（C）完成（現在分詞）（D）完成（完成式）

● **題型解析** ｜ 不定式動詞也可以在句中當成補語，如題目中的Our plan當成主詞，is為be動詞，可以用不定式來當成補語的用法，即為「to finish」的形式。選項（A）無法兩個動詞並用，首先刪除。選項（C）即構成現在進行式，與例句中的時態不符，刪除。選項（D）為被動語態，與題意不合，刪除。因此，最後即剩下選項（B），並為最正確解答。

Answer 123 ｜ （A）

題目中譯 ｜ 周日我要去參加一個緊急會議，不能和你一起購物了。

答案中譯 ｜ （A）參加（不定式）（B）參加（原形）（C）參加（現在分詞）（D）參加（被動式）

● **題型解析** ｜ 不定式動詞在句中當形容詞時，必須放在所修飾的名詞或代名詞之後，可以與所修飾名詞構成支配關係。題目中的meeting當受詞，後面可以加上不定式動詞to attend當形容詞，與meeting構成支配關係，表示「參加會議」，因此，只有選項（A）為正確解答。

Answer 124 ｜ （D）

題目中譯 ｜ 昨天開完會後，我們制定了計畫來完成這項工作。

答案中譯 ｜ （A）完成（過去式）（B）完成（現在分詞）（C）完成（原形）（D）完成（不定式）

● **題型解析** ｜ 不定式動詞在句中也可以用於說明所修飾名詞的內容。題目中的We當主詞，made為一般動詞，plan則為受詞，plan之後可以加上不定式動詞to finish，用以說明所修飾的名詞plan所指的內容，即「完成工作」。因此，選項（D）正確，其他選項皆不符合題意。

Level 1 | 必考新多益選擇題

TOEFL ① IELTS ⑧ Bulats ⑥ GEPT ① 學測&指考 ⑳ 公務人員考試

第一級

語言能力：因為此程度的對話者對英語的理解經驗有限，有時候會發生誤解的狀況。需要熟悉與練習相關的英語談話內容，否則進行連續性的談話會有些不流暢。與英語為母語的人士進行交談時，則須花費較多時間去瞭解談話者的對話內容，需要紮實地增加英文字彙量及相關英文文法便能有效溝通。

Question | 125

He is the first _____ the top of the mountain, so he wins this mountain-climbing competition.

(A) to reach
(B) reach
(C) reaching
(D) reached

Question | 126

He went there _____ many places and tasted delicious snacks.

(A) visit
(B) visited
(C) visiting
(D) to visit

Question | 127

All of us were surprised _____ the news of her divorce from her husband.

(A) hearing
(B) heard
(C) to hear
(D) hear

Question | 128

I hurried home after work only _____ my girlfriend had already left.

(A) to find
(B) find
(C) finding
(D) found

Level 1 第一級

新多益選擇題解析

〔橘色證書〕測驗成績→10分～215分

● 詳細完整的題目和答案中譯，呈現補教名師在課堂教授的重點。● 臨時抱佛腳的考場記憶祕訣，搭配新多益測驗題型陷阱的提醒。● 保證只要熟讀各類題型解析，馬上掌握考試重點並戰勝新多益。

Answer 125 ｜（A）

題目中譯｜他是第一個爬到山頂的人，因此他贏得這次的爬山比賽。

答案中譯｜（A）到達（不定式）（B）到達（原形）（C）到達（現在分詞）（D）到達（過去式）

● 題型解析｜不定式動詞放在句中時，被修飾的名詞可以是主要句子的主詞。題目中的the first為補語，代指the first man（第一個人），其後可以用不定式to reach來充當the first的動詞，即the first當不定式to reach主要句子主詞。因此，選項（A）符合題意。

Answer 126 ｜（D）

題目中譯｜他去那裡參觀許多地方，並嚐了美味小吃。

答案中譯｜（A）參觀（原形）（B）參觀（過去式）（C）參觀（現在分詞）（D）參觀（不定式）

● 題型解析｜不定式動詞當副詞時，一般放在它所修飾的動詞之後，用於表示目的。題目中的went to為動詞，there是地方副詞，之後可以加上不定式動詞to visit，用於修飾一般動詞，表明去的目的。構成此結構，只有選項（D）符合題意。

Answer 127 ｜（C）

題目中譯｜聽到她和她丈夫離婚的消息，我們都很吃驚。

答案中譯｜（A）聽到（現在分詞）（B）聽到（過去式）（C）聽到（不定式）（D）聽到（原形）

● 題型解析｜不定式動詞在句中當副詞時，可以用於表示原因。主詞補語surprised之後可以加上不定式動詞當副詞，即用「to hear」的形式來表示驚訝的原因。最佳選項為（C）。

Answer 128 ｜（A）

題目中譯｜下班後我匆忙趕回家，卻發現我的女朋友已經離開了。

答案中譯｜（A）發現（不定式）（B）發現（原形）（C）發現（現在分詞）（D）發現（過去式）

● 題型解析｜表示結果的副詞子句中，不定式動詞之前通常用only來表示強調。本題是一個表結果的副詞子句，only之後可以用不定式動詞to find來強調所發現的事情，即「我的女朋友已經離開了」這一事實。因此，只有選項（A）為正解，其他選項皆不符合題意。

Level 1 | 必考新多益選擇題

托 TOEFL ① IELTS ⑧ Bulats ⑥ GEPT ① 學測＆指考 ② 公務人員考試

語言能力：因為此程度的對話者對英語的理解經驗有限，有時候會發生誤解的狀況。需要熟悉與練習相關的英語談話內容，否則進行連續性的談話會有些不流暢。與英語為母語的人士進行交談時，則須花費較多時間去瞭解談話者的對話內容，需要紮實地增加英文字彙量及相關英文文法便能有效溝通。

Question | 129

We don't think your plan is feasible. _____ , we don't have enough people.

(A) Beginning with

(B) To begin with

(C) Begin with

(D) Began with

Question | 130

My friend wishes to study in this famous university and _____ an excellent translator in the future.

(A) become

(B) to becoming

(C) becoming

(D) will become

Question | 131

I would rather _____ than _____ in this company because our manager is very disgusting.

(A) to resign, to stay

(B) to resign, stay

(C) resign, stay

(D) resign, to staying

Question | 132

She is a beautiful and gentle girl, so he can't help but _____ in love with her.

(A) fall

(B) to falling

(C) falling

(D) fell

Level 1 新多益選擇題解析

〔橘色證書〕測驗成績→10分～215分

● 詳細完整的題目和答案中譯，呈現補教名師在課堂教授的重點。● 臨時抱佛腳的考場記憶祕訣，搭配新多益測驗題型陷阱的提醒。● 保證只要熟讀各種題型解析，馬上掌握考試重點並戰勝新多益。

Answer 129 | （B）

題目中譯 | 我們認為你的計畫不可行。首先，我們沒有足夠的人。

答案中譯 | （A）首先（錯誤格式）（B）首先（C）首先（錯誤格式）（D）首先（錯誤格式）

● **題型解析** | 不定式動詞可以在句中可以成為一獨立成分，如放在句首或句中當成插入語。「To begin with」是一個固定用法，意思是「首先」，以不定式動詞的形式放置句首（即插入語），有強調的作用。符合答案的是選項（B）。

Answer 130 | （A）

題目中譯 | 我朋友想在這所著名的大學研習英語，並在未來成為一名出色的翻譯家。

答案中譯 | （A）成為（原形）（B）成為（錯誤格式）（C）成為（現在分詞）（D）將會成為

● **題型解析** | 如果在一個對等句（如例句中出現用and連接兩個子句。）中出現了兩個不定式，則第二個不定式可以省略to。本題是一個由and連接的對等句，and前後是兩個以不定式動詞形式存在的對等子句，後面子句中的to便可省略，使用原形動詞become即可。正確解答為選項（A）。

Answer 131 | （C）

題目中譯 | 我寧願辭職也不願留在這家公司，因為我們的經理非常討人厭。

答案中譯 | （A）辭職，停留（B）辭職，停留（C）辭職，停留（D）辭職，停留

● **題型解析** | 「would rather A than B」是一固定用法，其中，A與B必須同為名詞或動詞，並且後面通常用不會加上to的不定式。根據四個選項皆為動詞，並可以刪除有不定式動詞的選項（A）、（B）、（D）。最後的選項便為（C），也是最正確解答。

★ 「would rather A than B」這一個固定用法，一定要學會！看見此句型，便可以用秒殺的方式作答並得分。

Answer 132 | （A）

題目中譯 | 她是一位漂亮又溫柔的女孩，因此他情不自禁地愛上了她。

答案中譯 | （A）落下（原形）（B）落下（錯誤格式）（C）落下（現在分詞）（D）落下（過去式）

● **題型解析** | cannot but, cannot choose but, cannot help but之後的不定式一般都不會出現to。依據題意，表示「愛上某人」可以說「fall in love with somebody」，而根據can't help but之後通常用不帶to的不定式，即原形動詞。判斷出正確選項即為（A）。

Level 1 | 必考新多益選擇題

TOEFL ❶ IELTS ❸ Bulats ❻ GEPT ❶ 學測&指考 ❷ 公務人員考試

第一級

語言能力：因為此程度的對話者對英語的理解經驗有限，有時候會發生誤解的狀況。需要熟悉與練習相關的英語談話內容，否則進行連續性的談話會有些不流暢。與英語為母語的人士進行交談時，則須花費較多時間去瞭解談話者的對話內容，需要紮實地增加英文字彙量及相關英文文法便能有效溝通。

Question | 133

I come not to scold but _____ you because you are helping me deal with this trouble.

(A) praise
(B) praising
(C) praised
(D) to praise

Question | 134

Why not _____ again? I think there is a good chance that you will succeed.

(A) to try
(B) try
(C) trying
(D) tried

Question | 135

It will be hard for you to _____ if you continue to eat a lot of sweet food.

(A) lose heart
(B) lose weight
(C) lose face
(D) lose oneself

Question | 136

These two young men are lying on the grass _____ the stars in the night sky.

(A) watching for
(B) seeing
(C) looking
(D) staring at

Level 1 ｜ 新多益選擇題解析

〔橘色證書〕測驗成績→10分～215分

● 詳細完整的題目和答案中譯，呈現補教名師在課堂教授的重點。● 臨時抱佛腳的考場記憶祕訣，搭配新多益測驗題型陷阱的提醒。● 保證只要熟讀各類題型解析，馬上掌握考試重點並戰勝新多益。

Answer 133 ｜（D）

題目中譯｜我不是來罵你，是來誇讚你的，因為你幫我解決了這個麻煩。

答案中譯｜（A）誇獎（原形）（B）誇獎（現在分詞）（C）誇獎（過去式）（D）誇獎（不定式）

● 題型解析｜如果句中出現兩個不定式動詞，並有對照或對比之意的時候，則不可以省略to。題目中的轉折連接詞but前後表示相反的含義，to scold使用不定式，則praise也要用不定式，即to praise的形式並不可以省略to。最佳選項為（D）。

Answer 134 ｜（B）

題目中譯｜為什麼不再試一試呢？我認為這是個好機會，你一定會成功的。

答案中譯｜（A）嘗試（不定式）（B）嘗試（原形）（C）嘗試（現在分詞）（D）嘗試（過去式）

● 題型解析｜疑問詞Why引導的省略句中的不定式一般將to省略，即「Why not後面通常加上動詞原形」。題目中的Why not表示反問，通常用於建議某人做某事，其後不需要加上to的不定式，便加上原形動詞try即可。此為一秒殺題目，正確解答為選項（B）。

★ 「Why not + 動詞原形」為一常出現的句型與考題，記住其形式，便可在測驗中一眼就看出答案。

Answer 135 ｜（B）

題目中譯｜如果你仍繼續吃很多甜食的話，你會很難減肥成功。

答案中譯｜（A）喪失信心（B）減肥（C）丟臉（D）迷路

● 題型解析｜依據題意，要選擇中文意思為「減肥」的選項。此題目一點都不困難，只要將平常背誦的片語想一次，便可輕鬆的選出正確解答。因此，最佳答案便為（B）lose weight。

Answer 136 ｜（D）

題目中譯｜這兩個年輕人正躺在草地上，凝視著夜空中的繁星。

答案中譯｜（A）等待（B）看見（C）看（D）凝視

● 題型解析｜本題的幾個選項都表示「看」，但是有所區別。選項（A）watching for表示等待，選項（B）seeing強調看的內容，選項（C）looking也是強調看的動作，選項（D）staring at表示「凝視」，強調專注地看。依據題意，應該選擇選項（D）強調專心看星星。

Level 1 | 必考新多益選擇題

第一級

托 TOEFL ❶ IELTS B Bulats G GEPT ❶ 學測＆指考 公 公務人員考試 01-8

語言能力：因為此程度的對話者對英語的理解經驗有限，有時候會發生誤解的狀況。需要熟悉與練習相關的英語談話內容，否則進行連續性的談話會有些不流暢。與英語為母語的人士進行交談時，則須花費較多時間去瞭解談話者的對話內容，需要紮實地增加英文字彙量及相關英文文法便能有效溝通。

Question | 137 ··· G❶公

I am sorry that I can't answer your call now. I will _____ later.
- (A) call on
- (B) call in
- (C) call back
- (D) call for

Question | 138 ··· 托❶ G❶公

He _____ a good idea quickly to deal with the dilemma.
- (A) came along
- (B) came up with
- (C) came about
- (D) came by

Question | 139 ··· ❶公

I'm _____ walk home today, so you don't need to pick me up.
- (A) fond of
- (B) going to
- (C) able to
- (D) fit for

Question | 140 ··· ❶ G❶公

Though he had _____ the situation many times, he still couldn't make the decision.
- (A) thought over
- (B) thought of
- (C) thought up
- (D) thought back to

Level 1 ｜ 新多益選擇題解析

〔橘色證書〕測驗成績→10分～215分

● 詳細完整的題目和答案中譯，呈現補教名師在課堂教授的重點。● 臨時抱佛腳的考場記憶祕訣，搭配新多益測驗題型陷阱的破解。● 保證只要熟讀各類題型解析，馬上掌握考試重點並戰勝新多益。

Answer 137 ｜（C）

題目中譯 ｜ 抱歉我現在不能接你的電話，稍後我會回你電話。

答案中譯 ｜（A）號召（B）召集（C）回電話（D）要求

● **題型解析** ｜ 本題主要測驗動詞call的片語的用法及語意。依據題意，要選擇中文意思為「回電話」的選項。只有選項（C）call back的意思為「回電話」，符合題意。其餘的選項語意皆和題目不相符。

Answer 138 ｜（B）

題目中譯 ｜ 他很快就想出了一個好辦法來解決這種困境。

答案中譯 ｜（A）出現（B）想出（C）發生（D）得到

● **題型解析** ｜ 本題主要測驗動詞come的片語的用法。根據題意，需要選擇「想出」為語意的選項。因此，平時除了累積相關詞彙的廣度，片語的學習也不可忽視。新多益測驗經常出現，長相類似但意思卻大不相同的片語，極為容易混淆，要多加注意。只要，相關片語印象夠深刻，這一道題目即為秒殺題。答案就是選項（B）came up with。

Answer 139 ｜（B）

題目中譯 ｜ 今天我要走路回家，所以你不必來接我了。

答案中譯 ｜（A）喜歡（B）準備（C）能夠（D）適合

● **題型解析** ｜ 這一題，由題目判斷，再看選項，也是測驗片語的中文意思。選項（A）因為fond為動詞，不可以直接加在be動詞am的後面。選項（D）的fit也為一動詞，相同的，也無法加註在am之後。便可以在第一時間刪除。選項（C）則是因為該片語的中文解釋和題意不符，也刪除。最正確解答便為選項（B）going to。

Answer 140 ｜（A）

題目中譯 ｜ 儘管他已經再三考慮這件事，但還是無法做決定。

答案中譯 ｜（A）仔細考慮（B）想出（C）發明（D）回憶

● **題型解析** ｜ 本題主要測驗動詞think的片語用法。依據題意，要選擇「仔細考慮」的選項。如果這題沒有答對的話，可以將這四個選項的片語一次記住。長相相似，語意不同。藉此機會增加對片語的廣度，在考場碰到相關的題目便可迎刃而解。瞭解選項中片語的意思，便可一眼找出最正確解答為選項（A）thought over「仔細考慮」。

Level 1 | 必考新多益選擇題

TOEFL ❶ IELTS ❸ Bulats ❻ GEPT ❶ 學測&指考 ❷ 公務人員考試

第一級

語言能力：因為此程度的對話者對英語的理解經驗有限，有時候會發生誤解的狀況。需要熟悉與練習相關的英語談話內容，否則進行連續性的談話會有些不流暢。與英語為母語的人士進行交談時，則須花費較多時間去瞭解談話者的對話內容，需要紮實地增加英文字彙量及相關英文文法便能有效溝通。

Question | 141

I really want to know what I should do to _____ these troubles.

(A) get along

(B) get away

(C) get rid of

(D) get back

Question | 142

I just want to _____ the blue skirt hanging over the clothes rack.

(A) try out

(B) try up

(C) try back

(D) try on

Question | 143

You should _____ your time to study and work rather than just wasting it.

(A) make use of

(B) make up

(C) make for

(D) make of

Question | 144

Battered by the tornado, the house quickly _____ into small pieces.

(A) broke out

(B) broke off

(C) broke up

(D) broke in

Level 1 | 新多益選擇題解析

〔橘色證書〕測驗成績→10分～215分

● 詳細完整的題目和答案中譯，呈現補教名師在課堂教授的重點。● 臨時抱佛腳的考場記憶祕訣，搭配新多益測驗題型陷阱的提醒。● 保證只要熟讀各類題型解析，馬上掌握考試重點並戰勝新多益。

Answer 141 | （C）

題目中譯｜我真的想知道我該怎麼做才能擺脫這些麻煩。

答案中譯｜（A）進展（B）離開（C）擺脫（D）回來

● 題型解析｜本題主要測驗動詞get的一些片語的用法。依據題意，要選擇「擺脫」。選項（A）get a long意思是「進展」，選項（B）get a way意思是「離開」，選項（D）get back意思是「回來」，其含義皆與題意不符；只有選項（C）get rid of意思是「擺脫」，符合題意。

Answer 142 | （D）

題目中譯｜我只想試穿一下掛在衣架上的那件藍色裙子。

答案中譯｜（A）試驗（B）校準（C）重新回到（D）試穿

● 題型解析｜本題主要測驗動詞try的一些片語的用法。依據題意，要選擇「試穿」。選項（A）try out意思是「試驗」，選項（B）try up意思是「校準」，選項（C）try back意思是「重新回到」，其含義皆與題意不符；只有選項（D）try on意思是「試穿」，符合題意。

Answer 143 | （A）

題目中譯｜你應該利用時間來學習和工作，而不是浪費它。

答案中譯｜（A）利用（B）彌補（C）有助於（D）瞭解

● 題型解析｜本題主要測驗動詞make的一些片語的用法。依據題意，要選擇「利用」。選項（B）make up意思是「彌補」，選項（C）make for意思是「有助於」，選項（D）make of意思是「瞭解」，其含義皆與題意不符；只有選項（A）make use of意思是「利用」，符合題意。

Answer 144 | （C）

題目中譯｜受到龍捲風的襲擊，房子很快就分崩離析成為小碎片。

答案中譯｜（A）爆發（B）中斷（C）分離（D）插入

● 題型解析｜本題主要測驗動詞break的一些片語的用法。依據題意，要選擇「打碎」。選項（A）broke out意思是「爆發」，選項（B）broke off意思是「中斷」，選項（D）broke in意思是「插入」，其含義皆與題意不符；只有選項（C）broke up意思是「打碎，分離」，符合題意。

Level 1 | 必考新多益選擇題

TOEFL ● IELTS ⑧ Bulats ⑥ GEPT ① 學測&指考 ② 公務人員考試

語言能力：因為此程度的對話者對英語的理解經驗有限，有時候會發生誤解的狀況。需要熟悉與練習相關的英語談話內容，否則進行連續性的談話會有些不流暢。與英語為母語的人士進行交談時，則須花費較多時間去瞭解談話者的對話內容，需要紮實地增加英文字彙量及相關英文文法便能有效溝通。

Question | 145

The teacher asked the students to _____ all the rules of English grammar.

(A) keep in mind
(B) keep away from
(C) keep down
(D) keep on

Question | 146

It was unfortunate that the electricity supply in this city had been _____ .

(A) cut off
(B) cut in
(C) cut down
(D) cut short

Question | 147

The company has decided to _____ some tech experts next year.

(A) bring about
(B) bring back
(C) bring down
(D) bring in

Question | 148

I have to say that the expense has _____ our budget.

(A) gone about
(B) gone beyond
(C) gone head
(D) gone back

Level 1 | 新多益選擇題解析

〔橘色證書〕測驗成績→10分～215分

第一級

● 詳細完整的題目和答案中譯，呈現補教名師在課堂教授的重點。 ● 臨時抱佛腳的考場記憶祕訣，搭配新多益測驗題型陷阱的提醒。 ● 保證只要熟讀各類題型解析，馬上掌握考試重點並戰勝新多益。

Answer 145 | （A）

題目中譯 | 老師讓學生們記住所有的英語語法規則。

答案中譯 | （A）記住 （B）遠離 （C）控制 （D）繼續

● 題型解析 | 本題主要測驗動詞keep的一些片語的用法。依據題意，要選擇「記住」。選項（B）keep away from意思是「遠離」，選項（C）keep down意思是「控制」，選項（D）keep on意思是「繼續」，其含義皆與題意不符；只有選項（A）keep in mind意思是「記住」，符合題意。

Answer 146 | （A）

題目中譯 | 很不幸，這座城市的電力供應被切斷了。

答案中譯 | （A）切斷 （B）插入 （C）砍倒 （D）縮短

● 題型解析 | 本題主要測驗動詞cut的一些片語的用法。依據題意，要選擇「切斷」。選項（B）cut in意思是「插入」，選項（C）cut down意思是「砍倒」，選項（D）cut short意思是「縮短」，其含義皆與題意不符；只有選項（A）cut off意思是「切斷」，符合題意。

Answer 147 | （D）

題目中譯 | 公司決定明年徵召一些科技專業人才。

答案中譯 | （A）引起 （B）拿回來 （C）降低 （D）帶入

● 題型解析 | 本題主要測驗動詞bring的一些片語的用法。依據題意，要選擇「引進」。選項（A）bring about意思是「引起」，選項（B）bring back意思是「拿回來」，選項（C）bring down意思是「降低」，其含義皆與題意不符；只有選項（D）bring in意思是「帶入；引進」，符合題意。

Answer 148 | （B）

題目中譯 | 我不得不說，這次花費已經超出了我們的預算。

答案中譯 | （A）著手做 （B）超出 （C）領先 （D）回去

● 題型解析 | 本題主要測驗動詞go的一些片語的用法。依據題意，要選擇「超出」。選項（A）gone about意思是「著手做」，選項（C）gone head意思是「領先」，選項（D）gone back意思是「回去」，其含義皆與題意不符；只有選項（B）gone beyond意思是「超出」，符合題意。

Level 1 | 必考新多益選擇題

TOEFL ❶ IELTS ❸ Bulats ❻ GEPT ❶ 學測&指考 ❷ 公務人員考試

語言能力：因為此程度的對話者對英語的理解經驗有限，有時候會發生誤解的狀況。需要熟悉與練習相關的英語談話內容，否則進行連續性的談話會有些不流暢。與英語為母語的人士進行交談時，則須花費較多時間去瞭解談話者的對話內容，需要紮實地增加英文字彙量及相關英文文法便能有效溝通。

Question | 149 · ❶ ❻❶

Would you mind _____ the two windows over there? I want to get some fresh air.

(A) open
(B) opening
(C) to open
(D) and open

Question | 150 · ❶❷

This picture shows a little boy _____ by a man with a beautiful woman standing by doing nothing.

(A) beats
(B) being beaten
(C) beaten
(D) has been beaten

Question | 151 · ❻❶❷

I remember _____ you about this when I gave you a call yesterday afternoon.

(A) having told
(B) to tell
(C) tell
(D) and told

Question | 152 · ❶ ❻❶❷

He was abroad on a business trip, so the meeting was put off without his _____ .

(A) consulting
(B) being consulted
(C) having been consulted
(D) to consult

Level 1 | 新多益選擇題解析

〔橘色證書〕測驗成績→10分～215分

第一級

● 詳細完整的題目和答案中譯，呈現補教名師在課堂教授的申點。● 臨時抱佛腳的考場記憶祕訣，搭配新多益測驗題型陷阱的提醒。● 保證只要熟讀各類題型解析，馬上掌握考試重點並戰勝新多益。

Answer 149 | （B）

題目中譯 | 請你打開那邊的兩扇窗戶，好嗎？我想呼吸一些新鮮空氣。

答案中譯 | （A）打開（原形）（B）打開（動名詞）（C）打開（不定式）（D）並且打開

● 題型解析 | 動名詞的一般式所表示的動作可以與一般動詞所表示的動作同時發生，或發生在一般動詞表示的動作之後。依據題意，動詞mind後面通常會用動名詞形式，來表示「介意做某事」，動詞open要用動名詞形式即opening。因此，選項（B）符合題意。

Answer 150 | （B）

題目中譯 | 這張照片中一個小男孩正遭受一個男人的毒打，而旁邊站著一位若無其事的漂亮女人。

答案中譯 | （A）打（第三人稱單數）（B）打（被動式）（C）打（過去分詞）（D）打（完成式）

● 題型解析 | 動名詞可以用被動式來表示被動含義。依據題意，介系詞by表示被動，其連接的兩個名詞boy和man之間應該屬於被動關係，因此，動詞beat要用被動式，並且還要表示正在進行的動作，所以，要用being beaten的形式來表達，即選項（B）符合題意。

Answer 151 | （A）

題目中譯 | 我昨天下午打電話給你的時候，我記得我有跟你提過這件事情。

答案中譯 | （A）已經告訴（B）告訴（不定式）（C）告訴（現在分詞）（D）並且告訴

● 題型解析 | 動名詞的完成式所表示的動作都發生在一般動詞所表示的動作之前。依據題意，表示「記得做過某事」可以說「remember doing something」，而動詞tell發生的動作要在remember發生的動作之前，因此，要用完成式，即having told的形式，選項（A）為正確解答。

Answer 152 | （C）

題目中譯 | 他去國外出差了，因此會議延期沒有和他商量。

答案中譯 | （A）商量（動名詞）（B）商量（被動式）（C）商量（完成被動式）（D）商量（不定式）

● 題型解析 | 動名詞的完成被動式不僅表示被動含義，還表示動作已經完成。依據題意，his是代名詞，後面的動詞consult要用動名詞的形式，即consulting，並且consult發生的動作要在put off發生的動作之前，所以，要用完成式時態，即（C）為最正確解答。

Level 1 | 必考新多益選擇題

⊕ TOEFL ❶ IELTS ⑧ Bulats ⑥ GEPT ❶ 學測＆指考 ⑳ 公務人員考試

第一級

語言能力：因為此程度的對話者對英語的理解經驗有限，有時候會發生誤解的狀況。需要熟悉與練習相關的英語談話內容，否則進行連續性的談話會有些不流暢。與英語為母語的人士進行交談時，則須花費較多時間去瞭解談話者的對話內容，需要紮實地增加英文字彙量及相關英文文法便能有效溝通。

Question | 153

I finished _____ the machine by 2 p.m. and then cleaned it with water.

(A) repairing
(B) repair
(C) repaired
(D) to repair

Question | 154

_____ early is a good habit, so I get up at 6 o'clock every morning.

(A) Getting up
(B) Get up
(C) To get up
(D) Gets up

Question | 155

Please stop _____ in the meeting as I have something very important to announce now.

(A) to talk
(B) talk
(C) talking
(D) and talk

Question | 156

My brother is very fond of _____ basketball and takes part in lots of basketball games.

(A) playing
(B) to play
(C) play
(D) played

Level 1 ｜ 新多益選擇題解析
〔橘色證書〕測驗成績→10分～215分

● 詳細完整的題目和答案中譯，呈現補教名師在課堂教授的重點。● 臨時抱佛腳的考場記憶祕訣，搭配新多益測驗題型層講的提醒。● 保證只要熟讀各類型題解析，馬上掌握考試重點並戰勝新多益。

Answer 153 ｜（A）

題目中譯｜下午兩點之前我修好那台機器，然後用水將它清洗了一下。

答案中譯｜（A）修理（動名詞）（B）修理（現在式）（C）修理（過去式）（D）修理（未來式）

● 題型解析｜動名詞既有動詞性質，又有名詞性質。動名詞的動詞性質用來表示現在，可以與受詞和副詞組成動名詞片語。依據題意，the machine在句中為受詞，而finish後面通常加上動名詞形式（即Ving），表示「完成執行某件事」。因此，最正確選項為（A）。

★ 「finish + 動名詞（Ving）」，為固定用法，必須牢記在腦海中。

Answer 154 ｜（A）

題目中譯｜早起是個好習慣，因此我每天早晨6點起床。

答案中譯｜（A）起床（動名詞）（B）起床（原形）（C）起床（不定式）（D）起床（第三人稱單數）

● 題型解析｜動名詞的名詞性質用以表示現在，可以在句子中當成主詞、受詞等。依據題意，be動詞is之前應該用名詞或動名詞來當主詞。因為get up是一動詞片語，要用其動名詞的形式，即Getting up來當主詞。所以，只有選項（A）符合題意。

Answer 155 ｜（C）

題目中譯｜請不要在會議上說話，現在我有非常重要的事情要宣佈。

答案中譯｜（A）談話（不定式）（B）談話（原形）（C）談話（動名詞）（D）並且談話

● 題型解析｜動名詞可以接在begin, start, stop, finish, like等動詞後面當成直接受詞。依據題意，要表示「停止說話」可以用stop talking來表達，即動詞talk要用其動名詞（Ving）的形式。選項（C）為最正確解答。

★ 「stop + 現在分詞（Ving）」意思為「停止做某件事」

★ 「stop + 不定詞（to + V）」意思為「停下來去做某件事」
此兩者為最容易混淆的動詞特殊用法，一定要將觀念釐清。

Answer 156 ｜（A）

題目中譯｜我弟弟非常喜歡打籃球，並且參加許多籃球比賽。

答案中譯｜（A）打（動名詞）（B）打（不定式）（C）打（原形）（D）打（過去式）

● 題型解析｜動名詞在句中可以當成介系詞的受詞。依據題意，is fond of是一個固定用法，表示「喜歡」的意思。介系詞of後面加上動詞時，要用動名詞（Ving）的形式，即例句中的動詞play要轉換成動名詞playing。因此，選項（A）為正確解答。

Level 1 | 必考新多益選擇題
T TOEFL **I** IELTS **B** Bulats **G** GEPT **學** 學測&指考 **公** 公務人員考試

語言能力：因為此程度的對話者對英語的理解經驗有限，有時候會發生誤解的狀況。需要熟悉與練習相關的英語談話內容，否則進行連續性的談話會有些不流暢。與英語為母語的人士進行交談時，則須花費較多時間去瞭解談話者的對話內容，需要紮實地增加英文字彙量及相關英文文法便能有效溝通。

Question | 157

The most important thing is _____ the thesis by Friday because we need to use it on Saturday.

(A) will finish

(B) finish

(C) to finish

(D) finishing

Question | 158

A child suddenly rushed into the road causing the _____ car to come to a stop all of a sudden.

(A) speed

(B) to speed

(C) speeding

(D) speeded

Question | 159

Twenty years have passed, but his habit of _____ a walk after dinner remains unchanged.

(A) will take

(B) take

(C) to take

(D) taking

Question | 160

After _____ the clothes, the industrious girl began to clean every room carefully.

(A) to wash

(B) washing

(C) wash

(D) have washed

Level 1 | 新多益選擇題解析

〔橘色證書〕測驗成績→10分～215分

第一級

● 詳細完整的題目和答案中譯，呈現補教名師在課堂教授的重點。 ● 臨時抱佛腳的考場記憶祕訣，搭配新多益測驗題型陷阱的提醒。 ● 保證只要熟讀各類題型解析，馬上掌握考試重點並戰勝新多益。

Answer 157 | （D）

題目中譯｜最重要的事情是在周五之前完成論文，因為周六我們需要這篇論文。

答案中譯｜（A）將會完成（B）完成（原形）（C）完成（不定式）（D）完成（動名詞）

● 題型解析｜動名詞可以在句中當成主詞補語，用以補充說明主詞的意思，讓主詞更加完整。題目中的主詞是「The most important thing」，be動詞是is，主詞補語需要使用動詞finish的動名詞（Ving）形式，即用finishing來表示並補充說明例句中「最重要的事情是什麼」，讓主詞表達得更完整。所以，正確解答為選項（D）。

Answer 158 | （C）

題目中譯｜一個小孩突然衝到馬路上，所以這輛急速行駛的汽車突然停了下來。

答案中譯｜（A）加速（原形）（B）加速（不定式）（C）加速（動名詞）（D）加速（過去式）

● 題型解析｜動名詞可以在句中當形容詞。依據題意，名詞car之前要用修飾詞來當形容詞。用以表示「急速行駛的」可以說speeding，即用動詞speed的動名詞形式來當成car的形容詞，加以說明是一台怎麼樣的車子。因此，只有選項（C）才是最正確解答。

Answer 159 | （D）

題目中譯｜20年已經過去了，但他晚飯後散步的習慣仍未改變。

答案中譯｜（A）將會進行（B）進行（原形）（C）進行（不定式）（D）進行（動名詞）

● 題型解析｜動名詞在句中也可以當成同位語（通常放在名詞或代名詞後面，用來對該名詞或代名詞作補充說明的單字、片語或子句）。依據題意，his habit在句中為主詞，of在句中引導同位語子句，用於說明habit所指的內容。因此，動詞take要用動名詞（Ving）形式來當habit的同位語（即說明例句中的「嗜好或習慣」是什麼）。最正確選項為（D）。

Answer 160 | （B）

題目中譯｜洗完衣服後，這個勤勞的女孩開始認真打掃每一個房間。

答案中譯｜（A）洗（不定式）（B）洗（動名詞）（C）洗（原形）（D）洗（完成式）

● 題型解析｜英語中，介系詞可以與動名詞並用當成副詞，用以表示時間、原因、目的、讓步、方式等。依據題意，介系詞after表示「在…之後」，其後的動詞wash要用動名詞（Ving）的形式washing來表示時間。因此，選項（B）為正確解答。

Level 1 | 必考新多益選擇題

第一級

TOEFL ❶ IELTS ❷ Bulats ❸ GEPT ❹ 學測&指考 ❺ 公務人員考試 01-9

語言能力：因為此程度的對話者對英語的理解經驗有限，有時候會發生誤解的狀況。需要熟悉與練習相關的英語談話內容，否則進行連續性的談話會有些不流暢。與英語為母語的人士進行交談時，則須花費較多時間去瞭解談話者的對話內容，需要紮實地增加英文字彙量及相關英文文法便能有效溝通。

Question | 161

The movie we watched in the cinema last evening was very _____ and funny.

(A) move

(B) to move

(C) moving

(D) moved

Question | 162

The journalist asked an _____ question in public, thus the leader refused to answer it.

(A) embarrassing

(B) embarrass

(C) embarrassed

(D) embarrassingly

Question | 163

Little children _____ to walk fall easily, so parents should pay close attention to them.

(A) learnt

(B) to learn

(C) learn

(D) learning

Question | 164

You hear someone _____ at the door and you go to see who it is.

(A) knocked

(B) to knock

(C) knocking

(D) knock

Level 1 | 新多益選擇題解析
〔橘色證書〕測驗成績→10分～215分

● 詳細完整的題目和答案中譯，呈現補教名師在課堂教授的重點。● 臨時抱佛腳的考場記憶祕訣，搭配新多益測驗題型陷阱的提醒。● 保證只要熟讀各類題型解析，馬上掌握考試重點並戰勝新多益。

Answer 161 | （C）

題目中譯 | 昨天晚上我們在電影院裡看的那部電影很感人，也很好笑。

答案中譯 |（A）感動（B）移動（C）動人的（D）被移動的

● 題型解析 | 現在分詞的功能之一是在句子中當主詞補語。依據題意，過去式be動詞was在句中為動詞，其後應該要接上形容詞用來當成主詞補語，也就是運用動詞move的現在分詞形式，即moving具有形容詞的性質，用以表達「感人的」意思，在例句中亦可當成主詞補語。正確選項為（C）。

★ 現在分詞（Ving）：當成形容詞，用來修飾名詞，表示正在…的狀態。如：sleeping child（正在睡覺的小孩）。

★ 動名詞（Ving）：當名詞使用，說明名詞的用途，表示本身具有的功能。如：swimming pool（游泳池）。

★ 「現在分詞」與「動名詞」皆用Ving來表示，但用法卻不相同，要注意喔！

Answer 162 | （A）

題目中譯 | 記者當眾提了一個令人尷尬的問題，這位領導人拒絕回答。

答案中譯 |（A）令人尷尬的（B）使尷尬（C）尷尬的（D）令人尷尬地

● 題型解析 | 單一現在分詞當成形容詞時，通常放在所修飾的名詞之前。依據題意，名詞question之前需要用形容詞來當形容詞，用以說明是「怎麼樣的問題」。選項（B）是動詞、選項（D）是副詞，先刪除。選項（C）雖然是形容詞，但是通常當主詞補語，表示某人是尷尬的（用來形容人），不符合題意。最後，當然只有選項（A）符合題意，表示「令人尷尬的」（常用以形容事情或物體）。

Answer 163 | （D）

題目中譯 | 剛學走路的小孩很容易跌倒，因此父母們要特別小心。

答案中譯 |（A）學習（過去式）（B）學習（不定式）（C）學習（原形）（D）學習（現在分詞）

● 題型解析 | 現在分詞片語當形容詞時，通常放在所修飾的名詞之後。依據題意，learn to walk（學習走路）放在主詞Little children之後當成形容詞，用於修飾限定主詞，動詞learn要用現在分詞形式，即learning。因此，選項（D）正確，其他選項皆不符合題意。

Answer 164 | （C）

題目中譯 | 聽到有人在敲門，你去看看是誰。

答案中譯 |（A）敲（過去式）（B）敲（不定式）（C）敲（現在分詞）（D）敲（原形）

● 題型解析 | 例句中，出現「感官動詞」（即hear, see, watch, feel），接在感官動詞後面的動詞，可以使用「原形動詞」（表示：看到、聽到、感到、注意到某個動作的「整個過程」）。「現在分詞（Ving）」（表示：某個動作被看到、聽到、感到或注意到時，正在進行中）。由題目中可判斷出，並非看到「敲門的整個過程」，因此，選項（D）可以直接刪除（此為knock的原形動詞）。所以，正確答案應該選擇為「現在分詞（Ving）」形式的選項（C）。

Level 1 | 必考新多益選擇題

® TOEFL ❶ IELTS Ⓑ Bulats Ⓖ GEPT ❶ 學測＆指考 Ⓐ 公務人員考試

第一級

語言能力：因為此程度的對話者對英語的理解經驗有限，有時候會發生誤解的狀況。需要熟悉與練習相關的英語談話內容，否則進行連續性的談話會有些不流暢。與英語為母語的人士進行交談時，則須花費較多時間去瞭解談話者的對話內容，需要紮實地增加英文字彙量及相關英文文法便能有效溝通。

Question | 165

Upon _____ the good news that they are going to be married, everyone was happy for them.

(A) hearing

(B) hear

(C) heard

(D) to hear

Question | 166

_____ tired, I went home directly after work without going shopping.

(A) Feeling

(B) Feel

(C) Feeled

(D) To feel

Question | 167

Time _____ , I will visit some places of interest in this area during my business trip.

(A) to permit

(B) permit

(C) permitted

(D) permitting

Question | 168

Please fill in the form, _____ your name and address, and then we will provide home delivery service.

(A) include

(B) to include

(C) to included

(D) including

Level 1 ｜新多益選擇題解析

〔橘色證書〕測驗成績→10分～215分

● 詳細完整的題目和答案中譯，呈現補教名師在課堂教授的重點。● 臨時抱佛腳的考場記憶祕訣，搭配新多益測驗題型陷阱的提醒。● 保證只要熟讀各類題型解析，馬上掌握考試重點並戰勝新多益。

Answer 165 ｜（A）

題目中譯｜一聽到他們要結婚的好消息，所有人都為他們感到高興。

答案中譯｜（A）聽到（現在分詞）（B）聽到（原形）（C）聽到（過去式）（D）聽到（不定式）

● 題型解析｜現在分詞可以在句子中當時間副詞。依據題意，逗號前半部的句子，在此例句中扮演副詞的部分，用以說明逗號後面句子內容所發生的時間。所以，選項的動詞hear要選擇使用現在分詞（Ving）的形式，即用hearing來表示時間副詞。因此，選項（A）為正確答案。

Answer 166 ｜（A）

題目中譯｜我覺得很累，所以下班後就直接回家，沒有去買東西。

答案中譯｜（A）感覺（現在分詞）（B）感覺（原形）（C）感覺（過去式）（D）感覺（不定式）

● 題型解析｜現在分詞可以在句中當成表明原因的副詞，用以說明主要句子發生情況的原因。依據題意，「覺得很累」是導致主要句子「下班後直接回家，沒有去買東西」，這一狀況發生的原因。但因為動詞feel放置句首，後面需要使用現在分詞（Ving）形式，即用feeling來當主要句子表明原因的形容詞。只有選項（A）為正確形式。

Answer 167 ｜（D）

題目中譯｜時間允許的話，我會在出差期間去參觀這個地區的一些名勝古跡。

答案中譯｜（A）允許（不定式）（B）允許（原形）（C）允許（過去式）（D）允許（現在分詞）

● 題型解析｜現在分詞也可以在例句中當成說明條件的副詞。依據題意，表示「時間允許的話」可以用Time permitting來表達，即動詞permit用其現在分詞（Ving）形式permitting來表示條件。將Time permitting放置句首當成說明後面句子「在出差期間去參觀這個地區的名勝古蹟」條件的副詞。當然，最正確選項為（D）。

Answer 168 ｜（D）

題目中譯｜請填一下表格，包含你的名字和住址，然後我們會將貨送到府上。

答案中譯｜（A）包含（原形）（B）包含（不定式）（C）包含（錯誤格式）（D）包含（現在分詞）

● 題型解析｜現在分詞可以在例句中當成方式副詞（即用來修飾的動作是以何種方式發生的），亦表示伴隨之意。依據題意，Please fill in the form是一祈使句，表示建議，your name and address表示需要填寫的內容，動詞include需要使用現在分詞（Ving）形式including來表示前面例句中「填寫表格的方式」，當成祈使句的伴隨副詞。最正確選項為（D）。

Level 1 | 必考新多益選擇題

TOEFL ❶ IELTS ❸ Bulats ❻ GEPT ❶ 學測＆指考 ❷ 公務人員考試

語言能力：因為此程度的對話者對英語的理解經驗有限，有時候會發生誤解的狀況。需要熟悉與練習相關的英語談話內容，否則進行連續性的談話會有些不流暢。與英語為母語的人士進行交談時，則須花費較多時間去瞭解談話者的對話內容，需要紮實地增加英文字彙量及相關英文文法便能有效溝通。

Question | 169

It rained heavily, _____ severe flooding in this area, and many houses were washed away by the flood.

(A) cause

(B) to cause

(C) causing

(D) caused

Question | 170

She went to the market to go _____ with her good friend yesterday, so she wasn't at home in the afternoon.

(A) shopping

(B) shop

(C) to shop

(D) and shop

Question | 171

_____ what she has said, I think we should do it like this to improve work efficiency.

(A) Consider

(B) Considered

(C) Considering

(D) To consider

Question | 172

_____ from what they said, this woman is an industrious and kind-hearted housewife.

(A) Judge

(B) Judging

(C) Judged

(D) To judge

Level 1 | 新多益選擇題解析

〔橘色證書〕測驗成績→10分～215分

第一級

● 詳細完整的題目和答案中譯，呈現補教名師在課堂教授的重點。 ● 臨時抱佛腳的考場記憶祕訣，搭配新多益測驗題型陷阱的提醒。 ● 保證只要熟讀各類題型解析，馬上掌握考試重點並戰勝新多益。

Answer 169 | （C）

題目中譯 | 雨下得很大，導致這個地區發生水災，許多房屋都被洪水沖走了。

答案中譯 | （A）導致（原形）（B）導致（不定式）（C）導致（現在分詞）（D）導致（過去式）

● 題型解析 | 現在分詞也可以在例句中當成說明結果的副詞，表示某種事情發生後所產生的結果。題目中的主要句子為It rained heavily，後面的內容便當成說明結果的副詞子句，因此，要使用現在分詞（Ving）的形式來引導，即動詞cause轉化為causing的形式。只有，選項（C）為正確解答。

Answer 170 | （A）

題目中譯 | 昨天她與她的好朋友去市場購物，所以一下午都不在家。

答案中譯 | （A）購物（現在分詞）（B）購物（原形）（C）購物（不定式）（D）並且購物

● 題型解析 | 現在分詞亦可以在例句中當成表明目的的副詞。依據題意，需要使用現在分詞（Ving）的形式來表達，例句中的主詞She到場的目的。所以，選項中的答案需要為Ving的形式。因此，只有選項（A）為正確解答，用以說明，例句中，主詞She到市場的目的是為了「購物」一事。

Answer 171 | （C）

題目中譯 | 考慮她所說的，我想我們應該這麼做來提高工作效率。

答案中譯 | （A）考慮（原形）（B）考慮（過去式）（C）考慮（現在分詞）（D）考慮（不定式）

● 題型解析 | 現在分詞在例句中也可以當成表明讓步的副詞。依據題意，逗號前面的例句有表明讓步的意味，因為「考慮她所說的話」，所以，「想改變原本的方針」（即逗號後面的例句原意）。所以，動詞consider需要用其現在分詞（Ving）形式來表達讓步的意思，即considering。由此可見，正確選項為（C）。

Answer 172 | （B）

題目中譯 | 從他們所說的情況來看，這個女人是一位勤勞善良的家庭主婦。

答案中譯 | （A）判斷（原形）（B）判斷（現在分詞）（C）判斷（過去式）（D）判斷（不定式）

● 題型解析 | 現在分詞也可以在句中視為獨立的成分。逗號後面的句子為此例句的主要句子，而逗號前面的句子則用於說明後者發生情況的前提。因此，可以使用動詞Judge的現在分詞（Ving）形式Judging引導此一子句。因而，正確選項為（B）。

Level 1 | 必考新多益選擇題

TOEFL ❶ IELTS ❸ Bulats ❻ GEPT ❶ 學測＆指考 ❷ 公務人員考試

語言能力：因為此程度的對話者對英語的理解經驗有限，有時候會發生誤解的狀況。需要熟悉與練習相關的英語談話內容，否則進行連續性的談話會有些不流暢。與英語為母語的人士進行交談時，則須花費較多時間去瞭解談話者的對話內容，需要紮實地增加英文字彙量及相關英文文法便能有效溝通。

Question | 173

This little boy was _____ by his father because he didn't finish his homework on time.

(A) to beat

(B) beating

(C) beat

(D) beaten

Question | 174

I _____ the ball into the garden accidentally, but the mean women said I couldn't retrieve it.

(A) thrown

(B) throw

(C) threw

(D) throwing

Question | 175

It was 11 o'clock at night and the daughter hadn't come back, so the mother was very _____ .

(A) worry

(B) worrying

(C) to worry

(D) worried

Question | 176

With the homework _____ , these children happily went to the playground to play football.

(A) did

(B) doing

(C) do

(D) done

Level 1 ｜新多益選擇題解析

〔橘色證書〕測驗成績→10分～215分

● 詳細完整的題目和答案中譯，呈現補教名師在課堂教授的重點。● 臨時抱佛腳的考場記憶祕訣，搭配新多益測驗題型陷阱的提醒。● 保證只要熟讀各類題型解析，馬上掌握考試重點並戰勝新多益。

Answer 173 ｜（D）

題目中譯｜這個小男孩沒有按時完成作業，因而被爸爸打了一頓。

答案中譯｜（A）打（不定式）（B）打（現在分詞）（C）打（原形）（D）打（過去分詞）

● 題型解析｜過去分詞的規則變化是在詞尾加上「-ed」，而不規則變化要依不同的單字而定。依據題意，介系詞by後面接上人（即his father）表示被動語態，用以表達This little boy與his father之間屬於被動關係。所以，選項的動詞beat應當要使用過去分詞（即p.p.V）來表示被動，又因為beat的過去分詞屬於不規則變化。因此，正確解答為選項（D）beaten。

★ beat動詞三態變化：beat - beat - beaten

Answer 174 ｜（C）

題目中譯｜我不小心將球扔進花園，但是那個壞女人卻說沒有撿到球。

答案中譯｜（A）扔（過去分詞）（B）扔（原形）（C）扔（過去式）（D）扔（現在分詞）

● 題型解析｜依據題意，球因為不小心而被扔進花園，逗號後面的動詞said為過去式，根據時態前後一致的文法規則，所以，逗號前面的時態也須為過去式，因此，要使用動詞throw的過去式，即threw。正確選項為（C）。

Answer 175 ｜（D）

題目中譯｜現在是晚上11點，女兒還沒有回來，媽媽非常擔心。

答案中譯｜（A）擔心（原形）（B）擔心（現在分詞）（C）擔心（不定式）（D）擔心（過去分詞）

● 題型解析｜過去分詞當形容詞使用，通常用以形容人。依據題意，the mother在句中當主詞，is為be動詞。所以，動詞worry必須用過去分詞來形容the mother的狀態，即worried。因此，正確選項為（D）。

Answer 176 ｜（D）

題目中譯｜完成作業後，這些孩子們高高興興地去操場踢足球。

答案中譯｜（A）做（過去式）（B）做（現在分詞）（C）做（原形）（D）做（過去分詞）

● 題型解析｜例句中，homework與選項do之間的關係應該為被動語態，即「作業被完成」。因此，動詞勢必使用過去分詞done。此一例句的被動語態在done之後，省略了（by these children），所以，別因為沒有看到by而認不出被動式喔！正確選項為（D）。

Level 1 | 必考新多益選擇題

TOEFL ❶ IELTS ❷ Bulats ❸ GEPT ❹ 學測＆指考 ❺ 公務人員考試

語言能力：因為此程度的對話者對英語的理解經驗有限，有時候會發生誤解的狀況。需要熟悉與練習相關的英語談話內容，否則進行連續性的談話會有些不流暢。與英語為母語的人士進行交談時，則須花費較多時間去瞭解談話者的對話內容，需要紮實地增加英文字彙量及相關英文文法便能有效溝通。

Question | 177

He was well _____ in a famous university and he is an engineer now.

(A) educated

(B) educate

(C) educating

(D) education

Question | 178

The scientists are making a survey of this _____ area, hoping to discover new things.

(A) know

(B) unknown

(C) knowing

(D) knew

Question | 179

It is said that those _____ as committee members will attend this meeting.

(A) elect

(B) elected

(C) electing

(D) election

Question | 180

An official in a black suit entered the meeting room, _____ by an entourage.

(A) accompany

(B) accompanying

(C) accompanied

(D) to accompany

Level 1 | 新多益選擇題解析

〔橘色證書〕測驗成績→10分～215分

第一級

● 詳細完整的題目和答案中譯，呈現補教名師在課堂教授的重點。● 臨時抱佛腳的考場記憶祕訣，搭配新多益測驗題型陷阱的提醒。● 保證只要熟讀各類題型解析，馬上掌握考試重點並戰勝新多益。

Answer 177 | （A）

題目中譯 | 他曾在一所知名的大學受過良好教育，現在是一名工程師。

答案中譯 |（A）教育（過去分詞）（B）教育（原形）（C）教育（現在分詞）（D）教育（名詞）

● 題型解析 | 依據題意，He在句中為主詞，後面所接上「良好的教育」是用來形容主詞He。因此，用以形容人的應該為過去分詞，即選項（A）為正確解答。

Answer 178 | （B）

題目中譯 | 科學家們正在對這個陌生的地區進行勘察，希望能夠有新的發現。

答案中譯 |（A）知道（B）陌生的（C）博學的（D）記得

● 題型解析 | 獨立的過去分詞當形容詞時，要放在所修飾的名詞之前。依據題意，area是名詞，意思是「地區」，前面需要使用形容詞來說明「是一個怎麼樣的地區」，有修飾限定的作用。查看選項，（A）、（D）為動詞，與所需要的過去分詞不符，先行刪除。選項（C）的意思與題意不符，也刪除。最後，只剩下選項（B）unknown表示「陌生的」，為正確解答。

Answer 179 | （B）

題目中譯 | 據說，當選為委員的人將會出席這次會議。

答案中譯 |（A）選舉（原形）（B）選舉（過去分詞）（C）選舉（現在分詞）（D）選舉（名詞）

● 題型解析 | 依據題意，those是代名詞在句中視為主詞，as在句中有表示被動之意，即「委員是被選舉出來的」。所以，動詞elect要用過去分詞當成被動語態，選項（B）為正確解答。

Answer 180 | （C）

題目中譯 | 一名身穿黑色西裝的官員在一名隨從的陪同下走進了會議室。

答案中譯 |（A）陪同（原形）（B）陪同（現在分詞）（C）陪同（過去分詞）（D）陪同（不定式）

● 題型解析 | 此題目，一眼即看見代表被動語態的介系詞by，應該選擇代表被動語態的過去分詞。由選項即可馬上看出，表示被動語態的過去分詞，只有選項（C）。

Level 1 | 必考新多益選擇題

T TOEFL I IELTS B Bulats G GEPT 學測&指考 公務人員考試 MP3 01-10

語言能力：因為此程度的對話者對英語的理解經驗有限，有時候會發生誤解的狀況。需要熟悉與練習相關的英語談話內容，否則進行連續性的談話會有些不流暢。與英語為母語的人士進行交談時，則須花費較多時間去瞭解談話者的對話內容，需要紮實地增加英文字彙量及相關英文文法便能有效溝通。

Question | 181

We are _____ a chemical experiment, so you can go to lunch first.

(A) away from

(B) busy with

(C) afraid of

(D) surprised at

Question | 182

I had just entered the forest when I _____ a deadly snake.

(A) came into being

(B) came across

(C) came up

(D) came down

Question | 183

It is the third time that this young man has sworn to _____ his work.

(A) apply for

(B) put through

(C) put off

(D) apply himself to

Question | 184

My mother tells me that watering more is _____ seed germination.

(A) able to

(B) fit for

(C) helpful for

(D) filled with

Level 1 | 新多益選擇題解析
〔橘色證書〕測驗成績→10分～215分

● 詳細完整的題目和答案中譯，呈現補教名師在課堂教授的重點。 ● 臨時抱佛腳的考場記憶祕訣，搭配新多益測驗題型陷阱的提醒。 ● 保證只要熟讀各類題型解析，馬上掌握考試重點並戰勝新多益。

Answer 181 | （B）

題目中譯 | 我們正忙著做一個化學實驗，所以你可以先去吃午餐。

答案中譯 | （A）遠離（B）忙於（C）害怕（D）驚訝於

● 題型解析 | 本題主要測驗與be相關的片語用法。依據題意，判斷要選擇意思為「忙於」的片語，如果片語量夠多的話，此一題目並非難題。因此，最適合該題的片語為（B）busy with。

Answer 182 | （B）

題目中譯 | 我剛走進森林就碰見一尾死掉的蛇。

答案中譯 | （A）形成（B）遇到（C）走近（D）下來

● 題型解析 | 本題主要測驗動詞come的片語固定用法。依據題意，判斷應該要選擇意思為「遇到」的片語。只有選項（B）came across是「遇到」的意思。

★ 可以利用此題，將與come相關的片語一併記起來，片語量足夠的話，此題也是秒殺題喔！

Answer 183 | （D）

題目中譯 | 這是這個年輕人第三次發誓要專注地投入工作。

答案中譯 | （A）申請（B）接通（C）推遲（D）投身於

● 題型解析 | 本題主要測驗片語的用法及意思。依據題意，要選擇意思為「投身於」的片語。選項（D）apply himself to意思是「投身於」，符合題意。

★ 這一題的相關選項皆為考試常考的片語，每一個片語的意思都要記清楚並會使用於例句中喔！

Answer 184 | （C）

題目中譯 | 媽媽告訴我，多澆水有助於種子發芽。

答案中譯 | （A）能夠（B）適合（C）有助於（D）充滿

● 題型解析 | 依據題意，要選擇意思為「有助於」的片語。選項（B）fit for因為例句中有be動詞is後面不可以接上同為動詞的fit，此選項首輪淘汰。接著，選項（A）、（D）是因為中文意思皆與題意不符，刪除。只有選項（C）helpful for「有助於」，符合題意。

Level 1 | 必考新多益選擇題

托 TOEFL ❶ IELTS Ⓑ Bulats Ⓖ GEPT ❶ 學測＆指考 公 公務人員考試

第一級

語言能力：因為此程度的對話者對英語的理解經驗有限，有時候會發生誤解的狀況。需要熟悉與練習相關的英語談話內容，否則進行連續性的談話會有些不流暢。與英語為母語的人士進行交談時，則須花費較多時間去瞭解談話者的對話內容，需要紮實地增加英文字彙量及相關英文文法便能有效溝通。

Question | 185

After the earthquake, the authorities had to _____ the damaged nuclear power plant.

(A) shut down

(B) shut up

(C) shut in

(D) shut off

Question | 186

The pilot shouted in a panic that the plane was _____ of fuel.

(A) running across

(B) running short

(C) running for

(D) running off

Question | 187

I think it's silly of you to _____ your trivial improvement.

(A) show off

(B) show in

(C) show up

(D) show around

Question | 188

We are _____ food as there are only three bags of rice left now.

(A) able to

(B) about to

(C) short of

(D) fed up

Level 1 | 新多益選擇題解析

〔橘色證書〕測驗成績→10分～215分

● 詳細完整的題目和答案中譯，呈現補教名師在課堂教授的重點。 ● 臨時抱佛腳的考場記憶祕訣，搭配新多益測驗題型陷阱的提醒。 ● 保證只要熟讀各類題型解析，馬上掌握考試重點並戰勝新多益。

Answer 185 | （A）

題目中譯 | 地震過後，政府機關必須關閉遭到損毀的核能發電廠。

答案中譯 | （A）關閉（B）閉嘴（C）關進（D）切斷

● 題型解析 | 本題主要測驗動詞shut的片語相關用法。依據題意，判斷要選擇語意為「關閉」的選項。查看下列四個選項，只有，選項（A）shut down「關閉」為最正確解答。

★ shut的相關片語，考生也可以利用一些時間將它們熟記。以便在考題中看到它們時，便可一眼認出它們的語意。

Answer 186 | （B）

題目中譯 | 飛行員驚恐地大喊，飛機的燃料快用完了。

答案中譯 | （A）偶然遇到（B）用完（C）競選（D）跑掉

● 題型解析 | 本題主要測驗動詞run的片語用法。依據題意，需要選用語意為「用完」的選項。只有，選項（B）running short為「用完」的意思，此為正確解答。

Answer 187 | （A）

題目中譯 | 我想你為了那點微不足道的進步而炫耀，真是太愚蠢了。

答案中譯 | （A）炫耀（B）領入（C）顯露（D）帶領參觀

● 題型解析 | 本題測驗動詞show的相關片語用法。依據題意，應該要選擇意思為「炫耀」的選項。show的相關片語也是常會出現在考題中，考生可以利用此一題目將下列四個選項的片語一次記熟，並複習。此題的正確選項為（A）show off「炫耀」。

Answer 188 | （C）

題目中譯 | 我們缺乏糧食，現在只剩下3袋大米了。

答案中譯 | （A）能夠（B）將要（C）缺乏（D）厭倦

● 題型解析 | 依據題意，判斷應該要選擇語意為「缺乏」的片語。當遇到這類綜合片語的考題時，先刪除和題目語意不相符的選項，首輪先刪除（A）、（B），此兩個選項的片語後面都要接上動詞。再則，選項（D）fed up的意思與題意不符，刪除。最後，只剩選項（C）short of為正確解答。

Level 1 | 必考新多益選擇題

TOEFL ❶ IELTS ⓑ Bulats ⓖ GEPT ❶ 學測＆指考 ㊙ 公務人員考試

第一級

語言能力：因為此程度的對話者對英語的理解經驗有限，有時候會發生誤解的狀況。需要熟悉與練習相關的英語談話內容，否則進行連續性的談話會有些不流暢。與英語為母語的人士進行交談時，則須花費較多時間去瞭解談話者的對話內容，需要紮實地增加英文字彙量及相關英文文法便能有效溝通。

Question | 189

I'm _____ the gloomy sky this winter and looking forward to the sunshine in spring.

(A) sick of

(B) in for

(C) known as

(D) short of

Question | 190

They _____ me to go skiing with them, but I had to stay at home to review my lessons.

(A) suggested

(B) allowed

(C) promised

(D) invited

Question | 191

She went to the market to _____ some vegetables and meat after work and then went home.

(A) buy

(B) send

(C) borrow

(D) lend

Question | 192

I was very happy that my parents asked me to _____ my girlfriend home for dinner.

(A) take

(B) carry

(C) bring

(D) have

Level 1 新多益選擇題解析

〔橘色證書〕測驗成績→10分～215分

第一級

● 詳細完整的題目和答案中譯，呈現補教名師在課堂教授的重點。● 臨時抱佛腳的考場記憶祕訣，搭配新多益測驗題型陷阱的提醒。● 保證只要熟讀各類題型解析，馬上掌握考試重點並戰勝新多益。

Answer 189｜（A）

題目中譯｜我討厭冬天陰霾的天氣，期待春天溫暖的陽光。

答案中譯｜（A）討厭（B）參加（C）以…而著稱（D）缺乏

● 題型解析｜依據題意，可以判斷and後面的句子為「期待…」，因此，主詞I後面所需要的片語應該為反義。所以，可以刪除意思不符的選項（B）、（C）、（D）。正確選項為（A）sick of「討厭」。

Answer 190｜（D）

題目中譯｜他們邀請我和他們一起去滑雪，但是我必須在家裡複習我的功課。

答案中譯｜（A）建議（B）允許（C）答應（D）邀請

● 題型解析｜本題是測驗動詞的相關用法及語意。如果熟悉各個動詞的中文意思，此題並不難，屬於秒殺題的一種。根據語意，最符合的動詞應為選項（D）。

Answer 191｜（A）

題目中譯｜下班後，她去市場買了一些蔬菜和肉，然後回家。

答案中譯｜（A）買（B）賣（C）借入（D）借出

● 題型解析｜本題主要區分一些動詞的含義及時態。選項（B）sold意思是「賣」，為過去式，因為to後面需要接上原形動詞（即sell），故首輪即可淘汰此選項。選項（C）borrow意思是「借入」，選項（D）lend意思是「借出」，其含義皆與題意不符；只有選項（A）buy「買」，符合題意。

Answer 192｜（C）

題目中譯｜我很開心，因為父母要我帶女朋友回家吃晚餐。

答案中譯｜（A）帶走（B）攜帶（C）帶來（D）有

● 題型解析｜依據題意，要選擇語意為「帶來」的動詞。最先遭淘汰的選項為（A）與（B），因為take和carry後面通常會接上事或物，而非例句中的人（即girlfriend）。其次刪除的會是選項（D），其中文意思與題目不符。（A）take意思是「帶走」，表示由近及遠，選項（B）carry意思是「攜帶」，表示隨身帶著，選項（D）have意思是「有」，其含義皆與題意不符。只有選項（C）bring「帶來」為正確解答。

Level 1 必考新多益選擇題

🐶 TOEFL ❶ IELTS Ⓑ Bulats Ⓖ GEPT ❶ 學測&指考 Ⓐ 公務人員考試

第一級

語言能力：因為此程度的對話者對英語的理解經驗有限，有時候會發生誤解的狀況。需要熟悉與練習相關的英語談話內容，否則進行連續性的談話會有些不流暢。與英語為母語的人士進行交談時，則須花費較多時間去瞭解談話者的對話內容，需要紮實地增加英文字彙量及相關英文文法便能有效溝通。

Question | 193

I _____ this city because I work here and my family also live here.

(A) live in
(B) live at
(C) live by
(D) live on

Question | 194

I am _____ the music please leave me alone and go do your own thing.

(A) listening
(B) hearing
(C) hearing to
(D) listening to

Question | 195

I am trying to read a book. Please _____ off that noisy radio.

(A) turn
(B) put
(C) find
(D) mend

Question | 196

Any English words you don't understand can be _____ in the English dictionary.

(A) looked at
(B) looked up
(C) looked into
(D) looked down

Level 1 ｜ 新多益選擇題解析
〔橘色證書〕測驗成績→10分～215分

● 詳細完整的題目和答案中譯，呈現補教名師在課堂教授的重點。● 臨時抱佛腳的考場記憶祕訣，搭配新多益測驗題型陷阱的提醒。● 保證只要熟讀各類題型解析，馬上掌握考試重點並戰勝新多益。

Answer 193 ｜ （A）

題目中譯 ｜ 我住在這座城市是因為我在這裡工作，我的家人也在這裡。

答案中譯 ｜ （A）住在（B）住在（C）以…為生（D）以…為食

● 題型解析 ｜ 本題主要測驗動詞live的相關片語用法及語意。只要記清楚每一則片語所代表的中文意思，套用例句當中，此題即為秒殺題。最正確選項為（A）。

Answer 194 ｜ （D）

題目中譯 ｜ 我正在聽音樂，請不要打擾我，你可以做你想做的事。

答案中譯 ｜ （A）聽（B）聽（C）聽（D）聽

● 題型解析 ｜ 本題主要測驗listen和hear的用法。listen和hear都可以表示「聽」的意思。不同的是，listen強調「聽的動作」，而hear則著重於「聽到的內容」。listen後面加上受詞時，需要與介系詞to並用，即listen to。依據題意，「聽音樂」通常用「listen to the music」來表達，此為固定用法。符合的選項為（D）。

★ 「listen to the music」意思為「聽音樂」，此為一常見的固定用法，牢記！

Answer 195 ｜ （A）

題目中譯 ｜ 我正在看書。請關掉那吵雜的收音機。

答案中譯 ｜ （A）轉動（B）放（C）發現（D）修理

● 題型解析 ｜ 本題主要測驗能與副詞off搭配的動詞。首先即可淘汰兩個選項（C）與（D），因為此兩個選項皆不能與副詞off搭配。接著，題目的意思需要為「關掉」的選項。只有選項（A）符合題意，turn與off搭配構成turn off表示「關掉」的意思。

★ 「turn on」為「開啟」與「turn off」為「關掉」，可以將此組片語一同記憶，更能加深印象。

Answer 196 ｜ （B）

題目中譯 ｜ 有任何不懂的英文單字都可以在字典上查找。

答案中譯 ｜ （A）看（B）查詢（C）觀察（D）俯視

● 題型解析 ｜ 本題主要測驗與動詞look相關的片語用法。根據題意來判斷，答案應該要選擇帶有「查詢」意思的片語。符合這個答案的，只有選項（B）。

★ look的相關片語也是考題中經常出現的，需要將每一則片語的語意都記清楚，解考題時便可省下許多寶貴的時間。

Level 1 | 必考新多益選擇題

⑥ TOEFL **①** IELTS **⑧** Bulats **⑥** GEPT **①** 學測&指考 **公** 公務人員考試

語言能力：因為此程度的對話者對英語的理解經驗有限，有時候會發生誤解的狀況。需要熟悉與練習相關的英語談話內容，否則進行連續性的談話會有些不流暢。與英語為母語的人士進行交談時，則須花費較多時間去瞭解談話者的對話內容，需要紮實地增加英文字彙量及相關英文文法便能有效溝通。

Question | 197 ········· **①** **⑥①公**

I have sent you my application letter and I am _____ your reply.

(A) looking at

(B) looking after

(C) looking forward to

(D) looking into

Question | 198 ········· **⑥①公**

My grandfather was ill and my parents were both _____ him in the hospital.

(A) taking place

(B) taking part in

(C) taking care of

(D) taking air

Question | 199 ········· **⑥①⑧⑥①公**

_____ the passage, which of the following statements do you think is true?

(A) Act as

(B) According to

(C) Add to

(D) Agree with

Question | 200 ········· **①⑧⑥①公**

If this car really _____ you, I will return it to you at once.

(A) belongs to

(B) takes off

(C) drops in

(D) waits for

Level 1 ｜ 新多益選擇題解析

〔橘色證書〕測驗成績→10分～215分

第一級

● 詳細完整的題目和答案中譯，呈現補教名師在課堂教授的重點。 ● 臨時抱佛腳的考場記憶祕訣，搭配新多益測驗題型陷阱的提醒。 ● 保證只要熟讀各類題型解析，馬上掌握考試重點並戰勝新多益。

Answer 197 ｜（C）

題目中譯｜我已經將我的求職信寄給你了，期待你的回覆。

答案中譯｜（A）看（B）照顧（C）期待（D）觀察

● 題型解析｜本題也是測驗動詞look的片語用法。只要記得每一則片語的意思，此題依舊為秒殺題目。一眼即可以看出正確選項為（C）looking forward to「期待」。

★ 接連兩題的片語都是與動詞look有相關，由此可見，該類片語在考題中所佔的比重非常高。

Answer 198 ｜（C）

題目中譯｜我的爺爺病了，父母都在醫院照顧他。

答案中譯｜（A）發生（B）參加（C）照顧（D）傳播

● 題型解析｜本題主要測驗動詞take的片語用法。依據題意，要選擇「照顧」的意思。四個選項中，唯有選項(C)符合題意。

Answer 199 ｜（B）

題目中譯｜根據這篇短文，你認為下列哪項陳述是正確的？

答案中譯｜（A）扮演（B）根據（C）增加（D）同意

● 題型解析｜直接查看選項，其中，選項（D）Agree with後面會接上「人」表示「同意某人」的意思，因此，可以先刪除此選項。依據題意，應該選擇意為「根據」的片語，因此，選項（C）Add to「增加」與題意不符，刪除。只有選項（B）According to，符合題意。

Answer 200 ｜（A）

題目中譯｜如果這部車真的是你的，我會馬上把它還給你。

答案中譯｜（A）屬於（B）起飛（C）順便走訪（D）等候

● 題型解析｜此為一綜合片語的考題，依據題意，首先可以刪除（B）takes off，因為此片語的後面通常加上「物件」或者譯為「起飛」的意思。其次，依據題意，只有選項（A）belongs to符合題意。

Level 2

必考新多益選擇題

測驗成績 | 220分～465分

語言能力｜此程度之對話者，因為其掌握以及運用語言的範圍能力有限，因此無法流暢運用相關的詞彙來進行表達或溝通。所以，僅能滿足有限的社交英語對談內容。常用比較簡短之詞彙或對答來完成與英語為母語人士的對談。

Level 2 | 必考新多益選擇題

🔴 TOEFL ❶ IELTS ⑧ Bulats ⑥ GEPT ❶ 學測＆指考 ⑳ 公務人員考試　(MP3) 02-1

第二級

語言能力：此程度之對話者，因為其掌握以及運用語言的範圍能力有限，因此無法流暢運用相關的詞彙來進行表達或溝通。所以，僅能滿足有限的社交英語對談內容。常用比較簡短之詞彙或對答來完成與英語為母語人士的對談。

Question | 1　　　　　　　　　　　🔴❶⑧⑥❶⑳

I consider her _____ a very close friend.

(A) /

(B) to

(C) become

(D) like

Question | 2　　　　　　　　　　　❶⑧⑥❶⑳

I wanted to _____ and see my English teacher who taught me for three years in my high school.

(A) go by

(B) drop by

(C) get by

(D) stand by

Question | 3　　　　　　　　　　　❶⑧⑥❶⑳

This sentence is not correct because you _____ a word.

(A) let out　洩露

(B) look out　小心

(C) lay out　佈局

(D) left out

Question | 4　　　　　　　　　　🔴❶⑧⑥❶⑳

He will _____ the plane at ten. We had better set off for the airport right now.

(A) get down　蹲下

(B) get off　下

(C) get out

(D) get on　上

Level 2 ｜ 新多益選擇題解析

〔棕色證書〕測驗成績→220分～465分

第二級

● 詳細完整的題目和答案中譯，呈現補教名師在課堂教授的重點。 ● 臨時抱佛腳的考場記憶祕訣，搭配新多益測驗題型陷阱的提醒。 ● 保證只要熟讀各類題型解析，馬上掌握考試重點並戰勝新多益。

Answer 1 ｜（A）

題目中譯｜我把她當成最好的朋友。

答案中譯｜（A）/（B）作為（C）變成（D）像

● 題型解析｜本題測驗consider後接雙受詞結構。通常有3種表達方式，即「consider + 人稱代名詞受格／人名+形詞／名詞片語／不定式」。consider不與become, to和like搭配，可刪除選項（B）、（C）、（D）。所以，正確選項為（A）。

Answer 2 ｜（B）

題目中譯｜我想順便拜訪一下在高中教我3年的英語老師。

答案中譯｜（A）經過（B）順便拜訪（C）通過（D）袖手旁觀

● 題型解析｜依據題意，要選擇「順便拜訪」。選項（A）go by是「經過，過去，依照」的意思，選項（C）get by是「通過」的意思，選項（D）stand by是「袖手旁觀，支持，準備行動」的意思，皆不符合題意。因此，只能選（B）drop by表示「順便拜訪」。

Answer 3 ｜（D）

題目中譯｜這個句子不正確，因為你漏掉一個單字了。

答案中譯｜（A）洩露（B）小心（C）佈局（D）遺漏

● 題型解析｜依據題意，要選擇「遺漏」。選項（A）let out是「洩露，發出」的意思，選項（B）look out是「注意，小心」的意思，選項（C）lay out是「設計，佈局，攤開，陳列」的意思，皆不符合題意。因此，只能選（D）leave out表示「遺漏」。

Answer 4 ｜（B）

題目中譯｜他將於10點下飛機，我們最好現在出發去機場。

答案中譯｜（A）落下，下來（B）下（車、飛機）（C）出去（D）上（車、飛機）

● 題型解析｜依據題意，應選「下飛機」。選項（A）get down是「下來，落下；使沮喪；吞下」的意思，選項（C）get out是「出去」的意思，選項（D）get on是「上車；進行」的意思，皆不符合題意。因此，只能選（B）。

Level 2 | 必考新多益選擇題

T TOEFL I IELTS B Bulats G GEPT 學測&指考 公務人員考試

語言能力：此程度之對話者，因為其掌握以及運用語言的範圍能力有限，因此無法流暢運用相關的詞彙來進行表達或溝通。所以，僅能滿足有限的社交英語對談內容。常用比較簡短之詞彙或對答來完成與英語為母語人士的對談。

Question | 5

My little sister says that she yearns to _____ for vacation this summer.

(A) go abroad

(B) go about

(C) go through

(D) go after

Question | 6

You'd better _____ on your English before the exam.

(A) brush off 刷去

(B) brush aside 掃除

(C) brush up 複習

(D) bring up 提出

Question | 7

I saw a poor beggar _____ the door yesterday afternoon.

(A) pass on

(B) pass away

(C) pass off

(D) pass by

Question | 8

This girl happily _____ all the birthday candles and cut the cake.

(A) brought up

(B) brought out

(C) blew out

(D) blew up

Level 2 ｜ 新多益選擇題解析

〔棕色證書〕測驗成績→220分～465分

● 詳細完整的題目和答案中譯，呈現補教名師在課堂教授的重點。● 臨時抱佛腳的考場記憶祕訣，搭配新多益測驗題型陷阱的提醒。● 保證只要熟讀各類題型解析，馬上掌握考試重點並戰勝新多益。

Answer 5 ｜（A）

題目中譯｜我的小女兒說她渴望今年夏天出國旅行度假。

答案中譯｜（A）出國（B）著手做（C）通過（D）追求

● 題型解析｜本題主要測驗動詞go的片語用法。依據題意，要選擇「出國」。選項（B）go about意思是「著手做」，選項（C）go through意思是「通過」，選項（D）go after意思是「追求」，其含義皆與題意不符；只有選項（A）go abroad表示「出國」，符合題意。

Answer 6 ｜（C）

題目中譯｜你最好在考試前複習一下你的英語。

答案中譯｜（A）刷去（B）掃除（C）複習（D）提出

● 題型解析｜本題主要測驗動詞片語的用法。依據題意，要選擇「複習」。選項（A）brush off意思是「刷去」，選項（B）brush aside意思是「掃除」，選項（D）bring up意思是「提出」，其含義皆與題意不符；只有選項（C）brush up表示「複習」，符合題意。

Answer 7 ｜（D）

題目中譯｜昨天下午我看到一個貧窮的乞丐從門前走過。

答案中譯｜（A）傳遞（B）去世（C）停止（D）經過

● 題型解析｜本題主要測驗動詞pass的片語用法。依據題意，要選擇「經過」。選項（A）pass on意思是「傳遞」，選項（B）pass away意思是「去世」，選項（C）pass off意思是「停止」，其含義皆與題意不符；只有選項（D）pass by表示「經過」，符合題意。

Answer 8 ｜（C）

題目中譯｜這個女孩幸福地吹滅了所有的生日蠟燭，並切了蛋糕。

答案中譯｜（A）提出（B）出版（C）吹滅（D）爆發

● 題型解析｜本題主要測驗動詞片語的用法。依據題意，要選擇「吹滅」。選項（A）brought up意思是「提出」，選項（B）brought out意思是「出版」，選項（D）blew up意思是「爆發」，其含義皆與題意不符；只有選項（C）blew out表示「吹滅」，符合題意。

Level 2 | 必考新多益選擇題

TOEFL ❶ IELTS ❸ Bulats ❻ GEPT ❶ 學測&指考 ⓐ 公務人員考試

語言能力：此程度之對話者，因為其掌握以及運用語言的範圍能力有限，因此無法流暢運用相關的詞彙來進行表達或溝通。所以，僅能滿足有限的社交英語對談內容。常用比較簡短之詞彙或對答來完成與英語為母語人士的對談。

Question | 9

We _____ the power of good study habits.

(A) block in

(B) believe in

(C) bring in

(D) blow in

Question | 10

It was reported that at least thirty-eight people _____ the hurricane.

(A) died in

(B) brought in

(C) blocked in

(D) believed in

Question | 11

It is said that the ship _____ a huge iceberg in the Arctic Ocean.

(A) came into

(B) jumped into

(C) entered into

(D) crashed into

Question | 12

He is _____ a top-sccret project.

(A) derived with

(B) applied with

(C) involved in

(D) filled with

Level 2 | 新多益選擇題解析

〔棕色證書〕測驗成績→220分～465分

第二級

● 詳細完整的題目和答案中譯，呈現補教名師在課堂教授的重點。● 臨時抱佛腳的考場記憶祕訣，搭配新多益測驗題型陷阱的提醒。● 保證只要熟讀各類題型解析，馬上掌握考試重點並戰勝新多益。

Answer 9 | （B）

題目中譯 | 我們相信良好學習習慣的效益。

答案中譯 | （A）草擬 （B）相信 （C）帶來 （D）偶然來訪

● 題型解析 | 本題主要測驗動詞片語的用法。依據題意，要選擇「相信」。選項（A）block in意思是「草擬」，選項（C）bring in意思是「帶來」，選項（D）blow in意思是「偶然來訪」，其含義皆與題意不符；只有選項（B）believe in表示「相信」，符合題意。

Answer 10 | （A）

題目中譯 | 據報導，至少有38人死於這次颶風。

答案中譯 | （A）死於 （B）帶來 （C）草擬 （D）相信

● 題型解析 | 本題主要測驗動詞片語的用法。依據題意，要選擇「死於」。選項（B）brought in意思是「帶來」，選項（C）blocked in意思是「草擬」，選項（D）believed in意思是「相信」，其含義皆與題意不符；只有選項（A）died in表示「死於」，符合題意。

Answer 11 | （D）

題目中譯 | 據說，這艘船在北極海撞上了一座巨大的冰山。

答案中譯 | （A）進入 （B）跳入 （C）進入 （D）撞上

● 題型解析 | 本題主要測驗動詞片語的用法。依據題意，要選擇「撞上」。選項（A）came into意思是「進入」，選項（B）jumped into意思是「跳入」，選項（C）entered into意思是「進入」，其含義皆與題意不符；只有選項（D）crashed into表示「撞上」，符合題意。

★ 此題片語的介系詞皆為into，但所代指的意思卻不相同。可以藉由這次的機會，累積片語的廣度。

Answer 12 | （C）

題目中譯 | 他涉及國家機密的計畫。

答案中譯 | （A）來自 （B）裝配 （C）涉及 （D）充滿

● 題型解析 | 本題主要測驗動詞片語的用法。依據題意，要選擇「涉及」。選項（A）derived with意思是「來自」，選項（B）applied with意思是「裝配」，選項（D）filled with意思是「充滿」，其含義皆與題意不符；只有選項（C）involved in表示「涉及」，符合題意。

Level 2 | 必考新多益選擇題

TOEFL ● IELTS ● Bulats ● GEPT ● 學測 & 指考 ● 公務人員考試

第二級

語言能力：此程度之對話者，因為其掌握以及運用語言的範圍能力有限，因此無法流暢運用相關的詞彙來進行表達或溝通。所以，僅能滿足有限的社交英語對談內容。常用比較簡短之詞彙或對答來完成與英語為母語人士的對談。

Question | 13

She is afraid that she will _____ her classmates, so she always works extra hard.

(A) fall down

(B) come up

(C) lag behind

(D) take up

Question | 14

To be honest, the young man is difficult to _____.

(A) begin with

(B) come up with

(C) contend with

(D) company with

Question | 15

I've already reserved the hotel, so now all I have to do is to _____ .

(A) check in

(B) check out

(C) check-out

(D) check up

Question | 16

No matter what you say, I won't _____ my dream.

(A) give up

(B) give on

(C) give out

(D) give forth

Level 2 | 新多益選擇題解析

〔棕色證書〕測驗成績→220分～465分

● 詳細完整的題目和答案中譯，呈現補教名師在課堂教授的重點。● 臨時抱佛腳的考場記憶祕訣，搭配新多益測驗題型陷阱的提醒。● 保證只要熟讀各類題型解析，馬上掌握考試重點並戰勝新多益。

Answer 13 | （C）

題目中譯 | 她害怕落後同學，所以一直努力地唸書。

答案中譯 | （A）跌倒（B）走近（C）落後（D）拿起

● 題型解析 | 本題主要測驗動詞片語的用法。依據題意，要選擇「落後」。選項（A）fall down 意思是「跌倒」，選項（B）come up意思是「走近」，選項（D）take up意思是「拿起」，其含義皆與題意不符；只有選項（C）lag behind表示「落後」，符合題意。

Answer 14 | （C）

題目中譯 | 老實說，那個年輕人是一個很難對付的人。

答案中譯 | （A）開始（B）提出（C）對付（D）陪伴

● 題型解析 | 本題主要測驗動詞片語的用法。依據題意，要選擇「對付」。選項（A）begin with 意思是「開始」，選項（B）come up with意思是「提出」，選項（D）company with意思是「陪伴」，其含義皆與題意不符；只有選項（C）contend with表示「對付」，符合題意。

Answer 15 | （A）

題目中譯 | 我已經預訂了酒店，現在要做的就是登記入住了。

答案中譯 | （A）登記入住（B）結帳離開（C）結帳離開（名詞形式）（D）檢查

● 題型解析 | 本題主要測驗動詞check的片語用法。依據題意，要選擇「登記入住」。選項（B）check out意思是「結帳離開」，選項（C）check-out結帳離開的名詞形式，選項（D）check up意思是「檢查；核對」，其含義皆與題意不符；只有選項（A）check in意思是「登記入住」，符合題意。

Answer 16 | （A）

題目中譯 | 不管你說什麼，我都不會放棄自己的夢想。

答案中譯 | （A）放棄（B）（門窗等）朝向（C）分發（D）發表

● 題型解析 | 本題主要測驗動詞give的片語用法。依據題意，要選擇「放棄」。選項（B）give on 的意思是「（門窗等）朝向」，選項（C）give out意思是「分發」，選項（D）give forth意思是「發表」，其含義皆與題意不符；只有選項（A）give up意思是「放棄」，符合題意。

Level 2 | 必考新多益選擇題

❶ TOEFL ❶ IELTS ❷ Bulats ❸ GEPT ❶ 學測＆指考 ㊑ 公務人員考試

語言能力：此程度之對話者，因為其掌握以及運用語言的範圍能力有限，因此無法流暢運用相關的詞彙來進行表達或溝通。所以，僅能滿足有限的社交英語對談內容。常用比較簡短之詞彙或對答來完成與英語為母語人士的對談。

Question | 17

My book is on the floor. Would you help me _____ ?

(A) pick it off

(B) pick it up

(C) pick it on

(D) pick it out

Question | 18

Susan, if you need anything, just _____ for it.

(A) call on

(B) call away

(C) call out

(D) call up

Question | 19

Jack has been imprisoned for a long time, and now he is _____ freedom.

(A) crying against

(B) crying off

(C) crying down

(D) crying out for

Question | 20

We all know that goats _____ grass.

(A) feed on

(B) feed up

(C) feed well

(D) feed out

Level 2 | 新多益選擇題解析

〔棕色證書〕測驗成績→220分～465分

第二級

● 詳細完整的題目和答案中譯，呈現補教名師在課堂教授的重點。● 臨時抱佛腳的考場記憶祕訣，搭配新多益測驗題型陷阱的提醒。● 保證只要熟讀各類題型解析，馬上掌握考試重點並戰勝新多益。

Answer 17 | （B）

題目中譯 | 我的書掉到地板上了，你能幫我撿起來嗎？

答案中譯 | （A）摘掉（B）撿起（C）挑選（D）辨認出

● 題型解析 | 本題主要測驗動詞pick的片語用法。依據題意，要選擇「撿起」。選項（A）pick it off意思是「摘掉」，選項（C）pick it on意思是「挑選」，選項（D）pick it out意思是「辨認出」，其含義皆與題意不符；只有選項（B）pick it up意思是「撿起」，符合題意。

Answer 18 | （C）

題目中譯 | 蘇珊，如果你需要什麼東西，就大聲說出來。

答案中譯 | （A）歌頌（B）叫走（C）大聲講（D）打電話

● 題型解析 | 本題主要測驗動詞call的片語用法。依據題意，要選擇「大聲講」的意思。查看下列四個選項中，只有選項(C)符合題意。

Answer 19 | （D）

題目中譯 | 傑克已經被囚禁很長的一段時間了，他現在迫切需要自由。

答案中譯 | （A）大聲抗議（B）取消前約（C）貶低（D）迫切需要

● 題型解析 | 本題主要測驗動詞cry的片語用法。依據題意，要選擇「迫切需要」。選項（A）crying against意思是「大聲抗議」，選項（B）crying off意思是「取消前約」，選項（C）crying down意思是「貶低」，其含義皆與題意不符；只有選項（D）crying out for意思是「迫切需要」，符合題意。

Answer 20 | （A）

題目中譯 | 我們都知道羊以青草為食。

答案中譯 | （A）以…為食（B）供給食物（C）吃得好（D）催肥

● 題型解析 | 本題主要測驗動詞feed的片語用法。依據題意，要選擇「以…為食」。選項（B）feed up意思是「供給食物」，選項（C）feed well意思是「吃得好」，選項（D）feed out意思是「催肥」，其含義皆與題意不符；只有選項（A）feed on意思是「以…為食」，符合題意。

Level 2 | 必考新多益選擇題

🚩 TOEFL ❶ IELTS Ⓑ Bulats Ⓖ GEPT ❶ 學測＆指考 ⚖ 公務人員考試 02-2

第二級

語言能力：此程度之對話者，因為其掌握以及運用語言的範圍能力有限，因此無法流暢運用相關的詞彙來進行
表達或溝通。所以，僅能滿足有限的社交英語對談內容。常用比較簡短之詞彙或對答來完成與英語為母語人士
的對談。

Question | 21

_____ the wrapping first, then you will see the gift inside .

(A) Tear off

(B) Tear apart

(C) Tear at

(D) Tear down

Question | 22

I have no choice but to _____ at the airport.

(A) see you off

(B) see you through

(C) see you to

(D) see you about

Question | 23

All the flights _____ Taipei had been cancelled because of the dense fog.

(A) to and from

(B) to and fro

(C) back and forth

(D) up and down

Question | 24

As we all know, dark clouds are _____ a sign of rain or snow.

(A) usually

(B) rarely

(C) hardly

(D) seldom

Level 2 ｜ 新多益選擇題解析

〔棕色證書〕測驗成績→220分～465分

第二級

● 詳細完整的題目和答案中譯，呈現補教名師在課堂教授的重點。 ● 臨時抱佛腳的考場記憶祕訣，搭配新多益測驗題型陷阱的提醒。 ● 保證只要熟讀各類題型解析，馬上掌握考試重點並戰勝新多益。

Answer 21 ｜ （A）

題目中譯｜把包裝紙撕開，你就可以看到裡面的禮物了。

答案中譯｜（A）撕下（B）扯開（C）撕裂（D）拆除

● 題型解析｜本題主要測驗動詞tear的片語用法。依據題意，要選擇「撕開」。選項（B）Tear apart意思是「扯開」，選項（C）Tear at意思是「撕裂」，選項（D）Tear down意思是「拆除」，其含義皆與題意不符；只有選項（A）Tear off意思是「撕下」，符合題意。

Answer 22 ｜ （A）

題目中譯｜我別無選擇，只好到機場為你送行。

答案中譯｜（A）送行（B）看穿（C）照料（D）調查

● 題型解析｜本題主要測驗動詞see的片語用法。依據題意，要選擇「送行」。選項（B）see you through意思是「看穿；識破」，選項（C）see you to意思是「照料」，選項（D）see you about意思是「調查」，其含義皆與題意不符；只有選項（A）see you off意思是「送行」，符合題意。

Answer 23 ｜ （A）

題目中譯｜由於大霧天氣，所有從臺北出發以及飛往臺北的航班都已經取消。

答案中譯｜（A）往返，來回（B）往覆（C）來回，反覆（D）上下顛倒，傾覆

● 題型解析｜依據題意，要選擇「往返，來回」。選項（B）和（C）意義和用法大致相同，意思是「往覆」，通常當成副詞，而不與名詞連用；而選項（D）意思是「上下顛倒，傾覆」，其含義與題意不符；只有選項（A）意思是「往返，來回」，符合題意。

Answer 24 ｜ （A）

題目中譯｜眾所皆知，烏雲通常是下或下雪的前兆。

答案中譯｜（A）通常（B）極少（C）幾乎不（D）很少，難得

● 題型解析｜依據題意，要選擇「通常，一般而言」。選項（B）意思是「極少」，選項（C）意思是「幾乎不」，選項（D）意思是「很少，難得」，其含義皆與題意不符；只有選項（A）意思是「通常」，符合題意。

Level 2 | 必考新多益選擇題
TOEFL ❶ IELTS Ⓑ Bulats Ⓖ GEPT ❶ 學測&指考 Ⓐ 公務人員考試

語言能力：此程度之對話者，因為其掌握以及運用語言的範圍能力有限，因此無法流暢運用相關的詞彙來進行表達或溝通。所以，僅能滿足有限的社交英語對談內容。常用比較簡短之詞彙或對答來完成與英語為母語人士的對談。

Question | 25 · 托❶ⒷⒼ❶Ⓐ

The essay on women's rights _____ in yesterday's paper.

(A) became

(B) emerged

(C) appeared

(D) disappeared

Question | 26 · ❶ Ⓖ❶Ⓐ

He will come to _____ us on the third of April.

(A) pay a visit

(B) visit

(C) watch

(D) drop at

Question | 27 · ❶ Ⓖ❶Ⓐ

That cannot be _____ ; you must be joking.

(A) untrue

(B) false

(C) true

(D) wrong

Question | 28 · 托❶ⒷⒼ❶Ⓐ

Climate change may affect people's health both _____ and indirectly.

(A) immediately

(B) straightly

(C) direct

(D) directly

Level 2 | 新多益選擇題解析

第二級

〔棕色證書〕測驗成績→220分～465分

● 詳細完整的題目和答案中譯，呈現補教名師在課堂教授的重點。 ● 臨時抱佛腳的考場記憶祕訣，搭配新多益測驗題型陷阱的提醒。 ● 保證只要熟讀各類題型解析，馬上掌握考試重點並戰勝新多益。

Answer 25 | （C）

題目中譯｜那篇關於婦女權益的論文出現在昨天的報紙上。

答案中譯｜（A）成為（B）浮現（C）出現（D）消失

● 題型解析｜依據題意，要選擇「出現，顯現」。選項（A）意思是「成為」，選項（D）意思是「消失」，其含義明顯與題意不符，選項（B）意思是「浮現」，多用於表示緩慢出現的過程，也不符合題意。只有選項（C）意思為「出現」，符合題意。

Answer 26 | （B）

題目中譯｜他將於4月3日來拜訪我們。

答案中譯｜（A）參觀；訪問（B）看望（C）觀看（D）拜訪某地

● 題型解析｜本題測驗的是「拜訪」。選項（A）缺少介系詞to，正確形式為pay a visit to，選項（C）意思是「觀看」，明顯與句意不符，選項（D）意思是「拜訪某地」，含義與題意不符；因此，正確選項為（B）。

Answer 27 | （C）

題目中譯｜那不可能是真的，你一定是在開玩笑。

答案中譯｜（A）不正確的（B）錯的（C）真的（D）錯的

● 題型解析｜依據題意，要選擇「真的」。選項（A）意思是「不正確的」，選項（B）意思是「錯的」，選項（D）意思是「錯的」，其含義明顯與題意不符；只有選項（C）意思是「真的」，符合題意。

Answer 28 | （D）

題目中譯｜氣候變化可能會對人們的健康產生直接和間接的影響。

答案中譯｜（A）即刻地（B）直接地（不常使用）（C）直接（D）直接地

Indirectly
間接

● 題型解析｜依據題意，要選擇「直接地」。選項（A）意思是「即刻地」，選項（B）意思是「直接地」，選項（C）作副詞時，意思也是「直接」，其含義皆與題意不符；只有選項（D）意思是「直接地」，符合題意。

Indirectly

Level 2 | 必考新多益選擇題

第二級

TOEFL ① IELTS ⑬ Bulats ⑤ GEPT ① 學測＆指考 ⑳ 公務人員考試

語言能力：此程度之對話者，因為其掌握以及運用語言的範圍能力有限，因此無法流暢運用相關的詞彙來進行表達或溝通。所以，僅能滿足有限的社交英語對談內容。常用比較簡短之詞彙或對答來完成與英語為母語人士的對談。

Question | 29

Be _____ . There is nothing to fear.

(A) shy

(B) timid

(C) brave

(D) weak

Question | 30

When I was a child, my grandmother told me _____ story about herself.

(A) many

(B) much

(C) many a

(D) so much

Question | 31

A: Why is he so _____?

B: Because he has just received a letter from his mother in London.

(A) embarrassed

(B) excited

(C) satisfied

(D) tired

Question | 32

I heard that she _____ staying at home alone at night, so could you go and accompany her?

(A) was afraid of

(B) was fond of

(C) was aware of

(D) was ashamed of

Level 2 ｜ 新多益選擇題解析

〔棕色證書〕測驗成績→220分～465分

● 詳細完整的題目和答案中譯，呈現補教名師在課堂教授的重點。 ● 臨時抱佛腳的考場記憶祕訣，搭配新多益測驗題型陷阱的提醒。 ● 保證只要熟讀各類題型解析，馬上掌握考試重點並戰勝新多益。

Answer 29 ｜（C）

題目中譯 ｜ 勇敢一點，沒什麼好害怕的。

答案中譯 ｜（A）羞澀的（B）膽小的（C）勇敢的（D）虛弱的

● 題型解析 ｜ 依據題意，要選擇「勇敢的」。選項（A）意思是「羞澀的」，選項（B）意思都是「膽小的」，選項（D）意思是「虛弱的」，其含義皆與題意不符；只有選項（C）意思是「勇敢的」，符合題意。

Answer 30 ｜（C）

題目中譯 ｜ 小時候，奶奶告訴我很多關於她自己的故事。

答案中譯 ｜（A）許多的（B）許多的（C）很多的（D）這麼多

● 題型解析 ｜ 四個選項均表示「多」的意思，但用法不同。many修飾複數可數名詞，much和so much修飾不可數名詞，只有many a可以修飾單數可數名詞story。要注意的是，雖然many a修飾單數可數名詞，但仍表複數概念。因此，本題正確選項為（C）。

Answer 31 ｜（B）

題目中譯 ｜ A：他為什麼如此興奮？

B：因為他剛剛收到他母親從倫敦寄來的信。

答案中譯 ｜（A）尷尬的（B）興奮的（C）滿意的（D）疲憊的

● 題型解析 ｜ 依據題意，要選擇「興奮的」。選項（A）是「尷尬的」的意思，選項（C）是「滿意的」的意思，選項（D）是「疲憊的」的意思，皆不符合題意。因此，只能選（B）是「興奮的」意思。

Answer 32 ｜（A）

題目中譯 ｜ 我聽說她害怕晚上一個人待在家裡，你能去陪她嗎？

答案中譯 ｜（A）害怕（B）喜歡（C）意識到（D）羞愧

● 題型解析 ｜ 依據題意，要選擇「害怕」。選項（B）was fond of是「喜歡」的意思，選項（C）was aware of是「意識」的意思，選項（D）was ashamed of是「羞愧」的意思，皆不符合題意。因此，只能選（A）was afraid of，是「害怕」的意思。

Level 2 | 必考新多益選擇題

T TOEFL **I** IELTS **B** Bulats **G** GEPT **學** 學測&指考 **公** 公務人員考試

語言能力：此程度之對話者，因為其掌握以及運用語言的範圍能力有限，因此無法流暢運用相關的詞彙來進行表達或溝通。所以，僅能滿足有限的社交英語對談內容。常用比較簡短之詞彙或對答來完成與英語為母語人士的對談。

Question | 33

You must solve the _____ problem before Friday to ensure normal systems operation.

(A) difficult

(B) more difficult

(C) most difficult

(D) easy

Question | 34

The _____ usually can't afford high-cost medical care.

(A) poverty

(B) richness ☆ The poor

(C) poor

(D) rich

Question | 35

Last Sunday my mother bought me a _____ Korean wool coat.

(A) short new beautiful red

(B) new beautiful short red

(C) beautiful short new red

(D) red new short beautiful

Question | 36

Maggie, a beautiful young woman, has _____ hair.

(A) long brown

(B) long a brown

(C) a brown long

(D) brown a long

Level 2 | 新多益選擇題解析

〔棕色證書〕測驗成績→220分～465分

第二級

● 詳細完整的題目和答案中譯，呈現補教名師在課堂教授的重點。 ● 臨時抱佛腳的考場記憶祕訣，搭配新多益測驗題型陷阱的提醒。 ● 保證只要熟讀各類題型解析，馬上掌握考試重點並戰勝新多益。

Level 2

Answer 33 | （C）

題目中譯｜你應該在周五之前解決最困難的問題，以確保系統正常操作。

答案中譯｜（A）困難的（B）較困難的（C）最困難的（D）容易的

● 題型解析｜依據題意，要選擇「最困難的」。選項（A）difficult是原級形式，意思為「困難的」，選項（B）more difficult是比較級形式，是「較困難的」的意思，選項（D）easy是difficult的反義詞，表示「容易的」，其含義不符合題意。因此，只能選（C）most difficult表示最高級，意思為「最困難的」。

Answer 34 | （C）

題目中譯｜通常，窮人無法支付高額的醫療照護。

答案中譯｜（A）貧窮（B）富裕（C）貧窮的（D）富裕的

● 題型解析｜形容詞與定冠詞the連用時，表示一類人或物。依據題意，the後面應該選擇形容詞來構成表示一類人的名詞當成主詞，選項（A）和（B）都是名詞，但意思不符合題意，先刪除；又因題目中表示否定含義，因此，要選擇poor，即the poor表示「窮人」，選項（C）符合題意。

Answer 35 | （C）

題目中譯｜上周日媽媽幫我買一件漂亮韓版新的短裝紅羊毛外套。

答案中譯｜（A）短的 新的 漂亮的 紅色的（B）新的 漂亮的 短的 紅色的（C）漂亮的 短的 新的 紅色的（D）紅色的 新的 短的 漂亮的

● 題型解析｜本題測驗形容詞的排序問題。當名詞之前有多個形容詞修飾時，一般要按照「限定詞＋數詞＋描繪性形容詞＋大小／長短＋形狀＋新舊＋顏色＋國籍＋用途／類別+名詞性形容詞」的順序，因此，本題的順序為「描繪性形容詞＋長短＋新舊＋顏色」，即用beautiful short new red的順序，選項（C）符合題意。

Answer 36 | （A）

題目中譯｜瑪姬，一個漂亮的女人，有著一頭棕色長髮。

答案中譯｜（A）一頭長長的棕色的（B）長長的一頭棕色的（C）一頭棕色的長長的（D）棕色的一頭長長的

● 題型解析｜本題測驗形容詞的排列順序。本題的正確的排列順序為「限定詞（包括冠詞、代名詞、指示代名詞、不定代名詞等）＋描繪性形容詞＋顏色」，即long brown。因此，選項（A）符合題意。

Level 2 | 必考新多益選擇題

❸ TOEFL ❶ IELTS ❸ Bulats ❻ GEPT ❶ 學測＆指考 ❸ 公務人員考試

語言能力：此程度之對話者，因為其掌握以及運用語言的範圍能力有限，因此無法流暢運用相關的詞彙來進行表達或溝通。所以，僅能滿足有限的社交英語對談內容。常用比較簡短之詞彙或對答來完成與英語為母語人士的對談。

Question | 37

My husband is going to buy a _____ car, but I want him to buy a black one.

(A) large German white

(B) large white German

(C) white large German

(D) German large white

Question | 38

This _____ girl, who is fond of playing hide-and-seek, is my niece.

(A) little pretty Chinese

(B) pretty little Chinese

(C) Chinese pretty little

(D) Chinese little pretty

Question | 39

The policeman stopped the _____ car and gave the driver a ticket.

(A) speeding red sports

(B) red speeding sports

(C) red sports speeding

(D) sports red speeding

Question | 40

She took a fancy to the _____ vase when she saw it for the first time.

(A) flower ancient valuable Chinese

(B) ancient valuable flower Chinese

(C) Chinese ancient valuable flower

(D) valuable ancient Chinese flower

Level 2 | 新多益選擇題解析

〔棕色證書〕測驗成績:→220分～465分

第二級

● 詳細完整的題目和答案中譯，呈現補教名師在課堂教授的重點。● 臨時抱佛腳的考場記憶祕訣，搭配新多益測驗題型陷阱的提醒。● 保證只要熟讀各類題型解析，馬上掌握考試重點並戰勝新多益。

Answer 37 | （B）

題目中譯 | 我老公打算買一輛大的白色的德國轎車，但是我想要他買黑色的。

答案中譯 | （A）大的德國的白色的（B）大的白色的德國的（C）白色的大的德國的（D）德國的大的白色的

● **題型解析** | 本題測驗形容詞的排列順序。本題的正確的排列順序為「大小 + 顏色 + 國家」，即用large white German的順序。因此，選項（B）符合題意。

Answer 38 | （B）

題目中譯 | 這個漂亮的中國小女孩是我的外甥女，她喜歡玩捉迷藏。

答案中譯 | （A）小的漂亮的中國的（B）漂亮的小的中國的（C）中國的漂亮的小的（D）中國的小的漂亮的

● **題型解析** | 本題測驗形容詞的排列順序。本題的正確的排列順序為「描繪性形容詞 + 大小 + 國家」，即用pretty little Chinese的順序。因此，本題正確選項為（B）。

Answer 39 | （A）

題目中譯 | 員警攔下了那輛紅色飛馳的跑車，並且對司機開了罰單。

答案中譯 | （A）飛奔的紅色的運動的（B）紅色的飛馳的運動的（C）紅色的運動的飛馳的（D）運動的紅色的飛馳的

● **題型解析** | 本題測驗形容詞的排列順序。本題的正確的排列順序為「描繪性形容詞（包括分詞）+ 顏色 + 名詞性形容詞，即用fast-running red sports的順序。因此，本題正確選項為（A）。

Answer 40 | （D）

題目中譯 | 她一眼就喜歡上了那個價值不菲的中式古董花瓶。

答案中譯 | （A）放花的古董的價值不菲的中式的（B）古董的價值不菲的放花的中國的（C）中式的古董的價值不菲的放花的（D）價值不菲的古董的中式的放花的

● **題型解析** | 本題測驗形容詞的排列順序。本題的正確的排列順序為「描繪性形容詞 + 新舊 + 國家 + 名詞性形容詞」，即用valuable ancient Chinese flower的順序。因此，本題正確選項為（D）。

Level 2 | 必考新多益選擇題

必 TOEFL ❶ IELTS ❸ Bulats ❻ GEPT ❶ 學測&指考 ⚄ 公務人員考試 02-3

第二級

語言能力：此程度之對話者，因為其掌握以及運用語言的範圍能力有限，因此無法流暢運用相關的詞彙來進行表達或溝通。所以，僅能滿足有限的社交英語對談內容。常用比較簡短之詞彙或對答來完成與英語為母語人士的對談。

Question | 41 ···· 必❶❸❻❶⚄

The official gave a _____ report which _____ the general public.

(A) confused; confused

(B) confusing; confused

(C) confusing; confusing

(D) confused; confusing

Question | 42 ···· ❶ ❻❶⚄

Her husband is _____ than me, but is not _____ me.

(A) handsome; as capable as

(B) most handsome; more capable than

(C) more handsome; as capable as

(D) handsome; more capable than

Question | 43 ···· ❶ ❻❶⚄

I thought she was _____ you before, but now I am afraid she is not.

(A) as tough a girl as

(B) as a tough girl as

(C) as a girl as tough

(D) as a girl tough as

Question | 44 ···· 必❶❸❻❶⚄

Although the government is controlling the housing prices, _____ people still think that it will rise.

(A) many

(B) much

(C) many a

(D) much a

Level 2 ｜ 新多益選擇題解析

第二級

〔棕色證書〕測驗成績→220分～465分

● 詳細完整的題目和答案中譯，呈現補教名師在課堂教授的中點。● 臨時抱佛腳的考場記憶秘訣，搭配新多益測驗題型的提醒。● 保證只要熟透各類題型解析，馬上學得考試重點並戰勝新多益。

Answer 41 ｜ （B）

題目中譯｜那名官員所做的令人困惑的報告使民眾感到迷惑。

答案中譯｜（A）感到迷惑的；感到迷惑的（B）令人困惑的；感到迷惑的（C）令人困惑的；令人困惑的（D）感到迷惑的；令人困惑的

● 題型解析｜由及物動詞的現在分詞演變而來的形容詞具有主動含義，常用來指物；而由及物動詞的過去分詞演變而來的形容詞具有被動含義，常用來指人。根據題意，第一個空格應該選指物的confusing，第二個空格應該選指人的confused。因此，本題正確選項為（B）。

Answer 42 ｜ （C）

題目中譯｜儘管她老公比我英俊，但是沒有我能幹。

答案中譯｜（A）英俊的；和…一樣能幹（B）英俊的；比…能幹（C）更英俊的；和…一樣能幹（D）更英俊的；比…能幹

● 題型解析｜根據前一句中的than可以得知，第一個空格應該選擇表示比較級的more handsome，即選項（A）、（B）、（D）不符合題意，可先刪除。後一個空格用as capable as表示比較。因此，選項（C）符合題意。

Answer 43 ｜ （A）

題目中譯｜我原以為她和你一樣都是強悍的女孩，但現在恐怕她不是。

答案中譯｜（A）和…一樣強悍的女孩（B）錯誤用法（C）錯誤用法（D）錯誤用法

● 題型解析｜此題測驗比較級的一種特殊用法，即當進行比較的形容詞在句中和不定冠詞同時當形容詞時，不定冠詞須放在形容詞之後，所以a要放在tough之後，正確的順序應該為「as tough a girl as」。因此，本題正確選項為（A）。

Answer 44 ｜ （A）

題目中譯｜儘管政府在控制房價，但是許多民眾仍然認為房價會持續飆漲。

答案中譯｜（A）許多（B）許多（C）許多（D）錯誤表達

● 題型解析｜many和much都可以表示「許多」，但是many用於修飾可數名詞，而much用於修飾不可數名詞。依據題意，common people意思為「民眾」，是可數的複數名詞，要用many來修飾。因此，選項（A）符合題意。

Level 2

Level 2 | 必考新多益選擇題

T TOEFL **I** IELTS **B** Bulats **G** GEPT **T** 學測＆指考 **公** 公務人員考試

第二級

語言能力：此程度之對話者，因為其掌握以及運用語言的範圍能力有限，因此無法流暢運用相關的詞彙來進行表達或溝通。所以，僅能滿足有限的社交英語對談內容。常用比較簡短之詞彙或對答來完成與英語為母語人士的對談。

Question | 45 .... **G** **T** **公**

I thought you spoke _____ rubbish in the staff meeting this morning.

(A) very much

(B) too much

(C) much too

(D) many

Question | 46 .... **I** **G** **T** **公**

There are _____ cars in the city which often leads to traffic jams.

(A) much too

(B) too much

(C) many too

(D) too many

Question | 47 .... **I** **G** **T** **公**

As far as I know, there is still an _____ well in the village.

(A) new

(B) old

(C) deep

(D) big

Question | 48 .... **I** **G** **T** **公**

She has a cold. That's why she looks so _____ today.

(A) excited

(B) happy

(C) satisfied

(D) listless

Level 2 ｜ 新多益選擇題解析

〔棕色證書〕測驗成績→220分～465分

第二級

● 詳細完整的題目和答案中譯，呈現補教名師在課堂教授的重點。 ● 臨時抱佛腳的考場記憶祕訣，搭配新多益測驗題型陷阱的提醒。 ● 保證只要熟讀各類題型解析，馬上掌握考試重點並戰勝新多益。

Answer 45 ｜（B）

題目中譯｜我認為你在今天早上的員工會議上講太多廢話了。

答案中譯｜（A）非常（B）太多（C）非常（D）許多

● 題型解析｜依據題意，要選擇「太多」。選項（A）very much表示「非常」，是一個副詞片語，修飾動詞，選項（C）much too表示「非常」，修飾形容詞和副詞，選項（D）many表示「許多」，只能修飾可數名詞，都不符合題意。只有選項（B）too much表示「太多」，可以修飾不可數名詞。因此，本題正確選項為（B）。

Answer 46 ｜（D）

題目中譯｜這個城市有太多車輛，經常導致交通堵塞。

答案中譯｜（A）非常（B）太多（C）錯誤表達（D）太多

● 題型解析｜依據題意，要選項「太多」。選項（A）much too表示「非常」，不能修飾名詞，選項（B）too much和選項（D）too many都表示「太多」，但是too much修飾不可數名詞，而too many修飾可數名詞，都不符合題意，只有選項（D）too many表示「太多」，可以用於修飾可數名詞複數cars。因此，正確選項為（D）。

Answer 47 ｜（B）

題目中譯｜據我所知，村子裡有一口古井。

答案中譯｜（A）新的（B）古老的（C）深的（D）大的

● 題型解析｜本題測驗形容詞修飾名詞的用法。四個選項均可以修飾題目中的well，但是因選項前有不定冠詞an，必須選擇首字字母發音為母音的選項，只有old符合此語法規則。因此，本題正確選項為（B）。

Answer 48 ｜（D）

題目中譯｜她感冒了，難怪她今天看起來無精打采的。

答案中譯｜（A）興奮的（B）高興的（C）滿意的（D）無精打采的

● 題型解析｜根據題意，要選擇「無精打采的」。選項（A）excited是「興奮的」的意思，選項（B）happy是「高興的」的意思，選項（C）satisfied是「滿意的」的意思，皆不符合題意。因此，本題正確選項為（D）listless意思是「無精打采的」。

Level 2 | 必考新多益選擇題

第二級

語言能力：此程度之對話者，因為其掌握以及運用語言的範圍能力有限，因此無法流暢運用相關的詞彙來進行表達或溝通。所以，僅能滿足有限的社交英語對談內容。常用比較簡短之詞彙或對答來完成與英語為母語人士的對談。

Question | 49

Lily seemed _____ in class when she was reading on Monday morning.

(A) sleepy

(B) lazy

(C) sweaty

(D) hard

Question | 50

The note says whoever leaves the company should _____ the door.

(A) open

(B) close

(C) wide

(D) bright

Question | 51

He jumped into the _____ river to save the drowning girl.

(A) ice

(B) iced

(C) icy

(D) icing

Question | 52

They all just stood there, _____ I don't know what happened.

(A) speech

(B) speechless

(C) speeches

(D) speechlessly

Level 2 | 新多益選擇題解析

〔棕色證書〕測驗成績→220分～465分

第二級

● 詳細完整的題目和答案中譯，呈現補教名師在課堂教授的中點。● 臨時抱佛腳的考場記憶祕訣，搭配新多益測驗範圍精闢的提要。● 保證只要熟讀名精選題型解析，馬上掌握考試重點並戰勝新多益。

Answer 49 | （A）

題目中譯 | 周一早上晨讀時，莉莉在課堂上昏昏欲睡。

答案中譯 | （A）想睡的 （B）懶惰的 （C）吃力的 （D）忙碌的

● 題型解析 | 本題測驗形容詞的用法，根據題意應選「想睡的」。選項（B）lazy是「懶惰的」的意思，選項（C）sweaty是「吃力的」的意思，選項（D）busy是「忙碌的」的意思，皆不符合題意。因此，只能選（A）sleepy意思為「想睡的」。

Answer 50 | （B）

題目中譯 | 這張便條紙上面寫著，最後離開公司的人應該把門關好。

答案中譯 | （A）開著的 （B）關閉的 （C）寬闊的 （D）明亮的

● 題型解析 | 本題測驗形容詞當受詞補語的用法，根據題意應選「關閉的」。選項（A）open是「開著的」的意思，選項（C）wide是「寬闊的」的意思，選項（D）bright是「明亮的」的意思，皆不符合題意。因此，只能選（B）close意思是「關閉的」。

Answer 51 | （C）

題目中譯 | 他跳進冰冷的河水裡去救那名溺水的女孩。

答案中譯 | （A）冰 （B）冰凍的 （C）冰冷的 （D）結冰

● 題型解析 | 依據題意，要選擇「冰冷的」。選項（A）ice表示「冰」，是名詞，選項（B）iced作動詞時表「結冰」，當形容詞時，則為「冰凍的」，選項（D）icing當動詞時為「結冰」，當名詞為「糖衣」，均不符合題意。因此，只能選（C）icy當形容詞意思為「冰冷的」。

Answer 52 | （B）

題目中譯 | 他們只是站在那裡，一語不發，我不知道發生了什麼事。

答案中譯 | （A）講話 （B）說不出話的 （C）演講 （D）啞口無言地

● 題型解析 | 本題測驗形容詞用當副詞的用法。選項（A）speech和（C）speeches均表示「演講，口語」，當成名詞，選項（D）speechlessly意思是「啞口無言地」，為副詞；只有選項（B）是形容詞，表示「一言不發的，無言以對的」，符合題意。因此，只能選（B）。

Level 2 | 必考新多益選擇題

⊕ TOEFL ❶ IELTS ⑬ Bulats ⓖ GEPT ❶ 學測＆指考 ㉘ 公務人員考試

語言能力：此程度之對話者，因為其掌握以及運用語言的範圍能力有限，因此無法流暢運用相關的詞彙來進行表達或溝通。所以，僅能滿足有限的社交英語對談內容。常用比較簡短之詞彙或對答來完成與英語為母語人士的對談。

Question | 53

Luckily, those children escaped from the house _____.
- (A) ablaze
- (B) blaze
- (C) blazed
- (D) blazes

Question | 54

I _____ watched the horror move alone.
- (A) nervously
- (B) happy
- (C) relaxed
- (D) hurried

Question | 55

She has a _____ daughter who is very clever and lovely.
- (A) six month old
- (B) six-months old
- (C) six-month-old
- (D) six-months-old

Question | 56

I like the design of this pink skirt, _____.
- (A) simple but beautiful
- (B) simple but complex
- (C) complex but elegant
- (D) complex but beautiful

Level 2 | 新多益選擇題解析

〔棕色證書〕測驗成績→220分～465分

第二級

● 詳細完整的題目和答案中譯，呈現補教名師在課堂教授的重點。 ● 臨時抱佛腳的考場記憶祕訣，搭配新多益測驗題型陷阱的提醒。 ● 保證只要熟讀各類題型解析，馬上掌握考試重點並戰勝新多益。

Answer 53 │ （A）

題目中譯│幸運的是，那些小孩從燃燒的房子裡逃了出來。

答案中譯│（A）燃燒的（B）燃燒（動詞原形）（C）燃燒（過去式）（D）燃燒（第三人稱單數）

● 題型解析│形容詞也可以放在名詞之後。依據題意，要選擇形容詞ablaze表示「燃燒的」，置於名詞house之後當形容詞，修飾限定house。而選項（B）blaze是動詞原形，選項（C）blazed是過去式，選項（D）blazes是第三人稱單數，均不符合題意，只有選項（A）符合題意。

Answer 54 │ （A）

題目中譯│我很緊張地自己看恐怖片。

答案中譯│（A）緊張地（B）愉快的（C）放鬆的（D）匆忙的

● 題型解析│形容詞當成非限制性定語，有補充說明的作用時可以後置。根據句意應選「緊張的」。選項（B）happy是「愉快的」意思，選項（C）relaxed是「放鬆的」意思，選項（D）hurried是「匆忙的」的意思，皆不符合題意。因此，只能選（A）nervously是「緊張地」意思。

Answer 55 │ （C）

題目中譯│她有一個6個月大的女兒，既聰明又可愛。

答案中譯│（A）6個月大（錯誤表達）（B）6個月大（錯誤表達）（C）6個月大（D）6個月大（錯誤表達）

● 題型解析│形容詞與數詞和量詞一起表示時間時，空間單位的形容詞片語要放在名詞之後。依據題意，表示「6個月大」可以說six months old或者six-month-old，其他表述皆不正確。因此，選項（C）符合題意。

Answer 56 │ （A）

題目中譯│我喜歡這件粉紅色裙子的設計，簡單又好看。

答案中譯│（A）簡單又好看（B）簡單而複雜（C）複雜而優雅（D）複雜又好看

● 題型解析│成對的形容詞可以放在名詞之後。根據句意應選「簡單又好看」。選項（B）simple but complex是「簡單而複雜」的意思，選項（C）complex but elegant是「複雜而優雅」的意思，選項（D）complex but beautiful是「複雜又好看」的意思，皆不符合題意。因此，本題正確選項為（A）。

Level 2 | 必考新多益選擇題

第二級

T TOEFL **I** IELTS **B** Bulats **G** GEPT **T** 學測&指考 **公** 公務人員考試

語言能力：此程度之對話者，因為其掌握以及運用語言的範圍能力有限，因此無法流暢運用相關的詞彙來進行表達或溝通。所以，僅能滿足有限的社交英語對談內容。常用比較簡短之詞彙或對答來完成與英語為母語人士的對談。

Question | 57

He is such a _____ man, so he has a lot of friends.
- (A) faith
- (B) faithful
- (C) faithfully
- (D) faithless

Question | 58

He is _____ now and many stories about him are also _____.
- (A) forgettable, forgetful
- (B) forgettable, forgettable
- (C) forgetful, forgetful
- (D) forgetful, forgettable

Question | 59

On the monitor, we saw a _____ man steal your mobile phone.
- (A) bear
- (B) beard
- (C) bearded
- (D) beards

Question | 60

They said they could smell a pungent odor coming from the _____ pipe.
- (A) burst
- (B) bursting
- (C) bursts
- (D) buster

Level 2 | 新多益選擇題解析
〔棕色證書〕測驗成績→220分～465分

● 詳細完整的題目和答案中譯，呈現補教名師在課堂教授的重點。● 臨時抱佛腳的考場記憶祕訣，搭配新多益測驗題型陷阱的提醒。● 保證只要熟諳各類題型解析，馬上掌握考試重點並戰勝新多益。

Answer 57 | （B）

題目中譯｜他是一個忠誠的人，因此他有很多朋友。

答案中譯｜（A）信任（B）忠誠的（C）忠誠地（D）不忠誠的

● 題型解析｜形容詞片語一般須後置，往往相當於關係代名詞子句，只是比關係代名詞子句簡練。依據題意，要選擇形容詞faith與介系詞to構成的形容詞片語。選項（A）faith是名詞，選項（C）faithfully是副詞，選項（D）faithless意思是「不忠誠的」，都不符合題意。因此，本題正確選項為（B）。

Answer 58 | （D）

題目中譯｜他現在很健忘，關於他的很多故事也容易被忘記。

答案中譯｜（A）容易被忘記的，健忘的（B）容易被忘記的，容易被忘記的（C）健忘的，健忘的（D）健忘的，容易被忘記的

● 題型解析｜英語中以字尾-ful, -ous, -s結尾的形容詞具有主動意義，而以字尾-able, -ible結尾的形容詞具有被動意義。根據題意，第一個空格表主動應選forgetful，第二個空格表被動，應選forgettable。因此，本題正確選項為（D）。

Answer 59 | （C）

題目中譯｜從監視器裡，我們看到一個留鬍子的男人拿走你的手機。

答案中譯｜（A）忍受（B）鬍鬚（C）有鬍鬚的（D）鬍鬚

● 題型解析｜有些形容詞是由名詞加-ed構成，表示具有該名詞的特徵。根據題意應選修飾名詞man的形容詞。選項（A）bear作動詞表示「忍受」，選項（B）beard作名詞表示「鬍鬚」，選項（D）beards是名詞beard的複數，皆不符合題意。因此，只能選（C）bearded是作形容詞表示「有鬍鬚的」。

Answer 60 | （B）

題目中譯｜他們說他們能聞到一股從爆裂開的管道裡發出的刺鼻氣味。

答案中譯｜（A）爆炸（B）爆裂開的（C）爆炸（D）破壞者

● 題型解析｜動詞的現在分詞也可以具有形容詞的性質，放在名詞之前當形容詞。選項（A）burst是動詞，表示「爆炸」，選項（C）bursts是burst的第三人稱單數形式，選項（D）buster表示「破壞者」，都不符合題意，只有選項（B）bursting可以作形容詞，修飾名詞pipe。因此，本題正確選項為（B）。

Level 2 | 必考新多益選擇題
🌐 TOEFL ① IELTS ⑧ Bulats ⑥ GEPT ① 學測&指考 ⑳ 公務人員考試 02-4

第二級

語言能力：此程度之對話者，因為其掌握以及運用語言的範圍能力有限，因此無法流暢運用相關的詞彙來進行表達或溝通。所以，僅能滿足有限的社交英語對談內容。常用比較簡短之詞彙或對答來完成與英語為母語人士的對談。

Question | 61
She is _____ of the three, and is the most beautiful one, so we all envy her.
- (A) tall
- (B) taller
- (C) tallest
- (D) the tallest

Question | 62
If she were _____ thinner, she would be more beautiful.
- (A) much more
- (B) a little
- (C) lot
- (D) completely

Question | 63
One day if I have _____ money, I will buy a bigger house and a better car.
- (A) many
- (B) many more
- (C) little
- (D) much more

Question | 64
She became all _____ fond of playing the violin after winning the match.
- (A) many
- (B) much
- (C) more
- (D) the more

Level 2

新多益選擇題解析
〔棕色證書〕測驗成績→220分～465分

● 詳細完整的題目和答案中譯，呈現補教名師在課堂教授的重點。 ● 臨時抱佛腳的考場記憶祕訣，搭配新多益測驗題型陷阱的提醒。 ● 保證只要熟讀各類題型解析，馬上掌握考試重點並戰勝新多益。

Answer 61 ｜（D）

題目中譯｜她是三個人當中最高的，也是最漂亮的一個，我們都很羨慕她。

答案中譯｜（A）高（B）較高（C）最高（D）最高

● 題型解析｜形容詞和副詞的最高級常用「the + 形容詞／副詞最高級 + 比較範圍」句型，比較範圍可用of片語表示。選項（A）tall是原級，選項（B）taller是比較級，選項（C）tallest缺少定冠詞the，皆不符合題意。因此，只能選選項（D）the tallest。

Answer 62 ｜（B）

題目中譯｜如果她再瘦一點，她會更漂亮。

答案中譯｜（A）非常（B）一點（C）許多（D）完全地

● 題型解析｜比較級前可用一些詞來修飾表示比較的程度。根據題意應選「一點」。選項（A）much是「非常」的意思，選項（C）a lot是「許多」的意思，選項（D）completely是「完全地」的意思，皆不符合題意。因此，只能選（B）。

Answer 63 ｜（D）

題目中譯｜如果有一天我有更多的錢，我會買更大的房子和更好的車。

答案中譯｜（A）許多（B）更多（C）許多（D）更多

● 題型解析｜根據題意要選「有更多的錢」，而選項（C）little表示「幾乎沒有」；因為money是不可數名詞不用能many來修飾，即可刪除（A）、（C）選項。所以，正確選項為（D）。

Answer 64 ｜（D）

題目中譯｜贏得比賽後，她更加喜歡拉小提琴了。

答案中譯｜（A）許多（B）許多（C）更多（D）更

● 題型解析｜依據題意，選項（A）many意思是「許多的」，用於修飾可數的複數名詞。選項（B）much意思是「許多的」，用於修飾不可數名詞，選項（C）more意思是「更多」，是比較級，但是不能與all連用，只有選項（D）the more能夠與all連用構成all the more的句構，表示「更加」，用於修飾形容詞。因此，選項（D）正確。

Level 2 | 必考新多益選擇題

第二級

TOEFL ❶ IELTS Ⓑ Bulats Ⓖ GEPT ❶ 學測&指考 ㊂ 公務人員考試

語言能力：此程度之對話者，因為其掌握以及運用語言的範圍能力有限，因此無法流暢運用相關的詞彙來進行表達或溝通。所以，僅能滿足有限的社交英語對談內容。常用比較簡短之詞彙或對答來完成與英語為母語人士的對談。

Question | 65 .... ❶ Ⓖ❶㊂

My bedroom is bigger than yours _____ two square meters.

(A) in

(B) to

(C) by

(D) of

Question | 66 .... ❸❶ⒷⒼ❶㊂

He played a _____ important part in negotiating the deal.

(A) many

(B) much

(C) most

(D) the most

Question | 67 .... ❸❶ⒷⒼ❶㊂

The play, which he has spent three years' time on, is _____ excellent of all his works.

(A) more

(B) an most

(C) a most

(D) the most

Question | 68 .... ❶ Ⓖ❶㊂

Her appearance is not _____ beautiful _____ one is painted, but she is indeed ingenious.

(A) so…so

(B) so…as

(C) more….than

(D) most…as

Level 2 ｜ 新多益選擇題解析

〔棕色證書〕測驗成績→220分～465分

第二級

● 詳細完整的題目和答案中譯，呈現補教名師在課堂教授的重點。 ● 臨時抱佛腳的考場記憶祕訣，搭配新多益測驗新題型的提醒。 ● 保證只要熟諳各類題型解析，馬上掌握考試重點並戰勝新多益。

Answer 65 ｜ （C）

題目中譯｜我的臥室比你的臥室大兩平方公尺。

答案中譯｜（A）在…裡面（B）對（C）通過（D）…的

● 題型解析｜比較級前可用「數詞 + 名詞」構成的名詞片語，或用「比較級 + by片語」表示確定的量。依據題意，本題是表示「大兩平方」，因此，只能用by來連接，即正確選項為（C）。

Answer 66 ｜ （C）

題目中譯｜他在這次協商交易中扮演極其重要的角色。

答案中譯｜（A）許多（B）非常（C）極其（D）最

● 題型解析｜本題測驗絕對最高級的文法。many和much不能用以修飾形容詞的原級，可以事先刪除選項（A）與（B）。選項（D）的定冠詞the與例句中的不定冠詞a相互衝突，也需要被刪除。多音節的形容詞前面加上most，如果不與定冠詞the連用表示最高級含義，可以表示「很，十分，極其」，相當於very的意思，這種最高級形式稱為「絕對最高級」的文法句構。符合上述的條件只有選項（C）。

Answer 67 ｜ （D）

題目中譯｜他花了3年的時間才完成的這齣戲劇，是他所有作品中最優秀的。

答案中譯｜（A）更（B）最（C）極其（D）最

● 題型解析｜本題測驗的是「形容詞最高級 + of + 名詞（泛指）」的文法句型。題目中句尾的of片語可以得知，此題應選最高級形式。more為比較級，可以先刪除選項（A），選項（B）與（C）中，most表示「極其」，並非最高級含義，也先刪除。因此，本題的正確選項為（D）。

Answer 68 ｜ （B）

題目中譯｜她的外表不像人們所描述的那樣美，但是她確實足智多謀。

答案中譯｜（A）和…一樣（B）和…一樣（C）比…更（D）錯誤用法

● 題型解析｜本題測驗的是形容詞原級比較句型的否定形式「not so...as」。選項（A）與（D）皆無此用法，需事先刪除。由題意可知，本題為原級形式的比較，無法使用more的字眼在題目中。因此，正確選項為（B）。

Level 2 | 必考新多益選擇題

托 TOEFL I IELTS B Bulats G GEPT 學測&指考 公務人員考試

語言能力：此程度之對話者，因為其掌握以及運用語言的範圍能力有限，因此無法流暢運用相關的詞彙來進行表達或溝通。所以，僅能滿足有限的社交英語對談內容。常用比較簡短之詞彙或對答來完成與英語為母語人士的對談。

Question | 69

He is _____ capable _____ smart, in my mind.
- (A) many more… than
- (B) so… as
- (C) more… than
- (D) most… as

Question | 70

My mother is _____ somewhat angry because I took her money on the sly.
- (A) more
- (B) most
- (C) much
- (D) more than

Question | 71

As we all know, nowadays, the Internet is becoming _____.
- (A) much popular
- (B) more than popular
- (C) more and more popular
- (D) more popular and more popular

Question | 72

The prices of vegetables have become _____ the past two years, which is unacceptable to many people.
- (A) increasingly high
- (B) increasingly higher
- (C) increasing high
- (D) increasing higher

Level 2 | 新多益選擇題解析

〔棕色證書〕測驗成績→220分～465分

● 詳細完整的題目和答案中譯，呈現補教名師在課堂教授的重點。● 臨時抱佛腳的考場記憶祕訣，搭配新多益測驗題型陷阱的提醒。● 保證只要熟讀各類題型解析，馬上掌握考試重點並戰勝新多益。

Answer 69 | （C）

題目中譯｜在我看來，與其說他聰明，不如說他能力好。

答案中譯｜（A）比…更（B）和…一樣（C）與其說是…不如說是（D）錯誤用法

● 題型解析｜本題測驗的是固定結構「more...than」，意為「與其說是…不如說是」。選項（D）本身是錯誤的，直接刪除。so...as用於形容詞、副詞的原級比較結構，與句意不符，刪除選項（B）。選項（A）用於多音節形容詞、副詞的比較級，故刪除。因此，只能選（C）。

Answer 70 | （D）

題目中譯｜我媽媽很生氣因為我偷拿她的錢。

答案中譯｜（A）更（B）最（C）非常（D）不止，超過

● 題型解析｜本題測驗的是固定結構「more than」，意為「不止，超過」。在此用法中，more than通常修飾形容詞原級形式。選項（A）more、選項（B）most和選項（C）much都不能修飾形容詞原級，將其刪除。因此，正確選項為（D）。

Answer 71 | （C）

題目中譯｜我們都知道，如今，網路已經越來越流行。

答案中譯｜（A）錯誤表達（B）不止是流行（C）越來越流行（D）錯誤表達

● 題型解析｜much不能修飾形容詞原級，刪除選項（A）；more than表示「不止，超過」，不符合題意，刪除選項（B）；表示「越來越…」，用「比較級 + 比較級」結構，或「more and more + 原級」結構。因此，本題正確選項為（C）。

Answer 72 | （B）

題目中譯｜這兩年的蔬菜價格越來越高，很多人都無法接受。

答案中譯｜（A）越來越高（原級）（B）越來越高（比較級）（C）錯誤表達（D）錯誤表達

● 題型解析｜increasing是動名詞形式，不能修飾形容詞的原級和比較級，所以將選項（C）（D）刪除。而表示「越來越…」時，用「副詞 + 比較級」結構，所以將選項（A）刪除。綜上所述，此題正確選項為（B）。

Level 2 | 必考新多益選擇題

⑮ TOEFL ❶ IELTS ⓑ Bulats ⓖ GEPT ❶ 學測＆指考 ⓐ 公務人員考試

語言能力：此程度之對話者，因為其掌握以及運用語言的範圍能力有限，因此無法流暢運用相關的詞彙來進行表達或溝通。所以，僅能滿足有限的社交英語對談內容。常用比較簡短之詞彙或對答來完成與英語為母語人士的對談。

Question | 73 ··· ❶ ⓖ❶ⓐ

_____ she speaks, _____ she makes mistakes.

(A) More…more
(B) The more…more
(C) More…the more
(D) The more…the more

Question | 74 ··· ❶ ⓖ❶ⓐ

She decided to become a teacher after graduation because teaching can give her _____ happiness.

(A) great
(B) no great
(C) greater
(D) no greater

Question | 75 ··· ⑮❶ⓑⓖ❶ⓐ

The _____ generation should receive _____ education to keep pace with the times.

(A) younger, high
(B) young, high
(C) younger, higher
(D) young, higher

Question | 76 ··· ❶ ⓖ❶ⓐ

She is a very famous dancer and the peacock dance shows her at _____.

(A) good
(B) better
(C) best
(D) her best

Level 2 ｜ 新多益選擇題解析

〔棕色證書〕測驗成績→220分～465分

● 詳細完整的題目和答案中譯，呈現補教名師在課堂教授的重點　● 臨時抱佛腳的考場記憶祕訣，搭配新多益測驗題型陷阱的提醒　● 保證只要熟讀各項題型解析，馬上掌握考試重點並戰勝新多益

Answer 73 ｜ （D）

題目中譯 ｜ 她說越多錯得也越多。

答案中譯 ｜（A）更…更…（B）錯誤表達（C）錯誤表達（D）越…越…

● 題型解析 ｜ 選項（B）和（C）本身是錯誤的，可直接將這兩項刪除。根據題意，應選「越…就越…」。而選項（A）表示「更…更…」，不符合題意，也不能單獨放句首。因此本題的正確選項為（D）。

Answer 74 ｜ （D）

題目中譯 ｜ 畢業後，她決定去當老師，因為教書能帶給她非常多的快樂。

答案中譯 ｜（A）極大的（B）小的（C）較大的（D）最大的

● 題型解析 ｜ 比較級用於否定結構，可表示「最…不過」。選項（A）是「極大的」的意思，選項（B）是「小的」的意思，選項（C）是「較大的」的意思，皆不符合題意。因此，只能選（D）。

Answer 75 ｜ （C）

題目中譯 ｜ 為了與時俱進，年輕一代應該接受高等教育。

答案中譯 ｜（A）較年輕的，高的（B）年輕的，高的

（C）較年輕的，較高的（D）年輕的，較高的

● 題型解析 ｜ 英語裡的比較級，有時並無比較含義，這種比較級叫做絕對比較級，與名詞連用，可視為固定用法的名詞片語，如句中的「younger generation」意為「年輕一代」，而「higher education」意為「高等教育」。所以，正確選項為（C）。

Answer 76 ｜ （D）

題目中譯 ｜ 她是一位非常著名的舞蹈家，孔雀舞是她的最高造詣。

答案中譯 ｜（A）好的（B）較好的（C）最好的（D）她的最好的

● 題型解析 ｜ 最高級和代名詞連用表示最佳或最糟情況或狀態。選項（A）為原級形式，選項（B）是比較級形式，選項（C）雖然是最高級形式，但是意義並不完整，三個選項皆不符合題意。因此，只能選（D）。

Level 2 | 必考新多益選擇題

必 TOEFL ❶ IELTS ❷ Bulats ❸ GEPT ❹ 學測&指考 ❺ 公務人員考試

第二級

語言能力：此程度之對話者，因為其掌握以及運用語言的範圍能力有限，因此無法流暢運用相關的詞彙來進行表達或溝通。所以，僅能滿足有限的社交英語對談內容。常用比較簡短之詞彙或對答來完成與英語為母語人士的對談。

Question | 77

We are about the _____ age, but we don't like each other because we have nothing in common.

(A) same
(B) enough
(C) equally
(D) as

Question | 78

A: Since you like the house, why not buy it?

B: Well, I can not afford _____ house at present.

(A) that expensive of a
(B) a such expensive
(C) that an expensive
(D) a so expensive

Question | 79

You just cannot be _____ when crossing the street.

(A) too careful
(B) very careful
(C) too careless
(D) careless enough

Question | 80

His scores could not have been _____. I wondered what on Earth he had learned at school.

(A) much better
(B) any worse
(C) the best
(D) so bad

Level 2 | 新多益選擇題解析

〔棕色證書〕測驗成績→220分～465分

第二級

● 詳細完整的題目和答案中譯，呈現補教名師在課堂教授的重點。 ● 臨時抱佛腳的考場記憶祕訣，搭配新多益測驗題型附贈的提醒。 ● 保證只要熟讀各類題型解析，馬上掌握考試重點並戰勝新多益。

Answer 77 | （A）

題目中譯 | 我們年齡相仿，但是並沒有什麼共同觀點，所以互無好感。

答案中譯 | （A）同樣的 （B）足夠的 （C）平等地 （D）同樣地

● 題型解析 | 本題測驗的是同級比較。根據題意，應選「同樣的」，選項（B）是「足夠的」，選項（C）是「平等地」，都不符合題意，選項（D）不能修飾名詞，不符合語法規則。因此，只能選（A）。

Answer 78 | （A）

題目中譯 | A：既然你喜歡那個有花園的房子，為什麼不買呢？

B：嗯！但是我目前支付不起那麼昂貴的房子。

答案中譯 | （A）那麼昂貴的一個 （B）一個如此昂貴的（語法錯誤） （C）那樣一個昂貴的（語法錯誤） （D）一個如此昂貴的（語法錯誤）

● 題型解析 | 本題測驗固定結構「如此，這麼」的表達方式。通常用 「such + 冠詞 + 形容詞」結構和「so + 形容詞 + 冠詞」結構，而選項（B）、（D）明顯有語法錯誤，刪除。再則，that 可以用作副詞，用法相當於so。因此，本題的正確選項為（A）。

Answer 79 | （A）

題目中譯 | 過馬路的時候，你再小心也不為過。

答案中譯 | （A）太小心 （B）很小心 （C）太不小心 （D）足夠粗心

● 題型解析 | 本題測驗固定片語「can not be too + 形容詞」的用法。「can not be too + 形容詞」表示「無論…也不為過」的意思，恰好符合題意，而選項（B）、（C）、（D）均沒有此種用法。因此，本題的正確選項為（A）。

Answer 80 | （B）

題目中譯 | 他的成績差得不能再差了。我懷疑，他究竟在學校學了些什麼。

答案中譯 | （A）好多了 （B）更糟 （C）最好 （D）如此差

● 題型解析 | 根據後一例句可知，此為否定的回答。「could not be any worse」意為「非常差，差得不能再差」，與後文內容相符，選項（A）、（C）、（D）均不能表達這樣的意義。因此，本題的正確選項為（B）。

Level 2 必考新多益選擇題

第二級

 TOEFL ❶ IELTS ⓑ Bulats ⓖ GEPT ❶ 學測＆指考 ⓐ 公務人員考試 (MP3) 02-5

語言能力：此程度之對話者，因為其掌握以及運用語言的範圍能力有限，因此無法流暢運用相關的詞彙來進行表達或溝通。所以，僅能滿足有限的社交英語對談內容。常用比較簡短之詞彙或對答來完成與英語為母語人士的對談。

Question | 81 ⓘ ⓖ❶ⓐ

I think this movie is really excellent. I have not seen a _____ one this year.
- (A) the best
- (B) better
- (C) the most
- (D) more

Question | 82 ⓣⓘⓑⓖ❶ⓐ

_____ as she is, she is always so busy with her work that she feels anything but _____.
- (A) Alone; alone
- (B) Alone; lonely
- (C) Lonely; lonely
- (D) Lonely; alone

Question | 83 ⓣⓘⓑⓖ❶ⓐ

As a matter of fact, the essence of this advertisement is to make the _____ possible.
- (A) impossible
- (B) possibly
- (C) impossibly
- (D) possible

Question | 84 ⓘ ⓖ❶ⓐ

This job is so _____ that I feel _____. Sooner or later I will quit it.
- (A) bored; bored
- (B) boring; boring
- (C) boring; bored
- (D) bored; boring

Level 2 | 新多益選擇題解析

〔棕色證書〕測驗成績→220分～465分

● 詳細完整的題目和答案中譯，呈現補教名師在課堂教授的重點。 ● 臨時抱佛腳的考場記憶祕訣，搭配新多益測驗題型陷阱的提醒。 ● 保證只要熟讀各項題型解析，馬上掌握考試重點並戰勝新多益。

Answer 81 | （B）

題目中譯 | 我認為，這部電影真的很出色，今年，我還沒有看過比它更好的電影。

答案中譯 | （A）最好的 （B）較好的 （C）最多的 （D）較多的

● 題型解析 | 本題測驗比較級的特殊用法，用比較級表示最高級含義，句末省略了than this one。選項（A）、（C）是最高級形式，與句意衝突，因此刪除。而more不符合題意，故刪除選項（D）。所以本題的正確選項為（B）。

Answer 82 | （B）

題目中譯 | 雖然是獨自一人，但她總是忙於工作，所以她並不感到寂寞。

答案中譯 | （A）獨自的；獨自的 （B）獨自的；寂寞的 （C）寂寞的；寂寞的 （D）寂寞的；獨自的

● 題型解析 | 本題測驗形容詞alone和lonely的差別。alone表示「獨自的」，多用於表示客觀情況；而lonely表示「寂寞的」，多伴隨某種感情色彩。根據句意，第一空格應選alone，因此刪除選項（C）、（D）。第二個空格應選lonely，刪除選項（A）。所以，本題的正確選項為（B）。

Answer 83 | （A）

題目中譯 | 事實上，這則廣告的本質是把不可能變成可能。

答案中譯 | （A）不可能的 （B）可能地 （C）不可能的 （D）可能的

● 題型解析 | the與表示物的形容詞連用時，表示「一類事物」。選項（B）、（C）均為副詞，不符合題意，刪除。選項（D）possible意思是「不可能的」，不符合題意，只有選項（A）正確，「the impossible」表示「不可能的事」。

Answer 84 | （C）

題目中譯 | 這份工作真枯燥，我感覺太無聊了。我早晚會辭掉它。

答案中譯 | （A）無聊的；無聊的 （B）枯燥的；枯燥的 （C）枯燥的；無聊的 （D）無聊的；枯燥的

● 題型解析 | 由動詞演變而來的形容詞，可當成形容詞或副詞，現在分詞演變而來的形容詞具有主動含義，常用來指物，而過去分詞演變而來的形容詞具有被動含義，常用來指人。第一空格指物用boring，第二個空格指人用bored。因此，本題正確選項為（C）。

Level 2 | 必考新多益選擇題

🌐 TOEFL ❶ IELTS Ⓑ Bulats Ⓖ GEPT ⬆ 學測＆指考 Ⓐ 公務人員考試

語言能力：此程度之對話者，因為其掌握以及運用語言的範圍能力有限，因此無法流暢運用相關的詞彙來進行表達或溝通。所以，僅能滿足有限的社交英語對談內容。常用比較簡短之詞彙或對答來完成與英語為母語人士的對談。

Question | 85

I guess his weight is _____ 75 kg. In fact, it is _____ 70 kg.

(A) not more than; no more than

(B) no more than; no more than

(C) not more than; not more than

(D) no much than; not much than

Question | 86

The washing machine could work _____ before, but now it has _____ stopped working.

(A) automatic; fully

(B) automatically; full

(C) automatic; full

(D) automatically; fully

Question | 87

Good friends usually speak to you in a _____ way.

(A) friend

(B) friends

(C) friendly

(D) /

Question | 88

The old man says it is time to drive the goats _____.

(A) forwards

(B) northwards

(C) upwards

(D) homewards

Level 2 | 新多益選擇題解析

第二級

〔棕色證書〕測驗成績→220分～465分

● 詳細完整的題目和答案中譯，呈現補教名師在課堂教授的重點。 ● 臨時抱佛腳的考場記憶祕訣，搭配新多益測驗題型陷阱的提醒。 ● 保證只要熟讀各類題型解析，馬上掌握考試重點並戰勝新多益。

Answer 85 | （A）

題目中譯 | 我猜他的體重不超過75公斤，事實上只有70公斤。

答案中譯 | （A）不多於；只是（B）只是；只是（C）不多於；不多於（D）只是；不多於

● **題型解析** | no more than與not more than的含義不同，前者表示說話人主觀上覺得少，後者是對數量的客觀描述，表示「不多於」。根據題意，第一空格應選描述主觀數量的not more than，第二個空格應表示客觀上覺得少的no more than。因此，本題正確選項為（A）。

Answer 86 | （D）

題目中譯 | 這台洗衣機以前能自動工作，現在卻完全罷工了。

答案中譯 | （A）自動的；完全地（B）自動地；完全的（C）自動的；完全的（D）自動地；完全地

● **題型解析** | 修飾動詞時要用副詞。依據題意本題都要選擇副詞，其中以-ic結尾的形容詞變副詞時後加-ally，即automatic副詞形式為automatically；以-ll結尾的形容詞變副詞時後只加-y，所以full的副詞形式為fully。因此，本題正確選項為（D）。

Answer 87 | （C）

題目中譯 | 朋友通常會用友好的方式和你談話。

答案中譯 | （A）朋友（單數）（B）朋友（複數）（C）友好的（D）/

● **題型解析** | 英語中有些以ly結尾的詞不是副詞，而是形容詞。依據題意應選「友好的」。選項（A）、（B）為名詞，不符合題意；而「in a way」則表示「在某種程度上」，亦不符合題意，選項（C）friendly則是以ly結尾的形容詞，表示「友好的」，所以，正確選項為（C）。

Answer 88 | （D）

題目中譯 | 這位老人說該是時候趕羊群回家了。

答案中譯 | （A）向前（B）向北（C）向上（D）向著家的方向

● **題型解析** | 四個選項中的副詞是由介系詞或地點名詞加-ward(s)構成的。根據句意應選「向著家的方向」。選項（A）forwards是「向前」的意思，選項（B）northwards是「向北」的意思，選項（C）upwards是「向上」的意思，皆不符合題意。因此，只能選（D）homewards。

Level 2 必考新多益選擇題

托 TOEFL **I** IELTS **B** Bulats **G** GEPT **T** 學測&指考 **公** 公務人員考試

第二級

語言能力：此程度之對話者，因為其掌握以及運用語言的範圍能力有限，因此無法流暢運用相關的詞彙來進行表達或溝通。所以，僅能滿足有限的社交英語對談內容。常用比較簡短之詞彙或對答來完成與英語為母語人士的對談。

Question | 89
托I B G T 公

I think that our desks should be arranged _____.

(A) lengthwise

(B) coastwise

(C) clockwise

(D) sidewise

Question | 90
I G T 公

Our English teacher often says, "Read the text _____."

(A) alike

(B) aloud

(C) abroad

(D) alone

Question | 91
I G T 公

My girlfriend is very sick, _____ we have to call off the trip.

(A) because

(B) therefore

(C) besides

(D) moreover

Question | 92
I G T 公

Misfortunes never come singly. Her boyfriend broke up with her and she _____ lost her job.

(A) furthermore

(B) hence

(C) yet

(D) or

Level 2 ｜新多益選擇題解析

〔棕色證書〕測驗成績→220分～465分

● 詳細完整的題目和答案中譯，呈現補教名師在課堂教授的重點。● 臨時抱佛腳的考場記憶祕訣，搭配新多益測驗題型陷阱的提醒。● 保證只要熟讀各類題型解析，馬上掌握考試重點並戰勝新多益。

Answer 89 ｜（A）

題目中譯｜我認為我們的辦公桌應該縱向擺放。

答案中譯｜（A）縱長地（B）沿著海岸地（C）順時針地（D）向一邊地

● 題型解析｜四個選項中的副詞是由名詞加上字尾-wise構成的，表示位置，方向，狀態等。根據句意應選「縱長地」。選項（B）coastwise是「沿著海岸地」的意思，選項（C）clockwise是「順時針地」的意思，選項（D）sidewise是「向一邊地」的意思，皆不符合題意。因此，只能選（A）。

Answer 90 ｜（B）

題目中譯｜我們英語老師經常說：「大聲地朗讀課文。」

答案中譯｜（A）同樣地（B）大聲地（C）在國外（D）獨自地

● 題型解析｜四個選項都是以字首a-為特徵的副詞。根據句意應選「出聲地，大聲地」。選項（A）alike是「同樣地」的意思，選項（C）abroad是「在國外」的意思，選項（D）alone是「獨自地」的意思，皆不符合題意。因此，只能選（B）。

Answer 91 ｜（B）

題目中譯｜我女朋友病得很嚴重，所以，我們不得不取消這次行程。

答案中譯｜（A）因為（B）所以（C）除此之外還（D）而且

● 題型解析｜本題測驗連接副詞的用法。根據句意，應選表示結果的「所以」。選項（A）because表示「因為」，表原因，選項（C）besides（D）moreover分別表示「除此之外還」和「而且」，均表示遞進關係，這三個選項都不符合題意。因此，只能選（B）therefore。

Answer 92 ｜（A）

題目中譯｜禍不單行啊！她與男朋友分手了，而且還丟了工作。

答案中譯｜（A）而且（B）因此（C）但是（D）否則

● 題型解析｜本題測驗連接副詞的用法。根據句意，應選表遞進關係的「而且」。選項（B）hence是表示因果關係的「因此」，選項（C）yet是表示轉折關係的「但是」，選項（D）or是表示條件關係的「否則」，皆不符合題意。所以，只能選（A）。

Level 2 | 必考新多益選擇題

⑪ TOEFL **⑤** IELTS **⑧** Bulats **⑥** GEPT **⑦** 學測＆指考 **公** 公務人員考試

語言能力：此程度之對話者，因為其掌握以及運用語言的範圍能力有限，因此無法流暢運用相關的詞彙來進行表達或溝通。所以，僅能滿足有限的社交英語對談內容。常用比較簡短之詞彙或對答來完成與英語為母語人士的對談。

Question | 93

She has no money, _____, she still wants to go shopping.

(A) thus

(B) in addition

(C) however

(D) later

Question | 94

Take notes on the grammar rules, _____ you will forget them quickly.

(A) consequently

(B) what is more

(C) nevertheless

(D) otherwise

Question | 95

I got out of bed, _____ I ran to the toilet.

(A) before

(B) then

(C) next

(D) ahead

Question | 96

Whether we go or not will be decided by the circumstances, _____ the weather.

(A) for example

(B) for instance

(C) namely

(D) i.e.

Level 2 新多益選擇題解析

〔棕色證書〕測驗成績→220分～465分

第二級

● 詳細完整的題目和答案中譯，呈現補教名師在課堂教授的重點。● 臨時抱佛腳的考場記憶祕訣，搭配新多益測驗題型陷阱的提醒。● 保證只要熟讀各類題型解析，馬上掌握考試重點並戰勝新多益。

Answer 93 | （C）

題目中譯 | 已經沒錢了，但她還是要去血拼。

答案中譯 | （A）因而（B）此外（C）然而（D）隨後

● 題型解析 | 本題測驗連接副詞的用法。根據句意，應選表轉折關係的「然而」。選項（A）thus是表示因果關係的「因而」，選項（B）in addition是表示遞進關係的「此外」，選項（D）later是表示時間關係的「隨後」，皆不符合題意。因此，只能選（C）later。

Answer 94 | （D）

題目中譯 | 把文法記下來，否則你很快就會忘記。

答案中譯 | （A）因此（B）更有甚者（C）儘管如此（D）否則

● 題型解析 | 本題測驗連接副詞的用法。根據句意，應選表條件關係的「否則」。選項（A）consequently是表示因果關係的「因此」，選項（B）what is more是表示遞進關係的「更有甚者」，選項（C）nevertheless是表示轉折關係的「儘管如此」，皆不符合題意。因此，只能選（D）。

Answer 95 | （B）

題目中譯 | 我從床上起來，然後衝向洗手間。

答案中譯 | （A）後來（B）然後（C）下一步（D）隨後

● 題型解析 | 本題測驗表時間關係副詞的辨析。根據句意應選「然後」。選項（A）before是「在…之前」的意思，選項（C）next是「下一步」的意思，選項（D）ahead是「向前」的意思，皆不符合題意。因此，只能選（B）。

Answer 96 | （C）

題目中譯 | 我們去不去要依天氣情況而定。

答案中譯 | （A）例如（B）例如（C）也就是說（D）即

● 題型解析 | 本題測驗解釋副詞的辨析。根據句意應選「也就是說」。選項（A）for example（B）for instance都是「例如」的意思，選項（D）i.e.是「即」的意思，皆不符合題意。因此，只能選（C）。

Level 2 | 必考新多益選擇題

🔴 TOEFL ① IELTS ⑧ Bulats ⑥ GEPT ① 學測&指考 ⚠ 公務人員考試

語言能力：此程度之對話者，因為其掌握以及運用語言的範圍能力有限，因此無法流暢運用相關的詞彙來進行表達或溝通。所以，僅能滿足有限的社交英語對談內容。常用比較簡短之詞彙或對答來完成與英語為母語人士的對談。

Question | 97

_____ difficult the question is! I really don't know how to answer it.

(A) When

(B) Where

(C) Why

(D) How

Question | 98

He failed to pass the exam for he didn't take it _____.

(A) strictly

(B) truly

(C) carelessly

(D) seriously

Question | 99

The final score of the football match was 10-9, so we just _____ won.

(A) nearly

(B) slightly

(C) narrowly

(D) lightly

Question | 100

After two year's research, we now have a _____ better understanding of the disease.

(A) very

(B) far

(C) fairly

(D) quite

Level 2 ｜ 新多益選擇題解析

〔棕色證書〕測驗成績→220分～465分

● 詳細完整的題目和答案中譯，呈現補教名師在課堂教授的重點。● 臨時抱佛腳的考場記憶祕訣，搭配新多益測驗題型陷阱的提醒。● 保證只要熟讀各類題型解析，馬上掌握考試重點並戰勝新多益。

Answer 97 ｜（D）

題目中譯｜這道題目好難啊！我真的不知道該如何回答。

答案中譯｜（A）什麼時候（B）哪裡（C）為什麼（D）怎麼樣

● 題型解析｜根據句尾的驚嘆號可知此一例句為感歎句。而When, Where和why當關係副詞時引導形容詞從屬子句；當疑問副詞時引出疑問句；當成連接副詞時多用於引導名詞性質的從屬子句，均無法引導感歎句，而How當成感歎副詞，其作用就是引導感歎句。所以，正確選項為（D）。

Answer 98 ｜（D）

題目中譯｜他考試不及格，是因為他沒有認真看待這次考試。

答案中譯｜（A）嚴厲地（B）真正地（C）粗心地（D）認真地

● 題型解析｜本題測驗固定片語的用法。「take something seriously」為固定用法，表示「認真對待某事」或「認真考慮某事」，而選項（A）、（B）、（C）均不能與take搭配。因此，本題的正確選項為（D）。

Answer 99 ｜（C）

題目中譯｜這場足球比賽的最後得分是10比9，我們只是險勝。

答案中譯｜（A）幾乎（B）輕微地（C）勉強地（D）輕鬆地

● 題型解析｜根據句意，應選「勉強地」。選項（A）表示「幾乎，差不多」的意思，選項（B）表示「輕微地」的意思，選項（D）表示「輕鬆地」的意思，皆不符合題意，因此本題的正確選項只能是（C）。

Answer 100 ｜（B）

題目中譯｜經過兩年的研究，我們現在已經對這種疾病有更多的瞭解。

答案中譯｜（A）非常（B）很大程度地（C）完全（D）十分

● 題型解析｜本題測驗的是副詞修飾比較級。通常用副詞far, much, even等修飾比較級。有時quite也可以用於修飾比較級better，但它只用於表示「身體健康」，不用於其他意義。因此，本題的正確選項為（B）。

Level 2 | 必考新多益選擇題

TOEFL ❶ IELTS ❸ Bulats ❻ GEPT ❶ 學測＆指考 ⚠ 公務人員考試 02-6

語言能力：此程度之對話者，因為其掌握以及運用語言的範圍能力有限，因此無法流暢運用相關的詞彙來進行表達或溝通。所以，僅能滿足有限的社交英語對談內容。常用比較簡短之詞彙或對答來完成與英語為母語人士的對談。

Question | 101

A: I did not do well on this English examination. How about you?

B: I did _____ you.

(A) not better than

(B) no worse than

(C) as well as

(D) no better than

Question | 102

He has not got another job yet and it's not _____ he will for some time.

(A) likely

(B) easily

(C) nearly

(D) lonely

Question | 103

We do meet now and then, but not _____.

(A) freely

(B) commonly

(C) regularly

(D) presently

Question | 104

You should not be angry with him. He _____ wanted to know the truth.

(A) almost

(B) mostly

(C) merely

(D) hardly

Level 2 | 新多益選擇題解析
〔棕色證書〕測驗成績→220分〜465分

第二級

● 詳細完整的題目和答案中譯，呈現補教名師在課堂教授的重點。 ● 臨時抱佛腳的考場記憶祕訣，搭配新多益測驗題型陷阱的提醒。 ● 保證只要熟讀各類題型解析，馬上掌握考試重點並戰勝新多益。

Answer 101 | （D）

題目中譯｜A：這次英語考試我沒有考好，你呢？

　　　　　B：我和你一樣沒有考好。

答案中譯｜（A）比…不是更好（語法錯誤）（B）不比…更壞（C）和…一樣（D）和…一樣不好

● 題型解析｜選項（A）本身語法錯誤，直接刪除。根據句意，應選「和…一樣不好」。選項（B）表示「不比…更壞」的意思，選項（C）表示「和…一樣」的意思，皆不符合題意。因此，本題的正確選項為（D）。

Answer 102 | （A）

題目中譯｜他還沒有找到工作，也許，短時間內他都找不到。

答案中譯｜（A）可能的（B）容易地（C）幾乎，差不多（D）寂寞的

● 題型解析｜所需填的空格在句中當主詞補語，而easily和nearly是副詞，不能當主詞補語，可先將選項（B）、（C）刪除。雖然lonely是形容詞，可以當主詞補語，但其意義與句意不通，刪除選項（D）。所以，本題的正確選項為（A）。

Answer 103 | （C）

題目中譯｜我們確實偶爾見面，但是不是經常見面。

答案中譯｜（A）自由地（B）平凡地（C）經常（D）目前

● 題型解析｜根據句意，應選「經常」。選項（A）表示「自由地」的意思，選項（B）表示「平凡地；粗俗地；一般地，通常地」的意思，選項（D）表示「目前；不久，馬上」的意思，皆不符合題意。因此，本題的正確選項為（C）。

Answer 104 | （C）

題目中譯｜你不必生他的氣，他只是想知道事實而已。

答案中譯｜（A）幾乎（B）多半（C）僅僅（D）簡直不

● 題型解析｜根據句意，應選「僅僅，只不過；只是」。選項（A）表示「快要；幾乎」的意思，選項（B）表示「大部分，多半；主要地」的意思，選項（D）表示「嚴厲地，粗魯地；簡直不」的意思，皆不符合題意。因此，只能選（C）。

Level 2

Level 2 | 必考新多益選擇題

托 TOEFL ❶ IELTS ❸ Bulats ❻ GEPT ❶ 學測 & 指考 ❷ 公務人員考試

第二級

語言能力：此程度之對話者，因為其掌握以及運用語言的範圍能力有限，因此無法流暢運用相關的詞彙來進行表達或溝通。所以，僅能滿足有限的社交英語對談內容。常用比較簡短之詞彙或對答來完成與英語為母語人士的對談。

Question | 105

The little girl is _____ go to school now.

(A) too young to
(B) very young to
(C) enough young to
(D) much young so as to

Question | 106

Please do not speak so _____, or else I cannot understand you _____.

(A) fast; full
(B) fastly; full
(C) fast; fully
(D) fastly; fully

Question | 107

Jazz is _____ difficult to dance to, _____ he can do it very well.

(A) particularly; but
(B) particular; and
(C) particularly; just
(D) particular; only

Question | 108

The little girl cried _____ when she found her mother was not _____ last night.

(A) loud; at home
(B) loudly; at
(C) loud; at home
(D) loudly; at home

Level 2 | 新多益選擇題解析

第二級

〔棕色證書〕測驗成績→220分～465分

● 詳細完整的題目和答案中譯，呈現補教名師在課堂教授的重點。 ● 臨時抱佛腳的考場記憶祕訣，搭配新多益測驗題型陷阱的提醒。 ● 保證只要熟識各類題型解析，即上掌握考試重點並戰勝新多益。

Answer 105 | （A）

題目中譯 | 這個小女孩現在還太小，所以不能去上學。

答案中譯 | （A）太小以至於不能（B）很小（語法錯誤）（C）足夠小（語法錯誤）（D）太小（語法錯誤）

● **題型解析** | 本題測驗固定用法「too... to」的用法。「too... to」表示「太…以至於不能…」的意思，通常後面接上動詞原形，恰好符合句意，選項（B）、（C）、（D）皆不符合語法邏輯。因此，本題的正確選項為（A）。

Answer 106 | （C）

題目中譯 | 請不要說得太快，否則我不能完全聽懂。

答案中譯 | （A）快地；完全的（B）錯誤單字；完全的（C）快的；完全地（D）錯誤單字；完全地

● **題型解析** | fast本身就可以當做一個副詞，意思是「快地」，可以直接修飾動詞speak，不需再加上字尾「-ly」；而full是形容詞，不能直接修飾動詞，必須加上字尾「-ly」構成副詞fully才能修飾動詞understand。因此，本題正確選項為（C）。

Answer 107 | （A）

題目中譯 | 爵士舞特別難跳，但是他能跳得很好。

答案中譯 | （A）特別地；但是（B）特別的；並且（C）特別地；正好（D）特別的；僅僅

● **題型解析** | 第一個空格要用particularly這個副詞來修飾difficult，第二個空格根據題意應選「但是」。選項（B）and是「並且」的意思，選項（C）just是「正好」的意思，選項（D）only是「僅僅」的意思，皆不符合題意。因此，只有選項（A）符合題意。

Answer 108 | （B）

題目中譯 | 昨天晚上，這個小女孩發現媽媽沒在家時大聲哭了起來。

答案中譯 | （A）大聲的；錯誤片語（B）大聲地；在家（C）大聲的；錯誤片語（D）大聲地；錯誤片語

● **題型解析** | loud與loudly兩者都可以當成副詞，來修飾動詞。而at這個地點副詞在第二個空格中單獨當主詞補語，可以表示「在家」。因此，本題正確選項為（B）。

Level 2 | 必考新多益選擇題

ⓉToEFL ⒤IELTS ⒝Bulats ⒢GEPT ⓉToEFL 學測&指考 ⒶToEFL 公務人員考試

第二級

語言能力：此程度之對話者，因為其掌握以及運用語言的範圍能力有限，因此無法流暢運用相關的詞彙來進行表達或溝通。所以，僅能滿足有限的社交英語對談內容。常用比較簡短之詞彙或對答來完成與英語為母語人士的對談。

Question | 109

I _____ need take the bus anymore because my apartment is _____ enough to the company to walk.

(A) hard; nearly

(B) hardly; near

(C) hardly; nearly

(D) hard; near

Question | 110

He said he hasn't finished his homework _____ and needs twenty more minutes to finish it.

(A) so

(B) too

(C) yet

(D) but

Question | 111

Will you go _____ and bring my book back? I am too busy to go.

(A) here

(B) there

(C) where

(D) that

Question | 112

I will finish my work _____, so please wait for me for a few minutes.

(A) very soon

(B) sooner or later

(C) as soon as

(D) later

Level 2 ｜ 新多益選擇題解析

〔棕色證書〕測驗成績→220分～465分

第二級

● 詳細完整的題目和答案中譯，呈現補教名師在課堂教授的重點。● 臨時抱佛腳的考場記憶祕訣，搭配新多益測驗題型陷阱的提醒。● 保證只要熟讀各類題型解析，馬上掌握考試重點並戰勝新多益。

Answer 109 ｜ （B）

題目中譯｜我幾乎不需要搭公車，因為我的公寓離公司很近，走路就可以到達。

答案中譯｜（A）努力地；幾乎（B）幾乎不；接近（C）幾乎不；幾乎（D）努力地；接近

● 題型解析｜本題測驗兩種形式的副詞在意義上的差別。hard作副詞時意思為「努力地」，hardly意思為「幾乎不」，near意思為「接近」；nearly意思為「幾乎」。根據句意第一個空格應該選擇hardly，第二個空格應該選擇near。因此，本題正確選項為（B）。

Answer 110 ｜ （C）

題目中譯｜他說他還沒有完成作業，仍需要20分鐘。

答案中譯｜（A）因此（B）也（C）還（D）但是

● 題型解析｜依據題意，根據後一句「還需要20分鐘」判斷出，前一句表示「作業還沒有完成」，要用副詞yet放在句尾表示「還」，而選項（A）、（B）、（D）都沒有此意。因此，選項（C）正確，其他選項皆不符合題意。

Answer 111 ｜ （B）

題目中譯｜你能去把我的書拿回來嗎？我太忙所以不能去。

答案中譯｜（A）這裡（B）那裡（C）哪裡（D）那個

● 題型解析｜副詞可以修飾動詞，表示地點。依據題意，動詞bring表示「拿來」，表示由遠及近，因此要選擇「哪裡」。選項（A）here表示「這裡」，選項（C）where表示「哪裡」，選項（D）that表示「那個」，都不符合題意。因此，只有選項（B）符合題意，there表示「那裡」。

Answer 112 ｜ （A）

題目中譯｜我很快就會完成工作，請稍等一下。

答案中譯｜（A）很快（B）遲早（C）儘快（D）後來

● 題型解析｜副詞可以修飾動詞，表示時間。根據題意應選「很快」。選項（B）sooner or later是「遲早」的意思，選項（C）as soon as是「儘快」的意思，選項（D）later是「後來」的意思，皆不符合題意。因此，只能選（A）very soon是「很快」的意思。

Level 2 | 必考新多益選擇題

托 TOEFL I IELTS B Bulats G GEPT 學 學測&指考 公 公務人員考試

第二級

語言能力：此程度之對話者，因為其掌握以及運用語言的範圍能力有限，因此無法流暢運用相關的詞彙來進行
表達或溝通。所以，僅能滿足有限的社交英語對談內容。常用比較簡短之詞彙或對答來完成與英語為母語人士
的對談。

Question | 113

The dishes in that restaurant are _____ delicious. My friends and I all like to have
dinner there.

(A) incredible

(B) incredibly

(C) credible

(D) credibly

Question | 114

She criticized me _____ because I forgot to change the water in the fish tank and all
the fish died.

(A) angry

(B) angrily

(C) happy

(D) happily

Question | 115

I did not expect him to run so _____ in yesterday's relay race.

(A) fast

(B) fasten

(C) faster

(D) fastest

Question | 116

_____, he voted against the proposal while the others agreed with it.

(A) Surprised

(B) Surprising

(C) Surprisingly

(D) Surprise

Level 2 | 新多益選擇題解析

第二級

〔棕色證書〕測驗成績→220分～465分

● 詳細完整的題目和答案中譯，呈現補教名師在課堂教授的重點。● 臨時抱佛腳的考場記憶祕訣，搭配新多益測驗題型陷阱的提醒。● 保證只要熟讀各類題型解析，馬上掌握考試重點並戰勝新多益。

Level 2

Answer 113 | （B）

題目中譯 | 那家餐廳的菜餚非常可口，我和朋友都喜歡去那裡吃飯。

答案中譯 |（A）難以置信的（B）難以置信地（C）可靠的（D）可靠地

● 題型解析 | 副詞可以用於修飾形容詞，表示程度。依據題意，delicious是形容詞，其前應該用副詞來修飾，選項（A）、（C）都是形容詞，刪除；又因為選項（D）credibly意思是「可靠地」，不符合題意。因此，只有選項（B）符合題意，incredibly意思是「難以置信地」。

Answer 114 | （B）

題目中譯 | 她生氣地責備我，因為我忘記幫魚缸換水，魚都死了。

答案中譯 |（A）生氣的（B）生氣地（C）高興的（D）高興地

● 題型解析 | 副詞可以用於修飾動詞，表示方式。依據題意，要選擇副詞來修飾動詞criticized。選項（A）angry和選項（C）happy是形容詞，不能修飾動詞，刪除，選項（D）happily是「快樂地」的意思，不符合題意。因此，本題正確選項為（B）angrily意思是「生氣地」。

Answer 115 | （A）

題目中譯 | 昨天的接力賽他跑得非常快，這是我沒預料到的。

答案中譯 |（A）快地（B）紮緊（C）較快的（D）最快的

● 題型解析 | 依據題意，要選擇副詞來修飾動詞ran。選項（B）fasten意思是「紮緊」，是動詞，選項（C）faster意思是「較快的」，是形容詞，選項（D）fastest意思是「最快的」，也是形容詞，都不符合題意，只有選項（A）fast意思是「快地」，是副詞。

Answer 116 | （C）

題目中譯 | 令人訝異的是，其他人都同意這項提議，只有他反對。

答案中譯 |（A）感到驚訝的（B）令人驚訝的（C）令人吃驚地（D）吃驚

● 題型解析 | 副詞可以用於修飾整個句子，表示語氣。選項（A）surprised是形容詞，用於修飾人，選項（B）surprising也是形容詞，用於指物，選項（D）surprise是名詞或動詞，都不能用於修飾整個句子。因此，本題正確選項為（C）surprisingly作副詞意思是「令人吃驚地」。

Level 2 | 必考新多益選擇題

托 TOEFL Ⓘ IELTS Ⓑ Bulats Ⓖ GEPT Ⓣ 學測&指考 Ⓟ 公務人員考試

語言能力：此程度之對話者，因為其掌握以及運用語言的範圍能力有限，因此無法流暢運用相關的詞彙來進行表達或溝通。所以，僅能滿足有限的社交英語對談內容。常用比較簡短之詞彙或對答來完成與英語為母語人士的對談。

Question | 117 ⸺⸺⸺⸺⸺⸺⸺⸺⸺⸺⸺⸺⸺⸺ Ⓘ Ⓖ Ⓣ Ⓟ

Lucy is in a lot of pain, _____ when someone touches her wound.

(A) special

(B) especially

(C) unusually

(D) particular

Question | 118 ⸺⸺⸺⸺⸺⸺⸺⸺⸺⸺⸺⸺ 托 Ⓘ Ⓑ Ⓖ Ⓣ Ⓟ

I would be available on either Wednesday or Thursday to meet with you, but _____ Thursday.

(A) preferred

(B) prefer

(C) preferable

(D) preferably

Question | 119 ⸺⸺⸺⸺⸺⸺⸺⸺⸺⸺⸺⸺⸺⸺ Ⓘ Ⓖ Ⓣ Ⓟ

She studies very _____ while he _____ studies.

(A) hard; hard

(B) hardly; hard

(C) hard; hardly

(D) hardly; hardly

Question | 120 ⸺⸺⸺⸺⸺⸺⸺⸺⸺⸺⸺⸺⸺⸺ Ⓘ Ⓖ Ⓣ Ⓟ

He _____ refused any request of his wife since they married.

(A) have never

(B) never have

(C) has never

(D) never had

Level 2 | 新多益選擇題解析

第二級

〔棕色證書〕測驗成績→220分～465分

● 詳細完整的題目和答案中譯，呈現補教名師在課堂教授的重點。 ● 臨時抱佛腳的考場記憶祕訣，搭配新多益測驗題型前陰的提醒。 ● 保證只要熟讀各類題型解析，馬上掌握考試重點並戰勝新多益。

Answer 117 | （B）

題目中譯 | 露西感到非常疼痛，尤其是別人碰到她的傷口時。

答案中譯 | （A）特殊的 （B）尤其 （C）不尋常地 （D）特別的

● **題型解析** | 修飾從屬子句只能用副詞。依據題意，選項（A）special和（D）particular都為形容詞，不符合題意，刪除。選項（C）unusually雖然是副詞，表示「不尋常地」，但其含義與題意不符。因此，本題正確選項為（B）especially作副詞意思是「尤其」。

Answer 118 | （D）

題目中譯 | 我可能會在周三或周四與你碰面，但最好是在周四。

答案中譯 | （A）首選的（B）喜歡（C）更好的 （D）更好地

● **題型解析** | 副詞可以用於修飾片語和詞彙。依據題意，要選擇副詞來修飾詞彙Thursday。選項（A）preferred作形容詞，表示「首選的」，選項（B）prefer作動詞，表示「喜歡」，選項（C）preferable作形容詞，表示「更好的」，皆不符合題意，只有選項（D）preferably作副詞，可以修飾片語及詞彙。因此，本題正確選項為（D）。

Answer 119 | （C）

題目中譯 | 她很認真唸書；而他幾乎不唸書。

答案中譯 | （A）努力地；努力地（B）幾乎不；努力地 （C）努力地；幾乎不（D）幾乎不；幾乎不

● **題型解析** | 本題主要測驗副詞hard與hardly的區別「hard」意思是「努力地」，而hardly意思是「幾乎不」。依據題意，連接詞while表示轉折，說明前後的句意相反，前一個空格應該用副詞hard修飾動詞studies，表示「努力學習」；後一個空格用副詞hardly置於動詞studies之前，表示「幾乎不學習」。因此，選項（C）符合題意。

Answer 120 | （C）

題目中譯 | 自從結婚以來，他從未拒絕過妻子的任何要求。

答案中譯 | （A）從來沒有（B）從來沒有（錯誤表達） （C）從來沒有（D）從來沒有（錯誤表達）

● **題型解析** | 頻率副詞在句中要放在第一個助動詞之後。依據題意，since通常用於完成式。因此，本題要用現在完成式。頻率副詞never通常用於助動詞之後，因此，要放在助動詞has之後，即用has never的形式。因此，選項（C）符合題意。

Level 2

Level 2 必考新多益選擇題

托 TOEFL ❶ IELTS Ⓑ Bulats Ⓖ GEPT ❶ 學測＆指考 Ⓐ 公務人員考試 02-7

語言能力：此程度之對話者，因為其掌握以及運用語言的範圍能力有限，因此無法流暢運用相關的詞彙來進行表達或溝通。所以，僅能滿足有限的社交英語對談內容。常用比較簡短之詞彙或對答來完成與英語為母語人士的對談。

Question | 121 .... 托❶ⒷⒼ❶Ⓐ

Popular songs _____ sung far and wide by people.

(A) often are

(B) are often

(C) is often

(D) often is

Question | 122 .... ❶ Ⓖ❶Ⓐ

_____, let me ask you a question: what do you _____ do in your spare time?

(A) First; usually

(B) Firstly; common

(C) First; usual

(D) Firstly; usual

Question | 123 .... ❶ Ⓖ❶Ⓐ

There are no rooms available on the first floor, so you have to rent a room _____.

(A) upstairs

(B) inside

(C) outside

(D) downstairs

Question | 124 .... 托❶ⒷⒼ❶Ⓐ

I am afraid we will have no chance to meet each other a month _____.

(A) thence

(B) whither

(C) yonder

(D) hence

Level 2 ｜ 新多益選擇題解析

〔棕色證書〕測驗成績→220分～465分

● 詳細完整的題目和答案中譯，呈現補教名師在課堂教授的重點。● 臨時抱佛腳的考場記憶祕訣，搭配新多益測驗題型陷阱的提醒。● 保證只要熟讀各類題型解析，馬上掌握考試重點並戰勝新多益。

Answer 121 ｜（B）

題目中譯｜一些流行歌曲經常被人們所傳唱。

答案中譯｜（A）經常被（錯誤表達）（B）經常被（C）經常被（D）經常被（錯誤表達）

● 題型解析｜頻率副詞在句中可以放置be動詞之後。依據題意，名詞songs為複數，be動詞要用are，選項（C）、（D）可以先刪除。又因為副詞often通常放於be動詞之後，由此文法規則，刪除選項（A）often are。最後，只剩選項（B）符合題意。

Answer 122 ｜（A）

題目中譯｜首先，我要問你一個問題：休閒的時候，你通常都做些什麼呢？

答案中譯｜（A）首先；通常（B）起初；通常（C）首先；平常的（D）起初；平常的

● 題型解析｜First, Firstly可以置於句首，用以引出話題，而較現代的英文中，First較常被使用；在疑問句中，副詞修飾動詞，一般位於動詞之前，而usual, common為形容詞，不能修飾動詞。因此，本題的正確選項為（A）。

Answer 123 ｜（A）

題目中譯｜一樓沒有空房間了，所以你只能租樓上的房間。

答案中譯｜（A）樓上（B）裡面（C）外面（D）樓下

● 題型解析｜依據題意應選「樓上」。選項（B）inside是「裡面」的意思，選項（C）outside是「外面」的意思，選項（D）downstairs是「樓下」的意思，皆不符合題意。因此，只能選（A）upstairs。

Answer 124 ｜（D）

題目中譯｜只怕今後有一個月的時間，我們都不能見面了。

答案中譯｜（A）從那裡（B）往哪裡（C）那邊（D）從此以後

● 題型解析｜四個選項均為古英語詞彙。選項（A）thence是「從那裡」的意思，表示地點、方位，選項（B）whither是「向何處，往哪裡」的意思，選項（C）yonder是「那邊」的意思，皆不符合題意。因此，只能選（D）。

Level 2 | 必考新多益選擇題

第二級

托 TOEFL ❶ IELTS Ⓑ Bulats Ⓖ GEPT ❶ 學測 & 指考 公 公務人員考試

語言能力：此程度之對話者，因為其掌握以及運用語言的範圍能力有限，因此無法流暢運用相關的詞彙來進行表達或溝通。所以，僅能滿足有限的社交英語對談內容。常用比較簡短之詞彙或對答來完成與英語為母語人士的對談。

Question | 125 .... 托❶Ⓑ Ⓖ❶公

_____ more and more adults pursue higher education.

(A) Sometimes

(B) Always

(C) Usually

(D) Nowadays

Question | 126 .... ❶ Ⓖ❶公

She _____ lifted the heavy box, and her classmates all laughed at her.

(A) quickly

(B) clumsily

(C) merrily

(D) slowly

Question | 127 .... ❶ Ⓖ❶公

Seldom _____ so generous as to invite us to dinner.

(A) he is

(B) he was

(C) were he

(D) was he

Question | 128 .... ❶ Ⓖ❶公

I like the novel I borrowed from the library_____ because the plot is very interesting.

(A) slightly

(B) moderately

(C) equally

(D) very much

Level 2 ｜ 新多益選擇題解析
〔棕色證書〕測驗成績→220分〜465分

● 詳細完整的題目和答案中譯，呈現補教名師在課堂教授的重點。● 臨時抱佛腳的考場記憶祕訣，搭配新多益測驗題型陷阱的提醒。● 保證只要熟讀各類題型解析，馬上掌握考試重點並戰勝新多益。

Answer 125 ｜（D）

題目中譯｜如今，越來越多的成年人追求高等教育。

答案中譯｜（A）有時（B）總是（C）通常（D）如今

● 題型解析｜四個選項均是時間副詞，只能依據語意加以判斷。選項（A）sometimes是「有時」的意思，選項（B）always是「總是」的意思，選項（C）usually是「通常」的意思，皆不符合題意。因此，只能選（D）。

Answer 126 ｜（B）

題目中譯｜她笨拙地舉起了那個沉重的箱子，同學們都在嘲笑她。

答案中譯｜（A）快速地（B）笨拙地（C）快樂地（D）慢慢地

● 題型解析｜四個選項均是表達方式的副詞，都可以用來修飾動詞。選項（A）quickly是「快速地」的意思，選項（C）merrily是「快樂地」意思，選項（D）slowly是「慢慢地」意思，皆不符合題意。因此，只能選（B）clumsily。

Answer 127 ｜（D）

題目中譯｜他很少請我們去吃飯。

答案中譯｜（A）他是（現在式）（B）他是（過去式）（C）他是（過去式、倒裝）（D）他是（過去式、倒裝）

● 題型解析｜時間副詞Seldom放句首時，句子的主詞和動詞需要倒裝，可以先刪除非倒裝句行的選項（A）與（B）。選項（C）中，雖為倒裝句型，但是be動詞應該使用第三人稱單數來修飾。所以，得出正確解答為選項（D）。

Answer 128 ｜（D）

題目中譯｜這部從圖書館裡借來的小說，情節非常有趣，我很喜歡。

答案中譯｜（A）稍微地（B）適度地（C）平等地（D）十分

● 題型解析｜四個選項均是程度副詞，都可以修飾動詞。但是根據句意應選「十分」，選項（A）slightly是「稍微」的意思，選項（B）moderately是「適度地」的意思，選項（C）equally是「平等地」的意思，皆不符合題意。因此，只能選（D）。

Level 2 必考新多益選擇題

托 TOEFL Ⓘ IELTS Ⓑ Bulats Ⓖ GEPT ⧗ 學測＆指考 Ⓐ 公務人員考試

第二級

語言能力：此程度之對話者，因為其掌握以及運用語言的範圍能力有限，因此無法流暢運用相關的詞彙來進行表達或溝通。所以，僅能滿足有限的社交英語對談內容。常用比較簡短之詞彙或對答來完成與英語為母語人士的對談。

Question | 129

I _____ did not recognize her since we haven't seen each other since graduation.

(A) partially

(B) almost

(C) just

(D) exactly

Question | 130

The math exam was so difficult that Jessica was the _____ one in our class who it passed.

(A) only

(B) even

(C) simply

(D) particularly

Question | 131

Their son is working _____; otherwise usually they usually have a _____ reunion.

(A) interiorly; year

(B) overseas; year

(C) overseas; yearly

(D) interiorly; yearly

Question | 132

A: Excuse me, is Susan _____?

B: No. I think she is _____ the supermarket now.

(A) in; at

(B) out; at

(C) at; out

(D) out; out

Level 2 │新多益選擇題解析

〔棕色證書〕測驗成績→220分～465分

第二級

● 詳細完整的題目和答案中譯，呈現補教名師在課堂教授的重點。● 臨時抱佛腳的考場記憶祕訣，搭配新多益測驗題型陷阱的提醒。● 保證只要熟讀各類題型解析，馬上掌握考試重點並戰勝新多益。

Answer 129 │（B）

題目中譯│畢業之後，我們就沒見過面，我幾乎認不出她了。

答案中譯│（A）部分地（B）幾乎（C）正好（D）一點不差的

● 題型解析│根據題意應選表示否定含義的副詞。選項（A）partially是「部分地」的意思，選項（C）just是「正好」的意思，選項（D）exactly是「一點不差的」的意思，皆不符合題意。因此，只能選（B）。

Answer 130 │（A）

題目中譯│這次數學考試太難了，我們班上只有潔西卡及格。

答案中譯│（A）僅僅（B）甚至（C）只不過是（D）特別是

● 題型解析│本題測驗副詞的詞意辨析，根據題意，應選「僅僅，只有」。選項（B）even是「甚至」的意思，選項（C）simply是「只不過是」的意思，選項（D）particularly是「特別是」的意思，皆不符合題意。因此，只能選（A）。

Answer 131 │（C）

題目中譯│他們的兒子在海外工作；否則通常，他們每年團聚一次。

答案中譯│（A）在國內；年（B）在海外；年（C）在海外；每年的（D）在國內；每年的

● 題型解析│本題測驗overseas, yearly形容詞與副詞同形。句中的overseas為副詞，意為「在海外」，修飾動詞working；而yearly為形容詞，修飾名詞reunion，意為「每年的」。因此，本題的正確選項為（C）。

Answer 132 │（A）

題目中譯│A：打擾一下，蘇珊在家嗎？

B：不在，我想她現在應該在超市。

答案中譯│（A）在家；在（B）在外面；在（C）在；在外面（D）在外面；在外面

● 題型解析│本題測驗的是in為介系詞與副詞的用法。英語中，多數的介系詞可以同時也具有副詞的詞性，其差別是，當成介系詞時，後面要接上受詞；當成副詞時則不接上受詞，in和out都有相同的用法。根據句意，第一個空格表示「在家」，第二個空格表示「在超市裡」。所以，本題正確選項為（A）。

Level 2

Level 2 | 必考新多益選擇題

第二級

🔀 TOEFL ❶ IELTS Ⓑ Bulats Ⓖ GEPT ❶ 學測＆指考 ⚠ 公務人員考試

語言能力：此程度之對話者，因為其掌握以及運用語言的範圍能力有限，因此無法流暢運用相關的詞彙來進行表達或溝通。所以，僅能滿足有限的社交英語對談內容。常用比較簡短之詞彙或對答來完成與英語為母語人士的對談。

Question | 133 ·· ❶ Ⓖ❶⚠

You look _____ pale today. Maybe you should go to see a doctor?

(A) somewhat

(B) anyhow

(C) anywhere

(D) nowhere

Question | 134 ·· ❶ Ⓖ❶⚠

He _____ expressed his love to her a week ago and she _____ agreed.

(A) dear; shy

(B) dearly; shy

(C) dear; shyly

(D) dearly; shyly

Question | 135 ·· 🔀❶Ⓑ Ⓖ❶⚠

They usually perform their functions _____, and sometimes _____ exchange them with each other.

(A) single; due

(B) singly; duly

(C) single; duly

(D) singly; due

Question | 136 ·· 🔀❶Ⓑ Ⓖ❶⚠

Two sentences are on the wall. One is "_____," and the other is "_____."

(A) Right now do it; Always be yourself

(B) Do it now right; Be yourself always

(C) Right now do it; Be yourself always

(D) Do it right now; Always be yourself

Level 2 | 新多益選擇題解析

〔棕色證書〕測驗成績→220分～465分

第二級

• 詳細完整的題目和答案中譯，呈現補教名師在課堂教授的重點。 • 臨時抱佛腳的考場記憶祕訣，搭配新多益測驗題型陷阱的提醒。 • 保證只要熟讀各題題型解析，馬上掌握考試重點並戰勝新多益。

Answer 133 | （A）

題目中譯 | 你今天的臉色有點蒼白。需要去看醫生嗎？

答案中譯 | （A）有點（B）無論如何（C）任何地方（D）哪兒都不

● 題型解析 | 本題測驗複合副詞的辨析。根據句意，應選「有點，有幾分」。選項（B）anyhow是「無論如何」的意思，選項（C）anywhere是「任何地方」的意思，選項（D）nowhere是「哪兒都不」的意思，皆不符合題意。因此，只能選（A）somewhat。

Answer 134 | （D）

題目中譯 | 一周前他深情地向她表白；她害羞地答應了。

答案中譯 | （A）親愛的；害羞的（B）深情地；害羞的（C）親愛的；害羞地（D）深情地；害羞地

● 題型解析 | 本題測驗副詞dearly, shyly的用法。二者都是由其形容詞形式後加副詞字尾-ly構成。題目中所需選的兩個空格都要修飾動詞，而形容詞沒有這樣的用法。所以，本題的正確選項為（D）。

Answer 135 | （B）

題目中譯 | 通常他們各司其職，有時適當地相互交換。

答案中譯 | （A）單一的；適當的（B）各自地；適當地（C）單一的；適當地（D）各自地；適當的

● 題型解析 | 本題測驗的是副詞singly, duly的用法。二者都是由以-e結尾的形容詞形式演變而來，去掉詞尾的e，再加上y。題目中，所選的空格都需要能夠修飾動詞。因此，只能用副詞形式，正確選項為（B）。

Answer 136 | （D）

題目中譯 | 牆上有兩句話，一句是「現在就做」，另一句是「永遠做你自己」。

答案中譯 | （A）錯誤表達；永遠做你自己（B）現在就做；錯誤表達（C）錯誤表達；錯誤表達（D）現在就做；永遠做你自己

● 題型解析 | 本題測驗副詞在祈使句的基本構成。在祈使句中，多數副詞置於句末，所以先將選項（A）、（C）刪除。再則，祈使句中的副詞always通常放在句首，可將選項（B）刪除。因此，本題正確選項為（D）。

Level 2 | 必考新多益選擇題

托 TOEFL Ⓘ IELTS Ⓑ Bulats Ⓖ GEPT Ⓣ 學測＆指考 公 公務人員考試

語言能力：此程度之對話者，因為其掌握以及運用語言的範圍能力有限，因此無法流暢運用相關的詞彙來進行表達或溝通。所以，僅能滿足有限的社交英語對談內容。常用比較簡短之詞彙或對答來完成與英語為母語人士的對談。

Question | 137

He _____ gets high scores on his exam, which makes his parents very happy.

(A) always

(B) always must

(C) can always

(D) always need

Question | 138

I don't know where she is now, since we have _____ in contact after graduation.

(A) get hardly

(B) hardly get

(C) keep hardly

(D) hardly kept

Question | 139

I _____ cheated on you and _____ cheat on you. I promise.

(A) never have; never will

(B) never have; will never

(C) have never; never will

(D) have never; never won't

Question | 140

A: Can you finish your homework without the help from your parents?

B: Yes, I _____ .

(A) can always

(B) must always

(C) always do

(D) always must

Level 2 ｜ 新多益選擇題解析

〔棕色證書〕測驗成績→220分～465分

第二級

● 詳細完整的題目和答案中譯，呈現補教名師在課堂教授的重點。 ● 臨時抱佛腳的考場記憶祕訣，搭配新多益測驗題型暗藏的提醒。 ● 保證只要熟讀各類題型解析，馬上掌握考試重點並戰勝新多益。

Answer 137 ｜（A）

題目中譯 ｜ 在考試中，他總是得高分，這讓他的父母感到非常高興。

答案中譯 ｜（A）總是（B）總是必須（C）總是可以（D）總是需要

● 題型解析 ｜ 頻率副詞通常要放在助動詞之後、一般動詞之前，可先將選項（B）和（D）刪除。而一般動詞need表示「需要」，與句意不符。所以，本題的正確選項為（A）。

Answer 138 ｜（D）

題目中譯 ｜ 畢業後我們幾乎不聯繫，所以我不知道她現在在哪裡。

答案中譯 ｜（A）錯誤表達（B）錯誤表達（C）幾乎不聯繫（D）幾乎不聯繫

● 題型解析 ｜「keep in contact」為固定片語，意為「保持聯繫」，很明顯的，選項（A）、（B）表述錯誤。再則，否定副詞通常要放在一般動詞之前。因此，本題正確選項為（D）。

Answer 139 ｜（A）

題目中譯 ｜ 我從來沒有騙你，也不會騙你，我保證。

答案中譯 ｜（A）從來沒有（現在完成式）；從來不會（未來式）（B）從來沒有（現在完成式）；從來不會（未來式）（C）從來沒有（現在完成式）；從來不會（未來式）（D）從來沒有（現在完成式）；從來不會（未來式）

● 題型解析 ｜ 本題測驗副詞用於不同時態中的特殊位置。有時候，為了強調緊隨其後的助動詞，句中副詞會移至助動詞之前。句中的never要放在have和will的前面。因此，本題正確選項為（A）。

Answer 140 ｜（C）

題目中譯 ｜ A：沒有父母的幫助，你能獨立完成作業嗎？

B：是的，一直都可以。

答案中譯 ｜（A）一直都能（一般語序）（B）一直必須（一般語序）（C）一直都能（D）一直必須

● 題型解析 ｜ 通常情況下，頻率副詞位於助動詞之後；而在省略句或簡答中，頻率副詞卻放在be動詞、一般動詞或助動詞之前，所以，刪除選項（A）、（B）。而答句要與問句保持一致，刪除選項（D），故本題應選（C）。

Level 2

Level 2 必考新多益選擇題

第二級

TOEFL ❶ IELTS ❸ Bulats ❻ GEPT ❶ 學測＆指考 ❷ 公務人員考試 02-8

語言能力：此程度之對話者，因為其掌握以及運用語言的範圍能力有限，因此無法流暢運用相關的詞彙來進行表達或溝通。所以，僅能滿足有限的社交英語對談內容。常用比較簡短之詞彙或對答來完成與英語為母語人士的對談。

Question | 141 ❶ ❸❻❶❷

Rarely_____ go out for lunch, which is not a good habit.

(A) did he

(B) does he

(C) he did

(D) he does

Question | 142 ❶ ❻❶❷

You'd better _____the radio. She is trying to _____ review her lessons for the final exam coming up.

(A) turn off; attentive

(B) turn on; attentively

(C) turn off; attentively

(D) turn on; attentive

Question | 143 ❶ ❻❶❷

A: May I speak to Jacky?

B: This is _____ speaking. What can I do for you?

(A) I

(B) my

(C) his

(D) he

Question | 144 ❶❶❸❻❶❷

Everyone in our class is to blame for making the teacher angry, but especially _____.

(A) you and me

(B) I and you

(C) you and I

(D) you and we

Level 2 | 新多益選擇題解析

〔棕色證書〕測驗成績→220分～465分

第二級

● 詳細完整的題目和答案中譯，呈現補教名師在課堂教授的重點。 ● 臨時抱佛腳的考場記憶祕訣，搭配新多益測驗題型陷阱的提醒。 ● 保證只要熟讀各類題型解析，馬上掌握考試重點並戰勝新多益。

Answer 141 | （B）

題目中譯 | 他確實很少出去吃午餐，這並不是個好習慣。

答案中譯 | （A）他確實（過去式的倒裝）（B）他確實（現在式的倒裝）（C）他確實（過去式正常語序）（D）他確實（現在正常語序）

● 題型解析 | 有否定意義的頻率副詞Hardly, Never, Rarely等放在句首時，句子的主詞和動詞需要呈現倒裝句型，先刪除非倒裝句型的選項（C）、（D）；再則，本題是表示現在式的動作，接著刪除選項（A）。故本題正確選項為（B）。

Answer 142 | （C）

題目中譯 | 她正為即將到來的期末考試專心複習。你最好把收音機關掉。

答案中譯 | （A）關掉；專心的（B）開啟；專心地（C）關掉；專心地（D）開啟；專心的

● 題型解析 | turn on表示「打開」，turn off表示「關掉」，如果後接名詞當受詞，可以位於on / off之前，也可以位於其後；如果後接代名詞當受詞，則只能位於on / off之前。根據題意，可知應是表示「關掉」，故刪除選項（B）、（D）。再則，形容詞不能修飾動詞，所以，刪除選項（A），故本題正確選項為（C）。

Answer 143 | （D）

題目中譯 | A：我可以和傑克說話嗎？

B：我就是，有什麼可以幫忙的嗎？

答案中譯 | （A）我（B）我的（C）他的（D）他

● 題型解析 | 本題測驗打電話時的常用表達。因為所需填的空格後speaking為名詞，因此，前面人稱代名詞，而不是所有格來修飾，可先將選項（B）和（C）刪除。而慣用法中，答句不用第一人稱。再刪除選項（A）。所以，只能選（D）。

Answer 144 | （A）

題目中譯 | 班上每一個人因為讓老師生氣而被責備，尤其是你和我。

答案中譯 | （A）你和我（B）我和你（C）你和我（D）你和我們

● 題型解析 | 所選的代名詞需要為blame的受詞，所以要用受格形式。選項（B）和選項（C）中的I是主格形式，選項（D）中的we是主格形式，皆不符合。因此，正確選項只能是（A）。

Level 2 | 必考新多益選擇題

第二級

Ⓣ TOEFL Ⓘ IELTS Ⓑ Bulats Ⓖ GEPT Ⓣ 學測&指考 Ⓐ 公務人員考試

語言能力：此程度之對話者，因為其掌握以及運用語言的範圍能力有限，因此無法流暢運用相關的詞彙來進行表達或溝通。所以，僅能滿足有限的社交英語對談內容。常用比較簡短之詞彙或對答來完成與英語為母語人士的對談。

Question | 145

A: Johnson, please try to finish this report for me.

B: Why _____? I have so many tasks to do.

 (A) me

 (B) not he

 (C) not him

 (D) I

Question | 146

A: Which bag do you prefer, the yellow one or the blue one?

B: _____ one is OK. In fact, I don't care too much about the color.

 (A) This

 (B) Any

 (C) Each

 (D) Either

Question | 147

A: Have you finished your work yet?

B: No. I think I need _____ fifteen minutes.

 (A) another

 (B) other

 (C) more

 (D) less

Question | 148

We still have to go to the supermarket because we do not have _____ meat at home.

 (A) no

 (B) some

 (C) enough

 (D) every

Level 2 | 新多益選擇題解析
〔棕色證書〕測驗成績→220分～465分

第二級

● 詳細完整的題目和答案中譯，呈現補教名師在課堂教授的重點。 ● 臨時抱佛腳的考場記憶祕訣，搭配新多益測驗題型陷阱的提醒。 ● 保證只要熟讀各類題型解析，馬上掌握考試重點並戰勝新多益。

Answer 145｜（A）

題目中譯｜A：傑森，請幫我完成這份報告。

B：為什麼是我？我有這麼多的事情要完成。

答案中譯｜（A）我（B）不是他（C）不是他（D）我

● 題型解析｜在慣用語中表示「為什麼是…」，不需要加not，刪除選項（B）和（C）。而慣用語中，Why後一般用人稱代名詞的受格形式，所以刪除選項（D）。綜上所述，本題正確選項為（A）。

Answer 146｜（D）

題目中譯｜A：你喜歡哪一個書包，黃色的還是藍色的？

B：任何一個都可以，其實，我並不在意顏色。

答案中譯｜（A）這個（B）三者或三者以上任一（C）每一個（D）兩者中任一

● 題型解析｜問句中有明確的語境，強調「兩者中的一個」。選項（A）This表示「這個」，選項（B）Any表示「三者或三者以上的任何一個」，選項（C）Each表示「每一個」，皆不符合題意。因此，正確選項為（D）。

Answer 147｜（A）

題目中譯｜A：你的工作已經完成了嗎？

B：沒有，我想我還需要15分鐘。

答案中譯｜（A）另外的（B）其他的（C）更多（D）更少

● 題型解析｜根據句意，可先將表示「更少」的選項（D）刪除。而選項（C）more一般放在句末，選項（B）more需要用在數詞之後、名詞之前，只有選項（A）another既符合題意，又能放在數字和名詞之前。因此，本題的正確選項為（A）。

Answer 148｜（C）

題目中譯｜我們仍需要去一趟超市，因為家裡沒有足夠的肉。

答案中譯｜（A）任何東西（B）一些東西（C）足夠的東西（D）沒有東西

● 題型解析｜根據題意，應選「足夠的東西」。選項（A）no表示「沒有」的意思，與句意不符，選項（B）some表示「一些」的意思，不能用於否定句中，而選項（D）every表示「每一個」的意思，亦不能選。因此，正確選項只能為（C）。

Level 2 | 必考新多益選擇題

第二級

TOEFL ❶ IELTS ❸ Bulats ❺ GEPT ❶ 學測＆指考 ❷ 公務人員考試

語言能力：此程度之對話者，因為其掌握以及運用語言的範圍能力有限，因此無法流暢運用相關的詞彙來進行表達或溝通。所以，僅能滿足有限的社交英語對談內容。常用比較簡短之詞彙或對答來完成與英語為母語人士的對談。

Question | 149

I am so hungry now, since I had _____ but a hamburger this morning.

(A) something

(B) everything

(C) nothing

(D) anything

Question | 150

His earlier plays are excellent, but his latest one is _____.

(A) something

(B) everything

(C) nothing

(D) anything

Question | 151

I want some tea, but there is _____ left in the teapot.

(A) none

(B) any

(C) nothing

(D) some

Question | 152

A: Who is the man standing over there?

B: I am new here, so I have no idea who _____ is.

(A) he

(B) that

(C) she

(D) it

Level 2 ｜ 新多益選擇題解析

〔棕色證書〕測驗成績→220分～465分

第二級

● 詳細完整的題目和答案中譯，呈現補教名師在課堂教授的重點。 ● 臨時抱佛腳的考場記憶祕訣，搭配新多益測驗題型陷阱的提醒。 ● 保證只要熟讀各類題型解析，馬上掌握考試重點並戰勝新多益。

Answer 149 ｜（C）

題目中譯｜早上我只吃了一個漢堡，所以我現在很餓。

答案中譯｜（A）一些東西（B）所有的東西（C）沒有東西（D）任何東西

● 題型解析｜something和everything不與but連用，可先將選項（A）和（B）刪除。而anything與but連用時相當於not at all或far from，表示「根本不，遠不」，不符合題意。nothing與but連用時相當於only，表示「僅僅，只有」，與題意相符。因此，本題的正確選項為（C）。

Answer 150 ｜（C）

題目中譯｜他早期的戲劇非常優秀，但是最新的這齣戲劇並不怎麼樣。

答案中譯｜（A）重要的人或物（B）重要的事物（C）無價值的（D）重要的人或物

● 題型解析｜本題測驗不定代名詞nothing的延伸意義。根據題意，應選表示貶義或是否定的形容詞。選項（A）something表示「重要的或了不起的人或事物」，選項（B）everything表示「重要的事物」，選項（D）anything表示「重要的人或事物」，皆不符合題意。因此，本題正確選項為（C）。

Answer 151 ｜（A）

題目中譯｜我想喝些茶，但是茶壺裡沒茶水了。

答案中譯｜（A）什麼也沒有（B）任何（C）沒有任何東西（D）一些

● 題型解析｜根據題意，應選表示否定的不定代名詞，可先將選項（B）和（D）刪除。選項（C）nothing表示「沒有任何東西」，卻不可以與介系詞of連用，所以刪除。因此，只能選（A）none，題中的of it也可以省去，而只用none。

Answer 152 ｜（B）

題目中譯｜A：站在那邊的人是誰呢？

　　　　　B：我剛到這裡，所以我不知道他是誰。

答案中譯｜（A）他（B）那個（C）她（D）它

● 題型解析｜根據句意可知，應選人稱代名詞，代指前面所提到的the man standing over there。選項（B）that表示「那個」，既可指人，也可指物，代指不明，選項（C）she表示「她」，代指確切的女性，選項（D）it表示「它」，用於指物，皆不符合句意。因此，只能選（B）。

Level 2 | 必考新多益選擇題

TOEFL IELTS Bulats GEPT 學測＆指考 公務人員考試

語言能力：此程度之對話者，因為其掌握以及運用語言的範圍能力有限，因此無法流暢運用相關的詞彙來進行表達或溝通。所以，僅能滿足有限的社交英語對談內容。常用比較簡短之詞彙或對答來完成與英語為母語人士的對談。

Question | 153

The doctor has told him that he should stop smoking many times, but _____ did not help.

(A) he

(B) which

(C) it

(D) they

Question | 154

Has _____ been decided when we are going to hold the sports meeting?

(A) that

(B) he

(C) it

(D) what

Question | 155

Nowadays, many people in Taiwan make _____ a rule to buy Christmas presents for their relatives and friends.

(A) this

(B) it

(C) that

(D) them

Question | 156

My pen is black, but this one is blue. It must be _____.

(A) someone's else's

(B) someone's else

(C) someone else's

(D) someone else

Level 2 | 新多益選擇題解析
〔棕色證書〕測驗成績→220分～465分

● 詳細完整的題目和答案中譯，呈現補教名師在課堂教授的重點。 ● 臨時抱佛腳的考場記憶祕訣，搭配新多益測驗題型陷阱的提醒。 ● 保證只要熟讀各類題型解析，馬上掌握考試重點並戰勝新多益。

Answer 153 | （C）

題目中譯｜很多次醫生都告誡他要戒菸，但是並沒有用。

答案中譯｜（A）他（B）哪一個（C）這（D）他們

● 題型解析｜本題測驗人稱代名詞it的用法。根據題意可知，所填的字彙要能夠代替前面的整個句子，刪除選項（A）和（D）。而轉折連接詞but限定了後面必須是一個完整的句子，刪除選項（B）。故本題的正確選項為（C）。

Answer 154 | （C）

題目中譯｜我們什麼時候舉行運動會，是否已經有所決定了呢？

答案中譯｜（A）那個（B）他（C）它（D）什麼

● 題型解析｜本題同樣測驗人稱代名詞it的用法。it可在句中當虛主詞，而真正的主詞是後面的從屬子句。而選項（A）、（B）、（D）均沒有此種用法。因此，本題的正確選項為（C）。

Answer 155 | （B）

題目中譯｜在台灣，現在很多人都幫親戚和朋友買耶誕節禮物，這已經成為慣例。

答案中譯｜（A）這個（B）這（C）那個（D）他們

● 題型解析｜本題測驗it的特殊用法。it在句中當動詞make的虛受詞，而真正的受詞是後面的動詞不定式。而選項（A）、（C）和（D）均沒有此種用法。因此，本題的正確選項是（B）。

Answer 156 | （C）

題目中譯｜我的鋼筆是黑色的。但這一支是藍色的，一定是其他人的。

答案中譯｜（A）其他人的（語法錯誤）（B）其他人的（語法錯誤）（C）其他人的（D）其他人

● 題型解析｜本題測驗複合不定代名詞與else連用時的所有格形式。else修飾複合不定代名詞需後置，其所有格形式是只在else之後加's。刪除選項（A）、（B）。所以，本題的正確選項為（C）。

Level 2 | 必考新多益選擇題

TOEFL ① IELTS ⑧ Bulats ⑥ GEPT ① 學測&指考 ② 公務人員考試

第二級

語言能力：此程度之對話者，因為其掌握以及運用語言的範圍能力有限，因此無法流暢運用相關的詞彙來進行表達或溝通。所以，僅能滿足有限的社交英語對談內容。常用比較簡短之詞彙或對答來完成與英語為母語人士的對談。

Question | 157

"Help _____ to some fruit" my uncle said to me with a smile.

(A) themselves

(B) ourselves

(C) himself

(D) yourself

Question | 158

_____ can do this job well, so you don't have to worry about me.

(A) You

(B) Myself

(C) I myself

(D) Myself I

Question | 159

You always say that you can _____, but I don't think so.

(A) look after yourself

(B) take care yourself

(C) looks after yourself

(D) looked after yourself

Question | 160

The little boy said to his teacher, "I can draw with _____ crayons."

(A) myself

(B) my own

(C) himself

(D) his own

Level 2 | 新多益選擇題解析

第二級

〔棕色證書〕測驗成績→220分～465分

● 詳細完整的題目和答案中譯、呈現補教名師在課堂教授的重點。● 臨時抱佛腳的考場記憶祕訣，搭配新多益測驗題型陷阱的提醒。● 保證只要熟讀各類題型解析，馬上掌握考試重點並戰勝新多益。

Answer 157 | （D）

題目中譯 | 叔叔笑著對我說：「自己拿些水果吃。」

答案中譯 | （A）他們自己（B）我們自己（C）他自己（D）你自己

● 題型解析 | 本題測驗反身代名詞的辨析。根據後面的人稱me可知，應選與之對應的反身代名詞，只有yourself符合。而選項（A）、（B）和（C）均不符合。因此，本題的正確選項只能是（D）。

Answer 158 | （C）

題目中譯 | 我可以自己把這份工作做好，所以，你不必為我擔心。

答案中譯 | （A）你（B）我自己（C）我自己（D）我自己（語法錯誤）

● 題型解析 | 反身代名詞不能單獨當主詞，刪除選項（B）。再則，反身代名詞與主詞連用時，可以表示強調，但必須放在主詞之後，刪除選項（D）。而選項（A）人稱明顯錯誤，刪除。所以，正確選項為（C）。

Answer 159 | （A）

題目中譯 | 你總是說，你可以照顧自己，但是，我並不這麼認為。

答案中譯 | （A）照顧自己（B）照顧自己（語法錯誤）（C）照顧自己（第三人稱單數）（D）照顧自己（過去式）

● 題型解析 | 根據題意，應選「照顧自己」。選項（B）語法錯誤，應為take care of yourself；句中有情態動詞can，後接動詞原形，故刪除選項（C）、（D）。因此，正確選項為（A）。

Answer 160 | （B）

題目中譯 | 那個小男孩對老師說：「我可以用自己的蠟筆畫畫。」

答案中譯 | （A）我自己（B）我自己的（C）他自己（D）他自己的

● 題型解析 | 反身代名詞表示「某人自己」，沒有所有格的形式，不能表示「某人自己的（東西）」。表示「某人自己的（東西）」時，須要用one's own。而所填的空格是直接引述句。因此，沒有人稱變化。所以，正確選項為（B）。

Level 2 | 必考新多益選擇題

第二級

① TOEFL ① IELTS ⑧ Bulats ⑥ GEPT ① 學測&指考 ㉓ 公務人員考試 02-9

語言能力：此程度之對話者，因為其掌握以及運用語言的範圍能力有限，因此無法流暢運用相關的詞彙來進行表達或溝通。所以，僅能滿足有限的社交英語對談內容。常用比較簡短之詞彙或對答來完成與英語為母語人士的對談。

Question | 161 ···························· ⑰①⑧⑥①㉓

She always talked to _____, but nobody understood what she was saying.

(A) she

(B) her

(C) hers

(D) herself

Question | 162 ···························· ① ⑥①㉓

When I was about to knock on the door, it just opened _____.

(A) of itself

(B) by itself

(C) itself

(D) for itself

Question | 163 ···························· ⑰①⑧⑥①㉓

It is _____, not you, who wants more money to buy the luxury goods.

(A) me

(B) him

(C) he

(D) I

Question | 164 ···························· ⑰①⑧⑥①㉓

_____ will accept your idea because it is not reasonable.

(A) Neither us

(B) Neither of us

(C) We neither

(D) Neither of we

Level 2 ｜ 新多益選擇題解析

〔棕色證書〕測驗成績→220分～465分

第二級

● 詳細完整的題目和答案中譯，呈現補教名師在課堂教授的重點。 ● 臨時抱佛腳的考場記憶祕訣，搭配新多益測驗題型陷阱的提醒。 ● 保證只要熟讀各類題型解析，馬上掌握考試重點並戰勝新多益。

Answer 161 ｜（D）

題目中譯｜她總是自言自語，但是沒有人明白她在說些什麼。

答案中譯｜（A）她（B）她的（C）她的（D）她自己

● 題型解析｜介系詞後只能接上人稱代名詞的受格或反身代名詞。She是主格，hers是名詞詞性的代名詞，故刪除選項（A）和（C）。而「talk（ed）to + 反身代名詞」，表示「自言自語」，此為固定用法，由此，可以刪除選項（B）。得出本題的正確選項為（D）。

Answer 162 ｜（B）

題目中譯｜當我正準備敲門時，這扇門卻自己打開了。

答案中譯｜（A）自發的（B）它自己（C）它自己（D）親自

● 題型解析｜本題測驗反身代名詞itself及其搭配的用法。由題目中，可以判斷出逗號後面的句子需要為「被動語態」，即「門它自己打開」的意思。被動語態需要與「by」一併使用。因此，得到正確選項為（B）。

Answer 163 ｜（C）

題目中譯｜是他想要更多的錢去買奢侈品，而不是你。

答案中譯｜（A）我（B）他（C）他（D）我

● 題型解析｜本句為強調句的句型。所需填的空格在例句中為真正的主詞，要使用人稱代名詞的主格形式，可以刪除選項（A）和（B），因為，此二者均為受格形式。由例句中的動詞wants可以判斷出，主詞應該為第三人稱單數，再刪除選項（D）。所以，本題的正確選項為（C）。

Answer 164 ｜（B）

題目中譯｜我們兩個都不會接受你的想法，因為它並不合理。

答案中譯｜（A）我們兩個都不（語法錯誤）（B）我們兩個都不（C）我們兩個都不（語法錯誤）（D）我們兩個都不（語法錯誤）

● 題型解析｜Neither與人稱代名詞連用時，需要加入介系詞of，由此文法規則，即可刪除選項（A）和（C）。再則，介系詞of後接上人稱代名詞的受格形式，選項（D）為主格形式，刪除。所以，本題正確選項為（B）。

Level 2 │ 必考新多益選擇題

T TOEFL **I** IELTS **B** Bulats **G** GEPT **學** 學測＆指考 **公** 公務人員考試

第二級

語言能力：此程度之對話者，因為其掌握以及運用語言的範圍能力有限，因此無法流暢運用相關的詞彙來進行表達或溝通。所以，僅能滿足有限的社交英語對談內容。常用比較簡短之詞彙或對答來完成與英語為母語人士的對談。

Question │ 165

I want to buy _____ present for my sister in another city.

(A) this

(B) it

(C) these

(D) those

Question │ 166

A: What are those?

B: _____ are shells I gathered on the beach in my hometown.

(A) It

(B) That

(C) They

(D) Those

Question │ 167

A: Is this your pencil box?

B: No, _____ is my friend Mary's.

(A) it

(B) this

(C) they

(D) those

Question │ 168

You need not do _____. I can do it myself.

(A) this

(B) these

(C) the

(D) those

Level 2 | 新多益選擇題解析

〔棕色證書〕測驗成績→220分～465分

第二級

● 詳細完整的題目和答案中譯，呈現補教名師在課堂教授的重點。 ● 臨時抱佛腳的考場記憶祕訣，搭配新多益測驗題型陷阱的提醒。 ● 保證只要熟讀各類題型解析，馬上掌握考試重點並戰勝新多益。

Answer 165 | （A）

題目中譯｜我妹妹居住在另一個城市，我想買這件禮物送給她。

答案中譯｜（A）這件（B）它（C）這些（D）那些

● 題型解析｜本題測驗的是指示代名詞的用法。選項（B）為人稱代名詞，指物時，須單獨使用，而不與名詞連用，故刪除。指示代名詞this, that後接單數可數名詞，而指示代名詞these、those後接複數可數名詞。根據題意，應用單數形式的指示代名詞。所以，本題的正確選項為（A）。

Answer 166 | （C）

題目中譯｜A：那些是什麼呢？

B：是我在家鄉沙灘上撿的貝殼。

答案中譯｜（A）它（B）那個（C）它們（D）那些

● 題型解析｜本題測驗的是以指示代名詞those引起的特殊疑問句的答語。在答語中，不論指示代名詞是用來指物，還是用來指人，都要用they來代替。所以，只能選（C）。

Answer 167 | （A）

題目中譯｜A：這是你的鉛筆盒嗎？

B：不是，它是我朋友瑪麗的。

答案中譯｜（A）它（B）這個（C）它們（D）這些

● 題型解析｜本題測驗的是以指示代名詞this引導的一般疑問句的答句。在答句中，不管指示代名詞是指人，還是指物，答句中都用it來代替。所以，本題的正確選項為（A）。

Answer 168 | （A）

題目中譯｜你不用做這件事，我可以自己完成。

答案中譯｜（A）這件事（B）這些（C）那個（D）那些

● 題型解析｜為避免重複，有時可用指示代名詞this, these來代替下文中將要提到的人或事物，而用that, those來代替上文中提到的人或事物。根據題意，是表示對下文的代指。因此，刪除選項（D）。再則，句中主詞是單數形式。因此，刪除選項（B）。而定冠詞the表示代指時，不能單獨使用，所以，刪除選項（C），本題的正確選項為（A）。

Level 2 | 必考新多益選擇題
托 TOEFL ❶ IELTS Ⓑ Bulats Ⓖ GEPT ❶ 學測＆指考 公 公務人員考試

第二級

語言能力：此程度之對話者，因為其掌握以及運用語言的範圍能力有限，因此無法流暢運用相關的詞彙來進行表達或溝通。所以，僅能滿足有限的社交英語對談內容。常用比較簡短之詞彙或對答來完成與英語為母語人士的對談。

Question | 169 ··· ❶ Ⓖ❶公

Michael, _____ is Peter, my brother.

  (A) these
  (B) that
  (C) this
  (D) those

Question | 170 ····················· 托❶ⒷⒼ❶公

A: I am leaving on April 30.

B: So why not come to spend _____ with me?

  (A) your last few days
  (B) all your few days
  (C) your last all few days
  (D) all last these few days

Question | 171 ························· ❶ Ⓖ❶公

There is a lovely baby on the bed. _____ a boy or a girl?

  (A) Is he
  (B) Is she
  (C) Is it
  (D) Are you

Question | 172 ····················· 托❶ⒷⒼ❶公

I hate _____ when people talk with their mouth full.

  (A) that
  (B) these
  (C) them
  (D) it

Level 2 | 新多益選擇題解析

〔棕色證書〕測驗成績→220分～465分

第二級

● 詳細完整的題目和答案中譯，呈現補教名師在課堂教授的重點。● 臨時抱佛腳的考場記憶祕訣，搭配新多益測驗題型陷阱的提醒。● 保證只要熟讀各類題型解析，馬上掌握考試重點並戰勝新多益。

Answer 169 | （C）

題目中譯 | 麥可，這是彼得，是我的弟弟。

答案中譯 | （A）這些（B）那（C）這（D）那些

● 題型解析 | 向別人介紹某人時，通常說「this is...」，而不說「that is...」，因此，刪除選項（A）、（B）、（D）。要注意的是，姓名的寫法，姓和名的首字字母都要大寫，並且，中間要空一格。

Answer 170 | （A）

題目中譯 | A：4月30號我就要離開了。

B：那麼，為何不與我一起度過最後的這幾天呢？

答案中譯 | （A）最後的這些天（B）最後的這些天（語法錯誤）（C）最後的這些天（語法錯誤）（D）最後的這些天（語法錯誤）

● 題型解析 | 本題測驗名詞修飾語的順序，正確的語序應為「不定代名詞＋指示代名詞＋序數詞＋基數詞」。根據這個語序就可以將選項（B）、（C）和（D）刪除。因此，本題的正確選項為（A）。

Answer 171 | （C）

題目中譯 | 床鋪上有一個可愛的嬰兒。它是男孩還是女孩呢？

答案中譯 | （A）他是（B）她是（C）它是（D）你是

● 題型解析 | 本題測驗代名詞it的特殊用法。依據句意可知，說話人對嬰兒的性別不確定，只有it可以代替性別不明的嬰兒或動物。因此，本題的正確選項只能為（C）。

Answer 172 | （D）

題目中譯 | 我討厭人們滿嘴吃著東西時講話。

答案中譯 | （A）那個（B）這些（C）他們（D）它

● 題型解析 | 本題測驗it的特殊用法，即當受詞是一個較長的句子時，通常要用形式受詞it來代指整個句子。依據題意，when引導的時間副詞從屬子句可以用形式受詞it代指。因此，本題正確選項為（D）。

Level 2 | 必考新多益選擇題

托 TOEFL Ⓘ IELTS Ⓑ Bulats Ⓖ GEPT Ⓣ 學測＆指考 公 公務人員考試

語言能力：此程度之對話者，因為其掌握以及運用語言的範圍能力有限，因此無法流暢運用相關的詞彙來進行表達或溝通。所以，僅能滿足有限的社交英語對談內容。常用比較簡短之詞彙或對答來完成與英語為母語人士的對談。

Question | 173 ······ Ⓘ Ⓑ Ⓖ Ⓣ 公

_____ bike is white while _____ is black.

(A) I; you

(B) My; you

(C) My; yours

(D) I; yours

Question | 174 ······ Ⓘ Ⓖ Ⓣ 公

I underestimated _____, so I could have finished my homework by _____.

(A) me; mine

(B) myself; myself

(C) my; me

(D) mine; myself

Question | 175 ······ 托 Ⓘ Ⓑ Ⓖ Ⓣ 公

At the wedding they promised to love _____ forever.

(A) each other

(B) one other

(C) another

(D) one after another

Question | 176 ······ Ⓘ Ⓑ Ⓖ Ⓣ 公

The young man _____ coat is green is my brother-in-law.

(A) which

(B) who

(C) that

(D) whose

Level 2 | 新多益選擇題解析

〔棕色證書〕測驗成績→220分～465分

第二級

● 詳細完整的題目和答案中譯，呈現補教名師在課堂教授的重點。● 臨時抱佛腳的考場記憶祕訣，搭配新多益測驗題型陷阱的提醒。● 保證只要熟讀各類題型解析，馬上掌握考試重點並戰勝新多益。

Answer 173 | （C）

題目中譯 | 我的自行車是白色的，而你的是黑色的。

答案中譯 | （A）我；你（B）我的；你（C）我的；你的（D）我；你的

● 題型解析 | 本題測驗代名詞的用法。第一個空格後面接有bike這個名詞，所以需要用形容詞詞性的代名詞my來修飾；而第二個空格在句中當主詞，只能用名詞詞性的代名詞yours。因此，本題正確選項為（C）。

Answer 174 | （B）

題目中譯 | 我低估了我自己，我本來可以獨立完成作業的。

答案中譯 | （A）我；我的（B）我自己；我自己（C）我的；我（D）我的；我自己

● 題型解析 | 本題測驗反身代名詞的用法，第一個空格應該用反身代名詞myself當成動詞的受詞，第二個空格用反身代名詞myself與介系詞by構成固定用法，「by myself」表示「獨立，獨自」。因此，本題正確選項為（B）。

Answer 175 | （A）

題目中譯 | 婚禮上他們承諾彼此相愛一生。

答案中譯 | （A）彼此（B）另一個（C）又一個（D）一個接一個地

● 題型解析 | 依據題意，要選擇「彼此」。選項（C）another表示「又一個」，選項（D）one after another表示「一個接一個地」，均不符合題意，選項（B）one other表示「另一個」，雖然符合題意，但表示三者或三者以上的彼此，只有each other表示兩者之間的彼此。因此，本題正確選項為（A）。

Answer 176 | （D）

題目中譯 | 那個身穿綠色外套的年輕人是我的姐夫。

答案中譯 | （A）哪一個（B）誰（C）那個（D）誰的

● 題型解析 | 本題測驗關係代名詞引導形容詞從屬子句當成先行詞的用法。which指物且不能在從屬子句中當成形容詞；who雖然指人，但也無法當成形容詞；that既可以指人也可以指物，和前兩者相同皆無法當形容詞；只有whose既能指人，又能在限制性形容詞從屬子句中當形容詞。因此，本題正確選項為（D）。

Level 2 | 必考新多益選擇題

托 TOEFL ❶ IELTS ⓑ Bulats ⓖ GEPT ❶ 學測＆指考 公 公務人員考試

第二級

語言能力：此程度之對話者，因為其掌握以及運用語言的範圍能力有限，因此無法流暢運用相關的詞彙來進行表達或溝通。所以，僅能滿足有限的社交英語對談內容。常用比較簡短之詞彙或對答來完成與英語為母語人士的對談。

Question | 177 ··· ❶ ⓑ ⓖ ❶ 公

I told you _____ you are doing is wrong. Why didn't you listen to me?

(A) which

(B) what

(C) that

(D) whom

Question | 178 ··· 托 ❶ ⓑ ⓖ ❶ 公

Although her sister dresses very simply, she would be considered to be among _____ who are very fashionable.

(A) this

(B) these

(C) that

(D) those

Question | 179 ··· 托 ❶ ⓑ ⓖ ❶ 公

_____ he says is not likely to be the truth becausc he cheats everyone.

(A) Whatever

(B) However

(C) Whenever

(D) Wherever

Question | 180 ··· ❶ ⓑ ⓖ ❶ 公

_____, _____ and _____ will always be good friends no matter how far away we live from each other.

(A)You; she; I

(B) I; you; she

(C) She; I; you

(D) I; she; you

Level 2 ｜ 新多益選擇題解析

〔棕色證書〕測驗成績→220分～465分

第二級

● 詳細完整的題目和答案中譯，呈現補教名師在課堂教授的重點。● 臨時抱佛腳的考場記憶祕訣，搭配新多益測驗題型陷阱的提醒。● 保證只要熟讀各類題型解析，馬上掌握考試重點並戰勝新多益。

Answer 177 ｜（B）

題目中譯｜我跟你說過，你所做的是錯的。為什麼你不聽我的話呢？

答案中譯｜（A）哪一個（B）什麼（C）那個（D）誰

● 題型解析｜本題測驗疑問代名詞的用法。依據題意可知，所選的選項必須指物，選項（D）whom指人，刪除；而選項（A）which和選項（C）that不能在句中充當有實際意義的受詞成分。因此，本題正確選項為（B）只有what可以代指物。

Answer 178 ｜（D）

題目中譯｜即使她妹妹穿著非常簡單，但卻被認為是那些時尚的人。

答案中譯｜（A）這個（B）這些（C）那個（D）那些

● 題型解析｜本題主要測驗指示代名詞this, these與that, those的差別及用法。this和these不能當形容詞從屬子句的先行詞，而that當受詞時不能指人。因此，本題正確選項為（D）those。

Answer 179 ｜（A）

題目中譯｜無論他說什麼，都不會是真的，因為他欺騙所有人。

答案中譯｜（A）無論什麼（B）無論怎樣（C）無論什麼時候（D）無論哪裡

● 題型解析｜依據題意，應選「無論什麼」。選項（B）however是「無論怎樣」的意思，選項（C）whenever是「無論什麼時候」的意思，選項（D）wherever是「無論哪裡」的意思，皆不符合題意。因此，只能選（A）whatever意思是「無論什麼」。

Answer 180 ｜（A）

題目中譯｜不管我們住多遠，你、我和她都是好朋友。

答案中譯｜（A）你；她；我（B）我；你；她（C）她；我；你（D）我；她；你

● 題型解析｜當幾個單數人稱代名詞並列出現在同一個句子中時，出於禮貌，第一人稱總是後置，第二人稱前置，第三人稱則位於第二人稱之後，第一人稱之前。因此，本題的正確排序應該為You, she, I，即正確選項為（A）。

★ 人稱代名詞的位置有固定的排法，只要記住，在考題中出現時必可得分。

Level 2

Level 2 | 必考新多益選擇題

第二級

⊕ TOEFL ❶ IELTS ❸ Bulats ❺ GEPT ❶ 學測＆指考 ㊣ 公務人員考試　 02-10

語言能力：此程度之對話者，因為其掌握以及運用語言的範圍能力有限，因此無法流暢運用相關的詞彙來進行表達或溝通。所以，僅能滿足有限的社交英語對談內容。常用比較簡短之詞彙或對答來完成與英語為母語人士的對談。

Question | 181

_____, _____ and _____ are all going to take part in the sports meet.

(A) We; they; you

(B) You; we; they

(C) You; they; we

(D) We; you; they

Question | 182

_____ are all my students and often come to talk with me.

(A) They

(B) She

(C) He

(D) It

Question | 183

He doesn't think _____ is good, but he says _____ doesn't matter anyway.

(A) him; it

(B) it; him

(C) him; him

(D) it; it

Question | 184

I want to put _____ book on the second shelf and _____ on the third one.

(A) my; yours

(B) my; your

(C) mine; yours

(D) mine; your

Level 2 ｜ 新多益選擇題解析

第二級

〔棕色證書〕測驗成績→220分～465分

● 詳細完整的題目和答案中譯，呈現補教名師在課堂教授的重點。● 臨時抱佛腳的考場記憶祕訣，搭配新多益測驗題型陷阱的提醒。● 保證只要熟讀各類題型解析，馬上掌握考試重點並戰勝新多益。

Answer 181 ｜（D）

題目中譯｜我們、你們和他們都要參加運動會。

答案中譯｜（A）我們；他們；你們（B）你們；我們；他們

（C）你們；他們；我們（D）我們；你們；他們

● 題型解析｜當幾個複數人稱代名詞並列出現在同一個句子中時，其順序是：第一人稱前置，第三人稱後置，第二人稱位於第一人稱和第三人稱之間。由此可知，正確順序應為we, you, they。因此，本題正確選項為（D）。

Answer 182 ｜（A）

題目中譯｜他們都是我的學生，經常來和我談心。

答案中譯｜（A）他們（B）她（C）他（D）它

● 題型解析｜人稱代名詞當成主詞時，其後be動詞的單複數要與主詞的單複數保持一致。依據題意，題目中的be動詞are表示複數，所以，當成主詞的人稱代名詞也要選擇複數。四個選項中只有they表示複數。因此，本題正確選項為（A）。

Answer 183 ｜（D）

題目中譯｜他覺得這樣不好，但仍說沒關係。

答案中譯｜（A）他；它（B）它；他（C）他；他（D）它；它

● 題型解析｜本題主要測驗it的特殊用法。第一個空格測驗it當成須受詞的用法，而him沒有此種用法，選項（A）、（C）刪除；第二個空格測驗慣用語，「it doesn't matter」表示「沒關係」，綜上所述，本題正確選項為（D）。

Answer 184 ｜（A）

題目中譯｜我想把我的書放到第二層的書架上，把你的書放到第三層。

答案中譯｜（A）我的；你的（B）我的；你的（C）我的；你的（D）我的；你的

● 題型解析｜所有格具有形容詞的性質，在句中只能當成形容詞，用以修飾名詞。依據題意，名詞book之前應該用所有格my來修飾，故第一個空格選my。所有格代名詞具有名詞的性質，在句中可以當成主詞、主詞補語和受詞，故第二個空格應該選yours代指your book。因此，本題正確選項為（A）。

Level 2 | 必考新多益選擇題

托 TOEFL ❶ IELTS Ⓑ Bulats Ⓖ GEPT ❶ 學測&指考 ㊑ 公務人員考試

第二級

語言能力：此程度之對話者，因為其掌握以及運用語言的範圍能力有限，因此無法流暢運用相關的詞彙來進行表達或溝通。所以，僅能滿足有限的社交英語對談內容。常用比較簡短之詞彙或對答來完成與英語為母語人士的對談。

Question | 185 ······ ❶ Ⓖ❶㊑

Her mother says that _____ is nine years old and can go to school _____.

(A) she; she

(B) she; by herself

(C) her; herself

(D) her; she

Question | 186 ······ ❶ Ⓖ❶㊑

A: You play the piano so well. Who taught you?

B: Nobody taught me. I taught _____.

(A) me

(B) my

(C) myself

(D) mine

Question | 187 ······ 托❶ⒷⒼ❶㊑

I believe that everyone lives for _____, and they should enjoy _____ every day.

(A) them; themselves

(B) them; them

(C) themselves; themselves

(D) themselves; them

Question | 188 ······ 托❶ⒷⒼ❶㊑

He made mistakes _____, so he failed the exam.

(A) one another

(B) each other

(C) one after another

(D) the other

Level 2 | 新多益選擇題解析

〔棕色證書〕測驗成績→220分～465分

第二級

● 詳細完整的題目和答案中譯，呈現補教名師在課堂教授的重點。● 臨時抱佛腳的考場記憶祕訣，搭配新多益測驗題型陷阱的提醒。●保證只要熟讀各類題型解析，馬上掌握考試重點並戰勝新多益。

Answer 185 | （B）

題目中譯 | 她媽媽說她9歲了，能夠自己去上學。

答案中譯 | （A）她；她（B）她；她自己（C）她的；她自己（D）她的；她

● 題型解析 | 第一個空格測驗人稱代名詞的主格在句中當主詞的用法。依據題意，要選擇主格she當成主詞，而her是受格，所以刪除選項（C）、（D）。後面一個空格與前一個空格所指為同一人，且當成第一個空格的同位語，只有反身代名詞herself有此種功能。因此，本題正確選項為（B）。

Answer 186 | （C）

題目中譯 | A：你的鋼琴彈得很好，是誰教你的？

　　　　　B：沒有人教我，我自己學的。

答案中譯 | （A）我（B）我的（C）我自己（D）我的

● 題型解析 | 依據句意可知，「我是自己教自己」，即自學的，應該用反身代名詞來表示。my為所有格，只能當成形容詞，刪除選項（B）；mine是所有格代名詞，而答案中沒有相應的名詞與之對應，刪除選項（D）；me雖然符合語法規則，但不符合句意，刪除選項（A）。因此，本題正確選項為（C）。

Answer 187 | （C）

題目中譯 | 我認為每個人都是為自己而活，因此應該每天都過得開心。

答案中譯 | （A）他們；他們自己（B）他們；他們（C）他們自己；他們自己（D）他們自己；他們

● 題型解析 | 反身代名詞通常用於某些慣用語或固定的結構中。依據題意，「for oneself」意思為「為自己」，而「enjoy oneself」意思為「過得愉快」，皆為固定用法，因此，題目中的兩個空格都要用反身代名詞themselves，即本題正確選項為（C）。

Answer 188 | （C）

題目中譯 | 他的錯誤一個一個地接著出現，所以沒通過考試。

答案中譯 | （A）彼此（B）互相（C）一個接一個地（D）另一個

● 題型解析 | 依據題意，要選擇「一個接一個地」。選項（A）one another是「兩者之間的彼此」的意思，選項（B）each other是「三者或三者以上之間的彼此」的意思，選項（D）the other是「另一個」的意思，皆不符合題意。因此，只能選（C）one after another表示「一個接一個地」。

Level 2 | 必考新多益選擇題

⊕ TOEFL ❶ IELTS ⓑ Bulats ⓖ GEPT ❶ 學測&指考 ㊄ 公務人員考試

語言能力：此程度之對話者，因為其掌握以及運用語言的範圍能力有限，因此無法流暢運用相關的詞彙來進行表達或溝通。所以，僅能滿足有限的社交英語對談內容。常用比較簡短之詞彙或對答來完成與英語為母語人士的對談。

Question | 189 ·· ❶ ⓑ ⓖ❶㊄

I dare say that she is the girl _____ you are looking for.

(A) who

(B) whom

(C) which

(D) whose

Question | 190 ·· ❶ ⓖ❶㊄

Excuse me, could you tell me _____ the girl _____ is cleaning the window is?

(A) who; who

(B) whom; that

(C) whom; who

(D) who; that

Question | 191 ·· ❶ ⓖ❶㊄

_____ you should do is to find a job as soon as possible.

(A) Which

(B) What

(C) Who

(D) Whose

Question | 192 ·· ⊕❶ⓑⓖ❶㊄

He thinks that electronic products made in foreign countries are better than _____ made in his own country.

(A) this

(B) that

(C) these

(D) those

Level 2 | 新多益選擇題解析

〔棕色證書〕測驗成績→220分～465分

第二級

● 詳細完整的題目和答案中譯，呈現補教名師在課堂教授的重點。 ● 臨時抱佛腳的考場記憶祕訣，搭配新多益測驗題型陷阱的提醒。 ● 保證只要熟讀各類題型解析，馬上掌握考試重點並戰勝新多益。

Answer 189 | （B）

題目中譯｜ 我敢說她就是你要找的那個女孩。

答案中譯｜（A）誰（B）誰（C）哪一個（D）誰的

● 題型解析｜依據題意，本題要選擇代名詞在句中當受詞。在形容詞從屬子句中，whose為形容詞，後需有名詞，刪除選項（D）；which表選擇，不符合題意，刪除選項（C）；who和whom均指人，但是who是主格形式，whom是受格形式，刪除選項（A）。因此，本題正確選項為（B）。

Answer 190 | （D）

題目中譯｜ 抱歉，你能告訴我正在擦玻璃的那個女孩是誰嗎？

答案中譯｜（A）誰；誰（B）誰；那個（C）誰；誰（D）誰；那個

● 題型解析｜本題為一個特殊疑問句，選項中只有who可以引導特殊疑問句，刪除選項（B）、（C）；當主要子句是以who或which開頭的疑問句時，形容詞從屬子句用that引導，刪除選項（A）。因此，本題正確選項為（D）。

Answer 191 | （B）

題目中譯｜ 你應該做的就是儘快找一份工作。

答案中譯｜（A）哪一個（B）什麼（C）誰（D）誰的

● 題型解析｜本題測驗疑問代名詞的用法。依據題意，本題為一形容詞從屬子句，句首要用代名詞來當主詞。四個選項中，who和whose用於代指人，不符合題意，刪除。代名詞which用於代指物，但是不能用於當成主詞，只有what可以。因此，選項（B）符合題意。

Answer 192 | （D）

題目中譯｜ 他認為外國製造的電子產品比自己國家的好。

答案中譯｜（A）這個（B）那個（C）這些（D）那些

● 題型解析｜本題測驗指示代名詞的用法差別。依據題意，空格處要用指示代名詞來代指前面所提到過的electronic products，因為electrical goods為複數名詞，要用代指名詞those來代指。因此，本題正確選項為（D）。

Level 2 | 必考新多益選擇題

🏫 TOEFL ❶ IELTS Ⓑ Bulats Ⓖ GEPT ❶ 學測&指考 ㊙ 公務人員考試

第二級

語言能力：此程度之對話者，因為其掌握以及運用語言的範圍能力有限，因此無法流暢運用相關的詞彙來進行表達或溝通。所以，僅能滿足有限的社交英語對談內容。常用比較簡短之詞彙或對答來完成與英語為母語人士的對談。

Question | 193
He said he was very busy, but I don't think _____ because he just lost his job.
(A) this
(B) so
(C) it
(D) such

Question | 194
Hello! _____ is Bob. Is _____ Mary?
(A) He; she
(B) This; she
(C) He; that
(D) This; this

Question | 195
In _____ years, she had a hard life because she was raising several children alone.
(A) this
(B) those
(C) that
(D) these

Question | 196
Do not make _____ trouble, or I will fire you without hesitation.
(A) so
(B) so a
(C) such
(D) such a

Level 2 | 新多益選擇題解析

〔棕色證書〕測驗成績→220分～465分

第二級

● 詳細完整的題目和答案中譯，呈現補教名師在課堂教授的重點。● 臨時抱佛腳的考場記憶祕訣，搭配新多益測驗題型陷阱的提醒。● 保證只要熟讀各類題型解析，馬上掌握考試重點並戰勝新多益。

Answer 193 | （B）

題目中譯｜他說他很忙，但是我不這麼認為，因為他剛剛失業。

答案中譯｜（A）這個（B）這麼（C）它（D）如此

● 題型解析｜本題測驗指示代名詞so的名詞性質用法。so當成名詞時，表示「這個，這樣」，可以在句中當成主詞補語和受詞。選項（A）this表示時間或空間上較近的事或事物，選項（C）it表示前面提到的事物，選項（D）such不能當主詞補語亦不能當受詞，以上選項皆不符合題意，皆可刪除，只有選項（B）符合題意。

Answer 194 | （D）

題目中譯｜你好！我是鮑勃，瑪麗在嗎？（電話中對話）

答案中譯｜（A）他，她（B）這個，她（C）他，那個（D）這個，這個

● 題型解析｜指示代名詞this和that在電話用語中，用於代指人，且代指打電話的人用this，代指接電話的人也需為this。依據題意，第一個及第二個空格皆要用this。因此，本題的正確選項為（D）。

Answer 195 | （B）

題目中譯｜那些年，由於獨力撫養幾個孩子，所以她過的很辛苦。

答案中譯｜（A）這個（B）那些（C）那個（D）這些

● 題型解析｜this和these一般用來指在時間或空間上較接近的人或物，而that和those則指時間和空間上較遠的人或物。依據句題意可知，本題所要表達的是離現在較遠的時間，又因為years為複數，因此，要用those來修飾years，本題的正確選項為（B）。

Answer 196 | （C）

題目中譯｜不要再製造這種麻煩了，否則我會毫不猶豫地開除你。

答案中譯｜（A）如此（B）這麼一個（C）這種（D）這樣一個

● 題型解析｜指示代名詞such相當於形容詞時，用於修飾不可數名詞和可數名詞的單數或複數。修飾單數可數名詞時，其後加不定冠詞a或an。依據題意，trouble為不可數名詞，其前應該用such來修飾，表示「這種」。因此，本題正確選項為（C）。

Level 2 | 必考新多益選擇題

TOEFL ● IELTS ⓑ Bulats ⓖ GEPT ● 學測&指考 Ⓐ 公務人員考試

語言能力：此程度之對話者，因為其掌握以及運用語言的範圍能力有限，因此無法流暢運用相關的詞彙來進行表達或溝通。所以，僅能滿足有限的社交英語對談內容。常用比較簡短之詞彙或對答來完成與英語為母語人士的對談。

Question | 197

She helped me and I did _____. We get on well with each other all the time.

(A) the same

(B) such

(C) same

(D) such a

Question | 198

The living habits in northern China are not the _____ as those in the south in China.

(A) such

(B) so

(C) same

(D) /

Question | 199

We don't have _____ milk for the baby.

(A) some

(B) any

(C) some

(D) any

Question | 200

I didn't get _____ of the cake. Would you please go and get _____ for me?

(A) some; any

(B) some; some

(C) any; any

(D) any; some

Level 2 | 新多益選擇題解析

〔棕色證書〕測驗成績→220分～465分

第二級

● 詳細完整的題目和答案中譯，呈現補教名師在課堂教授的重點。● 臨時抱佛腳的考場記憶祕訣，搭配新多益測驗題型陷阱的提醒。● 保證只要熟讀各類題型解析，馬上掌握考試重點並戰勝新多益。

Answer 197 │（A）

題目中譯│她幫我，我也幫她，我們一直都相處得很好。

答案中譯│（A）同樣地（B）如此（C）同樣的（D）這樣一個

● 題型解析│依據題意，要選擇「同樣地」。same與定冠詞the連用，具有名詞的性質，可當成受詞。選項（B）such是「如此」的意思，選項（C）same是「相同的」的意思，只能當成形容詞，選項（D）such a是「這樣一個」的意思，皆不符合題意。因此，本題的正確選項為（A）。

Answer 198 │（C）

題目中譯│在中國，北方和南方的生活習慣不一樣。

答案中譯│（A）如此（B）這麼（C）同樣的（D）/

● 題型解析│本題測驗same當指示代名詞的用法。same之前有定冠詞the時，後面常與as, that連用，而such與so雖然可以與as連用，但其前不能加定冠詞the，故刪除選項（A）、（B）、（D）。得出本題正確選項為（C）。

Answer 199 │（D）

題目中譯│寶寶的牛奶沒有了。

答案中譯│（A）一些（B）一些（C）一些（D）一些

● 題型解析│any和some都表示「一些」，但是any多用於否定句和疑問句中，而some 多用於肯定句中，有時也可以用於疑問句中，表示邀請或者希望對方給予肯定回答時。依據題意，此為否定句，要用any。因此，本題正確選項為（D）。

Answer 200 │（B）

題目中譯│我沒有吃到蛋糕，你能幫我拿一些嗎？

答案中譯│（A）一些；一些（B）一些；一些（C）一些；一些（D）一些；一些

● 題型解析│本題主要測驗some在句中的特殊用法，即當否定為整體中的一部分時，some可用於否定句。依據題意，前一句為否定句，表示一部分，要用some。第二個空格表示請求，希望別人同意，也要用some。因此，本題正確選項為（B）。

Level 3

必考新多益選擇題
測驗成績｜470分～725分

語言能力｜在工作及一般的社交場合皆能夠自信但非流暢的討論個人、工作及例行性業務上的相關話題，談話內容能運用一般場合常用的詞彙，但無法真正掌握、使用較複雜的文法句構，並非常用的詞彙也無法確切的運用。若能適時涉獵一般較少運用在日常生活上的詞彙，一定能提升相關溝通能力。

Level 3 | 必考新多益選擇題

TOEFL ❶ IELTS ❸ Bulats ❻ GEPT ❶ 學測＆指考 ❷ 公務人員考試 03-1

語言能力：在工作及一般的社交場合皆能夠自信但非流暢的討論個人、工作及例行性業務上的相關話題，談話
內容能運用一般場合常用的詞彙，但無法真正掌握、使用較複雜的文法句構，並非常用的詞彙也無法確切的運
用。若能適時涉獵一般較少運用在日常生活上的詞彙，一定能提升相關溝通能力。

Question | 1

This Sunday I don't have to go to _____ school, so I will go to _____ hospital to visit my grandfather.

(A) the; /
(B) the; the
(C) /; the
(D) /; /

Question | 2

Let's go to that restaurant to have _____ lunch by _____ bike on the weekend.

(A) /; a
(B) /; /
(C) a; /
(D) a; a

Question | 3

It is _____ great pity that we are in the same city, but don't have the same chance.

(A) /
(B) a
(C) an
(D) the

Question | 4

My parents are _____ teacher and _____ driver.

(A) a; a
(B) a; /
(C) /; a
(D) /; /

Level 3 | 新多益選擇題解析

〔綠色證書〕測驗成績→470分～725分

第三級

● 詳細完整的題目和答案中譯，呈現補教名師在課堂教授的重點。 ● 臨時抱佛腳的考場記憶祕訣，搭配新多益測驗題型陷阱的提醒。 ● 保證只要熟讀各類題型解析，馬上掌握考試重點並戰勝新多益。

Answer 1 | （C）

題目中譯｜這周日我不用去上學，所以我要到醫院去探望爺爺。

答案中譯｜（A）這個；/（B）這個；這個（C）/；這個（D）/；/

● 題型解析｜本題測驗的是固定片語中有無定冠詞。go to school表示「去上學」，不加定冠詞；go to the hospital表示「到醫院去」，也許是工作，也許是探病；而go to hospital表示「到醫院去看病」。依據題意，只能選（C）。

Answer 2 | （B）

題目中譯｜周末我們騎腳踏車到那一間餐廳去吃午餐。

答案中譯｜（A）/；一個（B）/；（C）一個；/（D）一個；一個

● 題型解析｜在三餐、球類運動和娛樂運動的名稱前，不加冠詞；by與火車等交通工具連用，表示出行的方式，中間也不用冠詞。綜合以上所述，本題正確選項為（B）。

Answer 3 | （B）

題目中譯｜非常遺憾的是，我們身處在同一座城市，但機遇卻大不同。

答案中譯｜（A）/（B）一個（C）一個（D）這個（些），那個（些）

● 題型解析｜本題測驗不定冠詞的用法。pity是個抽象名詞，不定冠詞用於抽象名詞前，可使抽象名詞具體化，可先將選項（A）和刪除（D）。又因pity的首音為子音，所以需要用a，又將選項（C）刪除。因此只能選（B）。

Answer 4 | （A）

題目中譯｜我的父母一位是老師，一位是司機。

答案中譯｜（A）一個；一個（B）一個；/（C）/；一個（D）/；/

● 題型解析｜在以and連接的兩個名詞前，如果只有一個a / an，則表示一個人或一個事物；如果在這兩個名詞前各有a / an修飾，則表示兩個人或事物。根據題意應該是兩個人，兩個空格都需要用a修飾，故只能選（A）。

Level 3 | 必考新多益選擇題

托 TOEFL ❶ IELTS Ⓑ Bulats Ⓖ GEPT ❶ 學測&指考 公 公務人員考試

第三級

語言能力：在工作及一般的社交合皆能夠自信但非流暢的討論個人、工作及例行性業務上的相關話題，談話內容能運用一般場合常用的詞彙，但無法真正掌握、使用較複雜的文法句構，並非常用的詞彙也無法確切的運用。若能適時涉獵一般較少運用在日常生活上的詞彙，一定能提升相關溝通能力。

Question | 5

Excuse me, waiter! My friend is coming. Will you please bring another _____ bowl and _____ chopsticks.

(A) /; a

(B) /; /

(C) an; an

(D) the; the

Question | 6

In _____ word, I hope you have _____ good time.

(A) /; /

(B) a; /

(C) /; a

(D) a; a

Question | 7

My grandpa bought _____ black and _____ white TV in 1960, which was the first one in my hometown.

(A) a; a

(B) a; /

(C) /; a

(D) /; /

Question | 8

Many people know the famous Chinese saying, "One who fails to reach _____ Great Wall is not a hero."

(A) /

(B) a

(C) the

(D) an

Level 3 | 新多益選擇題解析
〔綠色證書〕測驗成績→470分～725分

● 詳細完整的題目和答案中譯，呈現補教名師在課堂教授的重點。 ● 臨時抱佛腳的考場記憶祕訣，搭配新多益測驗題型陷阱的提醒。 ● 保證只要熟讀各類題型解析，馬上掌握考試重點並戰勝新多益。

Answer 5 | （B）

題目中譯｜不好意思，服務生！我的朋友馬上就要到了，請再多拿一副碗筷來。

答案中譯｜（A）/；一個（B）/；/（C）一個；一個（D）這個；這個

● 題型解析｜本題測驗的是不定冠詞在名詞前的特殊用法。依據題意本題應該選擇「一副碗筷」，其英文的表示方法應該為「bowl and chopsticks」，此為固定用法，分別在兩個名詞之前都不用加上任何的不定冠詞。因此，正確選項為（B）。

Answer 6 | （D）

題目中譯｜總之，我希望你玩得愉快。

答案中譯｜（A）/；/（B）一個；/（C）/；一個（D）一個；一個

● 題型解析｜不定冠詞常用於某些固定片語中。in a word表示「總之」，have a good time表示「玩得愉快」，所需填的兩個空格都要用不定冠詞a。因此，本題正確選項為（D）。

Answer 7 | （B）

題目中譯｜我爺爺在1960年買了一台黑白的電視機，那是我家鄉的第一台電視。

答案中譯｜（A）一個；一個（B）一個；/（C）/；一個（D）/；/

● 題型解析｜本題測驗「不定冠詞 + 形容詞 + 名詞」的結構。如果兩個形容詞都有冠詞，表示兩個不同東西；如果後一個形容詞無冠詞，則指一物。很明顯本題是指一個物體，即「黑白電視機」，所以第一空格用冠詞，第二個空格不用冠詞。故正確選項為（B）。

Answer 8 | （C）

題目中譯｜很多人都知道這句中國名言：「不到長城非好漢。」

答案中譯｜（A）/（B）一個（C）這個（D）一個

● 題型解析｜在世界上獨一無二的事物以及表示江河、湖泊、山脈、海灣、海峽、海洋、群島和沙漠等地理名稱的事物前，要用定冠詞the。長城是獨一無二的事物，要用the。因此，本題的正確選項為（C）。

Level 3 | 必考新多益選擇題

第三級

托 TOEFL **I** IELTS **B** Bulats **G** GEPT **T** 學測＆指考 **公** 公務人員考試

語言能力：在工作及一般的社交場合皆能夠自信但非流暢的討論個人、工作及例行性業務上的相關話題，談話內容能運用一般場合常用的詞彙，但無法真正掌握、使用較複雜的文法句構，並非常用的詞彙也無法確切的運用。若能適時涉獵一般較少運用在日常生活上的詞彙，一定能提升相關溝通能力。

Question | 9

托I B G T 公

She usually plays _____ piano in _____ morning.

(A) a; a

(B) the; a

(C) a; the

(D) the; the

Question | 10

托I B G T 公

_____ Greens came to Taiwan in _____ 90s, about thirty years ago.

(A) /; /

(B) The; /

(C) /; the

(D) The; the

Question | 11

托I B G T 公

He is _____ beggar that grabbed me by _____ arm yesterday demanding food.

(A) a; an

(B) the; an

(C) the; the

(D) a; the

Question | 12

托I B G T 公

_____ Taiwan are usually paid by _____ month, but sometimes there are exceptions.

(A) The; a

(B) /; a

(C) The; /

(D) The; the

Level 3 │ 新多益選擇題解析

〔綠色證書〕測驗成績→470分～725分

第三級

● 詳細完整的題目和答案中譯，呈現補教名師在課堂教授的重點。 ● 臨時抱佛腳的考場記憶祕訣，搭配新多益測驗題型陷阱的提醒。 ● 保證只要熟讀各類題型解析，馬上掌握考試重點並戰勝新多益。

Answer 9 │ （D）

題目中譯 │ 她通常在早上彈鋼琴。

答案中譯 │（A）一個；一個（B）這個；一個（C）一個；這個（D）這個；這個

● 題型解析 │ 在樂器名詞前要用定冠詞the；在一些慣用語中，比如說in the morning, in the afternoon, in the evening，因此，所需填的兩個空格都要用定冠詞the。故本題正確選項為（D）。

Answer 10 │ （D）

題目中譯 │ 格林一家在90年代就來到了台灣，到目前為止大約有30年了。

答案中譯 │（A）/；/（B）這個；/（C）/；這個（D）這個；這個

● 題型解析 │ Greens表示格林一家人，英語中在表示姓氏的複數名詞前需要加定冠詞the；90s表示90年代，在表示年代、朝代的詞彙前也要加定冠詞the，所以，本題的正確選項為（D）。

Answer 11 │ （C）

題目中譯 │ 他就是昨天抓住我手臂向我討食物的那名乞丐。

答案中譯 │（A）一個；一個（B）這個；一個（C）這個；這個（D）一個；這個

● 題型解析 │ 片語或形容詞從屬子句所修飾的名詞表示特指意義時，需要在名詞前加定冠詞the；在表示身體部位的名詞前也需要加定冠詞the。綜上所述，所需選的兩個空格都要加定冠詞，故本題正確選項為（C）。

Answer 12 │ （D）

題目中譯 │ 台灣通常是按月付工資，但有也有例外的時候。

答案中譯 │（A）這個；一個（B）/；一個（C）這個；/（D）這個；這個

● 題型解析 │ 在表示民族的形容詞前加定冠詞the，用以表示整個民族；在度量單位前加定冠詞the，表示「每一」，所需填的兩個空格都要加定冠詞。因此，本題的正確選項為（D）。

Level 3 | 必考新多益選擇題

🅣 TOEFL 🅘 IELTS 🅑 Bulats 🅖 GEPT 🅣 學測＆指考 🅐 公務人員考試

語言能力：在工作及一般的社交場合皆能夠自信但非流暢的討論個人、工作及例行性業務上的相關話題，談話內容能運用一般場合常用的詞彙，但無法真正掌握、使用較複雜的文法句構，並非常用的詞彙也無法確切的運用。若能適時涉獵一般較少運用在日常生活上的詞彙，一定能提升相關溝通能力。

Question | 13 🅣🅘🅑🅖🅣🅐

They are _____ players who strongly believe failure is _____ mother of success.

(A) the; the

(B) /; /

(C) the; /

(D) /; the

Question | 14 🅘 🅖🅣🅐

This week from _____ Wednesday to _____ Friday our writing theme is "_____ water is important".

(A) the; /; /

(B) /; the; the

(C) /; /; the

(D) /; /; /

Question | 15 🅣🅘🅑 🅖🅣🅐

_____ Minister Wang enjoys playing _____ chess in his leisure time.

(A) the; /

(B) /; a

(C) /; /

(D) the; a

Question | 16 🅣🅘🅑 🅖🅣🅐

It is _____ first time I've encountered the situation of my hotel having no water or _____ electricity in the hotel.

(A) the; the

(B) /; the

(C) the; /

(D) /; /

Level 3 | 新多益選擇題解析

〔綠色證書〕測驗成績→470分～725分

● 詳細完整的題目和答案中譯，呈現補教名師在課堂教授的重點。 ● 臨時抱佛腳的考場記憶祕訣，搭配新多益測驗題型陷阱的提醒。 ● 保證只要熟讀各類題型解析，馬上掌握考試重點並戰勝新多益。

Answer 13 | （D）

題目中譯 | 他們是運動員，所以堅信失敗是成功之母。

答案中譯 | （A）這個，這個（B）／，／（C）這個，／（D）／，這個

● 題型解析 | 泛指的複數名詞，表示一類人或事物時，可不用定冠詞，因此players前不加冠詞；題目中的「失敗為成功之母」此為一固定用法，英文表達即為「the mother of success」，所以，需要在failure前加上定冠詞the，綜上所述，本題應選（D）。

Answer 14 | （D）

題目中譯 | 這周從周三到周四我們的寫作主題是「水是重要的。」

答案中譯 | （A）這個，／，／（B）／，這個，這個（C）／，／，這個（D）／，／，／

● 題型解析 | 在季節、月份、節日、 假日、日期、星期等表示時間的名詞之前，不加冠詞，因此第一空格和第二個空格都不需要冠詞；物質名詞表示一般概念時，也不加冠詞，所以，water前不需冠詞。故本題正確選項為（D）。

Answer 15 | （C）

題目中譯 | 王部長喜歡在休閒時間下象棋。

答案中譯 | （A）這個，／（B）／，這個（C）／，／（D）這個，一個

● 題型解析 | 在稱呼或表示官銜，職位的名詞前不加冠詞，即第一空格不需冠詞；在三餐、球類運動和娛樂運動的名稱前不加冠詞，故第二個空格也不需冠詞。綜上所述，本題正確選項為（C）。

Answer 16 | （D）

題目中譯 | 我第一次遇到飯店裡既沒水也沒電的狀況。

答案中譯 | （A）這個，這個（B）／，這個（C）這個，／（D）／，／

● 題型解析 | 序數詞前有代名詞時不用冠詞，因此第一空格不需冠詞；當兩個或兩個以上名詞並用時，常省略冠詞，故第二個空格也不需冠詞。綜上所述，本題正確選項為（D）。

Level 3 必考新多益選擇題

第三級

🐸 TOEFL ❶ IELTS Ⓑ Bulats Ⓖ GEPT ❶ 學測＆指考 公 公務人員考試

語言能力：在工作及一般的社交場合皆能夠自信但非流暢的討論個人、工作及例行性業務上的相關話題，談話內容能運用一般場合常用的詞彙，但無法真正掌握、使用較複雜的文法句構，並非常用的詞彙也無法確切的運用。若能適時涉獵一般較少運用在日常生活上的詞彙，一定能提升相關溝通能力。

Question | 17   🐸❶Ⓑ Ⓖ❶公

All _____ lights are on. If the manager knew, he would say that it was _____ big waste of electricity.

(A) the; /

(B) /; /

(C) the; a

(D) /; a

Question | 18   🐸❶Ⓑ Ⓖ❶公

_____ Hyde Park is very famous in London; so is _____ Sun Moon Lake in Taiwan.

(A) The; /

(B) /; the

(C) The; the

(D) /; /

Question | 19   🐸❶Ⓑ Ⓖ❶公

Everyone should learn from _____ Ang Lee and try to be _____ Ang Lee.

(A) /; an

(B) /; /

(C) the; the

(D) /; the

Question | 20   🐸❶Ⓑ Ⓖ❶公

We all know that many lifestyle patterns do _____ great harm to one's health.

(A) a

(B) the

(C) an

(D) /

Level 3 | 新多益選擇題解析

〔綠色證書〕測驗成績→470分～725分

第三級

● 詳細完整的題目和答案中譯，呈現補教名師在課堂教授的重點。 ● 臨時抱佛腳的考場記憶祕訣，搭配新多益測驗題型陷阱的提醒。 ● 保證只要熟讀各類題型解析，馬上掌握考試重點並戰勝新多益。

Answer 17 | （C）

題目中譯｜所有的燈都亮著。要是經理知道了就會說真是浪費電。

答案中譯｜（A）這個；/（B）/；（C）這個；一個（D）/；一個

● 題型解析｜定冠詞通常位於名詞或名詞的修飾語前，但如果句中有all, both, double, half, twice, three times等詞彙時，定冠詞要放在這些詞彙之後、名詞之前。因此，第一空格應該選擇the；再則「a waste of …」表示「浪費…」，是一固定用法。綜上所述，本題正確選項為（C）。

Answer 18 | （B）

題目中譯｜海德公園在倫敦很有名；日月潭在台灣亦是如此。

答案中譯｜（A）這個；/（B）/；這個（C）這個；這個（D）/；/

● 題型解析｜公園名前不加冠詞，所以，第一空格不需冠詞；在江河、山脈、湖泊、海洋、群島、海峽、海灣運河前用the，故第二個空格要用冠詞。綜上所述，正確選項為（B）。

Answer 19 | （A）

題目中譯｜每個人都應該向李安學習，並且努力成為李安式的人。

答案中譯｜（A）/；一個（B）/；/（C）這個；這個（D）/；這個

● 題型解析｜第一個空格提到的李安是眾所皆知的人物，人名前不用冠詞，第二個空格是指李安式的人物，故用不定冠詞an。所以，本題的正確選項為（A）。

Answer 20 | （D）

題目中譯｜我們知道很多生活方式對身體健康是有害的。

答案中譯｜（A）一個（B）這個（C）一個（D）/

● 題型解析｜本題測驗固定片語的用法。「do harm to」意思是「對…有害」，此為固定用法，中間不需要加冠詞。因此，正確選項為（D）。

Level 3 │ 必考新多益選擇題

第三級

🄣 TOEFL 🄘 IELTS 🄑 Bulats 🄖 GEPT 🄣 學測&指考 🄐 公務人員考試 03-2

語言能力：在工作及一般的社交場合皆能夠自信但非流暢的討論個人、工作及例行性業務上的相關話題，談話內容能運用一般場合常用的詞彙，但無法真正掌握、使用較複雜的文法句構，並非常用的詞彙也無法確切的運用。若能適時涉獵一般較少運用在日常生活上的詞彙，一定能提升相關溝通能力。

Question │ 21　　　　　　　　　　　　　　　　　　　　　🄣🄘🄑🄖🄣🄐

Everything comes with _____ price; there is no such _____ thing as a free lunch in the world.

(A) a; a

(B) the; /

(C) the; a

(D) a; /

Question │ 22　　　　　　　　　　　　　　　　　　　　　🄘　🄖🄣🄐

The driver was at _____ loss when _____ word came that he was forbidden to drive due to speeding.

(A) a; the

(B) /; /

(C) a; /

(D) the; the

Question │ 23　　　　　　　　　　　　　　　　　　　　　🄣🄘🄑🄖🄣🄐

Let's go to _____ cinema, which will take your mind off the problem for _____ while.

(A) the; the

(B) the; a

(C) a; the

(D) a; a

Question │ 24　　　　　　　　　　　　　　　　　　　　　🄘🄑　🄖🄣🄐

As a film star she was a success, but as a wife she was _____ failure, so her marriage ended in _____ failure.

(A) /; /

(B) /; a

(C) a; a

(D) a; /

Level 3 ｜ 新多益選擇題解析
〔綠色證書〕測驗成績→470分～725分

● 詳細完整的題目和答案中譯，呈現補教名師在課堂教授的重點。 ● 臨時抱佛腳的考場記憶祕訣，搭配新多益測驗題型陷阱的提醒。 ● 保證只要熟讀各類題型解析，馬上掌握考試重點並戰勝新多益。

Answer 21 ｜（D）

題目中譯｜一切都是有代價的，因為天下沒有白吃的午餐。

答案中譯｜（A）一個；一個（B）這個，那個；／（C）這個；一個（D）一個；／

● 題型解析｜第一個空格後的price為單數名詞，在本題中表泛指，故用不定冠詞a。第二個空格用「no such + 單數名詞」，在此結構中，因no本身含有not a / an / any的含義，故單數名詞前無需用冠詞。因此，本題的正確選項為（D）。

Answer 22 ｜（C）

題目中譯｜當超速駕駛而被禁駕的消息傳來時，那位司機感到不知所措。

答案中譯｜（A）一個；這個（B）／，／（C）一個；／（D）這個，那個；這個

● 題型解析｜第一個空格測驗固定片語「at a loss」，意為「不知所措，困惑不解，虧本」，故第一個空格不用加上冠詞a；第二個空格的「word」當「資訊，消息」的意思時，不與冠詞連用，構成固定用法「word came that」，即意為「有消息傳來說」，所以，第二個空格則不需要加上冠詞。得知本題的正確選項為（C）。

Answer 23 ｜（B）

題目中譯｜讓我們去看場電影，那將會讓你暫時放下腦中的煩惱。

答案中譯｜（A）這個；這個（B）這個；一個（C）一個；這個（D）一個；一個

● 題型解析｜本題主要測驗固定用法。第一個空格測驗固定用法「go to the cinema」，意為「去看電影」，故要用定冠詞the；第二個空格測驗固定用法為「for a while」，意為「暫時」，所以，需要加上不定冠詞a。因此，本題的正確選項為（B）。

Answer 24 ｜（D）

題目中譯｜身為一位電影明星，她是成功的，但身為妻子而言，她是失職的。因此，她的婚姻以失敗告終。

答案中譯｜（A）／；／（B）／；一個（C）一個；一個（D）一個；／

● 題型解析｜failure表示「失敗的人或事」時，是可數名詞；表示「失敗」時，是不可數名詞。第一個空格指「失敗者」，故要用不定冠詞a；第二個空格指「以失敗告終」，因此無需用冠詞。所以，本題的正確選項為（D）。

Level 3 必考新多益選擇題

T TOEFL I IELTS B Bulats G GEPT 學測&指考 公務人員考試

第三級

語言能力：在工作及一般的社交場合皆能夠自信但非流暢的討論個人、工作及例行性業務上的相關話題，談話內容能運用一般場合常用的詞彙，但無法真正掌握、使用較複雜的文法句構，並非常用的詞彙也無法確切的運用。若能適時涉獵一般較少運用在日常生活上的詞彙，一定能提升相關溝通能力。

Question 25

Going on a trip into _____ space must be quite _____ exciting experience.

(A) /; the

(B) the; the

(C) the; an

(D) /; an

Question 26

Many people are still in _____ habit of writing silly things in _____ public places.

(A) the; the

(B) /; /

(C) the; /

(D) /; the

Question 27

Susan, _____ university student from Europe, teaches me _____ art in her spare time.

(A) an, /

(B) a, the

(C) an, the

(D) a, /

Question 28

Last night, I got _____ bad toothache. _____ feeling was so painful I thought I was going to die.

(A) a; A

(B) a; The

(C) the; A

(D) the; The

Level 3 | 新多益選擇題解析

第三級

〔綠色證書〕測驗成績→470分～725分

● 詳細完整的題目和答案中譯，呈現補教名師在課堂教授的重點。● 臨時抱佛腳的考場記憶祕訣，搭配新多益測驗題型陷阱的提醒。● 保證只要熟讀各類題型解析，馬上掌握考試重點並戰勝新多益。

Answer 25 | （D）

題目中譯｜到太空去旅行肯定是一個非常有趣的經驗。

答案中譯｜（A）/；這個（B）這個；這個（C）這個；一個（D）/；一個

● 題型解析｜一般情況下space前無需冠詞，故第一個空格無需用冠詞；「experience」作「經歷」時是可數名詞，因此第二個空格要用不定冠詞an。所以，本題的正確選項為（D）。

Answer 26 | （C）

題目中譯｜很多人依然習慣在公共區域寫些無聊的東西。

答案中譯｜（A）這個；這個（B）/；/（C）這個；/（D）/；這個

● 題型解析｜本題測驗的是固定慣用語的用法。其中「in the habit of」意思是「有…習慣」，其中的定冠詞是不可或缺的，故第一個空格要用the；「public places」為複數名詞片語，表示泛指的概念，其前面不必加上定冠詞。因此，第二個空格無需加上冠詞。所以，本題的正確選項為（C）。

Answer 27 | （D）

題目中譯｜蘇珊，一位來自歐洲的大學生，在有空時教我美術。

答案中譯｜（A）一個，/（B）一個，那個（C）一個，那個（D）一個，/

● 題型解析｜依據題意，第一個空表示泛指，要用不定冠詞，又因university是以子音開頭的單字，因此要用a；第二個空格的art表示「美術」，是一門學科，在學科名詞之前無需用冠詞，故本題的正確選項為（D）。

Answer 28 | （A）

題目中譯｜昨天晚上的牙痛，真的是痛死我了。

答案中譯｜（A）一個；一個（B）一個；這個（C）這個；一個（D）這個；這個

● 題型解析｜本題測驗固定片語的用法。第一個空格「get a toothache」為固定用法，意思是「牙痛」，故加上不定冠詞a；第二個空格「have a feeling of」也為一固定用法，意為「有一種…的感覺」，前面也需加上不定冠詞a。所以，本題的正確選項為（A）。

Level 3

Level 3 | 必考新多益選擇題

TOEFL ❶ IELTS ❷ Bulats ❸ GEPT ❹ 學測＆指考 ❺ 公務人員考試

語言能力：在工作及一般的社交場合皆能夠自信但非流暢的討論個人、工作及例行性業務上的相關話題，談話內容能運用一般場合常用的詞彙，但無法真正掌握、使用較複雜的文法句構，並非常用的詞彙也無法確切的運用。若能適時涉獵一般較少運用在日常生活上的詞彙，一定能提升相關溝通能力。

Question | 29

The students were studying in the classroom when, all of _____ sudden, the lights went out.

(A) /

(B) and

(C) the

(D) an

Question | 30

For a long time, they walked without saying _____ word, but finally Tom broke _____ silence.

(A) the; a

(B) a; the

(C) the; an

(D) an; the

Question | 31

After she left _____ college, she got a job as _____ editor in a company.

(A) /; the

(B) an; the

(C) the; an

(D) /; an

Question | 32

He is _____ most senior worker and _____ only one who can deal with these urgent problems.

(A) an; the

(B) an; an

(C) the; the

(D) the; an

Level 3 | 新多益選擇題解析

〔綠色證書〕測驗成績→470分～725分

第三級

● 詳細完整的題目和答案中譯，呈現補教名師在課堂教授的重點。● 臨時抱佛腳的考場記憶秘訣，搭配新多益測驗題型陷阱的提醒。● 保證只要熟悉各項題題型解析，馬上掌報考試重點並戰勝新多益。

Answer 29 | （C）

題目中譯 | 那些學生正在教室裡唸書，這時候電燈突然熄了。

答案中譯 | （A）/（B）和（C）這個（D）一個

● 題型解析 | 本題是測驗固定慣用語的用法，「all of the sudden」意思是「突然地；出乎意料地」，是一個固定用法，故all of和sudden之間必須加the不定冠詞。因此，正確選項為（C）。

Answer 30 | （B）

題目中譯 | 他們走了很長的一段路卻沒有說話，湯姆終於打破了沉默。

答案中譯 | （A）那個；一個（B）一個；那個（C）那個；一個（D）一個；那個

● 題型解析 | word表示「話語」時是可數名詞，「without saying a word」意為「沒有說一句話」；silence表示「沉默」，是不可數名詞，「打破沉默」通常表達為「break the silence」。因此，本題正確選項為（B）。

Answer 31 | （D）

題目中譯 | 大學畢業後，她在一間公司當編輯。

答案中譯 | （A）/；那個（B）一個；那個（C）那個；一個（D）/；一個

● 題型解析 | school, college等名詞指其用途時不用加上冠詞，「leave college」意思為「大學畢業」，故第一個空格無需加上冠詞。再則，表示職業或身份的單數名詞前通常要用不定冠詞，且名詞editor的首字字母為母音，故第二個空格要選擇不定冠詞an。因此，本題正確選項為（D）。

Answer 32 | （C）

題目中譯 | 他是最資深的員工，也是唯一能處理這些緊急問題的員工。

答案中譯 | （A）一個；那個（B）一個；一個（C）那個；那個（D）那個；一個

● 題型解析 | eldest是old的最高級形式，且形容詞的最高級之前只能用定冠詞the，故第一個空格應該選the；在only, very, same等詞彙的前面也應該加上定冠詞the。由此得出本題兩個空格都應該填入the，即正確選項為（C）。

Level 3 | 必考新多益選擇題

⑪ TOEFL ❶ IELTS ⑬ Bulats ⑥ GEPT ❶ 學測＆指考 ⓐ 公務人員考試

語言能力：在工作及一般的社交場合皆能夠自信但非流暢的討論個人、工作及例行性業務上的相關話題，談話內容能運用一般場合常用的詞彙，但無法真正掌握、使用較複雜的文法句構，並非常用的詞彙也無法確切的運用。若能適時涉獵一般較少運用在日常生活上的詞彙，一定能提升相關溝通能力。

Question | 33 ⑪❶⑬⑥❶ⓐ

It is _____ world of wonders, _____ world where anything can happen.

(A) a; the
(B) the; a
(C) /; the
(D) a; /

Question | 34 ⑪❶⑬⑥❶ⓐ

On _____ news today, there was _____ report about an earthquake in that area.

(A) the; the
(B) /; the
(C) the; a
(D) /; /

Question | 35 ⑥❶ⓐ

_____ spring festival is being celebrated by many countries in _____ world.

(A) The; the
(B) A; the
(C) The; a
(D) A; a

Question | 36 ⑪❶⑬⑥❶ⓐ

When you finish reading this book, you will have _____ better understanding of _____ life.

(A) the; a
(B) the; /
(C) a; the
(D) a; /

Level 3 | 新多益選擇題解析

〔綠色證書〕測驗成績→470分～725分

● 詳細完整的題目和答案中譯，呈現補教名師在課堂教授的重點。 ● 臨時抱佛腳的考場記憶祕訣，搭配新多益測驗題型陷阱的提醒。 ● 保證只要熟讀各類題型解析，馬上掌握考試重點並戰勝新多益。

Answer 33 | （B）

題目中譯｜這是一個奇妙的世界，一個什麼都有可能發生的世界。

答案中譯｜（A）一個；那個（B）一個；一個（C）/；那個（D）一個；/

● 題型解析｜本題中有today這個表示時間的副詞，可以得知應該是指今天的news（報導），第一個空格應該選定冠詞the；第二個空格後面的report為單數可數名詞，前面需要加上不定冠詞a。綜上所述，本題正確選項為（B）。

Answer 34 | （C）

題目中譯｜今天的新聞有關於那個地區的地震報導。

答案中譯｜（A）那個；那個（B）/；那個（C）那個；一個（D）/；/

● 題型解析｜本題中有today這個表示時間的副詞，可以得知應該是指今天的news（報導），第一個空格應該選定冠詞the；第二個空格後面的report為單數可數名詞，前面需要加上不定冠詞a。綜上所述，本題正確選項為（C）。

Answer 35 | （B）

題目中譯｜世界上有許多國家都在歡慶春節。

答案中譯｜（A）那個；那個（B）一個；那個（C）那個；一個（D）一個；一個

● 題型解析｜本題測驗冠詞在一些固定用法中的用法。依據題意，「春節」是一種假期而非專有名詞，要以a spring festival來表示，加上冠詞a。而「在世界上」是一個固定用法，可以用為in the world來表達，要加上定冠詞the。因此，選項（B）符合題意。

Answer 36 | （D）

題目中譯｜讀完這本書後，你對生活會有更加深刻的瞭解。

答案中譯｜（A）那個；一個（B）那個；/（C）一個；那個（D）一個；/

● 題型解析｜雖然understanding是不可數名詞，但作「瞭解，理解」時，前面需要加不定冠詞，尤其是當其前有形容詞修飾時，刪除選項（A）、（B）；又因為life是不可數名詞，不是特指，不用冠詞。因此，本題正確選項為（D）。

Level 3 必考新多益選擇題

TOEFL **IELTS** **Bulats** **GEPT** **學測&指考** **公務人員考試**

第三級

語言能力：在工作及一般的社交場合皆能夠自信但非流暢的討論個人、工作及例行性業務上的相關話題，談話內容能運用一般場合常用的詞彙，但無法真正掌握、使用較複雜的文法句構，並非常用的詞彙也無法確切的運用。若能適時涉獵一般較少運用在日常生活上的詞彙，一定能提升相關溝通能力。

Question | 37   **TOEFL IELTS Bulats GEPT 學測 公務**

The sign reads "In case of _____ fire, break the glass and press _____ red button."

(A) /; a

(B) /; the

(C) the; a

(D) a; the

Question | 38   **IELTS   GEPT 學測 公務**

_____ the man grew older, he lost interest in everything except gardening.

(A) At

(B) Since

(C) While

(D) As

Question | 39   **TOEFL IELTS Bulats GEPT 學測 公務**

She worked hard _____ everything would be ready when he came back.

(A) since

(B) so that

(C) as if

(D) unless

Question | 40   **IELTS   GEPT 學測 公務**

There are _____ people gathering in the square to listen to the concert of the famous pop star.

(A) hundred

(B) hundred of

(C) hundreds

(D) hundreds of

Level 3 | 新多益選擇題解析

〔綠色證書〕測驗成績→470分～725分

第三級

● 詳細完整的題目和答案中譯，呈現補教名師在課堂教授的重點。 ● 臨時抱佛腳的考場記憶祕訣，搭配新多益測驗題型精闢的提醒。 ● 保證只要熟悉各類題型解析，馬上掌握考試重點並戰勝新多益。

Answer 37 | （B）

題目中譯 | 標誌上說：「萬一失火，打破玻璃，並按紅色按鈕。」

答案中譯 | （A）/；一個（B）/；那個（C）那個；一個（D）一個；那個

● 題型解析 | 「fire」意思是「火災，失火」時，表示泛指，不用冠詞，故可以先刪除選項（C）和（D）。「red button」是特定指示，故第二個空格要用定冠詞the。綜上所述，本題的正確選項為（B）。

Answer 38 | （D）

題目中譯 | 那個人年紀越來越大，除了園藝，對什麼都沒有興趣。

答案中譯 | （A）在（B）既然（C）當…的時候（D）隨著

● 題型解析 | as引導時間副詞從屬子句，表示事物的進展，意思為「隨著」。選項（A）at是「在」的意思，選項（B）since是「既然」的意思，選項（C）while是「當…的時候」的意思，皆不符合題意。因此，只能選（D）as表示「隨著」。

Answer 39 | （B）

題目中譯 | 她努力工作，以便在他回來時把一切都準備好。

答案中譯 | （A）因為（B）以便（C）好像（D）除非

● 題型解析 | 本題測驗連接詞的用法。依據題意，要選擇「以便」。選項（A）since意思是「由於」，選項（C）as if意思是「好像」，選項（D）unless意思是「除非」，其含義皆與題意不符。因此，只能選（B）so that意思是「以便」。

Answer 40 | （D）

題目中譯 | 廣場上有數以百計的人在那聆聽流行歌手的演唱會。

答案中譯 | （A）百（B）一百的（C）數百（D）數以百計的

● 題型解析 | 依據題意，本題應選「數以百計的」。選項（A）hundred需要在其加數詞才能修飾名詞，選項（B）在表示數以百計時，hundred需要用複數形式，選項（C）hundreds表示確切的意義，一般放句首當主詞，也要刪除；當基數詞表示不確切的數字時，基數詞需以複數形式出現，其後常常接of片語，表示「數以…計」。因此，正確選項為（D）。

Level 3

Level 3 | 必考新多益選擇題

托 TOEFL Ⓘ IELTS Ⓑ Bulats Ⓖ GEPT Ⓣ 學測 & 指考 公 公務人員考試 03-3

語言能力：在工作及一般的社交場合皆能夠自信但非流暢的討論個人、工作及例行性業務上的相關話題，談話內容能運用一般場合常用的詞彙，但無法真正掌握、使用較複雜的文法句構，並非常用的詞彙也無法確切的運用。若能適時涉獵一般較少運用在日常生活上的詞彙，一定能提升相關溝通能力。

Question | 41 ··· 托Ⓘ Ⓑ Ⓖ Ⓣ 公

He was great when he became the manager in his _____. It was in the _____.

(A) thirty; 1960

(B) thirties; 1960

(C) thirties; 1960s

(D) thirty; 1960s

Question | 42 ··· Ⓖ Ⓣ 公

Linda is the youngest of us _____. She also has the best scholastic achievement.

(A) four

(B) for

(C) fourth

(D) forth

Question | 43 ··· Ⓖ Ⓣ 公

I need _____ more to help clean the room because it is too big and too dirty.

(A) to

(B) too

(C) two

(D) toe

Question | 44 ··· 托Ⓘ Ⓑ Ⓖ Ⓣ 公

Please turn to _____ and look at the successful sales case.

(A) five page

(B) page five

(C) fifth page

(D) page fifth

Level 3 ｜ 新多益選擇題解析
〔綠色證書〕測驗成績→470分～725分

第三級

● 詳細完整的題目和答案中譯，呈現補教名師在課堂教授的重點。● 臨時抱佛腳的考場記憶祕訣，搭配新多益測驗題型陷阱的提醒。● 保證只要熟讀各類題型解析，馬上掌握考試重點並戰勝新多益。

Answer 41 ｜ （C）

題目中譯｜他30多歲時當上了經理，非常了不起。那時是1960年代。

答案中譯｜（A）30；1960年（B）30多；1960年（C）30多；20世紀60年代（D）30；20世紀60年代

● 題型解析｜表示人的不確切年齡時，要用基數詞的複數形式，故第一個空格要用thirties；年代前若有the修飾時，表明是不確切的年代。即第二個空格要用1960s。綜上所述，本題正確選項為（C）。

Answer 42 ｜ （A）

題目中譯｜琳達是我們4個人當中最年輕的，她的學業成績也是最好的。

答案中譯｜（A）四（B）為，為了（C）第四（D）向前

● 題型解析｜根據題意應選「四，四個」。選項（B）for是介系詞，表示「為了」的意思，選項（C）forth是序數詞，表示「第四」的意思，選項（D）forth是副詞，表示「向前」的意思，皆不符合題意。因此，只能選（A）。

Answer 43 ｜ （C）

題目中譯｜我還需要兩個人幫忙清理房間，因為房間太大、太髒了。

答案中譯｜（A）為了（B）太（C）兩，兩個（D）腳趾

● 題型解析｜根據題意應選「兩，兩個」。選項（A）to是介系詞，表示「為了」的意思，選項（B）too是副詞，表示「太」的意思，選項（D）toe是名詞，表示「腳趾，腳尖」的意思，皆不符合題意。因此，只能選（C）。

Answer 44 ｜ （B）

題目中譯｜請翻到第五頁看這則成功的銷售案例。

答案中譯｜（A）5頁（錯誤格式）（B）第五頁（C）第五頁（D）錯誤格式

● 題型解析｜序數詞表示順序時，需要在序數詞前加定冠詞；再則，不需要添加定冠詞，將基數詞放在它所修飾的名詞之後可以表示順序，由上述的文法條件可以得知，正確選項為（B）。

Level 3

Level 3 | 必考新多益選擇題

⊕ TOEFL **❶** IELTS **⑧** Bulats **⑥** GEPT **❶** 學測＆指考 **⑳** 公務人員考試

語言能力：在工作及一般的社交場合皆能夠自信但非流暢的討論個人、工作及例行性業務上的相關話題，談話內容能運用一般場合常用的詞彙，但無法真正掌握、使用較複雜的文法句構，並非常用的詞彙也無法確切的運用。若能適時涉獵一般較少運用在日常生活上的詞彙，一定能提升相關溝通能力。

Question | 45 ·· ⑥❶⑳

This book cost me _____ dollars, but in another store I saw it for only ten dollars.

(A) twenty-five
(B) twenty five
(C) twenties-five
(D) twenties five

Question | 46 ·· ⑥❶⑳

This classroom can hold two hundred _____ five students; that one just one hundred _____ eight.

(A) and; /
(B) but; but
(C) and; and
(D) /; /

Question | 47 ·· ⊕❶⑧⑥❶⑳

The mud-rock flow destroyed _____ homes and buildings, which made a lot of people homeless.

(A) dozen
(B) dozens
(C) dozen of
(D) dozens of

Question | 48 ·· ⊕❶⑧⑥❶⑳

What a pity! I'm only the _____ on the list!

(A) twenty
(B) twenties
(C) twentieth
(D) twentyth

Level 3 | 新多益選擇題解析

第三級

〔綠色證書〕測驗成績→470分～725分

● 詳細完整的題目和答案中譯，呈現補教名師在課堂教授的重點。● 臨時抱佛腳的考場記憶祕訣，搭配新多益測驗題型陷阱的提醒。● 保證只要熟讀各類題型解析，馬上掌握考試重點並戰勝新多益。

Answer 45 | （A）

題目中譯 | 這本書花了我25美元，但是在另一間商店卻只需要10美元。

答案中譯 | （A）25（B）錯誤格式（C）錯誤格式（D）錯誤格式

● 題型解析 | 21-29由「表示20的基數詞 + 表示1-9的基數詞」所構成，中間須有連字號「-」。選項（B）缺少了連字號，選項（C）中twenties不是基數詞，選項（D）中的twenties也不是基數詞並缺少連字號。得出正確選項為（A）。

Answer 46 | （C）

題目中譯 | 這間教室能容納205個學生，那間只能容納108個學生。

答案中譯 | （A）和；/（B）但是；但是（C）和；和（D）/；/

● 題型解析 | 百位數如包含十位數及個位數，中間可以用and連接，也可以不用；如只包含個位數，即十位數為零時，則and不可省略。題目中的數字十位元數皆為零，所以，兩個空格都不能省略and。所以，正確選項為（C）。

Answer 47 | （D）

題目中譯 | 土石流摧毀了很多房屋和建築，導致許多人無家可歸。

答案中譯 | （A）一打（B）許多（C）許多（錯誤格式）（D）許多

● 題型解析 | 依據題意，本題應選「許多」。選項（A）表示「一打，12個」，不符合題意，選項（B）表示「許多」，是dozen的複數形式，單獨使用時是代名詞，通常單獨使用，不修飾名詞，選項（C）在表示很多時，dozen必須用複數形式。因此，本題正確選項為（D）。

Answer 48 | （C）

題目中譯 | 真遺憾！我名列第20名！

答案中譯 | （A）20（B）20多（C）第20（D）第20（錯誤格式）

● 題型解析 | 根據句意應選「第20」。選項（A）和（B）都不符合題意，可先將其刪除；十位數的序數詞的構成方法是「先將十位數的基數詞的字尾ty中的y變為i」，然後加上字尾-eth。因此，選項（D）是錯誤的。故正確選項為（C）。

Level 3

Level 3 | 必考新多益選擇題

托 TOEFL ❶ IELTS ⓑ Bulats ⓖ GEPT ❶ 學測＆指考 ㊙ 公務人員考試

語言能力：在工作及一般的社交場合皆能夠自信但非流暢的討論個人、工作及例行性業務上的相關話題，談話內容能運用一般場合常用的詞彙，但無法真正掌握、使用較複雜的文法句構，並非常用的詞彙也無法確切的運用。若能適時涉獵一般較少運用在日常生活上的詞彙，一定能提升相關溝通能力。

Question | 49

In the final exam my ranking is _____. Though it is not good, at the least I've made progress.

(A) thirtieth second

(B) thirtieth-second

(C) thirty second

(D) thirty-second

Question | 50

This year he is _____ on the Forbes list of richest people, down by fifteen.

(A) one hundred and four

(B) one hundred and fourth

(C) one hundred four

(D) one hundred fourth

Question | 51

The _____ are both cheap, but the _____ one is really what I want.

(A) two; two

(B) second; second

(C) two; second

(D) second; two

Question | 52

I want to know the girl who is in seat _____ in row _____ of the football grandstands.

(A) two; third

(B) two; the third

(C) two; a third

(D) two; three

Level 3 | 新多益選擇題解析

〔綠色證書〕測驗成績→470分～725分

第三級

● 詳細完整的題目及答案中譯，呈現補教名師在課堂教授的重點。● 臨時抱佛腳的考場記憶祕訣，搭配新多益測驗題型陷阱的提醒。● 保證只要熟讀各類題型解析，馬上掌握考試重點並戰勝新多益。

Answer 49 | （D）

題目中譯 | 期末考試我的排名是第32名。雖然不夠好，但是至少有進步了。

答案中譯 |（A）錯誤格式（B）錯誤格式（C）錯誤格式（D）第32

● 題型解析 | 十位數的序數詞如包含1-9的個位數時，十位數用基數詞，個位數用序數詞，中間須有連字號「-」。依據題意，本題就選「第32名」，其正確表達為「thirty-second」，而選項（A）十位元數是序詞，且缺少連字號，選項（B）十位元數是序詞，選項（C）缺少連字號。所以，正確選項為（D）。

Answer 50 | （D）

題目中譯 | 今年他位居富比士最富有的人排行榜第104名，下降了15名。

答案中譯 |（A）104（基數詞讀法）（B）第104（C）104（錯誤格式）（D）104

● 題型解析 | 多位序數詞的最後一位數如包含1-9時，後位用序數詞，前位用基數詞，若中間出現零時，可以省略and。依據題意，本題應選「第104名」，其正確也最常用的表達方式為「one hundred fourth」，所以，只能選（D）。

Answer 51 | （C）

題目中譯 | 這兩個都很便宜，但是第二個才是我真正想要的。

答案中譯 |（A）二，二（B）第二，第二（C）二，第二（D）第二，二

● 題型解析 | 本題測驗基數詞與序數詞的差別，兩者都可以當主詞，但是表達的數量概念不一樣。根據第一個空格後的are可知第一個空格應為two，表示複數概念；第二個空格後的is可知第二個空格應為second。所以，正確選項為（C）。

Answer 52 | （B）

題目中譯 | 我想知道足球場的看台上第三排第二個位置上的那名女孩是誰？

答案中譯 |（A）第二，第三（B）第二，第三（C）又一，又一（D）二，三

● 題型解析 | 根據句意應選「第二，第三」，即選序數詞，而序數詞在修飾名詞時，前面要加定冠詞the，因此，刪除（A）、（C）、（D）。所以，正確選項為（B）。

Level 3 | 必考新多益選擇題

第三級

TOEFL · IELTS · Bulats · GEPT · 學測&指考 · 公務人員考試

語言能力：在工作及一般的社交場合皆能夠自信但非流暢的討論個人、工作及例行性業務上的相關話題，談話內容能運用一般場合常用的詞彙，但無法真正掌握、使用較複雜的文法句構，並非常用的詞彙也無法確切的運用。若能適時涉獵一般較少運用在日常生活上的詞彙，一定能提升相關溝通能力。

Question | 53 ⓖⓣ公

The teacher asked you to answer part _____, and skip _____ parts.
the first two parts.

(A) three; the first two

(B) third; the first two

(C) three; the one two

(D) third; the first and the second

Question | 54 ⓣ ⒤Ⓑⓖⓣ公

You should have been able to figure out that it did not happen in the _____, but in the _____.

(A) six century; 1700

(B) sixth century; 1700's

(C) six century; 1700's

(D) sixth century; 1700

Question | 55 ⓣⓘⒷⓖⓣ公

The strange thing is that he has shown great interest in the history _____ recently.

(A) of the year three sixty-nine B.C

(B) in the three sixty-nine B.C year

(C) of the year thirty six and nine B.C

(D) in the thirty six and nine B.C year

Question | 56 ⓣⓘⒷⓖⓣ公

We all know that International Women's Day is _____

(A) on the eight of March.

(B) on the eighth of March

(C) on the March eighth

(D) on eighth March

Level 3 ｜ 新多益選擇題解析

〔綠色證書〕測驗成績→470分～725分

● 許細完整的題目和答案中譯，呈現補教名師在課堂教授的重點。● 臨時抱佛腳的考場記憶祕訣，搭配新多益測驗題型陷阱的提醒。● 保證只要熟讀各項題型解析，馬上掌握考試重點並戰勝新多益。

Answer 53 ｜ （A）

題目中譯｜老師讓你跳過前兩部分，先回答第三部分。

答案中譯｜（A）三；前兩 （B）第三；前兩 （C）三；一、二 （D）第三；第一和第二

● 題型解析｜當名詞和數詞連用時，如果名詞在前，後面跟基數詞；如果名詞在後，前面用「the + 序數詞來表達。依據題意，第一個空格後面要跟基數詞，故刪除選項（B）、（D）；第二個空格要用「the + 序數詞」，刪除選項（C）。因此，正確選項為（A）。

Answer 54 ｜ （B）

題目中譯｜你必須弄清楚這件事不是發生在6世紀，而是發生在18世紀。

答案中譯｜（A）6世紀（錯誤格式）；1700年 （B）6世紀；18世紀 （C）6世紀（錯誤格式）；18世紀 （D）6世紀；1700年

● 題型解析｜本題測驗世紀的表達法。世紀可以用定冠詞加序數詞加世紀century表示，也可以用定冠詞加百位進數加's表示。因此，第一個空格要用「sixth century」，第二個空格要用1700's。綜上所述，正確選項為（B）。

Answer 55 ｜ （A）

題目中譯｜奇怪的是，他最近對西元前369年的歷史特別感興趣。

答案中譯｜（A）在西元前369年 （B）在西元前369年（錯誤格式） （C）在西元前369年（錯誤格式） （D）在西元前369年（錯誤格式）

● 題型解析｜年份用基數詞表示，一般寫為阿拉伯數字，讀的時後可以用hundred為單位，也可以用世紀、年代為單位分別來讀。依據題意本題「西元前369年」的正確讀法為「of the year three sixty-nine B.C.」或者「of the year three hundred and sixty-nine B.C.」。另外表示在哪一年時year要放在數詞之前。因此，本題的正確選項為（A）。

Answer 56 ｜ （B）

題目中譯｜我們都知道國際婦女節是3月8日。

答案中譯｜（A）3月8日（錯誤格式） （B）3月8日 （C）3月8日（錯誤格式） （D）3月8日（錯誤格式）

● 題型解析｜本題測驗日期的表達法。表示「幾月幾日」時，一種可用「the + 序數詞 + of + 月份」表示，故刪除選項（A）；另一種可用「月份 + 序數詞」表示，而選項（C）多了介系詞the，選項（D）的順序不正確。所以，只能選（B）。

Level 3 | 必考新多益選擇題

T TOEFL I IELTS B Bulats G GEPT 學測＆指考 公務人員考試

語言能力：在工作及一般的社交場合皆能夠自信但非流暢的討論個人、工作及例行性業務上的相關話題，談話內容能運用一般場合常用的詞彙，但無法真正掌握、使用較複雜的文法句構，並非常用的詞彙也無法確切的運用。若能適時涉獵一般較少運用在日常生活上的詞彙，一定能提升相關溝通能力。

Question | 57 ··· T I B G T 公

This big stone is _____ that one because their densities are different.

(A) five times as heavy as

(B) as heavy as five times

(C) as five times heavy as

(D) as heavy five times as

Question | 58 ··· T I B G T 公

Asia is _____ Europe and it includes two ancient civilizations: the Chinese and the Indian.

(A) four of the size

(B) fourth of the size

(C) four times the size of

(D) four the size of

Question | 59 ··· T I B G T 公

The number of books about science and technology in our library is _____ those in your library.

(A) eight more than

(B) eight times more than

(C) the eight more than

(D) eighth more than

Question | 60 ··· T I B G T 公

The apple output has been increased _____ three times this year; but up to now just _____ of them are have been sold.

(A) in; one third

(B) by; one third

(C) in; one thirds

(D) by; one thirds

Level 3 ｜ 新多益選擇題解析

〔綠色證書〕測驗成績→470分～725分

第三級

● 詳細完整的題目和答案中譯，呈現補教名師在課堂教授的重點。 ● 臨時抱佛腳的考場記憶祕訣，搭配新多益測驗題型陷阱的提醒。 ● 保證只要熟讀各類題型解析，馬上掌握考試重點並戰勝新多益。

Answer 57 ｜（A）

題目中譯｜這塊大石頭的重量是那塊石頭的五倍，因為它們的密度不同。

答案中譯｜（A）五倍和…一樣重（B）和…一樣五倍（C）和五倍重一樣（D）和重五倍一樣

● 題型解析｜本題測驗倍數的表達方法，即「主詞 + 動詞 + 倍數（或分數）+ as + 形容詞 + as」的句型。選項（B）、（C）和（D）均不符合此文法句構。因此，本題的正確選項為（A）。

Answer 58 ｜（C）

題目中譯｜亞洲比歐洲的板塊大四倍，它包含兩個古文明，中國和印度。

答案中譯｜（A）四…的大小（B）四倍…的大小（C）四倍大小…的（D）四大小…的

● 題型解析｜本題測驗倍數表達的方法，即「主詞 + 動詞 + 倍數（或分數）+ the size（amount, length…）of…」的文法句型。依據題意，本題的意思為「四倍大」，即「four times the size of...」，而不用four of the size或fourth of the size，故此題的正確選項為（C）。

Answer 59 ｜（B）

題目中譯｜我們圖書館關於科學技術的書是你們圖書館的八倍。

答案中譯｜（A）八多於（B）八倍多於（C）八個多於（D）第八多於

● 題型解析｜本題測驗倍數表達的方法。即「主詞 + 動詞 + 倍數（或分數）+ 形容詞（或副詞）比較級 + than…」的句構。依據題意，本題是「多於八倍」，其中八倍必須用「eight times」而不能用eight或eighth 來表示。由上述的文法規則判斷出，此題的正確解答為選項（B）。

Answer 60 ｜（B）

題目中譯｜今年的蘋果產量增加了三倍，但是迄今為止只銷售了三分之一。

答案中譯｜（A）在…之內；三分之一（B）通過；三分之一（C）在…之內；錯誤格式（D）通過；錯誤格式

● 題型解析｜表示增加多少倍時用「by + 倍數」，故可先將選項（A）和（C）刪除；表示分數時，分子須用基數詞，分母用序數詞，分子如果是1以上的數字，分母須複數形式，反之亦然，由此，可將選項（D）先刪除。故本題正確選項只能為（B）。

Level 3 必考新多益選擇題

第三級 　T TOEFL I IELTS B Bulats G GEPT 學測＆指考 公務人員考試 03-4

語言能力：在工作及一般的社交合皆能夠自信但非流暢的討論個人、工作及例行性業務上的相關話題，談話內容能運用一般場合常用的詞彙，但無法真正掌握、使用較複雜的文法句構，並非常用的詞彙也無法確切的運用。若能適時涉獵一般較少運用在日常生活上的詞彙，一定能提升相關溝通能力。

Question | 61

He really had a good appetite, and unexpectedly ate _____ of the whole chicken dinner.

(A) two three

(B) two third

(C) second third

(D) two thirds

Question | 62

Please pay attention to the answer to this math question. It is _____ not _____.

(A) one half; thirty over forty

(B) one second; thirty over forty

(C) a half; thirty over fortieth

(D) one second; thirty over fortieth

Question | 63

This number is read _____. Didn't you know that?

(A) seven three quarter

(B) seven and three quarter

(C) seven three quarters

(D) seven and three quarters

Question | 64

Two and one fourth can be expressed as _____.

(A) two point two five

(B) second point second fifth

(C) two point second fifth

(D) second point two five

Level 3 ｜ 新多益選擇題解析
〔綠色證書〕測驗成績→470分～725分

● 詳細完整的題目和答案中譯，呈現補教名師在課堂教授的重點。 ● 臨時抱佛腳的考場記憶祕訣，搭配新多益測驗題型陷阱的提醒。 ● 保證只要熟讀各類題型解析，馬上掌握考試重點並戰勝新多益。

Answer 61 ｜（D）

題目中譯｜他的胃口很好，竟然吃掉晚餐三分之二的全雞。

答案中譯｜（A）二，三（B）二，第三（C）第二，第三（D）三分之二

● 題型解析｜表示分數時，分子須用基數詞，分母用序數詞，故刪除選項（A）和（C）；但是分子如果是1以上的數字，分母則須用複數形式，可刪除選項（B）。故本題的正確選項為（D）。

Answer 62 ｜（A）

題目中譯｜請注意這題數學的答案。它是二分之一，不是四十分之三十九。

答案中譯｜（A）二分之一；四十分之三十九（B）/；四十分之三十九（C）二分之一；錯誤格式（D）錯誤格式；錯誤格式

● 題型解析｜英文中「二分之一」需表達成「a（one）half」，而不能表達成「one second」，由此，可以先刪除選項（B）和（D）；數學中較複雜的分數，分子和分母均可用基數詞，故刪除選項（C）。即本題的正確選項為（A）。

Answer 63 ｜（D）

題目中譯｜這個數字讀作七又四分之三。你難道不知道嗎？

答案中譯｜（A）七，三，四分之一（B）七和三，四分之一（C）七，四分之三（D）七又四分之三

● 題型解析｜一個數既有整數又有分數時，整數要用基數詞，整數與分數之間須用and連接，故刪除選項（A）和（C）；又因表示「四分之三」時，quarter需要用複數形式，再刪除選項（B）。因此，本題正確選項為（D）。

Answer 64 ｜（A）

題目中譯｜二又四分之一相當於二點二五。

答案中譯｜（A）二點二五（B）第二點，第二，第五（C）二點，第二，五（D）第二點，二，第五

● 題型解析｜本題測驗小數的表達方法。小數點前的整數用基數詞，先刪除選項（B）和（D）；小數點後的數都須用基數詞，再刪除選項（C）。故本題的正確選項為（A）。

Level 3 │ 必考新多益選擇題

第三級

🏫 TOEFL ⓘ IELTS ⓑ Bulats ⓖ GEPT ⓣ 學測 & 指考 ⓐ 公務人員考試

語言能力：在工作及一般的社交場合皆能夠自信但非流暢的討論個人、工作及例行性業務上的相關話題，談話內容能運用一般場合常用的詞彙，但無法真正掌握、使用較複雜的文法句構，並非常用的詞彙也無法確切的運用。若能適時涉獵一般較少運用在日常生活上的詞彙，一定能提升相關溝通能力。

Question │ 65 ⓖⓣⓐ

_____ are two; _____ equals eight.

- (A) One on one; two and six
- (B) One and one; two plus six
- (C) One minus one; two and six
- (D) One minus one; two plus six

Question │ 66 ⓖⓣⓐ

_____ is ten; _____ leaves nine.

- (A) Thirty minus twenty; eleven from two
- (B) Thirty minus twenty; eleven minus two
- (C) Thirty from twenty; eleven from two
- (D) Thirty from twenty; eleven minus two

Question │ 67 ⓖⓣⓐ

_____ are forty-five; _____ is fifty-six.

- (A) Five nines; seven multiplied by eight
- (B) Five nines; seven eights
- (C) Five multiplied by nine; seven eights
- (D) Five multiplied by nine; seven multiplied by eight

Question │ 68 ⓖⓣⓐ

_____ is three; _____ equals ten.

- (A) Thirty divided by ten; sixty divided by six
- (B) Thirty divided by ten; sixty into six
- (C) Thirty into ten; sixty into six
- (D) Thirty into ten; sixty divided by six

Level 3 ｜ 新多益選擇題解析

〔綠色證書〕測驗成績→470分～725分

第三級

● 詳細完整的題目和答案中譯，呈現補教名師在課堂教授的重點。 ● 臨時抱佛腳的考場記憶祕訣，搭配新多益測驗題型陷阱的提醒。 ● 保證只要熟讀各類題型解析，馬上掌握考試重點並戰勝新多益。

Answer 65 ｜（B）

題目中譯 ｜ 1加1等於2；2加6等於8。

答案中譯 ｜（A）1比1，2加6（B）1加2；2加6（C）1減2，2加6（D）1減2，2加6

● 題型解析 ｜ 英文中有兩種表示加法的方式。第一種是「數字 + and + 數字 + are + 數字」，由此文法規則，可以得知第一個空格需要為「one and one」；第二種的表達方式為「數字 + plus + 數字 + equal + 數字」，故第二個空格為「two plus six」。即得知本題的正確解答為選項（B）。

Answer 66 ｜（B）

題目中譯 ｜ 30減20等於10；11減2等於9。

答案中譯 ｜（A）30減20，11減2（B）30減20，11減2（C）30減20，11減2（D）30減20，11減2

● 題型解析 ｜ 本題測驗減法的表示方式。通常用「數位 + minus + 數位 + is + 數位」，因此第一個空格需要用thirty minus twenty，第二個空格則用「eleven minus two」來表示。故本題的正確選項為（B）。

Answer 67 ｜（A）

題目中譯 ｜ 5乘以9等於；7乘以8等於56。

答案中譯 ｜（A）5乘以9，7乘以8（B）5乘以9，7乘以8（C）5乘以9，7乘以8（D）5乘以9，7乘以8

● 題型解析 ｜ 本題測驗乘法的表示方法。第一種為「數字 + 數詞的複數 + are + 數字」，故第一個空格為「five nines」；第二種表達方式為「數字 + multiplied by + 數字 + is + 數字」，得出第二個空格用「seven multiplied by」來表達。故本題的正確選項為（A）。

Answer 68 ｜（A）

題目中譯 ｜ 30除以10等於3；60除以6等於10。

答案中譯 ｜（A）30除以10，60除以6（B）30除以10，60除以6（C）30除以10，60除以6（D）30除以10，60除以6

● 題型解析 ｜ 本題測驗除法的表示方式。需要用「數位 + divided by + 數位 + is + 數位」來表示，因此第一個空格需要用Thirty divided by ten，第二個空格用sixty divided by six。故本題的正確選項為（A）。

Level 3 | 必考新多益選擇題

托 TOEFL Ⓘ IELTS Ⓑ Bulats Ⓖ GEPT Ⓣ 學測&指考 Ⓐ 公務人員考試

語言能力：在工作及一般的社交場合皆能夠自信但非流暢的討論個人、工作及例行性業務上的相關話題，談話內容能運用一般場合常用的詞彙，但無法真正掌握、使用較複雜的文法句構，並非常用的詞彙也無法確切的運用。若能適時涉獵一般較少運用在日常生活上的詞彙，一定能提升相關溝通能力。

Question | 69 ·· 托ⒾⒷⒼⓉⒶ

I deeply regret that I paid ten dollars for that book, almost _____ as its worth.

(A) as twice many

(B) twice as many

(C) twice as much

(D) as twice much

Question | 70 ·· ⒼⓉⒶ

Please wait here. I will be back in _____ hours.

(A) two and half an

(B) two and a half

(C) half and two

(D) two a half

Question | 71 ·· ⒼⓉⒶ

The students came out of the school _____.

(A) by twos and threes

(B) two and three

(C) two or three

(D) by twos or threes

Question | 72 ·· ⒼⓉⒶ

Sally was born _____.

(A) in the year 1984 at 10 a.m. on June 18th

(B) in June 18th at 10 a.m. in the year 1984

(C) at 10 a.m. in the year 1984 on June 18th

(D) at 10 a.m. on June 18th in the year 1984

Level 3 ｜ 新多益選擇題解析

〔綠色證書〕測驗成績→470分～725分

● 詳細完整的題目和答案中譯，呈現補教名師在課堂教授的重點。● 臨時抱佛腳的考場記憶祕訣，搭配新多益測驗題型習陷的提醒。● 保證只要熟讀各格題型解析，馬上掌握考試重點並戰勝新多益。

Answer 69 ｜（C）

題目中譯｜我很後悔花了10美元買那本書，那幾乎是兩倍的價錢。

答案中譯｜（A）兩倍（語法錯誤）（B）兩倍（語法錯誤）（C）兩倍（D）兩倍（語法錯誤）

● 題型解析｜本題測驗序數詞用於倍數的表達。在固定用法中，表示倍數的詞或程度副詞都放在第一個as之前，故刪除選項（A）和（D）。再則，錢是不可數名詞。可刪除選項（B）。所以，本題的正確選項為（C）。

Answer 70 ｜（B）

題目中譯｜請在這裡等我，兩個半小時後我會回來。

答案中譯｜（A）兩個和半個（B）兩個半（C）半個和兩個（D）兩個半個

● 題型解析｜英語中表示「幾個半」時，要先用整數部分，再用介系詞and連接半數。依據題意，表示「兩個半」可以說「two and a half」，其後需要加名詞複數hours構成two and a half hours表示「兩個半小時」，即選項（B）符合題意。

Answer 71 ｜（A）

題目中譯｜放學後，同學們三三兩兩地走出校園。

答案中譯｜（A）三三兩兩（B）二和三（C）二或三（D）兩個或三個

● 題型解析｜本題測驗固定片語的用法。依據題意，表示「三三兩兩」可以說「by twos and threes」，是一個固定用法，要用介系詞by來引導，選項（B）、（C）、（D）的用法都不正確，只有選項（A）是正確的。因此，本題選（A）。

Answer 72 ｜（D）

題目中譯｜莎莉出生於1984年6月18日上午10點。

答案中譯｜（A）1984年上午10點6月18日（錯誤格式）（B）6月18日上午10點1984年（錯誤格式）（C）上午10點1984年6月18日（錯誤格式）（D）1984年6月18日上午10點

● 題型解析｜英語中時間的表達順序是由小到大，即先說具體時刻，再說月份日期，然後說年份，且指具體時刻要用介系詞at，指月份日期要用介系詞on，指年份要用介系詞in，選項（A）、（B）、（C）表達順序都不正確。因此，本題的正確選項為（D）。

Level 3 | 必考新多益選擇題
托 TOEFL 雅 IELTS B Bulats G GEPT 學 學測&指考 公 公務人員考試

語言能力：在工作及一般的社交場合皆能夠自信但非流暢的討論個人、工作及例行性業務上的相關話題，談話內容能運用一般場合常用的詞彙，但無法真正掌握、使用較複雜的文法句構，並非常用的詞彙也無法確切的運用。若能適時涉獵一般較少運用在日常生活上的詞彙，一定能提升相關溝通能力。

Question | 73
About _____ of the people in the town are workers.
- (A) sixty percent
- (B) sixty percents
- (C) percent sixty
- (D) percents sixty

Question | 74
I _____ met him in Kaohsiung in 1996.
- (A) the first
- (B) the firstly
- (C) first
- (D) first time

Question | 75
The _____ paragraphs need rewriting.
- (A) one fifth
- (B) first one
- (C) first four
- (D) two-thirds

Question | 76
There are eight classes in our grade. I am in _____.
- (A) Grade Three, Class Two
- (B) Class Two, Grade Three
- (C) Grade three, Class two
- (D) class two, grade three

Level 3 | 新多益選擇題解析
〔綠色證書〕測驗成績→470分～725分

第三級

● 詳細完整的題目和答案中譯，呈現補教名師在課堂教授的重點。 ● 臨時抱佛腳的考場記憶祕訣，搭配新多益測驗題型陷阱的提醒。 ●保證只要熟讀各類題型解析，馬上掌握考試重點並戰勝新多益。

Answer 73 | （A）

題目中譯 | 這個城鎮約有60%的居民是工人。

答案中譯 | （A）百分之六十（B）百分之六十（錯誤格式）（C）百分之六十（錯誤格式）（D）百分之六十（錯誤格式）

● 題型解析 | 英文中表達百分數時，要用「基數詞 + percent」的形式，即使基數詞大於一，percent也不用複數。依據題意，表示「百分之六十」可以說「sixty percent」，即percent要用單數形式，選項（B）、（C）、（D）形式錯誤，刪除，只有選項（A）正確。

Answer 74 | （C）

題目中譯 | 我最初是1996年時在高雄見到他。

答案中譯 | （A）第一（B）首先（C）最初（D）第一次

● 題型解析 | 本題測驗first的特殊用法。可以當成副詞，表示「首次，最初，最早」的意思，前面不需要定冠詞the，而選項（A）、（B）、（D）都不能當作副詞。所以，本題的正確選項為（C）。

Answer 75 | （C）

題目中譯 | 前4個段落需要重寫。

答案中譯 | （A）1 / 5（B）第一個（C）前4個（D）2 / 3

● 題型解析 | 因為paragraphs是複數概念，one fifth和first one表達的是單數概念，故刪除選項（A）、（B）。而two-thirds後需要加介系詞of，才能接複合名詞，再刪除選項（D）。所以，本題的正確選項為（C）。

Answer 76 | （D）

題目中譯 | 我們的年級一共有8個班。我在3年2班。

答案中譯 | （A）3年級2班（語法錯誤）（B）3年級2班（語法錯誤）（C）3年級2班（語法錯誤）（D）3年級2班

● 題型解析 | 英語中，表示「幾年級幾班」時，用「名詞 + 基數詞」結構表示，名詞和基數詞的首字字母無需大寫，此為普通名詞而非專有名詞，刪除選項（A）與（B）。再則，英文中地點名稱的表述，順序是由小到大，即先說班級後說年級，刪除選項（C）。所以，本題的正確選項為（D）。

Level 3 | 必考新多益選擇題

TOEFL ● IELTS ⑧ Bulats ⑥ GEPT ❶ 學測＆指考 ⑳ 公務人員考試

語言能力：在工作及一般的社交場合皆能夠自信但非流暢的討論個人、工作及例行性業務上的相關話題，談話內容能運用一般場合常用的詞彙，但無法真正掌握、使用較複雜的文法句構，並非常用的詞彙也無法確切的運用。若能適時涉獵一般較少運用在日常生活上的詞彙，一定能提升相關溝通能力。

Question | 77 ········· ⑯❶⑧⑥❶⑳

A: How can I get to the National Palace Museum?

B: _____ will take you there.

(A) 332 No. Bus

(B) No. 332 Bus

(C) Bus No. 332

(D) Bus 332 No.

Question | 78 ········· ⑥❶⑳

_____ I got a new football from my father.

(A) In my ten birthday

(B) On my ten birthday

(C) In my tenth birthday

(D) On my tenth birthday

Question | 79 ········· ⑯❶⑧⑥❶⑳

I think that in the _____ century more great changes will take place in our life.

(A) twenty-one

(B) twentieth-one

(C) twentieth-first

(D) twenty-first

Question | 80 ········· ⑥❶⑳

The People's Republic of China was founded _____.

(A) on October first, 1949

(B) in October the first, 1949

(C) on 1949 October one

(D) in October one, 1949

Level 3 ｜ 新多益選擇題解析

〔綠色證書〕測驗成績→470分～725分

第三級

● 詳細完整的題目和答案中譯，呈現補教名師在課堂教授的重點。 ● 臨時抱佛腳的考場記憶祕訣，搭配新多益測驗題型附贈的提醒。 ● 保證只要熟讀各類題型解析，馬上掌握考試重點並戰勝新多益。

Answer 77 ｜ （C）

題目中譯 ｜ A：我該如何到故宮博物院呢？
　　　　　　B：332路公車將會載你到那裡。

答案中譯 ｜（A）332路公車（語法錯誤）（B）332路公車（語法錯誤）（C）332路公車（D）332路公車（語法錯誤）

● **題型解析** ｜ 本題同樣是測驗基數詞與名詞連用的結構，但又與上一題有所不同。「332路公車」作為專有名詞時，有其固定表達方式，即為「the No. 332 Bus」，或是「Bus No. 332」。所以，本題的正確選項為（C）。

Answer 78 ｜ （D）

題目中譯 ｜ 在我10歲生日那天，爸爸送我一顆新足球。

答案中譯 ｜（A）在我10歲生日那天（語法錯誤）（B）在我10歲生日那天（語法錯誤）（C）在我10歲生日那天（語法錯誤）（D）在我10歲生日那天

● **題型解析** ｜ 本題測驗「幾歲生日，即第幾個生日」的表述方式。表示在某一天，用介系詞on，刪除選項（A）和（C）。再則，表示「第幾」，要用序數詞，故刪除選項（B）。所以本題的正確選項為（D）。

Answer 79 ｜ （D）

題目中譯 ｜ 我認為，在21世紀，我們的生活會發生更多巨大的變化。

答案中譯 ｜（A）21（B）第21（語法錯誤）（C）第21（語法錯誤）（D）第21

● **題型解析** ｜ 本題測驗世紀的表達方法。表示「第幾世紀」時，十位數在前，用序數詞表示；個位數在後，用序數詞表示；中間用連字號連接。所以，本題的正確選項為（D）。

Answer 80 ｜ （A）

題目中譯 ｜ 中華人民共和國成立於1949年10月1日。

答案中譯 ｜（A）1949年10月1日（B）1949年10月1日（語法錯誤）（C）1949年10月1日（語法錯誤）（D）1949年10月1日（語法錯誤）

● **題型解析** ｜ 本題測驗的是年月日的表達方法。英文中，年月日的表述順序是「月、日、年」，日期用序數詞，先刪除選項（C）和（D）。再則，與「具體的某個日期」連用時，介系詞要用on，再刪除選項（B）。所以，本題的正確選項為（A）。

Level 3

255

Level 3 | 必考新多益選擇題

圈 TOEFL ❶ IELTS Ⓑ Bulats Ⓖ GEPT ❶ 學測&指考 Ⓐ 公務人員考試　 03-5

第三級

語言能力：在工作及一般的社交場合皆能夠自信但非流暢的討論個人、工作及例行性業務上的相關話題，談話內容能運用一般場合常用的詞彙，但無法真正掌握、使用較複雜的文法句構，並非常用的詞彙也無法確切的運用。若能適時涉獵一般較少運用在日常生活上的詞彙，一定能提升相關溝通能力。

Question | 81

We will have a meeting at _____, which will end at _____.
- (A) five past eight; five to eight
- (B) five past eight; eight past five
- (C) five to eight; five past eight
- (D) five to eight; eight to five

Question | 82

The old city wall is _____ and _____.
- (A) twelve meters wide; twelve meters high
- (B) wide twelve meters; high twelve meters
- (C) twelve meter wide; twelve meter high
- (D) wide twelve meter; high twelve meter

Question | 83

Water boils at _____ and it freezes at zero.
- (A) one hundred degree centigrade
- (B) one hundred degrees centigrade
- (C) one hundred degree
- (D) one hundred degrees

Question | 84

This box is _____.
- (A) two kilogram weight
- (B) two kilogram in weight
- (C) two kilograms weight
- (D) two kilograms in weight

Level 3 ｜ 新多益選擇題解析
〔綠色證書〕測驗成績→470分～725分

● 詳細完整的題目和答案中譯，呈現補教名師在課堂教授的重點。● 臨時抱佛腳的考場記憶祕訣，搭配新多益測驗題型陷阱的提醒。● 保證只要熟讀各類題型解析，馬上掌握考試重點並戰勝新多益。

Answer 81｜（C）

題目中譯｜會議將於七點五十五分開始，八點〇五分結束。

答案中譯｜（A）八點〇五；七點五十五（B）八點〇五；五點〇八（C）七點五十五；八點〇五（D）七點五十五；四點五十二

● 題型解析｜本題測驗時間的表示方法。表示「幾點過幾分」時用「基數詞 + past + 基數詞」；表示「差幾分到幾點」時用「基數詞 + to + 基數詞」。看四個選項似乎都可以，但是，細究起來，選項（A）、（B）、（C）並不符合常理，會議一般不會延續近12個小時。所以，本題的正確選項為（C）。

Answer 82｜（A）

題目中譯｜這道老城牆是12米寬，12米高。

答案中譯｜（A）12米寬；12米高（B）寬12米；高12米（語法錯誤）（C）寬12米；高12米（語法錯誤）（D）寬12米；高12米（語法錯誤）

● 題型解析｜英語中表示長、寬、高、面積等，用「基數詞 + 單位詞 + 形容詞」，先刪除選項（B）（D）。再則，meter是可數名詞，要有相應的複數形式，故再刪除選項（C）。所以，本題的正確選項為（A）。

Answer 83｜（B）

題目中譯｜水在攝氏100度沸騰，在0度結冰。

答案中譯｜（A）100攝氏度（語法錯誤）（B）100攝氏度（C）100攝氏度（語法錯誤）（D）100攝氏度（語法錯誤）

● 題型解析｜英文中，表示溫度時，用「基數詞 + degree（s）+ Centigrate / Fahrenheit」表示，先刪除選項（C）（D）。再則，degree為可數名詞，有相應的複數形式，故再刪除選項（A）。所以本題的正確選項為（B）。

Answer 84｜（D）

題目中譯｜這個盒子重兩千克。

答案中譯｜（A）兩千克重（語法錯誤）（B）兩千克重（語法錯誤）（C）兩千克重（語法錯誤）（D）兩千克重

● 題型解析｜英文中表達重量時，用「基數詞 + kilogram（s）+ in + weight」表示，可刪除選項（A）（C）。再則，kilogram是可數名詞，有相應的複數形式，故再刪除選項（B）。所以，本題的正確選項為（D）。

Level 3 | 必考新多益選擇題

T TOEFL **I** IELTS **B** Bulats **G** GEPT **↑** 學測&指考 **公** 公務人員考試

語言能力：在工作及一般的社交場合皆能夠自信但非流暢的討論個人、工作及例行性業務上的相關話題，談話內容能運用一般場合常用的詞彙，但無法真正掌握、使用較複雜的文法句構，並非常用的詞彙也無法確切的運用。若能適時涉獵一般較少運用在日常生活上的詞彙，一定能提升相關溝通能力。

Question | 85

This truck can hold one point five _____; that one can can hold only zero point six

_____.

(A) ton; ton

(B) tons; tons

(C) tons; ton

(D) ton; tons

Question | 86

"Two to the fourth power" is the same as _____.

(A) the fourth power to two

(B) the fourth power of two

(C) four powers to the second

(D) four powers of the second

Question | 87

The _____ of sixteen is four; the _____ of one hundred and twenty-five is five.

(A) square root; cubic root

(B) root square; root cubic

(C) square root; root cubic

(D) root square; cubic root

Question | 88

_____ is nine; _____ is eight. They are not equal.

(A) three square; two cube

(B) three squared; two cubed

(C) three squared; two cube

(D) three square; two cubed

Level 3 | 新多益選擇題解析

〔綠色證書〕測驗成績→470分～725分

第三級

● 詳細完整的題目和答案中譯，呈現補教名師在課堂教授的重點。 ● 臨時抱佛腳的考場記憶祕訣，搭配新多益測驗題型陷阱的提醒。 ● 保證只要熟讀各類題型解析，馬上掌握考試重點並戰勝新多益。

Answer 85 | （B）

題目中譯｜這輛卡車可以載重1.5噸；那輛只能載重0.6噸。

答案中譯｜（A）噸（單數）；噸（單數）（B）噸（複數）；噸（複數）（C）噸（複數）；噸（單數）（D）噸（單數）；噸（複數）

● 題型解析｜小數與名詞連用時，無論數字值大於一或小於二，小數後面的名詞皆用複數形式。因此，第一個與第二個空格要用tons。而本題的正確選項為（B）。

Answer 86 | （B）

題目中譯｜「2的4次方」的另一種說法是「2的4次方」。（即「2的4次方」的兩種表達方式）

答案中譯｜（A）2的4次方（語法錯誤）（B）2的4次方（C）2的4次方（語法錯誤）（D）2的4次方（語法錯誤）

● 題型解析｜英文中，表示「n次方」時，通常有兩種表達方式。指數在前，底數在後時，中間用介系詞of連接，可先刪除選項（A）。所以，本題的正確選項為（B）。

Answer 87 | （A）

題目中譯｜16的平方根是4；125的立方根是5。

答案中譯｜（A）平方根；立方根（B）平方根；立方根（語法錯誤）（C）平方根；立方根（語法錯誤）（D）平方根；立方根（語法錯誤）

● 題型解析｜本題測驗的是平方根和立方根的固定表達。表示「平方根」時，要用「square root」，可刪除選項（B）（D）；表示「立方根」時，要用「cubic root」，再刪除選項（C）。所以，本題的正確選項為（A）。

Answer 88 | （B）

題目中譯｜3的2次方是9；2的3次方是8。二者並不相等。

答案中譯｜（A）3的2次方；2的3次方（語法錯誤）（B）3的2次方；2的3次方（C）3的2次方；2的3次方（語法錯誤）（D）3的2次方；2的3次方（語法錯誤）

● 題型解析｜本題測驗平方和立方的表達方法。表示「平方」時，要用「基數詞 + squared」，先刪除選項（A）和（D）；表示「立方」時，要用「基數詞 + cubed」，再刪除選項（C）。所以，本題的正確選項為（B）。

Level 3

Level 3

必考新多益選擇題

Ⓣ TOEFL Ⓘ IELTS Ⓑ Bulats Ⓖ GEPT Ⓘ 學測&指考 Ⓐ 公務人員考試

語言能力：在工作及一般的社交場合皆能夠自信但非流暢的討論個人、工作及例行性業務上的相關話題，談話內容能運用一般場合常用的詞彙，但無法真正掌握、使用較複雜的文法句構，並非常用的詞彙也無法確切的運用。若能適時涉獵一般較少運用在日常生活上的詞彙，一定能提升相關溝通能力。

Question | 89 .... Ⓘ Ⓑ ⒼⒾⒶ

A: _____ is your mother?

B: She is a doctor. Her job is to heal the wounded and dying.

(A) Who

(B) Whom

(C) What

(D) Which

Question | 90 .... ⒼⒾⒶ

_____ are these books on the desk? Please put them away immediately.

(A) Whose

(B) Where

(C) When

(D) What

Question | 91 .... ⒼⒾⒶ

_____ are you taking that big bunch of beautiful roses?

(A) Who

(B) To whom

(C) Why

(D) How

Question | 92 .... Ⓣ Ⓘ Ⓑ ⒼⒾⒶ

_____ is in your room? If you don't tell me, I will check it by myself.

(A) What

(B) When

(C) Why

(D) How

Level 3 ｜ 新多益選擇題解析

〔綠色證書〕測驗成績→470分～725分

第三級

● 詳細完整的題目和答案中譯，呈現補教名師在課堂教授的重點。 ● 臨時抱佛腳的考場記憶祕訣，搭配新多益測驗題型陷阱的提醒。 ● 保證只要熟讀各類題型解析，馬上掌握考試重點並戰勝新多益。

Answer 89 ｜ （C）

題目中譯｜A：你媽媽是從事什麼行業的呢？

B：她是一名醫生，她的職責是救死扶傷。

答案中譯｜（A）誰（B）誰（C）什麼（D）哪一個

● 題型解析｜本題測驗疑問代名詞的辨析。根據答句可知問句應該是對職業的提問。詢問人的職業時用句型「What is ＋ 人」，一般譯為「…從事什麼的？」。因此，本題的正確選項為（C）。

Answer 90 ｜ （A）

題目中譯｜桌上的書是誰的呢？請馬上將它們收起來。

答案中譯｜（A）誰的（B）在哪裡（C）什麼時間（D）什麼

● 題型解析｜根據句意應選「誰的」。選項（B）是「在哪裡」的意思，選項（C）是「什麼時間」的意思，選項（D）是「什麼」的意思，皆不符合題意。因此，本題的正確選項為（A）。

Answer 91 ｜ （B）

題目中譯｜你要把這一大束漂亮的玫瑰花送給誰呢？

答案中譯｜（A）誰（主格）（B）誰（受格）（C）為什麼（D）…怎麼樣

● 題型解析｜根據題意應選「誰」，選項（C）表示「為什麼」，選項（D）表示「…怎麼樣」，皆不符合題意。whom是who的受格，在口語中當受詞時，可用who來代替，但在介系詞後只能用whom。因此，正確選項為（B）。

Answer 92 ｜ （A）

題目中譯｜你房間裡有什麼呢？如果你不告訴我，我要自己去看了。

答案中譯｜（A）什麼（B）什麼時間（C）為什麼（D）哪一個

● 題型解析｜根據題意應選「什麼」。選項（B）表示「什麼時間」的意思，選項（C）表示「為什麼」的意思，選項（D）表示「如何」的意思，皆不符合題意。因此，正確選項只能選（A）。

Level 3 | 必考新多益選擇題

T TOEFL I IELTS B Bulats G GEPT 學測&指考 公務人員考試

語言能力：在工作及一般的社交場合皆能夠自信但非流暢的討論個人、工作及例行性業務上的相關話題，談話內容能運用一般場合常用的詞彙，但無法真正掌握、使用較複雜的文法句構，並非常用的詞彙也無法確切的運用。若能適時涉獵一般較少運用在日常生活上的詞彙，一定能提升相關溝通能力。

Question | 93

_____ is that boy, the one sitting on the fence?

(A) Whose

(B) Who

(C) Which

(D) Whom

Question | 94

Of the three girls sitting on the sofa, _____ is your sister?

(A) whose

(B) which

(C) whom

(D) where

Question | 95

Linda, I am going to the supermarket. _____ do you want me to buy?

(A) Which

(B) What

(C) Whose

(D) Who

Question | 96

_____ skirt is hanging on the tree?

(A) Which

(B) What

(C) Whose

(D) Who

Level 3 | 新多益選擇題解析

〔綠色證書〕測驗成績→470分～725分

第三級

● 詳細完整的題目和答案中譯，呈現補教名師在課堂教授的重點。 ● 臨時抱佛腳的考場記憶祕訣，搭配新多益測驗題型陷阱的提醒。 ● 保證只要熟讀各類題型解析，馬上掌握考試重點並戰勝新多益。

Answer 93 | （B）

題目中譯 | 那個坐在籬笆上的男孩是誰呢？

答案中譯 |（A）誰的 （B）誰（主格）（C）哪一個（D）誰（受格）

● 題型解析 | 本題測驗Who對主詞補語的提問。根據題意應選「誰」，選項（A）Whose表示「誰的」，後面常會接上名詞，選項（C）Which表示「哪一個」，選項（D）Whom表示「誰（who的受格）」，並可以對受詞進行提問。所以，正確選項為（B）。

Answer 94 | （B）

題目中譯 | 有三個女孩坐在沙發上，哪一個是你的姐姐呢？

答案中譯 |（A）誰的 （B）哪一個 （C）誰（D）哪裡

● 題型解析 | 根據句意應選表示選擇關係的「那一個」，選項（A）表示「誰的」的意思，選項（C）表示「誰（who的受格）」的意思，選項（D）表示「哪裡」的意思，皆不符合題意。因此，正確選項只能為（B）。

Answer 95 | （B）

題目中譯 | 琳達，我要去超市，你有想要買些什麼東西嗎？

答案中譯 |（A）哪一個 （B）什麼 （C）誰的（D）誰

● 題型解析 | 本題測驗疑問形容詞對受詞提問的用法。根據句意應選「什麼」，選項（A）表示「哪一個」的意思，選項（C）表示「誰的」的意思，選項（D）表示「誰」的意思，皆不符合題意。因此，正確選項為（B）。

Answer 96 | （C）

題目中譯 | 誰的裙子掛在樹上呢？

答案中譯 |（A）哪一個 （B）什麼 （C）誰的 （D）誰

● 題型解析 | 本題測驗疑問形容詞對主詞提問的用法。根據句意應選「誰的」，選項（A）表示「哪一個」的意思，選項（B）表示「什麼」的意思，選項（D）表示「誰」的意思，皆不符合題意。因此，正確選項為（C）。

Level 3 | 必考新多益選擇題

托 TOEFL Ｉ IELTS Ｂ Bulats Ｇ GEPT Ｔ 學測＆指考 公 公務人員考試

語言能力：在工作及一般的社交場合皆能夠自信但非流暢的討論個人、工作及例行性業務上的相關話題，談話內容能運用一般場合常用的詞彙，但無法真正掌握、使用較複雜的文法句構，並非常用的詞彙也無法確切的運用。若能適時涉獵一般較少運用在日常生活上的詞彙，一定能提升相關溝通能力。

Question | 97

Ｉ Ｇ Ｔ 公

_____ singer do you like, Whitney Houston or Lady GaGa?

(A) Which
(B) What
(C) Whose
(D) Who

Question | 98

Ｇ Ｔ 公

_____ did you graduate from the primary school, Susan?

(A) What
(B) Why
(C) When
(D) How

Question | 99

Ｉ Ｇ Ｔ 公

_____ do you intend to spend your honeymoon, Hawaii or the Maldives?

(A) Where
(B) Why
(C) When
(D) How

Question | 100

Ｉ Ｂ Ｇ Ｔ 公

_____ did you look at my short message without my permission?

(A) Where
(B) Why
(C) When
(D) How

Level 3 | 新多益選擇題解析
〔綠色證書〕測驗成績→470分～725分

● 詳細完整的題目和答案中譯，呈現補教名師在課堂教授的重點。 ● 臨時抱佛腳的考場記憶祕訣，搭配新多益測驗題型陷阱的提醒。 ● 保證只要熟讀各類題型解析，馬上掌握考試重點並戰勝新多益。

Answer 97 | （A）

題目中譯｜你喜歡哪一個歌手，惠特尼‧休斯頓還是女神卡卡呢？

答案中譯｜（A）哪一個（B）什麼（C）誰的（D）誰

● 題型解析｜本題測驗疑問形容詞對受詞提問的用法。根據句意應選「哪一個」，選項（B）表示「什麼」的意思，選項（C）表示「誰的」的意思，選項（D）表示「誰」的意思，皆不符合題意。因此，正確選項為（A）。

Answer 98 | （C）

題目中譯｜蘇珊，你小學什麼時候畢業的呢？

答案中譯｜（A）什麼（B）為什麼（C）什麼時候（D）如何

● 題型解析｜本題測驗疑問副詞的用法。根據題意應選「什麼時候」，是用以詢問時間。選項（A）的意思為「什麼」，用以詢問東西或事物，選項（B）表示「為什麼」，通常用以詢問原因，選項（D）表示「如何」，詢問如何做某事，以上的選項皆不符合題意。因此，，正確選項為（C）。

Answer 99 | （A）

題目中譯｜你們打算去哪裡度蜜月，夏威夷還是馬爾地夫呢？

答案中譯｜（A）在哪裡（B）為什麼（C）什麼時候（D）如何

● 題型解析｜本題測驗疑問副詞的用法。根據題意應選「在哪裡」，是詢問地點的。選項（B）表示「為什麼」，詢問的是原因，選項（C）表示「什麼時候」，是詢問時間的，選項（D）表示「如何」，是詢問如何做某事的，皆不符合題意。因此，正確選項為（A）。

Answer 100 | （B）

題目中譯｜為什麼你沒經過我同意就看我的簡訊呢？

答案中譯｜（A）在哪裡（B）為什麼（C）什麼時候（D）如何

● 題型解析｜本題測驗疑問副詞的用法。根據題意應選「為什麼」，是詢問原因的。選項（A）表示「在哪裡」，詢問的是地點，選項（C）表示「什麼時候」，是詢問時間的，選項（D）表示「…怎麼樣」，是詢問如何做某事的，皆不符合題意。因此，正確選項為（B）。

Level 3 | 必考新多益選擇題

Ⓣ TOEFL Ⓘ IELTS Ⓑ Bulats Ⓖ GEPT ⓣ 學測＆指考 Ⓐ 公務人員考試 03-6

語言能力：在工作及一般的社交場合皆能夠自信但非流暢的討論個人、工作及例行性業務上的相關話題，談話內容能運用一般場合常用的詞彙，但無法真正掌握、使用較複雜的文法句構，並非常用的詞彙也無法確切的運用。若能適時涉獵一般較少運用在日常生活上的詞彙，一定能提升相關溝通能力。

Question | 101 ········· Ⓣ Ⓘ Ⓑ Ⓖ ⓣ Ⓐ

Every morning after waking up, his wife usually asks, "_____ is the weather today?"

(A) Where

(B) Why

(C) When

(D) How

Question | 102 ········· Ⓣ Ⓘ Ⓑ Ⓖ ⓣ Ⓐ

_____ have you practiced the art of fencing? And what compels you to persevere on with arduous training?

(A) When

(B) What time

(C) How long

(D) How soon

Question | 103 ········· Ⓑ Ⓖ ⓣ Ⓐ

A: _____ do you like?

B: I like purple, actually.

(A) What color

(B) What day

(C) What date

(D) What for

Question | 104 ········· Ⓣ Ⓘ Ⓑ Ⓖ ⓣ Ⓐ

As for _____ of the traffic accidents are caused by driver carelessness, I am not certain of that.

(A) what about

(B) what place

(C) what proportion

(D) what if

Level 3 ｜ 新多益選擇題解析

第三級

〔綠色證書〕測驗成績→470分～725分

● 詳細完整的題目和答案中譯，呈現補教名師在課堂教授的重點。● 臨時抱佛腳的考場記憶祕訣，搭配新多益測驗題型陷阱的提醒。● 保證只要熟讀各類題型解析，馬上掌握考試重點並戰勝新多益。

Answer 101 ｜（D）

題目中譯｜每天早上醒來後，他的妻子經常問：「今天的天氣如何呢？」

答案中譯｜（A）在哪裡（B）為什麼（C）什麼時候（D）如何

● 題型解析｜本題測驗疑問副詞的用法。根據題意，應選「用以」，詢問天氣。選項（A）Where表示「在哪裡」，詢問的是地點，選項（B）Why表示「為什麼」，詢問的是原因，選項（C）When表示「什麼時候」，詢問的是時間，皆不符合題意。因此，正確選項為（D）。

Answer 102 ｜（C）

題目中譯｜你練習擊劍有多長時間了？是什麼因素促使你堅持艱苦的訓練呢？

答案中譯｜（A）什麼時候（B）什麼時間（C）多長時間（D）多快，多久

● 題型解析｜本題測驗對時間提問的疑問詞。When問的是具體時間，不能和完成式連用；What time問的是具體的時間點，也不能和完成式連用；How soon問的是未來的時間，與未來式連用。只有How long可以與完成式連用。因此，正確選項為（C）。

Answer 103 ｜（A）

題目中譯｜A：你喜歡什麼顏色呢？

　　　　　B：事實上，我喜歡紫色。

答案中譯｜（A）什麼顏色（B）星期幾（C）什麼日期（D）為了什麼

● 題型解析｜本題測驗疑問詞組的辨析。根據句意，應選「什麼顏色」。選項（B）What day是「星期幾」的意思，選項（C）What date是「什麼日期」的意思，選項（D）What for是「為何目的」的意思，皆不符合題意。因此，本題的正確選項為（A）。

Answer 104 ｜（C）

題目中譯｜有多少交通事故是因為司機的不小心而造成的，對於這個問題，我並不清楚。

答案中譯｜（A）…怎麼樣（B）什麼地方（C）什麼比例（D）如果…怎麼樣

● 題型解析｜本題測驗疑問詞what構成的片語。根據句意，應選「什麼比例」。選項（A）what about是「…怎麼樣」的意思，選項（B）what place是「什麼地方」的意思，選項（D）what if是「如果…怎麼樣」的意思，皆不符合題意。因此，本題的正確選項為（C）。

Level 3

Level 3 | 必考新多益選擇題

第三級

語言能力：在工作及一般的社交場合皆能夠自信但非流暢的討論個人、工作及例行性業務上的相關話題，談話內容能運用一般場合常用的詞彙，但無法真正掌握、使用較複雜的文法句構，並非常用的詞彙也無法確切的運用。若能適時涉獵一般較少運用在日常生活上的詞彙，一定能提升相關溝通能力。

Question | 105

What do you want to have for supper? _____ a fish sandwich and a cup of coffee?

(A) How

(B) How about

(C) How old

(D) How much

Question | 106

_____ have I told you to not talk when you are in class?

(A) How far

(B) How much times

(C) How come

(D) How many times

Question | 107

_____ does he usually go to bed on Saturaday evening?

(A) Which

(B) What

(C) Where

(D) What time

Question | 108

Do you know _____ the man over there is ? I guess he is about sixty.

(A) how

(B) how old

(C) which

(D) where

Level 3 | 新多益選擇題解析

〔綠色證書〕測驗成績→470分～725分

第三級

● 詳細完整的題目和答案中譯，呈現補教名師在課堂教授的重點。 ● 臨時抱佛腳的考場記憶祕訣，搭配新多益測驗題型陷阱的提醒。 ● 保證只要熟讀各類題型解析，馬上掌握考試重點並戰勝新多益。

Answer 105 | （B）

題目中譯 | 晚餐你想吃什麼呢？魚肉三明治和咖啡好嗎？

答案中譯 |（A）如何（B）…怎麼樣（C）多大（D）多少錢

● 題型解析 | 根據句意，應選「如何」，表示建議。選項（C）How old為「多大」的意思，是對年齡的提問，選項（D）How much是「多少錢」的意思，是對價格的提問，都不符合題意，刪除。選項（A）How雖然是「如何」的意思，但是，通常用於提問，而不表示建議。因此，只能選（B）。

Answer 106 | （D）

題目中譯 | 我告訴過你多少次了，在課堂上不要講話？

答案中譯 |（A）多遠（B）多少次（錯誤格式）（C）怎麼發生的（D）多少次

● 題型解析 | 本題測驗疑問詞組的辨析。根據句意，應選「多少次」。選項（A）是「多遠」的意思，通常用以對路程的提問，選項（B）是「多少次」（錯誤格式），選項（C）是「怎麼發生的」的意思，是對原因或方式的提問。只有how many times是對時間頻率的提問。因此，正確選項為（D）。

Answer 107 | （D）

題目中譯 | 周六晚上他通常幾點睡覺呢？

答案中譯 |（A）哪一個（B）什麼（C）哪裡（D）幾點

● 題型解析 | 根據題意，應選表示具體時間的「幾點」。選項（A）表示「哪一個」的意思，明顯與句意不符，選項（B）表示「什麼」的意思，選項（C）表示「哪裡」的意思，皆不符合題意。所以，本題的正確選項為（D）。

Answer 108 | （B）

題目中譯 | 你知道那邊的那位老人年紀多大了嗎？我猜他大約60歲。

答案中譯 |（A）怎麼樣（B）多大（C）哪一個（D）哪裡

● 題型解析 | 根據句末的sixty可知，測驗的是對年齡的提問。選項（A）是對身體狀況、方式、天氣等的提問，選項（C）是表示對人或事物的選擇性提問，選項（D）是對地點的提問，皆不符合題意。所以，本題的正確選項為（B）。

Level 3 | 必考新多益選擇題

T TOEFL I IELTS B Bulats G GEPT 學測&指考 公 公務人員考試

語言能力：在工作及一般的社交場合皆能夠自信但非流暢的討論個人、工作及例行性業務上的相關話題，談話內容能運用一般場合常用的詞彙，但無法真正掌握、使用較複雜的文法句構，並非常用的詞彙也無法確切的運用。若能適時涉獵一般較少運用在日常生活上的詞彙，一定能提升相關溝通能力。

Question | 109

_____ times has he been to England?

(A) How many

(B) What

(C) How much

(D) How long

Question | 110

_____ do you usually go to school?

(A) What

(B) Where

(C) Which

(D) How

Question | 111

_____ will Lucy be back?

(A) How soon

(B) How often

(C) How long

(D) How far

Question | 112

_____ is the man? And _____ is the mountain?

(A) How tall; how short

(B) How tall; how high

(C) How high; how high

(D) How high; how tall

Level 3 ｜ 新多益選擇題解析

〔綠色證書〕測驗成績→470分～725分

第三級

● 詳細完整的題目和答案中譯，呈現補教名師在課堂教授的重點。 ● 臨時抱佛腳的考場記憶祕訣，搭配新多益測驗題型陷阱的提醒。 ● 保證只要熟讀各類題型解析，馬上掌握考試重點並戰勝新多益。

Answer 109 ｜（A）

題目中譯｜他去過英國幾次呢？

答案中譯｜（A）多少（修飾可數名詞）（B）什麼（C）多少（修飾不可數名詞）（D）多長時間

● 題型解析｜根據句中的times可知，本題測驗的是對次數的提問。選項（B）表示「什麼」，不與times連用，選項（C）表示「多少」，是對不可數名詞的提問，選項（D）表示「多長時間」，是對時間長短的提問，皆不符合題意。所以，本題的正確選項為（A）。

Answer 110 ｜（D）

題目中譯｜你通常如何去上學的呢？

答案中譯｜（A）什麼（B）哪裡（C）哪個（D）怎麼樣

● 題型解析｜根據題意，所選的疑問詞是對方式的提問。選項（A）表示「什麼」，是對事物的提問，選項（B）表示「哪裡」，是對地點的提問，選項（C）表示「哪個」是選擇的人或事物的提問，皆不符合題意。所以，本題的正確選項為（D）。

Answer 111 ｜（A）

題目中譯｜露西什麼時候會回來呢？

答案中譯｜（A）多久（B）多少次（C）多長時間（D）多少次

● 題型解析｜根據句意，應選「多久」。選項（B）表示「多少次」，是對頻率的提問，選項（C）表示「多長時間」，是對時間長短的提問，選項（D）表示「多遠」，是對距離的提問，皆不符合題意。所以，本題的正確選項為（A）。

Answer 112 ｜（B）

題目中譯｜這個人有多高呢？那座山有多高呢？

答案中譯｜（A）多高；多矮（B）多高；多高（C）多高；多高（D）多高；多高

● 題型解析｜英文中對高度的提問有兩種表達方法。對人的身高提問時用How tall，故刪除選項（C）、（D）。對事物的高度提問時用How high，再刪除選項（A）。所以，本題的正確選項為（B）。

Level 3 | 必考新多益選擇題

⚫ TOEFL ⚫ IELTS ⚫ Bulats ⚫ GEPT ⚫ 學測&指考 ⚫ 公務人員考試

語言能力：在工作及一般的社交場合皆能夠自信但非流暢的討論個人、工作及例行性業務上的相關話題，談話內容能運用一般場合常用的詞彙，但無法真正掌握、使用較複雜的文法句構，並非常用的詞彙也無法確切的運用。若能適時涉獵一般較少運用在日常生活上的詞彙，一定能提升相關溝通能力。

Question | 113

_____ and _____ is the river?

(A) How long; what wide

(B) What long; what wide

(C) How long; how wide

(D) What long; how wide

Question | 114

A: _____ is it today?

B: It is Wednesday. Did you forget the regular staff meeting is today?

(A) What day

(B) What happen

(C) What about

(D) What for

Question | 115

A: _____ yesterday?

B: Yesterday was April 10, 2013.

(A) What day is it

(B) What is the date

(C) What day was it

(D) What was the date

Question | 116

A: _____ is it from your home to school?

B: It is about three hundred meters.

(A) How long

(B) How far

(C) How much

(D) How frequently

Level 3 ｜ 新多益選擇題解析

〔綠色證書〕測驗成績→470分～725分

第三級

● 詳細完整的題目和答案中譯，呈現補教名師在課堂教授的重點。 ● 臨時抱佛腳的考場記憶祕訣，搭配新多益測驗題型陷阱的提醒。 ● 保證只要熟讀各類題型解析，馬上掌握考試重點並戰勝新多益。

Answer 113 ｜（C）

題目中譯｜這條河的長和寬各是多少呢？

答案中譯｜（A）多長；/（B）錯誤格式；錯誤格式（C）多長；多寬（D）錯誤格式；多寬

● 題型解析｜本題測驗對長度和寬度的提問。對長度提問時要用How long，先刪除選項（B）和（D）；對寬度提問時，要用how wide，再刪除選項（A）。所以，本題的正確選項為（C）。

Answer 114 ｜（A）

題目中譯｜A：今天星期幾？

B：星期三，你忘了今天的員工例行性會議嗎？

答案中譯｜（A）星期幾（B）發生了什麼（C）…怎麼樣（D）為何目的

● 題型解析｜根據答句可知應選「星期幾」。選項（B）表示「發生了什麼」的意思，選項（C）表示「…怎麼樣」的意思，選項（D）表示「為何目的」的意思，皆不符合題意。所以，本題的正確選項為（A）。

Answer 115 ｜（D）

題目中譯｜A：昨天是幾號？

B：昨天是2013年4月10日。

答案中譯｜（A）星期幾（現在式）（B）什麼日期（現在式）（C）星期幾（過去式）（D）什麼日期（過去式）

● 題型解析｜根據答句可知是對日期的提問，而選項（A）、（C）是對星期幾的提問，故刪除。再則，句中yesterday表示過去的時間，要用過去式來提問。所以，正確選項為（D）。

Answer 116 ｜（B）

題目中譯｜A：從你家到學校有多遠？

B：大約300公尺。

答案中譯｜（A）多長（B）多遠（C）多少（D）多久

● 題型解析｜根據答句可知是對距離的提問。選項（A）How long表示「多長」，是對一段時間的提問，選項（C）How much表示「多少」，是對價錢的提問，選項（D）How frequently表示「多久」，是對頻率的提問，皆不符合題意。所以，本題的正確選項為（B）。

Level 3 | 必考新多益選擇題

🌐 TOEFL ❶ IELTS Ⓑ Bulats Ⓖ GEPT ❶ 學測&指考 ㊣ 公務人員考試

語言能力：在工作及一般的社交場合皆能夠自信但非流暢的討論個人、工作及例行性業務上的相關話題，談話內容能運用一般場合常用的詞彙，但無法真正掌握、使用較複雜的文法句構，並非常用的詞彙也無法確切的運用。若能適時涉獵一般較少運用在日常生活上的詞彙，一定能提升相關溝通能力。

Question | 117 ⁣⁣ Ⓖ❶㊣

A: _____ is the blouse she bought last week?

B: It's size 68.

  (A) How

  (B) What kind of

  (C) What size

  (D) What about

Question | 118 ⁣⁣ Ⓖ❶㊣

A: _____ today?

B: It is surprisingly warm and sunny.

  (A) What is the weather like

  (B) How about

  (C) What about

  (D) What for

Question | 119 ⁣⁣ ❶ Ⓖ❶㊣

A: _____ will it be today?

B: According to the weather forecast, the highest will be 22 degrees celsius and the lowest will be 6 degrees celsius.

  (A) What time

  (B) What date

  (C) What temperature

  (D) What proportion

Question | 120 ⁣⁣ 🌐❶Ⓑ Ⓖ❶㊣

A: _____ is the best place to do business?

B: The most prosperous area is downtown.

  (A) How so

  (B) What cost

  (C) What happen

  (D) What place

Level 3 | 新多益選擇題解析
〔綠色證書〕測驗成績→470分～725分

第三級

● 詳細完整的題目和答案中譯，呈現補教名師在課堂教授的重點。 ● 臨時抱佛腳的考場記憶祕訣，搭配新多益測驗題型陷阱的提醒。 ● 保證只要熟讀各類題型解析，馬上掌握考試重點並戰勝新多益。

Answer 117 | （C）

題目中譯｜A：上周她買的女襯衫是多大尺寸呢？

B：68號。

答案中譯｜（A）如何（B）什麼種類（C）多大尺寸的（D）…怎麼樣

● 題型解析｜根據答句可知，是對尺寸的提問。選項（A）How表示「如何」，用以對對情況的提問，選項（B）What kind of表示「什麼樣的」，通常是對樣式的提問，選項（D）What about表示「…怎麼樣」，是對事情的提問，皆不符合題意。所以，本題正確選項為（C）。

Answer 118 | （A）

題目中譯｜A：今天天氣如何呢？

B：今天出奇地暖和，陽光充足。

答案中譯｜（A）天氣怎麼樣（B）…怎麼樣（C）…怎麼樣（D）為何目的

● 題型解析｜根據答句可知是對天氣的提問。選項（B）How about和選項（C）What about都表示「…怎麼樣」，是對意見的提問，選項（D）What for表示「為何目的」，是對目的的提問，皆不符合題意。所以，本題的正確選項為（A）。

Answer 119 | （C）

題目中譯｜A：今天的溫度是多少？

B：據天氣預報說，最高溫22度，最低溫6度。

答案中譯｜（A）什麼時間（B）什麼日期（C）什麼溫度（D）什麼比例

● 題型解析｜根據答句可知是對溫度的提問。選項（A）What time表示「什麼時間」，是對具體時間的提問，選項（B）What date表示「什麼日期」，是對日期的提問，選項（D）What proportion表示「什麼比例」，是對比例的提問，皆不符合題意。所以，本題只能選（C）。

Answer 120 | （D）

題目中譯｜A：什麼地方最適合做生意呢？

B：市中心的繁華地段。

答案中譯｜（A）怎麼（B）什麼花費（C）發生了什麼（D）什麼地方

● 題型解析｜根據答句可知是對地點的提問。選項（A）How so表示「怎麼」，是對方式和原因的提問，選項（B）What cost表示「什麼花費」，是對費用的提問，選項（C）What happen表示「發生了什麼」，是對事件的提問，皆不符合題意。所以，只能選（D）。

Level 3

Level 3 | 必考新多益選擇題

第三級

T TOEFL **I** IELTS **B** Bulats **G** GEPT **T** 學測＆指考 **公** 公務人員考試 03-7

語言能力：在工作及一般的社交場合皆能夠自信但非流暢的討論個人、工作及例行性業務上的相關話題，談話內容能運用一般場合常用的詞彙，但無法真正掌握、使用較複雜的文法句構，並非常用的詞彙也無法確切的運用。若能適時涉獵一般較少運用在日常生活上的詞彙，一定能提升相關溝通能力。

Question | 121

If I tell you I want to leave the company. You might ask, " _____ ?"

(A) What proportion
(B) Why
(C) What about
(D) What happened

Question | 122

A: _____ are the tickets?

B: They are three hundred and sixty yuan all together.

(A) How many
(B) How about
(C) How much
(D) How come

Question | 123

_____ ? Why did all the passengers get off the bus?

(A) What happened
(B) What for
(C) How was that
(D) How came

Question | 124

_____ you're suddenly in a good mood ?

(A) How often
(B) How about
(C) How come
(D) How much

Level 3 | 第三級 新多益選擇題解析

〔綠色證書〕測驗成績→470分～725分

● 詳細完整的題目和答案中譯，呈現補教名師在課堂教授的重點。 ● 臨時抱佛腳的考場記憶祕訣，搭配新多益測驗題型陷阱的提醒。 ● 保證只要熟讀各類題型解析，馬上掌握考試重點並戰勝新多益。

Answer 121 | （B）

題目中譯 | 如果我告訴你我要離開公司，你可能會問：「為什麼？」

答案中譯 | （A）什麼比例 （B）為什麼 （C）…怎麼樣 （D）發生了什麼

● 題型解析 | 根據題意應選「為何目的」。選項（A）What proportion表示「什麼比例」，選項（C）What about表示「…怎麼樣」，選項（D）What happen表示「發生了什麼」，皆不符合題意。所以，本題的正確選項為（B）。

Answer 122 | （C）

題目中譯 | A：這些門票多少錢呢？

　　　　　B：總共是360元。

答案中譯 | （A）多少 （B）…怎麼樣 （C）多少 （D）為什麼

● 題型解析 | 根據答句可知是對價錢的提問。選項（A）How many表示「多少」，是對數量的提問，選項（B）How about表示「…怎麼樣」，是對意見的提問，選項（D）How come表示「為什麼」，是對原因的提問，皆不符合題意。所以，本題正確選項為（C）。

Answer 123 | （A）

題目中譯 | 發生什麼事了？為什麼所有的乘客都從公車上下來了呢？

答案中譯 | （A）發生了什麼 （B）為何目的 （C）如何這樣的 （D）為什麼

● 題型解析 | 根據答句可知是對事件的提問。選項（B）What for表示「為何目的」，是對目的的提問，選項（C）How was that表示「如何這樣的」，是對方式或原因的提問，選項（D）How come表示「為什麼」，是對原因的提問，皆不符合題意。所以，只能選（A）。

Answer 124 | （C）

題目中譯 | 為什麼你的心情突然好了呢？

答案中譯 | （A）多久 （B）…怎麼樣 （C）為什麼 （D）多少

● 題型解析 | 根據題意應選「為什麼」。選項（A）How often表示「多久」，是對頻率的提問，選項（B）How about表示「…怎麼樣」，是對意見的提問，選項（D）How much表示「多少」，是對價錢的提問，皆不符合題意。所以，本題的正確選項為（C）。

Level 3 | 必考新多益選擇題

第三級

語言能力：在工作及一般的社交場合皆能夠自信但非流暢的討論個人、工作及例行性業務上的相關話題，談話內容能運用一般場合常用的詞彙，但無法真正掌握、使用較複雜的文法句構，並非常用的詞彙也無法確切的運用。若能適時涉獵一般較少運用在日常生活上的詞彙，一定能提升相關溝通能力。

Question | 125

I forgot to buy _____ cards, so it's impossible for us to play poker.
- (A) a box of
- (B) a case of
- (C) a pack of
- (D) a pair of

Question | 126

Taitung is _____ eastern Taiwan while Taipei lies _____ the north of Taiwan.
- (A) in; to
- (B) in; in
- (C) on; on
- (D) on; in

Question | 127

Last year, he worked in Singapore which is _____ the south of China, and his salary was paid _____ the month.
- (A) to; in
- (B) in; at
- (C) to; by
- (D) at; in

Question | 128

This box is made _____ wood and is filled _____ wine.
- (A) from; in
- (B) of; from
- (C) from; of
- (D) of; with

Level 3 | 新多益選擇題解析

〔綠色證書〕測驗成績→470分～725分

第三級

● 詳細完整的題目和答案中譯，呈現補教名師在課堂教授的重點。● 臨時抱佛腳的考場記憶祕訣，搭配新多益測驗題型陷阱的提醒。● 保證只要熟讀各類題型解析，馬上掌握考試重點並戰勝新多益。

Answer 125 | （C）

題目中譯｜我忘記買撲克牌，所以我們沒辦法玩撲克牌了。

答案中譯｜（A）一箱（B）一箱（C）一副（D）一對

● 題型解析｜本題測驗量詞的辨析。根據題意應選「一副」，選項（A）a box of表示「一箱」，選項（B）a case of表示「一個情況」，皆不符合題意，可將這兩個選項刪除。選項（D）雖然表示「一副」，但其後通常加上由同樣的兩部分構成的單個名詞。所以，只有選項（C）符合題意。

Answer 126 | （B）

題目中譯｜台東在台灣的東部，而台北位於台灣的北部。

答案中譯｜（A）在…裡面；向（B）在…裡面；在…裡面（C）在…上面；在…上面（D）在…上面；在…裡面

● 題型解析｜介系詞in表示方位時，指在某地的範圍之內。由題目中可以判斷出，台東和台北接在台灣這個範圍之內。所以，第一及第二個空格的解答皆為in。故本題的正確選項為（B）。

Answer 127 | （C）

題目中譯｜去年他在位於中國南部的新加坡上班，且他的薪水是按月支付的。

答案中譯｜（A）向；在…裡面（B）在…裡面；在…地方（C）向；依據（D）在…地方；在…裡面

● 題型解析｜介系詞to用以表示方位時，指在某地範圍之外，新加坡在中國的範圍之外，且不與中國相鄰，故第一個空格應選to。第二個空格由題意可知，薪水的計算方式是按月的，只有介系詞by有此種用法。因此，本題正確選項為（C）。

Answer 128 | （D）

題目中譯｜這個木箱子裡裝滿了葡萄酒。

答案中譯｜（A）從；在…裡面（B）…的；從（C）從；…的（D）…的；用

● 題型解析｜「be made of」和「be made from」均表示「由…製成」。不同的是，介系詞of表示能夠判斷原材料，而from表示不能夠判斷出原材料，故第一個空格應該選擇of。再則，表示「充滿」時，fill與介系詞with搭配，而full與介系詞of搭配，故第二個空格應該為with。得出本題的正確選項為（D）。

Level 3 | 必考新多益選擇題
第三級

🐸 TOEFL ❶ IELTS Ⓑ Bulats Ⓖ GEPT ❶ 學測＆指考 🅐 公務人員考試

語言能力：在工作及一般的社交場合皆能夠自信但非流暢的討論個人、工作及例行性業務上的相關話題，談話內容能運用一般場合常用的詞彙，但無法真正掌握、使用較複雜的文法句構，並非常用的詞彙也無法確切的運用。若能適時涉獵一般較少運用在日常生活上的詞彙，一定能提升相關溝通能力。

Question | 129
🐸❶Ⓑ Ⓖ❶🅐

That year the number of people who died _____ plague was greater than those who died _____ earthquakes.

- (A) of, in
- (B) of, of
- (C) from, of
- (D) from, from

Question | 130
Ⓖ❶🅐

I left my mobile phone _____ the desk in the study this morning, so I missed your call.

- (A) on
- (B) before
- (C) for
- (D) to

Question | 131
Ⓖ❶🅐

They went on working _____ the loud noise because they had to finish the project by tomorrow.

- (A) considering
- (B) by
- (C) despite
- (D) as for

Question | 132
🐸❶Ⓑ Ⓖ❶🅐

I think he must be very sad now, since everyone passed the exam _____ him.

- (A) over for
- (B) except
- (C) according to
- (D) against

Level 3 ｜ 新多益選擇題解析

〔綠色證書〕測驗成績→470分～725分

● 詳細完整的題目和答案中譯，呈現補教名師在課堂教授的重點。 ● 臨時抱佛腳的考場記憶祕訣，搭配新多益測驗題型陷阱的提醒。 ● 保證只要熟讀各類題型解析，馬上掌握考試重點並戰勝新多益。

Answer 129 ｜（A）

題目中譯｜那一年死於瘟疫的人比死於地震的人還要多。

答案中譯｜（A）…的，在裡面（B）…的，…的（C）從，…的（D）從，從

● 題型解析｜若死因存在於人體之上或之內，主要指疾病、衰老等自身的原因，一般用介系詞of；若死因是由環境造成的（即主要指事故等方面的外部原因），一般用介系詞in。瘟疫是存在於人體之內的疾病原因，故要選擇介系詞of；而地震是外在因素需要使用介系詞in。因此，本題正確答案為（A）。

Answer 130 ｜（A）

題目中譯｜今天早上，我的手機放在書房的桌子上忘了帶，所以，我沒有接到你的電話。

答案中譯｜（A）在…上面（B）在…之前（C）因為…（D）為了…

● 題型解析｜本題測驗介系詞詞義的辨析。根據題意，應選「在…裡面」，選項（B）before是表示時間的「在…之前」，選項（C）for是表示原因的「因為…」，選項（D）to是表示結果的「為了…」，皆不符合題意。因此，只能選（A）。

Answer 131 ｜（C）

題目中譯｜雖然有吵雜的噪音，他們仍然繼續工作，因為他們必須在明天之前完成這項企畫。

答案中譯｜（A）考慮到（B）通過（C）儘管（D）至於

● 題型解析｜根據題意，應選表示讓步的「儘管」。選項（A）considering是表示條件的「考慮到」，選項（B）by是表示手段、方式的「通過」，選項（D）as for是表示關於的「至於」，皆不符合題意。因此，只能選（C）。

Answer 132 ｜（B）

題目中譯｜除了他之外，每個人都通過了考試，我想他現在一定很難過。

答案中譯｜（A）在…上面（B）除了（C）按照（D）反對

● 題型解析｜本題測驗介系詞詞義的差別。根據題意，應選「除了」。選項（A）over是「在…上面」的意思，選項（C）according to是「按照」的意思，選項（D）against是「反對」的意思，皆不符合題意。因此，只能選（B）。

Level 3 | 必考新多益選擇題

托 TOEFL **I** IELTS **B** Bulats **G** GEPT **1** 學測&指考 **公** 公務人員考試

語言能力：在工作及一般的社交場合皆能夠自信但非流暢的討論個人、工作及例行性業務上的相關話題，談話內容能運用一般場合常用的詞彙，但無法真正掌握、使用較複雜的文法句構，並非常用的詞彙也無法確切的運用。若能適時涉獵一般較少運用在日常生活上的詞彙，一定能提升相關溝通能力。

Question | 133

_____ what I heard, he went to America with his son and never came back.

(A) Since

(B) Across

(C) About

(D) From

Question | 134

Why do you throw your clothes all about on the desk, _____ the bed, _____ the sofa?

(A) on; on

(B) on; /

(C) /; on

(D) /; and

Question | 135

We always advocate that women have _____ men, but in reality that's not the case.

(A) equality with

(B) popularity with

(C) similarity with

(D) sympathy with

Question | 136

Jim will have worked here for two years _____ and gained a lot of experience.

(A) over the weekend

(B) on Sunday

(C) as of next week

(D) at six

Level 3 | 新多益選擇題解析

〔綠色證書〕測驗成績→470分～725分

第三級

● 詳細完整的題目和答案中譯，呈現補教名師在課堂教授的重點。 ● 臨時抱佛腳的考場記憶祕訣，搭配新多益測驗題型陷阱的提醒。 ● 保證只要熟讀各類題型解析，馬上掌握考試重點並戰勝新多益。

Answer 133 | （D）

題目中譯｜我聽說，他和兒子去美國，再也不會回來了。

答案中譯｜（A）自從（B）穿過（C）關於（D）從

● 題型解析｜介系詞通常放在名詞之前，但是，在某些正式文體中，介系詞也可以放在疑問詞、關係代名詞、連接代名詞之前。句中的「From what I hear」是-固定片語，表示「我聽說」。因此，正確選項為（D）。

Answer 134 | （D）

題目中譯｜為什麼把衣服丟的書桌、床上、沙發上到處都是呢？

答案中譯｜（A）在…上面；在…上面（B）在…上面；/（C）/；在…上面（D）/；和

● 題型解析｜本題測驗連接詞的用法。在英文中，如果有兩樣或兩樣以上的東西並列時，連接詞通常會放置最後一個名詞之前。由題目中可以判斷出，連接詞and應該置於「the sofa」之前。故正確解答應為選項（D）。

Answer 135 | （A）

題目中譯｜我們總是提倡男女平等，但是，現實生活卻並非如此。

答案中譯｜（A）與…平等（B）為…所歡迎（C）與…類似（D）對…同情

● 題型解析｜本題測驗的是名詞與介系詞的搭配意義。根據句意，應選「與…平等」。選項（B）popularity with是「為…所歡迎」的意思，選項（C）similarity with是「與…類似」的意思，選項（D）sympathy with是「對…同情」的意思，皆不符合題意。因此，只能選（A）。

Answer 136 | （C）

題目中譯｜到下周為止，吉姆已經在這裡工作兩年了，並且有許多收穫。

答案中譯｜（A）整個周末（B）在星期日（C）到下周為止（D）在六點鐘

● 題型解析｜本題測驗的是介系詞與時間名詞連用時的詞義辨析。選項（A）over the weekend是「在周末」的意思，選項（B）on Sunday是「在星期日」的意思，選項（D）at six是「在6點鐘」的意思，皆不符合題意。因此，只能選（C）。

Level 3

Level 3 │ 必考新多益選擇題

T TOEFL **I** IELTS **B** Bulats **G** GEPT **學** 學測&指考 **公** 公務人員考試

第三級

語言能力：在工作及一般的社交場合皆能夠自信但非流暢的討論個人、工作及例行性業務上的相關話題，談話內容能運用一般場合常用的詞彙，但無法真正掌握、使用較複雜的文法句構，並非常用的詞彙也無法確切的運用。若能適時涉獵一般較少運用在日常生活上的詞彙，一定能提升相關溝通能力。

Question | 137 · **T I B G 學 公**

His carelessness _____ the fire, which caused huge losses to the company.

(A) refers to

(B) led to

(C) amounts to

(D) belongs to

Question | 138 · **T I B G 學 公**

To our surprise, he has been found _____ dereliction of duty and taking bribes.

(A) guilty of

(B) full of

(C) afraid of

(D) independent of

Question | 139 · **G 學 公**

A little bird is _____ the tree, _____ which there are many apples.

(A) in, in

(B) in, on

(C) on, on

(D) at, in

Question | 140 · **T I B G 學 公**

_____ though he is, he still could not find out what was wrong with the machine.

(A) A careful man

(B) A man careful

(C) Smart a man

(D) Man a careful

Level 3 | 新多益選擇題解析
〔綠色證書〕測驗成績→470分～725分

● 詳細完整的題目和答案中譯，呈現補教名師在課堂教授的重點。● 臨時抱佛腳的考場記憶祕訣，搭配新多益測驗題型陷阱的提醒。● 保證只要熟讀各類題型解析，馬上掌握考試重點並戰勝新多益。

Answer 137 | （B）

題目中譯｜他的疏忽導致了這場火災，讓公司蒙受巨大損失。

答案中譯｜（A）談到…（B）導致…（C）合計（D）屬於…

● 題型解析｜本題測驗的是不同動詞與介系詞to連用時的詞義辨析。根據句意，應選「導致…」。選項（A）refer to是「談到…」的意思，選項（C）amount to是「合計」的意思，選項（D）belong to是「屬於…」的意思，皆不符合題意。因此，只能選（B）。

Answer 138 | （A）

題目中譯｜讓我們驚訝的是，他的罪刑是怠忽職守和收受賄賂。

答案中譯｜（A）犯罪（B）充滿（C）害怕（D）獨立於

● 題型解析｜本題測驗的是介系詞of與形容詞連用時的詞義辨析。選項（B）full of是「充滿」的意思，選項（C）afraid of是「害怕」意思，選項（D）independent of是「獨立於」的意思，皆不符合題意。因此，只能選（A）。

Answer 139 | （B）

題目中譯｜一隻小鳥正在一棵很多蘋果的樹上。

答案中譯｜（A）在…裡面；在…裡面（B）在…裡面；在…上面（C）在…上面；在…上面（D）在；在…裡面

● 題型解析｜英語中，表示「在樹上」時，如果是表示樹枝、果實、樹葉等長在樹上，介系詞需要用on；如果是表示外來的人或物在樹上，介系詞需要用in。因此，本題正確選項為（B）。

Answer 140 | （C）

題目中譯｜即使他很聰明，但仍無法找出這台機器的缺失。

答案中譯｜（A）一個仔細的人（正常語序）（B）一個仔細的人（語序不對）（C）一個聰明的人（倒裝）（D）一個仔細的人（語序不對）

● 題型解析｜在As, Though 引導的讓步形容詞從屬子句中，通常將主詞補語前置，如果主詞補語是「不定冠詞 + 形容詞 + 名詞」結構，前置時，表述順序為「形容詞 + 不定冠詞 + 名詞」。故本題的正確選項為（C）。

Level 3 | 必考新多益選擇題

必 TOEFL ❶ IELTS ❸ Bulats ❺ GEPT ❶ 學測＆指考 ❷ 公務人員考試 03-8

語言能力：在工作及一般的社交場合皆能夠自信但非流暢的討論個人、工作及例行性業務上的相關話題，談話內容能運用一般場合常用的詞彙，但無法真正掌握、使用較複雜的文法句構，並非常用的詞彙也無法確切的運用。若能適時涉獵一般較少運用在日常生活上的詞彙，一定能提升相關溝通能力。

Question | 141

He wrecked his car because he was driving drunk. I Actually have no sympathy _____ him.

(A) for

(B) to

(C) with

(D) before

Question | 142

You cannot compare yourself _____ a salesman with your brother who is a writer _____ tragedies.

(A) as; of

(B) with; with

(C) to; for

(D) to; with

Question | 143

I go to work _____ half past seven in the morning and return home at six _____ the afternoon.

(A) at; in

(B) at; at

(C) in; in

(D) in; at

Question | 144

I live _____ the second floor and I usually go to work _____ the nearest road.

(A) on; on

(B) at; by

(C) on; by

(D) at; on

Level 3 ｜新多益選擇題解析
〔綠色證書〕測驗成績→470分～725分

第三級

● 詳細完整的題目和答案中譯，呈現補教名師在課堂教授的重點。● 臨時抱佛腳的考場記憶祕訣，搭配新多益測驗題型陷阱的提醒。● 保證只要熟讀各類題型解析，馬上掌握考試重點並戰勝新多益。

Answer 141 ｜（A）

題目中譯｜他因為酒駕而出車禍。我並不同情他。

答案中譯｜（A）對於（B）向（C）和（D）在…之前

● 題型解析｜本題測驗的是固定片語。「have some sympathy for somebody / something」表示「贊同某人／某事」，而「have no sympathy for somebody / something」表示「不贊同某人／某事」，所以，空格應該選擇for。故本題的正確選項為（A）。

Answer 142 ｜（A）

題目中譯｜不能拿身為銷售員的你和身為悲劇作家的哥哥相比。

答案中譯｜（A）身為；…的（B）與；與（C）向；為了（D）向；與

● 題型解析｜本題考的同樣是介系詞的選擇。compare with表示「與…相比」；而compare to表示「把…比作」，意義有所不同，根據題意，第一個空格應選with，而a writer of tragedies為固定用法，表示「悲劇作家」。因此，正確選項為（A）。

Answer 143 ｜（A）

題目中譯｜我早上7點半去上班，下午6點回家。

答案中譯｜（A）在；在…之內（B）在；在（C）在…之內；在…之內（D）在…之內；在

● 題型解析｜本題測驗常用介系詞at與in的差別。at表示「在，於」，用於表示特定的時間、節日、年齡；in表示「在，在…之內，在…期間，在…後，過…後」，用於表示天、年、月、季節、周次。故第一個空格用at，第二個空格用in。因此，本題正確選項為（A）。

Answer 144 ｜（C）

題目中譯｜我住在二樓，且通常抄近路去上班。

答案中譯｜（A）在…上；在…上（B）在；由（C）在…上；由（D）在；在…上

● 題型解析｜本題測驗的是介系詞a, on, by的區別。on表示把地方、地點、位置當做一個平面；at表示把地方、地點、位置當做一個「點」；by用在表示位置時，有「經由、在…旁、靠近」之意。因此，第一個空格應選on，第二個空格應選by。故本題正確選項為（C）。

Level 3 | 必考新多益選擇題

托 TOEFL **I** IELTS **B** Bulats **G** GEPT **I** 學測&指考 **公** 公務人員考試

語言能力：在工作及一般的社交場合皆能夠自信但非流暢的討論個人、工作及例行性業務上的相關話題，談話內容能運用一般場合常用的詞彙，但無法真正掌握、使用較複雜的文法句構，並非常用的詞彙也無法確切的運用。若能適時涉獵一般較少運用在日常生活上的詞彙，一定能提升相關溝通能力。

Question | 145 · **I** **G I 公**

Where have you been _____ I last time saw you in America?

(A) since

(B) for

(C) at

(D) by

Question | 146 · **G I 公**

The poor lady went _____ upstairs and moved _____ the dim light slowly.

(A) to; toward

(B) /; toward

(C) to; to

(D) /; to

Question | 147 · **G I 公**

_____ the morning I received a call from my company asking me to hand in the manuscript _____ the afternoon of July 1.

(A) On; in

(B) In; in

(C) On; on

(D) In; by

Question | 148 · **G I 公**

They were hunting for a person like him _____ a sales manager.

(A) as

(B) like

(C) for

(D) with

Level 3 ｜ 新多益選擇題解析

〔綠色證書〕測驗成績→470分～725分

● 詳細完整的題目和答案中譯，呈現補教名師在課堂教授的重點。 ● 臨時抱佛腳的考場記憶祕訣，搭配新多益測驗題型陷阱的提醒。 ● 保證只要熟讀各類題型解析，馬上掌握考試重點並戰勝新多益。

Answer 145 ｜ （A）

題目中譯｜在美國最後一次見到你之後，你到哪裡去了呢？

答案中譯｜（A）自從（B）為了（C）在（D）到…的時候

● 題型解析｜依據題意應該選「自從…以來」。選項（B）for表時間時，常表示一段時間，選項（C）at表時間時常用來表示明確的日期或時間，選項（D）by表時間時，指「到…時候」，皆不符合題意。只有選項（A）since表示從過去以來到現在的一個時間段，所以，正確選項為（A）。

Answer 146 ｜ （B）

題目中譯｜這一位可憐的婦人上了樓，向昏暗的燈光處走去。

答案中譯｜（A）向某處移動；移向某處（B）／；移向某處（C）向某處移動；向某處移動（D）／；向某處移動

● 題型解析｜英文中home, downtown, uptown, inside, outside, downstairs, upstairs等副詞前不需要加上介系詞；to和toward都表示「向，朝，對」之意，toward只表示方向，並不含有到達某地之意，而to則往往帶有已到達某地的意思。根據句意第二個空格只是說明方向。綜上所述，本題正確選項為（B）。

Answer 147 ｜ （D）

題目中譯｜早上我接到公司的電話，要求在7月1日下午交稿。

答案中譯｜（A）在…時；在…時（B）在…時；在…時（C）在…時；在…時（D）在…時；在…前

● 題型解析｜通常情況下，morning, afternoon, evening等詞彙前用介系詞in。但是，當這些詞彙前後有修飾限定的字眼當成形容詞，將它們限定為某一天的早晨、下午或晚上時，介系詞in則改為by，所以，正確選項為（D）。

Answer 148 ｜ （A）

題目中譯｜他們正在尋找像他那樣的人當銷售經理。

答案中譯｜（A）作為（B）像…一樣（C）為了（D）和

● 題型解析｜本題測驗的是基本介系詞的使用。介系詞like表示「像，和…一樣」，介系詞as表示「作為」，介系詞for表示「為了」，介系詞with表示「和」。根據句意，應選as，所以，本題的正確選項為（A）。

Level 3 必考新多益選擇題

托 TOEFL I IELTS B Bulats G GEPT 學 學測＆指考 公 公務人員考試

第三級

語言能力：在工作及一般的社交場合皆能夠自信但非流暢的討論個人、工作及例行性業務上的相關話題，談話內容能運用一般場合常用的詞彙，但無法真正掌握、使用較複雜的文法句構，並非常用的詞彙也無法確切的運用。若能適時涉獵一般較少運用在日常生活上的詞彙，一定能提升相關溝通能力。

Question | 149

"How could you do such a foolish thing?" Charlie asked his wife, eyeing her angrily from ________ the kitchen table.

(A) at

(B) across

(C) through

(D) on

Question | 150

For miles around me there was nothing but a desert, without a single plant or tree ________.

(A) on earth

(B) for distance

(C) in sight

(D) at place

Question | 151

My grandpa still prefers to live in a small mountain village ________ all its disadvantages.

(A) for

(B) except

(C) with

(D) to

Question | 152

________ running, learning English requires a strong will.

(A) As with

(B) As to

(C) As for

(D) As if

Level 3 | 新多益選擇題解析
〔綠色證書〕測驗成績→470分～725分

● 詳細完整的題目和答案中譯，呈現補教名師在課堂教授的重點。 ● 臨時抱佛腳的考場記憶祕訣，搭配新多益測驗題型陷阱的提醒。 ● 保證只要熟讀各類題型解析，馬上掌握考試重點並戰勝新多益。

Answer 149 | （B）

題目中譯｜「你怎麼能做這種愚蠢的事情呢？」查理在餐桌那頭生氣地瞪著他的妻子問道。

答案中譯｜（A）在（B）穿過（C）通過（D）在…上面

● 題型解析｜本題同樣是測驗介系詞的用法。at表示「在某處，在某個時間點」，on表示「在…上」，through表示「從空間的內部穿過」，across表示「從物體的表面穿過」，根據題意可知，正確選項為（B）。

Answer 150 | （C）

題目中譯｜在我視線所及的範圍內，除了沙漠，連一棵樹、一株植物也沒有。

答案中譯｜（A）究竟；世界上（B）距離（C）在視野中（D）在某地

● 題型解析｜根據句意，應選「在視野中」。選項（A）表示「究竟；世界上」的意思，選項（B）表示「距離」的意思，選項（D）表示「在某地」的意思，皆不符合題意。因此，本題的正確選項為（C）。

Answer 151 | （C）

題目中譯｜雖然有種種不便，我的外公還是願意住在小山村。

答案中譯｜（A）因為（B）除了…之外（C）雖然（D）為了

● 題型解析｜本題測驗介系詞with在具體語境中的特殊意義。選項（A）是表示原因的「因為」，選項（B）是表示選擇的「除了…之外」，選項（D）是表示目的的「為了」。只有with可以表示轉折關係，意為「雖然」。因此，本題的正確選項為（C）。

Answer 152 | （A）

題目中譯｜如同跑步一樣，學習英語也需要堅韌的意志力。

答案中譯｜（A）正如…一樣（B）至於（C）就…而言（D）似乎

● 題型解析｜根據句意，應選「正如…一樣」。選項（B）表示「至於」的意思，選項（C）表示「就…而言」的意思，選項（D）表示「似乎」的意思，皆不符合題意。所以，本題的正確選項為（A）。

Level 3 | 必考新多益選擇題

TOEFL ● IELTS ⑧ Bulats ⑥ GEPT ⑦ 學測&指考 ㉘ 公務人員考試

第三級

語言能力：在工作及一般的社交場合皆能夠自信但非流暢的討論個人、工作及例行性業務上的相關話題，談話內容能運用一般場合常用的詞彙，但無法真正掌握、使用較複雜的文法句構，並非常用的詞彙也無法確切的運用。若能適時涉獵一般較少運用在日常生活上的詞彙，一定能提升相關溝通能力。

Question | 153 ● ● ⑧ ⑥ ⑦ ㉘

Washington, a state in the United States, was named _____ one of the great presidents.

(A) in honor of

(B) instead of

(C) in favor of

(D) by means of

Question | 154 ● ● ⑧ ⑥ ⑦ ㉘

_____ so much electrical equipment and wood here, it is quite necessary to take proper fire precautions.

(A) For

(B) In

(C) With

(D) By

Question | 155 ● ● ⑧ ⑥ ⑦ ㉘

The study you have done _____ ancient Chinese characters is very educational.

(A) of

(B) to

(C) for

(D) from

Question | 156 ● ● ⑧ ⑥ ⑦ ㉘

I have not seen you for a couple of days. What have you been up _____?

(A) in

(B) to

(C) with

(D) for

Level 3 ｜ 新多益選擇題解析

〔綠色證書〕測驗成績→470分～725分

● 詳細完整的題目和答案中譯，呈現補教名師在課堂教授的重點。● 臨時抱佛腳的考場記憶祕訣，搭配新多益測驗題型陷阱的提醒。● 保證只要熟讀各類題型解析，馬上掌握考試重點並戰勝新多益。

Answer 153 ｜ （A）

題目中譯｜美國的華盛頓州取名是為了紀念一位偉大的總統。

答案中譯｜（A）為了紀念…（B）取代（C）贊成（D）通過…方式

● 題型解析｜根據題意，應選「為了紀念…」。選項（B）表示「取代」的意思，選項（C）表示「贊成」的意思，選項（D）表示「通過…方式」，皆不符合題意。因此，本題的正確選項為（A）。

Answer 154 ｜ （C）

題目中譯｜這裡有許多的電器、木材，採取恰當的防火措施十分重要。

答案中譯｜（A）由於（B）在…裡面（C）具有（D）通過

● 題型解析｜本題測驗介系詞的辨析。選項（A）表示「由於，因為」的意思，選項（B）表示「在…裡面」的意思，選項（D）表示「經，由」的意思，皆不符合題意。因此，本題的正確選項為（C）表示伴隨狀況。

Answer 155 ｜ （A）

題目中譯｜你所做的有關中國古漢字的研究，是非常具有教育意義的。

答案中譯｜（A）…的（B）為了（C）為了（D）從…

● 題型解析｜本題測驗介系詞的辨析。此句中，of後面的名詞（即ancient Chinese characters）與前面的子句一併成為be動詞的受詞，意為「…的」，表示一種支配的關係，而選項（B）、（C）、（D）均無此用法。因此，本題的正確選項為（A）。

Answer 156 ｜ （B）

題目中譯｜多日不見，你在忙些什麼呢？

答案中譯｜（A）在…裡面（B）為了（C）具有（D）為了

● 題型解析｜本題測驗固定片語「be up to」的用法。「be up to」可以表示「勝任；從事；忙於」等含義，在句中為「忙於」的意思。而選項（A）、（C）、（D）均不能與be up連用。因此，本題的正確選項為（B）。

Level 3 | 必考新多益選擇題

🅣 TOEFL 🅘 IELTS 🅑 Bulats 🅖 GEPT 🅣 學測&指考 🅐 公務人員考試

語言能力：在工作及一般的社交場合皆能夠自信但非流暢的討論個人、工作及例行性業務上的相關話題，談話內容能運用一般場合常用的詞彙，但無法真正掌握、使用較複雜的文法句構，並非常用的詞彙也無法確切的運用。若能適時涉獵一般較少運用在日常生活上的詞彙，一定能提升相關溝通能力。

Question | 157 ⋯⋯⋯⋯⋯⋯⋯⋯⋯⋯⋯⋯⋯⋯⋯ 🅖🅣🅐

A: Do you like coffee or tea?

B: Coffee. And I prefer coffee _____ milk.

(A) to

(B) for

(C) with

(D) from

Question | 158 ⋯⋯⋯⋯⋯⋯⋯⋯⋯⋯⋯⋯⋯⋯⋯ 🅖🅣🅐

A: What do you mean _____ saying, "The boy is overgrown?"

B: I mean that he is tall _____ his age.

(A) as to; for

(B) by; for

(C) about; with

(D) by; to

Question | 159 ⋯⋯⋯⋯⋯⋯⋯⋯⋯⋯⋯⋯⋯⋯⋯ 🅖🅣🅐

My sister sat at the table _____ a book in hand, which was sent _____ her best friend on her birthday.

(A) in; in

(B) in; with

(C) with; by

(D) with; with

Question | 160 ⋯⋯⋯⋯⋯⋯⋯⋯⋯⋯⋯⋯⋯⋯⋯ 🅣🅘🅑🅖🅣🅐

He is running _____ the wind towards the bus station, which is _____ the right of the bank.

(A) down; on

(B) against; to

(C) for; in

(D) with; to

Level 3 ｜ 新多益選擇題解析

〔綠色證書〕測驗成績→470分～725分

第三級

● 詳細完整的題目和答案中譯，呈現補教名師在課堂教授的重點。 ● 臨時抱佛腳的考場記憶祕訣，搭配新多益測驗題型陷阱的提醒。 ● 保證只要熟讀各類題型解析，馬上掌握考試重點並戰勝新多益。

Answer 157 ｜（C）

題目中譯｜A：你喜歡咖啡還是茶呢？

B：咖啡，我更喜歡牛奶加咖啡。

答案中譯｜（A）為了（B）為了（C）和（D）來自

● 題型解析｜本題易誤選（A）prefer...to表示「與…相比，更喜歡…」，固然是常用的用法。但是，根據句意，由答句both可以得知，既喜歡咖啡，也喜歡牛奶，自然不存在比較或偏向的意味。連接詞And表明話題順接，但更喜歡牛奶加咖啡，而只有with可以表示「和，…加…」的意思。因此，本題的正確選項為（C）。

Answer 158 ｜（B）

題目中譯｜A：你說的「那個男孩長得太快」這句話是什麼意思呢？

B：我的意思是，相對於他的年齡而言，他算很高了。

答案中譯｜（A）至於，對…而言（B）通過，對…而言（C）關於，具有（D）通過，為了

● 題型解析｜根據句意，第一個空格應選by表示手段，「What do you mean by」為固定句型，意為「你…是什麼意思」，由此固定句型的用法，可以先刪除選項（A）與（C）。第二個空格應選「對…而言」，只有for有此含義。固本題的正確選項為（B）。

Answer 159 ｜（C）

題目中譯｜我妹妹坐在桌子旁，手裡拿著一本書，那是她生日那一天，她最好的朋友送她的。

答案中譯｜（A）在…裡面；在…裡面（B）在…裡面；表伴隨（C）表伴隨；由（D）表伴隨；表伴隨

● 題型解析｜本題測驗介系詞的辨析。根據句意，第一個空格測驗的是with結構，表示「手裡拿著…」，為固定用法；第二個空格應選by，意為「由…，自…」。所以，本題的正確選項為（C）。

Answer 160 ｜（B）

題目中譯｜他逆著風跑向在銀行右邊的公車站。

答案中譯｜（A）順，在…（B）逆，向…（C）因為，在…裡面（D）和，向…

● 題型解析｜根據句意，第一個空格測驗的是固定的表達用語，「against the wind」表示「逆風」，相應的，「before / down the wind」表示「順風」；第二個空格也是測驗固定的表達用法，「to the right」表示「在…的右邊」，相應的，「to the left」則表示「在…的左邊」。所以，本題的正確選項為（B）。

Level 3 | 必考新多益選擇題

第三級

® TOEFL ❶ IELTS ® Bulats ® GEPT ❶ 學測＆指考 ㉒ 公務人員考試 03-9

語言能力：在工作及一般的社交場合皆能夠自信但非流暢的討論個人、工作及例行性業務上的相關話題，談話
內容能運用一般場合常用的詞彙，但無法真正掌握、使用較複雜的文法句構，並非常用的詞彙也無法確切的運
用。若能適時涉獵一般較少運用在日常生活上的詞彙，一定能提升相關溝通能力。

Question | 161

Not all of us can tell the difference _____ good and evil.

(A) among

(B) between

(C) from

(D) in

Question | 162

The woman always quarrels _____ others _____ trifle things.

(A) about; about

(B) about; with

(C) with; about

(D) with; with

Question | 163

_____, the climate in this area at this time of the year is quite good.

(A) Generally speaking

(B) After all

(C) Above all

(D) On one hand

Question | 164

Children were divided _____ two groups, in a competition to separate the good potatoes _____ the bad ones.

(A) from; by

(B) into; from

(C) into; into

(D) from; into

Level 3 | 新多益選擇題解析

〔綠色證書〕測驗成績→470分～725分

第三級

● 詳細完整的題目和答案中譯，呈現補教名師在課堂教授的重點。● 臨時抱佛腳的考場記憶祕訣，搭配新多益測驗題型陷阱的提醒。● 保證只要熟讀各類題型解析，馬上掌握考試重點並戰勝新多益。

Answer 161 | （B）

題目中譯｜並不是所有人都能明辨善惡。

答案中譯｜（A）在…之間（B）在…之間（C）從…之間（D）在…裡面

● 題型解析｜本題測驗的是固定用法「between...and」，而「the difference between...and」則表示「…和…之間的差別」。句中的「good and evil」也是為固定用法，表示「善惡」。綜合上述，可以得知本題的正確選項為（B）。

★ 要注意的是，between通常用於兩者之間的比較；among表示三者和三者以上之間的比較，但如果強調的是兩兩相互間的關係，也多用between。

Answer 162 | （C）

題目中譯｜那個女人總是為了一些瑣事和別人爭吵。

答案中譯｜（A）關於；關於（B）關於；和（C）和；關於（D）和；和

● 題型解析｜本題測驗動詞quarrel與介系詞所構成的固定用法。第一個空格表示「與某人爭吵」，介系詞要使用with；第二個空格表示「為某事而爭吵」，則介系詞要用about或者over。因此，本題的正確選項為（C）。

Answer 163 | （A）

題目中譯｜一般來說，在每年的這個時候，這個地區的氣候是很棒的。

答案中譯｜（A）一般來說（B）畢竟（C）首先（D）一方面

● 題型解析｜本題測驗的是固定片語的用法。根據句意，應選「總的來說」。選項（B）表示「畢竟」的意思，選項（C）表示「首先，最重要的」的意思，選項（D）表示「一方面」的意思，皆不符合題意。因此，正確選項為（A）。

Answer 164 | （B）

題目中譯｜孩子們被分為兩組，他們要進行比賽，把好的馬鈴薯和壞的馬鈴薯分開。

答案中譯｜（A）從…之間；通過（B）進入…中；從…之間（C）進入…中；進入…中（D）從…之間；進入…中

● 題型解析｜本題測驗介系詞與動詞的搭配。第一個空格應該選擇介系詞into，與divide連用，表示把整體分成若干部分；第二個空格應該使用from，與separate連用，表示把一堆東西裡面的一部分分離出來。由此得知，本題的正確選項為（B）。

Level 3 必考新多益選擇題

TOEFL ❶ IELTS ❸ Bulats ❻ GEPT ❶ 學測＆指考 ❷ 公務人員考試

第三級

語言能力：在工作及一般的社交場合皆能夠自信但非流暢的討論個人、工作及例行性業務上的相關話題，談話
內容能運用一般場合常用的詞彙，但無法真正掌握、使用較複雜的文法句構，並非常用的詞彙也無法確切的運
用。若能適時涉獵一般較少運用在日常生活上的詞彙，一定能提升相關溝通能力。

Question | 165

The building is supposed to be completed _____ a year.

(A) after

(B) for

(C) in

(D) about

Question | 166

A: These boxes are too heavy for me to carry.

B: Here, I will give you a hand _____ them.

(A) for

(B) to

(C) with

(D) by

Question | 167

_____! You stepped on my foot. Please be careful, ok?

(A) Good

(B) My God

(C) Hurray

(D) Ouch

Question | 168

_____! I must go now. My husband is waiting for me outside.

(A) Well

(B) Here

(C) Hey

(D) There

Level 3 | 新多益選擇題解析

〔綠色證書〕測驗成績→470分～725分

第三級

● 詳細完整的題目和答案中譯，呈現補教名師在課堂教授的重點。● 臨時抱佛腳的考場記憶祕訣，搭配新多益測驗題型陷阱的提醒。● 保證只要熟讀各類題型解析，馬上掌握考試重點並戰勝新多益。

Answer 165 | （C）

題目中譯 | 這棟大樓將於一年後建成。

答案中譯 | （A）在…之後（B）為了（C）在…之後（D）大約

● **題型解析** | 根據句意，應選「在…之後」，可先將選項（B）、（D）刪除。after和in這兩個介系詞都表示「在若干時間之後」。in可以用於未來式或過去式的句子中；after一般用於過去式。因此，本題的正確選項為（C）。

Answer 166 | （C）

題目中譯 | A：對我來說，這些箱子太重了，我搬不動。

B：好，我來幫你搬。

答案中譯 | （A）為了（B）對於（C）用（D）通過

● **題型解析** | 本題測驗固定片語的用法。「give somebody a hand」為固定的表達方式，意為「幫助某人」，若要表示「就某事而幫助某人」，需要使用介系詞with / in / at引出具體的事情。差別在於，with後面接上名詞、代名詞；而in / at則後面接上動詞的形式。由此可以判斷出，本題的正確選項為（C）。

Answer 167 | （D）

題目中譯 | 哎呦！你踩到我的腳了，請小心一點好嗎？

答案中譯 | （A）好（B）天哪（C）萬歲（D）哎呦（疼痛時發出的叫聲）

● **題型解析** | 根據題意應選表示疼痛時發出的叫聲「哎呦」。選項（A）表示「好，太好了」的意思，選項（B）是「天哪」的意思，選項（C）是「萬歲，加油！」的意思，皆不符合題意。因此，只能選（D）。

Answer 168 | （C）

題目中譯 | 嘿！我必須走了，我丈夫還在外面等我。

答案中譯 | （A）嗯（B）好了（表勸告）（C）嘿（D）你瞧

● **題型解析** | 根據題意應選「嘿」。（A）是「嗯」的意思，表示沉思，選項（B）為感歎詞時是「好了」的意思，表示勸告，選項（D）作感歎詞時是「你瞧」的意思，皆不符合題意。因此，只能選（C）。

Level 3 必考新多益選擇題

⊕ TOEFL ❶ IELTS ⑧ Bulats ⑥ GEPT ❶ 學測&指考 ㉘ 公務人員考試

第三級

語言能力：在工作及一般的社交場合皆能夠自信但非流暢的討論個人、工作及例行性業務上的相關話題，談話內容能運用一般場合常用的詞彙，但無法真正掌握、使用較複雜的文法句構，並非常用的詞彙也無法確切的運用。若能適時涉獵一般較少運用在日常生活上的詞彙，一定能提升相關溝通能力。

Question | 169 ⟶ ⓖ❶㉘

_____! No regrets. Let bygones be bygones.

(A) Oh

(B) Come on

(C) Ah

(D) Dear me

Question | 170 ⟶ ⓖ❶㉘

Oh, _____! I just turned going the wrong way on a one-way street !

(A) dear

(B) come

(C) well

(D) there

Question | 171 ⟶ ⓖ❶㉘

Oh, _____! We got a goal ! That's terrific!

(A) now

(B) man

(C) boy

(D) why

Question | 172 ⟶ ❶⑧ⓖ❶㉘

_____ ! Pigs don't fly.

(A) Aha

(B) Sh

(C) Ha

(D) Nonsense

Level 3 | 新多益選擇題解析

〔綠色證書〕測驗成績→470分～725分

第三級

● 詳細完整的題目和答案中譯，呈現補教名師在課堂教授的重點。● 臨時抱佛腳的考場記憶祕訣，搭配新多益測驗題型陷阱的提醒。● 保證只要熟讀各類題型解析，馬上掌握考試重點並戰勝新多益。

Level 3

Answer 169 | （B）

題目中譯 | 好啦！別後悔，現在說什麼都是多餘的。

答案中譯 | （A）哦（B）好啦（C）呀（D）天啊

● **題型解析** | 本題測驗感歎詞的用法。根據句意，本題需要用表示勸慰的感歎詞。選項（A）Oh表示指責、稱讚、驚訝、痛苦、懊惱等，可譯為「哦，啊，呀」等，選項（C）Ah可譯為「哎呀」，表高興、驚奇等，選項（D）Dear me可譯為「天啊」，表驚奇、痛苦等；只有選項（B）Come on表示鼓勵、安慰等，可譯為「好吧」。因此，正確選項為（B）。

Answer 170 | （A）

題目中譯 | 噢，天哪！我轉進一條錯誤的單行道。

答案中譯 | （A）天哪（B）好吧（C）好啦（D）喲

● **題型解析** | 根據題意應選表示吃驚的感歎詞「天哪」。選項（B）come作感歎詞時是「好吧」的意思，選項（C）well是「好啦」的意思，選項（D）there是「喲」的意思，多用來引起注意，皆不符合題意。因此，只能選（A）dear。

Answer 171 | （C）

題目中譯 | 嘿！我們進球了！真的是太棒了！

答案中譯 | （A）喂，喏（B）啊，嗨（C）嘿，哇，哼（D）咳

● **題型解析** | 根據句意應選表示興奮、高興、驚奇等的感歎詞。選項（A）now是表示警告、命令、請求、說明、安慰的感歎詞，選項（B）表示興奮、輕蔑、不耐煩、引起注意的感歎詞，選項（D）why表示吃驚、抗議的感歎詞，皆不符合句意。所以，本題正確選項為（C）。

Answer 172 | （D）

題目中譯 | 胡說！豬不會飛。

答案中譯 | （A）啊哈（B）噓（C）哈（D）胡說

● **題型解析** | 根據題意應選「胡說」。選項（A）Aha是「啊哈」的意思，表示得意、驚奇、嘲弄、滿意，選項（B）Sh是「噓」的意思，表示制止、引起注意，選項（C）Ha是「哈」的意思，表示驚奇、疑惑、鄙視，皆不符合題意。因此，只能選（D）。

Level 3 | 必考新多益選擇題

T TOEFL **I** IELTS **B** Bulats **G** GEPT **學** 學測&指考 **公** 公務人員考試

語言能力：在工作及一般的社交場合皆能夠自信但非流暢的討論個人、工作及例行性業務上的相關話題，談話內容能運用一般場合常用的詞彙，但無法真正掌握、使用較複雜的文法句構，並非常用的詞彙也無法確切的運用。若能適時涉獵一般較少運用在日常生活上的詞彙，一定能提升相關溝通能力。

Question | 173

_____! I almost fell down.

(A) Whew
(B) Hmmm
(C) Duh
(D) Huh

Question | 174

She forgot her wallet, so she had _____ money to pay for the bag.

(A) some
(B) any
(C) none
(D) no

Question | 175

_____ of these songs is pleasant to hear.

(A) Both
(B) All
(C) Every
(D) Each

Question | 176

I like _____ of these garments because the first one is too dark and the second one is too bright.

(A) either
(B) neither
(C) both
(D) any

Level 3
第三級

新多益選擇題解析
〔綠色證書〕測驗成績→470分～725分

● 詳細完整的題目和答案中譯，呈現補教名師在課堂教授的重點。 ● 臨時抱佛腳的考場記憶祕訣，搭配新多益測驗題型陷阱的提醒。 ● 保證只要熟讀各類題型解析，馬上掌握考試重點並戰勝新多益。

Answer 173 ｜（A）

題目中譯｜哎唷！我差點摔倒。

答案中譯｜（A）唷，呦（B）嗯（C）咄（D）哼

● 題型解析｜根據句意應選表示驚訝、失望、厭惡的感歎詞。選項（C）表示猶豫、不快，不理解的一種感歎詞，也用於自嘲，選項（B）、（D）是表示疑問、蔑視的感歎詞，日常生活中常用來表示難言之隱。三個選項皆不符合題意。所以，只能選（A）。

Answer 174 ｜（D）

題目中譯｜她忘了帶錢包，所以沒有錢可以買包包。

答案中譯｜（A）一些（B）一些（C）沒有人（D）沒有

● 題型解析｜本題測驗一些代名詞的差別和用法。依據題意，要選擇「沒有」，且用於修飾物。選項（A）some和選項（B）any都表示「一些」，不符合題意，先刪除，選項（C）none用於表示「沒有人」，用於修飾人，不符合題意，只有選項（D）no表示「沒有」，可以修飾物。因此，正確選項為（D）。

Answer 175 ｜（D）

題目中譯｜這些歌曲都很好聽。

答案中譯｜（A）兩者都（B）三者都（C）每一個（D）每一個

● 題型解析｜依據題意，be動詞是is表示單數，故選擇可以代指單數的代名詞。選項（A）both和選項（B）all都表示「都」， 且用於代指可數名詞複數，不符合題意，故刪除，選項（C）every表示「每一個」，不能與of連用，也刪除；只有選項（D）each表示「每一個」，與of連用表示單數含義。因此，正確選項為（D）。

Answer 176 ｜（B）

題目中譯｜兩件衣服我都不喜歡，因為第一件太暗而第二件太亮。

答案中譯｜（A）兩者中的任何一個（B）兩者都不（C）兩者都（D）任何一個

● 題型解析｜依據題意，要選擇「兩者都不」。選項（A）either是「兩者中的任何一個」的意思，選項（C）both是「兩者都」的意思，選項（D）any是「任何一個」的意思，皆不符合題意。因此，本題正確選項為（B）neither意思是「兩者都不」，用於對兩者表示否定。

Level 3 | 必考新多益選擇題

TOEFL ❶ IELTS ❷ Bulats ❸ GEPT ❹ 學測&指考 ❺ 公務人員考試

語言能力：在工作及一般的社交場合皆能夠自信但非流暢的討論個人、工作及例行性業務上的相關話題，談話內容能運用一般場合常用的詞彙，但無法真正掌握、使用較複雜的文法句構，並非常用的詞彙也無法確切的運用。若能適時涉獵一般較少運用在日常生活上的詞彙，一定能提升相關溝通能力。

Question | 177

_____ of us were asked to finish the project before March, but nobody finished it on schedule.

(A) Whole

(B) Some

(C) None

(D) All

Question | 178

There are thirty employees in the workshop; four are male and _____ are female.

(A) another

(B) the other

(C) the others

(D) others

Question | 179

Isn't _____ going to visit you on Sunday?

(A) someone

(B) anyone

(C) everyone

(D) no one

Question | 180

I couldn't find my dictionary, so I have to buy a new _____.

(A) one

(B) it

(C) that

(D) ones

Level 3 │ 新多益選擇題解析
〔綠色證書〕測驗成績→470分～725分

第三級

● 詳細完整的題目和答案中譯，呈現補教名師在課堂教授的重點。 ● 臨時抱佛腳的考場記憶祕訣，搭配新多益測驗題型陷阱的提醒。 ● 保證只要熟讀各類題型解析，馬上掌握考試重點並戰勝新多益。

Answer 177 │（D）

題目中譯│我們所有的人都被要求在三月之內完成這項企畫，但是沒有一個人能在時間內完成它。

答案中譯│（A）全部的（B）一些（C）沒有人（D）所有的

● 題型解析│依據題意，要選擇「所有的」，且能夠用於當代名詞代指人。選項（A）Whole意思是「全部的」，是一個形容詞，選項（B）Some意思是「一些」，選項（C）None意思是「沒有人」，都不符合題意，只有選項（D）All意思是「所有的」，且能夠用於句首當代名詞代指us。因此，選項（D）符合題意。

Answer 178 │（C）

題目中譯│工廠裡有30個員工，4個是男的，其他都是女的。

答案中譯│（A）另一個（B）另一個（C）其他所有人（D）其他

● 題型解析│依據題意，要選擇「其他所有人」。選項（A）another意思是「另一個」，選項（B）the other意思是「另一個」，用於代指兩個人或物種的另一個，選項（D）others意思是「其他」，代指不定範圍內的另外一部分，都不符合題意，只有選項（C）the others意思是「其他所有人」，用於代指一定範圍內剩餘部分的人或物。因此，選項（C）符合題意。

Answer 179 │（A）

題目中譯│周日沒有人要去拜訪你嗎？

答案中譯│（A）有人（B）任何人（C）每一個人（D）沒有人

● 題型解析│依據題意，要選擇「有人、某人」，表示泛指的某一個人。選項（B）anyone意思是「任何人」，選項（C）everyone意思是「每一個人」，選項（D）no one意思是「沒有人」，都不符合題意。因此，選項（A）someone符合題意，someone意思是「有人、某人」。

Answer 180 │（A）

題目中譯│我找不到我的字典，所以我應該去買一本新的。

答案中譯│（A）一個（B）它（C）那個（D）一些

● 題型解析│根據題意應選表示泛指的「一個」。one表示泛指，而that和it 表示特指。that與所指名詞為同類，但不是同一個事物；而it 與所指名詞為同一個事物。ones為複數形式，必須和形容詞連用，都不符合題意。因此，本題正確選項為（A）只有one能代指泛指的某一個事物。

Level 3 | 必考新多益選擇題

TOEFL **IELTS** **Bulats** **GEPT** 學測&指考 公務人員考試 03-10

第三級

語言能力：在工作及一般的社交場合皆能夠自信但非流暢的討論個人、工作及例行性業務上的相關話題，談話內容能運用一般場合常用的詞彙，但無法真正掌握、使用較複雜的文法句構，並非常用的詞彙也無法確切的運用。若能適時涉獵一般較少運用在日常生活上的詞彙，一定能提升相關溝通能力。

Question | 181

I have _____ to talk with you about that will take some time.

(A) important something

(B) something important

(C) unimportant something

(D) something unimportant

Question | 182

An applicant with good practical skills is more attractive than _____ with a good academic background.

(A) one

(B) that

(C) this

(D) an applicant

Question | 183

He is smarter than _____ in his class, but his bad behavior really annoys his teachers.

(A) anyone

(B) anyone else

(C) all the students

(D) all of the students

Question | 184

I have sent invitations to ninety people. _____ only thirty replied.

(A) Of them

(B) Of whom

(C) Whom

(D) Them

Level 3 ｜ 新多益選擇題解析
〔綠色證書〕測驗成績→470分～725分

● 詳細完整的題目和答案中譯，呈現補教名師在課堂教授的重點。 ● 臨時抱佛腳的考場記憶祕訣，搭配新多益測驗題型陷阱的說解。 ● 保證只要熟讀各類題型解析，馬上掌握考試重點並戰勝新多益。

Answer 181 ｜（B）

題目中譯｜我有非常重要的事情要跟你談，請給我一些時間。

答案中譯｜（A）重要的事情（B）重要的東西（C）不重要的事情（D）不重要的事情

● 題型解析｜根據句意，要選擇「重要的事情」，可以用「something important」來表達。選項（C）unimportant something表述錯誤，而選項（D）something unimportant意思是「不重要的事情」，不符合題意，刪除。選項（A）important something也表述錯誤，只有選項（B）正確，「something important」意思是「重要的事情」。

Answer 182 ｜（A）

題目中譯｜擁有實作能力的求職者比擁有高學歷的求職者更吸引人。

答案中譯｜（A）一個（B）那個（C）這個（D）一個求職者

● 題型解析｜在比較結構中，為了避免重複，有時需要用that, those或one替代前文出現過的名詞，刪除選項（C）和（D）；而that用以表示特指，one表示泛指，根據題意，刪除選項（B）。因此，正確選項為（A）。

Answer 183 ｜（B）

題目中譯｜他比班上的其他學生都聰明，但是他糟糕的行為讓老師們感到困擾。

答案中譯｜（A）任何人（B）其他人（C）所有的學生（D）所有的學生（介系詞of結構）

● 題型解析｜在比較結構中，二者進行比較時，不能有相互包含的範疇。而anyone, all the students和all of the students都包含主詞he在內，均不符合此文法規則，所以，刪除選項（A）、（C）、（D）。因此，本題正確選項為（B）。

Answer 184 ｜（B）

題目中譯｜我發邀請函給90個人，只有30個人回覆。

答案中譯｜（A）誰的（B）誰的（C）誰（D）誰

● 題型解析｜「of + 關係代名詞」引導的非限制性的形容詞從屬子句與名詞或代名詞連用時，名詞或代名詞可以放在其前，也可以放在其後。依據題意，本題要用「of + 代名詞」的結構來表示所屬關係，即30個人是在這90個人的範圍內，故要用whom來帶指「ninety people」。因此，選項（B）符合題意。

Level 3 | 必考新多益選擇題

⓲ TOEFL ❶ IELTS Ⓑ Bulats Ⓖ GEPT ❶ 學測&指考 Ⓐ 公務人員考試

語言能力：在工作及一般的社交場合皆能夠自信但非流暢的討論個人、工作及例行性業務上的相關話題，談話內容能運用一般場合常用的詞彙，但無法真正掌握、使用較複雜的文法句構，並非常用的詞彙也無法確切的運用。若能適時涉獵一般較少運用在日常生活上的詞彙，一定能提升相關溝通能力。

Question | 185 ··· ❶ Ⓖ❶Ⓐ

As everyone knows, _____ have completed the task, but _____ has not.

(A) they, him

(B) she, he

(C) he, she

(D) they, she

Question | 186 ··· Ⓖ❶Ⓐ

George was the only one _____ didn't complete the report on time, so the teacher failed him.

(A) that

(B) which

(C) who

(D) whom

Question | 187 ··· Ⓖ❶Ⓐ

What I want to say is _____, "Your bag is so beautiful that I also want to buy one."

(A) /

(B) that

(C) these

(D) those

Question | 188 ··· ❶ Ⓖ❶Ⓐ

At one time there was _____ here, but now it's just a sea of ugly automobile factories.

(A) a stretch of beautiful field

(B) a field of beautiful stretch

(C) a beautiful stretch of field

(D) beautiful field of a stretch

Level 3 | 新多益選擇題解析
〔綠色證書〕測驗成績→470分～725分

● 詳細完整的題目和答案中譯，呈現補教名師在課堂教授的重點。● 臨時抱佛腳的考場記憶祕訣，搭配新多益測驗題型陷阱的提醒。● 保證只要熟讀各類題型解析，馬上掌握考試重點並戰勝新多益。

Answer 185 | （D）

題目中譯 | 大家都知道，他們已經完成任務了，但是她還沒有。

答案中譯 |（A）他們，他（受格）（B）她，他（C）他，她（D）他們，她

● 題型解析 | 人稱代名詞當主詞時，其後的動詞要與主詞保持一致。根據have可知第一個空格應選表示複數概念的人稱代名詞they；根據題目中，句尾的第二個空格應該選擇she，故本題正確選項為（D）。

Answer 186 | （A）

題目中譯 | 喬治是唯一沒有準時交到報告的，所以他被老師當掉了。

答案中譯 |（A）那個（B）哪一個（C）誰（D）誰

● 題型解析 | 本題測驗關係代名詞引導的形容詞從屬子句。which用以指物，故先刪除選項（B）。who和whom均代指人，但是需要注意的是先行詞被序數詞、形容詞最高級或the only, the very等所修飾時，關係代名詞只能使用that，由此文法規則，再刪除選項（C）和（D）。得出本題的正確選項為（A）。

Answer 187 | （A）

題目中譯 | 我想說的是，你的包包很漂亮，我也想要去買一個。

答案中譯 |（A）/（B）那個（C）這些（D）那些

● 題型解析 | 依據題意可知後面一句是前面一句所要表達的內容。that和those指前面提到的事物，故刪除選項（B）和（D）；this和these則是指接下來要講述的事物，但因be動詞是is，只能使用this，再刪除選項（C）。因此，本題的正確選項為（A）。

Answer 188 | （C）

題目中譯 | 那裡曾是一片美麗的原野，現在卻成了汽車工廠。

答案中譯 |（A）一片美麗的原野（錯誤格式）（B）一片美麗的原野（錯誤格式）（C）一片美麗的原野（D）一片美麗的原野（錯誤格式）

● 題型解析 | 關於表示數量的詞的用法，英文和中文有所不同。中文的形容詞通常放在量詞的後面，而英文中的形容詞要放在量詞的前面。所以，本題的正確選項為（C）。

Level 3 | 必考新多益選擇題

第三級

語言能力：在工作及一般的社交場合皆能夠自信但非流暢的討論個人、工作及例行性業務上的相關話題，談話內容能運用一般場合常用的詞彙，但無法真正掌握、使用較複雜的文法句構，並非常用的詞彙也無法確切的運用。若能適時涉獵一般較少運用在日常生活上的詞彙，一定能提升相關溝通能力。

Question | 189

He fetched a small gift from his bag and said that it was _____ of his love for me.

(A) a chunk of

(B) a flood of

(C) a token of

(D) a patch of

Question | 190

I hope you don't have _____ doubt about our sincerity.

(A) a shadow of

(B) a wink of

(C) a tint of

(D) a spark of

Question | 191

_____ moonlight shone through the window which made me think of the famous poem of Li Bai.

(A) A beam of

(B) A glimpse of

(C) A stroke of

(D) A layer of

Question | 192

She did not have _____ remorse about what she had done though a lot of people criticized her.

(A) a taint of

(B) a twinge of

(C) a sign of

(D) a flicker of

Level 3 ｜新多益選擇題解析
〔綠色證書〕測驗成績→470分～725分

第三級

● 詳細完整的題目和答案中譯，呈現補教名師在課堂教授的重點。 ● 臨時抱佛腳的考場記憶祕訣，搭配新多益測驗題型陷阱的提醒。 ● 保證只要熟讀各類題型解析，馬上掌握考試重點並戰勝新多益。

Answer 189 ｜（C）

題目中譯｜他從包包裡拿出一件小禮物說是對我的一點心意。

答案中譯｜（A）一塊（B）一大批（C）…的標誌（D）一片

● 題型解析｜依據題意要選「…的標誌」。選項（A）a chunk of 表示「一塊」，選項（B）a flood of表示「一大批」，選項（D）a patch of表示「一片」，皆不符合題意。因此，本題正確選項為（C）。

Answer 190 ｜（A）

題目中譯｜對於我們的誠意，希望你們不要有一絲絲的懷疑。

答案中譯｜（A）一絲（B）一絲（C）一絲（D）一絲（中文意義相同，而英文搭配不同）

● 題型解析｜4個選項都可以譯為「一絲」，但是，選項（B）a wink of通常與sleep連用，表示「一絲睡意」，選項（C）a tint of一般與green連用，表示「一絲綠意」，選項（D）a spark of一般與enthusiasm連用，表示「一絲積極性」，只有a shadow of可以與doubt連用，表示「一絲懷疑」。因此，本題正確選項為（A）。

Answer 191 ｜（A）

題目中譯｜一縷月光透過窗戶投射進來，使我想起李白那首著名的詩。

答案中譯｜（A）一縷（B）一線（C）一點點（D）一層

● 題型解析｜本題同樣是測驗量詞的搭配。選項（B）a glimpse of一般與future連用，表示「一線未來之光」，選項（C）a stroke of一般與work連用，表示「一點點工作」，選項（D）a layer of一般與frost連用，表示「一層霜」，只有a streak of可以與moonlight連用，表示「一縷月光」。因此，本題正確選項為（A）。

Answer 192 ｜（B）

題目中譯｜儘管很多人都批評她，但她對自己的所作所為沒有一絲懺悔。

答案中譯｜（A）一絲（B）一絲（C）一絲（D）一絲

● 題型解析｜本題的4個選項均表示「一絲，一線」，但是選項（A）a taint of一般與disappointment連用，表示「一絲失望」，選項（C）a sign of一般與sympathy連用，表示「一絲惻隱之心」，選項（D）a flicker of一般與disappointment連用，表示「一線失望的眸光」，只有a twinge of可以與remorse連用，表示「一絲懺悔」。因此，本題正確選項為（B）。

Level 3 | 必考新多益選擇題

第三級

語言能力：在工作及一般的社交場合皆能夠自信但非流暢的討論個人、工作及例行性業務上的相關話題，談話內容能運用一般場合常用的詞彙，但無法真正掌握、使用較複雜的文法句構，並非常用的詞彙也無法確切的運用。若能適時涉獵一般較少運用在日常生活上的詞彙，一定能提升相關溝通能力。

Question | 193

_____ visitors want to take pictures of the panda, but it seems to be unwilling to coporate with them.

(A) A mob of

(B) A bevy of

(C) A troop of

(D) A band of

Question | 194

She is raising a flock of _____ and hopes they grow up quickly.

(A) horses

(B) cattle

(C) fish

(D) chicks

Question | 195

Yesterday morning there was a spatter of _____ just as the weather forecast said there would be.

(A) rain

(B) wind

(C) thunder

(D) anger

Question | 196

I found _____ on the beach when I was on a holiday there last year.

(A) a beach of sands

(B) a cloud of planes

(C) a string of pearls

(D) a heat of steel

Level 3 | 新多益選擇題解析

〔綠色證書〕測驗成績→470分～725分

第三級

● 詳細完整的題目和答案中譯，呈現補教名師在課堂教授的重點。● 臨時抱佛腳的考場記憶祕訣，搭配新多益測驗題型陷阱的提醒。● 保證只要熟讀各類題型解析，馬上掌握考試重點並戰勝新多益。

Answer 193 | （A）

題目中譯 | 一群遊客都想幫熊貓拍照，但熊貓好像不太配合。

答案中譯 | （A）一群（B）一群（C）一群（D）一群

● 題型解析 | 根據題意應該選「一群」，雖然本題的四個選項均譯為「一群」，但是選項（B）a bevy of特指女性的「一群」，選項（C）troop指聚在一起活動的、生氣勃勃的一群人，選項（D）a band of常指「幫派」。選項（A）與（C）相較之下，選項（A）較符合解答，因為選項（A）有表達「蜂擁而至」的意思，較符合題目的意思。

Answer 194 | （D）

題目中譯 | 她養了一群小雞，並且希望它們快快長大。

答案中譯 | （A）馬（B）牛（C）魚（D）小雞

● 題型解析 | 量詞中表示「一群…」時，選項（A）horses需要用a drove of修飾，選項（B）cattle需要用a herd of修飾，選項（C）fish需要用a school of修飾。只有選項（D）可以用a flock of修飾。因此，本題正確選項為（D）。

Answer 195 | （A）

題目中譯 | 正如天氣預報所說，昨天早上下了一陣小雨。

答案中譯 | （A）雨（B）風（C）雷聲（D）怒氣

● 題型解析 | 量詞中表示「一陣…」時，選項（B）wind需要用a blast of修飾，選項（C）thunder需要用a peal of修飾，選項（D）anger需要用a fit of修飾。只有選項（A）可以用a spatter of修飾。因此，本題的正確選項為（A）。

Answer 196 | （C）

題目中譯 | 去年，我在那裡度假時，在海灘上撿了一串珍珠。

答案中譯 | （A）一片沙灘（B）一大群飛機（C）一串珍珠（D）一爐鋼

● 題型解析 | 根據題意應選「一串珍珠」。選項（A）a beach of sands是「一片沙灘」的意思，選項（B）a cloud of planes是「一大群飛機」的意思，選項（D）a heat of steel是「一爐鋼」的意思，皆不符合題意。因此，只能選（C）。

Level 3 │ 必考新多益選擇題

托 TOEFL Ⓘ IELTS Ⓑ Bulats Ⓖ GEPT Ⓛ 學測＆指考 公 公務人員考試

第三級

語言能力：在工作及一般的社交場合皆能夠自信但非流暢的討論個人、工作及例行性業務上的相關話題，談話內容能運用一般場合常用的詞彙，但無法真正掌握、使用較複雜的文法句構，並非常用的詞彙也無法確切的運用。若能適時涉獵一般較少運用在日常生活上的詞彙，一定能提升相關溝通能力。

Question │ 197 ⋯⋯⋯⋯⋯⋯⋯⋯⋯⋯⋯⋯⋯⋯⋯⋯⋯⋯ Ⓖ Ⓛ 公

_____ are rolling down his forehead, but he has no time to wipe them away.

(A) A band bananas
(B) Beads of sweat
(C) A string of cars
(D) A circle of friends

Question │ 198 ⋯⋯⋯⋯⋯⋯⋯⋯⋯⋯⋯⋯⋯⋯ 托 Ⓘ Ⓑ Ⓖ Ⓛ 公

He made _____ when he sold all his stocks.

(A) a flood of words
(B) a sea of troubles
(C) a pile of money
(D) a dot of child

Question │ 199 ⋯⋯⋯⋯⋯⋯⋯⋯⋯⋯⋯⋯⋯⋯⋯⋯⋯⋯ Ⓖ Ⓛ 公

There is _____ rice on your face. Check it out in the morrior.

(A) a drop of
(B) a piece of
(C) a bite of
(D) a grain of

Question │ 200 ⋯⋯⋯⋯⋯⋯⋯⋯⋯⋯⋯⋯⋯⋯ 托 Ⓘ Ⓑ Ⓖ Ⓛ 公

The little girl still wants a bar of _____ rather than a piece of cake.

(A) chocolate
(B) bread
(C) clay
(D) ice

Level 3 ｜新多益選擇題解析
〔綠色證書〕測驗成績→470分～725分

● 詳細完整的題目和答案中譯，呈現補教名師在課堂教授的重點。● 臨時抱佛腳的考場記憶祕訣，搭配新多益測驗題型陷阱的提醒。● 保證只要熟讀各類題型解析，馬上掌握考試重點並戰勝新多益。

Answer 197 ｜（B）

題目中譯｜汗水從他的額頭滾落下來，但是他沒有時間把汗擦掉。

答案中譯｜（A）一串香蕉（B）顆顆汗珠（C）一長串汽車（D）朋友圈

● 題型解析｜根據題意應選「顆顆汗珠」。選項（A）A band bananas是「一串香蕉」的意思，選項（C）A string of cars是「一長串汽車」的意思，選項（D）A circle of friends是「朋友圈」的意思，皆不符合題意。因此，正確選項為（B）beads of sweat。

Answer 198 ｜（C）

題目中譯｜他變賣所有股票，而賺進一大筆錢。

答案中譯｜（A）滔滔不絕的話語（B）多如牛毛的問題（C）一大筆錢（D）小不點

● 題型解析｜根據題意應選「一大筆錢」。選項（A）a flood of words是「滔滔不絕的話語」的意思，選項（B）a sea of troubles是「多如牛毛的問題」的意思，選項（D）a dot of child是「小不點」的意思，皆不符合題意。因此，只能選（C）a pile of money。

Answer 199 ｜（D）

題目中譯｜一粒米粘在你的臉上，去照一下鏡子。

答案中譯｜（A）一滴（B）一片（C）一片（D）一顆／粒

● 題型解析｜本題測驗量詞的辨析。選項（A）a drop of表示「一滴」，一般與water等搭配，選項（B）a piece of表示「一片」，一般與bread等搭配，選項（C）a bite of表示「一塊」一般與wood等搭配，只有a grain of可以與rice搭配。因此，本題正確選項為（D）。

Answer 200 ｜（A）

題目中譯｜小女孩想要一條巧克力，而不是一塊蛋糕。

答案中譯｜（A）巧克力（B）麵包（C）泥土（D）冰

● 題型解析｜表示「一條…」時，選項（B）bread需要用a loaf of（一條）修飾，選項（C）clay需要用lump of（塊）修飾，選項（D）ice需要用a cube of（一塊）修飾。只有選項（A）可以用a bar of修飾。因此，本題正確選項為（A）。

Level 4

必考新多益選擇題

測驗成績｜730分～855分

語言能力｜一般情況下，此程度之對話者能流暢表達並對於平常有涉獵或感興趣之相關特定領域的話題能達到有效的溝通。偶爾，可能會因為緊張或些許的壓力其語言能力的運用會稍微受到影響，但絕大部分皆能流暢表達。

Level 4

必考新多益選擇題

托 TOEFL Ⓘ IELTS Ⓑ Bulats Ⓖ GEPT ⓣ 學測&指考 Ⓐ 公務人員考試 04-1

語言能力：一般情況下，此程度之對話者能流暢表達並對於平常有涉獵或感興趣之相關特定領域的話題能達到有效的溝通。偶爾，可能會因為緊張或些許的壓力其語言能力的運用會稍微受到影響，但絕大部分皆能流暢表達。

Question | 1 ······ 托Ⓘ BⓋⓣⒶ

To our surprise, in the interview his words seemed as rude as _____ impolite.

(A) /

(B) it was

(C) they were

(D) they are

Question | 2 ······ Ⓘ ⒼⓣⒶ

They spent more time than _____ to finish the job, but their work was not satisfactory.

(A) the other all workers have

(B) all the other workers did

(C) all the other workers had

(D) the other all workers had

Question | 3 ······ Ⓘ ⒼⓣⒶ

He charged me ten dollars for the book, which was a little more than _____.

(A) I expected

(B) I expect

(C) did I expect

(D) do I expect

Question | 4 ······ 托Ⓘ BⒼⓣⒶ

In the early spring, it is usually much warmer in the afternoon than _____.

(A) it was in the morning

(B) in the morning

(C) the morning

(D) is in the morning

Level 4 | 新多益選擇題解析

第四級

〔藍色證書〕測驗成績→730分～855分

● 詳細完整的題目和答案中譯，呈現補教名師在課堂教授的重點。● 臨時抱佛腳的考場記憶祕訣，搭配新多益測驗題型陷阱的提醒。● 保證只要熟讀各類題型解析，馬上掌握考試重點並戰勝新多益。

Answer 1 | （C）

題目中譯 | 讓我們驚訝的是，在面試中，他的言辭既粗魯又失禮。

答案中譯 |（A）/（B）它是（C）它們是（過去式）（D）它們是（現在式）

● 題型解析 | as…as結構表示同級比較時，從屬子句中通常省略主詞和動詞。但是當不同性質進行比較時，則不可省略，故刪除選項（A）。再則，主詞「his words」為複數形式，且時態為過去式，即可刪除選項（B）和（D）。因此，本題的正確選項為（C）。

Answer 2 | （B）

題目中譯 | 他們花的時間比其他員工還要多，但是工作卻不令人滿意。

答案中譯 |（A）所有其他員工（現在完成式，句法錯誤）（B）所有其他員工（現在完成式）（C）所有其他員工（過去完成式）（D）所有其他員工（過去完成式，句法錯誤）

● 題型解析 | 本題測驗的是比較級「more…than」結構中部分動詞的省略。「more…than」結構引述比較級時，可以省略部分的動詞（通常會是省略一般動詞）或主詞補語，保留主詞和be動詞以及助動詞。句中，是保留助動詞have。選項（C）和（D）時態錯誤，故刪除。而選項（A）the other all workers表述錯誤。因此，本題的正確選項為（B）。

Answer 3 | （A）

題目中譯 | 那本書，他要我付10美元，比我原本預設的價格高了些。

答案中譯 |（A）我期待的（過去式）（B）我期待的（現在式）（C）我期待的（過去式，倒裝）（D）我期待的（現在式，倒裝）

● 題型解析 | 本題測驗的是比較級「more…than」結構中受詞的省略。「more…than」結構引述比較級時，通常是省略主詞和動詞，但有時候，也可以省去受詞。例句中，可以視為省略動詞的不定式受詞「to pay」。在這種用法中，主詞和動詞無需倒裝，故刪除選項（C）和（D）。而選項（B）時態錯誤，故正確選項為（A）。

Answer 4 | （B）

題目中譯 | 早春的時候，下午通常比早上暖和得多。

答案中譯 |（A）是在早上（B）在早上（C）早上（D）是在早上（成分不全）

● 題型解析 | 本題測驗的是比較級「more…than」結構中主詞和動詞的省略。「more…than」結構引述比較級時，省略主詞和動詞，最為常見。選項（A）中沒有省略成分，但是時態錯誤，選項（C）省略了介系詞，前後意思不對等，選項（D）只省略了主詞，意義不完整。因此，正確選項為（B）。

Level 4

Level 4 | 必考新多益選擇題

① TOEFL **①** IELTS **B** Bulats **G** GEPT **①** 學測&指考 **公** 公務人員考試

第四級

語言能力：一般情況下，此程度之對話者能流暢表達並對於平常有涉獵或感興趣之相關特定領域的話題能達到有效的溝通。偶爾，可能會因為緊張或些許的壓力其語言能力的運用會稍微受到影響，但絕大部分皆能流暢表達。

Question | 5

It is common knowledge that the population of India is larger than _____ America.

(A) /
(B) that of
(C) these of
(D) those of

Question | 6

It's hopeless! He does not care whether you live _____ die.

(A) and
(B) but
(C) or
(D) nor

Question | 7

Though it's getting dark, I won't leave _____ he comes.

(A) until
(B) while
(C) once
(D) directly

Question | 8

_____ she is, I will spare no effort to find her.

(A) Where
(B) Everywhere
(C) Wherever
(D) Anywhere

Level 4 │ 新多益選擇題解析

〔藍色證書〕測驗成績→730分～855分

第四級

● 詳細完整的題目和答案中譯，呈現補教名師在課堂教授的重點。● 臨時抱佛腳的考場記憶祕訣，搭配新多益測驗題型陷阱的提醒。● 保證只要熟讀各類題型解析，馬上掌握考試重點並戰勝新多益。

Answer 5 │（B）

題目中譯│我們都知道，印度的人口要比美國還要多。

答案中譯│（A）/（B）…的這個（C）…的這些（D）…的那些

● 題型解析│本題測驗的是比較級「more...than」結構中相同比較成分的省略。「more...than」結構引述比較級時，有時需要用that, those或one替代前文出現過的特指名詞，既保證比較物件的邏輯一致性，又避免相同成分的重複。選項（A）意義不完整，再則，比較物件是單數形式population，而選項（C）與（D）是複數形式的指示代名詞。綜上所述，本題正確選項為（B）。

Answer 6 │（C）

題目中譯│沒希望了，別再抱任何希望了，他並不關心你是死是活。

答案中譯│（A）和（B）但是（C）或者（D）不，沒有

● 題型解析│本題測驗並列連接詞的辨析。根據題意應選「或者」的意思。選項（A）and是「和」的意思，選項（B）but是「但是」的意思，選項（D）nor是「不，沒有」的意思，皆不符合題意。因此，只能選（C）or。

Answer 7 │（A）

題目中譯│儘管天氣越來越暗，我一直等到他來才離開。

答案中譯│（A）直到（B）當…時，在…期間（C）一旦（D）一…就…

● 題型解析│本題測驗引導時間副詞子句的連接詞辨析。根據句意應選「直到」。選項（B）while是「當…時，在…期間」的意思，選項（C）once是「一旦」的意思，選項（D）directly是「一…就…」的意思，皆不符合題意。因此，只能選（A）until。

Answer 8 │（C）

題目中譯│無論她在哪裡，我都會努力找到她。

答案中譯│（A）在…地方（B）每一…地方，到處（C）無論哪裡，在任何地方（D）任何地方

● 題型解析│本題測驗引導地方副詞子句的連接詞辨析。根據句意應選「無論哪裡，在任何地方」，選項（A）where表示「在…地方」的意思，選項（B）everywhere表示「每一…地方，到處」的意思，選項（D）anywhere表示「任何地方」的意思，皆不符合題意。故只能選（C）。

Level 4 | 必考新多益選擇題

T TOEFL **I** IELTS **B** Bulats **G** GEPT **T** 學測 & 指考 **公** 公務人員考試

第四級

語言能力：一般情況下，此程度之對話者能流暢表達並對於平常有涉獵或感興趣之相關特定領域的話題能達到有效的溝通。偶爾，可能會因為緊張或些許的壓力其語言能力的運用會稍微受到影響，但絕大部分皆能流暢表達。

Question | 9 .... **I** B **G** T 公

_____ to prepare for the coming exam, he had to stay up late yesterday evening.

(A) So that

(B) In order

(C) Before

(D) After

Question | 10 .... **T** **I** B **G** T 公

_____ E-mail has become more and more popular, many people still insist on handwriting letters.

(A) For

(B) From

(C) Although

(D) By

Question | 11 .... **G** T 公

I haven't decided _____ to drive my car _____ take the bus to work.

(A) either; or

(B) both; and

(C) whether; or

(D) not only; but also

Question | 12 .... **I** **G** T 公

Frankly speaking, I cannot decide _____ to go abroad or not.

(A) whether

(B) if

(C) though

(D) although

Level 4 ｜ 新多益選擇題解析

第四級

〔藍色證書〕測驗成績→730分～855分

● 詳細完整的題目和答案中譯，呈現補教名師在課堂教授的重點。● 臨時抱佛腳的考場記憶祕訣，搭配新多益測驗題型陷阱的提醒。● 保證只要熟讀各類題型解析，馬上掌握考試重點並戰勝新多益。

Answer 9 ｜（B）

題目中譯｜為了準備即將到來的考試，昨晚他不得不熬夜到很晚。

答案中譯｜（A）以便（B）為了（C）在…之前（D）在…之後

● 題型解析｜本題測驗引導表示目的副詞子句引導詞彙的選擇。選項（C）表示「在…之前」，選項（D）表示「在…之後」，不符合題意，故刪除。選項（A）也可以表示「以便」，但是，並不用於句首，故只能選（B）。

Answer 10 ｜（C）

題目中譯｜雖然電子郵件已經變得越來越普遍，卻仍有很多人堅持書信往來。

答案中譯｜（A）對於…而言（B）從，來自（C）雖然（D）通過

● 題型解析｜根據句意，應選表示轉折關係的連接詞。選項（A）表示「為了」的意思，選項（B）表示「從，來自」的意思，選項（D）表示「通過」的意思，皆不符合。因此，本題的正確選項為（C）。

Answer 11 ｜（C）

題目中譯｜我還沒有決定，是開車還是搭公車去上班。

答案中譯｜（A）…或…（B）…和…都…（C）是…還是…（D）不但…而且…

● 題型解析｜本題是測驗關聯詞的固定用法。根據題意，應選「是…還是…」。選項（A）表示「…或…」的意思，選項（B）表示「…和…都…」的意思，選項（D）表示「不但…而且…」的意思，皆不符合題意。因此，本題的正確選項為（C）。

Answer 12 ｜（A）

題目中譯｜說實話，我不能決定要不要出國。

答案中譯｜（A）是否（B）是否（C）即使（D）雖然

● 題型解析｜本題測驗的是whether引導的受詞子句。受詞從屬子句中表示「是否」時，既可以用whether，也可以用if，故刪除選項（C）、（D）。但只有whether後可以接不定式，並且，if不能與or not直接連用，即可刪除選項（B）。因此，本題的正確選項為（A）。

Level 4

Level 4 | 必考新多益選擇題

托 TOEFL Ⓘ IELTS Ⓑ Bulats Ⓖ GEPT Ⓣ 學測&指考 Ⓐ 公務人員考試

第四級

語言能力：一般情況下，此程度之對話者能流暢表達並對於平常有涉獵或感興趣之相關特定領域的話題能達到有效的溝通。偶爾，可能會因為緊張或些許的壓力其語言能力的運用會稍微受到影響，但絕大部分皆能流暢表達。

Question | 13 ⋯⋯⋯⋯⋯⋯⋯⋯⋯⋯⋯⋯⋯⋯ Ⓘ Ⓑ Ⓖ Ⓣ Ⓐ

_____ a difficult situation, so you had better give him some assistance.

(A) As he is in

(B) He is being

(C) Being in

(D) He being in

Question | 14 ⋯⋯⋯⋯⋯⋯⋯⋯⋯⋯⋯⋯⋯⋯ 托 Ⓘ Ⓑ Ⓖ Ⓣ Ⓐ

_____ enough time, but I could not finish the job.

(A) I was given

(B) Given

(C) To be given

(D) Though I was given

Question | 15 ⋯⋯⋯⋯⋯⋯⋯⋯⋯⋯⋯⋯⋯⋯ 托 Ⓘ Ⓑ Ⓖ Ⓣ Ⓐ

English is popular all over the world, _____ Turkish is spoken by only a few people outside Turkey itself.

(A) while

(B) when

(C) if

(D) as

Question | 16 ⋯⋯⋯⋯⋯⋯⋯⋯⋯⋯⋯⋯⋯⋯ 托 Ⓘ Ⓑ Ⓖ Ⓣ Ⓐ

Most employees hold the view _____ the director said was right.

(A) which

(B) what

(C) that

(D) that what

Level 4 ｜ 新多益選擇題解析

〔藍色證書〕測驗成績→730分～855分

● 詳細完整的題目和答案中譯，呈現補教名師在課堂教授的重點。 ● 臨時抱佛腳的考場記憶祕訣，搭配新多益測驗題型陷阱的提醒。 ● 保證只要熟讀各類題型解析，馬上掌握考試重點並戰勝新多益。

Answer 13 ｜ （B）

題目中譯｜他正處在困境中，所以你最好給他一些幫助。

答案中譯｜（A）因為他處在 （B）他處在 （C）正在（句法錯誤）（D）他正在（句法錯誤）

● 題型解析｜so是並列連接詞，引導表示因果關係的並列分句，前面應是一個表示原因的分句，而無需再用連接詞，先刪除選項（A）。選項（C）和（D）都不能構成完整句子，故刪除。因此，本題的正確選項為（B）。

Answer 14 ｜ （A）

題目中譯｜我有足夠的時間完成工作。

答案中譯｜（A）我被給予 （B）被給予 （C）將要被給予 （D）儘管我被給予

● 題型解析｜轉折連接詞but連接的是前後兩個並列分句，前後兩個分句都應該是獨立而完整的句子，故先刪除選項（B）和（C）。再則，連接詞but不能與連接詞though同時出現，即可刪除選項（D）。所以，本題的正確選項為（A）。

Answer 15 ｜ （A）

題目中譯｜全世界的人都在使用英語，而土耳其語只被土耳其人之外的一小部分的人使用。

答案中譯｜（A）而 （B）當…時候 （C）如果，假設 （D）當…時

● 題型解析｜根據句意可知，前後兩部分表示對比或相反意義。選項（B）表示「當…時候」的意思，選項（C）表示「如果，假設」的意思，選項（D）表示「當…時」的意思，皆不能表示對比或相反之意。因此，正確選項為（A）。

Answer 16 ｜ （D）

題目中譯｜多數員工認為，主管說的是正確的。

答案中譯｜（A）什麼那個 （B）什麼 （C）那個 （D）那個什麼

● 題型解析｜本題測驗的是同位語從屬子句的引導詞彙。題目中，從屬子句中的主詞又是由what引導的從屬子句來充當，根據題意，所缺乏的是，同位語從屬子句的引導詞that（that不充當任何成分，只有連接的作用，但不可省略），以及從屬子句中的主詞子句的引導詞what。所以，本題的正確選項為（D）。

Level 4 | 必考新多益選擇題

托 TOEFL ❶ IELTS Ⓑ Bulats Ⓖ GEPT ❶ 學測＆指考 Ⓐ 公務人員考試

第四級

語言能力：一般情況下，此程度之對話者能流暢表達並對於平常有涉獵或感興趣之相關特定領域的話題能達到有效的溝通。偶爾，可能會因為緊張或些許的壓力其語言能力的運用會稍微受到影響，但絕大部分皆能流暢表達。

Question | 17 ·· 托❶Ⓑ Ⓖ❶Ⓐ

_____ I had walked for two hours, I was tired out.

(A) After

(B) Before

(C) When

(D) While

Question | 18 ·· 托❶Ⓑ Ⓖ❶Ⓐ

The roof fell _____ he had time to dash into the house to save his baby.

(A) as

(B) after

(C) until

(D) before

Question | 19 ·· 托❶ⒷⒼ❶Ⓐ

_____ it comes to adversity, the only thing we have to fear is fear itself.

(A) As

(B) Since

(C) When

(D) After

Question | 20 ·· 托❶Ⓑ Ⓖ❶Ⓐ

The movie begins at half past seven, so we have to be at the theater _____ twenty past seven at the latest.

(A) after

(B) around

(C) until

(D) by

Level 4 | 新多益選擇題解析

〔藍色證書〕測驗成績→730分～855分

第四級

● 詳細完整的題目和答案中譯，呈現補教名師在課堂教授的重點。● 臨時抱佛腳的考場記憶祕訣，搭配新多
益測驗題型陷阱的提醒。● 保證只要熟讀各類題型解析，馬上掌握考試重點並戰勝新多益。

Answer 17 | （A）

題目中譯 | 走了兩個小時後，我感到筋疲力盡。

答案中譯 | （A）在…之後（B）在…之前（C）當…時（D）當…時

● 題型解析 | 根據句意，應選「在…之後」。選項（B）表示「在…之前」的意思，選項（C）表示「當…時」的意思，選項（D）表示「當…時；然而」的意思，皆不符合題意。因此，正確選項為（A）。

Answer 18 | （D）

題目中譯 | 他來不及衝進去救他的孩子，屋頂就倒塌了。

答案中譯 | （A）當…時（B）在…之後（C）直到…才（D）在…之前

● 題型解析 | 本題測驗before引導的時間副詞子句，意為「在…之前」。選項（A）表示「像…一樣」的意思，選項（B）表示「在…之後」的意思，選項（C）表示「直到…才」的意思，皆不符合題意。因此，本題的正確選項為（D）。

Answer 19 | （C）

題目中譯 | 提到災難，唯一讓我們感到害怕的就是「災難恐慌」本身。

答案中譯 | （A）當…時（B）自從…之後（C）當…時候（D）在…之後

● 題型解析 | 本題測驗固定用法「When it comes to」的搭配。「When it comes to...」是一固定用法，意為「當談到…時，涉及，就…而論」，恰好符合題意。而選項（A）、（B）和（D）都沒有此種用法。即正確選項為（C）。

Answer 20 | （D）

題目中譯 | 這場電影在7點半開始，所以我們最晚要在7點20之前趕到戲院。

答案中譯 | （A）在…之後（B）左右，大約（C）直到…才（D）不遲於

● 題型解析 | 根據句尾的「at the latest」可知，應選「在…之前，到…為止」。選項（A）表示「在…之後」的意思，選項（B）表示「左右，大約」的意思，選項（C）表示「直到…才」的意思，皆不符合題意。因此，正確選項為（D）。

Level 4 | 必考新多益選擇題

🅣 TOEFL 🅘 IELTS 🅑 Bulats 🅖 GEPT 🅣 學測＆指考 🅐 公務人員考試 04-2

語言能力：一般情況下，此程度之對話者能流暢表達並對於平常有涉獵或感興趣之相關特定領域的話題能達到有效的溝通。偶爾，可能會因為緊張或些許的壓力其語言能力的運用會稍微受到影響，但絕大部分皆能流暢表達。

Question | 21

After finishing middle school, my sister did nothing _____ at home.

(A) but to read

(B) but read

(C) besides reading

(D) except to read

Question | 22

A: Is this the hotel _____ you stayed when you came here last summer?

B: Yeah, it is.

(A) in which

(B) in what

(C) what

(D) when

Question | 23

She found a job last month. _____, her husband did not.

(A) So

(B) But

(C) Besides

(D) However

Question | 24

I will be happy _____ you could can to see me.

(A) as long as

(B) or else

(C) other than

(D) but for

Level 4 | 新多益選擇題解析

〔藍色證書〕測驗成績→730分～855分

第四級

● 詳細完整的題目和答案中譯，呈現補教名師在課堂教授的重點。● 臨時抱佛腳的考場記憶祕訣，搭配新多益測驗題型陷阱的提醒。● 保證只要熟讀各類題型解析，馬上掌握考試重點並戰勝新多益。

Answer 21 | （B）

題目中譯 | 國中畢業後，我妹妹只待在家看書，什麼事情也不做。

答案中譯 | （A）除了去讀書（B）除了讀書（C）除了讀書外還…（D）除了去讀書

● **題型解析** | 本題測驗的是固定結構「do nothing but」。其中，do可以用於各種時態，but後接動詞原形，故先刪除選項（C）、（D）明顯不符題意，而選項（A）中but後接的為不定式，也不正確。因此，本題的正確選項為（B）。

Answer 22 | （A）

題目中譯 | A：這就是你去年夏天來這裡所居住的飯店嗎？

　　　　　　B：是的，就是這間旅館。

答案中譯 | （A）在（B）在（語法錯誤）（C）什麼（D）什麼時候

● **題型解析** | 本題測驗的是「in which」引導表示地點的形容詞子句。此類的引導詞可以有三種形式，即in which, that或是不用引導詞。由此可知，正確選項為（A）。

Answer 23 | （D）

題目中譯 | 她上個月找到工作，但她的老公還沒找到。

答案中譯 | （A）因此（B）但是（C）除此之外（D）然而

● **題型解析** | 依據題意，要選擇表示轉折的連接詞。so表示因果關係，besides表示遞進關係，選項（A）、（C）均不符合題意。需要注意的是，題目中需要選擇的連接詞與後面的句子之間用逗號隔開了，而選項（B）沒有此種用法。因此，只能選（D）。

Answer 24 | （A）

題目中譯 | 只要你能來看我，我就很高興了。

答案中譯 | （A）只要（B）否則（C）除了（D）要不是

● **題型解析** | 本題測驗引導表示條件的副詞子句連接詞的辨析。依據題意，要選擇「只要」。選項（B）or else是「否則」的意思，選項（C）other than是「除了」的意思，選項（D）but for是「要不是」的意思，皆不符合題意。因此，只能選（A）as long as表示「只要」。

Level 4 | 必考新多益選擇題

🎓 TOEFL ① IELTS ⑧ Bulats ⑥ GEPT ① 學測＆指考 ⚖ 公務人員考試

語言能力：一般情況下，此程度之對話者能流暢表達並對於平常有涉獵或感興趣之相關特定領域的話題能達到有效的溝通。偶爾，可能會因為緊張或些許的壓力其語言能力的運用會稍微受到影響，但絕大部分皆能流暢表達。

Question 25

He must get up at six _____ he needs to catch the earliest bus.

(A) that

(B) when

(C) because

(D) lest

Question 26

I will take you on a trip _____ you complete your all your homework assignments first.

(A) in order that

(B) for fear that

(C) now that

(D) on the condition that

Question 27

_____ I could work with such a handsome man!

(A) Only if

(B) If only

(C) Unless

(D) Suppose

Question 28

They all blame me _____ I was the only the one responsible for the mistake when if fact we were all at fault.

(A) as

(B) as if

(C) as…as

(D) as far as

Level 4 | 新多益選擇題解析

〔藍色證書〕測驗成績→730分～855分

第四級

● 詳細完整的題目和答案中譯，呈現補教名師在課堂教授的重點。 ● 臨時抱佛腳的考場記憶祕訣，搭配新多益測驗題型陷阱的提醒。 ● 保證只要熟讀各類題型解析，馬上掌握考試重點並戰勝新多益。

Answer 25 | （C）

題目中譯 | 他必須6點起床，因為他要趕最早的那班公車。

答案中譯 | （A）那個（B）什麼時候（C）因為（D）唯恐

● 題型解析 | 依據題意，應選「因為」。選項（A）that是「那個」的意思，選項（B）when是「什麼時候」的意思，選項（D）lest是「唯恐」的意思，皆不符合題意。因此，只能選（C）because表示「因為」。

Answer 26 | （D）

題目中譯 | 我會帶你去旅遊，條件是你必須完成你的作業。

答案中譯 | （A）以便（B）唯恐（C）既然（D）條件是

● 題型解析 | 依據題意，應選「條件是」。選項（A）in order that是「以便」的意思，選項（B）for fear that「唯恐」的意思，選項（C）now that 是「既然」的意思，皆不符合題意。因此，只能選（D）on the condition that是「條件是」的意思。

Answer 27 | （B）

題目中譯 | 要是我能跟這麼帥氣的男人一起工作該多好！

答案中譯 | （A）只要（B）要是…該多好（C）除非（D）假如

● 題型解析 | 依據題意，應選「要是…該多好」。選項（A）Only if是「只要，只有」的意思，選項（C）Unless是「除非」的意思，選項（D）Suppose是「假如」的意思，皆不符合題意。因此，只能選（B）。

Answer 28 | （B）

題目中譯 | 他們都責怪我，好像我應該對這次的過失負責，但其實我們都有錯。

答案中譯 | （A）正如（B）好像（C）和…一樣（D）直到

● 題型解析 | 本題測驗連接詞引導的方式副詞子句的用法。依據題意，應選「好像」。選項（A）as是「正如」的意思，選項（C）as...as是「和…一樣」的意思，選項（D）as far as是「直到」的意思，皆不符合題意。因此，只能選（B）as if意思是「好像」。

Level 4

Level 4 | 必考新多益選擇題

托 TOEFL Ⓘ IELTS Ⓑ Bulats Ⓖ GEPT Ⓣ 學測&指考 Ⓐ 公務人員考試

語言能力：一般情況下，此程度之對話者能流暢表達並對於平常有涉獵或感興趣之相關特定領域的話題能達到有效的溝通。偶爾，可能會因為緊張或些許的壓力其語言能力的運用會稍微受到影響，但絕大部分皆能流暢表達。

Question | 29

She _____ works _____ looks after her family, which makes her very tired.

(A) although; but

(B) not only; but also

(C) so; that

(D) as; as

Question | 30

I criticized you not _____ I hate you, but _____ I like you.

(A) because; for

(B) because; because

(C) for; for

(D) for; because

Question | 31

Jack was about to leave the office _____ the telephone rang.

(A) when

(B) until

(C) after

(D) since

Question | 32

_____ create a better tomorrow, we should work harder and harder.

(A) In order to

(B) So that

(C) In order

(D) For the purpose of

Level 4 | 新多益選擇題解析

〔藍色證書〕測驗成績→730分～855分

● 詳細完整的題目和答案中譯，呈現補教名師在課堂教授的重點。 ● 臨時抱佛腳的考場記憶祕訣，搭配新多益測驗題型陷阱的提醒。 ● 保證只要熟讀各類題型解析，馬上掌握考試重點並戰勝新多益。

Answer 29 | （B）

題目中譯 | 她不僅要工作，還要照顧家庭，這使她感到疲憊。

答案中譯 | （A）雖然；但是（B）不僅；而且（C）如此；以致於（D）如同；如同

● 題型解析 | 因為although與but不能連用，可先將選項（A）刪除；依據題意，應選「不僅，而且」。選項（C）so...that...是「如此，以致於」的意思，選項（D）as...as...是「如同，如同」的意思，皆不符合題意。因此，只能選（B）。

Answer 30 | （B）

題目中譯 | 我批評你不是因為討厭你，而是因為我喜歡你。

答案中譯 | （A）因為；因為（B）因為；因為（C）因為；因為（D）因為；因為

● 題型解析 | 本題測驗because與for的區別。because相當於for the reason that，可直接回答why的問句，可放於句首或句中；for當連接詞表示原因時，一般用逗號與前面的句子隔開，用來敘述原因和理由。因此，本題兩個空格都要選擇because，正確選項為（B）。

Answer 31 | （A）

題目中譯 | 傑克正要離開辦公室的時候，電話響了。

答案中譯 | （A）正在這時突然（B）直到…才（C）在…以後（D）自從…之後

● 題型解析 | 本題測驗固定用法「be about to...when」，意為「正在這時突然」。選項（B）until表示「直到…才」的意思，選項（C）after表示「在…以後」的意思，選項（D）since表示「自從…之後」的意思，皆不符合題意。因此，本題的正確選項為（A）。

Answer 32 | （A）

題目中譯 | 為了創造更美好的明天，我們應該更努力工作。

答案中譯 | （A）為了（B）所以（C）按順序（D）為了…目的

● 題型解析 | 根據句意應選「為了…」。選項（B）so that表示「所以」，選項（C）in order表示「按順序」，選項（D）for the purpose of雖然也有「為了…目的」的意思，但是後面要跟名詞或動名詞結構，皆不合題意。因此，正確選項為（A）。

Level 4

Level 4 | 必考新多益選擇題

第四級

🅣 TOEFL ❶ IELTS 🅑 Bulats 🅖 GEPT ❶ 學測＆指考 🅐 公務人員考試

語言能力：一般情況下，此程度之對話者能流暢表達並對於平常有涉獵或感興趣之相關特定領域的話題能達到有效的溝通。偶爾，可能會因為緊張或些許的壓力其語言能力的運用會稍微受到影響，但絕大部分皆能流暢表達。

Question | 33

I want to know who you are talking _____ and what you are talking _____.

(A) to; to

(B) to; about

(C) about; about

(D) about; to

Question | 34

Children love collecting toys, pictures _____.

(A) in short

(B) what's more

(C) meanwhile

(D) and what not

Question | 35

He promised to lend me the book _____ his friend returns it.

(A) in case

(B) if

(C) even if

(D) ever since

Question | 36

_____ invited, I cannot go to Mary's birthday party. I will be too busy then.

(A) If

(B) Unless

(C) Even though

(D) When

Level 4 | 新多益選擇題解析

〔藍色證書〕測驗成績→730分～855分

第四級

● 詳細完整的題目和答案中譯，呈現補教名師在課堂教授的重點。● 臨時抱佛腳的考場記憶祕訣，搭配新多益測驗題型陷阱的提醒。● 保證只要熟讀各類題型解析，馬上掌握考試重點並戰勝新多益。

Answer 33 | （B）

題目中譯｜我想知道，你在跟誰說話，說了些什麼。

答案中譯｜（A）對於；對於（B）對於；關於（C）關於；關於（D）關於；對於

● 題型解析｜本題測驗固定用法talk to和talk about的區別。talk to 後一般接人，表示談話的物件；talk about後一般接物，表示談話的內容。因此，第一空格選to，第二個空格選about。所以，本題正確選項為（B）。

Answer 34 | （D）

題目中譯｜孩子們喜歡收集玩具、圖片諸如此類的東西。

答案中譯｜（A）簡而言之（B）而且（C）同時（D）之類，此外還有

● 題型解析｜本題測驗連接詞片語的辨析。根據句意應選表解釋說明的「之類，此外還有」。選項（A）in short是表示總結的「簡而言之」，選項（B）what's more是表示遞進關係的「而且」，選項（C）meanwhile是表示時間順序的「同時」，皆不符合題意。因此，只能選（D）and what not。

Answer 35 | （B）

題目中譯｜他答應我，如果他的朋友歸還了那本書，就把它借給我。

答案中譯｜（A）以防（B）如果（C）即使，縱然（D）從…起，自…以後

● 題型解析｜根據句意，應選「如果」。選項（A）in case表示「以防，以免」的意思，選項（C）even if表示「即使，縱然」的意思，選項（D）ever since表示「從…起，自…以後」的意思，皆不符合題意。因此，本題的正確選項為（B）。

Answer 36 | （C）

題目中譯｜屆時我會非常忙碌。即使收到邀請，我也無法參加瑪麗的生日派對。

答案中譯｜（A）如果（B）除非（C）即使（D）當…的時候

● 題型解析｜根據句意，應選「即使」。選項（A）If表示「如果」的意思，選項（B）Unless表示「除非」的意思，選項（D）When表示「當…的時候」的意思，皆不符合題意。因此，本題的正確選項為（C）。

Level 4

Level 4 | 必考新多益選擇題

TOEFL ❶ IELTS ❸ Bulats ⓖ GEPT ❶ 學測 & 指考 ⓐ 公務人員考試

語言能力：一般情況下，此程度之對話者能流暢表達並對於平常有涉獵或感興趣之相關特定領域的話題能達到有效的溝通。偶爾，可能會因為緊張或些許的壓力其語言能力的運用會稍微受到影響，但絕大部分皆能流暢表達。

Question | 37

He thought he helped us a lot, however he was actually just _____.

(A) in the way

(B) in a way

(C) on the way

(D) on a way

Question | 38

He left _____ you turned around to talk with the manager.

(A) the minute

(B) while

(C) until

(D) before

Question | 39

It's not that I am unwilling to lend you a hand, _____ I am too busy at the moment.

(A) because

(B) though

(C) but that

(D) however

Question | 40

Do not lose heart. A little more effort, _____ you may succeed.

(A) so that

(B) therefore

(C) however

(D) and

Level 4 | 新多益選擇題解析

〔藍色證書〕測驗成績→730分～855分

第四級

● 詳細完整的題目和答案中譯，呈現補教名師在課堂教授的重點。 ● 臨時抱佛腳的考場記憶祕訣，搭配新多益測驗題型陷阱的提醒。 ● 保證只要熟讀各類題型解析，馬上掌握考試重點並戰勝新多益。

Answer 37 | （A）

題目中譯｜他覺得他幫了我們很大的忙，然而，事實上，他卻只是在妨礙我們。

答案中譯｜（A）阻礙，妨礙（B）在某種程度上（C）在路上，在途中（D）/

● 題型解析｜本題測驗way構成的固定用法。選項（D）on a way本身是錯誤的，可以直接刪除。根據句意，應選「阻礙，妨礙」。選項（B）in a way表示「在某種程度上」的意思，選項（C）on the way表示「在路上，在途中」的意思，皆不符合題意。因此，本題的正確選項為（A）。

Answer 38 | （A）

題目中譯｜你轉身和經理說話的時候，他就離開了。

答案中譯｜（A）一…就…（B）…的時候（C）直到…才（D）在…之前

● 題型解析｜根據句意，應選「一…就…」。選項（B）while表示「當…的時候」的意思，但不能與暫態動詞連用，選項（C）until表示「直到…才」的意思，選項（D）before表示「在…之前」的意思，皆不符合題意。因此，本題的正確選項為（A）。

Answer 39 | （C）

題目中譯｜不是我不願意幫你，而是我那時候太忙了。

答案中譯｜（A）因為（B）但是（C）而是（D）然而

● 題型解析｜本題測驗固定片語「not that...but that」的用法。not that與but that連用，表示「不是…而是…」的意思，恰好符合題意，而選項（A）、（B）和（D）都不與not that連用。因此，本題的正確選項為（C）。

Answer 40 | （D）

題目中譯｜別灰心。再努力一點，也許你就會成功。

答案中譯｜（A）以便，以致（B）因此（C）然而（D）然後

● 題型解析｜本題測驗固定句型「祈使句或名詞片語 + and + 陳述句」。只有連接詞and可以表示「然後」，連接名詞片語和陳述句構成固定句型。而選項（A）、（B）、（C）均沒有此種用法。因此，本題的正確選項為（D）。

Level 4 | 必考新多益選擇題

托 TOEFL ❶ IELTS ❸ Bulats ❻ GEPT ❶ 學測&指考 ❷ 公務人員考試　 04-3

語言能力：一般情況下，此程度之對話者能流暢表達並對於平常有涉獵或感興趣之相關特定領域的話題能達到有效的溝通。偶爾，可能會因為緊張或些許的壓力其語言能力的運用會稍微受到影響，但絕大部分皆能流暢表達。

Question | 41

I would try to solve the problem myself _____ ask someone else for help.

(A) to

(B) but

(C) but not

(D) rather than

Question | 42

I _____ when I accidentally went into the men's bathroom instead of the women's bathroom yesterday.

(A) got an eye

(B) got an eyeful

(C) had eyes

(D) had eyeful

Question | 43

Generally speaking, one who is really wise will never make _____ his possessions.

(A) a display of

(B) a flash of

(C) a peal of

(D) an attack of

Question | 44

The company is faultering under _____ and is likely to go bankrupt soon.

(A) a chorus of protest

(B) a storm of tears

(C) a mountain of debt

(D) an ocean of trouble

Level 4 | 新多益選擇題解析

第四級

〔藍色證書〕測驗成績→730分～855分

● 詳細完整的題目和答案中譯，呈現補教名師在課堂教授的重點。 ● 臨時抱佛腳的考場記憶祕訣，搭配新多益測驗題型陷阱的提醒。 ● 保證只要熟讀各類題型解析，馬上掌握考試重點並戰勝新多益。

Answer 41 | （D）

題目中譯｜我寧願自己解決問題，也不願求助他人。

答案中譯｜（A）向… （B）但是 （C）並且不 （D）而不

● 題型解析｜本題測驗固定結構「would do...rather than do」的用法。「would do...rather than do」意為「寧願…而不願」，而選項（A）、（B）、（C）都不能與前句中的would連用。因此，本題的正確選項為（D）。

Answer 42 | （B）

題目中譯｜昨天我要去女廁時不小心走進男廁，這讓我大飽眼福了一下。

答案中譯｜（A）有…的眼力 （B）對…大開眼界 （C）有…的眼睛 （D）有滿眼的（錯誤格式）

● 題型解析｜依據題意應選「對…大飽眼福」。選項（D）本身是錯誤的片語，直接刪除。選項（A）had an eye 表示「有…的眼力」，選項（C）had eyes表示「有…的眼睛」，皆不符合題意。因此，本題的正確選項為（B）had an eyeful of有表示意外或不經意發生的看到某人、某物或某事。

Answer 43 | （A）

題目中譯｜一般來說，一個真正有智慧的人從來不會炫耀他的財富。

答案中譯｜（A）炫耀… （B）閃現… （C）一陣… （D）一疾病的發作

● 題型解析｜根據題意應選「炫耀…」。選項（B）a flash of是「閃現…」的意思，選項（C）a peal of是「一陣…」的意思，選項（D）an attack of是「一疾病的發作」的意思，皆不符合題意。因此，只能選（A）a display of。

Answer 44 | （C）

題目中譯｜這間公司債臺高築，他們很快就會破產。

答案中譯｜（A）一片抗議之聲 （B）嚎啕大哭 （C）債臺高築 （D）無窮的麻煩

● 題型解析｜根據題意應選「債臺高築」。選項（A）a chorus of protest是「一片抗議之聲」的意思，選項（B）a storm of tears是「嚎啕大哭」的意思，選項（D）an ocean of trouble是「無窮的麻煩」的意思，皆不符合題意。因此，正確選項為（C）a mountain of debt。

Level 4 | 必考新多益選擇題

ⓉTOEFL ❶IELTS ❷Bulats ⒼGEPT ❶學測&指考 ㊂公務人員考試

第四級

語言能力：一般情況下，此程度之對話者能流暢表達並對於平常有涉獵或感興趣之相關特定領域的話題能達到有效的溝通。偶爾，可能會因為緊張或些許的壓力其語言能力的運用會稍微受到影響，但絕大部分皆能流暢表達。

Question | 45

_____ defeats has not kept him down thus he will surely be a great success one day.

(A) A gang of
(B) A wealth of
(C) A surfeit of
(D) A succession of

Question | 46

I would like _____, please.

(A) two cups of teas
(B) two cups of tea
(C) two cup of tea
(D) two cups tea

Question | 47

The airport is _____ from my home.

(A) two hour's ride
(B) two hours' drive
(C) two hour ride
(D) two hours ride

Question | 48

She caught a bad cold and had to ask for sick leave _____.

(A) three days
(B) for three days
(C) of three days
(D) with three days

Level 4 | 新多益選擇題解析

第四級

〔藍色證書〕測驗成績→730分～855分

● 詳細完整的題目和答案中譯，呈現補教名師在課堂教授的重點。 ● 臨時抱佛腳的考場記憶祕訣，搭配新多益測驗題型陷阱的提醒。 ● 保證只要熟讀各類題型解析，馬上掌握考試重點並戰勝新多益。

Answer 45 | （D）

題目中譯｜接二連三的挫敗並沒有擊垮他，總有一天他一定會成功的。

答案中譯｜（A）大量的（B）豐富的（C）過量的（D）接二連三的

● 題型解析｜本題測驗的也是量詞的搭配。選項（A）a gang of表示「一群、一幫」的意思，選項（B）a wealth of是「豐富的」的意思，選項（C）a surfeit of是「過量的」的意思，皆不符合題意。因此，只能選（D）a succession of，表示「接二連三的」。

Answer 46 | （B）

題目中譯｜請給我兩杯茶。

答案中譯｜（A）兩杯茶（語法錯誤）（B）兩杯茶（C）兩杯茶（語法錯誤）（D）兩杯茶（語法錯誤）

● 題型解析｜tea和coffee通常是用作不可數名詞，但是，有時也可以當成可數名詞，表示「一杯茶或咖啡」。如果要表示複數，應該用「基數詞 + cups + of + tea / coffee」的結構。選項（A）中的tea不需加-s，選項（C）中的cup應為複數，選項（D）缺少介系詞of，皆不符合此語法結構。所以，本題的正確選項為（B）。

Answer 47 | （B）

題目中譯｜我家到機場騎車需要兩個小時。

答案中譯｜（A）騎車兩個小時（錯誤格式）（B）騎車兩個小時（C）騎車兩個小時（錯誤格式）（D）騎車兩個小時（錯誤格式）

● 題型解析｜名詞之前也可以用具體時間的所有格當形容詞，表示具體的量。依據題意，表達「騎車兩個小時」時，如果drive為名詞，可以說two hours' drive，其中two hours'用時間的所有格來限定drive。因此，選項（B）符合題意。

Answer 48 | （C）

題目中譯｜她得了重感冒，不得不請3天病假。

答案中譯｜（A）三天（B）持續三天（C）三天的（D）用三天

● 題型解析｜英語中表達「幾天的病假」時，通常用「a sick leave of several days」的用法，即用介系詞of來表示所屬關係。依據題意，「三天病假」可以表達為「a sick leave of three days」，借用介系詞of來表達。因此，選項（C）符合題意。

Level 4

Level 4 | 必考新多益選擇題

🌏 TOEFL ❶ IELTS Ⓑ Bulats Ⓖ GEPT ❶ 學測＆指考 Ⓐ 公務人員考試

語言能力：一般情況下，此程度之對話者能流暢表達並對於平常有涉獵或感興趣之相關特定領域的話題能達到有效的溝通。偶爾，可能會因為緊張或些許的壓力其語言能力的運用會稍微受到影響，但絕大部分皆能流暢表達。

Question | 49 .... ❶ Ⓖ❶Ⓐ

The staff were all very angry, but _____ of them could stop him.

(A) some

(B) any

(C) none

(D) no

Question | 50 .... ❶ Ⓖ❶Ⓐ

I usually _____ at 7 o'clock, have breakfast, and then go to work at 8 o'clock every morning.

(A) get up

(B) getting up

(C) got up

(D) has gotten up

Question | 51 .... 🌏❶ⒷⒼ❶Ⓐ

As is known to all, the sun _____ the earth and the earth also _____ the sun.

(A) attract, attracts

(B) attracts, attract

(C) attract, attract

(D) attracts, attracts

Question | 52 .... ❶ Ⓖ❶Ⓐ

I _____ think he is a native because he speaks with a foreign accent.

(A) don't

(B) not

(C) doesn't

(D) didn't

Level 4 | 新多益選擇題解析

〔藍色證書〕測驗成績→730分～855分

第四級

● 詳細完整的題目和答案中譯，呈現補教名師在課堂教授的重點。 ● 臨時抱佛腳的考場記憶祕訣，搭配新多益測驗題型陷阱的提醒。 ● 保證只要熟讀各類題型解析，馬上掌握考試重點並戰勝新多益。

Answer 49 | （C）

題目中譯｜員工們都很生氣，但是沒有人能夠阻止他。

答案中譯｜（A）一些（B）一些（C）沒有人（D）沒有

● 題型解析｜根據題意，but引導的並列句表示轉折含義，本題要選擇「沒有人」。選項（A）some表示「一些」，選項（B）any一般用於否定句和疑問句中，選項（D）no不能與介系詞連用。因此，只能選（C）none表示「沒有人」。

Answer 50 | （A）

題目中譯｜我通常早上7點起床，吃早餐，然後8點去上班。

答案中譯｜（A）起床（現在式）（B）起床（現在進行式）（C）起床（過去式）（D）起床（現在完成式）

● 題型解析｜現在式主要用於表示經常或習慣性的動作以及現在的狀況，常用的時間副詞有often, usually, always等。依據題意，題目中的時間副詞every morning表示該動作經常發生，故一般動詞要用現在是，即選項（A）符合題意。

Answer 51 | （D）

題目中譯｜眾所皆知，太陽牽引著地球，而地球也牽引著太陽。

答案中譯｜（A）吸引，吸引（B）吸引，吸引（C）吸引，吸引（D）吸引，吸引

● 題型解析｜現在式還可以表示客觀規律和永恆真理等。如果主詞為第三人稱單數，則一般動詞要用第三人稱單數的形式。依據題意，and連接兩個並列句，the sun和the earth都用於當主詞，表示單數，故兩個動詞都要用第三人稱單數形式，由上述可以得知，正確選項即為（D）。

Answer 52 | （A）

題目中譯｜我覺得他不是當地人，因為他用外地口音和別人交談。

答案中譯｜（A）不（複數）（B）不（C）不（單數）（D）不（過去式）

● 題型解析｜過去式的否定形式為，當動詞是be動詞時，直接在be動詞之後加上not。依據題意，主詞 I ，表示否定時，要在後面直接加否定詞don't來表示。因此，選項（B）、（C）、（D）刪除，只有選項（A）符合題意。

Level 4

Level 4 | 必考新多益選擇題

🌏 TOEFL ⓘ IELTS Ⓑ Bulats Ⓖ GEPT ⓣ 學測&指考 Ⓐ 公務人員考試

第四級

語言能力：一般情況下，此程度之對話者能流暢表達並對於平常有涉獵或感興趣之相關特定領域的話題能達到有效的溝通。偶爾，可能會因為緊張或些許的壓力其語言能力的運用會稍微受到影響，但絕大部分皆能流暢表達。

Question | 53

I really _____ know what kind of present she would like, so I bought her a bottle of perfume.

(A) didn't

(B) not

(C) don't

(D) doesn't

Question | 54

This boy _____ like playing computer games, but rather likes reading books in the library.

(A) didn't

(B) not

(C) doesn't

(D) don't

Question | 55

_____ this purple evening gown beautiful? I just bought it from an exclusive shop.

(A) Isn't

(B) Are

(C) Do

(D) Does

Question | 56

_____ you like this animated movie? I think it is really boring.

(A) Is

(B) Are

(C) Does

(D) Do

Level 4 | 新多益選擇題解析
〔藍色證書〕測驗成績→730分～855分

第四級

● 詳細完整的題目和答案中譯，呈現補教名師在課堂教授的重點。● 臨時抱佛腳的考場記憶祕訣，搭配新多益測驗題型陷阱的提醒。● 保證只要熟讀各類題解析，馬上掌握考試重點並戰勝新多益。

Answer 53 | （C）

題目中譯 | 我真的不知道她喜歡什麼樣的禮物，所以就買了一瓶香水送她。

答案中譯 | （A）不（過去式）（B）不 （C）不（複數）（D）不（單數）

● 題型解析 | 如果現在式的動詞為行為動詞（如例句中的know），變成否定時要在行為動詞之前加上don't。依據題意，動詞know的時態為現在式，故題目的時態也需要為現在式，選項（A）可以先刪除；又因know為行為動詞的一種，變成否定時要在其前加don't，藉由此文法規則，再將選項（B）、（D）刪除。只有選項（C）符合題意。

Answer 54 | （C）

題目中譯 | 這個男孩不喜歡玩電腦遊戲，反而喜歡在圖書館裡看書。

答案中譯 | （A）不（過去式）（B）不 （C）不（單數）（D）不（複數）

● 題型解析 | 如果主詞為第三人稱單數，則現在式變成否定時要在動詞之前加上doesn't。依據題意，動詞like和likes的時態為現在式，故先將選項（A）刪除。主詞This boy為第三人稱單數，即正確解答為在主詞This boy之後加上doesn't。因此，選項（B）、（D）刪除，只有選項（C）符合題意。

Answer 55 | （A）

題目中譯 | 這件紫色的晚禮服是不是很漂亮呢？我剛從專櫃買回來的。

答案中譯 | （A）不是（單數）（B）是（複數）（C）助動詞do（D）助動詞does

● 題型解析 | 現在式變成一般疑問句時，如果動詞是be動詞，則要把be動詞放於句首。依據題意，題目中的問句時態為現在式，只有主詞「this purple evening dress」和形容詞「beautiful」，因此，動詞要使用be動詞，可先將選項（C）、（D）刪除；又因主詞為單數，即可將選項（B）再刪除，只有選項（A）符合題意。

Answer 56 | （D）

題目中譯 | 你喜歡這部動畫電影嗎？我覺得它真的很無聊。

答案中譯 | （A）是（單數）（B）是（複數）（C）助動詞does（D）助動詞do

● 題型解析 | 現在式變成一般疑問句時，例句中有出現一般動詞時，則要用助動詞Do進行提問。依據題意，you在例句中當主詞，like為一般動詞，本題的時態又為現在式，則轉變為一般疑問句時要借用助動詞Do來進行提問，即選項（D）符合題意。

Level 4 | 必考新多益選擇題

🌏 TOEFL ❶ IELTS ⑧ Bulats ⑥ GEPT ❶ 學測＆指考 ⓐ 公務人員考試

語言能力：一般情況下，此程度之對話者能流暢表達並對於平常有涉獵或感興趣之相關特定領域的話題能達到有效的溝通。偶爾，可能會因為緊張或些許的壓力其語言能力的運用會稍微受到影響，但絕大部分皆能流暢表達。

Question | 57

_____ this foreign man speaking English or French? I can't understand him.

(A) Is

(B) Are

(C) Do

(D) Does

Question | 58

He didn't go to bed until he _____ watching the football match.

(A) finish

(B) finished

(C) will finish

(D) finishing

Question | 59

I will keep looking for him unless you can _____ me where he is now.

(A) are telling

(B) told

(C) tell

(D) has told

Question | 60

The more effort you _____ , the greater the progress you will make at work.

(A) are making

(B) made

(C) has made

(D) make

Level 4 ｜ 新多益選擇題解析
〔藍色證書〕測驗成績→730分～855分

● 詳細完整的題目和答案中譯，呈現補教名師在課堂教授的重點。 ● 臨時抱佛腳的考場記憶祕訣，搭配新多益測驗題型陷阱的提醒。 ● 保證只要熟讀各類題型解析，馬上掌握考試重點並戰勝新多益。

Answer 57 ｜（A）

題目中譯 ｜ 這一位外國人是說英語還是法語？我聽不懂他說的話。

答案中譯 ｜（A）是（單數）（B）是（複數）（C）助動詞do（D）助動詞does

● 題型解析 ｜ 現在進行式變疑問句時，如果主詞為第三人稱單數，則要用be動詞is進行提問。依據題意，this foreign man為主詞表示單數，在變疑問句時，要用be動詞is進行提問，搭配動詞speaking變為現在進行式。因此，選項（A）符合題意。

Answer 58 ｜（B）

題目中譯 ｜ 直到看完足球賽，他才上床睡覺。

答案中譯 ｜（A）完成（複數）（B）完成（過去式）（C）將會完成（D）完成（現在分詞）

● 題型解析 ｜ 題目中，助動詞didn't為過去式，為符合時態一致的文法規則，後面所需要接上的動詞finish也需要為過去式。故四個選項中，只有選項（B）為正確解答。

Answer 59 ｜（C）

題目中譯 ｜ 除非你告訴我他現在在哪裡，否則我會一直找下去。

答案中譯 ｜（A）正在告訴（B）過去告訴（C）告訴（D）已經告訴

● 題型解析 ｜ 在表示條件的副詞子句中，現在式可以代替未來式，常用的引導詞彙有if, unless, provided等。依據題意，主要子句為未來式，從屬子句為unless引導的條件句，通常要用現在式來代替未來式，即動詞要用現在式tell，故選項（C）符合題意。

Answer 60 ｜（D）

題目中譯 ｜ 你付出的努力越多，就會在工作中獲得更大的進步。

答案中譯 ｜（A）正在付出（B）過去付出（C）已經付出（D）付出

● 題型解析 ｜ 在「the more...the more...」的句型中，如果主要子句是未來式，從屬子句通常用現在式。依據題意，本題使用「the more...the more...」的句型，後面一句為主要子句，時態為未來式，而前面一句為從屬子句，通常要使用現在式，即一般動詞要用現在式make，故選項（D）符合題意。

Level 4

Level 4 | 必考新多益選擇題

第四級

TOEFL ❶ IELTS ❸ Bulats ❻ GEPT ❶ 學測&指考 ❽ 公務人員考試 04-4

語言能力：一般情況下，此程度之對話者能流暢表達並對於平常有涉獵或感興趣之相關特定領域的話題能達到有效的溝通。偶爾，可能會因為緊張或些許的壓力其語言能力的運用會稍微受到影響，但絕大部分皆能流暢表達。

Question | 61

So long as you get the job done properly, I don't care how much money you have to

_____

(A) has spent
(B) spent
(C) spend
(D) are spending

Question | 62

I _____ in a meeting right now. Please call me after work.

(A) am
(B) have
(C) had
(D) has had

Question | 63

He _____ his lessons carefully in his room at this time because he has exams tomorrow.

(A) review
(B) reviewed
(C) has reviewed
(D) is reviewing

Question | 64

The little boy _____ his homework at the moment, but is playing computer games in the living room.

(A) doesn't do
(B) didn't do
(C) hasn't done
(D) is not doing

Level 4 | 新多益選擇題解析
〔藍色證書〕測驗成績→730分～855分

第四級

● 詳細完整的題目和答案中譯，呈現補教名師在課堂教授的重點。● 臨時抱佛腳的考場記憶祕訣，搭配新多益測驗題型陷阱的提醒。● 保證只要熟讀各類題型解析，馬上掌握考試重點並戰勝新多益。

Answer 61 | （C）

題目中譯 | 只要你能順利完成這項工作，我不介意你花費多少金額。

答案中譯 | （A）已經花費（B）過去花費（C）花費（D）正在花費

● 題型解析 | 在「mind, care, matter, make sure, see to it + 直述句」的句型中，直述句要用現在式代替未來式。依據題意，前一個句子為so long as引導的條件句，而後一個句子為直述句，為符合上述的文法規則，直述句的一般用現在式來代替未來式，故此題的動詞要用現在式spend，即選項（C）符合題意。

Answer 62 | （A）

題目中譯 | 現在我們正在會議室開會，請下班後再打電話給我。

答案中譯 | （A）正在開（B）開（C）過去開（D）已經開

● 題型解析 | 現在進行式表示現在的一段時間內正在進行的活動，常用的時間副詞有now, at this time, these days等。依據題意，時間副詞now表示現在，例句中要表達的「我有一個會議」，固定的用法為「I am in a meeting」，由此，便可以得知正確的選項為（A）。

Answer 63 | （D）

題目中譯 | 此刻，他正在房間裡認真複習功課，因為他明天有考試。

答案中譯 | （A）複習（B）過去複習（C）已經複習（D）正在複習

● 題型解析 | 現在進行式的肯定形式為「be動詞am / is / are + 動詞的現在分詞」。依據題意，主要子句的時間副詞「at this time」（此刻）表示現在，故主要子句的動詞要用現在進行式，表示現在正在進行的動作，即選項（D）符合題意。

Answer 64 | （D）

題目中譯 | 這個小男孩沒有在房裡做作業，而是在客廳裡玩電腦遊戲。

答案中譯 | （A）沒有做（B）過去沒有做（C）沒有已經做（D）現在沒有做

● 題型解析 | 現在進行式的否定形式為「be動詞am / is / are + not + 動詞的現在分詞」。依據題意，時間副詞「at this moment」（此刻）表示現在，又因前後的語意相反，故前一句的動詞要用現在進行式，且為否定的形式，即選項（D）符合題意。

Level 4 | 必考新多益選擇題

📑 TOEFL ❶ IELTS 🅱 Bulats Ⓖ GEPT ❶ 學測＆指考 Ⓐ 公務人員考試

語言能力：一般情況下，此程度之對話者能流暢表達並對於平常有涉獵或感興趣之相關特定領域的話題能達到有效的溝通。偶爾，可能會因為緊張或些許的壓力其語言能力的運用會稍微受到影響，但絕大部分皆能流暢表達。

Question | 65 · Ⓖ❶Ⓐ

Why is it so noisy? _____ you in the game room now?

- (A) Do
- (B) Are
- (C) Does
- (D) Did

Question | 66 · 📑❶🅱Ⓖ❶Ⓐ

Be careful when you _____ that busy street in order to avoid being hit by cars.

- (A) cross
- (B) are crossing
- (C) has crossed
- (D) crossed

Question | 67 · Ⓖ❶Ⓐ

My father _____ America on Sunday because he is going to attend a very important meeting.

- (A) goes to
- (B) has gone to
- (C) is going to
- (D) was going to

Question | 68 · 📑❶🅱Ⓖ❶Ⓐ

I _____ a lot of about physics in the past two years, which I can put to practical use.

- (A) have learned
- (B) learn
- (C) am learning
- (D) learnt

Level 4 | 新多益選擇題解析

〔藍色證書〕測驗成績→730分～855分

第四級

● 詳細完整的題目和答案中譯，呈現補教名師在課堂教授的重點。● 臨時抱佛腳的考場記憶秘訣，搭配新多益測驗題型陷阱的提醒。● 保證只要熟讀各類題型解析，馬上掌握考試重點並戰勝新多益。

Answer 65 | （B）

題目中譯 | 為什麼聽起來這麼吵？你現在是在遊戲間裡嗎？

答案中譯 | （A）do（助動詞）（B）是（複數）（C）does（助動詞）（D）did（助動詞）

● 題型解析 | 現在進行式的一般疑問句形式為「be動詞置於句首」。依據題意，題目為一問句，且時間副詞now表示現在，故要用be動詞來提問，題目中的主詞為you，可以先刪除選項（A）、（C）、（D），只有選項（B）符合題意。

Answer 66 | （B）

題目中譯 | 當你穿過車潮多的馬路時一定要小心，避免發生車禍。

答案中譯 | （A）穿過（B）正在穿過（C）已經穿過（D）過去穿過

● 題型解析 | 現在進行式在表示條件副詞子句或時間副詞子句中，表示未來正在進行的動作。依據題意，本題為when引導的時間副詞子句，動詞通常用現在進行式來表示未來正在進行的動作，故要用are crossing，即選項（B）符合題意。

Answer 67 | （C）

題目中譯 | 我爸爸周日要去美國，因為他要去參加一個非常重要的會議。

答案中譯 | （A）去（B）已經去（C）將要去（D）過去去

● 題型解析 | 表示最近一段時間將要發生的動作，或者按計劃將要進行的動作，要用現在進行式表示未來。依據題意，本題表示按計劃將要進行的動作，be動詞要用現在進行式表示未來，即用is going to的形式。因此，選項（C）符合題意。

Answer 68 | （A）

題目中譯 | 在過去的兩年裡，我學到了很多物理學方面的專業知識，並且能夠學以致用。

答案中譯 | （A）已經學習（B）學習（C）正在學習（D）過去學習

● 題型解析 | 現在完成式表示過去的動作已經完成，但對現在仍造成一定的影響，也可以表示持續到現在的動作或狀態，常用的時間副詞有recently, since, in the past few years, already等。依據題意，時間副詞「in the past two years」常用於現在完成式，故動詞要選擇現在完成式的選項，即選項（A）符合題意。

Level 4

Level 4 | 必考新多益選擇題

第四級

語言能力：一般情況下，此程度之對話者能流暢表達並對於平常有涉獵或感興趣之相關特定領域的話題能達到有效的溝通。偶爾，可能會因為緊張或些許的壓力其語言能力的運用會稍微受到影響，但絕大部分皆能流暢表達。

Question | 69

This novel is so interesting that I _____ it three times.
- (A) read
- (B) am reading
- (C) will read
- (D) have read

Question | 70

It _____ here for several months, so many trees have dried up and withered.
- (A) isn't raining
- (B) didn't rain
- (C) won't rain
- (D) hasn't rained

Question | 71

_____ you ever been to that restaurant? I heard the baked fish there is very delicious.
- (A) Do
- (B) Have
- (C) Did
- (D) Are

Question | 72

I _____ here for ten years and I know almost everyone here.
- (A) live
- (B) lived
- (C) have lived
- (D) am living

Level 4 ｜ 新多益選擇題解析

第四級

〔藍色證書〕測驗成績→730分～855分

● 詳細完整的題目和答案中譯，呈現補教名師在課堂教授的重點。● 臨時抱佛腳的考場記憶祕訣，搭配新多益測驗題型陷阱的提醒。● 保證只要熟讀各項題型解析，馬上掌握考試重點並戰勝新多益。

Answer 69 ｜（D）

題目中譯｜這本小說非常有意思，我已經讀了3遍。

答案中譯｜（A）讀（B）正在讀（C）將會讀（D）已經讀

● 題型解析｜現在完成式的肯定形式為「have / has + 動詞的過去分詞」。依據題意，時間副詞「so far」意思是「迄今為止」，通常用於現在完成式，故題目中的動詞也要選擇使用現在完成式的選項，即用「have read」的形式。因此，選項（D）符合題意。

Answer 70 ｜（D）

題目中譯｜這個地方已經幾個月沒有下雨，所以許多樹木都已經枯死了。

答案中譯｜（A）現在沒有下雨（B）過去沒有下雨（C）不會下雨（D）已經沒有下雨

● 題型解析｜現在完成式的否定形式為「have / has + not + 動詞的過去分詞」。依據題意，本題是由and引導的並列句，後一句使用現在完成式，則前一句也應該為現在完成式，即用「hasn't rained」的形式。因此，選項（D）符合題意。

Answer 71 ｜（B）

題目中譯｜你曾經去過那間餐廳嗎？我聽說那裡的烤魚非常好吃。

答案中譯｜（A）do（助動詞）（B）have（助動詞）（C）did（助動詞）（D）are（be動詞）

● 題型解析｜現在完成式的一般疑問句是將have或has置於句首。依據題意，本題是疑問句，且you ever been to（你曾去過）為現在完成式，故置於句首用於引導現在完成式的助動詞只能用have，即選項（B）符合題意。

Answer 72 ｜（C）

題目中譯｜我已經在這裡住10年了，這裡的每一個人我幾乎都認識。

答案中譯｜（A）住（B）過去住（C）已經住（D）正在住

● 題型解析｜「for + 一段時間」通常用於現在完成式。依據題意，本題的時間副詞結構為for ten years，即「for + 一段時間」的結構，故動詞要使用現在完成式，即用「have lived」的形式。選項（C）符合題意。

Level 4

Level 4 | 必考新多益選擇題

🅣 TOEFL 🅘 IELTS 🅑 Bulats 🅖 GEPT 🅣 學測＆指考 🅐 公務人員考試

語言能力：一般情況下，此程度之對話者能流暢表達並對於平常有涉獵或感興趣之相關特定領域的話題能達到有效的溝通。偶爾，可能會因為緊張或些許的壓力其語言能力的運用會稍微受到影響，但絕大部分皆能流暢表達。

Question | 73   🅘 🅖🅣🅐

I _____ French since 2008 and I am able to communicate in French now.

(A) learn

(B) have studied

(C) am learning

(D) learnt

Question | 74   🅖🅣🅐

I like being around children, so I _____ a teacher in a middle school over the past few years.

(A) am

(B) was

(C) will be

(D) have been

Question | 75   🅖🅣🅐

He _____ ill the day before yesterday, so he took a day off work.

(A) fell

(B) falls

(C) falling

(D) fallen

Question | 76   🅖🅣🅐

When I _____ a child, I always went out to play after I finished my homework.

(A) were

(B) was

(C) am

(D) has been

Level 4 ｜ 新多益選擇題解析

〔藍色證書〕測驗成績→730分～855分

● 詳細完整的題目和答案中譯，呈現補教名師在課堂教授的重點。 ● 臨時抱佛腳的考場記憶祕訣，搭配新多益測驗題型陷阱的提醒。 ● 保證只要熟讀各類題型解析，馬上掌握考試重點並戰勝新多益。

Answer 73 ｜（B）

題目中譯｜我從2008年就開始學習法語，現在我能用法語來溝通。

答案中譯｜（A）學習（B）已經學習（C）正在學習（D）過去學習

● 題型解析｜「since + 時間點」也通常用於現在完成式。依據題意，本題的時間副詞結構為 since 2008，即「for + 時間點」的結構，故動詞要用現在完成式，即「have studied」的形式，選項（B）符合題意。

Answer 74 ｜（D）

題目中譯｜我喜歡與孩子們相處，因此在過去的幾年裡我一直在一間國中當老師。

答案中譯｜（A）是（現在）（B）是（過去）（C）將會是（D）已經是

● 題型解析｜在表示「最近幾世紀／年／月以來」的時間副詞中，動詞要為現在完成式，如over the past few years, during the last few months, for the last few centuries等。依據題意，本題的時間副詞為「over the past few years」，通常用於現在完成式，故動詞也要為現在完成式，即選項（D）符合題意。

Answer 75 ｜（A）

題目中譯｜前天他生病，所以請了一天假。

答案中譯｜（A）降臨（過去式）（B）降臨（現在式）（C）降臨（現在分詞）（D）降臨（過去分詞）

● 題型解析｜強調過去式時間裡發生的動作或存在的狀態，而不強調對現在的影響，要用過去式，常用的時間副詞有yesterday, last week, before, a few days ago等。題目中的「the day before yesterday」（前天）表示過去的時間，且為過去式常用的時間副詞，動詞也需要選擇表示過去式的選項。因此，只有選項（A）符合題意。

Answer 76 ｜（B）

題目中譯｜我小時候總是寫完作業才出去玩。

答案中譯｜（A）是（過去式複數）（B）是（過去式單數）（C）是（現在式單數）（D）是（完成式）

● 題型解析｜當動詞為be動詞時，過去式的肯定形式為「was / were」。依據題意，主要子句的時態為過去式，則When引導的時間副詞子句也要為過去式，又因主詞為I，和I搭配的be動詞要為was，即選項（B）符合題意。

Level 4 | 必考新多益選擇題

® TOEFL ❶ IELTS ❸ Bulats ❻ GEPT ❶ 學測＆指考 ⓐ 公務人員考試

語言能力：一般情況下，此程度之對話者能流暢表達並對於平常有涉獵或感興趣之相關特定領域的話題能達到有效的溝通。偶爾，可能會因為緊張或些許的壓力其語言能力的運用會稍微受到影響，但絕大部分皆能流暢表達。

Question | 77

My father and I _____ to the museum last weekend where we saw many art treasures.

(A) went
(B) go
(C) has been
(D) will go

Question | 78

He _____ at home late last night sleeping, but rather at the park with his girlfriend.

(A) didn't
(B) doesn't
(C) wasn't
(D) hasn't

Question | 79

I _____ answer your call yesterday because I was in a formal meeting at that time.

(A) don't
(B) didn't
(C) wasn't
(D) hasn't

Question | 80

_____ you at home yesterday? I rang the doorbell but nobody answered the door.

(A) Did
(B) Were
(C) Do
(D) Have been

Level 4 ｜ 新多益選擇題解析
〔藍色證書〕測驗成績→730分～855分

● 詳細完整的題目和答案中譯，呈現補教名師在課堂教授的重點。 ● 臨時抱佛腳的考場記憶祕訣，搭配新多益測驗題型陷阱的提醒。 ● 保證只要熟讀各類題型解析，馬上掌握考試重點並戰勝新多益。

Answer 77 ｜（A）

題目中譯｜上周末我和爸爸去博物館，參觀許多藝術珍品。

答案中譯｜（A）去了（B）去（C）已經去了（D）將會去

● 題型解析｜當動詞為行為動詞時，過去式的肯定形式為「主詞 + 行為動詞的過去式 + 受詞」。依據題意，題目中的時間副詞「last weekend」（上個周末）表示過去，通常用於過去式，故動詞也要使用過去式，即選項（A）符合題意。

Answer 78 ｜（C）

題目中譯｜昨天他沒有待在家睡覺，而是陪女朋友去公園。

答案中譯｜（A）沒有（助動詞過去式）（B）沒有（現在式）（C）沒有（be動詞過去式）（D）沒有（完成式）

● 題型解析｜當動詞為系動詞時，過去式的否定形式為「was / were + not」。依據題意，時間副詞「yesterday」表示過去，且at home在句中為主語補語。因此，動詞要用系動詞的過去式，選項（A）、（B）、（D）刪除，只有選項（C）符合題意。

Answer 79 ｜（B）

題目中譯｜昨天我沒有接你的電話，是因為我有一個正式的會議。

答案中譯｜（A）沒有（助動詞do）（B）沒有（助動詞did）（C）沒有（be動詞was）（D）沒有（助動詞have）

● 題型解析｜當動詞為行為動詞時，過去式的否定形式為「在行為動詞之前加上didn't」。依據題意，時間副詞「yesterday」表示過去，要使用過去式，選項（A）、（D）可以先刪除；又因answer為行為動詞，表示否定時要在其前面加上didn't，故將選項（C）刪除，只有選項（B）符合題意。

Answer 80 ｜（B）

題目中譯｜昨天你在家嗎？我按了門鈴，可是沒有人開門。

答案中譯｜（A）Did（助動詞）（B）Were（be動詞）（C）Do（助動詞）（D）已經

● 題型解析｜當動詞為be動詞時，過去式的疑問句形式為「將Was / Were置於句首」。依據題意，時間副詞「yesterday」表示過去，要用過去式，將選項（C）、（D）刪除；又因主詞為you，at home在例句中為主詞補語，故動詞要用be動詞Were，即選項（B）符合題意。

Level 4 | 必考新多益選擇題

第四級

TOEFL ❶ IELTS ❸ Bulats ❺ GEPT ❶ 學測＆指考 ❷ 公務人員考試　(MP3) 04-5

語言能力：一般情況下，此程度之對話者能流暢表達並對於平常有涉獵或感興趣之相關特定領域的話題能達到有效的溝通。偶爾，可能會因為緊張或些許的壓力其語言能力的運用會稍微受到影響，但絕大部分皆能流暢表達。

Question | 81

_____ you go to see our English teacher last weekend? He was ill in the hospital.

(A) Have
(B) Do
(C) Were
(D) Did

Question | 82

He used to _____ a lot in the pub, so much so that his wife divorced him.

(A) drank
(B) drinking
(C) drink
(D) have drunk

Question | 83

The manager _____ to give me bonus if I could finish this task before the weekend.

(A) promised
(B) promises
(C) would promise
(D) was promising

Question | 84

_____ I borrow your bike? Mine seems to have something wrong with it.

(A) Need
(B) Dare
(C) Should
(D) Could

Level 4 | 新多益選擇題解析

〔藍色證書〕測驗成績→730分～855分

第四級

● 詳細完整的題目和答案中譯，呈現補教名師在課堂教授的重點。● 臨時抱佛腳的考場記憶祕訣，搭配新多益測驗題型解陷阱的提醒。● 保證只要熟讀各類題型解析，馬上掌握考試重點並戰勝新多益。

Answer 81 | （D）

題目中譯｜上周末你去探望我們的英文老師了嗎？他生病住院了。

答案中譯｜（A）已經（B）Do（助動詞）（C）Were（be動詞）（D）did（助動詞）

● 題型解析｜當動詞為行為動詞時，過去式的疑問句形式為「用助動詞do的過去式did 進行提問，並將行為動詞變為原形」。依據題意，時間副詞「last weekend」表示過去，要用過去式的時態，選項（A）、（B）可以先刪除；又因go為行為動詞，變疑問句時要用Did 來進行提問，故選項（C）刪除，只有選項（D）符合題意。

Answer 82 | （C）

題目中譯｜他過去經常去酒吧喝酒，所以他的妻子和他離婚。

答案中譯｜（A）喝（過去式）（B）喝（現在分詞）（C）喝（原形）（D）喝（完成式）

● 題型解析｜「used to + do」的結構表示過去經常發生但是現在已經不再維持的習慣性動作，其中to為不定式，後面加上動詞原形。依據題意，本題為「used to」的句型考題，表示「過去經常做某事」，to表示不定式，後面的動詞要用原形。因此，選項（C）符合題意。

Answer 83 | （A）

題目中譯｜如果我能夠在周末之前完成這項工作，經理答應給我獎金。

答案中譯｜（A）答應（過去式）（B）答應（現在式）（C）答應（過去未來式）（D）答應（過去進行式）

● 題型解析｜在時間和條件的副詞子句中，要用過去式代替過去未來式。依據題意，子句中的could表示過去，本題要為過去式時態，可以先將選項（B）刪除；又因本題為if引導的條件句，主要子句通常為過去式用以代替過去未來式，即可刪除選項（C）、（D），只有選項（A）符合題意。

Answer 84 | （D）

題目中譯｜我能借用一下你的腳踏車嗎？我的腳踏車好像出了一點問題。

答案中譯｜（A）需要（B）敢（C）應該（D）可以

● 題型解析｜用過去式表示現在，用以表達委婉的語氣，如情態動詞Could, Would等。依據題意，本題為一般疑問句，句首要用情態動詞來引導，選項（A）Need表示「需要」，選項（B）Dare表示「敢」，選項（C）Should表示「應該」，含義皆與題意不符；應該選擇（D）Could用過去式表示現在，表達委婉的語氣。

Level 4

Level 4 | 必考新多益選擇題

托 TOEFL ❶ IELTS Ⓑ Bulats Ⓖ GEPT ❶ 學測&指考 公 公務人員考試

語言能力：一般情況下，此程度之對話者能流暢表達並對於平常有涉獵或感興趣之相關特定領域的話題能達到有效的溝通。偶爾，可能會因為緊張或些許的壓力其語言能力的運用會稍微受到影響，但絕大部分皆能流暢表達。

Question | 85

She came across her high school teacher when she _____ on the street.

(A) walked

(B) walks

(C) is walking

(D) was walking

Question | 86

He _____ by the lake using a small bucket when I saw him.

(A) fished

(B) was fishing

(C) has fished

(D) is fishing

Question | 87

She _____ her homework, but rather cleaning the house when I got home yesterday.

(A) didn't do

(B) hasn't done

(C) wasn't doing

(D) isn't doing

Question | 88

_____ you at the bookstore at two yesterday afternoon? I saw a boy who looked very much like you.

(A) Were

(B) Was

(C) Did

(D) Have

Level 4 | 新多益選擇題解析
〔藍色證書〕測驗成績→730分～855分

● 詳細完整的題目和答案中譯，呈現補教名師在課堂教授的重點。 ● 臨時抱佛腳的考場記憶祕訣，搭配新多益測驗題型陷阱的提醒。 ● 保證只要熟讀各類題型解析，馬上掌握考試重點並戰勝新多益。

Answer 85 | （D）

題目中譯｜她走在街上時碰巧遇到高中老師。

答案中譯｜（A）走（過去式）（B）走（現在式）（C）走（現在進行式）（D）走（過去進行式）

● 題型解析｜過去進行式表示過去某個時間正在發生的動作，常用的時間副詞有at that time, the whole morning, all day yesterday, when, while等。依據題意，主要子句用過去式表示過去發生的動作，而when引導的子句要為過去進行式，即「was walking」的形式。因此，選項（D）符合題意。

Answer 86 | （B）

題目中譯｜我看到他時，他正在河邊釣魚，身旁放著一個小水桶。

答案中譯｜（A）釣魚（過去式）（B）釣魚（過去進行式）（C）釣魚（完成式）（D）釣魚（現在進行式）

● 題型解析｜過去進行式的肯定形式為「was / were + 動詞的現在分詞」。依據題意，動詞saw為過去式時態，則本題的時態為過去式，先將選項（C）、（D）刪除；又因when引導的時間副詞子句中，主要子句通常為過去進行式，故動詞要使用過去進行式，可刪除選項（A），只有選項（B）符合題意。

Answer 87 | （C）

題目中譯｜昨天我回到家時，她沒有在寫作業，而是在打掃房子。

答案中譯｜（A）沒有做（過去式）（B）沒有做（現在完成式）（C）沒有做（過去進行式）（D）沒有做（現在進行式）

● 題型解析｜過去進行式的否定形式為「was / were + not + 動詞的現在分詞」。依據題意，時間副詞「yesterday」表示過去，本題要用過去式，先刪除選項（B）、（C）；又因when引導的時間副詞子句中，主要子句通常為過去進行式，故動詞要用過去進行式來表達，即將選項（A）刪除，只有選項（C）符合題意。

Answer 88 | （A）

題目中譯｜昨天下午兩點你在書店嗎？我看到一個跟你長得非常像的男孩。

答案中譯｜（A）Were（be動詞）（B）Was（be動詞）（C）Did（助動詞）（D）Have（助動詞）

● 題型解析｜過去進行式的一般疑問句形式為「將Was / Were置於句首」。依據題意，本題的主詞為you，at the bookstore在例句中為主詞補語，動詞應該為be動詞，可將選項（C）、（D）刪除；又因you要選擇複數be動詞，故將選項（B）刪除，只有選項（A）符合題意。

Level 4 | 必考新多益選擇題

TOEFL ❶ IELTS ❸ Bulats ❻ GEPT ❶ 學測＆指考 ⚖ 公務人員考試

語言能力：一般情況下，此程度之對話者能流暢表達並對於平常有涉獵或感興趣之相關特定領域的話題能達到有效的溝通。偶爾，可能會因為緊張或些許的壓力其語言能力的運用會稍微受到影響，但絕大部分皆能流暢表達。

Question | 89

By the end of last year, five power stations had been _____ in this area for generating electricity.

(A) built

(B) was building

(C) had been built

(D) would build

Question | 90

The witness said that the thief had already _____ away by the time the police arrived.

(A) ran

(B) would run

(C) run

(D) was running

Question | 91

He said that he _____ any English so he couldn't understand the foreigners.

(A) hadn't studied

(B) wasn't learning

(C) learnt

(D) wouldn't learn

Question | 92

_____ the postman left the company when you got off work yesterday afternoon?

(A) Did

(B) Had

(C) Would

(D) Have

Level 4 | 新多益選擇題解析

〔藍色證書〕測驗成績→730分～855分

第四級

● 詳細完整的題目和答案中譯，呈現補教名師在課堂教授的重點。● 臨時抱佛腳的考場記憶祕訣，搭配新多益測驗題型陷阱的庖解。● 保證只要熟諳各類題型解析，馬上掌握考試重點並戰勝新多益。

Answer 89 | （C）

題目中譯 | 到去年年底，這個地區已經修建了5個用於持續發電的發電廠。

答案中譯 | （A）建造（B）正在建造（C）已經建造（D）將會建造

● 題型解析 | 過去完成式表示過去某個時間之前已經完成的動作，即「過去的過去」完成的動作，常用的時間副詞有before, until, once, as soon as, by the end of last year等。依據題意，時間副詞「By the end of last year」表示的時間為「過去的過去」，故動詞要用過去完成式，即選項（C）符合題意。

Answer 90 | （C）

題目中譯 | 員警趕到的時候，目擊證人說小偷已經跑了。

答案中譯 | （A）跑了（B）將會跑（C）已經跑了（D）正在跑

● 題型解析 | 過去完成式的肯定形式為：「had + 動詞的過去分詞」。依據題意，本題的時態為過去式，選項（C）刪除；又因動詞run發生的動作在arrived發生的動作之前，屬於「過去的過去」。因此，要用過去完成式，選項（A）、（D）刪除，只有選項（C）had run符合題意。

Answer 91 | （A）

題目中譯 | 他說他從來沒有學過英語，因此聽不懂外國人講話。

答案中譯 | （A）沒有學（過去完成式）（B）沒有學（過去進行式）（C）沒有學（過去式）（D）沒有學（過去未來式）

● 題型解析 | 過去完成式的否定形式為「had + not + 動詞的過去分詞」。依據題意，本題的時態為過去式，且動詞learn的動作發生在「過去的過去」，故要用過去完成式，即「had not + studied」的形式，由此可得知，只有選項（A）符合題意。

Answer 92 | （B）

題目中譯 | 昨天下午你下班時，那個郵差已經離開公司了嗎？

答案中譯 | （A）Did（助動詞）（B）Had（助動詞）（C）將要（D）已經

● 題型解析 | 過去完成式的一般疑問句形式為「將Had置於句首」。依據題意，時間副詞「yesterday afternoon」表示過去，而left的動作發生在got off work的動作之前，故要使用過去完成式。因此，疑問句的句首要用助動詞Had來進行提問，即選項（B）符合題意。

Level 4

Level 4 | 必考新多益選擇題

TOEFL ❶ IELTS ❷ Bulats ❸ GEPT ❹ 學測＆指考 ❺ 公務人員考試

語言能力：一般情況下，此程度之對話者能流暢表達並對於平常有涉獵或感興趣之相關特定領域的話題能達到有效的溝通。偶爾，可能會因為緊張或些許的壓力其語言能力的運用會稍微受到影響，但絕大部分皆能流暢表達。

Question | 93

When I got back from the supermarket, he _____ over to see me.

(A) had come
(B) would come
(C) came
(D) was coming

Question | 94

I _____ to go to the airport to see you off, but I was really too busy that day.

(A) expected
(B) would expect
(C) was expecting
(D) had intended

Question | 95

That was the first time that she _____ her father, so she felt very uncomfortable with him.

(A) saw
(B) would see
(C) was seeing
(D) had seen

Question | 96

This movie _____ shown in the cinema next month, and I must go to watch it then.

(A) is being
(B) has been
(C) is going to be
(D) was

Level 4 | 新多益選擇題解析
〔藍色證書〕測驗成績→730分～855分

第四級

● 詳細完整的題目和答案中譯，呈現補教名師在課堂教授的重點。● 臨時抱佛腳的考場記憶祕訣，搭配新多益測驗題型陷阱的提醒。● 保證只要熟讀各類題型解析，馬上掌握考試重點並戰勝新多益。

Answer 93 | （C）

題目中譯｜當我從超市回到家時，他來家裡找我。

答案中譯｜（A）已經來（B）將會來（C）來了（D）正在來

● 題型解析｜由When引導的子句時態為過去式，根據時態前後一致的文法規則，後面所需要填入的動詞也需要為過去式。由此可以得知，只有選項（C）符合題意。

Answer 94 | （D）

題目中譯｜我打算去機場為你送行，但是那天我真的太忙了。

答案中譯｜（A）盼望（B）將會盼望（C）正在盼望（D）已經打算

● 題型解析｜當動詞為hope, expect, think, intend, mean, want, suppose, plan等時，要用過去完成式表示未實現的願望、打算和意圖。依據題意，前一個句子的動詞expect發生在後一個句子的動詞was之前，故要使用過去完成式表示未實現的打算。因此，選項（D）符合題意。

Answer 95 | （D）

題目中譯｜那是她第一次見到她的父親，所以，她對他感到不自在 。

答案中譯｜（A）看（B）將會看（C）正在看（D）已經看

● 題型解析｜表示「第幾次做某事」，主要子句用過去式，從屬子句則要為過去完成式。依據題意，「the first time」表示「第一次」，主要子句的be動詞為was表示過去，從屬子句則選擇用過去完成式的選項來表達，即動詞see要用「had seen」的形式。因此，選項（D）符合題意。

Answer 96 | （C）

題目中譯｜這部電影下個月將會在電影院上映，到時候我一定會去看。

答案中譯｜（A）正在被（B）已經被（C）將會被（D）是

● 題型解析｜未來式表示在將來的某個時間將會發生的動作或情況，常用的時間副詞有tomorrow, next day, soon, in a few minutes, by, the day after tomorrow等。依據題意，時間副詞「next month」表示未來，動詞也要使用未來式，即選項（A）、（B）、（D）刪除，只有選項（C）符合題意。

Level 4 | 必考新多益選擇題

TOEFL IELTS Bulats GEPT 學測&指考 公務人員考試

語言能力：一般情況下，此程度之對話者能流暢表達並對於平常有涉獵或感興趣之相關特定領域的話題能達到有效的溝通。偶爾，可能會因為緊張或些許的壓力其語言能力的運用會稍微受到影響，但絕大部分皆能流暢表達。

Question | 97

This school _____ a sports meet in July. All the students are enthusiatically signing up to participate in it.

(A) has held

(B) holds

(C) held

(D) will hold

Question | 98

He _____ buy that house because it is too far away from where he works.

(A) doesn't

(B) isn't going to

(C) didn't

(D) hasn't

Question | 99

_____ you come to my wedding this weekend? All my other good friends will come.

(A) Are

(B) Will

(C) Do

(D) Have

Question | 100

Please wait patiently for a moment. Class will begin as soon as the teacher _____ .

(A) will come

(B) comes

(C) has come

(D) is coming

Level 4 | 新多益選擇題解析

〔藍色證書〕測驗成績→730分～855分

第四級

● 詳細完整的題目和答案中譯，呈現補教名師在課堂教授的重點。● 臨時抱佛腳的考場記憶祕訣，搭配新多益測驗題型陷阱的提醒。● 保證只要熟讀各類題型解析，馬上掌握考試重點並戰勝新多益。

Answer 97 | （D）

題目中譯 | 這間學校7月份將會舉行運動會，學生們都積極報名參加。

答案中譯 | （A）舉辦（完成式）（B）舉辦（現在式）（C）舉辦（過去式）（D）舉辦（未來式）

● 題型解析 | 未來式肯定形式為「am / is / are / going to + 動詞原形」，或者「will / shall + 動詞原形」。依據題意，「in July」表示未來的時間，動詞要用未來式，即動詞hold要用「will hold」的形式。因此，選項（D）符合題意。

Answer 98 | （B）

題目中譯 | 他不準備買那間房子，因為離他上班的地方太遠了。

答案中譯 | （A）不（現在式）（B）不（未來式）（C）不（過去式）（D）不（完成式）

● 題型解析 | 未來式的否定形式為「am / is / are + not going to + 動詞原形」，或者「will / shall + not + 動詞原形」。依據題意，本題所提到的情況還未發生，要用未來式，且需要為否定形式，只有「isn't going to」表示未來式的否定。因此，只有選項（B）符合題意。

Answer 99 | （B）

題目中譯 | 這周末你會來參加我的婚禮嗎？我的其他好朋友都會來。

答案中譯 | （A）是（B）將會（C）do（助動詞）（D）已經

● 題型解析 | 未來式的一般疑問句形式為「將Am / Is / Are置於句首」，或是「將Will / Shall置於句首」。依據題意，時間副詞「this weekend」表示未來，動詞要為未來式的時態，故句首要用表示未來的詞彙Will來進行提問，即選項（B）符合題意。

Answer 100 | （B）

題目中譯 | 請耐心等一下。老師一到，我們的課程就開始了。

答案中譯 | （A）將會來（B）來（C）已經來（D）正在來

● 題型解析 | 未來式使用在時間副詞子句或條件副詞子句中時，主要子句需要為未來式，從屬子句則用現在式來代替未來式。依據題意，後一句是由as soon as引導的條件副詞子句，主要子句用will begin表示未來，從屬子句則要用現在式來代替未來式，即動詞come要為comes的形式。因此，只有選項（B）符合題意。

Level 4

Level 4 | 必考新多益選擇題

托 TOEFL Ⓘ IELTS Ⓑ Bulats Ⓖ GEPT Ⓣ 學測&指考 公 公務人員考試 04-6

語言能力：一般情況下，此程度之對話者能流暢表達並對於平常有涉獵或感興趣之相關特定領域的話題能達到有效的溝通。偶爾，可能會因為緊張或些許的壓力其語言能力的運用會稍微受到影響，但絕大部分皆能流暢表達。

Question | 101 ························· 托ⒾⒷⒼⓉ公

Use this computer and you _____ the materials you need because it contains many files in it.

(A) find

(B) are finding

(C) has found

(D) will find

Question | 102 ························· Ⓖ Ⓣ 公

I _____ for America to see my friend tomorrow because he is going to get married.

(A) am leaving

(B) are leave

(C) will leave

(D) have left

Question | 103 ························· Ⓖ Ⓣ 公

He _____ explode after just hearing the news that his daughter ran away with a poor guy.

(A) is

(B) is about to

(C) has

(D) does

Question | 104 ························· 托ⒾⒷⒼⓉ公

We _____ go to the beach to spend our holiday this summer and enjoy the natural beautiful scenery of the sea coast along the way.

(A) plan to

(B) are

(C) have

(D) do

Level 4 | 新多益選擇題解析
〔藍色證書〕測驗成績→730分～855分

● 詳細完整的題目和答案中譯，呈現補習名師在課堂教授的重點。● 臨時抱佛腳的考場記憶祕訣，搭配新多益測驗題型陷阱的提醒。● 保證只要熟讀各類題型解析，馬上掌握考試重點並戰勝新多益。

Answer 101 | （D）

題目中譯 | 使用這台電腦你就能找到所需的資料，因為它裡面包含了很多文件。

答案中譯 | （A）找到（B）正在找（C）已經找到（D）將會找到

● 題型解析 | 「祈使句 + and / or + 句子」的結構中，and後面的句子的動詞通常用未來式。依據題意，本題是一祈使句，and連接的後一個句子通常要用未來式。因此，動詞find要用「will find」的形式，即選項（D）符合題意。

Answer 102 | （A）

題目中譯 | 明天我要前往美國探望我的朋友，因為他要結婚了。

答案中譯 | （A）將要（B）錯誤格式（C）已經（D）does（助動詞）

● 題型解析 | 某些表示短暫性動作的動詞，如arrive, come, go, leave, start等，要用現在進行式表示未來。依據題意，題目中的時間副詞「tomorrow」表示未來，但是動詞leave屬於短暫性的動詞，通常用現在進行式表未來，故要用「am leaving」的形式，即選項（A）符合題意。

Answer 103 | （B）

題目中譯 | 聽到女兒與那個窮小子私奔的消息，他快要氣炸了。

答案中譯 | （A）是（B）將要（C）已經（D）助動詞does

● 題型解析 | 「am / is / are about to + 動詞原形」表示按照預定計劃做某事，或者準備著手進行的動作。依據題意，主要子句動詞為動詞原形explode，其前用選項（A）、（C）、（D）不符合題意，只有用「is about to」表示「將要」。因此，選項（B）符合題意。

Answer 104 | （A）

題目中譯 | 我們打算今年夏天去海邊度假，順便欣賞沿岸的自然美景。

答案中譯 | （A）將要（B）是（C）已經（D）do（助動詞）

● 題型解析 | 「plan to + 動詞原形」表示必須或計畫將要做某事。依據題意，「this summer」表示未來的時間，故動詞要用未來式來表示將要做某事。四個選項中只有選項（A）plan to意思為「將要」，表示計畫將要做某事。故選項（A）符合題意。

Level 4 | 必考新多益選擇題

T TOEFL **I** IELTS **B** Bulats **G** GEPT **①** 學測&指考 **公** 公務人員考試

第四級

語言能力：一般情況下，此程度之對話者能流暢表達並對於平常有涉獵或感興趣之相關特定領域的話題能達到有效的溝通。偶爾，可能會因為緊張或些許的壓力其語言能力的運用會稍微受到影響，但絕大部分皆能流暢表達。

Question | 105

I _____ on the plane at three tomorrow afternoon because my flight leares at 3:15 p.m.

(A) will sit

(B) sit

(C) has sat

(D) will be sitting

Question | 106

We _____ the mountain at this time on the weekend because we plan to go on a spring outing.

(A) will climb

(B) climb

(C) have climbed

(D) will be climbing

Question | 107

She _____ reading books in the classroom at this time tomorrow morning because it is Sunday tomorrow.

(A) will not

(B) will not be

(C) is not

(D) has not

Question | 108

_____ you be at home at this time tomorrow evening? I want to visit you.

(A) Do

(B) Have

(C) Will

(D) Did

Level 4 | 新多益選擇題解析

〔藍色證書〕測驗成績→730分～855分

第四級

● 詳細完整的題目和答案中譯，呈現補教名師在課堂教授的重點。 ● 臨時抱佛腳的考場記憶祕訣，搭配新多益測驗題型陷阱的提醒。 ● 保證只要熟讀各項題型解析，馬上掌握考試重點並戰勝新多益。

Answer 105 | （D）

題目中譯｜明天下午3點我正要搭上飛機，因為我的班機是下午3點15分。

答案中譯｜（A）將會坐（B）坐（C）已經坐（D）將會正在坐

● 題型解析｜未來進行式表示未來某個時間正在發生的動作，或者按照計畫一定會發生的事情，常用的時間副詞有soon, tomorrow, this evening, by this time, in two days, 等。依據題意，「tomorrow afternoon」表示未來，而題目表達的意思為「將會搭上飛機」，要使用未來進行式。因此，選項（D）will be sitting符合題意。

Answer 106 | （D）

題目中譯｜周末的這個時候我們會去爬山，因為我們準備去春遊。

答案中譯｜（A）將會爬（B）爬（C）已經爬（D）將會正在爬

● 題型解析｜未來進行式的肯定形式為「will / shall be + 動詞的現在分詞」。依據題意，時間副詞「at this time」意思是「在這個時候」，表示現在；而「on the weekend」意思為「在周末」，也是表示未來，故動詞要用未來進行式，即「will be climbing」的形式。因此，選項（D）符合題意。

Answer 107 | （B）

題目中譯｜明天早上這個時候她不會在教室裡，因為明天是星期天。

答案中譯｜（A）不（未來式）（B）不（未來進行式）（C）不（現在進行式）（D）不（完成式）

● 題型解析｜未來進行式的否定形式為「will / shall not be + 動詞的現在分詞」。依據題意，時間副詞「at this time tomorrow morning」為未來進行式，且要使用否定形式，即「will not be」的形式，與動詞reading一起構成動詞。因此，只有選項（B）符合題意。

Answer 108 | （C）

題目中譯｜明天晚上的這個時候你在家嗎？我想去拜訪你。

答案中譯｜（A）Do（助動詞）（B）已經（C）將會（D）Did（助動詞）

● 題型解析｜未來進行式的一般疑問句形式為將「Will / Shall置於句首」。依據題意，時間副詞「at this time tomorrow evening」表示未來進行式，且本題為一般疑問句，句首應該用Will來進行提問。符合此文法規則的只有選項（C）。

Level 4

371

Level 4 | 必考新多益選擇題

⑪ TOEFL ❶ IELTS ⑧ Bulats ⑥ GEPT ❶ 學測&指考 ② 公務人員考試

語言能力：一般情況下，此程度之對話者能流暢表達並對於平常有涉獵或感興趣之相關特定領域的話題能達到有效的溝通。偶爾，可能會因為緊張或些許的壓力其語言能力的運用會稍微受到影響，但絕大部分皆能流暢表達。

Question | 109

You'd better hurry up, or else the train _____ by the time you reach the station.

(A) will leave

(B) is leaving

(C) will have left

(D) has left

Question | 110

By next week, I _____ ready for my new job and have begun my new career life.

(A) will get

(B) will have gotten

(C) is getting

(D) has got

Question | 111

I _____ good progress on preparing for the exams by the end of this week, so I am so worried.

(A) will not have made

(B) will not make

(C) am not making

(D) has not made

Question | 112

_____ you have finished the report by the end of this term? We will have to do a new report next term.

(A) Do

(B) Have

(C) Are

(D) Will

Level 4 ｜ 新多益選擇題解析

〔藍色證書〕測驗成績→730分～855分

第四級

● 詳細完整的題目和答案中譯，呈現補教名師在課堂教授的重點。 ● 臨時抱佛腳的考場記憶祕訣，搭配新多益測驗題型陷阱的提醒。 ● 保證只要熟讀各類題型解析，馬上掌握考試重點並戰勝新多益。

Answer 109 ｜（C）

題目中譯｜你最好快一點，否則你到車站的時候，火車已經開走了。

答案中譯｜（A）將會離開（B）正在離開（C）將會已經離開（D）已經離開

● 題型解析｜未來完成式表示在未來某個時間之前已經完成的動作，常用的時間副詞有by the time of, by the end of + 時間片語（未來）、by the time + 子句（未來）等。依據題意，「by the time」通常用於未來完成式，故動詞要用「will have left」的形式，選項（C）符合題意。

Answer 110 ｜（B）

題目中譯｜到下周，我將為我的新工作做好準備，開始新的職場生活。

答案中譯｜（A）將會準備（B）將會已經準備（C）正在準備（D）已經準備

● 題型解析｜未來完成式的肯定形式為「be going to / will / shall + have done」，其中done為動詞的過去分詞。依據題意，「be next week」意思是「到下周」，表示未來的時間，通常用於未來進行式，表示在未來某個時間之前已經完成的動作，故動詞要用「will have gotten」的形式，即選項（B）符合題意。

Answer 111 ｜（A）

題目中譯｜到這個周末為止我還沒有做好考試的準備，所以十分擔心。

答案中譯｜（A）將來沒有已經做（B）將不會做（C）沒有在做（D）沒有已經做

● 題型解析｜未來完成式的否定形式為「be going to / will / shall + not + have done」，其中done為動詞的過去分詞。依據題意，「by the end of this week」表示到未來的時間之前完成做某事，動詞make要用未來完成式的時態，即為「will not have made」的形式。因此，只有選項（A）符合題意。

Answer 112 ｜（D）

題目中譯｜到這個期末你會完成報告嗎？下個學期我們會有新的報告。

答案中譯｜（A）Do（助動詞）（B）已經（C）是（D）將會

● 題型解析｜未來完成式的一般疑問句形式為「將Will / Shall置於句首」。依據題意，時間副詞「by the end of this term」表示到未來的時間之前將會完成某事，動詞要用未來完成式，本題為一般疑問句，句首要用Will來進行提問。因此，選項（D）符合題意。

Level 4

Level 4 必考新多益選擇題

⑰ TOEFL ⓘ IELTS Ⓑ Bulats Ⓖ GEPT ⓣ 學測＆指考 Ⓐ 公務人員考試

第四級

語言能力：一般情況下，此程度之對話者能流暢表達並對於平常有涉獵或感興趣之相關特定領域的話題能達到有效的溝通。偶爾，可能會因為緊張或些許的壓力其語言能力的運用會稍微受到影響，但絕大部分皆能流暢表達。

Question | 113

My daughter will do her homework the moment she _____ back from school.
- (A) has come
- (B) will have come
- (C) is coming
- (D) will come

Question | 114

Yesterday, I _____ my car outside the park, but later I couldn't find it.
- (A) was parked
- (B) is parked
- (C) park
- (D) parked

Question | 115

A little girl _____ singing a nursery rhyme in the music room next door.
- (A) hears
- (B) is hearing
- (C) can be heard
- (D) will hear

Question | 116

I heard that the teachers in this school _____ Japanese, and I want to learn it.
- (A) teach
- (B) is taught
- (C) is being taught
- (D) will be taught

Level 4 | 新多益選擇題解析

〔藍色證書〕測驗成績→730分～855分

● 詳細完整的題目和答案中譯，呈現補教名師在課堂教授的重點。 ● 臨時抱佛腳的考場記憶祕訣，搭配新多益測驗題型陷阱的提醒。 ● 保證只要熟讀各類題型解析，馬上掌握考試重點並戰勝新多益。

Answer 113 | （A）

題目中譯｜我女兒從學校回來就會完成她的家庭作業。

答案中譯｜（A）已經來（B）將會已經來（C）正在來（D）將會來

● 題型解析｜在時間和條件副詞子句中，未來完成式通常用現在完成式來表示。依據題意，the moment引導時間副詞子句，主要子句用will do表示未來，子句通常用現在完成式來表示未來完成式，故動詞come要用「has come」的形式，即選項（A）符合題意。

Answer 114 | （D）

題目中譯｜昨天我把我的汽車停在公園旁邊，但是後來卻找不到。

答案中譯｜（A）被停（過去式）（B）被停（現在式）（C）停（現在式）（D）停（過去式）

● 題型解析｜語態是動詞的一種形式，用以表示主詞和動詞之間的關係，其中主動語態表示主詞是動作的執行者。依據題意，本題的主詞為I，動詞為park，主詞和動詞之間是主動關係，即主詞I是動詞park的執行者，所以，要用主動語態，又因yesterday表示過去式的時態。因此，選項（D）符合題意。

Answer 115 | （C）

題目中譯｜一個小女孩正在隔壁的音樂教室裡唱著一首兒歌。

答案中譯｜（A）聽到（B）正在聽（C）可以被聽到（D）將會聽到

● 題型解析｜英語中的被動語態表示主詞是動作的承受者。依據題意，本題的主詞為A little girl，動詞為hear，主詞和動詞之間是被動關係，即主詞A little girl被聽到。因此，動詞要用被動語態，即選項（C）can be heard符合題意。

Answer 116 | （A）

題目中譯｜據說這間學校的老師有教授日語，所以我想去學學。

答案中譯｜（A）教（B）被教（C）正在被教（D）將會被教

● 題型解析｜主動語態可用於各種時態，如本題為現在式，主詞為the teachers，而動詞為teach，主詞和動詞之間為主動關係，即學校教授，故動詞要用主動語態，選項（B）、（C）、（D）皆為被動語態，不符合題意，可以刪除，只有選項（A）符合題意。

Level 4 | 必考新多益選擇題

TOEFL ❶ IELTS ❸ Bulats ❸ GEPT ❶ 學測＆指考 ❷ 公務人員考試

語言能力：一般情況下，此程度之對話者能流暢表達並對於平常有涉獵或感興趣之相關特定領域的話題能達到有效的溝通。偶爾，可能會因為緊張或些許的壓力其語言能力的運用會稍微受到影響，但絕大部分皆能流暢表達。

Question | 117

Fresh eggs _____ in this store every day, so I advise you to buy your eggs here.

(A) sell

(B) are sold

(C) will sell

(D) is selling

Question | 118

That shirt was badly torn, so I _____ it into the garbage can without hesitation.

(A) threw

(B) is thrown

(C) was thrown

(D) was being thrown

Question | 119

To be honest, the window _____ by me yesterday.

(A) broke

(B) is broken

(C) was broken

(D) breaks

Question | 120

Our company _____ a press conference next week. I hope you can attend.

(A) will hold

(B) will be held

(C) holds

(D) is held

Level 4 ｜ 新多益選擇題解析

〔藍色證書〕測驗成績→730分～855分

● 詳細完整的題目和答案中譯，呈現補教名師在課堂教授的重點。● 臨時抱佛腳的考場記憶祕訣，搭配新多益測驗題型陷阱的提醒。● 保證只要熟讀各類題型解析，馬上掌握考試重點並戰勝新多益。

Answer 117 ｜ （B）

題目中譯｜這間商店每天都有出售新鮮的雞蛋，所以我建議你在這裡買雞蛋。

答案中譯｜（A）賣（B）被賣（C）將會賣（D）正在賣

● 題型解析｜被動語態是由「助動詞be ＋ 及物動詞的過去分詞」構成，常可用於各種時態，助動詞be隨主詞的人稱、數、時態和語氣的不同而變化。現在式的被動語態的形式為「am / is / are done」。依據題意，主詞eggs與動詞sell之間為被動關係，故動詞要為被動語態，即are sold的形式。因此，選項（B）符合題意。

Answer 118 ｜ （A）

題目中譯｜那件襯衫破了，所以我毫不猶豫地把它扔進垃圾桶裡。

答案中譯｜（A）扔（B）被扔（現在式）（C）被扔（過去式）（D）正在被扔

● 題型解析｜過去式的主動語態形式為did，即動詞通常用過去式。依據題意，was為過去式，先將選項（B）刪除。主詞為I，動詞為throw，主詞和動詞之間為主動關係，即動詞要用主動語態，為過去式threw。因此，選項（A）符合題意。

Answer 119 ｜ （C）

題目中譯｜老實說，昨天是我打破窗戶的。

答案中譯｜（A）打破（過去式）（B）被打破（現在式）（C）被打破（過去式）（D）打破（現在式）

● 題型解析｜過去式的被動語態的形式為「was / were done」。依據題意，kicked為過去式，先將選項（B）、（D）刪除。主詞為the window，動詞為break，主詞和動詞之間為被動關係，即窗戶被打破，故動詞要用被動語態形式was broken，即選項（C）符合題意。

Answer 120 ｜ （A）

題目中譯｜我們公司下星期將會舉行記者招待會，我希望你能來參加。

答案中譯｜（A）將會舉行（B）將會被舉行（C）舉行（D）被舉行

● 題型解析｜未來式的主動語態的形式為「will / shall do」。依據題意，時間副詞next week表明為未來式，即可以先將選項（C）、（D）刪除；主詞為Our company，動詞為hold，主詞和動詞之間為主動關係，即「公司舉行」，故動詞要用主動語態，即用未來式will hold的形式，僅選項（A）符合題意。

Level 4 | 必考新多益選擇題

ⓉTOEFL ❶IELTS ⓑBulats ⓖGEPT ❶學測&指考 ⓐ公務人員考試 04-7

第四級

語言能力：一般情況下，此程度之對話者能流暢表達並對於平常有涉獵或感興趣之相關特定領域的話題能達到有效的溝通。偶爾，可能會因為緊張或些許的壓力其語言能力的運用會稍微受到影響，但絕大部分皆能流暢表達。

Question | 121

The school sports meet _____ next week which will give the students plenty of time to prepare for it.

(A) holds

(B) will be held

(C) will hold

(D) is held

Question | 122

I heard that the government _____ a large new stadium in this area.

(A) would be built

(B) is built

(C) will build

(D) would build

Question | 123

A new supermarket _____ on this commercial street and the people are all very excited.

(A) is built

(B) will build

(C) will be built

(D) would build

Question | 124

They _____ a hospital in the center of the town now to meet the needs of so many patients.

(A) build

(B) are building

(C) is built

(D) are being built

Level 4 | 新多益選擇題解析

第四級

〔藍色證書〕測驗成績→730分～855分

● 詳細完整的題目和答案中譯，呈現補教名師在課堂教授的重點。● 臨時抱佛腳的考場記憶祕訣，搭配新多益測驗題型陷阱的提醒。● 保證只要熟讀各類題型解析，馬上掌握考試重點並戰勝新多益。

Answer 121 | （B）

題目中譯｜學校運動會將在下星期舉行，會給同學們足夠的時間做準備。

答案中譯｜（A）舉行（B）將會被舉行（C）將會舉行（D）被舉行

● 題型解析｜未來式的被動語態的形式為「will / shall be done」。依據題意，時間副詞「next week」為未來式，將選項（A）、（D）刪除；主詞為sports meet，動詞為hold，主詞和動詞之間為被動關係，即「運動會被舉行」，故動詞要用被動語態，為will be held的形式，選項（B）符合題意。

Answer 122 | （C）

題目中譯｜我聽說政府將在這個地區建立一座新的大型體育場。

答案中譯｜（A）將被建立（B）被建立（C）將會建立（現在式）（D）將會建立（過去式）

● 題型解析｜從題目中可以判斷出，此語意表達是未來的計畫，故時態應該為未來式。未來式的句型表示方法為「will + 動詞原形」，符合上述的文法規則的只有選項（C）。

Answer 123 | （C）

題目中譯｜一個新的超級市場將蓋在這條商店街，人們都很興奮。

答案中譯｜（A）被建立（B）將會建立（C）將會被建立（D）將會建立

● 題型解析｜由題目中可以看出，語意想要表達的是「一間超級市場將被建造」即為被動語態。未來式的被動語態表達形式通常為「will be + 動詞原形」，查看下列四個選項，只有選項（C）符合此文法句構，故選項（C）即為正確解答。

Answer 124 | （B）

題目中譯｜現在他們正在市中心興建一座醫院，以滿足眾多病人的需求。

答案中譯｜（A）建立（B）正在建立（C）被建立（D）正在被建立

● 題型解析｜現在進行式的主動語態的形式為「am / is / are doing」。依據題意，now表明時態為現在進行式，且主詞為they，動詞為build，主詞和動詞之間為主動關係，即「他們建立」，即動詞要為現在進行式的主動語態，故要使用are building的形式，選項（B）符合題意。

Level 4 | 必考新多益選擇題

TOEFL ❶ IELTS ❸ Bulats ❻ GEPT ❶ 學測&指考 ❷ 公務人員考試

語言能力：一般情況下，此程度之對話者能流暢表達並對於平常有涉獵或感興趣之相關特定領域的話題能達到有效的溝通。偶爾，可能會因為緊張或些許的壓力其語言能力的運用會稍微受到影響，但絕大部分皆能流暢表達。

Question | 125 ································ ❀❶❸❻❶❷

An entertainment venue _____ in the center of the town now to better attract the customers.

(A) is built

(B) is being built

(C) builds

(D) will build

Question | 126 ································ ❀❶❸❻❶❷

All the English teachers _____ the lesson plan when I walked into the meeting room.

(A) were discussing

(B) were being discussed

(C) discussed

(D) would discuss

Question | 127 ································ ❻❶❷

The weather forecast _____ when I turned on the TV last evening.

(A) would be broadcasted

(B) would broadcast

(C) was being broadcasted

(D) was broadcasting

Question | 128 ································ ❻❶❷

I _____ all the dirty clothes and am hanging them over the balcony now.

(A) wash

(B) will wash

(C) have been washed

(D) have washed

Level 4 | 新多益選擇題解析

〔藍色證書〕測驗成績→730分～855分

● 詳細完整的題目和答案中譯，呈現補教名師在課堂教授的重點。● 臨時抱佛腳的考場記憶祕訣，搭配新多益測驗題型陷阱的提醒。● 保證只要熟讀各類題型解析，馬上掌握考試重點並戰勝新多益。

Answer 125 | （B）

題目中譯 | 現在市中心正在興建一間娛樂場所，來吸引消費者。

答案中譯 | （A）被建立（B）正在被建立（C）建立（D）將會建立

● 題型解析 | 現在進行式的被動語態形式為「am / is / are being done」。依據題意，now表明時態為現在進行式，即選項（C）、（D）可以先刪除；主詞為An entertainment venues，動詞為build，主詞和動詞之間為被動關係，即「市中心正在被建立」，故動詞要用現在進行式的被動語態，即用is being built的形式，選項（B）符合題意。

Answer 126 | （A）

題目中譯 | 我走進會議室時，所有的英文老師都正在討論教學計畫。

答案中譯 | （A）正在討論（B）正在被討論（C）討論（D）將會討論

● 題型解析 | 過去進行式的主動語態的形式為「was / were doing」。依據題意，when引導的時間副詞子句用過去式，主要子句要用過去進行式。主詞為All the English teachers，動詞為discuss，主語和動詞之間為主動關係，即「英文老師討論」。因此，動詞要用過去進行式的主動語態，即were discussing的形式，選項（A）符合題意。

Answer 127 | （C）

題目中譯 | 昨天晚上我打開電視時，正在播天氣預報。

答案中譯 | （A）將會被播放（B）將會播放（C）正在被播放（D）正在播放

● 題型解析 | 過去進行式的被動語態形式為「was / were being done」。依據題意，when引導的時間副詞子句為過去式，主要子句則要用過去進行式。主詞為The weather forecast，動詞為broadcast，主詞和動詞之間為被動關係，即「天氣預報被播放」，故動詞要用過去進行式的被動語態，即was being broadcasted的形式，選項（C）符合題意。

Answer 128 | （D）

題目中譯 | 我已經洗了所有的髒衣服，正把它們掛到陽台上。

答案中譯 | （A）洗（B）將會洗（C）已經被洗（D）已經洗

● 題型解析 | 現在完成式的主動語態形式為「has / have done」。依據題意，wash的動作發生在hang的動作之前，hang用現在進行式，則wash要使用現在完成式。主詞為I，動詞為wash，主詞和動詞之間為主動關係，故動詞要為主動語態，即用have washed的形式，選項（D）符合題意。

Level 4 | 必考新多益選擇題

第四級

語言能力：一般情況下，此程度之對話者能流暢表達並對於平常有涉獵或感興趣之相關特定領域的話題能達到有效的溝通。偶爾，可能會因為緊張或些許的壓力其語言能力的運用會稍微受到影響，但絕大部分皆能流暢表達。

Question | 129 ⑥①②

This house looks very tidy because it _____ by the maids.

(A) has been cleaned

(B) has cleaned

(C) cleans

(D) is being cleaned

Question | 130 ⑥①②

When I got home, my daughter _____ her homework and was watching TV.

(A) finished

(B) would finish

(C) had finished

(D) had been finished

Question | 131

When I got home, the laundry _____ by my husband and I was very happy.

(A) had been done

(B) had done

(C) did

(D) would do

Question | 132 托①⑧⑥①②

The government _____ this expressway by the end of next month.

(A) will complete

(B) will be completed

(C) will have been completed

(D) will have completed

Level 4 新多益選擇題解析

〔藍色證書〕測驗成績→730分～855分

● 詳細完整的題目和答案中譯，呈現補教名師在課堂教授的重點。 ● 臨時抱佛腳的考場記憶祕訣，搭配新多益測驗題型陷阱的提醒。 ● 保證只要熟讀各項題型解析，馬上掌握考試重點並戰勝新多益。

Answer 129 ｜（A）

題目中譯｜這間房子看起來很整齊，因為女傭已經打掃過了。

答案中譯｜（A）已經被打掃（B）已經打掃（C）打掃（D）正在被打掃

● 題型解析｜現在完成式的被動語態形式為「has / have been done」。依據題意，clean的動作發生在look的動作之前，look用現在式，則clean要用現在完成式。主詞為it（指前面的This house），動詞為clean，主詞和動詞之間為被動關係，即「這間房子被打掃」，故動詞要用現在完成式的被動語態，即為has been cleaned的形式，選項（A）符合題意。

Answer 130 ｜（C）

題目中譯｜我到家的時候，女兒已經完成了她的作業，正在看電視了。

答案中譯｜（A）完成（B）將會完成（C）已經完成（D）已經被完成

● 題型解析｜過去完成式的主動語態形式為「had done」。依據題意，finish的動作發生在got的動作之前，got用過去式，則finish要用過去完成式。主詞為my daughter，動詞為finish，主詞和動詞之間為主動關係，即「女兒完成」，故動詞要用主動語態，為had finished的形式，選項（C）符合題意。

Answer 131 ｜（A）

題目中譯｜我到家的時候，老公已經洗好衣服，我很開心。

答案中譯｜（A）已經被做（B）已經做（C）做（D）將會做

● 題型解析｜過去完成式的被動語態形式為「had been done」。依據題意，do的動作發生在got的動作之前，got用過去式，則do要用過去完成式。主詞為the laundry，動詞為do，主詞和動詞之間為被動關係，即「衣服被洗」，故動詞要為被動語態，即用had been done的形式，選項（A）符合題意。

Answer 132 ｜（D）

題目中譯｜政府將會在下個月月底完成這條高速公路。

答案中譯｜（A）將會建成（B）將會被建成（C）將會已經被建成（D）將會已經建成

● 題型解析｜將來完成式的主動語態形式為「will / shall have done」。依據題意，「by the end of next month」表示到未來的時間之前，要用未來完成式。主詞為The government，動詞為complete，主詞和動詞之間為主動關係，即「政府建造」，故動詞要用未來完成式的主動語態，即為will have completed的形式，選項（D）符合題意。

Level 4

Level 4 | 必考新多益選擇題

㊀ TOEFL ❶ IELTS ❷ Bulats ❸ GEPT ❹ 學測＆指考 ㊙ 公務人員考試

語言能力：一般情況下，此程度之對話者能流暢表達並對於平常有涉獵或感興趣之相關特定領域的話題能達到有效的溝通。偶爾，可能會因為緊張或些許的壓力其語言能力的運用會稍微受到影響，但絕大部分皆能流暢表達。

Question | 133

This children's park _____ by the end of next month, and then it will be opened to the children.

- (A) will be completed
- (B) will complete
- (C) will have been completed
- (D) will have completed

Question | 134

They said they _____ the project by the end of last month if they had had enough manpower.

- (A) would be finished
- (B) would finish
- (C) would have been finished
- (D) would have finished

Question | 135

They said that this project _____ by the end of this year at the earliest.

- (A) would have finished
- (B) would have been finished
- (C) would finish
- (D) would be finished

Question | 136

The teacher told me that If I broke the school rules, I _____ punished.

- (A) was
- (B) was being
- (C) would be
- (D) would have

Level 4 | 新多益選擇題解析
第四級

〔藍色證書〕測驗成績→730分～855分

● 詳細完整的題目和答案中譯，呈現補教名師在課堂教授的重點。● 臨時抱佛腳的考場記憶祕訣，搭配新多益測驗題型陷阱的提醒。● 保證只要熟讀各類題型解析，馬上掌握考試重點並戰勝新多益。

Answer 133 | （C）

題目中譯｜這座兒童樂園將於下個月底完成，然後開放給小朋友們來遊玩。

答案中譯｜（A）將會被建成（B）將會建成（C）將會已經被建成（D）將會已經建成

● 題型解析｜未來完成式的被動語態形式為「will / shall have been done」。依據題意，by the end of next month表示到未來的時間之前，要用未來完成式。主詞為This children's park，動詞為complete，主詞和動詞之間為被動關係，即「兒童樂園被建成」，故動詞要用未來完成式的被動語態，即為will have been completed的形式，選項（C）符合題意。

Answer 134 | （D）

題目中譯｜他們說如果人力足夠的話，他們將於這個月月底完成任務。

答案中譯｜（A）將會被完成（B）將會完成（C）將會已經被完成（D）將會已經完成

● 題型解析｜過去未來完成式的主動語態形式為「would have done」。依據題意，said表示過去的時間，而by「the end of this month」表示到未來的時間之前，故要用過去未來完成式。主詞為they，動詞為finish，主詞和動詞之間為主動關係，即「他們完成」，所以，動詞要用過去未來完成式的主動語態，即為would have finished的形式，選項（D）符合題意。

Answer 135 | （D）

題目中譯｜他們說這項工程最早將於今年年底完成。

答案中譯｜（A）將會被完成（B）將會已經被完成（C）將會完成（D）將會被完成

● 題型解析｜過去未來完成式的被動語態形式為「would have been done」。依據題意，said表示過去的時間，而「by the end of this year」表示到未來的時間之前，故要用過去未來完成式。主詞為this project，動詞為finish，主詞和動詞之間為被動關係，即「這項工程被完成」，所以，動詞要用被動語態，即為would have been finished的形式，選項（B）符合題意。

Answer 136 | （C）

題目中譯｜老師告訴我，如果我違反校規將受到懲罰。

答案中譯｜（A）被（B）正在被（C）將會被（D）將會已經被

● 題型解析｜強調動作的承受者時，通常用被動語態。依據題意，本題是if引導的條件句，表示假設的情況，要用未來式。而主詞為I，動詞為punish，主詞I是動詞punish的承受者，要用被動語態，所以，要用would be的形式，即選項（C）符合題意。

Level 4 | 必考新多益選擇題
ⓉTOEFL ①IELTS ⒷBulats ⒼGEPT ①學測＆指考 ⒶA公務人員考試

語言能力：一般情況下，此程度之對話者能流暢表達並對於平常有涉獵或感興趣之相關特定領域的話題能達到有效的溝通。偶爾，可能會因為緊張或些許的壓力其語言能力的運用會稍微受到影響，但絕大部分皆能流暢表達。

Question | 137

Everybody _____ to obey the following rules in order to keep the meeting on track.

(A) is expected
(B) expects
(C) is being expected
(D) will be expected

Question | 138

She _____ in this beautiful small village and liked the natural scenery here very much.

(A) bore
(B) was being born
(C) would bear
(D) was born

Question | 139

I like this romantic novel written _____ a famous American writer very much.

(A) with
(B) of
(C) by
(D) from

Question | 140

As everybody knows, noodles are eaten _____ chopsticks in Taiwan.

(A) by
(B) of
(C) with
(D) in

Level 4 | 新多益選擇題解析

〔藍色證書〕測驗成績→730分～855分

第四級

● 詳細完整的題目和答案中譯，呈現補教名師在課堂教授的串點。● 臨時抱佛腳的考場記憶祕訣，搭配新多益測驗類型簡冊的提醒。● 保證只要熟識各類題型解析，馬上掌握考試重點並戰勝新多益。

Answer 137 | （A）

題目中譯｜希望大家遵守以下規定，以確保會議正常進行。

答案中譯｜（A）被期望（B）期望（C）正在被期望（D）將會被期望

● 題型解析｜表示委婉或禮貌時，通常使用被動語態。依據題意，主詞Everybody為單數，與動詞expect之間為被動關係，即「大家被期望」，所以，動詞要用被動語態，且為現在式，即is expected的形式，選項（A）符合題意。

Answer 138 | （D）

題目中譯｜她出生在這座美麗的小村莊，並且非常喜歡這裡的自然景色。

答案中譯｜（A）出生（B）正在被生（C）將會出生（D）出生於

● 題型解析｜有些動詞習慣上常用被動語態，如例句中的動詞bear的意思是「結果」，表示「出生」通常用be born的被動形式。主詞She表示單數，故助動詞be要用單數形式，並且為過去式，即was born，選項（D）符合題意。

Answer 139 | （C）

題目中譯｜這本愛情小說是美國的一位著名作家寫的，我非常喜歡。

答案中譯｜（A）用（B）…的（C）被（D）來自

● 題型解析｜介系詞by通常用於被動語態，表示動作的執行者或施加者。依據題意，可以得知「小說是被寫的」，所以，a famous American writer之前要用介系詞by來表示被動，用以說明小說的作者是誰，即選項（C）符合題意。

Answer 140 | （C）

題目中譯｜眾所皆知，在台灣，麵條是用筷子來吃的。

答案中譯｜（A）被（B）…的（C）用（D）在…裡面

● 題型解析｜介系詞with用於被動語態時，通常表示使用某種工具。依據題意，本題的主詞為noodles，動詞are eaten表示被動，而chopsticks表示主詞被食用的工具。因此，要用介系詞with來表示使用的工具，即選項（C）符合題意。

Level 4 | 必考新多益選擇題

第四級

⊕ TOEFL ❶ IELTS ⓑ Bulats ⓖ GEPT ❶ 學測 & 指考 ⑳ 公務人員考試 (MP3) 04-8

語言能力：一般情況下，此程度之對話者能流暢表達並對於平常有涉獵或感興趣之相關特定領域的話題能達到有效的溝通。偶爾，可能會因為緊張或些許的壓力其語言能力的運用會稍微受到影響，但絕大部分皆能流暢表達。

Question | 141

He often helps to arrange the books in the library, so he is known _____ everybody.

(A) by

(B) with

(C) from

(D) to

Question | 142

The little boy _____ hurt on his way home from school and was taken to the hospital by a passerby.

(A) became

(B) turned

(C) looked

(D) got

Question | 143

The woman _____ annoyed by what the man said because she abruptly turned and walked away.

(A) became

(B) proved

(C) seemed

(D) looked

Question | 144

This piano music _____ so beautiful that I have completely lost myself in it.

(A) sounds

(B) is sounded

(C) will sound

(D) is being sounded

Level 4 | 新多益選擇題解析

〔藍色證書〕測驗成績→730分～855分

第四級

● 詳細完整的題目和答案中譯，呈現補教名師在課堂教授的重點。● 臨時抱佛腳的考場記憶祕訣，搭配新多益測驗題型陷阱的提醒。● 保證只要熟讀各類題型解析，馬上掌握考試重點並戰勝新多益。

Answer 141 | （A）

題目中譯 | 他經常幫忙整理圖書館裡的書籍，所以大家都認識他。

答案中譯 | （A）被（B）用（C）來自（D）到

● 題型解析 | 有些介系詞通常用於被動語態，來構成某些固定用法。題目中的「is known」意思是「被知道」，表示被動，其後通常跟介系詞by構成「is known by」的用法，表示「為某人所知」。因此，選項（A）正確，其他選項皆不符合題意。

Answer 142 | （D）

題目中譯 | 這個小男孩在放學回家的路上受了傷，被一個路人送到醫院。

答案中譯 | （A）變成（B）轉變（C）看（D）得到

● 題型解析 | 被動語態也可以用「get + 過去分詞」的結構來強調動作的結果，常用來表示突發性的、出乎意料的偶然事件。依據題意，表示「受傷」可以說「get hurt」，即get與過去分詞hurt連用表示被動，來說明get的結果。因此，選項（D）符合題意。

Answer 143 | （C）

題目中譯 | 這個女人馬上轉身離開，似乎被他的話給激怒了。

答案中譯 | （A）變成（B）證明（C）似乎（D）看

● 題型解析 | 有時「seem / appear + 過去分詞」也可以用於構成被動語態。依據題意，從because引導的原因副詞子句可以推測出，這個女人很生氣，即主要子句表示推測，可以用「seem + 過去分詞annoyed」來表示被動，用以表達「被某人激怒」。因此，選項（C）符合題意。

Answer 144 | （A）

題目中譯 | 這首鋼琴曲聽起來很悅耳，我深深陶醉其中。

答案中譯 | （A）聽起來（B）被聽（C）將會聽（D）正在被聽

● 題型解析 | 少數動詞的主動語態有時可以表達被動含義，如sound, read, clean, wash, write等。依據題意，動詞「sound」在題目中的意思是「聽起來」，雖然有「被聽」的意思，但是通常為主動語態，所以，可以用sounds的形式來完成此題的空格。因此，選項（A）符合題意。

Level 4

Level 4 必考新多益選擇題

® TOEFL ❶ IELTS ® Bulats ® GEPT ❶ 學測＆指考 ⑳ 公務人員考試

語言能力：一般情況下，此程度之對話者能流暢表達並對於平常有涉獵或感興趣之相關特定領域的話題能達到有效的溝通。偶爾，可能會因為緊張或些許的壓力其語言能力的運用會稍微受到影響，但絕大部分皆能流暢表達。

Question | 145
⑥❶⑳

It hasn't rained for several months, so the garden needs _____ right now.
(A) watered
(B) to water
(C) watering
(D) be watered

Question | 146
⑥❶⑳

I love the laptop computer my father bought _____ me last week.
(A) to
(B) for
(C) by
(D) with

Question | 147
⑥❶⑳

The wall _____ red by the naughty little boy which made his mother very angry.
(A) painted
(B) would be painted
(C) was painting
(D) was painted

Question | 148
⑥❶⑳

An old man was known _____ play the violin in the park everydays, but he suddenly disappeared one day and was never seen again.
(A) to
(B) by
(C) with
(D) from

Level 4 | 新多益選擇題解析

〔藍色證書〕測驗成績→730分～855分

第四級

● 詳細完整的題目和答案中譯，呈現補教名師在課堂教授的重點。 ● 臨時抱佛腳的考場記憶秘訣，搶攻新多益測驗單型階段的保解。 ● 保證只要熟讀語各題跟著解析，馬上掌握考試重點並戰勝新多益

Answer 145 | （C）

題目中譯｜好幾個月沒有下雨，花園需要馬上澆水。

答案中譯｜（A）澆水（過去式）（B）澆水（不定式）（C）澆水（現在分詞）（D）澆水（被動式）

● 題型解析｜need, want, require, deserve, do, owe, bind等動詞之後加上現在分詞，也可以用於表示被動。依據題意，主詞the garden與動詞water之間應該為被動關係，且動詞need通常加上現在分詞用以表示被動，即構成need watering的形式，相當於need to be watered。因此，選項（C）符合題意。

Answer 146 | （B）

題目中譯｜爸爸上個禮拜買給我的筆電，我很喜歡。

答案中譯｜（A）到（B）給（C）被（D）用

● 題型解析｜直接受詞當被動語態的主詞時，通常要在間接受詞之前加上適當的介系詞，如to, for, of等，以加強間接受詞的語氣。依據題意，本題使用了was bought表示被動，直接受詞「A laptop computer」當主詞，與間接受詞me之間通常加上介系詞來加強語氣。又因bought後面通常跟介系詞for。因此，選項（B）符合題意。

Answer 147 | （D）

題目中譯｜牆壁被這個淘氣的小男孩塗成了紅色，他的媽媽很生氣。

答案中譯｜（A）塗（B）將會被塗（C）正在被塗（D）被塗

● 題型解析｜一般動詞後面有受詞和受詞補語的句型在變為被動語態時，受詞轉化為主詞，受詞補語也隨之變為主詞補語。依據題意，The wall在例句中為主詞，red為主詞補語，用以補充說明主詞的顏色，動詞paint與主詞之間為被動關係，所以，要用被動語態was painted的形式，選項（D）符合題意。

Answer 148 | （A）

題目中譯｜這個老人每天都會在公園裡拉小提琴，但有一天他突然消失，也沒有再看過他。

答案中譯｜（A）給（B）被（C）用（D）來自

● 題型解析｜make, see, hear, watch, notice, observe, listen to等，在主動結構中跟不帶to的不定式當受詞補語，但在變為被動結構時，不定式要加上to。依據題意，動詞hear為感官動詞，在主動語態中通常加上不帶to的不定式，但是在變為被動語態時，不定式要加上to。因此，選項（A）符合題意。

Level 4 | 必考新多益選擇題

T TOEFL **I** IELTS **B** Bulats **G** GEPT **T** 學測&指考 **公** 公務人員考試

語言能力：一般情況下，此程度之對話者能流暢表達並對於平常有涉獵或感興趣之相關特定領域的話題能達到有效的溝通。偶爾，可能會因為緊張或些許的壓力其語言能力的運用會稍微受到影響，但絕大部分皆能流暢表達。

Question | 149

My bike is broken and should _____ by someone as soon as possible.

(A) being repaired

(B) repaired

(C) repair

(D) be repaired

Question | 150

This problem is going to _____ at the meeting, so everybody should show up at the meeting fully prepared.

(A) discuss

(B) discussed

(C) being discussed

(D) be discussed

Question | 151

This new film is to _____ in the cinema next week and we are all looking forward to it.

(A) be shown

(B) being shown

(C) showed

(D) show

Question | 152

Somebody _____ that he has gone abroad to travel, so that's why none of us have seen him recently.

(A) says

(B) said

(C) is being said

(D) will say

Level 4 ｜ 新多益選擇題解析

〔藍色證書〕測驗成績→730分～855分

● 詳細完整的題目和答案中譯，呈現補教名師在課堂教授的重點。● 臨時抱佛腳的考場記憶祕訣，搭配新多益測驗題型陷阱的提醒。● 保證只要熟讀各類題型解析，馬上掌握考試重點並戰勝新多益。

Answer 149 ｜ （D）

題目中譯｜我的腳踏車壞了，應該儘快找人修理一下。

答案中譯｜（A）正在被修理（B）修理（過去式）（C）修理（現在式）（D）被修理

● 題型解析｜含有助動詞的例句在變為被動語態時，要用「助動詞+ be done」的形式。依據題意，助動詞should表示「應該」，且主詞My bike與動詞repair之間是被動關係，應該用被動語態，即在助動詞should之後加be repaired的形式，選項（D）符合題意。

Answer 150 ｜ （D）

題目中譯｜這個問題將會在會議上討論，大家要做好準備。

答案中譯｜（A）討論（現在式）（B）討論（過去式）（C）正在被討論（D）被討論

● 題型解析｜含有be going to do結構的句子在變為被動語態時，要用be going to be done的形式，且be只有現在式和過去式兩種形式。依據題意，「is going to」表示「將要」，而主詞This problem與discuss之間為被動關係。故要用被動形式be discussed，即選項（D）符合題意。

Answer 151 ｜ （A）

題目中譯｜這部新片將於下周在電影院上映，我們都很期待。

答案中譯｜（A）被放映（B）正在被上映（C）放映（過去式）（D）放映（現在式）

● 題型解析｜含有be to do結構的句子在變為被動語態時，要用be to be done的形式，且be只有現在式和過去式兩種形式。依據題意，「is to」表示「將要」，而主詞This new film與動詞show之間為被動關係。故要用被動形式be shown，即選項（A）符合題意。

Answer 152 ｜ （B）

題目中譯｜據說他出國旅遊了，所以我們最近都沒有看到他。

答案中譯｜（A）說（B）說（C）正在被說（D）將會說

● 題型解析｜由此題目可以得知，語意想要表達的為「據說」，通常一般會使用「Somebody said」來表示這一固定用法。查看下列四個選項，只有選項（B）said符合此答案。所以，選項（B）為正確解答。

Level 4 | 必考新多益選擇題

T TOEFL **I** IELTS **B** Bulats **G** GEPT **T** 學測＆指考 **公** 公務人員考試

語言能力：一般情況下，此程度之對話者能流暢表達並對於平常有涉獵或感興趣之相關特定領域的話題能達到有效的溝通。偶爾，可能會因為緊張或些許的壓力其語言能力的運用會稍微受到影響，但絕大部分皆能流暢表達。

Question | 153

I was expected by my family _____ pianist when I was a child, because I was good at playing the piano.

(A) become

(B) to become

(C) becoming

(D) became

Question | 154

_____ these flower pots into the house before it rains.

(A) Move

(B) Being moved

(C) Be moved

(D) To move

Question | 155

Don't let the painting _____ by anyone because it's very valuable and easily damaged.

(A) be touched

(B) touch

(C) to touch

(D) to be touched

Question | 156

The meeting _____ till next Saturday. Please inform all departments as soon as possible.

(A) has put off

(B) has put

(C) has been put

(D) has been put off

Level 4 ｜ 新多益選擇題解析

〔藍色證書〕測驗成績→730分～855分

第四級

● 詳細完整的題目和答案中譯，呈現補教名師在課堂教授的重點。● 臨時抱佛腳的考場記憶祕訣，搭配新多益測驗題型前後的提醒。● 您只要熟讀每道題題型解析，馬上掌握考試重點並戰勝新多益。

Answer 153 ｜ （B）

題目中譯｜從小，家人就期望我成為一名鋼琴家，因為我擅長彈鋼琴。

答案中譯｜（A）成為（原形）（B）成為（不定式）（C）成為（現在分詞）（D）成為（過去式）

● 題型解析｜直述句變為被動語態時，可以把子句的主詞變為被動句的主詞，而子句的動詞部分可以變為不定式片語。依據題意，本題是由主動語態的直述句變換而來的被動語句，動詞was expected表示被動，其後可以加上不定式，即to become的形式。因此，選項（B）符合題意。

Answer 154 ｜ （A）

題目中譯｜快要下雨了，把這些花盆都搬到屋裡去。

答案中譯｜（A）移動（B）正在被移動（C）被移動（D）將要移動

● 題型解析｜本題為祈使句的考題。用於祈使句的句首，動詞一般要為原形動詞。查看下列四個選項，只有選項（A）為動詞原形。故選項（A）為正確解答。

Answer 155 ｜ （A）

題目中譯｜這幅畫不要隨意讓他人碰觸，因為他非常珍貴且易損壞。

答案中譯｜（A）被觸摸（B）觸摸（C）將會觸摸（D）將會被觸摸

● 題型解析｜否定祈使句的被動語態結構為「Don't + let + 受詞 + be + 過去分詞」或「Let + 受詞 + not + be + 過去分詞」。依據題意，本題為let引導的否定祈使句，主詞the painting與動詞touch之間為被動關係，故要使用被動形式be touched，即選項（A）符合題意。

Answer 156 ｜ （D）

題目中譯｜會議已經延後至下周六舉行，請儘快告知各部門。

答案中譯｜（A）已經推遲（B）已經放（C）已經被放（D）已經被推遲

● 題型解析｜有些不及物動詞後面加上介系詞或副詞後，變成了一個動詞片語，相當於一個及物動詞，可以有被動語態。依據題意，動詞put意思為「放」，加上副詞off後構成固定用法「put off」表示「推遲」，符合題意，即可先將選項（B）、（C）刪除；又因主詞The meeting和動詞put off之間為被動關係，要用現在完成式，即為has been put off的形式，故選項（D）符合題意。

Level 4 | 必考新多益選擇題

托 TOEFL Ⓘ IELTS Ⓑ Bulats Ⓖ GEPT Ⓣ 學測 & 指考 Ⓐ 公務人員考試

語言能力：一般情況下，此程度之對話者能流暢表達並對於平常有涉獵或感興趣之相關特定領域的話題能達到有效的溝通。偶爾，可能會因為緊張或些許的壓力其語言能力的運用會稍微受到影響，但絕大部分皆能流暢表達。

Question | 157

托Ⓘ Ⓑ Ⓖ Ⓣ Ⓐ

All the rubbish should be _____ to keep the room tidy and healthy.

(A) got rid

(B) gotten rid of

(C) got

(D) got of

Question | 158

托Ⓘ Ⓑ Ⓖ Ⓣ Ⓐ

The boss _____ to _____ the solution to the problem at once, so work could proceed more smoothly.

(A) asked; be discussed

(B) asked; discussed

(C) was asked; be discussed

(D) was asked; discuss

Question | 159

Ⓘ Ⓖ Ⓣ Ⓐ

This meeting room is the largest one in our company and can _____ 300 people.

(A) be held

(B) being held

(C) hold

(D) would hold

Question | 160

托Ⓘ Ⓑ Ⓖ Ⓣ Ⓐ

This little girl _____ a bad cold yesterday, but she is feeling much better now.

(A) had

(B) has had

(C) was had

(D) was being had

Level 4 | 新多益選擇題解析

〔藍色證書〕測驗成績→730分～855分

第四級

● 詳細完整的題目和答案中譯，呈現補教名師在課堂教授的重點。● 臨時抱佛腳的考場記憶祕訣，搭配新多益測驗題型陷阱的提醒。● 保證只要熟讀各類題型解析，馬上掌握考試重點並戰勝新多益。

Answer 157 | （B）

題目中譯 | 為了保持房間的整潔衛生，所有的垃圾都應該扔掉。

答案中譯 | （A）擺脫（B）除去（C）得到（D）錯誤形式

● 題型解析 | 動詞片語在轉換為被動語態時，通常被當成是一個動詞，後面的介系詞或副詞不能拆開或省略。依據題意，「get rid of」意思為「除去；擺脫」，且與主詞rubbish之間為被動關係，要用被動語態，重要的是介系詞of不能省略。因此，選項（B）符合題意。

Answer 158 | （D）

題目中譯 | 老闆要求馬上討論這個解決方法，才能讓工作順利進行。

答案中譯 | （A）要求；被討論（B）要求；討論（C）被要求；被討論（D）被要求；討論

● 題型解析 | 雙重被動結構是指句中的動詞和其後的不定式均為被動結構，句子的主詞既是動詞的承受者，也是不定式動作的承受者。依據題意，本題的主詞為The boss，動詞和不定式都需要使用被動語態。符合上述的文法規則者，只有選項（D）。

Answer 159 | （C）

題目中譯 | 這是我們公司最大的會議室，能夠容納300人。

答案中譯 | （A）被容納（B）正在被容納（C）容納（D）將會容納

● 題型解析 | 某些表示狀態的及物動詞，如own, cost, lack, fit, resemble, fail, last, flee, benefit, hold等當動詞時，不能變為被動語態。依據題意，動詞「hold」在句中的意思是「容納」，用以表示狀態，不能使用被動語態，只為用主動語態。因此，選項（C）符合題意。

Answer 160 | （A）

題目中譯 | 昨天這個小女孩得了重感冒，但是現在她感覺好多了。

答案中譯 | （A）生病（B）已經生病（C）被生病（D）正在被生病

● 題型解析 | 及物動詞have表示「吃飯；生病；明白；知道」等含義時，沒有被動語態。依據題意，「have a bad cold」為固定用法，意思為「得了重感冒」，其中have表示「生病」，沒有被動形式，只能用主動形式，且為過去式。因此，選項（A）符合題意。

Level 4

Level 4 | 必考新多益選擇題

托 TOEFL Ⅰ IELTS Ⓑ Bulats Ⓖ GEPT Ⓣ 學測&指考 Ⓐ 公務人員考試　 04-9

語言能力：一般情況下，此程度之對話者能流暢表達並對於平常有涉獵或感興趣之相關特定領域的話題能達到有效的溝通。偶爾，可能會因為緊張或些許的壓力其語言能力的運用會稍微受到影響，但絕大部分皆能流暢表達。

Question | 161

托ⓘⒷⒼⓉⒶ

What do you _____ this passage written by Shakespeare to mean?

- (A) are taken
- (B) will take
- (C) are being taken
- (D) take

Question | 162

ⒼⓉⒶ

The two sisters _____ each other for years before one of them got married and moved far away.

- (A) were looking after
- (B) had been looked after
- (C) looked after
- (D) had looked after

Question | 163

Ⅰ ⒼⓉⒶ

It was strange that the old man _____ his head and then went out without saying anything.

- (A) was shaken
- (B) shook
- (C) was being shaken
- (D) would shake

Question | 164

托ⓘⒷ ⒼⓉⒶ

The big case _____ fifty kilos and even we two can't move it.

- (A) is weighted
- (B) is being weighted
- (C) weighs
- (D) will weight

Level 4 | 新多益選擇題解析

第四級

〔藍色證書〕測驗成績→730分～855分

● 詳細完整的題目和答案中譯，呈現補教名師在課堂教授的重點。● 臨時抱佛腳的考場記憶祕訣，搭配新多益測驗類型常識的傳授。● 保證只要熟讀各類題型解析，馬上掌握考試重點並戰勝新多益。

Answer 161 | （D）

題目中譯｜你如何理解莎士比亞的這段話呢？

答案中譯｜（A）被理解（B）將會理解（C）正在被理解（D）理解

● 題型解析｜當動詞take表示「懂得，知道」時，沒有相應的被動語態。依據題意，動詞take在題目中的意思即為「懂得，明白」，沒有被動形式，只能用主動形式take。因此，只有選項（D）正確，其他選項皆不符合題意。

Answer 162 | （C）

題目中譯｜在其中一人結婚並搬出去之前，兩姐妹互相照顧多年。

答案中譯｜（A）正在照顧（B）已經被照顧（C）照顧（D）已經照顧

● 題型解析｜當受詞是相互代名詞或反身代名詞時，動詞不能用被動語態。依據題意，本題的主詞為The two sisters，受詞為each another，屬於相互代名詞，所以，動詞沒有被動形式，只能用主動形式，且要為過去完成式。因此，選項（C）符合題意。

Answer 163 | （B）

題目中譯｜奇怪的是，這位老人搖了搖頭，什麼也沒說就出去了。

答案中譯｜（A）被搖頭（B）搖頭（C）正在被搖頭（D）將會搖頭

● 題型解析｜當受詞前帶有主詞的所有格時，動詞通常不能轉換為被動形式。依據題意，the old man在例句中當主詞，head為受詞，his為所有格，代指主詞。這種情況下，動詞通常不能用被動形式，只能用主動形式，且要為過去式。因此，選項（B）符合題意。

Answer 164 | （C）

題目中譯｜這個大箱子重50公斤，我們兩個人也搬不動它。

答案中譯｜（A）被重（B）正在被重（C）重（D）將會重

● 題型解析｜當受詞表示數量、重量、大小或程度時，不能用被動語態。依據題意，The big case在例句中當主詞，受詞為fifty kilos，表示重量，因而動詞不能用被動語態，只能用主動語態，且要為現在式。因此，選項（C）符合題意。

Level 4 | 必考新多益選擇題

雅 TOEFL **①** IELTS **B** Bulats **G** GEPT **①** 學測＆指考 **公** 公務人員考試

第四級

語言能力：一般情況下，此程度之對話者能流暢表達並對於平常有涉獵或感興趣之相關特定領域的話題能達到有效的溝通。偶爾，可能會因為緊張或些許的壓力其語言能力的運用會稍微受到影響，但絕大部分皆能流暢表達。

Question | 165 .... **雅①B G①公**

He _____ to study abroad in the U. K. because his parents both work there.

(A) will decide

(B) is being decided

(C) has been decided

(D) has decided

Question | 166 .... **G①公**

This house _____ my brother, but sometimes I also live here for short periods of time.

(A) is belonged to

(B) is being belonged to

(C) belongs to

(D) would have belonged to

Question | 167 .... **①** **G①公**

He is such a coward that he dare not _____, in even in the public swimming pool.

(A) swim

(B) be swum

(C) is being swum

(D) will be swum

Question | 168 .... **雅①B G①公**

If that _____ so, we must take action at once to avert a disaster.

(A) is

(B) are

(C) was

(D) be

Level 4 新多益選擇題解析

〔藍色證書〕測驗成績→730分～855分

● 詳細完整的題目和答案中譯，呈現補教名師在課堂教授的重點。● 臨時抱佛腳的考場記憶祕訣，搭配新多益測驗題型陷阱的提醒。● 保證只要熟讀各類題型解析，馬上掌握考試重點並戰勝新多益。

Answer 165 ｜（D）

題目中譯｜他已經決定要去英國留學，因為他的父母都在那裡工作。

答案中譯｜（A）將會決定（B）正在被決定（C）已經被決定（D）已經決定

● 題型解析｜當受詞是動詞不定式或動詞的現在分詞時，動詞一般不用被動語態。依據題意，本題的主詞為He，不定式to go and study在句中當受詞，在這種情況下，動詞不能用被動語態，只能用主動語態，且本題表示動作已經完成，要用現在完成式。因此，選項（D）符合題意。

Answer 166 ｜（C）

題目中譯｜這間房子是我弟弟的，但我有時也會在這裡住一陣子。

答案中譯｜（A）被屬於（B）正在被屬於（C）屬於（D）將會已經屬於

● 題型解析｜某些動詞片語如take place, lose heart, belong to, consist of等，通常不能使用被動語態。依據題意，動詞片語「belong to」意思為「屬於」，在句中當動詞，通常不能使用被動語態，只能使用主動語態。又因為本題為現在式，則選項（C）符合題意。

Answer 167 ｜（A）

題目中譯｜他是一個非常膽小的人，不敢在公共的游泳池裡游泳。

答案中譯｜（A）游泳（B）被游泳（C）正在被游泳（D）將會被游泳

● 題型解析｜含有would rather或助動詞dare的句子，不能改為被動語態。依據題意，dare在句中為助動詞，其後面的動詞通常不能用被動語態，只能用主動語態，而選項（B）、（C）、（D）都為被動語態，不符合題意，故刪除，只有選項（A）符合題意。

Answer 168 ｜（A）

題目中譯｜如果是那樣的情況，我們會立即採取行動來防止災難的發生。

答案中譯｜（A）是（現在式單數）（B）是（現在式複數）（C）是（過去式單數）（D）是（原形）

● 題型解析｜題目中的「If that is so」，意思為「如果是那樣的情況」，此為一固定用法。下列的四個選項中，需要選擇be動詞is來完成此空格，符合題目的選項為（A）。

Level 4 | 必考新多益選擇題

第四級

TOEFL IELTS Bulats GEPT 學測&指考 公務人員考試

語言能力：一般情況下，此程度之對話者能流暢表達並對於平常有涉獵或感興趣之相關特定領域的話題能達到有效的溝通。偶爾，可能會因為緊張或些許的壓力其語言能力的運用會稍微受到影響，但絕大部分皆能流暢表達。

Question | 169

It is strange that she _____ that because she always pays such close attention to details and does her work very carefully.

(A) will have done

(B) would done

(C) has do

(D) should have done

Question | 170

If they knew you were ill, they _____ to see you.

(A) would come

(B) are coming

(C) came

(D) have been

Question | 171

If you had come a few minutes earlier, you _____ the famous writer.

(A) will meet

(B) have met

(C) would have met

(D) meet

Question | 172

If it were Sunday tomorrow, I _____ to the zoo with my girlfriend.

(A) would have gone

(B) would go

(C) go

(D) have gone

Level 4 | 新多益選擇題解析

〔藍色證書〕測驗成績→730分～855分

第四級

● 詳細完整的題目和答案中譯，呈現補教名師在課堂教授的重點。 ● 臨時抱佛腳的考場記憶祕訣，搭配新多益測驗題型層面的提醒。 ● 保證只要熟讀各類題型解析，馬上掌握考試重點並戰勝新多益。

Answer 169 | （D）

題目中譯 | 真是奇怪，她竟然會做出這種事情，因為她向來是一個很嚴謹的人。

答案中譯 | （A）將會已經做（B）將會做（C）已經做（D）應該已經做

● 題型解析 | 助動詞「should + have + 過去分詞」可以用於表示虛擬語氣，用於一切人稱和數。依據題意，that引導的子句表示假設，要用虛擬語氣來表達，動詞要用should have done的形式，即選項（D）符合題意。

Answer 170 | （A）

題目中譯 | 如果他們知道你生病的話，一定會來看你的。

答案中譯 | （A）將會來（B）正在來（C）來（D）已經來

● 題型解析 | 虛擬語氣用在與現實相反的條件句中時，條件句的動詞用動詞的過去式，表示結果的主要子句中的動詞用「should（第一人稱）或would（第二、三人稱）+ 動詞原形」的形式。因此，應該選（A），只有選項（A）是「would + 動詞原形」的形式，符合題意。

Answer 171 | （C）

題目中譯 | 要是你早幾分鐘來，你就能見到那一位名作家了。

答案中譯 | （A）將會見到（B）已經見到（C）將會已經見到（D）見到

● 題型解析 | 虛擬語氣用在與過去事實相反的條件句中時，條件句的動詞用「had + 過去分詞」的形式，主要子句的動詞用「should（第一人稱）或would（第二、三人稱）+ have + 過去分詞」的形式。依據題意，If引導的子句表示與過去事實相反，則主要子句要用would have met的虛擬語氣形式，即選項（C）符合題意。

Answer 172 | （B）

題目中譯 | 如果明天是星期天，我就會和女朋友一起去動物園。

答案中譯 | （A）將會已經去（B）將會去（C）去（D）已經去

● 題型解析 | 虛擬語氣用於與將來事實相反的條件句中時，條件句的動詞用動詞的過去式（be動詞的過去式用were），主要子句的動詞用「should（第一人稱）或would（第二、三人稱）+ 動詞原形」的形式。依據題意，子句使用虛擬語氣表示與未來的情況相反，則主要子句動詞要用虛擬語氣would go來表達，即選項（B）符合題意。

Level 4

403

Level 4 | 必考新多益選擇題

TOEFL ① IELTS ⑧ Bulats ⑥ GEPT ① 學測＆指考 ⑳ 公務人員考試

語言能力：一般情況下，此程度之對話者能流暢表達並對於平常有涉獵或感興趣之相關特定領域的話題能達到有效的溝通。偶爾，可能會因為緊張或些許的壓力其語言能力的運用會稍微受到影響，但絕大部分皆能流暢表達。

Question | 173 ·· ① ⑥①⑳

If you _____ tomorrow afternoon, I will make a very nice lunch.

(A) will come

(B) have come

(C) will have come

(D) were to come

Question | 174 ·· ⑥①⑳

If you _____ her, tell her to call me soon.

(A) meet

(B) have met

(C) would have met

(D) should meet

Question | 175 ·· ⑥①⑳

If he had followed the doctor's advice, he _____ quite all right now.

(A) is

(B) would be

(C) has been

(D) would have been

Question | 176 ·· ①⑧⑥①⑳

If I had not been busy, I _____ to help you with English.

(A) would have gone

(B) will go

(C) go

(D) have gone

Level 4 ｜ 新多益選擇題解析
〔藍色證書〕測驗成績→730分～855分

● 詳細完整的題目和答案中譯，呈現補教名師在課堂教授的重點。 ● 臨時抱佛腳的考場記憶祕訣，搭配新多益測驗題型陷阱的提醒。 ● 保證只要熟讀各類題型解析，馬上掌握考試重點並戰勝新多益。

Answer 173 ｜（D）

題目中譯｜如果你明天下午來的話，我或許會準備一頓豐盛的午餐。

答案中譯｜（A）將會來（B）已經來（C）將會已經來（D）將要來

● 題型解析｜在表示與將來事實可能相反的條件子句中時，條件句的動詞也可以用「were to + 動詞原形」的形式，表示假想性很強，而實現的可能性很小。依據題意，本題表示與未來事實可能相反的情況，If引導的條件子句要用虛擬語氣，可以用were to come的形式，即選項（D）符合題意。

Answer 174 ｜（D）

題目中譯｜如果你見到她，告訴她馬上打電話給我。

答案中譯｜（A）見到（B）已經見到（C）將會已經見到（D）應該見到

● 題型解析｜在表示與將來事實可能相反的條件句中時，條件句的動詞也可以用「should + 動詞原形」的形式，表示假想性很強，而實現的可能性很小。依據題意，If引導的條件句表示與未來事實可能相反的情況，動詞可以用虛擬語氣should meet來表達。因此，選項（D）符合題意。

Answer 175 ｜（B）

題目中譯｜如果他當時聽醫生的話，現在就會痊癒了。

答案中譯｜（A）是（B）將會是（C）已經是（D）將會已經是

● 題型解析｜當條件句中的動作和主要子句中的動作所發生的時間不一致時，虛擬語氣的動詞應該根據它所表示的時間加以調整。依據題意，本題的子句說明過去，而主要子句需使用過去式表現在。即主要子句的動詞時態應當用虛擬語氣的過去式，即用would be的形式，選項（B）符合題意。

Answer 176 ｜（A）

題目中譯｜如果我不忙的話，我就會去教你英文。

答案中譯｜（A）早已經去（B）將會去（C）去（D）已經去

● 題型解析｜依據題意，本題的If引導的條件子句的時間說明過去，而主要子句說明從過去持續到現在的情況，要用虛擬語氣來表達。子句用過去式were，則主要子句要用would have gone的形式，即選項（A）符合題意。

Level 4 | 必考新多益選擇題
托 TOEFL I IELTS B Bulats G GEPT 1 學測&指考 公 公務人員考試

語言能力：一般情況下，此程度之對話者能流暢表達並對於平常有涉獵或感興趣之相關特定領域的話題能達到有效的溝通。偶爾，可能會因為緊張或些許的壓力其語言能力的運用會稍微受到影響，但絕大部分皆能流暢表達。

Question | 177
托 I B G 1 公

_____ I had never met and married him, I would be happier.
- (A) Would
- (B) Have
- (C) If
- (D) Should

Question | 178
托 I B G 1 公

_____ I could find a job in which I could use both my English and French!
- (A) Should
- (B) If only
- (C) Have
- (D) Would

Question | 179
托 I B G 1 公

_____ I had known earlier, I would have come to the hospital to see you.
- (A) Would
- (B) If only
- (C) Should
- (D) Have

Question | 180
托 I B G 1 公

You _____ in this warm and beautiful place forever.
- (A) stay
- (B) will stay
- (C) have stayed
- (D) might stay

Level 4 | 新多益選擇題解析
〔藍色證書〕測驗成績→730分～855分

● 詳細完整的題目和答案中譯，呈現補教名師在課堂教授的重點。 ● 臨時抱佛腳的考場記憶祕訣，搭配新多益測驗題型精闢的提醒。 ● 深入且豐富的各情境題型解析，馬上掌握考試重點並戰勝新多益。

Answer 177 | （C）

題目中譯 | 如果我從來沒有遇到他並跟他結婚，我或許會更快樂。

答案中譯 | （A）將會（B）已經（C）如果（D）應該

● 題型解析 | 虛擬語氣結構中的子句或主要子句有時形式上可以省略，但意義上卻仍然存在，如省略了主要子句的虛擬語氣結構通常用來表示願望。依據題意，本題用來表示願望，且省略了主要子句，要用If來引導子句。因此，選項（C）符合題意。

Answer 178 | （B）

題目中譯 | 我要是能找到一份運用英語及法語的工作就好了！

答案中譯 | （A）應該（B）要是…多好（C）已經（D）將會

● 題型解析 | 省略主要子句的虛擬語氣結構也可以用If only來引導。依據題意，本題省略了主要子句，只用子句來表示感歎，子句可以用引導詞If only來表示虛擬結構。因此，選項（B）正確，其他選項皆不符合題意。

Answer 179 | （B）

題目中譯 | 要是我早一點知道，我就會來醫院看你。

答案中譯 | （A）將會（B）只要（C）應該（D）已經

● 題型解析 | 在虛擬語氣結構中，有時引導詞If only只表示條件，不表示願望。依據題意，本題使用了虛擬語氣，主要子句用would have come的形式，而子句用had known的形式。故子句可以用If only來引導，用以表示條件，即選項（B）符合題意。

Answer 180 | （D）

題目中譯 | 你可以永遠待在這個溫暖又美麗的地方。

答案中譯 | （A）待在（B）將會待在（C）已經待在（D）可以待在

● 題型解析 | 有些句子可以使用省略條件子句的虛擬語氣結構。依據題意，本題為省略子句的主要子句結構，子句本來應該為if you wanted或者類似的條件句，則主要子句應該用虛擬語氣，可以用might stay的形式，即選項（D）符合題意。

Level 4 │ 必考新多益選擇題

第四級

⑰ TOEFL ❶ IELTS ⑬ Bulats ⑥ GEPT ❶ 學測＆指考 ㊼ 公務人員考試 04-10

語言能力：一般情況下，此程度之對話者能流暢表達並對於平常有涉獵或感興趣之相關特定領域的話題能達到
有效的溝通。偶爾，可能會因為緊張或些許的壓力其語言能力的運用會稍微受到影響，但絕大部分皆能流暢表
達。

Question │ 181

_____ it rain tomorrow, the sports meet will be postponed to the next week.

(A) Would

(B) Have

(C) Were

(D) Should

Question │ 182

We could not have finished the work on time _____ the students' help.

(A) without

(B) if not have

(C) but

(D) have no

Question │ 183

If the train _____ at eight, we have to arrive at the railway station before seven.

(A) would leave

(B) leaves

(C) should leave

(D) have left

Question │ 184

But for your help, we _____ not have finished this task in such a short time.

(A) should

(B) will

(C) could

(D) are

Level 4 | 新多益選擇題解析

〔藍色證書〕測驗成績→730分～855分

● 詳細完整的題目和答案中譯，呈現補教名師在課堂教授的重點。● 臨時抱佛腳的考場記憶祕訣，搭配新多益測驗題型陷阱的提醒。●保證只要熟讀各類題型解析，馬上掌握考試重點並戰勝新多益。

Answer 181 | （D）

題目中譯 | 如果明天下雨，運動會將會延期至下周舉行。

答案中譯 |（A）將會（B）已經（C）是（D）應該

● 題型解析 | 本題使用了虛擬語氣結構，主要子句用Would be的形式，而主要子句沒有使用if來引導，而且子句本來應該是if it should rain tomorrow，故可以將Should提前置於句首，用來表示虛擬語態。因此，選項（D）符合題意。

Answer 182 | （A）

題目中譯 | 如果沒有同學們的幫助，我們不可能按時完成這項工作。

答案中譯 |（A）沒有（B）如果沒有（C）除了（D）沒有

● 題型解析 | 有時虛擬語氣可以不用條件子句而用介系詞片語來表示。依據題意，本題使用了虛擬語氣，主要子句用could not have finished的形式來表示，而子句沒有用if條件句的結構，則可以用介系詞片語來表示，即用介系詞「without」表示「沒有」。因此，選項（A）符合題意。

Answer 183 | （B）

題目中譯 | 如果火車8點發車，我們必須在7點之前趕到火車站。

答案中譯 |（A）將會離開（B）離開（C）應該離開（D）已經離開

● 題型解析 | 現代英語多用陳述語氣來表示條件和結果，其所表示的往往是事實，如果不是事實，可能性也比虛擬語氣要大。依據題意，主要子句使用have to表現在式，沒有使用虛擬語氣來表示結果，則子句也不用虛擬語氣而用陳述語氣來表示條件，即動詞用leaves的形式，選項（B）符合題意。

Answer 184 | （C）

題目中譯 | 要不是你們的幫助，我們不可能在這麼短的時間就完成這項任務。

答案中譯 |（A）應該（B）將會（C）可以（D）是

● 題型解析 | 虛擬語氣通常可以用助動詞的過去式，即could, might, would等加不帶to的動詞不定式或不定式的完成式來當動詞。依據題意，本題使用了虛擬語氣結構，主要子句的動詞部分have finished結構前應該使用助動詞，依據題意要選擇could表示「可能」。因此，選項（C）符合題意。

Level 4 | 必考新多益選擇題

① TOEFL **①** IELTS **⑥** Bulats **⑥** GEPT **①** 學測&指考 **⑳** 公務人員考試

語言能力：一般情況下，此程度之對話者能流暢表達並於平常有涉獵或感興趣之相關特定領域的話題能達到有效的溝通。偶爾，可能會因為緊張或些許的壓力其語言能力的運用會稍微受到影響，但絕大部分皆能流暢表達。

Question | 185 **①①⑥⑥①⑳**

It is essential that we _____ her the truth about this girl being her daughter.

(A) should tell

(B) told

(C) will tell

(D) have told

Question | 186 **①** **⑥①⑳**

I wish you _____ to my wedding last week.

(A) would come

(B) should come

(C) had come

(D) are coming

Question | 187 **⑥①⑳**

I wished I _____ late, then my girlfriend wouldn't have gotten angry.

(A) wouldn't be

(B) shouldn't be

(C) hadn't been

(D) weren't being

Question | 188 **①①⑥①⑥①⑳**

He wished I _____ had dinner with him because he wanted to celebrate his birthday with me.

(A) would have

(B) should have

(C) have had

(D) were to have

Level 4 | 新多益選擇題解析

〔藍色證書〕測驗成績→730分～855分

● 詳細完整的題目和答案中譯，呈現補教名師在課堂教授的串點。● 臨時抱佛腳的考場記憶祕訣，搭配新多益測驗題型實測的提解。● 保證只要熟記各類題型解析，馬上掌握考試重點並戰勝新多益。

Answer 185 | （A）

題目中譯 | 我們有必要告訴她這個女孩是她女兒的事實。

答案中譯 | （A）應該告訴（B）告訴（C）將會告訴（D）已經告訴

● 題型解析 | 虛擬語氣用在名詞子句中時，動詞用should do或should have done的形式，should是助動詞，本身沒有實義，且名詞子句通常由連接詞that引導。依據題意，本題是that引導的名詞子句，It為虛主詞，子句應該用虛擬語氣，即用should tell的形式。因此，選項（A）符合題意。

Answer 186 | （C）

題目中譯 | 我希望上個周末你能來參加我的婚禮。

答案中譯 | （A）將會來（B）應該來（C）已經來（D）正在來

● 題型解析 | 虛擬語氣用於動詞wish之後的受詞子句中時，表示不可能實現的願望。依據題意，本題是由wish當動詞的子句，子句要用虛擬語氣，表示與過去事實相反的情況。因此，動詞要用過去完成式had come，即選項（C）符合題意。

Answer 187 | （C）

題目中譯 | 要是我沒有遲到該多好，我的女朋友就不會生氣了。

答案中譯 | （A）將會沒有（B）應該沒有（C）已經沒有（D）正在沒有

● 題型解析 | 如果動詞wish是過去式，則後面子句動詞的虛擬語氣形式不變，仍用過去式或過去完成式。儘管wish是過去式，但子句仍然要用過去完成式，表示與過去的過去的事實相反。因此，選項（C）符合題意。

Answer 188 | （A）

題目中譯 | 他希望我和他一起去吃飯，因為他想和我一起慶祝生日。

答案中譯 | （A）會吃（B）應該吃（C）已經吃（D）將要吃

● 題型解析 | 有時可以在子句中用would或might加動詞原形的形式，表示有可能實現的願望。依據題意，wish後面的子句表示有可能實現的願望，故要用虛擬語氣結構，可以用would have或might have的形式，即選項（A）符合題意。

Level 4 | 必考新多益選擇題

⑪ TOEFL ❶ IELTS ⑧ Bulats ⑥ GEPT ❶ 學測 & 指考 ⑳ 公務人員考試

語言能力：一般情況下，此程度之對話者能流暢表達並對於平常有涉獵或感興趣之相關特定領域的話題能達到有效的溝通。偶爾，可能會因為緊張或些許的壓力其語言能力的運用會稍微受到影響，但絕大部分皆能流暢表達。

Question | 189 ⑪❶⑧⑥❶⑳

The teacher demands that we _____ an English diary in order to improve our English.

(A) would keep
(B) should keep
(C) have keep
(D) will keep

Question | 190 ❶ ⑥❶⑳

It is time we _____ home, or else our parents will be worried about us.

(A) would go
(B) should go
(C) went
(D) had gone

Question | 191 ⑥❶⑳

My suggestion is that you _____ your friends as soon as possible.

(A) will contact
(B) would contact
(C) have contacted
(D) should contact

Question | 192 ⑪❶⑧⑥❶⑳

The supervisor gave orders that this task _____ finished before we get off work.

(A) would be
(B) has been
(C) were to be
(D) should be

Level 4 ｜ 新多益選擇題解析

〔藍色證書〕測驗成績→730分～855分

第四級

● 詳細完整的題目和答案中譯，呈現補教名師在課堂教授的重點。● 臨時抱佛腳的考場記憶祕訣，搭配新多益測驗題型陷阱的提醒。● 保證只要熟讀各類題型解析，馬上掌握考試重點並戰勝新多益。

Answer 189 ｜（B）

題目中譯｜老師要求我們每天都要寫一篇英文日記，以增進我們的英文程度。

答案中譯｜（A）將會寫（B）應該寫（C）已經寫（D）將要寫

● 題型解析｜demand, command, desire, maintain, suggest, order, insist, propose等動詞之後的直述句，可以用should do或do來表示虛擬語氣。依據題意，動詞demand之後的句子為直述句，表示建議，要用虛擬語氣，可以用should keep來表示。因此，選項（B）符合題意。

Answer 190 ｜（C）

題目中譯｜我們該回家了，否則父母要擔心我們了。

答案中譯｜（A）將會去（B）應該去（C）去（D）已經去

● 題型解析｜虛擬語氣也可以用於It is time (that)句型的形容詞子句中，動詞通常用虛擬語氣來表示未來，動詞用過去式，表示「該做某事了」。依據題意，本題為It is time句型的形容詞子句，動詞通常用過去式來表示虛擬語氣，即動詞go用went的形式。因此，選項（C）符合題意。

Answer 191 ｜（D）

題目中譯｜我的建議是，你要盡可能經常和你的朋友們聯絡。

答案中譯｜（A）將會聯繫（B）將要聯繫（C）已經聯繫（D）應該聯繫

● 題型解析｜虛擬語氣用於表示建議、勸告、命令等含義的名詞後的主詞補語中時，動詞要用should do或do的形式。依據題意，本題為主詞補語，My suggestion為主詞，is是be動詞，that引導的主詞補語表示建議，要用虛擬語氣，動詞可以用should contact或contact的形式。因此，選項（D）符合題意。

Answer 192 ｜（D）

題目中譯｜主管命令這項工作必須在我們下班前完成。

答案中譯｜（A）將要被（B）已經被（C）將會被（D）應該被

● 題型解析｜虛擬語氣用於表示建議、勸告、命令等含義的名詞後的同位語中時，動詞要用should do或do的形式。依據題意，名詞order之後是一個同位語，用於說明order命令的內容，通常要用虛擬語氣，動詞要用should be或be的形式。因此，選項（D）符合題意。

Level 4 | 必考新多益選擇題

⊕ TOEFL **❶** IELTS **Ⓑ** Bulats **Ⓖ** GEPT **❶** 學測&指考 **⑳** 公務人員考試

語言能力：一般情況下，此程度之對話者能流暢表達並對於平常有涉獵或感興趣之相關特定領域的話題能達到有效的溝通。偶爾，可能會因為緊張或些許的壓力其語言能力的運用會稍微受到影響，但絕大部分皆能流暢表達。

Question | 193 · Ⓖ❶⑳

The kind-hearted woman took care of the poor orphan as if he _____ her own child.

(A) is

(B) was

(C) were

(D) be

Question | 194 · Ⓖ❶⑳

This little girl often feeds those homeless dogs lest they _____ .

(A) would starve

(B) had starved

(C) starved

(D) should starve

Question | 195 · Ⓖ❶⑳

He gave me his telephone number in case I _____ need to get in touch with him.

(A) will

(B) should

(C) had

(D) could

Question | 196 · ⊕❶Ⓑ Ⓖ❶⑳

I made a sample so that people _____ this new product.

(A) understood

(B) might understand

(C) could understand

(D) should understand

Level 4 | 新多益選擇題解析

〔藍色證書〕測驗成績→730分～855分

第四級

● 詳細完整的題目和答案中譯，呈現補教名師在課堂教授的重點。● 臨時抱佛腳的考場記憶祕訣，搭配新多益測驗題型精闢的提醒。● 保證只要弄清各類題型解析，馬上掌握考試重點並戰勝新多益。

Answer 193 | （C）

題目中譯 | 那個善良的女人像照顧自己的孩子一樣照顧這個可憐的孤兒。

答案中譯 |（A）是（現在式單數）（B）是（過去式單數）（C）是（過去式複數）（D）是（原形）

● 題型解析 | 由as if或as though引導的副詞子句表示比較或方式時，子句中的動詞通常用過去式（be動詞用were）或had done來表示虛擬語氣。依據題意，本題是由as if引導的比較複詞子句，子句通常用虛擬語氣，動詞要用過去式were。因此，選項（C）符合題意。

Answer 194 | （D）

題目中譯 | 這個小女孩經常餵養那些無家可歸的小狗，以免它們餓死。

答案中譯 |（A）將會餓死（B）已經餓死（C）餓死（D）應該餓死

● 題型解析 | 由lest引導的目的副詞子句可以用should do來表示虛擬語氣。依據題意，本題是由lest引導的目的副詞子句，子句通常用虛擬語氣來表示假設的情況，動詞通常用should starve的形式。因此，選項（D）符合題意。

Answer 195 | （B）

題目中譯 | 他將他的電話號碼留給我，以防我需要聯絡他。

答案中譯 |（A）將會（B）應該（C）已經（D）可以

● 題型解析 | 由in case引導的目的副詞子句也可以用should do來表示虛擬語氣。依據題意，本題是由in case引導的目的副詞子句，子句通常用虛擬語氣來表示假設的情況，動詞通常用「should + 動詞原形」的形式。因此，選項（B）符合題意。

Answer 196 | （B）

題目中譯 | 為了讓人們瞭解這項新產品，所以我做了一個樣品。

答案中譯 |（A）瞭解（B）或許可瞭解（C）可以瞭解（D）應該瞭解

● 題型解析 | 以so that, in order that引導的結果副詞子句，動詞多用may be或might be的結構來表示虛擬語氣。依據題意，本題是由so that引導的結果的副詞子句，子句多用虛擬語氣，動詞要用may understand或might understand的形式。因此，選項（B）符合題意。

Level 4 | 必考新多益選擇題

TOEFL ❶ IELTS ❸ Bulats ❻ GEPT ❶ 學測＆指考 ❷ 公務人員考試

語言能力：一般情況下，此程度之對話者能流暢表達並對於平常有涉獵或感興趣之相關特定領域的話題能達到有效的溝通。偶爾，可能會因為緊張或些許的壓力其語言能力的運用會稍微受到影響，但絕大部分皆能流暢表達。

Question | 197

Often _____ come to see you.

(A) had I intended to
(B) I had intended to
(C) had intended to I
(D) I intend to

Question | 198

So serious _____ that everybody was ordered to evacuate the building immediately

(A) the situation is
(B) is the situation
(C) the situation was
(D) was the situation

Question | 199

Hardly _____ when I heard someone knocking at the door.

(A) had I laid down
(B) I had laid down
(C) have I laid down
(D) I have laid down

Question | 200

Not until twelve o'clock _____ last night.

(A) do I go home
(B) I do go home
(C) I did go home
(D) did I go home

Level 4 │新多益選擇題解析
〔藍色證書〕測驗成績→730分～855分

● 詳細完整的題目和答案中譯，呈現補教名師在課堂教授的重點。 ● 臨時抱佛腳的考場記憶祕訣，搭配新多益測驗題型陷阱的提醒。 ● 保證只要熟讀各類題型解析，馬上掌握考試重點並戰勝新多益。

Answer 197 │（A）

題目中譯 │ 我每次都打算來探望你。

答案中譯 │（A）我打算（過去完成式、倒裝）（B）我打算（過去完成式、陳述語氣）（C）我打算（過去完成式、錯誤格式）（D）我打算（過去式、陳述語氣）

● **題型解析** │ 當Often等頻率副詞放在句首時，句子一般要用部分倒裝。本題是由Often開頭的半倒裝句，選項（B）、（D）不倒裝，所以刪除；而選項（C）是完全倒裝，只有選項（A）正確。

Answer 198 │（D）

題目中譯 │ 情勢如此嚴重，每個人都應該馬上從這棟建築物撤離。

答案中譯 │（A）情勢是（現在式、陳述語氣）（B）情勢是（現在式、倒裝）（C）情勢是（過去式、陳述語氣）（D）情勢是（過去式、倒裝）

● **題型解析** │ 當「so...that...」位於句首所引起的倒裝句為部分倒裝。如果動詞為be的現在式或過去式，則為完全倒裝。本題即是由「so...that...」位於句首的倒裝句型，根據時態一致原則，可知動詞為be動詞的過去式。所以，正確選項為（D）。

Answer 199 │（A）

題目中譯 │ 我還沒躺下，就聽見有人在敲門。

答案中譯 │（A）我躺下（過去完成式、倒裝）（B）我躺下（過去完成式、陳述語氣）（C）我躺下（現在完成式、倒裝）(D)我躺下（現在完成式、陳述語氣）

● **題型解析** │ 「hardly...when...」在句首時，句子一般要為部分倒裝句，表示「一…就…」，when所引導的子句為過去式，主要子句則用過去完成式。因此，本題的正確選項為（A）。

Answer 200 │(D）

題目中譯 │ 昨天晚上，我一直到12點才回家。

答案中譯 │(A)我回家（現在式、倒裝）(B)我回家（現在式、強調）(C)我回家（過去式、強調）(D)我回家（過去式、倒裝）

● **題型解析** │ 「not until...」在句首時，句子一般要用部分倒裝，表示「直到…」。本題是由「not until...」放置句首的句子，要用部分倒裝；再則，句中有時間副詞last night，故正確選項為（D）。

Level 5

必考新多益選擇題

金色證書測驗成績 ｜ 860分～990分

語言能力｜此程度之對話者的談話內容流暢且具條理，能適時地運用恰當詞彙及文法句構，完整無誤的表達相關對話內容。偶爾，語言的運用上仍有小缺失，但不至於造成以英語為母語人士理解上的困惑。在英語教話中，有明顯的外國腔調，需要注意的是，語調、重音及音調高低上的控制。

Level 5 | 必考新多益選擇題

🏫 TOEFL ❶ IELTS ⓑ Bulats ⓖ GEPT ❶ 學測＆指考 ⓐ 公務人員考試 05-1

第五級

語言能力：此程度之對話者的談話內容流暢且具條理，能適時地運用恰當詞彙及文法句構，完整無誤的表達相關對話內容。偶爾，語言的運用上仍有小缺失，但不至於造成以英語為母語人士理解上的困惑。在英語對話中，有明顯的外國腔調，需要注意的是，語調、重音及音調高低上的控制。

Question | 1

I can jump high, _____ I can't jump far.

(A) but
(B) and
(C) so
(D) too

Question | 2

There is a boy _____ .

(A) sitting on the fence
(B) sit on the fence
(C) to sit on the fence
(D) to sitting on the fence

Question | 3

His brother is an English teacher, _____ he?

(A) isn't
(B) doesn't
(C) is
(D) will

Question | 4

A: Jack borrowed your book yesterday, didn't he?
B: Yes, _____ .

(A) he didn't
(B) he won't
(C) he did
(D) he would

Level 5 │ 新多益選擇題解析

〔金色證書〕測驗成績→860分～990分

第五級

● 詳細完整的題目和答案中譯，呈現補教名師在課堂教授的重點。 ● 臨時抱佛腳的考場記憶祕訣，搭配新多益測驗題型陷阱的提醒。 ● 保證只要熟讀各類題型解析，馬上掌握考試重點並戰勝新多益。

Answer 1 │（A）

題目中譯│我能跳得高，但跳得不遠。

答案中譯│（A）但是（B）和（C）所以（D）也

● 題型解析│並列句是由兩個或兩個以上的簡單句連接而成，構成平行並列的關係，並由連接詞連接的句子。依據題意，本題是由兩個表示轉折關係的句子構成的並列句。根據前後句子的意思，前面為「我可以…」，後面則為「我不能…」，由此判斷，應由轉折連接詞but來連接兩個句子。最正確選項為（A）。

Answer 2 │（A）

題目中譯│有個男孩正坐在籬笆上。

答案中譯│（A）坐在籬笆上（現在分詞）（B）坐在籬笆上（動詞原形）（C）坐在籬笆上（不定式）（D）坐在籬笆上（錯誤格式）

● 題型解析│「There be + 名詞 + 現在分詞」結構，此結構在該例句中，用以補充說明「是一個怎麼樣的男孩」，直接將動詞sit轉化成現在分詞，即sitting就可以成為補語的形式。因此，本題的正確選項為（A）。

Answer 3 │（A）

題目中譯│他哥哥是一位英語老師，不是嗎？

答案中譯│（A）不是嗎（is的否定式）（B）不是嗎（does的否定式）（C）是嗎（D）將會是嗎

● 題型解析│附加問句主要由「陳述句 + 疑問句」所構成。疑問句部分的動詞要與陳述句部分的動詞相對應。且遵循陳述句如果為肯定句，疑問句則要為否定句，反之亦然。以本題為例，陳述句為肯定，be動詞is，那麼疑問則要為否定，動詞則需要以isn't來表示。最正確選項為（A）。

Answer 4 │（C）

題目中譯│A：傑克昨天借了你的書，是嗎？

B：是的，他借走了。

答案中譯│（A）他沒有借（B）他將沒有借（C）他借了（D）他將要借

● 題型解析│無論是哪種形式的附加問句，回答時，都要遵循「Yes + 肯定句」或者「No + 否定句」的模式。本題的答句是Yes開頭，所以，後面要加上肯定句。因此，可以先刪除選項（A）與（B）；再則，本題的附加問句為過去式，所以，答句需要選擇he did。正確選項為（C）。

Level 5 │ 必考新多益選擇題

TOEFL **IELTS** **Bulats** **GEPT** **學測&指考** **公務人員考試**

語言能力：此程度之對話者的談話內容流暢且具條理，能適時地運用恰當詞彙及文法句構，完整無誤的表達相關對話內容。偶爾，語言的運用上仍有小缺失，但不至於造成以英語為母語人士理解上的困惑。在英語對話中，有明顯的外國腔調，需要注意的是，詞調、重音及音調高低上的控制。

Question 5

_____ you get up every morning?

(A) Why

(B) What

(C) When do

(D) Which do

Question 6

A: Can you finish the job in thirty minutes?

B: Yes, _____ .

(A) I can't

(B) I won't

(C) I can

(D) he can

Question 7

Which do you prefer, coffee _____ juice?

(A) or

(B) and

(C) so

(D) between

Question 8

Stop being noisy, _____ ?

(A) won't you

(B) will you

(C) are you

(D) aren't you

Level 5 | 新多益選擇題解析

〔金色證書〕測驗成績→860分～990分

● 詳細完整的題目和答案中譯，呈現補教名師在課堂教授的重點。●臨時抱佛腳的考場記憶秘訣，搭配新多益測驗題型陷阱的提醒。●保證只要熟讀各類題型解析，馬上掌握考試重點並戰勝新多益。

Answer 5 | （C）

題目中譯 | 你每天早上什麼時候起床？

答案中譯 | （A）為什麼（B）什麼（C）什麼時候（D）哪一個

● 題型解析 | 特殊疑問句的結構是「疑問代名詞／副詞 + 疑問句 +？」。本題的題目最主要是在詢問「何時」，與時間相關的疑問詞為「When」，便可以淘汰選項(A)、(B)、(D)。正確選項為(C)。

★ 六大疑問詞：When（何時）、Who（誰）Where（哪裡）Why（為什麼）What（什麼）How（如何），每一個疑問詞所得到的答案皆不同，要根據題意來判斷。

Answer 6 | A（C）

題目中譯 | A：你能在30分鐘內完成這項工作嗎？

B：是的，我可以。

答案中譯 | （A）我不能（B）我不願意（C）我可以（D）他可以

● 題型解析 | 一般疑問句的回答要遵循「Yes + 肯定句」或者「No + 否定句」。此外，回答時，人稱也需要一致。如本題中，答句Yes後需要加上肯定句，首先刪除選項（A）與（B）；再則，本題詢問的是主詞為you，回答時，應該用I can來回答。最正確選項為（C）。

Answer 7 | （A）

題目中譯 | 你比較喜歡哪一種，咖啡還是果汁呢？

答案中譯 | （A）還是（B）和（C）所以（D）在…之間

● 題型解析 | 選擇疑問句是指說話人對問題提出兩個或兩個以上的答案供對方選擇的疑問方式，對於所提供的答案會用連接詞or（或者；還是）來連接。因此，本題的正確選項為（A）。

Answer 8 | （B）

題目中譯 | 不要再吵鬧了，好嗎？

答案中譯 | （A）不好嗎（B）好嗎（C）是嗎（D）不是嗎

● 題型解析 | 例句中的Stop有否定的意味，又根據附加問句的規則，陳述句為否定的時候，附加問句需要為肯定句。首先，我們可以刪除選項（A）與（D）。再觀察例句中的Stop為一動詞，無法與be動詞搭配，需要挑選一個助動詞來完成附加問句，最適合的答案為選項（B）。

Level 5

Level 5 | 必考新多益選擇題

第五級

語言能力：此程度之對話者的談話內容流暢且具條理，能適時地運用恰當詞彙及文法句構，完整無誤的表達相關對話內容。偶爾，語言的運用上仍有小缺失，但不至於造成以英語為母語人士理解上的困惑。在英語對話中，有明顯的外國腔調，需要注意的是，語調、重音及音調高低上的控制。

Question | 9

What a beautiful flower _____ !

(A) they are

(B) are they

(C) it is

(D) is it

Question | 10

How _____ the girl is!

(A) a beautiful

(B) beautiful

(C) an beautiful

(D) /

Question | 11

_____ comes the bus!

(A) Here

(B) They

(C) It

(D) Where

Question | 12

_____ they beautiful!

(A) Isn't

(B) Do

(C) Aren't

(D) Will

Level 5 | 新多益選擇題解析

〔金色證書〕測驗成績→860分～990分

● 詳細完整的題目和答案中譯，呈現補教名師在課堂教授的重點。● 臨時抱佛腳的考場記憶祕訣，搭配新多益測驗題型陷阱的提醒。● 保證只要熟讀各類題型解析，馬上掌握考試重點並戰勝新多益。

Answer 9 | （C）

題目中譯 | 這朵花真漂亮！

答案中譯 |（A）它們是（B）是它們（C）它是（D）是它

● 題型解析 | What所引導的感歎句基本句型為「What + a / an + 形容詞 + 單數可數名詞 + 主詞 + be動詞！」。由於本題為單數可數名詞，可以先刪除選項（A）與（B）；再則，感歎句的句尾需要使用「主詞 + be動詞」的結構，選項（D）也可刪除。獨留最正確解答為（C）。

Answer 10 | （B）

題目中譯 | 這個女孩真漂亮！

答案中譯 |（A）一個漂亮的（B）漂亮的（C）一個漂亮的（D）/

● 題型解析 | How引導的感歎句基本句型為「How + 形容詞／副詞 + 主詞 + be動詞！」。由此句型可以得知How所引導的感歎句不會出現a或an，首先刪除選項（A）與（C）。選項（D）缺少一形容詞或副詞，無法構成完整的句子，也需要刪除。只剩下正確解答（B）。

Answer 11 | （A）

題目中譯 | 公車來了！

答案中譯 |（A）這（B）他們（C）它（D）哪裡

● 題型解析 | 副詞放置句首，即構成完全倒裝句，用以表示感歎，其基本句構為「副詞 + 動詞 + 主詞！」。根據此一規則，可以馬上刪除選項（B）與（C），因為此兩個選項皆為人稱代名詞。而選項（D）Where無法構成感歎句的句型。最正確選項即為（A）。

Answer 12 | （C）

題目中譯 | 她們多漂亮啊！

答案中譯 |（A）不是（單數）（B）Do（助動詞）（C）不是（複數）（D）將要

● 題型解析 | 否定疑問句也可以當成感歎句，表達肯定意義。本句的句末以驚歎號結尾，由此可以判斷此題目為一感歎句型。根據題目的人稱為複數they，可以刪除選項（A）。而選項（B）與（D）皆需要動詞來搭配，但因為此題目中缺少動詞，所以刪除。答案便為選項（C）。

Level 5 必考新多益選擇題

托 TOEFL I IELTS B Bulats G GEPT 升 學測&指考 公 公務人員考試

第五級

語言能力：此程度之對話者的談話內容流暢且具條理，能適時地運用恰當詞彙及文法句構，完整無誤的表達相關對話內容。偶爾，語言的運用上仍有小缺失，但不至於造成以英語為母語人士理解上的困惑。在英語對話中，有明顯的外國腔調，需要注意的是，語調、重音及音調高低上的控制。

Question | 13 .... I G 升 公

Let's ________ a day in the country.

(A) have spent

(B) spent

(C) spend

(D) spending

Question | 14 .... G 升 公

What ________ it is!

(A) nice music

(B) a nice music

(C) an nice music

(D) the nice music

Question | 15 .... 托 I B G 升 公

All ________ can be done is to install a new windshield.

(A) what

(B) which

(C) where

(D) that

Question | 16 .... 托 I B G 升 公

You must carefully read the instructions ________ attempting to assemble your new computer.

(A) after

(B) as soon as

(C) before

(D) as long as

Level 5 | 新多益選擇題解析
〔金色證書〕測驗成績→860分～990分

第五級

● 詳細完整的題目和答案中譯，呈現補教名師在課堂教授的重點。 ● 臨時抱佛腳的考場記憶秘訣，搭配新多益測驗題型前期的提醒。 ● 保證只要熟讀各組題型解析，馬上掌握考試重點並戰勝新多益。

Answer 13 | （C）

題目中譯 | 讓我們在鄉村度過一整天吧。

答案中譯 | （A）度過（現在完成式）（B）度過（過去式）（C）度過（現在式）（D）度過（進行式）

● 題型解析 | 本題為一常見的基本句構，即「Let's + 原形動詞」，用以表示「讓我們…」。因此，如果熟悉此句型結構，便可以在短時間內搜尋到正確解答。四個選項中，只有選項（C）是spend的原形動詞，此也為最正確解答。

Answer 14 | （A）

題目中譯 | 這音樂真好聽！

答案中譯 | （A）好聽的音樂（B）一曲好聽的音樂（C）一曲好聽的音樂（D）這曲好聽的音樂

● 題型解析 | 當名詞是不可數名詞或可數名詞複數時，What引導的感歎句結構是「What + 形容詞 + 可數名詞／不可數名詞 + 主詞 + 動詞！」。題目中的music是不可數名詞，所以，What後面不能加上冠詞a / an / the。為此，正確選項為(A)。

★ 感歎句句型是非常容易得分的題目，因此，一定要掌握解題關鍵，不僅可以輕鬆得分也省下很多解題的時間！

Answer 15 | （D）

題目中譯 | 唯一能做的就是換一塊新的擋風玻璃。

答案中譯 | （A）什麼（B）哪一個（C）哪裡（D）那個

● 題型解析 | 具有限定作用的形容詞，當先行詞是All或是由All來修飾的時候，後面所需要加上的引導詞只能使用that。從題目中判斷，All為先行詞當主詞，其後所跟上的形容詞子句只能用that來引導。正確選項為（D）。

Answer 16 | （C）

題目中譯 | 在試著組裝新電腦前，你必須仔細閱讀說明書。

答案中譯 | （A）在…之後（B）一…就…（C）在…之前（D）只有

● 題型解析 | 此題需要花時間閱讀題目，一旦瞭解題意便能輕易地選出正確答案。題目中的空格，需要填入意思為「在…之前」的選項。查看下列各選項，只有選項（C）before符合題意，為最正確解答。

Level 5 必考新多益選擇題

TOEFL ❶ IELTS ❸ Bulats ❺ GEPT ❶ 學測&指考 ❷ 公務人員考試

語言能力：此程度之對話者的談話內容流暢且具條理，能適時地運用恰當詞彙及文法句構，完整無誤的表達相關對話內容。偶爾，語言的運用上仍有小缺失，但不至於造成以英語為母語人士理解上的困惑。在英語對話中，有明顯的外國腔調，需要注意的是，語調、重音及音調高低上的控制。

Question | 17

_____ he has got the scholarship is true.

(A) If
(B) That
(C) Whether
(D) Why

Question | 18

_____ is making Julia disappointed isn't clear yet.

(A) Which
(B) What
(C) Why
(D) That

Question | 19

It occurred to me _____ I left my key in the office.

(A) what
(B) why
(C) that
(D) where

Question | 20

Whether that celebrity will make an appearance or not _____ still a secret.

(A) is
(B) are
(C) have
(D) had

Level 5 | 新多益選擇題解析

〔金色證書〕測驗成績→860分～990分

第五級

● 詳細完整的題目和答案中譯，呈現補教名師在課堂教授的重點。● 臨時抱佛腳的考場記憶祕訣，搭配新多益測驗題型陷阱的提醒。● 保證只要熟讀各題題型解析，馬上掌握考試重點並戰勝新多益

Answer 17 | （B）

題目中譯｜他得了獎學金的事是真的。

答案中譯｜（A）如果（B）那個（C）是否（D）為什麼

● **題型解析**｜本題測驗的是由that引導的主要句子，例句中「That he has got the scholarship」為主要句子，在句中當成主詞，視為單數，一般動詞需使用單數。如果省去That，句子就變成「He has got the scholarship is true.」，句中便出現兩個動詞has got和is，則違反構成句子的條件（即一個句子不可同時出現兩個動詞）。最適合的選項為（B）。

Answer 18 | （B）

題目中譯｜到目前為止，還不知道什麼事情讓茱麗亞感到失望。

答案中譯｜（A）哪一個（B）什麼（C）為什麼（D）那個

● **題型解析**｜本題測驗的是What引導的主要句子，其中What在從句中充當主詞。當Which引導主要句子時，一般後面需要接上名詞或代名詞，用以具體說明是什麼東西。如本題亦可改寫為：「Which one is making Julia disappointed isn't clear yet.」如果例句改為此，則選項（A）就會是解答。但由原始的題目來看，正確選項應該為（B）。

Answer 19 | （C）

題目中譯｜我突然想到我把鑰匙放在辦公室了。

答案中譯｜（A）什麼（B）為什麼（C）那（D）哪裡

● **題型解析**｜本題測驗的是虛主詞It引導的主要句子，後面加上that的句型用法，其常用的結構為「It + 不及物動詞 + that子句」、「It + be + 名詞 + that子句」、「It + be + 過去分詞 + that子句」、「It + be + 形容詞 + that子句」。本題符合：「It + 不及物動詞 + that子句」的結構。由此得知，正確選項為（C）。

Answer 20 | （A）

題目中譯｜那位名人是否出場，現在仍是一個秘密。

答案中譯｜（A）是（單數）（B）是（複數）（C）已經（現在式）（D）已經（過去式）

● **題型解析**｜本題測驗的是「whether...or not」的用法，其意思是「是否」，表示一種不確定的語氣，其後的動詞要用單數形式，因此刪除選項（B）與（C），再則，根據題意本題應該是現在式時態。因此，正確選項為（A）。

Level 5

Level 5 | 必考新多益選擇題

TOEFL ① IELTS ⑧ Bulats ⑥ GEPT ① 學測&指考 ② 公務人員考試 05-2

第五級

語言能力：此程度之對話者的談話內容流暢且具條理，能適時地運用恰當詞彙及文法句構，完整無誤的表達相關對話內容。偶爾，語言的運用上仍有小缺失，但不至於造成以英語為母語人士理解上的困惑。在英語對話中，有明顯的外國腔調，需要注意的是，語調、重音及音調高低上的控制。

Question | 21 ·· ① ⑥①②

It's not certain _____ or not I can get the upper hand when competing with him.

(A) if

(B) whether

(C) that

(D) what

Question | 22 ·· ⑥①⑧⑥①②

I wonder _____ or not our attack will get bogged down without enough supplies.

(A) whether

(B) if

(C) what

(D) that

Question | 23 ·· ⑥①⑧⑥①②

_____ you will be cited for contempt of court or not, I can't say.

(A) As

(B) If

(C) Whether

(D) Why

Question | 24 ·· ⑥①②

I am not interested in _____ you were given a relaxing massage.

(A) whether

(B) if

(C) however

(D) whatever

Level 5 | 新多益選擇題解析

〔金色證書〕測驗成績→860分～990分

● 詳細完整的題目和答案中譯，呈現補教名師在課堂教授的重點。 ● 臨時抱佛腳的考場記憶祕訣，搭配新多益測驗題型陷阱的提醒。 ● 保證只要熟讀各類題型解析，馬上掌握考試重點並戰勝新多益。

Answer 21 | （B）

題目中譯 | 我不確定，和他比賽是否能占上風。

答案中譯 |（A）是否（B）是否（C）那個（D）什麼

● 題型解析 | 題目中，第一眼需要注意的字眼為「or not」，當此字眼出現在題目中，再查看選項，碰巧有看見「whether」或「if」，那麼，剩餘的兩個選項即可刪除，所以，先刪除選項（C）與（D）。其次，要注意的是whether和if表示一種選擇關係，意思都為「是否」，但如果引導的子句加在形容詞之後，只能用whether來引導，不能使用if。再回到本題，certain為一形容詞，意思是「不確定的」，所以，後面只能接上whether，故正確選項為（B）。

Answer 22 | （A）

題目中譯 | 沒有充足的物資，我不知道我們的進攻會不會陷入停滯狀態。

答案中譯 |（A）是否（B）是否（C）什麼（D）那個

● 題型解析 | 一般疑問句當成受詞補語，引導詞具有選擇意義，且例句中有出現or或or not連接的時候，要用whether來引導，而非if。所以，本題的正確選項為（A）。

Answer 23 | （C）

題目中譯 | 我不敢說，你是否會因為藐視法庭而受到傳訊。

答案中譯 |（A）當…時（B）是否（C）是否（D）為什麼

● 題型解析 | 從題目中出現「or not」的字眼，因此，可以事先刪除選項（A）與（D）。剩下的選項為Whether及If，當引導詞置於句首時，必須要棄If保Whether。因此，推測出正確解答為選項（C）。

Answer 24 | （A）

題目中譯 | 我對你是否做了放鬆按摩不感興趣。

答案中譯 |（A）是否（B）是否（C）然而（D）無論什麼

● 題型解析 | 依據題意，可以判斷出這個受詞補語只能由表示選擇關係的連接詞來引導，首先刪除選項（C）與（D）。再則，介系詞後面所引導用來表示選擇的受詞補語，只能用whether引導，而無法用if。最正確選項為（A）。

Level 5 | 必考新多益選擇題

TOEFL IELTS Bulats GEPT 學測&指考 公務人員考試

語言能力：此程度之對話者的談話內容流暢且具條理，能適時地運用恰當詞彙及文法句構，完整無誤的表達相關對話內容。偶爾，語言的運用上仍有小缺失，但不至於造成以英語為母語人士理解上的困惑。在英語對話中，有明顯的外國腔調，需要注意的是，語調、重音及音調高低上的控制。

Question | 25

We are talking about the problem of _____ or not we should follow our hunch.

(A) if

(B) whether

(C) as

(D) what

Question | 26

I asked him _____ he would stay at home or go to see the movie with me.

(A) that

(B) if

(C) whether

(D) what

Question | 27

The old man began to vomit _____ he got off the train.

(A) the minute

(B) one minute

(C) at the last minute

(D) from one minute to the next

Question | 28

_____ you want to do is okay with me.

(A) However

(B) Whatever

(C) No matter what

(D) Wherever

Level 5 | 新多益選擇題解析
〔金色證書〕測驗成績→860分～990分

● 詳細完整的題目和答案中譯，呈現補教名師在課堂教授的重點。● 臨時抱佛腳的考場記憶祕訣，搭配新多益測驗題型陷阱的提醒。● 保證只要熟讀各類題型解析，馬上掌握考試重點並戰勝新多益。

Answer 25 | （B）

題目中譯 | 我們在討論是否應該憑直覺行事。

答案中譯 | （A）是否（B）是否（C）當…時（D）什麼

● 題型解析 | 本題測驗的是whether和if的用法。當引導同位語時，只能用whether。句中的we should play our hunch意思表達不完整，應加上「是否」的含義才能表達the problem的全部內容。因此，應選擇（B）whether用來引導同位語子句。

Answer 26 | （C）

題目中譯 | 我問他，他是想留在家裡，還是和我去看電影。

答案中譯 | （A）那（B）是否（C）是否（D）什麼

● 題型解析 | 本題測驗的仍然是whether和if的用法。當引述選擇疑問句時，通常只能用whether來引導。因此，只有選項(C)符合題意。

★ 接連著出現這麼多題的「whether」及「if」的相關題目，應該要掌握這類相關題型囉！

Answer 27 | （A）

題目中譯 | 那個老人剛下火車就開始嘔吐。

答案中譯 | （A）一…就…（B）一分鐘（C）在緊要關頭（D）瞬息之間

● 題型解析 | 依據題意，應該選擇表示「一…就…」的答案。從選項判斷出，只有選項（A）the minute為最正確解答，其他選項皆和題目不相符。

Answer 28 | （B）

題目中譯 | 你要做什麼我都沒有意見。

答案中譯 | （A）不管怎樣（B）無論什麼（C）無論什麼（D）無論在哪裡

● 題型解析 | 本題測驗的是Whatever和No matter what的用法。當引導主要子句時，不能使用No matter what。因此，正確選項只能選（B）。

Level 5 | 必考新多益選擇題

TOEFL ❶ IELTS ❷ Bulats ❸ GEPT ❹ 學測&指考 ❺ 公務人員考試

第五級

語言能力：此程度之對話者的談話內容流暢且具條理，能適時地運用恰當詞彙及文法句構，完整無誤的表達相關對話內容。偶爾，語言的運用上仍有小缺失，但不至於造成以英語為母語人士理解上的困惑。在英語對話中，有明顯的外國腔調，需要注意的是，語調、重音及音調高低上的控制。

Question | 29

I don't know _____ to borrow it.

(A) that

(B) however

(C) whether

(D) if

Question | 30

The teacher said that the earth _____ the sun.

(A) goes round

(B) went round

(C) has gone round

(D) had gone round

Question | 31

My math teacher told me six and two _____ eight.

(A) was

(B) is

(C) has been

(D) have been

Question | 32

The lady told me that she _____ my little sister.

(A) doesn't like

(B) don't like

(C) didn't like

(D) hasn't liked

Level 5 | 新多益選擇題解析
〔金色證書〕測驗成績→860分～990分

● 詳細完整的題目和答案中譯，呈現補教名師在課堂教授的重點。● 臨時抱佛腳的考場記憶祕訣，搭配新多益測驗題型階阱的提醒。● 保證只要熟讀各類題型解析，馬上掌握考試重點並戰勝新多益。

Answer 29 | （C）

題目中譯｜我不知道是否要借。

答案中譯｜（A）那（B）然而（C）是否（D）是否

● 題型解析｜本題再次測驗whether和if的用法。當一般疑問句為直述句時，通常用whether和if來引導，表示「是否」的意思。但引導的如果是不定式的話，則要用whether，而不用if來引導。因此，本題正確選項為（C）。

Answer 30 | （A）

題目中譯｜老師說太陽繞著地球轉。

答案中譯｜（A）環繞（現在式）（B）環繞（過去式）（C）環繞（現在完成式）（D）環繞（過去完成式）

● 題型解析｜關係代名詞子句中，子句的時態通常要與主要子句的時態保持一致。如果主要子句的時態為過去式，關係代名詞子句的時態也要用表示過去的某種時態。但是，如果關係代名詞子句表達的是一不變的事實，關係代名詞子句則不受主要子句時態的限制，通常用現在式即可。「太陽繞著地球轉」屬於不變的事實，因此，要用現在式來表達。正確選項為（A）。

Answer 31 | （B）

題目中譯｜我的數學老師告訴我，6加2等於8。

答案中譯｜（A）是（過去式）（B）是（現在式）（C）是（現在完成式）（D）是（過去完成式）

● 題型解析｜此題與上一題都是測驗關係代名詞子句的時態。關係代名詞子句中，子句的時態通常要與主要子句的時態保持一致。但是，如果關係代名詞子句表示的是不變的事實，關係代名詞子句則不受主要子句時態的限制，通常用現在式表達。題目中，「6加2等於8」，此為一不變的事實，所以，應該使用現在式。下列選項只有（B）為現在式，此為正確解答。

Answer 32 | （A）

題目中譯｜這個女士告訴我，她不喜歡我的妹妹。

答案中譯｜（A）不喜歡（現在式第三人稱單數）（B）不喜歡（現在式）（C）喜歡（過去式）（D）喜歡（現在完成式）

● 題型解析｜此題同為測驗關係代名詞子句的考題。但是，如果關係代名詞子句表示的是現階段存在的客觀事實，關係代名詞子句也不受主要子句的時態限制，使用現在式來表達。「這位女士不喜歡我的妹妹」屬於現階段存在的客觀事實，因此，使用現在式來表達即可。正確選項為（A）。

Level 5 | 必考新多益選擇題

TOEFL ❶ IELTS ❸ Bulats ❻ GEPT ❶ 學測&指考 ❷ 公務人員考試

語言能力：此程度之對話者的談話內容流暢且具條理，能適時地運用恰當詞彙及文法句構，完整無誤的表達相關對話內容。偶爾，語言的運用上仍有小缺失，但不至於造成以英語為母語人士理解上的困惑。在英語對話中，有明顯的外國腔調，需要注意的是，語調、重音及音調高低上的控制。

Question | 33
TOEFL ❶ IELTS ❸ Bulats ❻ GEPT ❶ 公

People know that it _____ two to make a quarrel.

(A) takes

(B) took

(C) has taken

(D) had taken

Question | 34
❻ ❶ 公

The man said that he _____ at eight thirty every morning.

(A) went to work

(B) go to work

(C) has gone to work

(D) goes to work

Question | 35
❻ ❶ 公

I have got _____ our task is not easy.

(A) it that

(B) that

(C) understanding

(D) this

Question | 36
TOEFL ❶ IELTS ❸ Bulats ❻ ❶ 公

I believe _____ is true that I will be the winner.

(A) what

(B) this

(C) it

(D) that

Level 5 ｜ 新多益選擇題解析

〔金色證書〕測驗成績→860分～990分

● 詳細完整的題目和答案中譯，呈現補教名師在課堂教授的重點。 ● 臨時抱佛腳的考場記憶祕訣，搭配新多益測驗題型陷阱的提醒。 ● 保證只要熟讀各類題型解析，馬上掌握考試重點並戰勝新多益。

Answer 33 ｜（A）

題目中譯｜我們都知道一個巴掌打不響。

答案中譯｜（A）需要（第三人稱單數）（B）需要（過去式）（C）需要（現在完成式）（D）需要（過去完成式）

● 題型解析｜此為一關係代名詞子句的考題。如果關係代名詞子句表示的是諺語，關係代名詞子句的時態則不受主要子句的時態限制，通常用現在式的形式。「一個巴掌打不響」是一諺語，因此，應該使用現在式，即選項（A）為正確解答。

Answer 34 ｜（D）

題目中譯｜那個男人說他通常早上8點半上班。

答案中譯｜（A）去上班（過去式）（B）去上班（現在式）（C）去上班（現在完成式）（D）去上班（現在式第三人稱單數）

● 題型解析｜當關係代名詞子句表示的是現階段經常性或習慣性的動作時，關係代名詞子句則不受主要子句的時態限制，通常用現在式。題目中，「那個男人通常早上8點半上班」是經常性的動作，因此，時態應該為現在式。正確選項為（D）。

Answer 35 ｜（A）

題目中譯｜我已經意識到，我們的任務並不容易。

答案中譯｜（A）這件事（B）那（C）理解（D）這個

● 題型解析｜有些動詞引導關係代名詞子句時，通常要在關係代名詞子句前加上it。這類動詞主要有：take, hate, have, owe, see等。選項（D）this如果在後加上冒號也會是正確解答。但是，如果兩個句子直接並列，則明顯違反句子組成的規則。因此，正確解答應該為選項（A）。

Answer 36 ｜（C）

題目中譯｜我將會是贏家，我相信那會是真的。

答案中譯｜（A）什麼（B）這個（C）它（D）那個

● 題型解析｜動詞find, feel, consider, make sure, believe等，後面有受詞補語的時候，通常需要用it來當成虛主詞，而將that引導的真正關係代名詞子句放置在虛主詞it的後面。根據本題，題目中缺少虛主詞it。因此，本題的最適合選項為（C）。

Level 5 | 必考新多益選擇題

語言能力：此程度之對話者的談話內容流暢且具條理，能適時地運用恰當詞彙及文法句構，完整無誤的表達相關對話內容。偶爾，語言的運用上仍有小缺失，但不至於造成以英語為母語人士理解上的困惑。在英語對話中，有明顯的外國腔調，需要注意的是，語調、重音及音調高低上的控制。

Question 37

He said nothing except _____ .

(A) whether he is all right

(B) if he is all right

(C) what he is all right

(D) that he is all right

Question 38

Do you believe the old man _____ help us?

(A) haven't

(B) don't

(C) won't

(D) hasn't

Question 39

I _____ that there is little time left.

(A) think

(B) don't think

(C) thinks

(D) didn't think

Question 40

I really _____ our headmaster.

(A) doesn't think the old lady is

(B) thinks the old lady is

(C) don't think the old lady is

(D) think the old lady isn't

Level 5 | 新多益選擇題解析

〔金色證書〕測驗成績→860分～990分

第五級

● 詳細完整的題目和答案中譯，呈現補教名師在課堂教授的重點。●臨時抱佛腳的考場記憶祕訣，搶救勁多益測驗題型陷阱的提醒。●保證只要熟悉高含類題型解析，馬上掌握考試重點並戰勝新多益。

Answer 37 | （D）

題目中譯｜他除了說他很好以外，別的什麼也沒說。

答案中譯｜（A）他是否很好（引導詞whether）（B）他是否很好（引導詞if）（C）他很好（引導詞錯誤）（D）他很好

● 題型解析｜有時候，介系詞except, but, besides之後可以接上that引導的關係代名詞子句。本題中是測驗介系詞except後接上關係代名詞子句的用法。選項中，唯一代表關係代名詞子句的只有選項（D）。

Answer 38 | （C）

題目中譯｜你相信那個老人不會幫助我們嗎？

答案中譯｜（A）不（現在完成式否定）（B）不（現在式否定）（C）不（未來式否定）（D）不（第三人稱單數的現在完成式否定）

● 題型解析｜當主要子句的主詞為第一人稱，且主要子句的及物動詞為表示非事實的，如：believe, think, expect, suppose等時，如果子句需要用否定形式，通常把對子句的否定放在主要子句中。但是，如果主要子句是疑問句，則否定詞不需要移動位置。本題測驗的是受詞補語的否定不移動位置的情形，而選項（A）與（D）時態不對（皆為完成式時態），選項（B）人稱不對（須改為單數）。只有選項（C）為正確解答。

Answer 39 | （A）

題目中譯｜我認為沒有時間了。

答案中譯｜（A）認為（B）不認為（現在式）（C）認為（第三人稱單數）（D）不認為（過去式）

● 題型解析｜當主要子句的及物動詞為表示非事實的，如：believe, think, expect, suppose等時，通常把從屬子句的否定放在主要子句中。但是，如果從屬子句中含有no, hardly, never, nothing, nobody, little, few, not a little, not at all, not a few, can't help doing等字句，否定詞則不須移動位置。本題中出現little的字眼，因此，由上述條件可知否定詞不需移動位置。此題的正確選項為（A）。

Answer 40 | （C）

題目中譯｜我真的認為，這個老婦人不是我們的校長。

答案中譯｜（A）不認為這個老婦人是（第三人稱單數）（B）認為這個老婦人是（第三人稱單數）（C）不認為這個老婦人是（D）認為這個老婦人不是

● 題型解析｜此題中亦表示非事實的及物動詞，但是當think, believe, suppose, expect等動詞前有副詞修飾或有強調詞do, does, did時，否定詞則不需要移動位置。選項（B）動詞為單數和主詞I無法搭配，首先刪除。接著再看看選項（D）否定詞isn't被移動位置，此選項刪除。選項（A）的否定詞doesn't和主詞I不符。最正確選項為（C）。

Level 5 | 必考新多益選擇題

⊕ TOEFL **❶** IELTS **Ⓑ** Bulats **Ⓖ** GEPT **❶** 學測＆指考 **Ⓐ** 公務人員考試　MP3 05-3

語言能力：此程度之對話者的談話內容流暢且具條理，能適時地運用恰當詞彙及文法句構，完整無誤的表達相關對話內容。偶爾，語言的運用上仍有小缺失，但不至於造成以英語為母語人士理解上的困惑。在英語對話中，有明顯的外國腔調，需要注意的是，語調、重音及音調高低上的控制。

Question | 41

They don't believe that the young man is a pianist, _____ ?

(A) do they

(B) don't they

(C) isn't he

(D) is he

Question | 42

They think that my husband hardly listens to me, _____ ?

(A) does he

(B) don't they

(C) don't I

(D) do I

Question | 43

The reason why I was late was _____ .

(A) that I missed the bus

(B) that I miss the bus

(C) because I missed the bus

(D) because I miss the bus

Question | 44

The teacher said that neither Susan nor Jack _____ .

(A) was in the classroom

(B) is in the classroom

(C) are in the classroom

(D) were in the classroom

Level 5 ｜ 新多益選擇題解析

〔金色證書〕測驗成績→860分～990分

● 詳細完整的題目和答案中譯，呈現補教名師在課堂教授的重點。● 臨時抱佛腳的考場記憶祕訣，搭配新多益測驗題型陷阱的提醒。● 保證只要熟讀各類題型解析，馬上掌握考試重點必戰勝新多益。

Answer 41 ｜ （A）

題目中譯｜他們不相信那個年輕人是鋼琴家，是嗎？

答案中譯｜（A）是嗎（B）不是嗎（C）不是嗎（D）是嗎

● 題型解析｜關係代名詞子句進行否定轉移時，附加問句的時態及人稱要和子句保持一致，且後面所皆上的附加問句動詞只能用肯定式。查看本題子句的人稱是they，時態為現在式，所以，其附加問句應為（A）do they。

Answer 42 ｜ （B）

題目中譯｜我發現我丈夫幾乎不聽我的，是不是？

答案中譯｜（A）是嗎（B）不是嗎（C）不是嗎（D）是嗎

● 題型解析｜此題為一典型的附加問句，秉持著主要子句為肯定句時，附加問句則需要為否定形式。所以，由題目可以判斷，此題的附加問句需要為否定語態。首先，可以刪除選項（A）與（D），此兩者皆為肯定形式。題目的主詞為They，附加問句的人稱要與前面的主要子句一致，所以，最正確選項為（B）don't they。

Answer 43 ｜ （A）

題目中譯｜我遲到的原因是我錯過公車了。

答案中譯｜（A）我錯過了公車（過去式）（B）我錯過了公車（現在式）（C）因為我錯過了公車（過去式）（D）因為我錯過了公車（現在式）

● 題型解析｜wh-引導的名詞子句用以表示結果或名詞reason當主詞，後面的形容詞子句表示原因時，要用that來引導，而不能使用because。來看本題的題目，由reason當主詞，符合上述的情況，其後面的表示原因的形容詞子句要用that來引導，由此，可以先刪除選項（C）與（D）。根據時態一致原則，要用過去式，所以，正確選項為（A）。

Answer 44 ｜ （A）

題目中譯｜老師說，除了蘇珊和傑克外，沒有人在教室裡。

答案中譯｜（A）在教室裡（過去式、單數）（B）在教室裡（現在式、單數）（C）在教室裡（現在式、複數）（D）在教室裡（過去式、複數）

● 題型解析｜題目中出現「neither A nor B」意思為「不是A就是B，兩者擇一」，其後面的動詞要與最接近的名詞單複數一致。如題目中，「neither Susan or Jack」，動詞要以Jack為主，因為Jack為單數，可以先刪除選項（C）與（D）。接著判斷題目的時態，由動詞said得知，此時態為過去式。最正確選項當然為（A）。

★ 「neither A nor B」意思為「不是A就是B，兩者擇一」，其動詞的單複數要視B而定。

441

Level 5

必考新多益選擇題

第五級

⊕ TOEFL ❶ IELTS ⒷBulats ⒼGEPT ❶學測&指考 Ⓐ公務人員考試

語言能力：此程度之對話者的談話內容流暢且具條理，能適時地運用恰當詞彙及文法句構，完整無誤的表達相關對話內容。偶爾，語言的運用上仍有小缺失，但不至於造成以英語為母語人士理解上的困惑。在英語對話中，有明顯的外國腔調，需要注意的是，語調、重音及音調高低上的控制。

Question | 45

⊕❶ⒷⒸ❶Ⓐ

The question was _____ my advice.

(A) who accept

(B) which accepted

(C) who had accepted

(D) which have accepted

Question | 46

❶ Ⓖ❶Ⓐ

The order _____ we should lock the door was given by the boss.

(A) that

(B) for

(C) which

(D) what

Question | 47

❶ Ⓖ❶Ⓐ

The reason _____ he refused the invitation is not clear.

(A) why

(B) which

(C) because

(D) what

Question | 48

⊕❶ⒷⒸ Ⓖ❶Ⓐ

The girl with _____ you talked is my little sister.

(A) whom

(B) where

(C) that

(D) whose

Level 5 ｜ 新多益選擇題解析

〔金色證書〕測驗成績→860分～990分

● 詳細完整的題目和答案中譯，呈現補教名師在課堂教授的重點。● 臨時抱佛腳的考場記憶祕訣，搭配新多益測驗題型陷阱的提醒。● 保證只要熟讀各類題型解析，馬上掌握考試重點並戰勝新多益。

Answer 45 ｜（C）

題目中譯｜問題是誰接受了我的建議。

答案中譯｜（A）誰接受（現在式）（B）哪個接受了（引導詞錯誤，過去式）（C）誰接受了（過去完成式）（D）哪個接受了（引導詞錯誤，現在完成式）

● 題型解析｜由題目中可以判斷出，「是誰接受了建議」，用來詢問「人」的時候，則無法使用which（which通常用來引導選擇事情或物品時），先刪除選項（B）與（D）。接著觀看題目中的時態，從be動詞was中得知為過去式，因此，選項（A）也需要刪除（此選項為現在式）。最後，得出答案為選項（C）。

Answer 46 ｜（A）

題目中譯｜我們應該把門鎖上，這是老闆的命令。

答案中譯｜（A）那（B）因為（C）哪一個（D）什麼

● 題型解析｜引導詞that引導同位語時，只有連接的作用，沒有任何意思，重要的是無法省略，更不能用which來代替。本題中，that引導的同位語是用來對order（命令）的具體解釋，雖然that在句中沒有任何意思，但亦不能省略。因此，正確選項應為（A）。

Answer 47 ｜（A）

題目中譯｜他為什麼拒絕邀請，原因並不清楚。

答案中譯｜（A）為什麼（B）哪個（C）因為（D）什麼

● 題型解析｜本題為關係代名詞子句的典型考題。由於題目中的主詞為The reason，其固定用法的關係代名詞為「why」。其中，選項（B）which通常會與「事情或物品」連用。而選項（D）what則用來表示「什麼」，意思與題目不符，刪除。選項（C）非關係代名詞，直接刪除。因此，正確選項為（A）。

Answer 48 ｜（A）

題目中譯｜和你說話的那個女孩是我的妹妹。

答案中譯｜（A）誰（who的受格）（B）哪裡（C）那個（D）誰的

● 題型解析｜本題為關係代名詞的相關考題。用以代指「人物」的關係代名詞通常為who（取代主詞）或whom（取代受詞）。由選項來判斷，即可先刪除非人稱關係代名詞的選項(B)、(C)、(D)。因此，正確解答即為(A)。

★ 關係代名詞where用以代指「地點或位置」。that用以代指「事情或物體」。whose用以代指「某人的」。分清楚各類關係代名詞，這一類題目皆是必要得分的考題。

443

Level 5 | 必考新多益選擇題
托 TOEFL ⓘ IELTS Ⓑ Bulats Ⓖ GEPT ❶ 學測＆指考 Ⓐ 公務人員考試

語言能力：此程度之對話者的談話內容流暢且具條理，能適時地運用恰當詞彙及文法句構，完整無誤的表達相關對話內容。偶爾，語言的運用上仍有小缺失，但不至於造成以英語為母語人士理解上的困惑。在英語對話中，有明顯的外國腔調，需要注意的是，語調、重音及音調高低上的控制。

Question | 49 ⓘ Ⓖ❶Ⓐ

The plane in _____ we flew to England was very comfortable.

(A) where

(B) which

(C) whose

(D) who

Question | 50 Ⓖ❶Ⓐ

This is the reference book _____ .

(A) for which I'm looking.

(B) for that I'm looking

(C) that I'm looking

(D) which I'm looking for

Question | 51 ❶Ⓐ

Who is the man _____ is standing in front of garden?

(A) where

(B) which

(C) that

(D) who

Question | 52 ⓘ Ⓑ Ⓖ❶Ⓐ

This is the best film _____ I have ever seen.

(A) that

(B) which

(C) whom

(D) for which

Level 5 ｜ 新多益選擇題解析
〔金色證書〕測驗成績→860分～990分

第五級

● 詳細完整的題目和答案中譯，呈現補教名師在課堂教授的重點。 ● 臨時抱佛腳的考場記憶祕訣，搭配新多益測驗題型陷阱的提醒。 ● 保證只要熟讀各類題型解析，馬上掌握考試重點並戰勝新多益。

Answer 49 ｜（B）

題目中譯｜我們去英格蘭所搭乘的飛機很舒適。

答案中譯｜（A）哪裡（B）哪一個（C）誰的（D）誰

● 題型解析｜先看選項，即可猜出本題測驗的為關係代名詞。由題目中找尋答案，本題的主詞為 The plane（飛機），此為一「物體」，所以，馬上判斷關係代名詞須為which或that。再看一次選項，馬上即可刪除三個非指物體的關係代名詞選項，即（A）、（C）、（D）。得出最後的選項便為（B）。

Answer 50 ｜（D）

題目中譯｜這正是我尋在找的參考書。

答案中譯｜（A）我正在找的（B）我正在找的（C）我正在看的（D）我正在找的

● 題型解析｜由選項中得知，此為一關係代名詞的考題。關係代名詞的特徵是，一定要緊接在所代指的人、事、物或地點之後。根據上述的規則，選項中有兩個可以先行刪除，即選項（A）與（B）。再來看選項（C），題目中表達的意思是「尋找」，代表此意思的片語為「look for」，由此可知，選項（C）所接上的片語並不完整，刪除。最後，即得出答案為選項（D）。

Answer 51 ｜（C）

題目中譯｜站在花園前面的那個人是誰？

答案中譯｜（A）哪裡（B）哪一個（C）那個（D）誰

● 題型解析｜在限定的形容詞子句中，當先行詞前面有Who, Which等疑問代名詞時，形容詞子句只能用that來引導，且不可省略。來看題目，出現先行詞Who，所以，便容易得出解答為選項（C）。

Answer 52 ｜（A）

題目中譯｜這是我看過最好的一部電影。

答案中譯｜（A）那（B）哪個（C）誰（who的受格）（D）哪個

● 題型解析｜在限定的形容詞子句中，當先行詞出現形容詞最高級來修飾時，形容詞子句只能用that來引導。由題目中，出現形容詞的最高級the best，因此，只能選擇使用that來引導句子。最正確選項為（A）。

Level 5

Level 5 | 必考新多益選擇題

⊺ TOEFL ❶ IELTS ⓑ Bulats ⓖ GEPT ❶ 學測＆指考 ⓐ 公務人員考試

語言能力：此程度之對話者的談話內容流暢且具條理，能適時地運用恰當詞彙及文法句構，完整無誤的表達相關對話內容。偶爾，語言的運用上仍有小缺失，但不至於造成以英語為母語人士理解上的困惑。在英語對話中，有明顯的外國腔調，需要注意的是，語調、重音及音調高低上的控制。

Question │ 53 ··· ⓖ❶ⓐ

This is the very good dictionary _____ I want to buy.

(A) where

(B) that

(C) who

(D) whose

Question │ 54 ··· ⊺❶ⓑⓖ❶ⓐ

The first place _____ they visited in Paris was the Eiffel Tower.

(A) where

(B) who

(C) that

(D) in which

Question │ 55 ··· ⓖ❶ⓐ

Our village is no longer the one _____ it used to be 10 years ago.

(A) that

(B) which

(C) where

(D) whom

Question │ 56 ··· ⊺❶ⓑⓖ❶ⓐ

The writer and his works _____ you told me about are admired by us all.

(A) where

(B) whom

(C) that

(D) who

Level 5 | 新多益選擇題解析

〔金色證書〕測驗成績→860分～990分

● 詳細完整的題目和答案中譯，呈現補教名師在課堂教授的重點。 ● 臨時抱佛腳的考場記憶祕訣，搭配新多益測驗題型陷阱的提醒。 ● 保證只要熟讀各類題型解析，馬上掌握考試重點並戰勝新多益。

Answer 53 | （B）

題目中譯｜這就是我想買的那本很實用的字典。

答案中譯｜（A）哪裡（B）那（C）誰（D）誰的

● 題型解析｜首先，先查看選項，選項皆為關係代名詞。接著，從題目中來找線索，由「the very good dictionary」可知關係代名詞所要代指為「物體」，因此，只有that與which的關係代名詞為正確。選項中，只有that，因此，正確選項為（B）。

Answer 54 | （C）

題目中譯｜他們在巴黎首先參觀的是埃菲爾鐵塔。

答案中譯｜（A）哪裡（B）誰（C）那個（D）哪個

● 題型解析｜在關係代名詞子句中，當先行詞出現序數來修飾時，關係代名詞只能用that來引導，而不能用which。由題目中來看，出現序數first，因此，只能用關係代名詞that來引導。因此，最正確選項為（C）。

Answer 55 | （A）

題目中譯｜我們的村莊已經不再是10年前的樣子了。

答案中譯｜（A）那個（B）哪一個（C）哪裡（D）誰（who的受格）

● 題型解析｜在關係代名詞子句中，如果關係代名詞在子句中當成主詞補語時，此關係代名詞只能用that來引導。因此，本題的正確選項應為（A）。

Answer 56 | （C）

題目中譯｜我們都很欣賞你告訴我的那位作家和他的作品。

答案中譯｜（A）哪裡（B）誰（who的受格）（C）那個（D）誰

● 題型解析｜在關係代名詞子句中，如果先行詞既出現人，也有動物或物體時，只能用that來引導。來看本題，題目中的先行詞為人，即The writer and his works，所以，只能使用that來引導。最正確選項為（C）。

Level 5 | 必考新多益選擇題

㊉ TOEFL ❶ IELTS ❸ Bulats ㋭ GEPT ❶ 學測＆指考 ㊣ 公務人員考試

語言能力：此程度之對話者的談話內容流暢且具條理，能適時地運用恰當詞彙及文法句構，完整無誤的表達相關對話內容。偶爾，語言的運用上仍有小缺失，但不至於造成以英語為母語人士理解上的困惑。在英語對話中，有明顯的外國腔調，需要注意的是，語調、重音及音調高低上的控制。

Question | 57

I have never heard such a story _____ you told.

(A) as

(B) that

(C) which

(D) /

Question | 58

Susan, _____ you know, is a famous pianist.

(A) whom

(B) that

(C) which

(D) as

Question | 59

I like playing football, _____ my brother likes playing basketball.

(A) when

(B) while

(C) as

(D) /

Question | 60

_____ I was cooking dinner, my mother called me.

(A) When

(B) Why

(C) After

(D) Before

Level 5 ｜ 新多益選擇題解析

〔金色證書〕測驗成績→860分～990分

● 詳細完整的題目和答案中譯，呈現補教名師在課堂教授的重點。● 臨時抱佛腳的考場記憶祕訣，搭配新多益測驗題型陷阱的提醒。● 保證只要熟讀各類題型解析，馬上掌握考試重點並戰勝新多益。

Answer 57 ｜ （A）

題目中譯｜我從來沒有聽過你講的這個故事。

答案中譯｜（A）像⋯⋯一樣（B）那個（C）哪一個（D）/

● 題型解析｜題目中出現一個關鍵字「such」，再看一下選項，此片語的固定用法為「such...as...」。所以，再選項中尋找為as的答案。只有，選項（A）為正確解答。

Answer 58 ｜ （D）

題目中譯｜正如你所知，蘇珊是一個著名的鋼琴家。

答案中譯｜（A）誰（who的受格）（B）那個（C）哪一個（D）正如

● 題型解析｜as引導非限制性定語從句時，位置比較靈活，可以放在主句之前或之後，亦可以用於句中，分割一個主要子句；而which引導的非限制性的形容詞子句，只能放在主要子句之後。本題中，as you know分割了主要句子「Susan is a famous pianist.」。因此，正確選項是（D）。

Answer 59 ｜ （B）

題目中譯｜我喜歡踢足球，而我弟弟喜歡打籃球。

答案中譯｜（A）什麼時候（B）而（C）當⋯時（D）/

● 題型解析｜as, when, while均可以引導時間的副詞子句，但是，當主要子句和從屬子句表示對比關係時，只能用while來引導，而不能使用when或as。由題目中得知，「一個喜歡踢足球，一個喜歡打籃球」，符合上述的對比關係，所以，只能使用while來引導。符合題目的正確解答為選項為（B）。

Answer 60 ｜ （A）

題目中譯｜我正在煮晚餐的時候，媽媽打電話給我。

答案中譯｜（A）當⋯時（B）為什麼（C）在⋯以後（D）在⋯以前

● 題型解析｜本題測驗的是引導時間副詞子句的連接詞。當從屬子句的動作發生在主要子句之前，表示時間的副詞子句只能使用When來引導，而無法使用As或While。由例句中的文意來看「我正在煮晚飯」發生在「媽媽打電話來」之前，所以要選擇When來引導此時間副詞子句。因此，正確選項為（A）。

Level 5

Level 5 | 必考新多益選擇題

第五級

🅣 TOEFL ❶ IELTS 🅑 Bulats 🅖 GEPT ❶ 學測 & 指考 🅐 公務人員考試 05-4

語言能力：此程度之對話者的談話內容流暢且具條理，能適時地運用恰當詞彙及文法句構，完整無誤的表達相關對話內容。偶爾，語言的運用上仍有小缺失，但不至於造成以英語為母語人士理解上的困惑。在英語對話中，有明顯的外國腔調，需要注意的是，語調、重音及音調高低上的控制。

Question | 61

_____ I got to the cinema, I found the tickets had already been sold out.

(A) /

(B) As

(C) While

(D) When

Question | 62

My wife thought I was talking about her, _____ , in fact, I was talking about the weather.

(A) what

(B) as

(C) while

(D) whereas

Question | 63

It is not _____ this morning that I can get the results of the math exam.

(A) until

(B) till

(C) before

(D) after

Question | 64

No sooner _____ than I smiled.

(A) had I seen you

(B) I had seen you

(C) I have seen you

(D) have I seen you

Level 5 | 新多益選擇題解析
〔金色證書〕測驗成績→860分～990分

第五級

● 詳細完整的題目和答案中譯，呈現補教名師在課堂教授的重點。● 臨時抱佛腳的考場記憶祕訣，搭配新多益測驗題型陷阱的提醒。● 保證只要熟讀各類題型解析，馬上掌握考試重點並戰勝新多益。

Answer 61 | （D）

題目中譯｜當我到達電影院的時候，門票已經銷售一空。

答案中譯｜（A）/（B）當…時（C）當…時（D）當…時

● 題型解析｜這一題的概念和前一題相同。由題目中可以得知先「到電影院」之後才發現「電影票已經售完」。符合當從屬子句的動作發生在主要子句之前。所以，此題只能選擇When來引導。正確選項為（D）。

Answer 62 | （C）

題目中譯｜我妻子以為我在談論她，然而，實際上我是在談論天氣。

答案中譯｜（A）什麼（B）當…時（C）然而（D）反之

● 題型解析｜引導時間副詞子句時，如果從屬子句具有轉折或對比的意味，則要用while來引導，而不是when或as。從題意中可判斷出，該例句帶有「轉折」的語氣，因此，需要利用while來引導此一子句。最正確選項為（C）。

Answer 63 | （A）

題目中譯｜直到今天早上，我才能知道數學考試的成績。

答案中譯｜（A）到…為止（B）到…為止（C）在…以前（D）在…以後

● 題型解析｜本題測驗的是till和until引導時間副詞子句的用法。兩者通常可以互換，但是在強調句型中，只能使用until來引導。此一題目可以得知，主角強調「到今天上午」這一個時間點，符合上述「強調句型」的規則。便可以得出正確解答為選項（A）。

Answer 64 | （A）

題目中譯｜我一看到你就笑了。

答案中譯｜（A）我看到你（過去完成式、倒裝）（B）我看到你（過去完成式、陳述語序）（C）我看到你（現在完成式、陳述語序）（D）我看到你（現在完成式、倒裝）

● 題型解析｜本題測驗的是由hardly, no sooner等引導的時間副詞子句，如果主要子句為過去完成式，則從屬子句通常使用過去式，另外，如果這些副詞置於句首時，主要子句需要為倒裝句。來看題目，即發現此一特殊副詞「No sooner」放置於句首，後面所接上的句子應該要為「倒裝句」。查看選項，先刪除（B）和（C），二者皆為正常語序而無倒裝。由時態來判斷，後者為過去式，所以，「No sooner」接上的句子勢必為過去完成式，才能符合上述的規則。即本題的最佳選項為（A）。

Level 5

Level 5 | 必考新多益選擇題

第五級

語言能力：此程度之對話者的談話內容流暢且具條理，能適時地運用恰當詞彙及文法句構，完整無誤的表達相關對話內容。偶爾，語言的運用上仍有小缺失，但不至於造成以英語為母語人士理解上的困惑。在英語對話中，有明顯的外國腔調，需要注意的是，語調、重音及音調高低上的控制。

Question | 65

Only if I get a job _____ enough money to support my family.

(A) I will have

(B) will I have

(C) I have

(D) have I

Question | 66

They are going to go on a picnic if _____ next week.

(A) it doesn't rain

(B) it won't rain

(C) it isn't going to rain

(D) it will rain

Question | 67

_____ the weather is cold, I stay at home.

(A) Though

(B) As

(C) Because

(D) So that

Question | 68

_____ finish the task on time, I have to work overtime.

(A) In order to

(B) In case

(C) So that

(D) For fear that

Level 5 | 新多益選擇題解析

〔金色證書〕測驗成績→860分～990分

第五級

● 詳細完整的題目和答案中譯，呈現補教名師在課堂教授的重點。 ● 臨時抱佛腳的考場記憶祕訣，搭配新多益測驗題型恰如的提醒。 ● 保證只要熟讀各類題型解析，馬上掌握考試重點並戰勝新多益。

Answer 65 | （B）

題目中譯 | 我只有找到工作，才有足夠的錢來養活我的家人。

答案中譯 | （A）我將有（陳述語序）（B）我將有（倒裝語序）（C）我有（陳述語序）（D）我有（倒裝語序）

● 題型解析 | 此題為Only if引導條件副詞子句時的主詞與動詞倒裝句。Only if引導虛擬條件句或感歎句時，為陳述語序。一旦，Only if 引導真實條件副詞子句，並置於句首時，主要子句中需要使用倒裝句。由此題目可以驗證此文法規則。因此，最正確選項應該為（B）。

Answer 66 | （A）

題目中譯 | 如果下周不下雨的話，他們準備去野餐。

答案中譯 | （A）不下雨（B）將不下雨（C）將不下雨（D）將下雨

● 題型解析 | 本題為條件子句的基本考題。在條件子句中，如果主要子句為未來式，則從屬子句要為現在式。從題目來判斷，主要子句的語意為「如果不下雨的話」，此為一未來式，句中出現be going to的用法，所以，條件句if後面需要加上現在式來完成此一句子。正確選項為（A）。

Answer 67 | （C）

題目中譯 | 因為天氣冷，所以我就待在家裡。

答案中譯 | （A）儘管（B）因為（C）因為（D）為了

● 題型解析 | 本題測驗的是句中as和because（表示「因為，由於」）的用法差別。通常，as引導的子句位於主要子句之前。所以，就語意及句構而言，正確解答為選項（C）。

Answer 68 | （A）

題目中譯 | 為了按時完成任務，我不得不加班。

答案中譯 | （A）為了（B）萬一（C）為了（D）以免

● 題型解析 | 此一題目的測驗重點為表示目的的副詞子句中So that和In order to的用法。通常，In order to引導表示目的副詞子句，既可置於主要子句前，也可放置於主要子句之後；而So that所引導的從屬子句，只能置於主要子句之後。秉持著這個文法規則，來看一下題目，逗號後面為主要子句，因此，表示目的的副詞子句只能使用In order to來引導。由此可得出，本題的最佳答案為選項（A）。

Level 5 | 必考新多益選擇題

TOEFL ● IELTS ● Bulats ● GEPT ● 學測&指考 ● 公務人員考試

語言能力：此程度之對話者的談話內容流暢且具條理，能適時地運用恰當詞彙及文法句構，完整無誤的表達相關對話內容。偶爾，語言的運用上仍有小缺失，但不至於造成以英語為母語人士理解上的困惑。在英語對話中，有明顯的外國腔調，需要注意的是，語調、重音及音調高低上的控制。

Question | 69

The taxi driver looked over the engine carefully _____ it should break down on the way home.

(A) lest
(B) for fear that
(C) if
(D) in the event

Question | 70

There are _____ people crowded into there that I can't get through.

(A) so a lot of
(B) so few
(C) such few
(D) such a lot of

Question | 71

There are _____ pears that I can't give you any.

(A) so few
(B) such few
(C) so many
(D) such many

Question | 72

_____ she was a little girl, she knew what the right thing to do was.

(A) Although
(B) Even
(C) But
(D) While

Level 5 ｜新多益選擇題解析
〔金色證書〕測驗成績→860分～990分

● 詳細完整的題目和答案中譯，呈現補教名師在課堂教授的重點。 ● 臨時抱佛腳的考場記憶祕訣，搭配新多益測驗題型陷阱的提醒。 ● 保證只要熟讀各類題型解析，馬上掌握考試重點並戰勝新多益。

Answer 69 ｜（B）

題目中譯｜計程車司機仔細檢查引擎，以免它在回家的路上故障。

答案中譯｜（A）以免（B）以免（C）如果（D）結果

● 題型解析｜本題測驗的是for fear that引導目的的副詞子句。通常in case, for fear that, lest引導的從屬子句，一般動詞可用虛擬語氣，即「should + 動詞（should不可省略）」；若不使用虛擬語氣，則要用現在式或過去式。in case通常表示「假如某種情況出現，要…」，強調主詞的變動性；for fear that表示「以免某種情況出現」；而lest一般不常用，多用於較正式的書面英語中，等同於in case。因此，最符合本題的正確解答為（B）。

Answer 70 ｜（D）

題目中譯｜那裡聚集了那麼多人，我無法通過。

答案中譯｜（A）很多（B）很少（C）很少（D）很多

● 題型解析｜這一題主要測驗「so...that」和「such...that」引導的結果副詞子句的概念，兩者均表示「如此…以致於…」，其中so是副詞，只能修飾形容詞或副詞；而such為形容詞，可修飾名詞或名詞片語。與a lot of搭配時，由於a lot of為名詞性質，所以，只能用such，不能用so，本題的正確選項為（D）。

Answer 71 ｜（A）

題目中譯｜梨太少了，我一個也不能給你。

答案中譯｜（A）太少（B）太少（C）太多（D）太多

● 題型解析｜本題測驗如上題有相同的概念，即「so...that」和「such...that」引導的結果副詞子句。當可數名詞前有many, few，或不可數名詞前有much, little修飾時，只能用so，而不能用such。因此，本題的正確選項為（A）。

Answer 72 ｜（A）

題目中譯｜雖然她是個小女孩，但她知道什麼才是該做的事情。

答案中譯｜（A）雖然（B）即使（C）但是（D）然而

● 題型解析｜本題測驗的是Although引導的讓步子句的用法。根據題意，（B）、（C）、（D）因為中文語意不符，所以刪除。因此，本題的正確選項為（A）。

Level 5 | 必考新多益選擇題

托 TOEFL ❶ IELTS Ⓑ Bulats Ⓖ GEPT ❶ 學測&指考 Ⓐ 公務人員考試

語言能力：此程度之對話者的談話內容流暢且具條理，能適時地運用恰當詞彙及文法句構，完整無誤的表達相關對話內容。偶爾，語言的運用上仍有小缺失，但不至於造成以英語為母語人士理解上的困惑。在英語對話中，有明顯的外國腔調，需要注意的是，語調、重音及音調高低上的控制。

Question | 73

The pupils have to remember _____ they're taught.

(A) no matters what
(B) whatever
(C) no matter which
(D) whichever

Question | 74

_____ , I think we both won in the game.

(A) In a way
(B) In case
(C) In general
(D) In addition

Question | 75

_____ , I'm sick to death of hearing your story.

(A) A long word
(B) In other words
(C) At a word
(D) A word or two

Question | 76

_____ , I don't quite agree with your opinion.

(A) To be frank
(B) So to speak
(C) Not to speak of
(D) As they speak

Level 5 | 新多益選擇題解析
〔金色證書〕測驗成績→860分～990分

第五級

● 詳細完整的題目和答案中譯，呈現補教名師在課堂教授的重點。 ● 臨時抱佛腳的考場記憶祕訣，搭配新多
益測驗題型陷阱的提醒。 ● 保證只要熟讀各類題型解析，馬上掌握考試重點並戰勝新多益。

Answer 73 | （B）

題目中譯｜教學生什麼，他們就要記住什麼。

答案中譯｜（A）無論什麼（B）無論什麼（C）無論哪個（D）無論哪個

● 題型解析｜本題測驗的是「no matter + 疑問詞」與「疑問詞 + 字尾-ever」的用法差別。通常兩者可以互換，但是「no matter + 疑問詞」不能引導名詞子句和關係代名詞子句。由題目可知，正確解答為選項（B）。

Answer 74 | （A）

題目中譯｜我認為，從某種意義上來說，這場比賽我們雙方都贏了。

答案中譯｜（A）從某種意義上來說（B）萬一（C）通常（D）另外

● 題型解析｜依據題意，要選擇「從某種意義上來說」。選項（B）In case表示「萬一」，選項（C）In general表示「通常」，選項（D）In addition表示「另外；此外」，皆不符合題意。因此，只能選（A）In a way為正確解答。

Answer 75 | （B）

題目中譯｜換句話說，我對你講的故事厭倦透頂。

答案中譯｜（A）很長一段時間（B）換句話說（C）立即（D）一兩句話

● 題型解析｜本題測驗的是插入語。依據題意，要選擇「換句話說」的片語。選項（A）A long word是「很長一段時間」，選項（C）at a word是「立即」，選項（D）A word or two是「一兩句話」，皆不符合題意。因此，只能選（B）In other words。

Answer 76 | （A）

題目中譯｜坦白講，我不太同意你的觀點。

答案中譯｜（A）坦白說（B）可以說（C）更不用說（D）俗話說

● 題型解析｜本題仍然是測驗插入語的概念。依據題意要選擇為「坦白說」的選項。選項（B）So to speak是「可以說」，選項（C）Not to speak of是「更不用說」，選項（D）As they speak是「俗話說」，皆不符合題意。因此，只能選（A）To be frank。

Level 5 | 必考新多益選擇題

托 TOEFL **I** IELTS **B** Bulats **G** GEPT **①** 學測＆指考 **公** 公務人員考試

第五級

語言能力：此程度之對話者的談話內容流暢且具條理，能適時地運用恰當詞彙及文法句構，完整無誤的表達相關對話內容。偶爾，語言的運用上仍有小缺失，但不至於造成以英語為母語人士理解上的困惑。在英語對話中，有明顯的外國腔調，需要注意的是，語調、重音及音調高低上的控制。

Question | 77 　　　　　　　　　　　　　　　　**①** **G①公**

_____ , we have had a wonderful time today.

(A) All the same

(B) All said

(C) In general

(D) All in all

Question | 78 　　　　　　　　　　　　　　　　**G①公**

I couldn't find my way home. _____ , I lost all my money.

(A) What's worse

(B) What's more

(C) What's important

(D) That is to say

Question | 79 　　　　　　　　　　　　　　　　**G①公**

What _____ do first?

(A) do you think I should

(B) do you think, I should

(C) do you think should I

(D) do you think, should I

Question | 80 　　　　　　　　　　　　　　　　**托I B G①公**

He said, "I go to work at eight every morning." （變間接引述）

→ He said _____ .

(A) he went to work at eight every morning

(B) he goes to work at eight every morning

(C) I go to work at eight every morning

(D) I went to work at eight every morning

Level 5 ｜ 新多益選擇題解析
〔金色證書〕測驗成績→860分～990分

第五級

● 詳細完整的題目和答案中譯，呈現補教名師在課堂教授的串點。 ● 臨時抱佛腳的考場記憶祕訣，搭配新多益測驗題型陷阱的提醒。 ● 保證只要熟讀各類題型解析，馬上掌握考試重點並戰勝新多益。

Answer 77 ｜ （D）

題目中譯 ｜ 總而言之，我們今天過得很愉快。

答案中譯 ｜ （A）儘管如此（B）總共（C）通常（D）總而言之

● **題型解析** ｜ 依據題意要選擇「總而言之」。選項（A）All the same是「儘管如此」，選項（B）All told是「總共」，選項（C）In general是「通常」，皆不符合題意。因此，只有選項（D）All in all符合題意。

Answer 78 ｜ （A）

題目中譯 ｜ 我找不到回家的路了，更糟糕的是，我所有的錢都丟了。

答案中譯 ｜ （A）更糟糕的是（B）此外（C）重要的是（D）也就是說

● **題型解析** ｜ 從題目中判斷，所需要置入的插入語意思應該為「更糟糕的是」。選項（B）What's more是「此外」，選項（C）What's important是「最要的是」，選項（D）That is to say是「也就是說」，皆不符合題意。正確解答為選項（A）What's worse。

Answer 79 ｜ （A）

題目中譯 ｜ 你認為我首先要做什麼呢？

答案中譯 ｜ （A）你認為我應該（B）你認為，我應該（C）你應該我應該（D）你認為，我應該

● **題型解析** ｜ 疑問句的插入語，多用來徵求對方對某一觀點的看法、判斷、認識、猜測，或請求對方重複一遍說過的話，一般會使用倒裝語序，在此，可刪除無倒裝句的選項（C）與（D）。並無需加上任何標點符號，再刪除加入標點符號的選項，即選項（B）。最後得出正確解答為選項（A）。

Answer 80 ｜ （B）

題目中譯 ｜ 他說：「我每天早上8點去上班。」

答案中譯 ｜ （A）他每天早上8點去上班（過去式）（B）他每天早上8點去上班（現在式）（C）我每天早上8點去上班（現在式）（D）我每天早上8點去上班（過去式）

● **題型解析** ｜ 一般而言，當直接引述句變間接引述句時，從屬子句中的人稱要視主要子句中主詞的人稱而變化。本題的主詞是He，從屬子句的主詞也勢必為He，首先刪除選項（C）與（D）。就時態而言，如果直接引述句為現在式，通常用以表示一種反覆出現或習慣性的動作，轉變成為間接引述句時，時態要維持不變。題目中，指出「每天早上8點去上班」，表示一種習慣性的動作，所以，時態需要為現在式。當然，最正確選項為（B）。

Level 5 | 必考新多益選擇題

第五級

語言能力：此程度之對話者的談話內容流暢且具條理，能適時地運用恰當詞彙及文法句構，完整無誤的表達相關對話內容。偶爾，語言的運用上仍有小缺失，但不至於造成以英語為母語人士理解上的困惑。在英語對話中，有明顯的外國腔調，需要注意的是，語調、重音及音調高低上的控制。

Question | 81 ······ 托Ⓘ ＢＧＴ公

Tom said, "John, where were you going when I met you on the street?" （變間接引述）

→ Tom asked John _____ .

(A) where he was going when he met him on the street

(B) where was he going when he met him on the street

(C) where he went when he met him on the street

(D) where did he go when he met him on the street

Question | 82 ······ 托Ⓘ ＢＧＴ公

My uncle said to me, "I have worked in this factory ever since I moved here." （變間接引述）

→ My uncle told me that _____ .

(A) he had worked in this factory ever since he moves here

(B) he have worked in this factory ever since he moved here

(C) he had worked in this factory ever since he moved here

(D) I had worked in this factory ever since I moved here

Question | 83 ······ 托Ⓘ ＢＧＴ公

Susan said, "You had better come here today." （變間接引述）

→ Susan said _____ .

(A) I had better come here today

(B) I had better go there that day

(C) you had better come here that day

(D) you had better come here today

Question | 84 ······ 托Ⓘ ＢＧＴ公

Tom said, "I didn't recognize you." （變間接引述）

→ Tom said _____ .

(A) he didn't recognize you

(B) he didn't recognize me

(C) he hadn't recognized me

(D) he hadn't recognize you

Level 5 | 新多益選擇題解析

〔金色證書〕測驗成績→860分～990分

第五級

● 詳細完整的題目和答案中譯，呈現補教名師在課堂教授的重點。 ● 臨時抱佛腳的考場記憶祕訣，搭配新多益測驗題型陷阱的提醒。 ●保證只要熟讀各類題型解析，馬上掌握考試重點並戰勝新多益。

Answer 81 | （A）

題目中譯 | 湯姆說：「約翰，我在街上遇到你的時候，你正要去哪裡？」

答案中譯 | （A）他遇到他的時候，他要去哪裡（過去進行式陳述語句）（B）他遇到他的時候，他要去哪裡（過去進行式疑問句）（C）他遇到他的時候，他要去哪裡（過去式陳述語句）（D）他遇到他的時候，他要去哪裡（過去式陳疑問句）

● 題型解析 | 直接引述句轉變為間接引述句時，如果直接引述句為過去進行式，時態應該保持不變。本題中，直接引述句為過去進行式，在間接引述句時，時態也需要維持不變，在此，可以先將非過去進行式的選項刪除，即（C）與（D）。再則，直接引述句如果為疑問語序，轉變為間接引述句時，需要改為陳述語氣。因此，本題的正確答案為選項（A）。

Answer 82 | （C）

題目中譯 | 我叔叔對我說：「自從搬到這裡後，我一直在這個工廠工作。」

答案中譯 | （A）自從搬到這裡後，他一直在這個工廠工作（過去完成式）（B）自從搬到這裡後，他一直在這個工廠工作（現在完成式）（C）自從搬到這裡後，他一直在這個工廠工作（過去完成式）（D）自從搬到這裡後，我一直在這個工廠工作（過去完成式）

● 題型解析 | 直接引述句中含有since, when, while引導的時間副詞子句時，在轉變為間接引述句時，只需要修改主要子句中的動詞，從屬子句的則維持過去式時態，可以先刪除從屬子句為非過去式的選項，即選項（A）。選項（D）則因為從屬子句中的人稱須由原本的I更改為he，刪除。而直接引述句中的時態為過去式，需要將間接引述句的動詞修改為過去式。得出，最適合的正確選項應該為（C）。

Answer 83 | （B）

題目中譯 | 蘇珊說：「你最好今天來這裡。」

答案中譯 | （A）我最好今天來這裡（B）我最好那天來這裡（C）你最好那天來這裡（D）你最好今天來這裡

● 題型解析 | 如果直接引述句中含有助動詞must, need, had better，或助動詞的過去式could, should, might, would，在轉變為間接引述句時，時態不需要做任何變化。再則，轉變為間接引述句時，從屬子句的時間副詞today（今天）要更改為that day（那天），由此，可以先刪除沒有更改時間副詞的選項（A）與（D）。間接引述句的人稱也需要做變化。因此，正確選項應為（B）。

Answer 84 | （B）

題目中譯 | 湯姆說：「我沒有認出你。」

答案中譯 | （A）他沒有認出你（過去式）（B）他沒有認出我（過去式）（C）他沒有認出我（過去完成式）（D）他沒有認出你（過去完成式）

● 題型解析 | 直接引述變間接引述，如果是敘述某一件事時，如題目中的句子時態為過去式，則轉變為間接引述句時，時態也維持過去式，即可刪除時態非過去式的選項（C）與（D）。而人稱代名詞也需要適時地轉換，由間接引述句的you，在直接引述句中要轉變為me。最後，得出正確選項為（B）。

Level 5 | 必考新多益選擇題

® TOEFL ❶ IELTS ® Bulats ® CEPT ❶ 學測＆指考 ⓐ 公務人員考試

第五級

語言能力：此程度之對話者的談話內容流暢且具條理，能適時地運用恰當詞彙及文法句構，完整無誤的表達有關對話內容。偶爾，語言的運用上仍有小缺失，但不至於造成以英語為母語人士理解上的困惑。在英語對話中，有明顯的外國腔調，需要注意的是，語調、重音及音調高低上的控制。

Question | 85 ····· ®❶®©❶ⓐ

John said, "We hadn't returned to the store when she came." （變間接引述）

→John said _____ .

(A) we hadn't yet returned to the store when she arrived

(B) they hadn't yet returned to the store when she arrived

(C) we didn't yet return to the store when she arrived

(D) they didn't yet return to the store when she arrived

Question | 86 ····· ®❶®©❶ⓐ

He asked, "Would you buy me some books?" （變間接引述）

→ _____ .

(A) He asked me to buy him some books.

(B) He said that I would buy him some books.

(C) He asked would I buy him some books.

(D) He asked me I would buy him some books.

Question | 87 ····· ®❶®©❶ⓐ

He said, "Be careful around the dog." （變間接引述）

→ _____ .

(A) He asked me to be careful around the dog

(B) He said be careful around the dog

(C) He asked me be careful around the dog

(D) He advised me be careful around the dog

Question | 88 ····· ®❶®©❶ⓐ

The teacher, with all his students, _____ have a picnic this weekend.

(A) is going to

(B) was going to

(C) are going to

(D) were going to

Level 5 | 新多益選擇題解析

〔金色證書〕測驗成績→860分～990分

● 詳細完整的題目和答案中譯，呈現補教名師在課堂教授的重點。 ● 臨時抱佛腳的考場記憶祕訣，搭配新多益測驗題型陷阱的提醒。 ● 保證只要熟讀各類題型解析，馬上掌握考試重點並戰勝新多益。

Answer 85 | （B）

題目中譯 | 約翰說：「她來的時候，我們還沒有返回商店。」

答案中譯 |（A）她來時，我們還沒有返回商店（過去完成式）（B）她來時，他們還沒有返回商店（過去完成式）（C）她來時，我們還沒有返回商店（過去式）（D）她來時，他們還沒有返回商店（過去式）

● 題型解析 | 直接引述變間接引述，如果直接引述是過去完成式，則無需改變時態。本題中，直接引述是過去完成式，因此，變間接引述句時，仍然用過去完成式，可以先刪除時態非過去完成式的選項（C）與（D）。再則，從屬子句中的人稱代名詞要根據主要句子的人稱代名詞而變化，直接引述句的人稱為We，間接引述句的人稱不可以維持不變而要改為they。當然，最正確選項為（B）。

Answer 86 | （A）

題目中譯 | 他問說：「你能買些書嗎？」

答案中譯 |（A）他請求我給他買幾本書（B）他說我能否給他買幾本書（C）他問我能否給他買幾本書（錯誤格式）（D）他問我能否給他買幾本書

● 題型解析 | 英文中，有些疑問句雖然呈現疑問句的形式，但實際上並非提出詢問，而是表示請求、提議、勸告等意思。這一類的疑問句在轉變為間接引述句時，通常用「ask, advise, want + 受詞 + 不定式」的結構來呈現。來觀看本題，從意思上可以判斷出是表示請求的疑問句，所以，需要套用「ask somebody to do something」的形式。符合上述形式的只有選項（A）。

Answer 87 | （A）

題目中譯 | 他說：「要小心那隻狗。」

答案中譯 |（A）他要我小心那隻狗（B）他說要小心那隻狗（語法結構錯誤）（C）他要我小心那隻狗（語法結構錯誤）（D）他建議我小心那隻狗（語法結構錯誤）

● 題型解析 | 直接引述句如果是祈使句，變成間接引述句時，引述祈使句通常採用「動詞 + 受詞 + 不定式」的結構。常見的引用動詞有ask, tell, beg, order, advise, want等，通常後面接上to的不定式，由此規則即可輕鬆的判斷出正確選項為（A）其他選項皆無不定式的結構。

Answer 88 | （A）

題目中譯 | 這個周末，老師將和學生們一起去野餐。

答案中譯 |（A）將要（未來式、單數）（B）將要（過去未來式、單數）（C）將要（未來式、複數）（D）將要（過去未來式、複數）

● 題型解析 | 由題目中的時間this weekend（這個周末）可以判斷出時態應該為「未來式」。可以先刪除時態不符合未來式的選項（B）與（D）。接著尋找例句中的主詞，此題的主詞為「The teacher」是單數形式，be動詞要為is。所以，正確選項為（A）。

Level 5 | 必考新多益選擇題

第五級

® TOEFL ❶ IELTS ⓑ Bulats ⓖ GEPT ❶ 學測&指考 ⓐ 公務人員考試

語言能力：此程度之對話者的談話內容流暢且具條理，能適時地運用恰當詞彙及文法句構，完整無誤的表達相關對話內容。偶爾，語言的運用上仍有小缺失，但不至於造成以英語為母語人士理解上的困惑。在英語對話中，有明顯的外國腔調，需要注意的是，語調、重音及音調高低上的控制。

Question | 89 ⓖ❶ⓐ

The manager, as well as, the workers _____ now.

(A) is excited

(B) are excited

(C) is exciting

(D) were excited

Question | 90 ⓖ❶ⓐ

Susan, together with her brothers, _____ in the accident.

(A) was injured

(B) were injured

(C) is to be injured

(D) are to be injured

Question | 91 ®❶ⓑⓖ❶ⓐ

Food, along with vegetables, _____ in price.

(A) has recently risen

(B) have recently risen

(C) is recently risen

(D) are recently risen

Question | 92 ⓖ❶ⓐ

No one except for two boys _____ school this morning.

(A) was late for

(B) were late for

(C) is late for

(D) are late for

Level 5 | 新多益選擇題解析
〔金色證書〕測驗成績→860分～990分

第五級

● 詳細完整的題目和答案中譯，呈現補教名師在課堂教授的重點。● 臨時抱佛腳的考場記憶祕訣，搭配新多益測驗題型陷阱的提醒。● 保證只要熟讀各類題型解析，馬上掌握考試重點並戰勝新多益。

Answer 89 | （A）

題目中譯 | 現在，經理和員工們都很興奮。

答案中譯 | （A）興奮（現在式、單數）（B）興奮（現在式、複數）（C）令人興奮的（現在式）（D）興奮（過去式、複數）

● 題型解析 | 當主詞後接as well as結構時，動詞的單複數形式應該根據主詞的單複數形式而定。exciting意思是「令人興奮的，使人激動的」，其主詞多為事或物；而excited意思是「興奮的，處於激動狀態的」，主詞多指人。本題中，主詞是The manager，應該使用excited的形式，又因主詞「The manager」為單數，可以刪除選項（B）、（C）、（D），而得出正確選項為（A）。

Answer 90 | （A）

題目中譯 | 在這次事故中，蘇珊和她的弟弟們都受傷了。

答案中譯 | （A）受傷了（過去式、單數）（B）受傷了（過去式、複數）（C）將會受傷（未來時、單數）（D）將會受傷（未來時、複數）

● 題型解析 | 當主詞後接上together with的結構時，動語的單複數形式要視主詞的單複數形式而定。本題中的主詞為Susan，動詞應該為單數形式，可先刪除動詞非單數的選項（B）與（D）。由題目中的語意，判斷出時態應該為過去式，應該選擇過去式動詞為答案的選項（A）。

Answer 91 | （A）

題目中譯 | 最近食物和蔬菜的價格上漲了。

答案中譯 | （A）最近漲了（現在完成式、單數）（B）最近漲了（現在完成式、複數）（C）最近漲了（現在完成式、單數）（D）最近漲了（現在完成式、單數）

● 題型解析 | 主詞後面接上along with的結構時，動語的單複數形式也需要根據主詞的單複數形式而定。題目中的主詞為food是單數形式，動詞應該也需要為單數形式，在此，可以先刪除動詞為複數的選項（B）與（D）。接著，由例句中的時間副詞recently來判斷，時態須為現在完成式。得出，正確選項為（A）。

Answer 92 | （A）

題目中譯 | 今天早上，除了兩個男生沒有人遲到。

答案中譯 | （A）遲到（過去式、單數）（B）遲到（過去式、複數）（C）遲到（現在式、單數）（D）遲到（現在式、單數）

● 題型解析 | 題目中由No one為主詞，動詞需要為單數形式，首先刪除動詞為複數的選項（B）、（D）。例句中的時間副詞為this morning判斷出此題的時態應為過去式，剩下的兩個選項（A）與（C）中，為過去式的只有選項（A），此為最正確解答。

Level 5

Level 5 必考新多益選擇題

TOEFL IELTS Bulats GEPT 學測&指考 公務人員考試

語言能力：此程度之對話者的談話內容流暢且具條理，能適時地運用恰當詞彙及文法句構，完整無誤的表達相關對話內容。偶爾，語言的運用上仍有小缺失，但不至於造成以英語為母語人士理解上的困惑。在英語對話中，有明顯的外國腔調，需要注意的是，語調、重音及音調高低上的控制。

Question | 93

The teacher said that nobody but Susan and Jack _____ .

(A) was in the classroom

(B) is in the classroom

(C) are in the classroom

(D) were in the classroom

Question | 94

Mike, like you and John, _____ .

(A) was very tall

(B) is very tall

(C) are very tall

(D) were very tall

Question | 95

I, rather than you, _____ the matter.

(A) was responsible for

(B) is responsible for

(C) am responsible for

(D) were responsible for

Question | 96

Twenty years _____ a long period in my life.

(A) stand

(B) stands for

(C) stood

(D) stood for

Level 5 | 新多益選擇題解析

〔金色證書〕測驗成績→860分～990分

第五級

● 詳細完整的題目和答案中譯，呈現補教名師在課堂教授的重點。● 臨時抱佛腳的考場記憶祕訣，搭配新多益測驗題型陷阱的提醒。● 保證只要熟讀各類題型解析，馬上掌握考試重點並戰勝新多益。

Answer 93 | （A）

題目中譯 | 老師說，除了蘇珊和傑克，沒有人在教室裡。

答案中譯 | （A）在教室裡（過去式、單數）（B）在教室裡（過去式、單數）（C）在教室裡（過去式、單數）（D）在教室裡（過去式、單數）

● **題型解析** | 例句中關鍵的詞彙nobody，由此可知，動詞需要視為單數。可以先淘汰動詞非單數的選項，即（C）與（D）。接著，判斷該題的時態，由動詞said得知時態為過去式。因此，得出正確選項為（A）。

Answer 94 | （B）

題目中譯 | 像你和約翰一樣，麥克也很高。

答案中譯 | （A）很高（過去式、單數）（B）很高（現在式、單數）（C）很高（現在式、複數）（D）很高（過去式、複數）

● **題型解析** | 此一題目為陷阱題。題目中出現許多人稱，由此，需要判斷出正確的主詞。從題目可以看出，真正的主詞為Mike，無庸置疑地，動詞需要為單數，可以先淘汰動詞為複數的選項（C）與（D）。例句中的動詞like為現在式，因此，需要選擇為現在式的選項（B）為正確解答。

Answer 95 | （C）

題目中譯 | 該對這件事負責任的是我，而不是你。

答案中譯 | （A）對…負責（過去式、單數）（B）對…負責（現在式、單數）（C）對…負責（D）對…負責（過去式、複數）

● **題型解析** | 這一題的概念延續上一題。只要能判斷出真正的主詞即可馬上選出正確答案。該題目的真正主詞為I，所以，很明顯地，答案為選項（C）。

★ 千萬不要因為題目出現多個人稱時，而誤判主詞。

Answer 96 | （B）

題目中譯 | 在我的一生裡，20年意味著一個很長的時期。

答案中譯 | （A）站立（現在式、複數）（B）代表（現在式、單數）（C）站立（過去式）（D）代表（過去式）

● **題型解析** | 當主詞為表示確定數量的名詞片語時，被視為一個整體概念，則動詞需要為單數；但如果強調的是組成該整體的個體，則動詞為複數。本題中的「20年」代指的是整體數量的概念，由上述規則，判斷動詞應該使用單數，再則，根據題意應為現在式。所以，得出選項（B）為正確解答。

Level 5

Level 5 | 必考新多益選擇題

⑱ TOEFL **❶** IELTS **Ⓑ** Bulats **Ⓖ** GEPT **❶** 學測＆指考 **㉘** 公務人員考試

第五級

語言能力：此程度之對話者的談話內容流暢且具條理，能適時地運用恰當詞彙及文法句構，完整無誤的表達相關對話內容。偶爾，語言的運用上仍有小缺失，但不至於造成以英語為母語人士理解上的困惑。在英語對話中，有明顯的外國腔調，需要注意的是，語調、重音及音調高低上的控制。

Question | 97 .... **Ⓖ❶㉘**

She said that two thousand dollars _____ one month's expenses.

(A) is enough to
(B) was enough for
(C) are enough for
(D) were enough for

Question | 98 .... **❶㉘**

Sixty minus nineteen _____ forty-one.

(A) leaves
(B) leave
(C) left
(D) is leaving

Question | 99 .... **Ⓖ❶㉘**

One in twelve students _____ the examination.

(A) have been passed
(B) has been passed
(C) have passsed
(D) has passed

Question | 100 .... **⑱❶ⒷⒼ❶㉘**

Fifty percent of the surface of the earth _____ ocean.

(A) is
(B) are
(C) was
(D) were

Level 5 ｜ 新多益選擇題解析

〔金色證書〕測驗成績→860分～990分

● 詳細完整的題目和答案中譯，呈現補教名師在課堂教授的重點。● 臨時抱佛腳的考場記憶祕訣，搭配新多益測驗題型陷阱的提醒。● 保證只要熟讀各項題型解析，馬上掌握考試重點並戰勝新多益。

Answer 97 ｜（B）

題目中譯｜她說兩千元就足夠他花一個月了。

答案中譯｜(A)足夠（現在式、單數）(B)足夠（過去式、單數）(C)足夠（現在式、複數)(D)足夠（過去式、複數）

● 題型解析｜表示金錢的數字當主詞時，其意義若是指總量應該視為單數，be動詞使用單數形式；如果其意義是指「有多少數量」，則當成複數，be動詞使用複數。本題中，「two thousand dollars」指的為總量，被視為一個整體，所以，be動詞應該使用單數；再則，根據句子前後時態一致的原則，要為過去式，最正確選項為（B）。

Answer 98 ｜（A）

題目中譯｜60減19等於41。

答案中譯｜（A）等於（現在式、單數）（B）等於（現在式、複數）（C）等於（過去式）（D）等於（現在進行式、單數）

● 題型解析｜兩數相減或相除時，動詞要使用單數形式。本題的題目為兩數相減，依照上述規則，動詞需要為單數形式；再則，例句中所闡述的為一客觀事實，時態要為現在式。因此，最符合題目的答案為選項（A）。

Answer 99 ｜（D）

題目中譯｜1/12的學生們通過了這次考試。

答案中譯｜（A）通過（現在完成式、複數、被動）（B）通過（現在完成式、單數、被動）（C）通過（現在完成式、複數、主動）（D）通過（現在完成式、單數、主動）

● 題型解析｜如果題目中出現的主詞為「One in / one out of + 複數名詞」的結構時，動詞要使用單數形式。本題是由「One in + 複數名詞」所構成，依照上述的文法規則，動詞要為單數，在此，先刪除動詞非單數形式的選項（A）、（C）；再則，由題意判斷出「學生通過考試」要使用主動語態。所以，得出正確選項為（D）。

Answer 100 ｜（A）

題目中譯｜地球表面的50%是海洋。

答案中譯｜（A）是（現在式、單數）（B）是（現在式、複數）（C）是（過去式、單數）（D）是（過去式、複數）

● 題型解析｜當百分數、分數後面加名詞或代名詞時，要根據此名詞或代名詞來決定動詞的單複數形式。從這一題的題目可以判斷出，surface為一單數名詞，動詞也須為單數形式。再則，根據題意內容所闡述的為客觀事實，時態應該為現在式。而最正確解答當然為（A）。

Level 5 | 必考新多益選擇題

⑲ TOEFL ① IELTS ⑧ Bulats ⑥ GEPT ① 學測 & 指考 Ⓐ 公務人員考試 05-6

語言能力：此程度之對話者的談話內容流暢且具條理，能適時地運用恰當詞彙及文法句構，完整無誤的表達相關對話內容。偶爾，語言的運用上仍有小缺失，但不至於造成以英語為母語人士理解上的困惑。在英語對話中，有明顯的外國腔調，需要注意的是，語調、重音及音調高低上的控制。

Question | 101

The young _____ stronger than the old.

(A) is
(B) was
(C) are
(D) were

Question | 102

Not only you but also he _____ the concert tomorrow morning.

(A) is going to
(B) was going to
(C) are going to
(D) were going to

Question | 103

Tom said that neither his mother nor his sisters _____ be at the theater.

(A) is likely to
(B) will likely to
(C) was likely to
(D) were likely to

Question | 104

Either you or I _____ to be given a chance to stay here.

(A) is
(B) are
(C) am
(D) were

Level 5 │ 新多益選擇題解析

第五級

〔金色證書〕測驗成績→860分～990分

● 詳細完整的題目和答案中譯，呈現補教名師在課堂教授的重點。 ● 隨時抱佛腳的考場記憶祕訣，搭配新多益測驗題型層層的提醒。 ● 保證只要熟諳各類題型解析，馬上掌握考試重點並戰勝新多益。

Answer 101 │ （C）

題目中譯│年輕人比老年人強壯。

答案中譯│（A）是（現在式、單數）（B）是（過去式、單數）（C）是（現在式、複數）（D）是（過去式、複數）

● 題型解析│「The + 形容詞」的結構為主詞時，其意思若是指個人或是抽象概念，應視為單數，動詞也須使用單數形式；但若特指某一類人或一群人則視為複數，動詞也須為複數。由題意中得知，The young指的是「年輕人」為特定的某一類人稱，動詞應該為複數，在此，可以先刪除動詞非複數的選項（A）、（B）。例句中，闡述的為一客觀事實，時態要為現在式，依照上述觀念，選出的正確選項為（C）。

Answer 102 │ （A）

題目中譯│不只是你，明天晚上他也要去音樂會。

答案中譯│（A）將要（未來式、單數）（B）將要（過去未來式、單數）（C）將要（現在未來式、複數）（D）將要（過去未來式、單數）

● 題型解析│當「Not only A but also B」為主詞時，其後的動詞單複數形式視B而定。此題目中，「Not only you but also he」，此題的B為he，動詞該為單數形式，由上述的規則，可以刪除非單數的動詞選項（C）與（D）。接著從例句中的時間tomorrow morning來判斷為未來式，答案瞬間揭曉。正確解答為選項（A）。

Answer 103 │ （D）

題目中譯│湯姆說，他媽媽和妹妹們都不可能去電影院。

答案中譯│（A）有可能（現在式、單數）（B）有可能（現在式、複數）（C）有可能（過去式、單數）（D）有可能（過去式、複數）

● 題型解析│題目中出現「neither A nor B」的結構時，其後面所街上的動詞單複數形式常與B保持一致。此一題目「neither his mother nor his sisters」後者的人稱為複數，所以，動詞需要使用複數，即可先刪除動詞非複數的選項（A）與（C）。根據時態一致的文法原則，題目中的動詞said為過去式，此得出正確解答選項為（D）。

Answer 104 │ （C）

題目中譯│我們兩個之中，有一個將有機會留在這裡。

答案中譯│（A）是（現在式、單數）（B）是（現在式、複數）（C）是（現在式）（D）是（過去式、複數）

● 題型解析│延續前兩題的概念，相同的，當題目中出現「Either A or B」為主詞時，其後面所接上的動詞單複數形式常視B而定。因此，查看本題的四個選項，便一眼即可選出正確解答，與I固定用法的be動詞只有am。當然，正確選項為（C）。

Level 5 必考新多益選擇題

T TOEFL **I** IELTS **B** Bulats **G** GEPT **T** 學測&指考 **A** 公務人員考試

語言能力：此程度之對話者的談話內容流暢且具條理，能適時地運用恰當詞彙及文法句構，完整無誤的表達相關對話內容。偶爾，語言的運用上仍有小缺失，但不至於造成以英語為母語人士理解上的困惑。在英語對話中，有明顯的外國腔調，需要注意的是，語調、重音及音調高低上的控制。

Question | 105

Not me, but rather my children _____ seeing the film.

(A) is looking forward to
(B) are looking forward to
(C) am looking forward to
(D) be looking forward to

Question | 106

One or two days _____ finish the project.

(A) is enough for
(B) are enough to
(C) am enough to
(D) be enough to

Question | 107

I saw that a bowl and chopsticks _____ on the table.

(A) is placed
(B) are placed
(C) had been placed
(D) was placed

Question | 108

The teacher and the writer _____ by all the people around them.

(A) are respected
(B) were respected
(C) is respected
(D) was respected

Level 5 ｜新多益選擇題解析
〔金色證書〕測驗成績→860分～990分

● 詳細完整的題目和答案中譯，呈現補教名師在課堂教授的重點。 ● 臨時抱佛腳的考場記憶祕訣，搭配新多益測驗題型陷阱的提醒。 ● 保證只要熟讀各類題型解析，馬上掌握考試重點並戰勝新多益。

Answer 105 ｜（B）

題目中譯｜期待去看電影的不是我，而是我的孩子們。

答案中譯｜（A）期盼（現在進行式、單數）（B）期盼（現在進行式、複數）（C）期盼（現在進行式）（D）期盼（現在進行式、原形）

● 題型解析｜由「Not A but B」為主詞時，其後的動詞單複數形式常與B保持一致。來看題目，「Not me, but rather my children」後者的人稱為複數，因此，所需要的動詞應該為複數形式。其題目中的四個選項中，只有其中一個選項為複數形式，而此為最正確解答，選項（B）。

Answer 106 ｜（B）

題目中譯｜一兩天足夠完成這項任務。

答案中譯｜（A）足夠（現在式、單數）（B）足夠（現在式、複數）（C）足夠（現在式）（D）足夠（現在式、原形）

● 題型解析｜根據題意，句中所闡述的為一客觀事實，所以，需要搭配常用的相關片語。由於，例句中，「One or two days」視為整體當成主詞使用，因此，be動詞勢必為單數形式。所以，正確選項為（B），此一片語也是現代英文中較常出現的形式。

Answer 107 ｜（D）

題目中譯｜我看到桌上放著一副碗筷。

答案中譯｜（A）擺放（現在式、單數）（B）擺放（現在式、複數）（C）擺放（過去完成被動式、複數）（D）擺放（過去式、單數）

● 題型解析｜由於，例句中表示「已經看到」的概念，所以，代表已經在過去就完成該動作；再則，題目中的「碗、筷」為一物品，需要使用被動語態。因此，應該使用「過去完成被動語態」，也就是「had + been + 過去分詞（p.p.V）」。所以，本題正確解答為（D）。

Answer 108 ｜（A）

題目中譯｜老師和作家受到所有人的尊敬。

答案中譯｜（A）受尊敬（現在式、複數）（B）受尊敬（過去式、複數）（C）受尊敬（現在式、單數）（D）受尊敬（過去式、單數）

● 題型解析｜由and連接兩個名詞當主詞時，其後面所賦予的動詞需要為複數形式。查看選項中，不是為複數形式的選項（C）、（D）可以刪除。接著，從題意中判斷，此例句所描述的為一客觀事實，時態則需要為現在式，符合動詞為單數又是現在時態的選項為（A），此為正確解答。

Level 5

Level 5 必考新多益選擇題

第五級

TOEFL IELTS Bulats GEPT 學測&指考 公務人員考試

語言能力：此程度之對話者的談話內容流暢且具條理，能適時地運用恰當詞彙及文法句構，完整無誤的表達相關對話內容。偶爾，語言的運用上仍有小缺失，但不至於造成以英語為母語人士理解上的困惑。在英語對話中，有明顯的外國腔調，需要注意的是，語調、重音及音調高低上的控制。

Question | 109

The writer and artist _____ by everyone.

(A) is deeply respected
(B) are deeply respected
(C) was deeply respected
(D) were deeply respected

Question | 110

He said that every man, woman, and child _____ to take part in the activity.

(A) is entiled
(B) are entiled
(C) was entiled
(D) were entiled

Question | 111

Each of the boys _____ a sled.

(A) has
(B) have
(C) is
(D) are

Question | 112

He said that the last and most important thing _____ to the finish work on time.

(A) is
(B) was
(C) are
(D) were

Level 5 | 新多益選擇題解析

〔金色證書〕測驗成績→860分～990分

第五級

● 詳細完整的題目和答案中譯，呈現補教名師在課堂教授的重點。● 臨時抱佛腳的考場記憶祕訣，搭配新多益測驗題型陷阱的提醒。● 保證只要熟諳各類題型解析，馬上掌握考試重點並戰勝新多益。

Answer 109 | （A）

題目中譯 | 那位作家兼藝術家受到所有人的尊敬。

答案中譯 | （A）深受尊敬（現在式、單數）（B）深受尊敬（現在式、複數）（C）深受尊敬（過去式、單數）（D）深受尊敬（過去式、複數）

● 題型解析 | 題目中同是出現and這一個單字，但是，這一道題目與上一題所傳達的概念不同。這裡的「The writer and artist」所指的為同一個人但有兩個身分，「既是作家也是藝術家」，所以，後面的動詞應該為單數，由此，可以先刪除選項（B）、（D）。又因為此一例句所闡述的為一客觀事實，時態須為現在式，符合此條件的選項為（A），即為正確答案。

Answer 110 | （C）

題目中譯 | 他說，每一個男人、女人和孩子都有權利參加這項活動。

答案中譯 | （A）有資格（現在式、單數）（B）有資格（現在式、複數）（C）有資格（過去式、單數）（D）有資格（過去式、單數）

● 題型解析 | 有沒有看到題目中出現一個關鍵單字「Every」，其意思為「每一…」，當這個關鍵字被放置在題目中，選項如果需要選出所搭配的動詞時，只能選擇「單數形式」的動詞，按照此條件，首先，可以刪除選項（B）與（D）。再由出現在題目中的動詞said來判斷時態，須為過去式，能符合此時態的選項只有（C）。因此，選項（C）便為正解。

Answer 111 | （A）

題目中譯 | 每個男孩都有一個滑板。

答案中譯 | （A）有（現在式、單數）（B）有（現在式、複數）（C）是（現在式、單數）（D）是（現在式、複數）

● 題型解析 | 此一題目與前一題傳達的概念相同。抓住關鍵字「each of + 複數名詞」出現在題目中時，動詞必須要為單數。來看這一題，題目中看到熟悉的關鍵字，「Each of the boys」後面的動詞勢必為單數，先在此可以刪除非單數的動詞選項，即（B）與（D）。接著，從題目的語意，可以判斷該動詞應該需要中文意思為「有」的動詞來完成此一例句。因此，符合該條件的選項只有（A）。

Answer 112 | （B）

題目中譯 | 他說，最後的也是最重要的事情，是按時完成工作。

答案中譯 | （A）是（現在式、單數）（B）是（過去式、單數）（C）是（現在式、複數）（D）是（過去式、複數）

● 題型解析 | 此一題型與第109題的概念相同。題目中出現and所連接的兩個詞彙所代指的為同一項事情，所以，後面需要的動詞需要使用單數形式，藉由此條件可以先刪除選項（C）與（D）。接著，從題目中所出現的動詞said來判斷時態應該為過去式，正確選項便立刻出現，即為選項（B）。

Level 5

Level 5 | 必考新多益選擇題

第五級

TOEFL ❶ IELTS ❷ Bulats ❸ GEPT ❹ 學測&指考 ❺ 公務人員考試

語言能力：此程度之對話者的談話內容流暢且具條理，能適時地運用恰當詞彙及文法句構，完整無誤的表達相關對話內容。偶爾，語言的運用上仍有小缺失，但不至於造成以英語為母語人士理解上的困惑。在英語對話中，有明顯的外國腔調，需要注意的是，語調、重音及音調高低上的控制。

Question | 113

Susan said no boy and no girl _____on the playground.

(A) is
(B) are
(C) was
(D) were

Question | 114

Each hour and each minute _____ .

(A) has its value
(B) had its value
(C) have its value
(D) having its value

Question | 115

Many a teacher and many a student _____ with the exam.

(A) is busy
(B) was busy
(C) are busy
(D) were busy

Question | 116

The teacher said that every boy and every girl _____ enough food to eat.

(A) have not
(B) had
(C) have
(D) having

Level 5 ｜ 新多益選擇題解析

〔金色證書〕測驗成績→860分～990分

● 詳細完整的題目和答案中譯，呈現補教名師在課堂教授的重點。● 臨時抱佛腳的考場記憶祕訣，搭配新多益測驗題型陷阱的提醒。● 保證只要熟讀各類題型解析，馬上掌握考試重點並戰勝新多益。

Answer 113 ｜（C）

題目中譯｜蘇珊說操場上沒有任何人。

答案中譯｜（A）是（現在式、單數）（B）是（現在式、複數）（C）是（過去式、單數）（D）是（過去式、複數）

● 題型解析｜當「no...and no...」句型當成主詞時，動詞也需要為單數形式。來看本題，一眼便瞧見「no boy and no girl」，題目選項皆為動詞，由此，可以先刪除非單數形式的動詞選項（B）與（D）；再則，根據時態一致原則，例句中出現的動詞said為過去式，後面的動詞也須為過去式，符合的選項即為（C）。

Answer 114 ｜（A）

題目中譯｜每分每秒都有價值。

答案中譯｜（A）有價值（現在式、單數）（B）有價值（過去式、單數）（C）有價值（現在式、複數）（D）有價值（現在進行式、複數）

● 題型解析｜此一「each...and each...」的結構當成主詞時，動詞通常為單數形式。憑藉此規則來看這一道題目，題目中「Each hour and each minute」即符合上述的文法，後面所需要的動詞該為單數，選項中，先刪除非單數的選項（C）與（D）；再則，例句中所闡述的為一客觀事實，時態需要為現在式，符合正確解答的選項為（A）。

Answer 115 ｜（A）

題目中譯｜很多的老師和學生都在忙著考試。

答案中譯｜（A）忙碌（現在式、單數）（B）忙碌（過去式、單數）（C）忙碌（現在式、複數）（D）忙碌（過去式、複數）

● 題型解析｜此題與上一道題目所傳達的為相同概念，只是運用不同的句型結構來說明。題目中，出現「many a...and many a...」當主詞，動詞也需要為單數形式。觀看本題，「Many a teacher and many a student」符合上述的文法概念，後面的動詞需要為單數，首先刪除選項（C）與（D）。又因為，例句中所言為一客觀現象與事實，時態只能使用現在式，符合此觀念的即為選項（A）。

Answer 116 ｜（B）

題目中譯｜老師說，每個孩子都有足夠的東西吃。

答案中譯｜（A）有（現在式、複數）（B）有（過去式、單數）（C）有（現在式、複數）（D）有（現在進行式、複數）

● 題型解析｜當「every...and every...」結構當成主詞時，be動詞需使用單數形式。因此，本題中的be動詞應該用單數形式；再則，根據句子時態前後一致原則，主要子句為過去式，從屬子句的be動詞也應該要使用過去式。所以，正確選項為（B）。

Level 5 | 必考新多益選擇題

® TOEFL ❶ IELTS ⓑ Bulats ⓖ GEPT ❶ 學測&指考 ⓩ 公務人員考試

語言能力：此程度之對話者的談話內容流暢且具條理，能適時地運用恰當詞彙及文法句構，完整無誤的表達相關對話內容。偶爾，語言的運用上仍有小缺失，但不至於造成以英語為母語人士理解上的困惑。在英語對話中，有明顯的外國腔調，需要注意的是，語調、重音及音調高低上的控制。

Question | 117 ⓖ❶ⓩ

The boy said that neither of them _____ allergic to it.

(A) is

(B) was

(C) are

(D) were

Question | 118 ❶ ⓖ❶ⓩ

The old man said that something _____ to help the poor.

(A) has to been done

(B) had been done

(C) have been done

(D) has to do

Question | 119 ⓖ❶ⓩ

The policeman said that all _____ clear.

(A) be

(B) was

(C) are

(D) were

Question | 120 ⓖ❶ⓩ

The monitor said that all _____ .

(A) is here

(B) was here

(C) be here

(D) were here

Level 5 ｜ 新多益選擇題解析

〔金色證書〕測驗成績→860分～990分

● 詳細完整的題目和答案中譯，呈現補教名師在課堂教授的重點。 ● 臨時抱佛腳的考場記憶祕訣，搭配新多益測驗題型陷阱的提醒。 ● 保證只要熟讀各類題型解析，馬上掌握考試重點並戰勝新多益。

Answer 117 ｜ （B）

題目中譯｜那個男孩說，他們兩個對此都不過敏。

答案中譯｜（A）是（現在式、單數）（B）是（過去式、單數）（C）是（現在式、複數）（D）是（過去式、複數）

● 題型解析｜不定代名詞another, either, neither, the other當主詞時，動詞需要為單數形式。本題中，neither當從屬子句的主詞，所以動詞需要使用單數形式；再則，根據時態前後一致原則，動詞要為過去式。符合的選項正是為選項（B）。

Answer 118 ｜ （B）

題目中譯｜那位老人說，已經採取措施來幫助窮人。

答案中譯｜（A）做（現在完成式、單數）（B）做（過去完成式、單數）（C）做（現在完成式、複數）（D）不得不做（現在完成式、單數）

● 題型解析｜由「some, any, no, every, everyone或thing」構成的複合代名詞當成主詞時，be動詞用單數形式。本題中，something當子句的主詞，be動詞要使用單數形式，因為，根據時態前後一致原則，需要使用過去完成式。因此，正確選項為（B）。

Answer 119 ｜ （B）

題目中譯｜警察說，一切都清楚了。

答案中譯｜（A）是（原形be動詞）（B）是（過去式、單數）（C）是（現在式、複數）（D）是（過去式、複數）

● 題型解析｜all當成主詞，表示事情或物體時，be動詞通常會使用單數形式。本題中，all指事物，因此，be動詞需要為單數；再則，主要子句的時態為過去式，子句中的be動詞也要使用過去式。所以，這一題的正確選項為（B）。

Answer 120 ｜ （D）

題目中譯｜班長說，大家都在這裡。

答案中譯｜（A）在這裡（現在式、單數）（B）在這裡（過去式、單數）（C）在這裡（原形）（D）在這裡（過去、複數）

● 題型解析｜all當成主詞，表示人物時，be動詞需要使用複數形式。本題中all指的是人物，因此，be動詞使用複數。由於，主要子句的時態是過去式，子句的be動詞時態也要統一為過去式。因此，正確選項為（D）。

Level 5 │ 必考新多益選擇題

TOEFL ❶ IELTS ❸ Bulats ❺ GEPT ❶ 學測&指考 ❷ 公務人員考試 05-7

第五級

語言能力：此程度之對話者的談話內容流暢且具條理，能適時地運用恰當詞彙及文法句構，完整無誤的表達相關對話內容。偶爾，語言的運用上仍有小缺失，但不至於造成以英語為母語人士理解上的困惑。在英語對話中，有明顯的外國腔調，需要注意的是，語調、重音及音調高低上的控制。

Question | 121

The teacher said that half of the students should _____ this, the rest _____ to do that.

(A) do; were

(B) did; was

(C) do; are

(D) do; is

Question | 122

Half of the building _____ during the war.

(A) was destroyed

(B) were destroied

(C) was to destroy

(D) were to destroy

Question | 123

The man said number of the bags _____ right.

(A) be

(B) was

(C) are

(D) were

Question | 124

The manager said that a number of workers _____ for the project.

(A) is needed

(B) was needed

(C) are need

(D) were needed

Level 5 ｜ 新多益選擇題解析

〔金色證書〕測驗成績→860分～990分

● 詳細完整的題目和答案中譯，呈現補教名師在課堂教授的重點。 ● 臨時抱佛腳的考場記憶祕訣，搭配新多益測驗題型陷阱的提醒。 ● 保證只要熟讀各類題型解析，馬上掌握考試重點並戰勝新多益。

Answer 121 ｜（A）

題目中譯｜老師說，一半的學生做這件事，剩下的做那件事。

答案中譯｜（A）做；是（現在式、複數）（B）做；是（過去式、單數）（C）做；是（現在式、複數）（D）做；是（現在式、單數）

● **題型解析**｜當主詞是most, the rest, the last, the remainder等時，be動詞通常遵循前後一致的原則：如果所代指的名詞是單數，則be動詞為單數；如果所代指的名詞表示複數，則be動詞使用複數。本題中，「the rest」指的是「students」，表示複數，因此，要用複數形式；再則，測驗的是助動詞「should + 原形動詞」的原則。而正確解答為（A）。

Answer 122 ｜（A）

題目中譯｜在這場戰爭中，這棟建築物有一半都被摧毀了。

答案中譯｜（A）被摧毀（過去式、單數）（B）被摧毀（錯誤格式）（C）被摧毀（過去未來式、單數）（D）被摧毀（過去未來式、複數）

● **題型解析**｜當主詞是由all of, some of, none of, half of, lots of, plenty of等引導表示非確定的名詞片語時，be動詞的單複數形式根據of片語中名詞的單複數類別而定。本題中，主詞是由「half of + 名詞」所構成，其後面的the building為單數名詞，因此，需要使用的be動詞為單數；再則，時態為過去式。所以，正確選項為（A）。

Answer 123 ｜（B）

題目中譯｜那個人說，行李的數量是正確的。

答案中譯｜（A）是（原形be動詞）（B）是（過去式、單數）（C）是（現在式、複數）（D）是（過去式、複數）

● **題型解析**｜「the number of...」（…的數目）當成主詞時，be動詞通常會使用單數形式。因此，本題中的be動詞也需要為單數形式，並根據時態前後一致原則，要使用過去式。得出正確解答為（B）。

Answer 124 ｜（D）

題目中譯｜經理說，這項工程需要大量的工人。

答案中譯｜（A）需要（現在式、單數）（B）需要（過去式、單數）（C）需要（錯誤格式）（D）需要（過去式、複數）

● **題型解析**｜「a number of...」（許多…）為主詞時，be動詞要用複數形式。因此，本題中的be動詞也需要使用複數形式，刪除選項（A）、（B）。選項（C）則因為使用兩個動詞，即be動詞are加上一般動詞need為錯誤格式，所以刪除；再則，主要句子是過去式，子句也需要使用過去式。因此，正確解答為選項（D）。

Level 5 | 必考新多益選擇題

第五級

🌐 TOEFL ① IELTS ⑧ Bulats ⑥ GEPT ① 學測＆指考 ㉮ 公務人員考試

語言能力：此程度之對話者的談話內容流暢且具條理，能適時地運用恰當詞彙及文法句構，完整無誤的表達相關對話內容。偶爾，語言的運用上仍有小缺失，但不至於造成以英語為母語人士理解上的困惑。在英語對話中，有明顯的外國腔調，需要注意的是，語調、重音及音調高低上的控制。

Question | 125 ⋯⋯⋯⋯⋯⋯⋯⋯⋯⋯⋯⋯⋯⋯⋯ ⑥①㉮

A kind of flower in the garden _____ very pleasant.

(A) smells

(B) smelled

(C) had smelled

(D) has smelled

Question | 126 ⋯⋯⋯⋯⋯⋯⋯⋯⋯⋯⋯⋯⋯⋯⋯ ⑥①㉮

The shop assistant says that a series of expensive goods _____ in the shop.

(A) has been sold out

(B) have been sold out

(C) are sold out

(D) were sold out

Question | 127 ⋯⋯⋯⋯⋯⋯⋯⋯⋯⋯⋯⋯ ① ⑥①㉮

She said that a portion of the reports _____ .

(A) is deceiving

(B) was deceiving

(C) are deceiving

(D) were deceiving

Question | 128 ⋯⋯⋯⋯⋯⋯⋯⋯⋯⋯⋯ 🌐①⑧⑥①㉮

He said that politics _____ a complicated subject.

(A) be

(B) was

(C) are

(D) were

Level 5 | 新多益選擇題解析

〔金色證書〕測驗成績→860分～990分

● 詳細完整的題目和答案中譯，呈現補教名師在課堂教授的重點。● 臨時抱佛腳的考場記憶祕訣，搭配新多益測驗題型陷阱的提醒。● 保證只要熟清各類題型解析，馬上掌握考試重點並戰勝新多益。

Answer 125 | （A）

題目中譯｜這個花園裡花香怡人。

答案中譯｜（A）聞（現在式、單數）（B）聞（過去式）（C）聞（過去完成式）（D）聞（現在完成式、單數）

● **題型解析**｜「a kind / sort / type of」與名詞構成名詞片語當主詞時，應該視為單數，動詞也需要使用單數形式。題目中，「A kind of flower」符合上述的文法觀念，因此，本題中的動詞要選擇單數形式；再則，例句中所闡述的為一客觀事實，時態必定使用現在式。而得出正確解答的選項為（A）。

Answer 126 | （A）

題目中譯｜那位店員說，這個商店裡的昂貴東西已售完。

答案中譯｜（A）已被售空（第三人稱單數，現在完成式）（B）已被售空（複數，現在完成式）（C）被售空（複數，現在完成式）（D）已被售空了（過去完成式）

● **題型解析**｜由「a series of + 名詞」構成的名詞片語當主詞時，也需要被視為單數，後面所接上的動詞該為單數形式。本題「a series of expensive goods」符合上述的概念，後面所接上的動詞需要使用單數形式，故可以刪除選項（B）、（C）、（D），而得出正確解答為選項（A）。

Answer 127 | （B）

題目中譯｜她說有一部分報告不屬實。

答案中譯｜（A）欺騙（現在式、單數）（B）欺騙（過去式、單數）（C）欺騙（現在式、複數）（D）欺騙（過去式、複數）

● **題型解析**｜「a portion of / a pile of +名詞」句型當主詞時，應該視為單數。本題測驗的便是「a portion of + 名詞」的句型結構，所以，後面接上的動詞要為單數形式；再則，根據時態一致的原則，從屬子句的動詞要為過去式。符合上述原則的只有選項（B）。

Answer 128 | （B）

題目中譯｜他說政治是一門複雜的學科。

答案中譯｜（A）是（原形be動詞）（B）是（過去式、單數）（C）是（現在式、複數）（D）是（過去式、複數）

● **題型解析**｜以-ics結尾的學科名稱當成主詞時，be動詞一般使用單數形式。本題中，主詞politics是以-ics結尾並表示學科名詞，be動詞需要使用單數形式。因為，此例句的時態為過去式。所以，符合解答的選項為（B）。

Level 5 | 必考新多益選擇題

TOEFL ❶ IELTS ❸ Bulats ❻ GEPT ❶ 學測＆指考 ❷ 公務人員考試

語言能力：此程度之對話者的談話內容流暢且具條理，能適時地運用恰當詞彙及文法句構，完整無誤的表達相關對話內容。偶爾，語言的運用上仍有小缺失，但不至於造成以英語為母語人士理解上的困惑。在英語對話中，有明顯的外國腔調，需要注意的是，語調、重音及音調高低上的控制。

Question | 129

He told me that the "*New York Times*" _____ good reading material.

(A) is
(B) was
(C) are
(D) were

Question | 130

Diabetes _____ a type of chronic disease.

(A) is
(B) was
(C) are
(D) were

Question | 131

Playing marbles _____ not confined to children.

(A) is
(B) was
(C) are
(D) were

Question | 132

The United States _____ by the Great Depression in the 1930's.

(A) is hit
(B) was hit
(C) are hit
(D) were hit

Level 5 ｜ 新多益選擇題解析
〔金色證書〕測驗成績→860分～990分

● 詳細完整的題目和答案中譯，呈現補教名師在課堂教授的重點。 ● 臨時抱佛腳的考場記憶祕訣，搭配新多益測驗題型陷阱的提醒。 ● 保證只要熟讀各類題型解析，馬上掌握考試重點並戰勝新多益。

Answer 129 ｜（A）

題目中譯｜他告訴我，《紐約時報》是很棒的讀物。

答案中譯｜（A）是（現在式、單數）（B）是（過去式、單數）（C）是（現在式、複數）（D）是（過去式、複數）

● 題型解析｜以-s結尾的專有名詞當主詞時，動詞需要使用單數形式。本題中所提到的「New York Times」是以-s結尾的專有名詞，根據上述的文法原則，動詞需要為單數；再則，從屬子句所闡述的為一客觀事實，時態要為現在式。因此，最正確選項為（A）。

Answer 130 ｜（A）

題目中譯｜糖尿病是一種慢性疾病。

答案中譯｜（A）是（現在式、單數）（B）是（過去式、單數）（C）是（現在式、複數）（D）是（過去式、複數）

● 題型解析｜以-s結尾的疾病名稱當主詞時，如arthritis（關節炎）、bronchitis（支氣管炎）、diabetes（糖尿病）等，其後的動詞通常為單數形式。因此，本題中的動詞也須為單數；再則，例句中所言的為一客觀事實，時態要為現在式。所以，正確選項為（A）。

Answer 131 ｜（A）

題目中譯｜玩彈珠並不只是孩子喜歡的遊戲。

答案中譯｜（A）是（現在式、單數）（B）是（過去式、單數）（C）是（現在式、複數）（D）是（過去式、複數）

● 題型解析｜以-s結尾的遊戲名稱當主詞時，其後的動詞通常為單數形式。題目中「marbles」符合上述的條件，因此，其後所接上的動詞為單數；再則，句中所闡述的為一客觀事實，須使用用現在式。因此，得出正確選項為（A）。

Answer 132 ｜（B）

題目中譯｜在1930年，美國遭遇了經濟大蕭條。

答案中譯｜（A）遭遇（現在式、單數）（B）遭遇（過去式、單數）（C）遭遇（現在式、複數）（D）遭遇（過去式、複數）

● 題型解析｜以-s結尾的地理名稱，如果為國名，表示單一政治實體。題目中的「The United States」，其後的動詞通常用單數形式。因此，本題中的動詞需要為單數；再則，時間副詞為in 1930's，此為過去式時態。選擇正確選項為（B）。

Level 5 | 必考新多益選擇題

ⓉTOEFL ⒤IELTS ⒝Bulats ⒢GEPT ⓣ學測&指考 ⒜公務人員考試

語言能力：此程度之對話者的談話內容流暢且具條理，能適時地運用恰當詞彙及文法句構，完整無誤的表達相關對話內容。偶爾，語言的運用上仍有小缺失，但不至於造成以英語為母語人士理解上的困惑。在英語對話中，有明顯的外國腔調，需要注意的是，語調、重音及音調高低上的控制。

Question | 133

The Alps _____ really great.

(A) look

(B) looks

(C) are looking

(D) is looking

Question | 134

Many a mother _____ great influence on her children.

(A) has

(B) have

(C) had

(D) is

Question | 135

My teacher said more than one student _____ .

(A) will be going

(B) are going

(C) were going

(D) was going

Question | 136

Less than one student _____ the exam.

(A) has failed

(B) have failed

(C) has been failed

(D) have been failed

Level 5 ｜ 新多益選擇題解析

〔金色證書〕測驗成績→860分～990分

第五級

● 詳細完整的題目和答案中譯，呈現補教名師在課堂教授的重點。 ● 臨時抱佛腳的考場記憶祕訣，搭配新多益測驗題型陷阱的提醒。 ● 保證只要熟讀各類題型解析，馬上掌握考試重點並戰勝新多益。

Answer 133 ｜（A）

題目中譯｜阿爾卑斯山看起來非常雄偉。

答案中譯｜(A)看起來（現在式、複數）(B)看起來（現在式、單數)(C)看起來（現在進行式、複數）(D)看起來（現在進行式、單數）

● 題型解析｜表示群島、山脈、瀑布等的專有名詞，如：the Alps（阿爾卑斯山）、the Philippines（菲律賓）、Niagara Falls（尼加拉瓜大瀑布）等當成主詞時，be動詞需要使用複數形式。本題中「The Alps」當成主詞，因此，be動詞勢必為複數形式。因為，例句中所闡述的是客觀事實，應該用現在式。所以，最正確選項為（A）。

Answer 134 ｜（A）

題目中譯｜許多母親都對孩子有極大的影響。

答案中譯｜（A）有（現在式、單數）（B）有（現在式、複數）（C）有（過去式）（D）是（現在式、單數）

● 題型解析｜「many a＋單數名詞」構成的片語，儘管是複數意義，但動詞仍用單數形式。查看本題中的動詞，符合上述的條件，應該使用單數形式；再則，例句中所提到的內容為客觀事實，時態須為現在式，即正確選項為（A）。

Answer 135 ｜（D）

題目中譯｜老師說不止一個學生會去。

答案中譯｜（A）去（未來進行式、單數）（B）去（未來式、複數）（C）去（過去未來式、複數）（D）去（過去未來式、單數）

● 題型解析｜「more than one＋單數名詞」構成的片語，為複數含意，但be動詞仍使用單數形式。因此，本題中的be動詞需要使用單數，故可以先行刪除選項（B）、（C）；再則，主要句子為過去式，子句也需要使用過去式。所以，最正確選項為（D）。

Answer 136 ｜（A）

題目中譯｜沒有一個學生考試不及格。

答案中譯｜（A）失敗（現在完成式、單數、主動）（B）失敗（現在完成式、複數、主動）（C）失敗（現在完成式、單數、被動）（D）失敗（現在完成式、複數、被動）

● 題型解析｜由「Less than one＋單數名詞」構成的片語，為複數意義，但動詞仍須為單數形式。本題中的動詞符合上述的概念，所以，動詞需要使用單數；再則，根據語意，判斷為主動語態。所以，正確選項為（A）。

Level 5 | 必考新多益選擇題

🐴 TOEFL ❶ IELTS ❸ Bulats ❻ GEPT ❶ 學測&指考 ⚠ 公務人員考試

第五級

語言能力：此程度之對話者的談話內容流暢且具條理，能適時地運用恰當詞彙及文法句構，完整無誤的表達相關對話內容。偶爾，語言的運用上仍有小缺失，但不至於造成以英語為母語人士理解上的困惑。在英語對話中，有明顯的外國腔調，需要注意的是，語調、重音及音調高低上的控制。

Question | 137 .... ❶ ❻❶⚠

She said that this pair of pants _____ made by her mother.

(A) are

(B) were

(C) is

(D) was

Question | 138 .... 🐴❶❸❻❶⚠

A committee of twelve men _____ the matter.

(A) is to discuss

(B) are to discuss

(C) is discuss

(D) are discuss

Question | 139 .... ❻❶⚠

Susan said that collecting stamps _____ very interesting.

(A) be

(B) is

(C) are

(D) were

Question | 140 .... 🐴❶❸❻❶⚠

To do such kind of things _____ courage.

(A) requires

(B) require

(C) is requiring

(D) required

Level 5 | 新多益選擇題解析

〔金色證書〕測驗成績→860分～990分

● 詳細完整的題目和答案中譯，呈現補教名師在課堂教授的重點。 ● 臨時抱佛腳的考場記憶祕訣，搭配新多益測驗題型陷阱的提醒。 ● 保證只要熟讀各類題型解析，馬上掌握考試重點並戰勝新多益。

Answer 137 | （D）

題目中譯 | 她說這條褲子是她媽媽做的。

答案中譯 | （A）是（現在式、複數）（B）是（過去式、複數）（C）是（現在式、單數）（D）是（過去式、單數）

● 題型解析 | 一些形式為複數，意思為單數的名詞，如：trousers, pants, shorts, glasses, scissors等當主詞時，動詞需要使用複數形式；但是，如果這類名詞前用a pair of來修飾，動詞則須為單數形式。因此，本題中，從屬子句的動詞要用單數；再則，根據時態一致的原則，為過去式。所以，正確選項為（D）。

Answer 138 | （A）

題目中譯 | 由12個人組成的委員會將要討論這件事。

答案中譯 | （A）將要討論（單數）（B）將要討論（複數）（C）討論（單數）（D）討論（單數）

● 題型解析 | 如果主詞為「A committee of, A panel of, A board of + 複數名詞」的句型時，其後的動詞通常用單數形式。本題中，主詞是由「A committee of + 複數名詞」構成，動詞用單數形式，可以刪除選項（B）、（D）；再則，is為be動詞，不能與動詞discuss同時出現在例句中。因此，正確選項為（A）。

Answer 139 | （B）

題目中譯 | 蘇珊說集郵非常有趣。

答案中譯 | （A）是（原形be動詞）（B）是（現在式、單數）（C）是（現在式、複數）（D）是（過去式、複數）

● 題型解析 | 當動名詞為主詞時，be動詞需要使用單數形式。本題中，子句的主詞是動名詞「collecting stamps」，be動詞當然需要為單數。所以，選項（B）為正確解答。

Answer 140 | （A）

題目中譯 | 做這種事需要勇氣。

答案中譯 | （A）需要（現在式、單數）（B）需要（現在式、複數）（C）需要（現在進行式、單數）（D）需要（過去式）

● 題型解析 | 當不定詞當主詞時，動詞需要使用單數。本題「To do such kind of things」為不定式，在從屬子句中當主詞，動詞則要為單數；再則，句中所闡述的為一客觀事實，時態要為現在式。因此，符合題目的正確選項為（A）。

Level 5 | 必考新多益選擇題

B TOEFL ❶ IELTS B Bulats G GEPT ❶ 學測&指考 ❷ 公務人員考試   05-8

第五級

語言能力：此程度之對話者的談話內容流暢且具條理，能適時地運用恰當詞彙及文法句構，完整無誤的表達相關對話內容。偶爾，語言的運用上仍有小缺失，但不至於造成以英語為母語人士理解上的困惑。在英語對話中，有明顯的外國腔調，需要注意的是，語調、重音及音調高低上的控制。

Question | 141

What are often regarded as useless things _____ .

(A) is sometimes useful

(B) are sometimes useful

(C) was sometimes useful

(D) were sometime useful

Question | 142

There _____ a teacher and several students on the playground now.

(A) are

(B) was

(C) be

(D) were

Question | 143

This is one of the best novels that _____ recently.

(A) has been published

(B) have been published

(C) had been published

(D) are published

Question | 144

Jack is the only one of the candidates who _____ this job.

(A) is fit for

(B) was fit for

(C) are fit for

(D) were fit for

Level 5 ｜ 新多益選擇題解析
〔金色證書〕測驗成績→860分～990分

● 詳細完整的題目和答案中譯，呈現補教名師在課堂教授的重點。 ● 臨時抱佛腳的考場記憶秘訣，搭配新多益測驗題型暗陰的提醒。 ● 保證只要熟讀各類題型解析，馬上掌握考試重點並戰勝新多益。

Answer 141 ｜（B）

題目中譯｜那些通常被認為沒有用的東西，有時候是有用的。

答案中譯｜(A)有時候有用（現在式、單數）(B)有時候有用（現在式、複數）(C)有時候有用（過去式、單數）(D)有時候有用（過去式、複數）

● 題型解析｜子句當成主詞時，通常be動詞要使用單數形式。但是，「what」所引導的名詞子句，如果子句的be或主詞補語是複數形式時，則be動詞也需要使用複數形式。本題中，是由「what」引導的名詞子句中的「useless things」為複數，其後的be動詞應用複數；因為，例句中所闡述的是一種客觀事實，要使用現在式。所以，最正確選項為(B)。

Answer 142 ｜（A）

題目中譯｜現在，操場上有一位老師和幾名學生。

答案中譯｜(A)有（現在式、複數）(B)有（過去式、單數）(C)有（原形be動詞）(D)有（過去式、複數）

● 題型解析｜「There（here）be + 名詞」為主詞時，當句中有兩個或兩個以上的名詞當成主詞，則be動詞使用複數形式；如題目中，「a teacher and several students」後面需要接上的動詞需要為複數，先刪除選項為非複數者，即選項（B）與（C）。例句中出現時間副詞為now，視為現在式。所以，選項（A）為正確解答。

Answer 143 ｜（B）

題目中譯｜這是最近出版的最好的小說之一。

答案中譯｜（A）出版（現在完成式、單數）（B）出版（現在完成式、複數）（C）出版（過去完成式）（D）出版（過去式、複數）

● 題型解析｜在「one of + 複數名詞 + 關係代名詞子句」的句型中，通常形容詞的從屬子句被視為用以修飾複數名詞，因此，從屬子句的動詞要為複數形式。依據題意，可以先刪除選項(A)；再則，題目中的時間副詞recently判定時態為現在完成式。因此，符合題目的正確選項為(B)。

Answer 144 ｜（A）

題目中譯｜傑克是這些應聘者中唯一適合這份工作的人。

答案中譯｜（A）適合（現在式、單數）（B）適合（過去式、單數）（C）適合（過去式、複數）（D）適合（過去式、複數）

● 題型解析｜在「the only one of + 複數名詞 + 關係代名詞子句」句型中，關係代名詞的先行詞不是靠近它的複數名詞，而是代名詞one，因此，從屬子句的動詞用單數形式。再則，根據時態一致原則，主要子句為現在式，從屬子句也需要為現在式，所以，正確選項為（A）。

Level 5 | 必考新多益選擇題

® TOEFL ❶ IELTS Ⓑ Bulats Ⓖ GEPT ❶ 學測&指考 Ⓐ 公務人員考試

語言能力：此程度之對話者的談話內容流暢且具條理，能適時地運用恰當詞彙及文法句構，完整無誤的表達相關對話內容。偶爾，語言的運用上仍有小缺失，但不至於造成以英語為母語人士理解上的困惑。在英語對話中，有明顯的外國腔調，需要注意的是，語調、重音及音調高低上的控制。

Question | 145 ··· ❶ ⒼⓉⒶ

All the foliage in the tree _____ now.

(A) was falling down

(B) were falling down

(C) is falling down

(D) are falling down

Question | 146 ··· ❶ ⒼⓉⒶ

Now the police _____ the injured.

(A) is comforting

(B) are comforting

(C) was comforting

(D) were comforting

Question | 147 ··· ®❶ⒷⒼⓉⒶ

The committee _____ about the proposal now.

(A) is talking

(B) are talking

(C) was talking

(D) were talking

Question | 148 ··· ❶ ⒼⓉⒶ

I have to say that what I do and say _____ none of your business.

(A) is

(B) are

(C) was

(D) were

Level 5 | 新多益選擇題解析

〔金色證書〕測驗成績→860分～990分

● 詳細完整的題目和答案中譯，呈現補教名師在課堂教授的重點。● 臨時抱佛腳的考場記憶祕訣，搭配新多益測驗題型附贈的提醒。● 保證只要熟讀各類題型解析，馬上掌握考試重點並戰勝新多益。

Answer 145 | （C）

題目中譯｜現在樹上的葉子都在飄落。

答案中譯｜（A）飄落（過去進行式、單數）（B）飄落（過去進行式、複數）（C）飄落（現在進行式、單數）（D）飄落（現在進行式、複數）

● 題型解析｜當無生命的集體名詞，如foliage（葉子）、machinery（機械）、merchandise（商品／）貨物等當主詞時，動詞用單數形式。因此本題中的動詞要用單數形式，再則，句中的時間副詞為now，時態要用現在進行式，所以正確選項為（C）。

Answer 146 | （B）

題目中譯｜員警現在正在安慰傷患。

答案中譯｜（A）安慰（現在進行式、單數）（B）安慰（現在進行式、複數）（C）安慰（過去進行式、單數）（D）安慰（過去進行式、複數）

● 題型解析｜有生命的集合名詞，如cattle（牛）、police（警察）等當主詞時，be動詞需要為複數形式。來看此一題目，有出現上述的集體名詞「police（警察）」，後面所需要接上的be動詞要為複數，在此，先刪除不是複數的選項（A）與（C）。題目一開始即提到時間「Now」，便知道時態須為「現在進行式」，即得出正確解答為選項（B）。

Answer 147 | （A）

題目中譯｜委員會正在討論提案。

答案中譯｜（A）在討論（現在進行式、單數）（B）在討論（現在進行式、複數）（C）在討論（過去進行式、單數）（D）在討論（過去進行式、複數）

● 題型解析｜本題測驗的是集合名詞當主詞時的「主動一致」概念。有些集合名詞，如：audience（觀眾）、class（班級）、crew（全體船員）、committee（委員會）、family（家庭）、team（隊伍）、group（組別）等當主詞時，如果泛指一個整體，be動詞則使用單數；如果指全體中的每一個成員，be動詞為複數形式。本題中The committee是指委員會而非委員會的成員，因此，be動詞必然使用複數形式。例句中有時間副詞now，時態為「現在進行式」，所以，正確選項為（A）。

Answer 148 | （B）

題目中譯｜他們在什麼時候及如何進行實驗都已經討論過了。

答案中譯｜（A）已經討論過（現在完成式、複數）（B）已經討論過（現在完成式、單數）（C）已經討論過（現在式、單數）（D）已經討論過（過去式、單數）

● 題型解析｜由「how（如何）、why（為什麼）、when（什麼時候）、where（哪裡）」引導的子句當主詞時，be動詞仍用單數形式。本題是由「why（為什麼）和how（如何）」引導的子句當主詞，be動詞則需要使用單數；由於，例句中有already修飾，時態即為現在完成式，當然，正確選項為（B）。

Level 5 | 必考新多益選擇題

⑰ TOEFL ① IELTS ⑧ Bulats ⑤ GEPT ① 學測＆指考 ② 公務人員考試

第五級

語言能力：此程度之對話者的談話內容流暢且具條理，能適時地運用恰當詞彙及文法句構，完整無誤的表達相關對話內容。偶爾，語言的運用上仍有小缺失，但不至於造成以英語為母語人士理解上的困惑。在英語對話中，有明顯的外國腔調，需要注意的是，語調、重音及音調高低上的控制。

Question | 149 .... ⑰①⑧⑤①②

Whether the boss will fire us or not _____ at present.

(A) is not known

(B) are not known

(C) was not known

(D) were not known

Question | 150 .... ① ⑤①②

When and how they do the experiment _____ .

(A) have already been discussed

(B) has already been discussed

(C) is already discussed

(D) was already discussed

Question | 151 .... ① ⑤①②

What has happened and who was injured _____ unknown to us at present.

(A) remains

(B) remain

(C) remained

(D) is to remain

Question | 152 .... ⑤①②

What my brother left me _____ only a few old books.

(A) is

(B) are

(C) was

(D) were

Level 5 | 新多益選擇題解析

〔金色證書〕測驗成績→860分～990分

● 詳細完整的題目和答案中譯，呈現補教名師在課堂教授的重點。 ● 臨時抱佛腳的考場記憶祕訣，搭配新多益測驗題型層朔的提醒。 ● 保證只要熟讀各類題型解析，馬上掌握考試重點並戰勝新多益。

Answer 149 | （A）

題目中譯｜老闆是否要開除我們，目前還不清楚。

答案中譯｜（A）不知道（現在式、單數）（B）不知道（現在式、複數）（C）不知道（過去式、單數）（D）不知道（過去式、複數）

● 題型解析｜由who, why, how, whether或that引導的從屬子句當主詞時，be動詞通常為單數形式。本題是由Whether引導的從屬子句當主詞，為符合上述的條件，此一題目的be動詞需要為單數；再則，例句中出現時間副詞「at present」，得知時態為現在式，可以刪除非現在式的選項（C）與（D）。接著，選擇出be動詞為單數的選項，即最正確選項為（A）。

Answer 150 | （B）

題目中譯｜他們在什麼時候及如何進行實驗都已經討論過了。

答案中譯｜（A）已經討論過（現在完成式、複數）（B）已經討論過（現在完成式、單數）（C）已經討論過（現在式、單數）（D）已經討論過（過去式、單數）

● 題型解析｜由「how（如何）、why（為什麼）、when（什麼時候）、where（哪裡）」引導的子句當主詞時，be動詞仍用單數形式。本題是由「why（為什麼）和how（如何）」引導的子句當主詞，be動詞則需要使用單數；由於，例句中有already修飾，時態即為現在完成式，當然，正確選項為（B）。

Answer 151 | （B）

題目中譯｜發生了什麼事，誰受傷了，目前我們仍不知道。

答案中譯｜（A）保持（現在式、單數）（B）保持（現在式、複數）（C）保持（過去式）（D）保持（未來式、單數）

● 題型解析｜and連接的兩個名詞從屬子句當主詞，如果表示兩件事情，動詞常用複數形式。本題由and連接的兩個從屬子句，分別表示兩件事情，為符合上述的條件，動詞需要為複數；再則，例句中的時間副詞「at present」決定了時態為現在式。綜合上述的條件，即可得知正確選項為（B）。

Answer 152 | （A）

題目中譯｜我哥哥留給我的只是幾本舊書。

答案中譯｜（A）是（現在式、單數）（B）是（現在式、複數）（C）是（過去式、單數）（D）是（過去式、複數）

● 題型解析｜此題型測驗即為「What」引導的子句，其be動詞應該要為單數形式。如同第150題的題型，測驗惟相關的概念。唯一不同的地方式，此例句中所闡述的唯一種客觀的事實，be動詞當然應該要使用現在式，所以，最佳選項為（A）。

Level 5 | 必考新多益選擇題

T TOEFL **I** IELTS **B** Bulats **G** GEPT **T** 學測＆指考 **公** 公務人員考試

語言能力：此程度之對話者的談話內容流暢且具條理，能適時地運用恰當詞彙及文法句構，完整無誤的表達相關對話內容。偶爾，語言的運用上仍有小缺失，但不至於造成以英語為母語人士理解上的困惑。在英語對話中，有明顯的外國腔調，需要注意的是，語調、重音及音調高低上的控制。

Question | 153

As you know, seldom _____ to see my parents.

(A) I do go home
(B) do I go home
(C) I went home
(D) did I go home

Question | 154

Never _____ to London.

(A) has my grandmother been
(B) have my grandmother been
(C) my grandmother has been
(D) my grandmother have been

Question | 155

By no means _____ work on time.

(A) will they finish
(B) they will finish
(C) did they finish
(D) they did finish

Question | 156

Not only _____ , they fired all the other workers.

(A) do they fire you
(B) did they fire you
(C) they fire you
(D) they fired you

Level 5 ｜ 新多益選擇題解析

〔金色證書〕測驗成績→860分～990分

● 詳細完整的題目和答案中譯，呈現補教名師在課堂教授的重點。● 臨時抱佛腳的考場記憶祕訣，搭配新多益測驗題型陷阱的破解。● 保證只要熟讀各類題型解析，馬上掌握考試重點並戰勝新多益。

Answer 153 ｜ （B）

題目中譯 ｜ 正如你所知，我很少回家探望父母。

答案中譯 ｜（A）我回家（現在式、強調）（B）我回家（現在式、倒裝）（C）我回家（過去式、陳述語氣）（D）我回家（過去式、倒裝）

● 題型解析 ｜ 當seldom放在句首時，句子一般要部分倒裝。本題seldom位於句首，句子要部分倒裝，再則，句中所闡述的一種客觀事實，用現在式，所以，正確選項為（B）。

Answer 154 ｜ （A）

題目中譯 ｜ 我外婆從未去過倫敦。

答案中譯 ｜（A）我外婆去過（現在完成式、單數、倒裝）（B）我外婆去過（現在完成式、複數、倒裝）（C）我外婆去過（現在完成式、單數、陳述語氣）（D）我外婆去過（現在完成式、複數、陳述語氣）

● 題型解析 ｜ 當never放在句首時，句子一般要用部分倒裝。本題中，never位於句首，句子要用部分倒裝，再則，根據題意要用現在完成式，所以，正確選項為（A）has my grandmother been。

Answer 155 ｜ （A）

題目中譯 ｜ 他們絕對不會按時完成工作。

答案中譯 ｜（A）他們將完成（未來式、倒裝）（B）他們將完成（未來式、陳述語氣）（C）他們將完成（過去式、倒裝）（D）他們將完成（過去式、強調）

● 題型解析 ｜ 當by no means放在句首表示強調時，句子通常用部分倒裝。選項（B）（D）為正常語序，所以刪除；再則，根據語境，應該用未來式態，所以，正確選項為（A）。

Answer 156 ｜ （A）

題目中譯 ｜ 他們不但解雇你，還解雇所有其他的員工。

答案中譯 ｜（A）他們解雇你（現在式、倒裝句）（B）他們解雇你（過去式、倒裝句）（C）他們解雇你（現在式、陳述語氣）（D）他們解雇你（過去式、陳述語氣）

● 題型解析 ｜ 當「Not only...」放在句首表示強調的時候，句子通常用部分倒裝的表示方式。選項（C）和（D）為正常直述句的順序，所以，需要直接刪除。接著，時態需要一致的原則，本題要用現在式。因此，最正確選項為（A）。

Level 5 │ 必考新多益選擇題

T TOEFL **I** IELTS **B** Bulats **G** GEPT **T** 學測&指考 **A** 公務人員考試

語言能力：此程度之對話者的談話內容流暢且具條理，能適時地運用恰當詞彙及文法句構，完整無誤的表達相關對話內容。偶爾，語言的運用上仍有小缺失，但不至於造成以英語為母語人士理解上的困惑。在英語對話中，有明顯的外國腔調，需要注意的是，語調、重音及音調高低上的控制。

Question │ 157 ·· **TIBGTA**

Out _____ from under the bomber.

(A) rushed a missile

(B) a missile rushed

(C) did a missile rush

(D) a missile did rush

Question │ 158 ·· **I** **GTA**

At this very moment, I just want to say " _____ !"

(A) Our friendship long live

(B) Live long our friendship

(C) Our friendship live long

(D) Long live our friendship

Question │ 159 ·· **I** **GTA**

Bang _____ .

(A) went the fireworks

(B) the fireworks went

(C) did the fireworks go

(D) the fireworks did go

Question │ 160 ·· **GTA**

"Try to help him," _____ .

(A) said the old woman

(B) the old woman say

(C) did the old woman say

(D) did say the old woman

Level 5 新多益選擇題解析

〔金色證書〕測驗成績→860分～990分

● 詳細完整的題目和答案中譯，呈現補教名師在課堂教授的重點。 ● 臨時抱佛腳的考場記憶祕訣，搭配新多益測驗題型陷阱的提醒。 ● 保證只要熟讀各類題型解析，馬上掌握考試重點並戰勝新多益。

Answer 157 ｜（A）

題目中譯｜ 轟炸機底下竄出一枚導彈。

答案中譯｜（A）竄出一枚導彈（過去式、完全倒裝）（B）竄出一枚導彈（過去式、陳述語氣）（C）竄出一枚導彈（過去式、半倒裝）（D）竄出一枚導彈（過去式、強調）

● **題型解析｜** 如果in、out等表示方位的詞放在句首，並且動詞是表示運動的動詞，句子一般要用完全倒裝，直接將動詞全部放到主詞的前面，而不用借助於助動詞。因此，正確選項為（A）。

Answer 158 ｜（D）

題目中譯｜ 在這個特殊的時刻，我只想說：「友誼萬歲！」

答案中譯｜（A）友誼萬歲（錯誤格式）（B）友誼萬歲（錯誤格式）（C）友誼萬歲（陳述語氣）（D）友誼萬歲（倒裝）

● **題型解析｜** 某些表示祝願的句子，通常用倒裝結構，並且已經成為約定俗成的表達。依據題意，句子為完全倒裝，即將動詞全部放到主詞的前面，所以，正確選項為（D）。

Answer 159 ｜（A）

題目中譯｜ 煙火砰地一聲爆開了。

答案中譯｜（A）煙火爆開了（過去式、倒裝句）（B）煙火爆開了（過去式、陳述語氣）（C）煙火爆開了（過去式、倒裝句）（D）煙火爆開了（過去式、強調語句）

● **題型解析｜** 狀聲詞放在句首時，句子一般要為全部倒裝。本題中，「Bang!」位於句首，句子當然也需要是完全倒裝句型，即be動詞要全部放在主詞之前，而無需搭配助動詞。明顯地，正確答案要選（A）。

Answer 160 ｜（A）

題目中譯｜「盡力去幫助他」，這個老婦人說。

答案中譯｜（A）老婦人說（過去式、倒裝句）（B）老婦人說（過去式、錯誤格式）（C）老婦人說（過去式、半倒裝句）（D）老婦人說（過去式、錯誤格式）

● **題型解析｜** 直接引述的全部或一部分放在句首，而主詞是名詞時，句子通常用倒裝語序。本題中，直接引述全部置於句首，後面的主詞是名詞「the old woman」，所以，句子要使用倒裝句。選項（B）則因動詞時態為現在式，所以刪除。即選項（A）為正確答案。

Level 5 | 必考新多益選擇題

第五級

語言能力：此程度之對話者的談話內容流暢且具條理，能適時地運用恰當詞彙及文法句構，完整無誤的表達相關對話內容。偶爾，語言的運用上仍有小缺失，但不至於造成以英語為母語人士理解上的困惑。在英語對話中，有明顯的外國腔調，需要注意的是，語調、重音及音調高低上的控制。

Question | 161

However _____ , I will spare some time to accompany you.

(A) I'm busy
(B) busy I am
(C) am I busy
(D) busy am I

Question | 162

_____ , I still couldn't get my girlfriend back.

(A) Try as I might
(B) As I might try
(C) Might try as I
(D) Might as I try

Question | 163

On the street corner _____ .

(A) a poor old man lies
(B) lies a poor old man
(C) do lies a poor old man
(D) a poor old man does lie

Question | 164

I bought two pieces of bread. One I ate myself, _____ .

(A) I fed my dog the other
(B) the other I fed to my dog
(C) I fed the other my dog
(D) the other my dog I fed

Level 5 ｜ 新多益選擇題解析

〔金色證書〕測驗成績→860分～990分

● 詳細完整的題目和答案中譯，呈現補教名師在課堂教授的重點。 ● 臨時抱佛腳的考場記憶祕訣，搭配新多益測驗題型預期的提醒。 ● 保證只要熟讀各類題型解析，為上字握考試重點並戰勝新多益。

Answer 161 ｜ （B）

題目中譯 ｜不論我有多忙，我都會抽出一些時間來陪你。

答案中譯 ｜（A）我忙（現在式、陳述語氣）（B）我忙（現在式、半倒裝）（C）我忙（現在式、錯誤格式）（D）我忙（現在式、全倒裝）

● 題型解析 ｜由however引導表示讓步的副詞從屬子句，通常將其主詞補語、副詞或動詞的部分形容詞、副詞或動詞原形前置。本題是將主詞補語的形容詞busy提前而形成半倒裝的句型。因此，得出正確選項為（B）。

Answer 162 ｜ （A）

題目中譯 ｜不管我如何努力，也沒有把女友留下來。

答案中譯 ｜（A）不管我如何努力（現在式、半倒裝）（B）當我可以努力（陳述語氣）（C）不管我如何努力（現在式、全倒裝）（D）不管我如何努力（現在式、錯誤格式）

● 題型解析 ｜由as引導表示讓步的副詞從屬子句，位於句首的可以為形容詞、名詞、副詞，還可以是動詞的一部分，從而形成從屬子句的部分倒裝。本題屬於as引導的讓步副詞從屬子句，將動詞try提前而形成半倒裝的句型。符合上述的說明只有選項（A），即為正確解答。

Answer 163 ｜ （B）

題目中譯 ｜街道轉角處躺著一位可憐的老人。

答案中譯 ｜（A）一位可憐的老人躺著（現在式、陳述語氣）（B）一位可憐的老人躺著（現在式、倒裝）（C）一位可憐的老人躺著（現在式、錯誤格式）（D）一位可憐的老人躺著（現在式、強調）

● 題型解析 ｜介系詞片語當成地方副詞，且放置句首時，如果後面接上不及物動詞come, lie, stand等，要用倒裝句的形式。本題中，介系詞片語「On the street corner」為地方副詞，至於句首，後面要接上及物動詞lie，需要使用倒裝句的形式。符合上述條件的選項只有（B），為正確解答。

Answer 164 ｜ （B）

題目中譯 ｜我買了兩塊麵包，一塊自己吃，一塊餵我的狗。

答案中譯 ｜（A）另一塊餵我的狗（陳述語氣）（B）另一塊餵我的狗（倒裝）（C）我把我的狗餵給另一塊（陳述語氣）（D）一塊餵我的狗（錯誤格式）

● 題型解析 ｜為了使句子結構平衡，或使上下文銜接更加緊密，主詞補語或副詞等，也常常使用倒裝句的形式。題目中的「One I ate myself」即是部分倒裝，為了符合上述的概念，後面所接上的句子也需要使用倒裝句，即可得出正確解答為選項（B）。

501

Level 5 必考新多益選擇題

Ⓣ TOEFL Ⓘ IELTS Ⓑ Bulats Ⓖ GEPT Ⓘ 學測&指考 ㉘ 公務人員考試

第五級

語言能力：此程度之對話者的談話內容流暢且具條理，能適時地運用恰當詞彙及文法句構，完整無誤的表達相關對話內容。偶爾，語言的運用上仍有小缺失，但不至於造成以英語為母語人士理解上的困惑。在英語對話中，有明顯的外國腔調，需要注意的是，語調、重音及音調高低上的控制。

Question | 165

There is no need for _____ .

(A) be here

(B) being here

(C) here

(D) stay here

Question | 166

Suddenly the girl said, " _____ !"

(A) Here we are

(B) Here are we

(C) Here we were

(D) We are here

Question | 167

No longer _____ in the company.

(A) was he

(B) he was

(C) did he

(D) he did

Question | 168

Not until yesterday _____ how much time I had wasted.

(A) I realize

(B) I realized

(C) did I realize

(D) do I realize

Level 5 ｜ 新多益選擇題解析

〔金色證書〕測驗成績→860分～990分

第五級

● 詳細完整的題目和答案中譯，呈現補教名師在課堂教授的重點。 ● 臨時抱佛腳的考場記憶祕訣，搭配新多益測驗題型陷阱的提醒。 ● 保證只要熟讀各類題型解析，馬上掌握考試重點並戰勝新多益。

Answer 165 ｜ （B）

題目中譯 ｜ 不需要待在這裡。

答案中譯 ｜（A）在這裡（動詞原形）（B）在這裡（動名詞）（C）這裡裡（D）待在這裡

● 題型解析 ｜「There is no need for + 名詞／動名詞」的句型，表示「（不）需要…」。藉由此句型，來看此題，題目中出現「There is no need for」的句型，後面需要接上的為名詞或動名詞，查看下列四個選項，只有選項（B）being here符合題意。

Answer 166 ｜ （A）

題目中譯 ｜ 那個女孩突然說：「我們到了！」

答案中譯 ｜（A）我們到了（現在式、陳述語氣）（B）我們到了（現在式、倒裝）（C）我們到了（過去式、陳述語氣）（D）我們到了（現在式、陳述語氣）

● 題型解析 ｜ 由here, there, now, then等副詞引導的句子，動詞如果為be, come, go等時，通常需要使用陳述句型。憑藉上述的概念，來看這一題，選項中即出現「Here」，所以，後面加上的句子需要使用陳述句型。符合答案的選項為（A）。

Answer 167 ｜ （A）

題目中譯 ｜ 他不再待在這家公司了。

答案中譯 ｜（A）他是（倒裝）（B）他是（陳述語氣）（C）他做（倒裝）（D）他做（陳述語氣）

● 題型解析 ｜「No longer」表示「不再」，置於句首時，通常會使用倒裝句。如果動詞是be的現在式或過去式，則通常為完全倒裝形式。本題中，動詞為be的過去式，為符合上文法概念，句子需要使用完全倒裝的句型。因此，最符合題目的正確選項為（A）。

Answer 168 ｜ （C）

題目中譯 ｜ 直到昨天我才意識到我已經浪費了多少時間。

答案中譯 ｜（A）我意識到（現在式、陳述語氣）（B）我意識到（過去式、陳述語氣）（C）我意識到（過去式、倒裝）（D）我意識到（現在式、倒裝）

● 題型解析 ｜「Not until」表示「直到…才」，放於句首時，也需要使用倒裝句型，其形式通常為部分倒裝，即「助動詞 + 主詞 + 動詞」的句構，查看下列選項，選項（A）與（B）缺少助動詞先刪除；再則，依據題意，時態為過去式，得出正確解答為選項為（C）。

Level 5

Level 5 必考新多益選擇題

T TOEFL **I** IELTS **B** Bulats **G** GEPT **1** 學測＆指考 **A** 公務人員考試

語言能力：此程度之對話者的談話內容流暢且具條理，能適時地運用恰當詞彙及文法句構，完整無誤的表達相關對話內容。偶爾，語言的運用上仍有小缺失，但不至於造成以英語為母語人士理解上的困惑。在英語對話中，有明顯的外國腔調，需要注意的是，語調、重音及音調高低上的控制。

Question 169

In no case _____ the company rules.

(A) we will break

(B) we should break

(C) should we break

(D) should break we

Question 170

By no means _____ in 30 minutes.

(A) can you get home

(B) can get home you

(C) you can get home

(D) you did can get home

Question 171

On no account _____ time.

(A) we should waste

(B) should we waste

(C) should waste we

(D) we shall waste

Question 172

She said that the harder you studied, _____ .

(A) the higher is your score

(B) the higher was your score

(C) your score is higher

(D) your score was higher

Level 5 ｜ 第五級

新多益選擇題解析

〔金色證書〕測驗成績→860分～990分

● 詳細完整的題目和答案中譯，呈現補教名師在課堂教授的重點。● 臨時抱佛腳的考場記憶祕訣，搭配新多益測驗聽與閱的提醒。● 保證只要熟諳各類題型解析，馬上掌握考試重點並戰勝新多益。

Answer 169 ｜ （C）

題目中譯 ｜ 我們絕不能破壞公司的規則。

答案中譯 ｜ （A）我們將破壞（陳述語氣）（B）我們將破壞（虛擬語氣）（C）我們將破壞（倒裝）（D）我們將破壞（錯誤格式）

● 題型解析 ｜ 「In no case」 表示「無論如何不…」，置於句首時，通常運用部分倒裝句型，即「助動詞 + 主詞 + 動詞」的句型結構。題目中一開始即運用「In no case」的句型，為符合上述條件，後面加上的需要為部分倒裝結構，即將助動詞should提到主詞we得前面，便可得出正確選項為（C）。

Answer 170 ｜ （A）

題目中譯 ｜ 你絕對不可能在半小時內到家。

答案中譯 ｜ （A）你能到家（現在式、倒裝）（B）你能到家（錯誤格式）（C）你能到家（現在式、陳述語氣）（D）你能到家（過去式、強調）

● 題型解析 ｜ 「By no means」表示「絕不」，位於句首時，後面通常也會使用部分倒裝的句型，即「助動詞 + 主詞 + 動詞」的結構。依據題意，本題需要使用部分倒裝的句構，將助動詞can放置到主詞you之前，即變成「can you get home」的形式。因此，正確選項為（A）。

Answer 171 ｜ （B）

題目中譯 ｜ 我們絕對不可以浪費時間。

答案中譯 ｜ （A）我們應該浪費（陳述語氣）（B）我們應該浪費（倒裝）（C）我們應該浪費（錯誤格式）（D）我們應該浪費（陳述語氣）

● 題型解析 ｜ 本題測驗的是「On no account」放置於句首時的倒裝結構。「On no account」 表示「決不」的意思，位於句首時，需要使用部分倒裝句型（即「助動詞 + 主詞 + 動詞」），由此文法規則，可以選擇正確的選項為（B）。

Answer 172 ｜ （B）

題目中譯 ｜ 你愈用功唸書，得到的分數就會愈高。

答案中譯 ｜ （A）你的分數會愈高（現在式、倒裝）（B）你的分數會愈高（過去式、倒裝）（C）你的分數比較高（現在式）（D）你的分數比較高（過去式）

● 題型解析 ｜ 本題測驗的是「the more...the more」引導的倒裝句。在「the more...the more...」的句型中，為了使句子的結構保持平衡時，通常採用倒裝，由此，可以先刪除選項（C）與（D）；再則，根據時態一致的原則，本題的時態須為過去式，綜合上述的線索來判斷，正確選項為（B）。

Level 5 | 必考新多益選擇題

第五級

TOEFL ● IELTS ● Bulats ● GEPT ● 學測&指考 ● 公務人員考試

語言能力：此程度之對話者的談話內容流暢且具條理，能適時地運用恰當詞彙及文法句構，完整無誤的表達相關對話內容。偶爾，語言的運用上仍有小缺失，但不至於造成以英語為母語人士理解上的困惑。在英語對話中，有明顯的外國腔調，需要注意的是，語調、重音及音調高低上的控制。

Question | 173

Only then _____ the importance of knowledge.

(A) did my brother realize

(B) my brother realized

(C) did realize my brother

(D) my brother realizes

Question | 174

Not in the least _____ my dream.

(A) I would give up on

(B) would I give up on

(C) would give up on I

(D) I do give up on

Question | 175

So strong _____ that all the houses were destroyed.

(A) is the force of the hurricane

(B) was the force of the hurricane

(C) the force of the hurricane is

(D) the force of the hurricane was

Question | 176

Neither do I know it, nor _____ .

(A) do I care about it

(B) did I care about it

(C) I do care about it

(D) I did care about it

Level 5 | 新多益選擇題解析

〔金色證書〕測驗成績→860分～990分

第五級

● 詳細完整的題目和答案中譯，呈現補教名師在課堂教授的重點。 ● 臨時抱佛腳的考場記憶祕訣，搭配新多益測驗題型陷阱的提醒。 ● 保證只要熟識各類題型解析，馬上掌握考試重點並戰勝新多益。

Answer 173 | （A）

題目中譯 | 直到那時，我弟弟才意識到知識的重要性。

答案中譯 | （A）我弟弟意識到（過去式、倒裝）（B）我弟弟意識到（過去式、陳述語氣）（C）我弟弟意識到（錯誤格式）（D）我弟弟意識到（現在式）

● 題型解析 | 本題測驗的是「Only then」所引導的倒裝句型。「Only then」表示「直到那時」，通常置於句首，後面需要加上倒裝句型結構，多為部分倒裝（即「助動詞 + 主詞 + 動詞」），符合上述的句型結構者，只有選項（A）。

Answer 174 | （B）

題目中譯 | 我絕不會放棄自己的夢想。

答案中譯 | （A）我將放棄（陳述語氣）（B）我將放棄（倒裝）（C）我將放棄（錯誤格式）（D）我確實要放棄（強調）

● 題型解析 | 「Not in the least」表示「一點也不」，位於句首時，後面的句型需要為部分倒裝的句型結構（即「助動詞 + 主詞 + 動詞」），由此文法規則，可以得知正確解答為選項（B）。

Answer 175 | （B）

題目中譯 | 颶風的威力如此強大，所有的房子都被摧毀了。

答案中譯 | （A）颶風的威力（現在式、倒裝）（B）颶風的威力（過去式、倒裝）（C）颶風的威力（現在式、陳述語氣）（D）颶風的威力（過去式、陳述語氣）

● 題型解析 | 「So...that」位於句首所引起的倒裝句為部分倒裝形式，如果be動詞為的現在式或過去式，則為完全倒裝句型。本題即是「So...that」置於句首，be動詞為過去式，為符合上述的文法觀念，後面所加上的句子需要為完全倒裝句。而得出正確選項為（B）。

Answer 176 | （A）

題目中譯 | 我不知道這件事，也不關心。

答案中譯 | （A）我也不關心（現在式、倒裝句）（B）我也不關心（過去式、倒裝句）（C）我也不關心（現在式、陳述語氣）（D）我也不關心（過去式、陳述語氣）

● 題型解析 | 本題測驗的是由「Neither...nor」置於句首時所需要的半倒裝句型結構，若be動詞為現在式或過去式，則為完全倒裝的形式；再則，逗號前面的句子為現在式，則逗號後的句子也需維持相同時態，綜合上述的條件，得以判斷出正確選項為（A）。

Level 5

Level 5 | 必考新多益選擇題

❶ TOEFL ❶ IELTS ❷ Bulats ❸ GEPT ❶ 學測＆指考 ❷ 公務人員考試

語言能力：此程度之對話者的談話內容流暢且具條理，能適時地運用恰當詞彙及文法句構，完整無誤的表達相關對話內容。偶爾，語言的運用上仍有小缺失，但不至於造成以英語為母語人士理解上的困惑。在英語對話中，有明顯的外國腔調，需要注意的是，語調、重音及音調高低上的控制。

Question | 177

Many a time _____ that movie.

(A) have I watched

(B) have watched I

(C) I had watched

(D) I have watched

Question | 178

He believed, _____ , that their lives would get better and better.

(A) as all his family do

(B) as all his family did

(C) as do all his family

(D) as did all his family

Question | 179

If there is one thing she loves, _____ .

(A) it is money

(B) it was money

(C) money is it

(D) money was it

Question | 180

If you can't finish the project on time, _____ .

(A) I don't know who can

(B) I didn't know who can

(C) I haven't known who can

(D) I hadn't known who can

Level 5 | 新多益選擇題解析

〔金色證書〕測驗成績→860分～990分

第五級

● 詳細完整的題目和答案中譯，呈現補教名師在課堂教授的重點。 ● 臨時抱佛腳的考場記憶祕訣，搭配新多益測驗題型陷阱的盲解。 ● 保證具熟諳合類題型解析，馬上掌握考試重點並戰勝新多益。

Answer 177 | （A）

題目中譯｜我看過那部電影很多次。

答案中譯｜（A）我觀看（現在完成式、倒裝）（B）我觀看（錯誤格式）（C）我觀看（現在完成式、陳述語氣）（D）我觀看（過去完成式、陳述語氣）

● 題型解析｜有時為了加強語氣，可以把被強調的部分置於句首，後面所接上的句子多用半倒裝的形式，即「助動詞 + 主詞 + 動詞」的句構。題目中的「Many a time」用以強調頻率的概念，表示「看過那部電影很多次」，後面所接上的句子需要為半倒裝句型。因此，正確選項為（A）。

Answer 178 | （D）

題目中譯｜他和他家人一樣，都認為他們的生活會越來越好。

答案中譯｜（A）和他家人一樣（現在式）（B）和他家人一樣（過去式）（C）和他家人一樣（現在式、倒裝）（D）和他家人一樣（過去式、倒裝）

● 題型解析｜as引導表示方式的副詞從屬子句一般為正常語序，但是，如果主詞比動詞長，可將動詞置於主詞之前，形成完全倒裝的句型。這一道題目即符合上述的文法概念，需要使用完全倒裝的句構；再則，根據時態，例句中為過去式，所以，正確選項為（D）。

Answer 179 | （A）

題目中譯｜如果世界上有一樣她喜愛的東西，那便是金錢。

答案中譯｜（A）它是金錢（現在式）（B）它是金錢（過去式）（C）錢是它（現在式）（D）錢是它（過去式）

● 題型解析｜在「If從屬子句 + it be主要子句」的結構中，通常把要強調的內容放在it be的後面，而把其他內容放在由If引導的從屬子句中。本題所強調的是money，要套用「it be + 主要子句」的句構；再則，例句中所闡述的為一種客觀的情況，時態須為現在式，由上述的文法概念得知，正確選項為（A）。

Answer 180 | （A）

題目中譯｜要是你不能按時完成任務，我不知道還有誰能按時完成。

答案中譯｜（A）我不知道誰可以（現在式）（B）我不知道誰可以（過去式）（C）我不知道誰可以（現在完成式）（D）我不知道誰可以（過去完成式）

● 題型解析｜在「If從屬子句 + I don't know who / what does / is / has」的結構中，這裡的If從屬子句往往有說反話的意思，用以表示強調。本題強調的是「只有你能按時完成任務」；再則，根據時態一致的原則，需要使用現在式。因此，正確選項為（A）。

Level 5 | 必考新多益選擇題

⑦ TOEFL ❶ IELTS ⑧ Bulats ⑥ GEPT ❶ 學測&指考 ⑳ 公務人員考試 05-10

語言能力：此程度之對話者的談話內容流暢且具條理，能適時地運用恰當詞彙及文法句構，完整無誤的表達相關對話內容。偶爾，語言的運用上仍有小缺失，但不至於造成以英語為母語人士理解上的困惑。在英語對話中，有明顯的外國腔調，需要注意的是，語調、重音及音調高低上的控制。

Question | 181 ⑦❶⑧⑥❶⑳

What _____ are you doing?（表示強調）

(A) on Earth
(B) about
(C) in the slightest
(D) not at all

Question | 182 ⑥❶⑳

There was no time _____ .

(A) to waiting for you
(B) wait for you
(C) waiting for you
(D) to wait for you

Question | 183 ⑥❶⑳

There are _____ books on the table.

(A) not
(B) no
(C) doesn't
(D) didn't

Question | 184 ❶ ⑥❶⑳

There seems to be something wrong with you, _____ ?

(A) does there
(B) did there
(C) doesn't there
(D) didn't there

Level 5 | 新多益選擇題解析

〔金色證書〕測驗成績→860分～990分

● 詳細完整的題目和答案中譯，呈現補教名師在課堂教授的重點。● 臨時抱佛腳的考場記憶祕訣，搭配新多益測驗題型陷阱的提醒。●保證只要熟讀各類題型解析，馬上掌握考試重點並戰勝新多益。

Answer 181 | （A）

題目中譯 | 你究竟在做什麼？

答案中譯 |（A）究竟（B）關於（C）根本（多用於否定句）（D）一點也不

● 題型解析 | 用on earth, in the world, the hell等介系詞片語放在疑問代名詞、副詞的後面，用以表達更強的語氣，其句型為「疑問代名詞／副詞 + on earth / in the world / the hell + 一般疑問句」的結構。本題選項中的（C）in the slightest表示「根本；一點也不」，多用於否定句中，（D）not at all表示「一點也不」，不符合題意；所以，正確選項為（A）。

Answer 182 | （D）

題目中譯 | 沒有時間等你了。

答案中譯 |（A）等著你（錯誤格式）（B）等著你（動詞原形）（C）等著你（動名詞）（D）等著你（動詞不定式）

● 題型解析 |「there be + 名詞 + 動詞不定式」結構，表示「（沒）有…要做」。如果動詞是及物動詞，也可改為被動式，即「there be + 名詞 + to be done」的結構。因此，本題的正確答案為（D）。

Answer 183 | （B）

題目中譯 | 桌子上沒有書。

答案中譯 |（A）沒有（B）沒有（C）沒有（助動詞does的否定）（D）沒有（助動詞did的否定）

● 題型解析 | there be句型的否定結構，通常是在be動詞的後面加「not a / any或no」，而不必借助於助動詞。所以，題的正確選項為（B）no books，也可以說：「not any books」

Answer 184 | （C）

題目中譯 | 你好像有些不舒服，是嗎？

答案中譯 |（A）是嗎（現在式、肯定）（B）是嗎（過去式、肯定）（C）是嗎（現在式、否定）（D）是嗎（過去式、否定）

● 題型解析 | there be句型變疑問句，或反意疑問句時，there和be倒裝。但是there be句型中如果有別的助動詞，則要根據語境而變化。本題是測驗there seems to be的結構，其反意疑問句要用doesn't there。因此，正確選項為（C）。

Level 5 | 必考新多益選擇題

TOEFL ● IELTS ⓑ Bulats ⓖ GEPT ⓣ 學測＆指考 ⓐ 公務人員考試

語言能力：此程度之對話者的談話內容流暢且具條理，能適時地運用恰當詞彙及文法句構，完整無誤的表達相關對話內容。偶爾，語言的運用上仍有小缺失，但不至於造成以英語為母語人士理解上的困惑。在英語對話中，有明顯的外國腔調，需要注意的是，語調、重音及音調高低上的控制。

Question | 185 ● ⓖⓣⓐ

There ＿＿＿＿＿ a shop here is a great advantage.

(A) is

(B) was

(C) being

(D) are

Question | 186 ● ⓖⓣⓐ

We expect ＿＿＿＿＿ no argument.

(A) there to be

(B) there is

(C) there being

(D) there are

Question | 187 ⓖⓣⓐ

＿＿＿＿＿ no buses, we had to walk home.

(A) There to be

(B) There being

(C) There is

(D) There was

Question | 188 ● ⓖⓣⓐ

There is no point in ＿＿＿＿＿ .

(A) doing so

(B) to do so

(C) do so

(D) did

Level 5 | 新多益選擇題解析

〔金色證書〕測驗成績→860分～990分

● 詳細完整的題目和答案中譯，呈現補教名師在課堂教授的重點。 ● 臨時抱佛腳的考場記憶祕訣，搭配新多益測驗題型陷阱的提醒。 ● 保證只要熟讀各類題型解析，馬上掌握考試重點並戰勝新多益。

Answer 185 | （C）

題目中譯｜這裡有間商店，真的是太方便了。

答案中譯｜（A）有（現在式）（B）有（過去式）（C）有（未來式）（D）有（現在式）

● 題型解析｜關於there be的句型分成兩種，即there to be和there being。本題中是以there be的非動詞形式當成主詞，後面的is a great advantage為動詞，因此there後面不能加上be動詞is, was。所以，正確選項為（C）。

Answer 186 | （A）

題目中譯｜我們希望不要出現爭吵。

答案中譯｜（A）有（不定式）（B）有（現在式）（C）有（現在分詞）（D）有（現在式）

● 題型解析｜本題同樣是測驗there be結構的非動詞形式。there to be結構，通常當成動詞的受詞，用於動詞expect, mean, intend, want, prefer等後。因此，本題的正確選項為（A）。

Answer 187 | （B）

題目中譯｜沒有公車，我們不得不走路回家。

答案中譯｜（A）由於（B）有（現在分詞）（C）有（現在式）（D）有（過去式）

● 題型解析｜本題也是測驗there be的非動詞形式there being。there being通常在句首當副詞，表示原因、條件、方式等。因此，正確選項為（B），用以表示原因。

Answer 188 | （A）

題目中譯｜這樣做是沒有意義的。

答案中譯｜（A）這樣做（動名詞）（B）這樣做（不定式）（C）這樣做（動詞原形）（D）這樣做（過去式）

● 題型解析｜「there is no point in + 動名詞」結構，為固定用法，意為「…是沒有意義的」。因此，本題正確選項為（A）doing so。

Level 5 必考新多益選擇題

語言能力：此程度之對話者的談話內容流暢且具條理，能適時地運用恰當詞彙及文法句構，完整無誤的表達相關對話內容。偶爾，語言的運用上仍有小缺失，但不至於造成以英語為母語人士理解上的困惑。在英語對話中，有明顯的外國腔調，需要注意的是，語調、重音及音調高低上的控制。

Question | 189

There is nothing for _____ but what he told me.

(A) doing

(B) do

(C) to doing

(D) to do

Question | 190

There is no _____ .

(A) guessing what will happen

(B) guess what will happen

(C) to guess what will happen

(D) to guessing what will happen

Question | 191

There is no use _____ .

(A) cram for the test

(B) cramming for the test

(C) to cram for the test

(D) to cramming for the test

Question | 192

There is no need _____ .

(A) to start now

(B) start now

(C) starting now

(D) to starting now

Level 5 | 新多益選擇題解析

〔金色證書〕測驗成績→860分～990分

● 詳細完整的題目和答案中譯，呈現補教名師在課堂教授的重點。● 臨時抱佛腳的考場記憶祕訣，搭配新多益測驗題型陷阱的提醒。● 保證只要熟讀各類題型解析，馬上掌握考試重點並戰勝新多益。

Answer 189 | （D）

題目中譯｜沒有其他的方法，只能照他說的做。

答案中譯｜（A）做（動名詞）（B）做（動詞原形）（C）做（錯誤格式）（D）做（不定式）

● 題型解析｜「there is nothing for... but + to do something」，也是固定用法，意思為「別無他法，只能…」。由上述的句構，可以得知本題的最正確解答為選項（D）to do what he told me。

Answer 190 | （A）

題目中譯｜無法猜到會發生什麼事情。

答案中譯｜（A）猜到將會發生什麼（動名詞）（B）猜到將會發生什麼（動詞原形）（C）猜到將會發生什麼（不定式）（D）猜到將會發生什麼（錯誤格式）

● 題型解析｜「there is no +動名詞」結構，表示「無法做某事」，相當於「it is impossible + 動詞不定式」。因此，本題的正確選項為（A）guessing what will happen。

Answer 191 | （B）

題目中譯｜為考試臨時抱佛腳是沒有用的。

答案中譯｜（A）臨時抱佛腳（動詞原形）（B）臨時抱佛腳（動名詞）（C）臨時抱佛腳（不定式）（D）臨時抱佛腳（錯誤格式）

● 題型解析｜「 there is no use + 動名詞」結構，表示「無法做某事」，相當於「it is no use + 動名詞」。本題的正確選項為（B）cramming for the test。

Answer 192 | （A）

題目中譯｜沒有必要現在就開始。

答案中譯｜（A）現在開始（動詞不定式）（B）現在開始（動詞原形）（C）現在開始（動名詞）（D）現在開始（錯誤格式）

● 題型解析｜「there is no need + 動詞不定式」結構，表示「沒必要／不需要做…」。因此，本題的正確選項為（A）to start now。

Level 5 | 必考新多益選擇題

第五級

TOEFL ❶ IELTS ❷ Bulats ❸ GEPT ❶ 學測&指考 ❷ 公務人員考試

語言能力：此程度之對話者的談話內容流暢且具條理，能適時地運用恰當詞彙及文法句構，完整無誤的表達相關對話內容。偶爾，語言的運用上仍有小缺失，但不至於造成以英語為母語人士理解上的困惑。在英語對話中，有明顯的外國腔調，需要注意的是，語調、重音及音調高低上的控制。

Question | 193

No sooner _____ from France than I got married to him.

(A) I have returned home

(B) have I returned home

(C) had I returned home

(D) I had returned home

Question | 194

_____ , we could not have done it so successfully.

(A) Had they not helped us

(B) They had not helped us

(C) They have not helped us

(D) Have they not helped us

Question | 195

_____ , she would participate in the beauty contest.

(A) Was she a little more beautiful

(B) Were she a little more beautiful

(C) Is she a little more beautiful

(D) She was a little more beautiful

Question | 196

_____ you have been looking forward to.

(A) The novel is here

(B) The novel was here

(C) Here is the novel

(D) Here was the novel

Level 5 | 新多益選擇題解析

〔金色證書〕測驗成績→860分～990分

第五級

● 詳細完整的題目和答案中譯，呈現補教名師在課堂教授的重點。 ● 臨時抱佛腳的考場記憶祕訣，搭配新多益測驗題型陷阱的提醒。 ● 保證只要熟讀各類題型解析，馬上掌握考試重點並戰勝新多益。

Answer 193 | （C）

題目中譯｜我從法國回來，就和他結婚了。

答案中譯｜（A）我回家（現在完成式、陳述語氣）（B）我回家（現在完成式、倒裝）（C）我回家（過去完成式、倒裝）（D）我回家（過去完成式、陳述語氣）

● 題型解析｜當「No sooner...than...」放句首時，表示強調的意思，主要子句通常要用部分倒裝的句型。通常從屬子句會使用過去式，而主要子句用過去完成式。因此，本題的正確選項為（C）。

Answer 194 | （A）

題目中譯｜如果沒有他們的幫助，我們不可能成功完成這件事情。

答案中譯｜（A）如果沒有他們的幫助（過去完成式、倒裝）（B）如果沒有他們的幫助（過去完成式）（C）如果沒有他們的幫助（現在完成式）（D）如果沒有他們的幫助（現在完成式、倒裝）

● 題型解析｜虛擬結構「If I had done..., I would have done...」中，如果條件句的從屬子句省略If，句子需要倒裝。本題正常語序為：「If they had not helped us, we could not have done it so successfully.」 把If省略後，就需要使用半倒裝的句型，即把had移到主詞they之前。「Had they not helped us, we could not have done it so successfully.」。所以，正確選項為（A）。

Answer 195 | （B）

題目中譯｜要是她再漂亮一點的話，就可以參加選美比賽了。

答案中譯｜（A）要是她再漂亮一些的話（過去式、倒裝）（B）要是她再漂亮一些的話（過去式、倒裝）（C）她是否比以前更漂亮（現在式、一般疑問語氣）（D）她比以前更漂亮了（過去式、陳述語氣）

● 題型解析｜虛擬語氣結構「If I were..., I would...」中，如果條件句的從屬子句省略If時，需要使用倒裝句。本題正常的語序為「If she were a little more beautiful, she would attend the beauty contest.」 把 If省略後，要使用半倒裝句型，即把were移到主詞she之前，變成「Were she a little more beautiful, she would attend the beauty contest.」，即正確選項為（B）。

Answer 196 | （C）

題目中譯｜你期待已久的小說在這裡。

答案中譯｜（A）小說在這裡（現在式、陳述語氣）（B）小說在這裡（過去式、陳述語氣）（C）小說在這裡（現在式、倒裝）（D）小說在這裡（過去式、倒裝）

● 題型解析｜為了引起注意，常把句中含有here, there, now, then等簡短副詞引導的句子提前，使句子完全倒裝。其中here, there, now等要用現在式。因此，本題的正確選項為（C）。

Level 5 | 必考新多益選擇題

🕮 TOEFL ❶ IELTS Ⓑ Bulats Ⓖ GEPT ❶ 學測＆指考 Ⓐ 公務人員考試

第五級

語言能力：此程度之對話者的談話內容流暢且具條理，能適時地運用恰當詞彙及文法句構，完整無誤的表達相關對話內容。偶爾，語言的運用上仍有小缺失，但不至於造成以英語為母語人士理解上的困惑。在英語對話中，有明顯的外國腔調，需要注意的是，語調、重音及音調高低上的控制。

Question | 197 .... 🕮❶Ⓑ Ⓖ❶公

When he ran to the door, _____ with a lantern in his hand.

(A) there stood a middle-aged man

(B) there stand a middle-aged man

(C) stood there a middle-aged man

(D) stand there a middle-aged man

Question | 198 .... 🕮❶Ⓑ Ⓖ❶公

A: She likes English very much.

B: _____ .（我也是）

(A) So do I

(B) So did I

(C) So I do

(D) So I did

Question | 199 .... 🕮❶Ⓑ Ⓖ❶公

A: I don't want to join the army.

B: _____ .（我也不想）

(A) Neither did I

(B) Neither do I

(C) I do neither

(D) I did neither

Question | 200 .... ❶ Ⓖ❶公

She said that only in this way _____ a solution to the problem.

(A) must you come up with

(B) you can come up with

(C) could come up with you

(D) could you come up with

Level 5 ｜ 新多益選擇題解析
〔金色證書〕測驗成績→860分～990分

第五級

● 詳細完整的題目和答案中譯，呈現補教名師在課堂教授的重點。● 臨時抱佛腳的考場記憶祕訣，搭配新多益測驗題型陷阱的提醒。● 保證只要熟讀各類題型解析，馬上掌握考試重點並戰勝新多益。

Answer 197 ｜（A）

題目中譯｜他跑向大門時，那裡正站著一位手裡拿著一盞燈籠的中年男人。

答案中譯｜（A）那裡站著一個中年人（過去式、陳述語氣）（B）那裡站著一個中年人（現在式、陳述語氣）（C）那裡站著一個中年人（過去式、倒裝）（D）那裡站著一個中年人（現在式、倒裝）

● 題型解析｜在「there be」或「there + 動詞stand, used to be, appear to be, come, exist, happen to be, seem」等結構中，用倒裝句語序。本題是測驗there + stand（stood）結構；再則，根據時態一致的原則，要為過去式時態。因此，正確選項為（A）。

Answer 198 ｜（A）

題目中譯｜A：她非常喜歡英語。

B：我也是。

答案中譯｜（A）我也是（現在式、倒裝）（B）我也是（過去式、倒裝）（C）我也是（現在式、錯誤格式）（D）我也是（過去式、錯誤格式）

● 題型解析｜在用So表示「也…」結構中，要用倒裝結構，其句型為「So + be / have / 助動詞 + 主詞」。再則，本句時態是現在式。所以，正確選項為（A）。

Answer 199 ｜（B）

題目中譯｜A：我不想從軍。

B：我也不想。

答案中譯｜（A）我也不想（過去式、倒裝）（B）我也不想（現在式、倒裝）（C）我也不想（現在式、陳述語氣）（D）我也不想（過去式、陳述語氣）

● 題型解析｜在用nor, neither表示「也不…」的結構中，要用倒裝結構，其公式為「Neither（Nor）+ be / have / 助動詞 + 主詞」。再則，本句時態為現在式。所以，正確選項為（B）。

Answer 200 ｜（D）

題目中譯｜她說只有這樣，你才有可能想出解決這個問題的辦法。

答案中譯｜（A）你必須想出（現在式、倒裝）（B）你能想出（現在式、陳述語氣）（C）你能想出（過去式、錯誤格式）（D）你能想出（過去式、倒裝）

● 題型解析｜當Only放在句首時，一般要用部分倒裝。本題中，Only位於從屬子句的句首，句子要部分倒裝；再則，根據主要子句與從屬子句時態一致的原則，動語要用過去式態。所以，正確選項為（D）。

Level 5

人生不能重來，
但學習英文隨時可以重來！

說得一口好英文，拓展不同的人生！

0到100分
從現在開始！

「4週英語口說
練習計劃表」
只要下定決心，利用28天，
練就全球通行的英語聽、說技巧。

《給過了20歲才決定開口說英文的人們：
用「4週英語口說練習計劃表」提升全球競爭力》
1書＋1MP3／定價 **329元**

紮穩基礎／別怕來不及
——— Learning English

過了20歲該學哪些英文？？
過了20歲該怎麼學英文？？

● 英文單字、文法與會話，一網打盡！！
一本搞定英文三大學習重點：單字、文法、會話，重新奠定英語基礎！！

《給過了20歲才決定開口說英文的人們：
用「4週黃金英文學習計劃表」改變一生》1書＋1MP3／定價 **329元**

就算你懶到不想張開眼，
照樣躺著背 !!

躺著背系列

躺著背單字 IELTS 雅思
1 書＋ 1MP3 **349**元

躺著背萬用英文文法
1 書＋ 1MP3 **299**元

躺著背萬用英文片語
1 書＋ 1MP3 **349**元

躺著背單字
全民英檢初級
1 書＋ 1MP3 **299**元

躺著背單字
NEW TOEIC 新多益
1 書＋ 1MP3 **349**元

躺著背單字 7,000
1 書＋ 1MP3 **349**元

全國唯一敢保證
只要會聽ABC就可以背！

就算英文、日文、韓文不好，
也可以一個人出國旅行！

Enjoy Traveling By Yourself！

一個人旅行系列

讓你走到哪、說到哪！！

我識出版社
I'm Publishing

Day 1

一個人用英文去旅行
附贈一個人用英文去旅行隨身版＋
1MP3＋1防水書套
定價／**329**元

一個人用日文去旅行
附贈一個人用日文去旅行隨身版＋
1MP3＋1防水書套
定價／**349**元

一個人用韓文去旅行
附贈一個人用韓文去旅行隨身版＋
1MP3＋1防水書套
定價／**379**元

從 現 在 開 始 享 受 一 個 人 旅 行 吧 ！！

國家圖書館出版品預行編目（CIP）資料

一定會考的新多益選擇題1,000／蔣志榆 著；Terri Pebsworth 審訂. -- 初版. --臺北市：我識, 2013.05
面； 公分
ISBN 978-986-6163-83-8（平裝附光碟片）
1. 多益測驗

805.1895　　　　　　　　　102002521

一定會考的
新多益選擇題
1,000

書名 / 一定會考的新多益選擇題1,000
作者 / 蔣志榆
審訂者 / Terri Pebsworth
發行人 / 蔣敬祖
編輯顧問 / 常祈天
主編 / 戴媺凌
執行編輯 / 謝昀蓁・曾羽辰
視覺指導 / 黃馨儀
內文排版 / 果實文化設計工作室
法律顧問 / 北辰著作權事務所蕭雄淋律師
印製 / 金濆印刷事業有限公司
初版 / 2013年05月
再版五刷 / 2014年04月
出版單位 / 我識出版集團－我識出版社有限公司
電話 / (02) 2345-7222
傳真 / (02) 2345-5758
地址 / 台北市忠孝東路五段372巷27弄78之1號1樓
郵政劃撥 / 19793190
戶名 / 我識出版社
網址 / www.17buy.com.tw
E-mail / iam.group@17buy.com.tw
facebook網址 / www.facebook.com/ImPublishing
定價 / 新台幣379元 / 港幣126元（附1MP3）

發行單位 / 我識出版集團發行部
電話 / (02) 2696-1357 傳真 / (02) 2696-1359
地址 / 新北市汐止區新台五路一段114號12樓

港澳總經銷 / 和平圖書有限公司
地址 / 香港柴灣嘉業街12號百樂門大廈17樓
電話 / (852) 2804-6687 傳真 / (852) 2804-6409

I'm

我識出版社
17buy.com.tw